W0368884

btb

Aus Freude am Lesen

btb

Buch

Das Frankenreich im 9. Jahrhundert: Als einfallende Normannen ihr Dorf in Schutt und Asche legen, verliert die junge Johanna ihre gesamte Familie. Neuen Lebenssinn findet sie erst als Amme des kleinen Balduin. Stolz verfolgt sie seinen Werdegang zum furchtlosen Ritter, der im Kampf gegen die Normannen Ruhm und Ehre erlangt. Doch dann verliert Balduin sein Herz an die kluge, stolze Königstochter Judith. Fortan kämpft er um eine Ehe wider alle Standesgrenzen, wider König und Kirche – und vor allem wider Johanna. Denn die Amme sieht in Judith eine Nebenbuhlerin, und um ihre Macht zu erhalten, ist sie zu allem bereit, sogar zum Mord …

Autorin

Julia Kröhn, geboren 1975 in Linz, Österreich, hat Geschichte, Philosophie, Theologie und Religionspädagogik studiert. Zurzeit arbeitet sie als Fernsehjournalistin in Frankfurt am Main. »Das Geständnis der Amme« ist bereits ihr fünfter historischer Roman.

Mehr zu Autorin und Werk unter: www.julia-kroehn.de

Julia Kröhn bei btb

Engelsblut. Roman (73339)
Die Chronistin. Roman (73591)
Die Regentin. Roman (73658)
Die Tochter des Ketzers. Roman (73709)

Julia Kröhn

Das Geständnis der Amme

Roman

btb

Zur damaligen Zeit gab es keine einheitliche Bezeichnung für die nordischen Völker, die Europa zunehmend auf den Kopf stellten: Der Name »Wikinger« wurde außerhalb von Skandinavien kaum benutzt; fränkische Quellen sprechen von »Heiden«, »Dänen«, »Piraten« oder »Nordmanni«. Ich habe mich für den eigentlich erst später gebräuchlichen Begriff »Normannen« entschieden, weil dieser dem heutigen Leser vertrauter ist als z. B. der (historisch korrektere) Hilfsbegriff »Nordmänner«.

Julia Kröhn

FSC
Mix
Produktgruppe aus vorbildlich bewirtschafteten Wäldern und anderen kontrollierten Herkünften
Zert.-Nr. SGS-COC-1940
www.fsc.org
© 1996 Forest Stewardship Council

Verlagsgruppe Random House FSC-DEU-0100
Das für dieses Buch verwendete FSC-zertifizierte Papier *Super Snowbright* liefert Hellefoss AS, Hokksund, Norwegen.

1. Auflage
Originalausgabe Dezember 2008

Umschlaggestaltung: semper smile, München
Umschlagmotiv © by Archiv Alinari, Florenz
Satz: Uhl + Massopust, Aalen
Druck und Einband: GGP Media GmbH, Pößneck
UB · Herstellung: BB
Printed in Germany
ISBN 978-3-442-73861-8

www.btb-verlag.de

Prolog

Brügge, A.D. 864

Johannas Wille zu sterben war stärker als ihre Angst vor dem Tod. Nachdem sie ihren Entschluss gefällt hatte, erwartete sie, dass Zweifel und Panik sie bestürmen würden, doch die Aussicht auf das Ende machte die Welt nicht düsterer, sondern lichter.

Die schrecklichen Schreie, die aus dem Nebenraum drangen und von den Qualen zeugten, denen das Irdische oft unterliegt, schienen an Kraft zu verlieren. Vielleicht stellten sich ihre Ohren aber auch nur taub, ließ sich ihr Geist von dem Herzzerreißenden, Hoffnungslosen nicht länger anstecken. Es ist doch bald vorbei, wollte sie der Schreienden am liebsten zurufen, es ist doch bald vorbei.

Wenn ich … es erst getan habe, dann bist auch du erlöst.

Johanna ging fast traumwandlerisch, ohne das übliche unangenehme Knacken, mit dem die morschen Knochen von ihrem hohen Alter kündeten. Auch der Rücken schmerzte nicht wie sonst vom langen Stehen, sondern fühlte sich an, als könnte sie ihn das erste Mal seit Jahren wieder gerade durchstrecken. Vielleicht hatte ihr Entschluss, den Leib abzustreifen, diesem bereits die Form des Himmlischen gegeben. Jene Form, die er einst nach der Auferstehung des Fleisches erhalten würde, wenn er in ewiger Schönheit erstrahlen und nicht mehr von den Spuren des hiesigen Jammertals zeugen würde. Ihr Haar würde dunkel und kräftig sein, nicht grau und dünn. Ihre Haut wäre glatt und strahlend, nicht faltig und bleich. Ihren Händen würde man nicht ansehen, dass sie oft stundenlang in der Erde gegraben hatten, um Samen zu säen oder Kräuter zu ernten, so wie jene, die sie nun aus ihrer geheimen Vorratskammer nahm. Ihre Schätze befanden sich in kleinen Lederbeutelchen und Tiegeln aus Bronze, die sie in einem langen, schmalen Hängeschrank aufbewahrte. Er war aus dem Geflecht von Ästen gewunden und hing an einem Haken an der Decke. Johanna öffnete einige der Beutel; der Duft, den die vielen Arzneien verströmten, war intensiv, aber sie labte sich nicht daran, als sie das Gift mischte, sondern steckte bereits im Dunst einer Welt fest, in der Wohlgerüche nicht mehr zählen.

Ehe sie das Gift an ihre Lippen führte, hielt Johanna noch einmal inne. Sie wollte nicht überdenken, was sie plante, aber sie wollte es klar benennen, auf dass der Allmächtige da droben im Himmel auch wüsste, was sie tat – und vor allem, warum sie es tat. Zwar sagten die Mönche, dass Seinem gestrengen Blick nichts entginge, aber wer konnte schon mit Gewissheit sagen, ob Er ihr Vorgehen als jenen todernsten Handel betrachtete, bei dem sie höchsten Einsatz zeigte, und nicht als Irrtum einer alten Frau, die ihre Sinne nicht mehr beisammen hatte und versehentlich das Falsche schluckte?

Ehe sie starb, wollte sie sich Gott erklären. Es waren Sein Zorn und Seine Rache, die sie hierher geführt hatten, und ihr Versuch, Ihn gnädig zu stimmen, war der einzige Weg, der ihr noch blieb.

Obwohl sie im Leben selten gebetet hatte, faltete sie die Hände. Ihre Stimme klang fest, aber fremd.

»Höre, Gott, Allmächtiger! Ich, Deine Tochter Johanna, tue Buße für meine Sünden, meine ach so schweren Sünden. Nimm meine Sühneleistung an. Lass nicht andere Menschen für das leiden, was ich verbrochen habe. Schon gar nicht Balduin und Judith. Herr, erbarme Dich meiner. Sei meiner armen Seele gnädig und weiche niemals von Balduin und Judith, wenn ich die Welt bald verlassen habe.«

Sie löste ihre Hände voneinander, nahm von dem Gift und schluckte es. Bilder stiegen vor ihr auf, Bilder, die Zeugnis ablegten von ihrem Leben. Sie verwehrte sich ihnen nicht, sondern gab sich ihnen hin, auch der Erinnerung an jenen lang vergange-

nen Tag, da sie schon einmal in Todesnähe geschwebt hatte. Damals hatte sie unendliche Angst gehabt, hatte mit all ihrer Kraft gegen den Tod gekämpft und schließlich mit knapper Not überlebt.

Heute würde sie nicht überleben. Heute war ihr Wille zu sterben stärker als ihre Angst vor dem Tod.

Erster Teil

Die Amme

A.D. 842–848

»Die Zahl der Schiffe schwillt an,
die endlose Normannenflut hört niemals auf anzusteigen.
So erfüllt sich allmählich die Prophezeiung des Herrn,
wie sie von seinem Propheten verkündet wurde:
Eine Geißel wird hereinbrechen vom Norden
über alle Bewohner der Erde.«

Ermentarius von Noirmoutier

I. Kapitel

Ihre Füße waren blutig.

Obwohl sie weite Strecken auf weichem Moos gelaufen war, hatten sich Äste und Steinchen in ihre Sohlen geschnitten und jagten scharfe Schmerzen bis in ihre Leibesmitte. Als sie stehen blieb und sich vorbeugte, um besser Atem holen zu können, gewahrte sie die Spur, die sie auf dem Weg hinterlassen hatte.

Kurz dachte sie, dass jener rote Saft unmöglich von ihr stammen könnte, dass sie – nach allem, was sie erlebt hatte – nicht lebendig genug war, um zu bluten. Doch dann sah sie an sich hinab, wendete zuerst den einen Fuß, dann den anderen, und bemerkte die klaffenden Wunden.

Ihre Zunge fühlte sich belegt an, ihr Atem roch säuerlich. Der Schmerz schien sich in ihren gesamten Körper auszustrecken: bis in die Spitzen ihrer Brüste, die während des Laufens unruhig auf ihrem Körper geschlackert hatten, und bis zu ihrem Magen, der sich anfühlte, als hätte er sich auf die Größe eines Kieselsteins zusammengezogen. Ihr Durst war unerträglich. Keuchend lief sie weiter und spürte einen neuerlichen Schmerz, diesmal, als ob ihr ein Messer zwischen die Beine schnitt. Sie fühlte, wie warme Flüssigkeit über die Schenkel rann. Hatte sich ihre Blase entleert? Oder blutete sie auch dort?

Sie ordnete alles dem unerträglichen Durst unter und irrte auf der Suche nach einer Quelle durch den finsteren, raschelnden Wald. Eichen, Buchen, Ahornbäume und Birken reichten sich gegenseitig die Hände und tanzten, während sie an den Stämmen vorbeihuschte. Manchmal gluckerten ihre Schritte, vielleicht, weil es geregnet hatte und der Waldboden noch nass war, vielleicht, weil sie von Sümpfen und Mooren umgeben war. Letztere waren gefährlich, man konnte darin versinken und elendiglich ertrinken – diese Warnungen hatte sie ihr ganzes Leben lang gehört. Doch ihre Angst schien aufgebraucht. Nur wie von ferne hallten die Worte der Priester in ihren Ohren, die den Wald einen unheilvollen Ort genannt hatten, eine Stätte der Geister und Trolle, der Bäume, die die Heiden verehrten und denen darum teuflische Kräfte innewohnten, der verzauberten Quellen, die giftiges Wasser sprudeln ließen. Wer davon trinke, der stürbe.

Der Gedanke vergrößerte nur ihren Durst. Ihre Zunge fühlte sich an, als füllte sie den ganzen Mund aus, raubte noch mehr von dem Platz, den sie doch brauchte, um Atem zu schöpfen.

Dann fand sie endlich eine tiefe Pfütze, trüb und braun. Statt sich bloß darüberzubeugen, mit den Händen von dem Wasser zu schöpfen und dieses an die vertrockneten Lippen zu führen, ließ sie einfach das ganze Gesicht in das kühle Nass sinken. Ihre Welt wurde schwarz und lautlos, als auch ihre Ohren vom Wasser umgeben waren. Die Geräusche des Waldes verstummten: das Stöhnen des Geästs, das Rascheln der Blätter, das traurige Rufen der Vögel. Sie öffnete den Mund, das Wasser lief einfach hinein, sodass sie nur mehr schlucken musste. Es schmeckte faulig nach Schlamm, und als sie endlich wieder hochfuhr, vermeinte sie, nicht getrunken, sondern sich mit feuchter Erde genährt zu haben. Kleine Klümpchen verfingen sich zwischen Gaumen und Zunge und brachten sie zum Würgen. Als sie sich mühsam aufrichtete, fiel diesiges Licht auf die Pfütze. Es reichte nicht aus, um sie zu klären, aber die Oberfläche, eben noch lehmig, schien sich zu verhärten und reflektierte ihr unscharfes Bild. Sie sah nicht viel, nur Umrisse, in denen sie nichts Vertrautes erkennen konnte. Mit einer heftigen Bewegung fuhr sie herum, um sich zu vergewissern, dass es die eigene Gestalt, nicht die eines Fremden war, die sich über die Pfütze beugte. Doch sie war sich selbst fremd geworden. Sogar die Schmerzen, die ihren Kopf und ihren Leib zu zerreißen drohten, schienen nicht zu ihr zu gehören.

Sie starrte wieder auf ihr Spiegelbild. Sie wusste ihren eigenen Namen nicht mehr.

Das braune Wasser der Pfütze verkrustete auf ihrer Haut, doch sie wischte es nicht ab. Dunkel, fast schwarz wurde auch das Blut an ihren Füßen. Sie war neben der Pfütze sitzen geblieben, schließlich eingeschlafen, und als sie erwachte, war es tiefe Nacht. Regen prasselte auf die Blätter der Bäume, aber sie spürte, vom Dach der vielen Zweige und Äste beschirmt, nur einzelne Tropfen; es waren zu wenige, um sie reinzuwaschen. Klamm stieg es vom Waldboden hoch. Als hinter dem Blätterdach endlich der Morgen dämmerte und dünne Lichtfäden auf sie fielen, waren ihre sämtlichen Glieder steif. Ächzend erhob sie sich. Die Spitzen ihrer Brüste schmerzten noch immer, ebenso ihre Scham, aber zumindest der Bauch knurrte wie der eines gesunden Menschen, der lange nichts gegessen hat.

Mit dem Hunger kamen die Erinnerungen, allerdings nicht zusammenhängend. Ähnlich karg wie das Licht streiften sie ihr Gemüt nur für die Dauer eines Wimpernschlags, und die Bilder, die sie dann zu erkennen glaubte, blieben trügerisch. Sie wusste nicht, ob sie etwas widerspiegelten, was sie in der Vergangenheit tatsächlich erlebt hatte, oder ob sie nur der Nachgeschmack aberwitziger Träume waren.

Eines dieser Bilder schenkte ihr zumindest die Gewissheit, dass es auch in den Wäldern – so gefährlich sie auch waren, weil man sich in ihrer Weite verirren konnte – etwas Essbares gab: Heidelbeeren, Vogelbeeren und Pilze, manchmal auch Äpfel, Birnen und Pflaumen. Sie erinnerte sich, wie sie einst ein ähnliches Dickicht durchstreift hatte, einen aus Weidenflechten gewundenen Korb in der Hand, um darin zu sammeln, was zwischen den übrigen Mahlzeiten – meist fade schmeckender Getreidebrei – für Abwechslung sorgen sollte. Sie erinnerte sich auch an ein Gefühl von Unbeschwertheit, von Leichtigkeit.

Es hatte ein Leben vor dem Grauen gegeben, und sie war damals nicht allein gewesen, sondern wurde von anderen Frauen begleitet – vertrauten Frauen, die sie gewiss mit jenem Namen riefen, den sie nicht mehr wusste.

Nein, damals war sie nicht allein gewesen, nicht verloren…

Sie krümmte sich, als hätte sie ein Schlag in der Magengrube getroffen. »Nein!«, schrie sie unwillkürlich. »Nein!«

Ihre Stimme ließ sie noch mehr zusammenfahren. Sie klang nicht wie die eines Menschen, sondern wie die eines verwunschenen Waldwesens, das sich mit Tieren paart. Mit einer schreienden Eule, einem heulenden Wolf.

Wölfe…

Erneut stieg ein Bild vor ihr auf. Diesmal zeigte es nicht den Wald, sondern eine Kirche, die Kirche eines Dorfes, ihres Dorfes. An die zwanzig Häuser standen dort, aus Holz und Lehm errichtet, in den Boden eingetieft, von einem Palisadenzaun umgeben. Die kleine Kirche war ähnlich erbaut wie die Häuser, mit einem Gitterwerk aus Geäst als Wände und einem aus Lehm gestampften Boden. Sie hatten die Messe gefeiert, sie und die anderen Bewohner des Dorfes, als plötzlich ein Wolf hereingekommen war, mit Schaum vor dem Mund, aber ohne die übliche Scheu vor den Menschen. Er schien gar nicht auf ihr Geflügel oder ihre Schafe aus zu sein, sondern auf Gesellschaft. Mit gelben Augen starrte er sie an, nicht bösartig, nur hungrig.

Als die Männer ihn erschlugen, wehrte er sich nicht. Voller Unbehagen hatte sie zugesehen, fand es falsch, auf ein wehrloses Tier einzuprügeln, und war umso besorgter, als der Priester später voller Furcht verkündete, dass es ein schlechtes Omen sei, wenn ein Tier wie der Wolf in die Kirche eindrang. Gewiss stünde ihnen allen großes Unheil bevor, Gott der Allmächtige möge ihnen gnädig sein.

Unheil, Unheil, Unheil…, hallte es in ihren Gedanken nach. Sie krümmte sich noch tiefer, sprang dann auf. Sie lief, ohne innezuhalten, scherte sich nicht, dass die kaum verkrusteten Wunden an ihren Fußsohlen aufplatzten, dass ihre Kehle sich wieder schmerzhaft zusammenschnürte. Sie wusste: Wenn sie nicht vor dem Grauen davonliefe, das nach ihrer Seele fasste, nicht vor dem, was ihr geschehen war und was sie selbst getan hatte – dann würde sie sterben.

Irgendwann war der Wald zu Ende.

Ödland breitete sich vor ihr aus. Vor langer Zeit war hier wohl gerodet worden, doch anschließend hatte sich niemand die Mühe gemacht, den Boden zu beackern und mit Reben zu bepflanzen.

Sie wollte weiterlaufen, schaffte es aber kaum mehr. Nicht nur wegen des bedrohlich weiten Himmels, der sich über ihr öffnete, oder der ungeschützten Fläche, die sich vor ihr auftat, sondern weil der Schmerz in ihren Füßen unerträglich wurde. Ohne darüber nachzudenken, tat sie etwas, was sie längst hätte tun sollen. Sie riss einen Fetzen von ihrem schmutzigen Kleid und wickelte ihn um die Füße. Sogleich erinnerte sie sich an jenen Morgen, da ihre Welt noch in Ordnung gewesen war, da das grässliche Rasseln der Köcher noch nicht die Nähe der Angreifer verraten hatte. An diesem Morgen hatte sie das Kleid angezogen – in der Hütte, die sie plötzlich vor sich sah und in der sie wohl gelebt hatte.

Die Hütte war dunkel, raucherfüllt. Der Boden war nicht mit Lehm gestampft wie in der Kapelle, sondern mit Holzplatten verlegt, die ständig knirschten. Es gab einen Tisch und eine Bank. An den Wänden aus Weidengeflecht hingen Schüsseln, Töpfe, Messer und Sicheln. Am Ende des Raumes befand sich leicht erhöht die Schlafstatt. Auf ein paar geknüpften Teppichen lagen die Strohsäcke – dic Strohsäcke von ihr und ihrem …

Das Bild verschleierte sich, aber während sie nun, nicht mehr atemlos umherirrend, sondern fast würdevoll schreitend, jenes Ödland durchwanderte, gesellten sich immer neue Eindrücke hinzu.

Bauern. Sie waren Bauern. Unfreie Bauern, das Land gehörte ihnen nicht, es gehörte den Pächtern, denen sie Abgaben leisteten. Die Pächter schützten sie für gewöhnlich.

Doch sie haben uns nicht vor den Angreifern aus dem Norden retten können. Das ganze Dorf wurde verbrannt, alle Bewohner getötet, nur ich nicht … nur ich nicht … aber zu welch schrecklichem Preis?

Unwillkürlich griff sie sich an den Kopf, ertastete dort nicht die dicken, kräftigen Locken, die sie erwartete, sondern nur angekohlte Strähnen, die zu Staub zerrieselten, kaum dass sie sie berührte. Sie tastete weiter, stellte fest, dass das Haar nicht am ganzen Kopf verbrannt war, nur an den Schläfen und an der Stirn.

König Karl, kam ihr plötzlich ein Name in den Sinn – der erste, an den sie sich erinnern konnte. Den eigenen wusste sie noch immer nicht; in jenen wüsten Lauten schien er verschollen zu sein: im Geschrei, dem Feuer, den knirschenden Balken, den wüsten Schritten. Nur dass sie in einem Land lebte, in dem ein König namens Karl herrschte, den man »den Kahlen« nannte – das wusste sie wieder.

Freilich, nie war sie auch nur in die Nähe einer der königlichen Pfalzen gekommen. Ihr Leben war auf das Dorf begrenzt, bis auf jene Tage, da es zum Wochenmarkt in die nächstgelegenen, etwas größeren Orte ging und wo sie – auch das stand ihr plötzlich wieder klar vor Augen – Hühner und Eier mit den Erzeugnissen der Töpfer, der Schmiede oder der Weber tauschte. Geld hatte sie nur ein einziges Mal genommen, einen ganzen Denar, und dafür, das hatte ihr Mann gesagt, könnten sie ganze fünfundzwanzig Haferbrote kaufen.

Ihr Mann.

Ein neuerlicher Schmerz durchzuckte ihre Leibesmitte und ließ sie zusammensacken. Ihre Brüste schienen zu platzen, sich an den Warzen in Blut aufzulösen. Der Name ihres Mannes fiel ihr genauso wenig ein wie der eigene, doch sie konnte sich an sein Gesicht erinnern. Das Gefühl, alles verloren zu haben, von Gott und der Welt verlassen zu sein, nagte von allen Seiten an ihr. Es würde sie auffressen, es würde nichts von ihr übrig lassen als einen Kadaver. Die Tiere des Waldes würden ins Ödland vordringen, um ihn zurück in den schützenden Schatten der Bäume zu zerren und sich dort daran zu sättigen.

»Warum?«, hörte sie sich mit fremder Stimme klagen. »Warum nur?«

Sie hatte diese Strafe nicht verdient, niemand in ihrem Dorf hatte das. Einfache Menschen lebten dort, die ihr Schicksal nicht beklagten, sondern es als eines hinnahmen, das Gott ihnen zugedacht hatte. Gott hatte auch entschieden, dass sie hart arbeiten mussten, als Buße für jene Schuld, die Adam und Eva auf sich geladen hatten. Wer sich dieser Buße ohne zu murren fügte, der konnte die Schuld abtragen, die jedes Kind von Geburt an mitbekam.

Das Leben, das sie nie wieder auf diese Weise würde führen können, war nicht ohne Mühen gewesen, aber einfachen Regeln unterworfen. Seit sie denken konnte, wurde ihr aufgetragen, was sie zu tun hatte. Von den Eltern, dann, nach deren Tod, von ihrem Bruder, schließlich von ihrem Mann. Sie folgte den Befehlen, wie alle Frauen es taten. Frauen buken Brot, fütterten die Hühner und schoren die Schafe. Frauen sammelten Holz und Obst und halfen beim Heuen. Sie zupften Wolle, strichen sie mit Disteln glatt und brachen Flachs. So war es gewesen, so würde es immer sein, auch dieses Jahr hatte den üblichen Verlauf genommen. Im März wurden die Reben beschnitten, im April die Tiere auf die Weide gebracht und Unkraut gejätet, im Mai …

Im Mai hatte Gott ihre Welt zertrümmert.

Sie erhob sich stöhnend, beinahe erstaunt, dass der Schmerz sie nicht vernichtet hatte, dass etwas von ihr übrig geblieben war und dieser Rest ausreichend mit Lebenskräften erfüllt schien, sodass sie weitergehen konnte, immer weiter, über den nächsten Hügel, über die nächste Wiese, an den Ausläufern eines Waldes vorbei. Sonne fiel durch einen Wolkenspalt, tauchte die Welt in sattes Grün. Sie fühlte, wie die Strahlen sie kitzelten, wie sie wieder zu riechen begann. Ja, sie roch Gras, frisches, saftiges Gras, das ihr fast bis zu den Knien stand und die Leinenbinden um ihre Füße mit seinem Tau durchtränkte. Wie weich es war, darauf zu laufen, wie weich …

Kurz schloss sie die Augen, ward von einem warmen, matten Gelb umhüllt. Sie gab sich diesem wonnigen Gefühl hin, lief mit geschlossenen Augen weiter.

Als sie endlich die Augen wieder öffnete, sah sie in der Ferne eine Stadt.

Die Stadt lag auf einem Hügel und war von einer Mauer umgeben, so hoch und wuchtig, wie sie es noch nie gesehen hatte. An einer Stelle war die Mauer von einem Tor unterbrochen, durch das sie nun wankte.

Sie fühlte Blicke auf sich, viele Blicke, entsetzte Blicke, ungläubige und ängstliche. Sie dachte an den wilden Wolf, der in die Kirche vorgedrungen war und vor dem alle zurückgewichen waren, ehe die Männer ihn erschlagen hatten. Jetzt war sie das wilde Tier, das die Menschen scheuten. Es waren viele Menschen, die freilich allesamt keine Gesichter hatten – zumindest nicht für sie. Seit sie die Stadt betreten hatte, blickte sie nicht viel höher als bis zu den Beinen der Vorbeigehenden. Manche der Füße waren nackt und dreckig, andere steckten in Schuhen aus Leder. Von den Händen sah sie gerade noch die Fingerspitzen, aber nicht mehr. Sie brauchte nicht in die Gesichter zu blicken, um zu fühlen, was sich darin ausbreitete: Ekel, Furcht und Unbehagen. Sie konnte den Angstschweiß der Menschen riechen – oder war es ihr eigener?

Sie schlotterte am ganzen Körper, vor Erschöpfung, vor Schmerzen, vor Trauer.

Eigentlich hatte sie eine Kirche erreichen, hatte sich deren schützendem Obdach anvertrauen wollen. Doch so weit kam sie nicht. Bis jetzt war jedem Schritt ein weiterer gefolgt, und fiel er auch noch so schwer. Nun aber konnte sie nicht mehr weiter. Sie fiel nicht schnell zu Boden, sondern unendlich langsam, brach zuerst auf die Knie, verharrte, als würde sie beten, und wurde dann von ihrem schweren Oberkörper nach vorne gezogen. Ihr Kopf schlug auf die Erde, schmerzte noch heftiger. Ächzend ließ sie sich herumrollen und blickte in das Gesicht einer Frau, die sich über sie beugte.

Jene war leichenblass vor Entsetzen. Sie schlug ein Kreuz über ihrer Brust, als wollte sie sich vor ihrem Anblick schützen. »Oh, mein Gott«, stammelte die Frau ein ums andere Mal. »Oh, mein Gott.«

II. Kapitel

Graf Robert von Laon hatte anfangs Mitleid mit seinem Waldhüter gehabt, aber je länger er mit ihm zusammen saß, desto entschiedener wandelte es sich in Verärgerung. Er schämte sich dafür, dass er ungeduldig wurde. Es war ein denkbar unpassendes Gefühl, um dem traurigen Anlass gerecht zu werden. Doch er konnte es nicht vermeiden, spürte, wie sein Mund schmallippiger wurde, seine Stirne sich runzelte und seine Stimme einen leicht nörgelnden Klang annahm. Sein Mitgefühl war eben noch aufrichtig gewesen, aber da es nicht dankbar angenommen wurde, schwand es zunehmend.

Audacer schien sich nicht daran zu stören. Er sah ohnehin nicht in Roberts Gesicht, sondern saß in sich zusammengesunken, seitdem er den Saal des Grafen betreten und sich auf dem Stuhl ihm gegenüber niedergelassen hatte. Er war nicht einmal bereit gewesen, seinen schweren Umhang abzulegen, der so verdreckt war, dass sich nicht genau ausmachen ließ, ob er aus Schaf-, Biber- oder Maulwurffell gefertigt war.

Genau genommen achtete Audacer nie auf seine Kleidung und noch weniger auf seine Reinlichkeit. Er stank zwar nicht nach Schweiß, aber immer nach Wald und Erde, als würde er sich nicht nur stundenlang dort herumtreiben, sondern sich regelmäßig auf den Boden werfen, um sich darin zu suhlen wie ein Wildschwein. Ein bösartiges Gerücht über ihn besagte, dass er Baumstämme wie Weiber umarmte, dass er sich – bevor er die Ehe eingegangen war – nie mit einer Menschenfrau gepaart hätte, nur mit den geisterhaften Wesen des Waldes, und dass seine Füße und Arme, gleichwohl verborgen unter Kleidung, längst das Aussehen von knorrigen Ästen angenommen hätten.

Graf Robert räusperte sich, um der klagenden, jedoch immer leiser werdenden Litanei des anderen etwas entgegenzusetzen: »Du musst es so sehen, Audacer: Nicht immer darf man alles behalten, was Gott einem in seiner großen Güte geschenkt hat, sondern…«

»Gott ist nicht gütig!«

Der Graf schüttelte den Kopf. Anders als die meisten Menschen in Laon mochte er Audacer. Er versuchte, sein stets mürrisches Wesen zu verstehen, billigte sein undeutliches Grummeln, das nur selten zu lautem Geschrei anwuchs, ebenso wie seinen für viele Menschen unverständlichen Wunsch nach Einsamkeit. Graf Robert hatte ihn zwar nie dabei beobachtet, aber er stellte sich vor, wie – wenn Audacer stundenlang die Wälder durchstreifte – das Misstrauen aus seinen Zügen wich und einem süßen Schmerz Raum gab: der Beglückung, das Herz der Natur pochen zu hören, und der Trauer, dass er ihr nie so vollkommen angehören würde wie das freie und wilde Getier des Waldes.

»Doch, doch!«, widersprach der Graf heftig. »Gott ist gütig! Gleichwohl wir Seine Taten nicht immer verstehen, sie uns unberechenbar erscheinen, folgen sie doch Seinem großen Plan.«

»Ist Er etwa gütig zu Euch, Graf?«, fuhr Audacer auf. »Ich weiß, dass Ihr seit mehr als fünf Jahren auf einen Sohn wartet und Euer Weib einfach nicht schwanger wird.«

Der Graf zuckte zusammen, einzig erleichtert, dass Alpais diese Worte nicht hören konnte. Sie ertrug ihre Kinderlosigkeit mit der Fassung eines stillen, demütigen Menschen, der schlichtweg nie gelernt hatte aufzubegehren, weder gegen das Walten eines anderen Menschen noch gegen das des fordernden Schicksals. Doch er ahnte, dass ihr Seelenfrieden gesicherter war, solange die Wahrheit nicht laut ausgesprochen wurde.

»Hör mir gut zu, Audacer!«, rief er streng. »Ich weiß, dass es für dich bitterer ist als für jeden anderen, sein Weib zu verlieren. Niemand außer dir hat so lange gebraucht, sich überhaupt durchzuringen, eines zu ehelichen. Ich weiß auch, dass Hildegund die Richtige für dich war, weil sie die Stille liebte wie du und dir niemals vorgeworfen hat, dass du die Abgeschiedenheit suchst. Und dennoch wusstest du, was wir alle wissen: Das Begehren des Mannes kann die Frau töten. Denn die Lust kam mit dem Sündenfall, und die Strafe für diesen Sündenfall ist, dass die Frau unter Schmerzen gebiert.«

Erstmals hob Audacer den Kopf. Graf Robert erschrak über das Gesicht: Dass es sonnengegerbt und gefurcht war wie ein frisch beackertes Feld, war ihm vertraut, nicht aber, dass Audacers Augen nässten.

»Ihr habt sie nicht gesehen! Sie hat drei Tage lang gelitten!«

»Und gottlob durfte sie danach endlich den geschwächten Geist aushauchen«, hielt der Graf an seiner Rede fest. »Das Kind aber lebt! Du hast einen Sohn! Und lass dir sagen: Alle Männer wissen, dass man besser einen Sohn hat als eine Frau.«

»Gilt das auch für Euch?«, entgegnete Audacer, und sein eben noch gramerfüllter Blick wurde lauernd. »Ihr haltet an Eurer Ehe fest, obwohl Ihr keinen Sohn habt und Alpais darum verstoßen könntet. Niemand würde es Euch vorwerfen, wenn Ihr Eure Ehe auflöst, nicht einmal die Priester. Sie schimpfen zwar laut, wenn manche Männer sich mehrere Frauen halten. Aber wenn ein Weib unfruchtbar ist…« Audacer hielt inne, ein Geräusch am anderen Ende des Saals hatte ihn zum Schweigen gebracht.

Als Graf Robert seinem Blick folgte, stöhnte er unwillkürlich auf. Alpais stand dort, mit kalkweißem Gesicht und vor Schreck geweiteten Augen. Dies war also der Dank dafür, dass er Audacer nun schon seit Stunden in seinem Kummer beistand – dass jener sein Weib vor den Kopf stieß?

»Alpais…«, setzte Robert bedauernd an, als sie nähertrat. Er suchte nach einer Erklärung, überlegte, wie er ihr beteuern könnte, dass er sie nie verstoßen würde. Nicht, dass sie ihm sonderlich wertvoll war. Aber er war keiner, der vor Prüfungen davonlief, weder vor jenen, die sein Amt mit sich brachte, noch vor denen, die ihm das Leben stellte. Er war sich gewiss, dass alles seine Berechtigung und seinen Sinn hatte, und wer sich dagegen störrisch auflehnte, wie Audacer es tat, der war in seinen Augen zwar kein Sünder, aber doch ein Schwächling. Ganz gleich, was Audacer über die Priester sagte – hatte der Gelehrte Jonas von Orléans es nicht scharf kritisiert, Ehen bei Kinderlosigkeit zu beenden?

Dem Willen Gottes galt es, sich zu beugen, auch wenn er oft mit diesem Willen haderte, wenn er sich zum Gebet nach Saint-Vincent zurückzog, der Kirche von Laon, wo sämtliche Bischöfe der Stadt begraben lagen.

»Alpais«, setzte er erneut an, da seine Frau sich nicht rührte. »Audacer wollte gewiss nicht …«

Sie fiel ihm ins Wort, was für eine Frau wie Alpais ungewöhnlich genug war. »Du musst sofort kommen, mein Gemahl. Es ist etwas Schreckliches geschehen.«

Ihre Worte stimmten ihn zunächst erleichtert. Sie hatte also doch nicht gehört, was Audacer gesagt hatte. Als er aber hinter Alpais weitere Frauen in den Saal strömen sah, ihre Damen und auch einfache Mägde, zuckte er zusammen. Sie redeten wild durcheinander, doch die Botschaft, die sie überbrachten, schälte sich erstaunlich klar aus dem wilden Wortschwall.

Graf Robert sprang auf. »Das ist doch nicht möglich!«, rief er.

Alpais schlug die Hand vor den Mund. »Doch«, stammelte sie undeutlich, »doch …«

Robert von Laon hatte in seinem Leben vieles gesehen: Menschen mit grässlichen Verwundungen – mit tiefen Schnitten, sodass rohes Fleisch hervorquoll, oder mit schwärenden Stümpfen dort, wo für gewöhnlich Hände oder Füße waren. Desgleichen Menschen, die die qualvolle Langsamkeit des Sterbens erdulden mussten, die stinkend und vor Schmerzen verkrampft ihrem Siechtum einfach nicht erliegen mochten. Vor einigen Tagen noch war er am Totenbett von Audacers Weib Hildegund gestanden, die Luft war noch schwer gewesen vom Blut, das sie während der Geburt verloren hatte, und erfüllt von schwarzen Fliegen, die um ihren Leichnam surrten. In ihrem Gesicht stand nichts von Erlösung zu lesen, nur von den Qualen der hiesigen Welt.

Doch nichts hatte ihn jemals so bestürzt wie der Anblick der Frau, die eben wankend in den Saal geleitet wurde und dort zusammenbrach.

Sein Entsetzen und auch sein Ekel mussten ihm nur allzu deutlich anzusehen sein, denn mit einem Mal verstummten die aufgeregten Weiber. Die Stille war ebenso schwer zu ertragen wie der Anblick der Frau, deren Körper nicht einfach nur bebte, sondern von einer unsichtbaren Macht durchschüttelt schien.

»Sie friert!«, stellte er heiser fest, um die Stille auszufüllen. »Führt sie zum Kamin!«

Die Mägde schienen sich zu scheuen, das halbtote Wesen anzufassen. Doch Alpais, von der Robert nicht genau wusste, ob sie tatsächlich ein herzensguter Mensch war oder einfach nur jedem Befehl folgte, um nicht aufzufallen, beugte sich zu der Frau, um sie in den Schein der wärmenden Flammen zu ziehen.

Da bäumte sich das erbarmungswürdige Wesen auf. »Nicht!«, kroch eine Stimme aus ihrer Kehle, die den Grafen nicht minder zerrissen und geschunden deuchte als die ganze Gestalt. »Nicht zum Feuer, bitte!«

Graf Robert blickte sich hilfesuchend um, nicht gewiss, was er als Nächstes tun sollte. Erst jetzt bemerkte er, dass Audacer sich erhoben hatte und langsam nähertrat. Als der Graf ihn aus den Augenwinkeln musterte, gewahrte er das gleiche Entsetzen, das auch in seinem Gesicht stehen musste.

»Wer hat sie so zugerichtet?«, hörte Robert ihn stammeln.

Selbst Alpais war mittlerweile wieder von der gepeinigten Frau, die immer noch schlotterte, zurückgewichen und starrte auf sie hinab, zwar nicht mit offenkundigem Ekel wie die Männer, aber mit tiefem Unbehagen.

Die Füße der Frau glichen blutigen Stümpfen, selbst der Rist war von vielen Kratzern übersät. Ihr Gesicht war über und über mit Schlamm bedeckt. Ein Teil der Haare war verbrannt und stand ihr wie ein schwarzer Heiligenschein vom Kopfe weg. Ausgemergelt waren die Züge, die Augen geweitet. In der Leibesmitte breitete sich ein dunkler Fleck aus – offenbar Blut.

Sie ist geschändet worden, dachte der Graf zunächst. Doch als sein Blick auf ihre Brüste fiel, erkannte er, dass es auch einen anderen Grund dafür geben konnte, weshalb Blut aus ihrer Scham sickerte.

»Was ist mit dir geschehen?«, fragte der Graf.

Diesmal war die Stimme der Frau erlöschend leise. »Wo bin ich?«, fragte sie zurück.

»In Laon.«

»Wo bin ich?«, wiederholte sie, als hätten seine Worte sie nicht erreicht.

»Laon ist eine Stadt, ich bin ihr Graf.«

»Wo bin ich?«, fragte sie zum dritten Mal.

»Du bist in der *Francia*, in Gallien. Das ist jener Teil des Reichs, wo König Karl herrscht. In den anderen Teilen, im Ostfranken- und im Mittelreich, herrschen seine Brüder.«

Die Frau blieb stumm, und an ihrer Stelle begann nun Audacer zu sprechen. »Ich habe Gerüchte gehört«, murmelte er in Roberts Richtung. »Ich habe sie nicht glauben wollen, deswegen habe ich sie nicht erzählt.«

»Welche Gerüchte?«, rief Graf Robert und bemerkte, wie Alpais zusammenzuckte.

»Schiffe«, begann Audacer mit seiner rauen Stimme, »ihre Schiffe sind die Seine entlanggekommen. Das war Anfang Mai. Es heißt, ihr Anführer sei ein gewisser Ásgeirr.«

Er sprach den Namen aus, als wäre er der des Teufels. Eine der Mägde bekreuzigte sich.

»Ja«, murmelte der Graf, »ja, das habe ich auch gehört. Sie sollen Rouen zerstört haben und die Abtei von Saint-Ouen. Aber der Bischof meinte, es sei eine Strafe Gottes für die Menschen dort, vor allem aber eine Strafe für den Grafen Lambert. Er hat die Normannen eingeladen, weil er mit ihrer Hilfe Nantes erobern wollte.« Er hielte inne, schüttelte kurz den Kopf. Unvorstellbar, dass ein Getaufter einen Pakt mit den wilden Heiden aus dem Norden schloss! »Aber nie«, setzte er rasch hinzu, »nie würden sie hierher nach Laon kommen.«

Audacer zuckte die Schultern. Die Erschütterung des Grafen, dass die Ordnung der Welt, so wie sie ein Mann Gottes erklärte, womöglich nicht galt, erreichte ihn nicht. »Nun, wir wissen nicht, woher diese Frau stammt. Sie sieht aus, als wäre sie tagelang unterwegs gewesen.«

»Mein Gott«, entfuhr es dem Grafen. Er gab der aufsteigenden Panik ohne Rücksicht auf die Frauen nach. »Wenn sie tatsächlich bis nach Laon kommen, dann ist das nicht nur die Strafe für die gottlosen Taten des Grafen Lambert, sondern auch für den unheiligen Bruderkrieg!«

Audacer seufzte. »Es ist nicht die Strafe, sondern die Folge. König Karl hat sämtliche Truppen für den Krieg gegen seinen Bruder Lothar gebraucht. Kein Wunder, dass er keine mehr hat, um sein Land gegen … gegen die Normannen zu verteidigen.«

Getuschel brandete wieder auf, während der Graf seine Hände gegen die Schläfen presste. Er hatte die Ereignisse der letzten Monate mit Besorgnis beobachtet, doch nie hatte er sie in Zusammenhang mit den fürchterlichen Kriegern aus dem Norden gebracht. Von jenen wusste man, dass sie manches Kloster in Küstennähe überfielen, Schätze raubten und Gefangene nahmen, um sie entweder zu töten oder teuer freikaufen zu lassen. Doch dass sie tiefer in das Land vordringen würden, hatte er sich nicht vorstellen können. Schlimm genug, dass die *Francia* von König Karls machthungrigem Bruder Lothar bedroht gewesen war und jener das Land überfallen hatte. Zwar hatten sowohl König Karl als auch sein Bruder Ludwig, der die *Germania* beherrschte, sich jenem Streben nach Alleinherrschaft widersetzt, ihm den Krieg erklärt – und ihn gewonnen. Doch die Entscheidungsschlacht bei Fontenoy war ein schreckliches Blutbad gewesen, das auf allen Seiten Opfer gekostet hatte. Nie zuvor waren so viele Krieger in einer Schlacht gefallen.

»Selbst wenn sie hierher kommen«, sprach Audacer indessen,

»bedenkt, dass Laon auf den Mauern eines römischen *Castrum* errichtet ist. Es ist uneinnehmbar!«

Der Graf achtete nicht auf ihn. »Bitte«, sagte er leise zu der verletzten Frau und versuchte, ihren Wunden keine Aufmerksamkeit zu schenken, »bitte sag, woher du stammst! Wir müssen es wissen, um uns gegen einen Angriff der Normannen zu schützen. Es waren doch Normannen, die dein Dorf überfallen haben?«

Die Frau rührte sich nicht; sie hatte aufgehört zu zittern. Indes trat Alpais zu ihrem Mann und legte ihm die Hand auf den Arm. »Quäl sie doch nicht«, murmelte sie. »Sie hat mir vorhin alles erzählt. Ihre… ihre ganze Familie wurde ausgerottet, das Dorf verbrannt. Für sie zählt, was sie verloren hat, nicht, wer es tat.«

Der Graf schüttelte Alpais ab und beugte sich zu der Frau. »In welche Richtung sind sie danach gezogen?«, fragte er eindringlich. Er schrie beinahe.

Die Frau blickte auf, und erstmals deuchte ihn ihr Blick nicht nur von Grauen erfüllt, sondern wach. Sie zuckte die Schultern – eine Regung, die ihr unendliche Schmerzen zu bereiten schien, denn ihr Gesicht verzerrte sich, und sie griff nach den übervollen Brüsten. Der Graf blickte auf die sämige weiße Flüssigkeit, die von deren Spitzen tropfte und durch ihr zerfetztes Kleid drang.

»Wo ist dein Kind?«, fragte er. »Wo ist dein Kind? Du hast doch eben erst geboren!«

»Nicht…«, stammelte sie. »Sprecht es nicht aus!« Sie presste ihre Hände auf die Brüste, sodass noch mehr Milch hervorquoll.

»Du musst es mir sagen«, drängte der Graf. »Du musst mir berichten, was geschehen ist. Es ist wichtig, hörst du?«

Die Frau schluchzte auf, und gleichwohl dieser Ton nicht minder durch Mark und Bein ging als all ihre Worte, klang er doch erstmals menschlich. Sie richtete sich auf.

»Mein Name…«, stammelte sie, »mein Name ist Johanna.«

Es war edel, alles so unglaublich edel.

Sie wusste, dass es falsch war, dergleichen zu bestaunen und sich darüber Gedanken zu machen. Zumindest jetzt, da sie wieder wusste, wie sie hieß, und da der Graf verzweifelt darauf drang zu erfahren, was ihr zugestoßen war.

Doch sie konnte nicht anders, als ihn anzustarren, denn eine Kleidung, wie er sie trug, hatte sie noch nie gesehen: ein Leinenhemd von reinem Weiß, weder von Schweiß noch von Dreck befleckt. Genauso sauber und sorgfältig genäht waren die Hosen, die die Oberschenkel bedeckten. Während diese von mattem Grau waren, glänzte die Tunika in einem kräftigen Rot. Sie war mit Seide in einem Ockerton eingefasst – die gleiche Farbe, die auch die Schenkelbänder aufwiesen, die die Unterschenkel umhüllten. Der Graf trug Stiefel, fast kniehoch, aus glattem Leder. Sie saßen wie eine zweite Haut, als wären sie eigens für ihn gemacht worden, ebenso wie das Wams aus Otterfell, das eine goldene Spange an der Brust zusammenhielt.

Sie wusste, irgendwo hinter diesem Staunen lauerten bittere Erkenntnisse. Ich habe keine Heimat mehr. Ich habe meinen Mann verloren. Es gab ein Kind – aber jetzt ist es fort. Doch all das, es schmeckte nach nichts, es roch nach nichts.

Nicht so zumindest wie die Lampen mit Nussöl, die an den Wänden hingen und viel weniger bitteren Rauch verströmten als die Fackeln aus der Rinde von Birken, wie sie sie kannte, oder gar der Torf, mit dem sie ihre Hütte geheizt hatten und der für mehr Gestank als Licht sorgte.

Hier hingegen, im Saal des Grafen von Laon, war es unglaublich hell. Als sie den Blick hob, sah sie von der Decke einen mehrarmigen Leuchter mit vielen kleinen brennenden Kerzen hängen. Er bestrahlte die feinen Bemalungen an den Steinwänden, wohingegen die Decke ihres Hauses stets vom Ruß verdunkelt gewesen war.

Als sie den Kopf senkte, fühlte sich ihr Leib an wie tot. »Es hat keinen Sinn, sie zu befragen«, murmelte der Mann, der die ganze Zeit über an der Seite des Grafen gestanden hatte. »Sie ist viel zu erschöpft. Sie braucht Ruhe.«

Der Graf zögerte einen Augenblick, dann beugte er sich dem Ratschlag und gab jener Frau einen Wink, die, wie Johanna mittlerweile wusste, Alpais hieß und seine Gattin war. Vorsichtig berührte die Frau Johanna an den Schultern, zog sie mit sich.

»Kannst du … kannst du laufen?«, fragte sie. Ihre Stimme klang hoch und kraftlos wie das Fiepen einer Maus.

Johanna nickte gedankenverloren. Sie hatte vergessen, dass ihre Füße bluteten; sie fühlten sich taub an wie der restliche Leib. Humpelnd verließ sie den Saal und stellte fest, dass der nicht der einzige beheizte Raum war. Viele weitere befanden sich rund um den *Portikus*, den Eingang – alle so riesig, dass ihre Bauernhütte mehrfach hineingepasst hätte –, und ein jeder hatte eine Türe mit einem Schloss daran. Ihre Hütte hatte man nicht versperren können. Sie hatten schließlich keine Reichtümer besessen, die sie vor den Nachbarn schützen mussten. Und hätte ein armseliges Schloss ausgereicht, um die Horden der Normannen aufzuhalten?

Neben dem Hauptgebäude, das sie nun verließen, gab es noch weitere Räumlichkeiten: die Wirtschaftsgebäude, darunter den Keller, Scheunen und Ställe, viele Holzhäuser und solche aus Fachwerk, in denen wohl die Leibeigenen und Dienstboten schliefen. Ein steinernes Tor verschloss den Hof. Johanna konnte sich nicht erinnern, vorher hindurchgetragen worden zu sein. Eigentlich wollte sie sich auch nicht erinnern, wollte an gar nichts denken, sich nur dem eigenen Staunen anheimgeben. Dieses Staunen verstärkte sich, als sie den Garten sah, übervoll mit Blumen – Lilien und Rosen, Hornklee und Frauenminze. Wie nutzlos, dachte sie, nichts davon kann man essen. Doch reiche Menschen wie der Graf, das wusste sie, hatten genug zu essen; sie konnten sich an der Schönheit von Gottes Schöpfung erfreuen, auch ohne dass diese ihnen Nutzen einbrachte.

Der Garten war schäbig klein, gemessen an der riesigen Küche, die sie alsbald durchschritt und die voll war von Feuerböcken, Ketten und Haken, vielen Kochkesseln aus Kupfer und Eisen, Salzfässern und Brotkästen. Mannshoch waren die Schränke, in denen das Geschirr aufbewahrt war: Krüge aus Zinn und Blei, Keramikschüsseln und Silberplatten.

»Hast du Hunger?«, fragte Alpais. Ihre Stimme klang nicht mehr quietschend hoch, sondern warm und sanft. Johanna nickte, und dann stand schon eine Schüssel vor ihr – eine Schüssel, ganz für sie allein. So etwas hatte sie noch nie gehabt. Sie nahm den ersten Bissen, er schmeckte fremd. Die letzte Mahlzeit, an die sie sich erinnern konnte, war ein Eintopf aus Erbsen, Wicken und Saubohnen gewesen, wie die Bauern ihn aßen. Das jetzige Gericht hingegen war eine kräftige Brühe mit ganzen Fleischstücken, so fein, dass sie auf ihren Lippen zergingen. Obgleich ihr Hunger groß und das Mahl köstlich war, fiel es ihr schwer zu essen. Nicht mehr unerträgliche Schmerzen hielten ihren Körper gefangen, aber Müdigkeit. Sie konnte kaum den hölzernen Löffel zum Mund führen, so schwer war ihr der Arm.

»Ihr solltet ihr vielleicht besser einen Trank aus Bohnen, Reismehl und Milch geben«, hörte sie eine fremde Stimme zu der Gräfin sagen. »Eine Amme darf keine scharf gewürzten oder sauren Speisen zu sich nehmen, schon gar keine Zwiebeln, keinen Kohl und Lauch.«

»Sie muss doch wieder zu Kräften kommen«, antwortete Alpais sanft.

Johanna bezog das Gerede nicht auf sich. Als sie die Hälfte der Schüssel geleert hatte, gaben ihre Lider nach, und als sie die Augen wieder öffnete, saß sie nicht mehr in der Küche, sondern lag in einem Bett.

Verwirrt strich sie über die feinen Decken und Federkissen.

»Es ist alles gut«, drang Alpais' Stimme zu ihr. »Du kannst dich ausruhen.«

Sie spürte ihren Blick. Er war freundlich, als kümmerte sie sich gern um sie, und zugleich ausdruckslos, als dränge sie kein echtes Mitleid dazu, sondern die christliche Verpflichtung, derzufolge man einen Flüchtigen eben aufzunehmen hatte.

»Ich …«, stammelte Johanna, »ich …«

»Wir haben deine Wunden gereinigt und deine Füße verbunden. Und wir haben die verkohlten Strähnen deiner Haare geschoren.«

Johanna war zu schwach, um ihre Hand zu heben und den Kopf zu betasten.

»Meine Brüste«, stammelte sie, »meine Brüste schmerzen.«

Sie spürte warme Flüssigkeit, die von den Warzen auf ihren Bauch lief. Es fiel ihr ein, dass es noch nicht lange her war, seitdem sie geboren hatte. Ihr Kind war klein, unendlich klein und schutzlos, kaum zwei Wochen alt, wo war ihr Kind?

Da hörte sie plötzlich das quäkende Wimmern eines Säuglings, roch dessen milchigen Duft, spürte einen feinen, leichten, warmen Körper, der an ihren gehalten wurde. Er war in Tücher gehüllt und mit Bändern umwickelt, damit er gerade liegen und wachsen konnte.

Johanna versuchte sich zu erheben. »Das ist nicht mein Kind ...«, murmelte sie. Der Säugling war rotgesichtig, die Augen zu Schlitzen zusammengepresst.

»Das ist Balduin, Audacers Sohn«, erklärte Alpais. »Der Name des Kindes mag dir ungewöhnlich erscheinen, weil er nicht mit den Silben von dem seines Vaters beginnt, aber Audacer ... wollte das nicht. Die Mutter Hildegund ist bei der Geburt gestorben, und Audacer hat noch keine Amme für ihn gefunden. Und da der Graf, mein Gatte, Balduins Pate ist, sind wir dazu verpflichtet, uns seiner anzunehmen.« Alpais' Stimme klang plötzlich gepresst, als würde sie nur mit Mühe ein Schluchzen unterdrücken.

Unendlich groß war die Erleichterung, als der grässliche Druck in Johannas Brüsten nachließ, sobald das Kind schmatzend daran saugte. Doch zugleich überkam sie ein Weh, das übervolle Brüste und blutende Füße allein niemals ausgelöst hätten. Ihre Augen schienen zu zerrinnen, so viele Tränen stürzten gleichzeitig aus ihnen hervor.

»Nicht!«, drang Alpais' Mahnung zu ihr. »Du darfst nicht weinen! Die Milch wird sauer, wenn du weinst!«

»Ich kann nicht anders.«

»Beruhige dich. Du musst ganz ruhig sein. Du darfst schlafen, essen und trinken, wann immer du willst, damit du genügend Milch hast. Ist dein Kind ein Sohn gewesen? Eine Amme, die einen Sohn geboren hat, ist besser als eine, die einer Tochter das Leben geschenkt hat. Du darfst dich nicht erregen, dein Charakter färbt auf das Kind ab, und du bist doch jetzt seine *Nutrix.*«

Johanna wollte sich wehren, sie bäumte sich auf, um das Kind wegzuschieben. Doch dabei stießen ihre Beine an den Wärmestein, der in ihr Bett gelegt worden war. Sie sank auf die Federkissen zurück und ließ das Kind weiternuckeln.

Noch nie hat man mich so umsorgt, dachte sie, und ihre Tränen versiegten. Noch nie habe ich in einem solch edlen Bett geschlafen.

III. Kapitel

Zum ersten Mal nahm Johanna wahr, wie die anderen Frauen über sie sprachen. Das Gesinde hatte zwar schon früher über sie getuschelt – einige Monate waren vergangen, seitdem sie als Amme des kleinen Balduin in Laon lebte –, aber es war ebenso an ihr abgeprallt wie die vielen Fragen, mit denen der Graf sie bedrängte, und Alpais' Freundlichkeit, die nicht über ihre grundsätzliche Steifheit hinwegzutäuschen vermochte. All das, selbst das Nuckeln des Kindes an ihren übervollen, trotz der Schrecken ihrer Flucht nie versiegenden Brüsten, hatte sie über sich ergehen lassen, ohne es wirklich wahrzunehmen.

Aber die Worte der beiden Mägde hörte sie nun, vielleicht, weil sie so absonderlich waren.

»Doch, es stimmt!«, sagte die eine. »Es gibt kein wirksameres Mittel, um einen Mann für sich zu gewinnen. Eine Frau muss einen lebenden Fisch in ihre Scham einführen und ihn festhalten, bis er tot ist. Und wenn sie ihn hernach kocht und dem Liebsten vorsetzt, so wird er sein Leben lang nie wieder von ihr ablassen können.«

Die andere brummte etwas Unverständliches, ehe sie hinzusetzte: »Kann mir nicht vorstellen, dass grade ein Fisch eine solch leidenschaftliche Glut erwecken kann. Fische haben kalte, tote Augen …«

»So wie sie«, wechselte Erstere unvermittelt das Thema. »Hab ihr gestern frische Kleidung gebracht, und sie hat kein Wort des Dankes gesagt, sondern mich einfach nur angestarrt. Ach, kalt über den Buckel ist's mir gelaufen!«

»Jetzt bild dir bloß nichts ein!«, entgegnete die andere schroff. »Sie ist nicht… böse, sie ist nur vollkommen verwirrt.«

»Du hast viel zu viel Mitleid mit ihr!«

»Du weißt doch, was ihr zugestoßen ist!«

»Na und?«, erwiderte die andere barsch. »Jeder hat seine Last zu tragen. Aber sie, glaub mir, sie hat es eigentlich gut getroffen.«

Johanna blickte nachdenklich auf. Sie sprechen über mich, kam es ihr in den Sinn.

Kurz wusste sie nicht, was sie mehr überraschte – dass sie die Worte überhaupt wahrgenommen hatte oder dass die beiden Frauen so ungeniert über sie schwatzten, obgleich sie doch hier in der Küche nicht weit von ihnen saß. Zweimal am Tag kam sie hierher, um die Mahlzeiten einzunehmen, dann flüchtete sie sich rasch wieder in das Gemach, das sie mit dem Kind teilte. Meist saß sie völlig versunken über die Schüssel gebeugt und aß hastig und ohne richtig zu kauen, was später oft für schmerzliches Magendrücken sorgte. Doch zum einen konnte sie seit ihrer Flucht die Gier auf jedweden nahrhaften Bissen nicht beherrschen und verschlang hemmungslos alles, was ihr vorgesetzt wurde, und zum anderen wollte sie so wenig Zeit wie möglich mit anderen Menschen verbringen.

»Ja«, bekräftigte eine der Mägde, »wenn man sie sich anschaut, dann muss doch jeder feststellen, dass sie es gut getroffen hat.«

Johanna ließ den Löffel sinken und blickte unwillkürlich an sich herab. Am Tag nach ihrer Ankunft hatte sie ein Kleid bekommen, das aus Schafwolle gewebt war, und – für kältere Tage – einen Umhang aus Fuchsfell, beides so weich, dass sie oft stundenlang mit der Hand darüberstrich. Zudem hatte man ihr eigene Schuhe aus der gegerbten Haut eines Schafbockes gegeben.

»Ach Gudula, wie kannst du nur…«

»Lass mich weiterreden, Adallinda«, fiel die andere ihr erneut ins Wort. »Wir wissen nichts darüber, woher sie kommt, aber es fällt leicht, mancherlei Schlüsse zu ziehen. Sieh sie dir doch an! Sie hat die Hände einer Bäuerin, vernarbt und schwielig und feist. Ihr Rücken ist gekrümmt von all der schweren Arbeit, die sie tun musste. Früher wohlgemerkt, jetzt nicht mehr. Sie schläft in einem weichen Bett, sie trägt edle Kleidung, sie bekommt genug zu essen – und all das nur, weil sie dem Kind ihre Brust gibt.«

»So hat es der Graf beschlossen. Der Graf ist dem Kinde ehrlich zugetan, er ist schließlich sein Pate.«

»Das mag ja gut und richtig sein, zumal er keine eigenen Kinder hat. Und sie hat viel Milch, das muss man ihr lassen. Ja, als Amme taugt sie. Aber sag ehrlich: War es nicht ein gewaltiger Aufstieg für sie? Hat sie nicht mehr erreicht als sämtliche anderen Weiber ihres Standes? Nein, ich habe kein Mitleid mit ihr. Das Unglück, das sie traf, ist nicht größer als das Glück, das sie hier fand!«

Johanna erhob sich langsam. Als von ihren Brüsten gesprochen wurde, hatte sich dort ein schmerzliches Ziehen ausgebreitet, aber das musste warten. Nun wusste sie, warum sie ausgerechnet diese Worte wahrgenommen hatte, alle anderen aber bislang nicht. Weil sie wahr waren. Weil sie unerträglich waren. Weil sie sie an das erinnerten, was ihr zugestoßen war… und was sie selbst getan hatte, um sich zu retten.

»Aber sie hat doch ihre Familie verloren!«, warf Adallinda ein. »Sie war verheiratet, und ihr Mann ist tot. Wahrscheinlich haben ihn die Normannen«, Johanna sah, wie sie rasch ein Kreuzzeichen machte, »erschlagen oder verbrannt oder aufgehängt. Sie hat geboren, und das Kind… nun, das Kind muss auch tot sein, sonst würde sie es doch bei sich haben.«

»Das leugne ich alles nicht«, entgegnete Gudula, »aber der Tod eines Gatten ist doch leichter zu ertragen, wenn man ein Kleid für vierzig Denare trägt, anstelle dieses abgerissenen Fetzens, mit dem sie hier ankam. Und der Tod eines Kindes…«

Ihre Worte rissen ab, ihre Augen weiteten sich schreckerfüllt. Beide Frauen hatten Johanna nicht kommen sehen. Fast lautlos hatte sie sich angeschlichen, um dann mit einer Handbewegung an Gudulas Kehle zu fassen und jene langsam zuzudrücken, sodass die andere erst rot, dann blau im Gesicht wurde. Bis zu diesem Augenblick hatte Johanna vergessen, wie kräftig sie war. Jetzt erfüllte es sie mit einem diebischen Vergnügen, dass Gudula mit letzter, aufbäumender Verzweiflung an ihrem Handgelenk zu rütteln versuchte, aber nichts gegen sie auszurichten vermochte.

Adallinda schrie entsetzt auf. »Nicht!«, rief sie. »Nicht! Du bringst sie noch um!«

Johannas Griff lockerte sich, jedoch nur ein klein wenig.

»Hör mir gut zu«, sagte sie zu Gudula, und ihre Stimme war kaum mehr als ein Raunen. »Wenn du dergleichen noch einmal sagst, bist du tot.«

Kaum war ihr letztes Wort verklungen, löste sie ebenso rasch, wie sie zugepackt hatte, die Hand von Gudulas Kehle. Röchelnd sackte die Frau auf die Knie, rang nach Luft und gewann langsam die gesunde Gesichtsfarbe wieder. Ängstlich trat Adallinda zurück. »Wir wollten doch nicht ...«, stammelte sie hilflos.

»Sag es auch allen anderen Frauen«, meinte Johanna kalt. »Wer jemals behauptet, ich hätte es gut getroffen, der stirbt durch meine Hand.«

Noch ehe Adallinda nicken konnte, hatte sich Johanna schon abgewandt, um das Küchengebäude zu verlassen. Als sie draußen im Hof in die Sonne trat, spürte sie, wie kräftig das Blut plötzlich durch ihre Adern rann, wie heftig ihr Herz pochte, wie entschieden sich sämtliche Muskeln und Sehnen anspannten – so als hätte es die Todesstarre nie gegeben, in der sie in den letzten Monaten gefangen schien. Kurz war es eine Wohltat, so viel Leben in sich zu spüren, doch im nächsten Augenblick schien es ihr unerträglich. Was immer diese Kraft in ihren Leib pumpte, es setzte auch ihre Gedanken in Gang. All die Worte, die in den letzten Monaten an sie gerichtet gewesen waren, denen sie sich jedoch verweigert hatte, prasselten nun auf sie ein, in einem wilden, fast unverständlichen Chor – die Worte jener Menschen, die sie befragt und die über sie getuschelt hatten, all das ängstliche Gerede über die Normannen.

»Sag, was geschehen ist in deinem Dorf ...«

»Denkt ihr, die Normannen werden auch hierher nach Laon kommen?«

»Nein, nein, sie haben die Seine wieder verlassen, sind zurück in ihre Heimat gekehrt!«

»Was ist mit deinem Mann geschehen, Weib? Was haben sie mit deinem Kind gemacht?«

»Gütiger Himmel! Es gibt nun eine neue Gruppe von Normannen, die raubend und brandschatzend durchs Land zieht, diesmal sind sie über die Loire gekommen!«

»Ja, aber diesmal hat König Karl nicht versäumt, sein Land zu schützen. Er hat die Verteidigung an Renaud de Nantes übergeben, und der hat sie vertrieben.«

»Großer Gott, steh uns bei!«

»Gott hat sie uns doch geschickt! Sie kommen als Geißel, um uns zu strafen: wegen der Sünden des Volkes, der Unwürdigkeit der Geistlichen und der Großen.«

»Denkt Ihr, dass auch diese Frau hier gesündigt hat, wenn sie Heimat und Familie verloren hat?«

Johanna verschloss die Augen vor der grellen Sonne und schlug ihre Hände über die Ohren, auf dass sie nichts mehr hören musste. Wie blind und taub lief sie über den Hof zurück in das Hauptgebäude, schnell und atemlos, bis die vielen Stimmen leiser wurden. Es war, als würden sie nicht in ihrem Kopf toben, sondern als könnte sie vor ihnen flüchten.

»Bitte nicht!«, stammelte sie, und ihre flehende Stimme hatte nichts gemein mit der heiseren Drohung, die sie eben noch wider Gudula ausgestoßen hatte. »Bitte nicht!«

Die Stimmen waren gnädig, wurden leiser und leiser, erstarben wieder – ebenso wie ihre Kräfte. Ihre Knie schlotterten, ihre Hände wurden schweißnass. Unmöglich schien es ihr, noch einen weiteren Schritt zu tun, geschweige denn, ein Weib wie Gudula zu packen und beinahe zu erwürgen.

Außer Atem hatte sie das Gemach erreicht, sie musste nur noch eintreten, die Türe schließen und alles wegsperren, was ihren Seelenfrieden bedrohte. Doch als sie in den Raum kam, traf sie nicht nur auf den schlafenden Balduin, sondern auch auf eine fremde Gestalt.

Johanna schreckte zurück. Vor den Stimmen hatte sie fliehen können, nicht jedoch vor diesem Mann.

»Er ist größer geworden«, stellte Audacer fest. Seine Stimme klang nicht bewundernd oder gerührt, sondern grollend, als wäre jenes Gesetz der Zeit, wonach Säuglinge nicht Säuglinge bleiben und Kinder nicht Kinder, eine Zumutung.

Johanna wusste, wer er war. Zu ihrem eigenen Erstaunen hatte sie sich sogar seinen Namen eingeprägt. Warum er jedoch hier war, konnte sie sich nicht recht erklären. Der Graf kam oft, betrachtete sein Patenkind dann liebevoll, hatte es sogar mehrmals hochgehoben, gleichwohl dies für einen Mann ein durch und durch absonderliches Verhalten war. Ein gutmütiges und irgendwie dümmliches Lächeln war dabei auf seinem Gesicht erschienen. Auch Alpais, seine frömmelnde und meist schweigende Gattin, der Gott der Allmächtige keine Kinder geschenkt hatte und die ihr Schicksal mit demütiger Miene trug – irgendwie auch mit einer trägen, als wäre sie zu faul, das Walten des Schicksals zu hinterfragen –, ja, auch diese überwachte das Gedeihen des kleinen Balduin. Sie berührte ihn nie, sondern blieb stets in einigem Abstand stehen, als gelte es, sich vor der dreisten Lebendigkeit zu schützen, die ein gesunder Säugling versprüht. Aber ihre Miene war nie verbittert. Entweder weil ihr nichts anderes einfiel oder weil sie eben eine durch und durch gottesfürchtige Frau war, hob sie des Öfteren die Hand und schlug ein segnendes Kreuzzeichen über der Wiege.

Audacer hingegen – der Einzige, der mit dem kleinen Jungen blutsverwandt war – blickte nun missgünstig auf seinen Sohn hinab.

»Er hat meine Frau getötet«, sagte er schließlich.

Johanna hob den Kopf. Sie sehnte sich so sehr nach Ruhe und Gleichgültigkeit, doch seine Worte schreckten sie auf. Nicht wegen der Verzweiflung und Wehmut, die in ihnen mitschwangen, sondern wegen des Übermaßes an Trotz, mit dem Audacer sich nicht nur jeder Regung von väterlicher Liebe widersetzte, sondern auch dem schlichten Gesetz, wonach der Herr nimmt, der Herr gibt und man Ihn trotz allem zu loben und zu preisen hat.

Plötzlich ließ sein starrer Blick das Kind los und saugte sich an Johanna fest.

»Sie war ein gutes Weib«, sagte er. »Hildegund meine ich. Sie hat nicht zu viel geredet, sie hat nie über die Arbeit geklagt, sie war weder hoffärtig noch habgierig. Sie merkte von allein, was die Menschen sich wünschten. An ihrer Seite … an ihrer Seite konnte ich friedlich leben.«

Er trat näher, und Johanna erkannte, dass ihm solch ein friedliches Leben nun nicht mehr gegönnt war. Nicht nur, weil seine Augen blutunterlaufen waren und sein Atem schlecht roch – so wie bei all jenen, die sich beim Genuss von Bier keine Grenzen auferlegten. Obendrein kündeten eine blaue Geschwulst an der Wange, eine blutige Kruste auf der Stirn und ein Riss im Ohr davon, dass er in irgendwelche Händel geraten sein musste, wie sie sich unter Männern manchmal zutrugen. Er ballte seine Hände zu Fäusten. Etwas Rohes, Unbeherrschtes ging davon aus, das sie ängstigte.

Unwillkürlich trat sie zu der Wiege und hob das Kind heraus. Es hatte den Besuch seines Vaters verschlafen, erst jetzt öffnete es seine wasserblauen Äuglein. Nie hatte sie sich bisher zu etwas anderem verpflichtet gefühlt, als ihm die Brust zu reichen und es zu versorgen, wie es einer *Nutrix* oblag. Zum ersten Mal regte sich nun der Wunsch, es zu beschützen.

»Er ist so klein …«, stammelte sie, und sie wusste den Schmerz nicht zu deuten, der plötzlich in ihr aufwallte. Er war stechender als das Unbehagen, das sie verspürt hatte, als die Frauen über sie tratschten, quälender als die Sehnsucht nach Stille. Er kündete davon, dass da ein verwundbares Wesen ihrer Obhut anvertraut war und sie nicht sicher sein konnte, ob sie es tatsächlich von der grausamen Welt abschirmen konnte. Vertraut war dieses Gefühl – ebenso wie jenes, darin zu scheitern.

Doch Audacer verstärkte seine bedrohlichen Gesten nicht. Seine Fäuste öffneten sich wieder.

»Nun gut«, sagte er plötzlich, und es klang fast wehleidig, »ich will ihn nicht haben, der Graf hingegen schon. Er braucht einen Sohn, weil seine Frau ihm keinen gebären kann. Und ich, ich kann gut und gern auf ihn verzichten.«

Johanna schloss die Arme fester um das Kind. Es blickte sie schlaftrunken an, gab aber keinen Mucks von sich.

»Er ist Euer Kind«, murmelte sie, und anders als in den letzten Monaten fiel ihr das Reden nicht schwer. »Gott hat es Euch geschenkt.«

»Und ich schenke ihn eben weiter«, entgegnete Audacer hart, als handelte es sich dabei um ein Pferd oder um einen prächtigen Sattel für eben ein solches. »Was ist daran schlimm?«

Es wäre nicht schlimm gewesen, hätte er diese Entscheidung zum Wohle des Knaben gefällt. Doch Johanna wusste, dass Audacer das alles nicht tat, weil er seinem Sohn weniger bieten konnte als der Graf, sondern weil er ihm ganz offensichtlich weniger bieten wollte.

»Wie könnt Ihr ein kleines, unschuldiges Kind derart hassen?«, entfuhr es ihr. Die Wahl ihrer Worte deuchte sie fast zu hart.

Doch Audacer stritt nichts ab. Er lächelte schief, auf eine ebenso schmerzliche wie bösartige Weise. »Wir können so wenig in unserem Leben selbst bestimmen, warum soll ich nicht das bisschen Freiheit nutzen, das mir noch bleibt? Ich habe mir nicht ausgesucht, dass mein Weib mit fünfzehn Jahren im Kindbett starb. Aber wie ich zu meinem Sohn stehe, das ist und bleibt meine eigene Wahl.«

Er zuckte die Schultern, wandte sich zu gehen. Der Nähe des Kindes war er wohl schon zuvor überdrüssig gewesen, nun schien er es obendrein leid, sich vor ihr zu rechtfertigen. Johanna starrte ihm nach, erleichtert, dass er ging, dass die Sache ausgestanden war, dass nicht länger eine Bedrohung von ihm ausging.

Doch kaum hatte sie sein Gesicht nicht mehr vor Augen, nur mehr seinen breiten, aufrechten Rücken, da traf sie wieder der vorherige Schmerz, der von Hilflosigkeit zeugte und von einer Verzweiflung, die nichts mit diesem Kind hier und seinem Vater zu tun hatte.

Sie merkte kaum, wie sie den kleinen Balduin auf den Boden setzte, Audacer nachstürzte und mit ihren kleinen Fäusten wie von Sinnen auf seinen Rücken eintrommelte.

»Wie könnt Ihr freiwillig wegwerfen, was mir genommen wurde? Wie könnt Ihr nur!« Mühelos durchbrachen die Worte den Damm, den sie in den letzten Monaten stets zu bewahren gewusst hatte. Kaum flossen die ersten aus ihrem Mund, wusste sie, dass sie die weiteren nicht würde halten können. »Ihr klagt, weil Ihr Eure Frau verloren habt? Was ist das schon für ein Schmerz, gemessen an dem meinen? Ich habe alles verloren, alles, alles, alles! Ich habe zugesehen, wie sie meinen Gatten erschlagen haben. Er konnte sich nicht einmal wehren, zu zweit haben sie mit Hacken auf ihn eingeschlagen, am Ende war sein Gesicht nur mehr ein blutendes Loch, und seine Glieder waren zertrümmert. Bei allen haben sie's so gemacht, bei den Männern, bei den Frauen, bei den Kindern. Nein, bei den Kindern haben sie noch Schrecklicheres getan. Bei den Kindern … bei meinem Kind … Ich hatte einen Sohn, ich hatte einen kleinen Sohn …«

Ihre Stimme brach, alles begann sich zu drehen. Plötzlich wusste sie nicht mehr, wo sie war, mit wem sie sprach. Audacer hatte sich ihr zugewandt, starrte auf sie herab.

»Wie könnt Ihr Euren Sohn aufgeben?«, brüllte sie mit letzter Kraft. »Wie könnt Ihr nur?«

Und wie konnte ich mein Kind aufgeben?, dachte sie. Wie konnte ich zulassen, dass es starb, ich aber weiterlebte?

Ihre Kehle schmerzte. Über Wochen hatte sie kaum etwas gesagt, und nun schrie sie so laut, dass sie einzelne Silben verschluckte, diese in einem wüsten Gebrüll untergingen, nicht unähnlich jenem, das ihre Nachbarn, ihre Familie, ihr Gatte ausgestoßen hatten, als die Normannen sie ausgemerzt hatten.

Ihre Fäuste fühlten sich wund an. Doch sie konnte nicht aufhören, drosch und drosch auf ihn ein, bis Audacer, anfangs schlichtweg überrumpelt, sie schließlich entsetzt festhielt.

»Bist du von Sinnen, Weib?«, schrie er.

»Ihr seid von Sinnen, wenn Ihr das abschlagt, was der Herr Euch gelassen hat! Mir hat er nichts gelassen, gar nichts!«

»Lass mich in Ruhe!«

»Es steht Euch nicht zu, Euch gegen Seinen Ratschluss aufzulehnen, Euch nicht!«

Sie hatte das Gefühl, nicht mehr zu schreien, sondern die Worte zu erbrechen wie einen übelriechenden Schleim. Sie merkte kaum, wie er sie schließlich zurückstieß und sie durch den halben Raum taumelte, an einer der gedrechselten Bettsäulen anstieß und das Gleichgewicht verlor. Sie fiel, krachte mit der Stirn auf den harten Boden. Sie sah nicht, wie Audacer ging, denn ihr wurde schwarz vor Augen. Erst als sie sich stöhnend auf den Rücken wälzte, konnte sie aufhören zu schreien.

Johanna wusste später nicht mehr, wie lange sie am Boden liegen geblieben war. Schmerz widersetzt sich der Ordnung der Zeit – und Schmerz war es, der auf sie einstach. Er verstärkte sich beim Einatmen und ging auch nicht fort, wenn sie die Luft entweichen ließ. Er war so übermächtig, dass sie nicht entscheiden konnte, ob seine Wucht sie zu vielen kleinen Fetzen zerreißen würde oder ob er ihre Haare ergrauen, ihre Kehle Blut spucken, ihre Haut verkohlen ließe, bis diese schließlich schwarz würde, so wie bei Gliedmaßen, die der Wundbrand auffrisst. Die Stelle an der Stirn, wo sie auf dem Boden aufgeprallt war und wo sich gewiss eine bläuliche Beule bilden würde, zeugte im Vergleich zu diesem Schmerz von einem lächerlich geringen Weh.

»Ich kann nicht«, stammelte sie, »ich kann es nicht ertragen.«

Der Schmerz bündelte sich. Tief drinnen erwuchs die Erkenntnis, was sie von allem Schrecklichen am wenigsten ertragen konnte.

»Ich kann nicht«, stammelte sie wieder. Erstaunlich nüchtern überlegte sie, auf welche Weise der Schmerz sie töten würde, ob sie einfach daran ersticken, ob er ihr die Eingeweide zerreißen, ob ihr Herzschlag aussetzen würde.

Sie wartete, dass etwas davon geschehen möge, doch nun, da sie die Körperregungen belauerte, schienen sich diese zu entspannen. Das Pochen des Herzens verlangsamte sich, aber es setzte nicht aus. Der Atem beschwichtigte sich, aber er blieb nicht stehen. Auch der Druck in der Brust und im Magen ebbte ab. Es stimmte sie nicht erleichtert, sondern verzweifelt. Wie konnte der gefällte Körper den innigIichsten Wunsch verweigern, nicht weiterzuleben?

Stöhnend richtete sie sich auf, gewillt, nach Mitteln und Wegen zu suchen, um dem Leib seine plumpe Lebensgier mit Gewalt auszutreiben. Ihr Blick verschwamm, die Nachwirkungen des Aufpralls holten sie in Form von vielen kleinen, lichten Pünktchen ein, die vor ihren Augen tanzten. Als sie sich endlich klärten, blickte sie in blaue Augen, die sie unverwandt anstarrten.

Lautlos war das Kind zu ihr gekrabbelt, ebenso unberührt von Audacers kaltherziger Entscheidung wie von ihrem Zusammenbruch. Es musste auf den Knien gerobbt sein, stützte sich jetzt auf den winzigen Händchen auf wie ein Welpe, starrte erwartungsfroh – und lächelte.

Johanna blickte den kleinen Balduin an, als sähe sie ihn zum ersten Mal.

Sie ließ ihn regelmäßig an ihren Brüsten trinken, hatte ihn manchmal vor dem Stillen gebadet und danach eingeölt, damit er keine Abszesse bekäme. Sie hatte die Schnittstelle des Nabels mit Pulver aus Kreuzkümmel oder Myrrhe behandelt und sie dann mit einem in Olivenöl getränkten Baumwolltuch bandagiert, und sie hatte seine Zunge mit Honig, Salz und Weihrauch eingerieben, damit das Kind irgendwann ordentlich zu sprechen lernte. Sie hatte vor kurzem begonnen, ihm neben der Milch auch Honigwasser, in Rinder- oder Hühnerbrühe eingeweichtes Brot und Haferschleim zu geben.

Doch das alles hatte sie gedankenlos getan oder über sich ergehen lassen, ohne das Kindlein auch nur einmal eingehend zu betrachten. Jetzt tat sie es – und sie erkannte Unschuld und Reinheit. Nichts hatte das Gemüt des Kindes bislang zerkratzt. Die bösen dunklen Schicksalsmächte hatten ihren Geifer noch nicht auf seine zarte Seele gespuckt.

Johanna richtete sich noch weiter auf, streckte unwillkürlich die Hände aus, ergriff den weichen Leib an seinen Schultern und zog ihn an sich. Bei alldem hatte sie noch keine Entscheidung getroffen, ob sie das Knäblein künftig lieben würde oder ob sie ihm neiden würde, dass es lebte, ihr eigenes aber nicht. Als sie über das Köpfchen streichelte, zogen sich die Mundwinkel des Kindes noch weiter auseinander. Da roch sie das Kind – nicht nur die Haut und dessen süßliche Ausdünstungen, nicht nur die feinen Haare und den milchigen Speichel –, sie roch das Lächeln. Und das Lächeln roch wie Licht. Warm und wohlig, köstlich und reinigend.

Sie zog das Köpfchen an sich, drückte es, als könnte sie dadurch noch mehr von diesem gnädigen Labsal herauspressen, überrascht, dass das Kind ihr dergleichen schenken konnte, wo doch alle Welt wusste, dass der Geist der Kinder vollkommen leer war, formbar wie Wachs. Doch vielleicht war gerade das so tröstlich.

Da machte der Knabe einen quäkenden, unwilligen Laut. Befremdend war offenbar diese heftige Umarmung. Er verzog seinen Mund, quengelte noch lauter und kniff die blauen Augen zusammen, um alsbald verstörte Tränen zu weinen.

Entsetzt lockerte Johanna ihren Griff. Die Angst, sie könnte Balduin wehgetan haben, vertrieb ihren Schmerz.

Wer seine Kinder zu sehr liebt, hatte der Pfarrer ihres Dorfs gewarnt, der gibt seine ganze Kraft dafür aus und tut nichts zur Rettung der eigenen Seele.

Aber ihre Seele war nach allem, was sie sie erlebt und was sie getan hatte, doch ohnehin verloren. Warum sollte sie das Kindlein nicht lieben, mit ganzem Herzen und ganzer Kraft?

»Bitte«, stammelte sie, und sie wusste, dass Balduin von diesem Tag an ihr Kind war. »Bitte … weine nicht! Du musst lächeln! Du darfst nicht aufhören zu lächeln.«

IV. Kapitel

Sechs Jahre später

Die Sonne prallte grell auf Balduins Gesicht und färbte es rot. Er konnte kaum die Augen offen halten, nicht nur wegen des Lichts, sondern auch vor unerträglicher Müdigkeit. Bis vor wenigen Tagen hatte er nicht gewusst, dass man so müde sein konnte, so erschöpft. Jede Faser seines Körpers lechzte danach, sich fallen zu lassen, und sei es auf den schlammigen Boden. Obwohl die Sonne derart unangenehm brannte, war die braune Erde noch nicht vom gestrigen Gewitter getrocknet. Bis zu seinen Unterschenkeln versank er darin, spürte, wie der Schlamm an den Rändern seiner Lederschuhe eindrang – eine feuchte, klebrige Masse, ebenso unangenehm wie der Schweiß auf seiner Stirn. Doch das war nichts gegen die unerträglichen Schmerzen in seinen Armen. Weit vor sich ausgestreckt musste er ein Schwert halten, das fast so groß war wie er und nicht minder schwer. Bei strengster Strafe war ihm untersagt, es sinken zu lassen. So er denn diese unmenschliche Aufgabe meisterte, es eine Stunde lang hochzuheben, sei ihm das schlechte Benehmen von gestern verziehen; würde er jedoch daran scheitern, träfe ihn die Peitsche.

Balduin fühlte nicht nur die Arme schwer und schwerer werden, sondern obendrein einen unerträglichen Druck, der sich auf seine Brust senkte, von der Erschöpfung bedingt, aber auch von der maßlosen Enttäuschung. Er war betrogen worden! Man hatte ihm doch gesagt, es würde Spaß machen, endlich zum Mann ausgebildet zu werden! Johanna hatte ihm das gesagt, der Graf und auch Alpais, dessen Frau, obgleich sie in den letzten Jahren so schweigsam geworden war, dass manch einer meinte, sie würde den Mund nur noch zum Beten aufmachen. Doch zu ihm hatte sie sich vor einigen Monaten gebeugt, hatte zwar den üblichen Abstand gehalten – Balduin konnte sich nicht erinnern, dass sie ihn jemals berührt hätte –, aber ihn eindringlich gemustert.

»Bald bist du groß genug für die Ausbildung. Freust du dich?«

Er hatte ernsthaft genickt. Einerseits, weil sie es wohl erwartete und er dieser trotz ihrer Freundlichkeit immer auch ein wenig furchteinflößenden Frau nicht zuwiderhandeln wollte. Andererseits, weil er tatsächlich seinen siebten Geburtstag herbeisehnte. Bisher waren die Begegnungen mit der Männerwelt immer aufregend gewesen, vor allem, als er das erste Mal reiten durfte.

Der Graf hatte ihn vor sich auf dem Pferd sitzen lassen, und die Welt war ihm dabei – von oben betrachtet – so riesig vorgekommen wie nie zuvor. Es war auch nicht schwer, den Anweisungen des Grafen zu folgen und seine Muskeln mal anzuspannen, mal zu lockern, genau so, wie es der Rhythmus des Trabens und später des Galopps vorgab.

»Er wird einmal ein guter Reiter werden«, hatte der Graf später zu Johanna gesagt, und Balduin hätte vor Stolz platzen können. »Eine der ersten Übungen, die er später wird vollbringen müssen, ist, vom Stand aus auf den Pferderücken zu springen – und ich weiß schon jetzt, dass es ihm mühelos gelingen wird.«

Noch tagelang hatte Balduin gestrahlt, hatte es nicht erwarten können, wieder zu reiten. Wann immer er an seine bevorstehende Ausbildung dachte, stellte er sich vor, dass sie vor allem mit Pferden zu tun hätte, mit diesen stolzen Tieren, die nach Herbst rochen – nach kräftiger Erde, farbigen Blättern, saftigen Äpfeln – und an deren glänzendem, gleichwohl etwas borstigem Fell er so gerne sein Gesicht rieb. Er liebte es, im Stall zu sein, und immer wenn er dort die Knechte sah, wie sie die Pferde striegelten und ihnen Hufe aus Weidengeflecht anlegten, stellte er sich vor, dass dies die Aufgabe sei, die ihn später auch als Krieger erwartete.

Von wegen! Jetzt wusste er es besser!

Balduin presste die Lippen aufeinander, um nicht laut zu ächzen. Der eine Arm wurde fast gefühllos, begann zu zittern. Obwohl er sämtliche Willensanstrengung darein legte, ihn oben zu halten, fühlte er, wie das Schwert sich bedrohlich tiefer senkte. Wie viel Zeit war vergangen? Womöglich erst die Hälfte?

Er versuchte sich abzulenken, indem er verzweifelt im Hof umherblickte, nach etwas suchte, worauf er sich konzentrieren könnte, um auf diese Weise die Last in seinen Händen zu vergessen. Es gab nicht viel zu sehen. In kleinen Grüppchen kamen Bauern. Der Sommer ging allmählich zu Ende, und es war an der Zeit, dem Grafen die Ernteabgaben zu überbringen. Er hörte, wie einer der Bauern sie laut benannte: »Vierzehn Scheffel Getreide, vier Ferkel, zwei Hühner, eine Metze Leinsamen, eine Metze Linsen!«

Johanna hatte ihm einmal erklärt, dass die Bauern nicht Herren über ihren Grund waren, sondern dieser dem Grafen gehörte und dass sie ihn bezahlen mussten, weil er ihnen Land zum Bewirtschaften überließ. Desgleichen hatte sie ihm eindringlich erklärt, wie dankbar er sein musste, nicht ihrem niedrigen Stand anzugehören, sondern wie ein Sohn des Grafen erzogen zu werden. Ihre Worte hatten ihm eingeleuchtet, er mochte den Grafen von Herzen. Doch jetzt, da er auf die Menschen starrte, auf ihre braungebrannten Gesichter, ihre einfachen, grauen Kittel und ihre nackten Füße, die bei manchen fast schwarz waren vor Dreck, fand er ihr Los zwar nicht sonderlich erstrebenswert, aber immer noch besser als das seine.

Auch sein zweiter Arm begann nun zu zittern. Nicht schwach werden!, ermahnte er sich selbst, obwohl er hätte heulen können. Nicht schwach werden! Sich nicht entblößen, nicht vor Arbogast.

So hieß der Mann, dem der Graf Balduins Erziehung anvertraute, ebenso wie die seiner drei Neffen, die in Laon lebten, nachdem der Bruder des Grafen gestorben war. Sie waren älter als Balduin, und was Arbogast ihnen bei der ersten Begegnung kundgetan hatte, schien sie nicht weiter zu erschüttern, nicht so zumindest wie Balduin.

»Ab heute seid ihr keine Kinder mehr!«, hatte Arbogast gesagt, nein eigentlich hatte er es gebrüllt. Balduin war zusammengezuckt, noch nie hatte jemand derart laut zu ihm gesprochen. »Ab heute seid ihr Männer! Ihr werdet Widrigkeiten wie Hunger, Kälte und Sonnenglut ertragen, ohne mit der Wimper zu zucken, verstanden? Wenn ihr euch als faul und aufrührerisch erweist, dann werdet ihr die Rute zu spüren kriegen!«

Balduin hatte ihn sprachlos angestarrt, und dann hatte das Unheil begonnen. Ja, das Reiten gehörte zu der Ausbildung, aber leider nicht nur. Sie umfasste auch viel Unangenehmeres. Er musste das Bogenschießen erlernen, das Führen der Hunde – eine wilde, kläffende Horde, die ihm unendlich viel Angst machte – und die Falkenjagd. Am allerschlimmsten aber waren die vielen Scheinkämpfe mit hölzernen Schwertern, die er mit den drei Knaben auszufechten hatte – und die er immer verlor.

Brüllend stand Arbogast dann neben ihnen, erteilte Befehle – und lobte hernach immer die anderen, nie ihn.

Anfangs hatten die drei Jungen – Giso, Gerbert und Gerold mit Namen – ihn noch scheu gemustert, die Liebe witternd, die der Graf diesem Knaben entgegenbrachte, obgleich er doch nicht dessen leiblicher Vater war. Doch bald hatten sie herausgefunden, dass Balduin der Schwächste und Schutzloseste von ihnen war, und seitdem nicht aufgehört, über ihn zu spotten.

Balduin zuckte zusammen. Ein Steinchen hatte ihn getroffen, mitten auf der Wange, klein, aber spitz. Obwohl er sich nicht umdrehen konnte, ahnte er, wer es auf ihn geworfen hatte – ein Verdacht, der nur allzu bald bestätigt wurde. Schon ergossen sich weitere Steine über ihn wie ein harter Regen, trafen die schmerzenden Arme und sein Gesicht, einer landete sogar fast in seinem Auge.

»He!«, versuchte er zu schreien, vor Erschöpfung kam jedoch kein Laut aus seinem Mund.

Dann waren Giso, Gerbert und Gerold schon bei ihm, umrundeten ihn mehrmals, als wollten sie einen Reigen tanzen, und riefen ihm vernichtende Worte zu: »Du elender Feigling! Aus dir wird nie ein ordentlicher Krieger! Wie ein Mädchen hast du gestern geflennt!«

Der Kopf schien Balduin zu zerplatzen, vor Scham und Wut. Nicht den Knaben galt Letztere, sondern sich selbst und seiner verabscheuungswürdigen Schwäche, die er sich gestern Abend erlaubt hatte. Ein Gewitter war über sie hereingebrochen, hatte den Boden in Schlamm versinken lassen und ihn mit seinen Blitzen und dem Donner derart erschreckt, dass er heulend unter das Bett gekrochen war, um sich dort über Stunden hinweg nicht zu regen. In seiner Not hatte er nicht einmal bemerkt, dass auch einer der verhassten Jagdhunde das gleiche Versteck aufgesucht hatte. Erst als das Donnergrollen leiser wurde, die Blitze weniger grell aufleuchteten und nur mehr das Prasseln des Regens zu hören war, hatte er sich umgeblickt und plötzlich in ein spitzes Gesicht mit braunem Fell und gelben Augen gestarrt. Es war der erste Moment gewesen, in dem er keine Angst vor Hunden zeigte – aber gelohnt wurde ihm das nicht.

»Ein Krieger kennt keine Furcht!«, hatte ihn Arbogast angeherrscht. »Wenn du dereinst in einer Schlacht für deinen König kämpfst, wirst du dann auch davonrennen?«

»Feigling, Feigling!«, hatten die Neffen des Grafen geschrien, wie sie es auch jetzt taten. Er wusste, dass sie Recht hatten, und dennoch bäumte sich etwas in ihm gegen die Strafe auf, die er ob seines weibischen Gebarens bekommen hatte.

Es macht keinen Sinn, dachte er, keinen Sinn, ein Schwert zu halten, bis man darunter zusammenbricht. Was hat das schon mit dem Gewitter zu tun?

Er kämpfte gegen das Verlangen an, es einfach hinzuschmeißen, anstatt darauf zu warten, dass es den zitternden Händen entglitt, und auch gegen den Wunsch, es bedrohlich gegen die Knaben zu schwingen. Dafür war er ohnehin zu schwach. Die Gefühllosigkeit in den Armen hatte sich langsam angekündigt, das Schwindelgefühl aber stieg ihm nun ganz plötzlich in den Kopf. Ihm war, als würde dieser sich vom restlichen Körper trennen, immer leichter werden, einfach gen Himmel steigen, bis ihn nichts mehr an diese Welt fesselte. Die Blicke der höhnischen Knaben sah er nur mehr wie durch einen Schleier. Die Erschöpfung, die Schmerzen, das Zittern der Arme – nichts schien mehr mit ihm zu tun zu haben.

Ich darf nicht ohnmächtig werden, dachte er. Ein Schweißtropfen hatte sich von der Stirne gelöst, war ihm in die Augen gefallen und brannte. Doch selbst das fühlte er kaum noch. Ich darf nicht ohnmächtig werden...

Er nahm nur noch wahr, wie Arbogast auf ihn zuschritt, das narbige Gesicht wie immer streng verzogen. Er konnte seinem Blick nicht standhalten. Noch ehe der Ausbilder ihn erreichte, krachte das Schwert auf den schlammigen Boden – und er mit ihm.

Als Balduin die Augen wieder aufschlug, schmerzte der ganze Rücken. Zuerst verstand er es nicht. Das Letzte, woran er sich erinnern konnte, war das Gewicht, das er mit seinen Armen zu stemmen hatte, und wie sich diese am Ende ganz taub angefühlt hatten. Doch als er sich ächzend aufrichtete, fühlte er, wie sämiger Speichel über seine Lippen tropfte. Er wischte ihn ab, doch den säuerlichen Geschmack in seinem Mund konnte er nicht vertreiben. Als er auf seine Hand starrte, sah er, dass es nicht nur Speichel gewesen war, der über sein Kinn geperlt war, sondern auch Blut.

Arbogast hatte ihn verprügelt. Keine Stelle auf seinem Rücken war von seiner Peitsche verschont geblieben. Schläge mit dem Hanfstrick kannte er – nicht aber solche, die die Haut aufrissen und bis ins rohe Fleisch vordrangen. Jetzt wusste er auch wieder, dass die drei Neffen des Grafen begeistert zugesehen hatten und danach umso vergnügter den Anweisungen Arbogasts gefolgt waren, wonach nun Zielschießen mit Pfeil und Bogen angesagt war.

Als er sich erhob, biss sich Balduin auf die Lippen, um nicht laut aufzuschreien. Mühselig schleppte er sich einige Schritte – zunächst wahllos in eine Richtung, in der die Sonne nicht ganz so gnadenlos auf ihn herabstach, dann mit zunehmender Orientierung. Er war nicht weit von den Ställen entfernt, was hieß, dass Arbogast ihn genau dort hatte liegen lassen, wo ihn die Strafe für seine Feigheit und Schwäche ereilt hatte. Sämtliche Menschen des gräflichen Hofs hatten zuschauen können, aber sich wohl nicht dafür interessiert, genauso, wie sich jetzt niemand um den schmerzverkrümmten Jungen scherte.

Zu seinem körperlichen Elend kam Verbitterung. Nicht gerecht, dachte er, es war nicht gerecht, dass Arbogast ihn so zugerichtet hatte. Irgendwer müsste für ihn eintreten, irgendwer den herzlosen Mann zur Rede stellen. Er hatte sich doch alle Mühe dieser Welt gegeben, das Schwert zu halten!

Im Geiste ging er die Menschen durch, die er kannte und die ihn liebten.

Alpais war die erste, die ihm einfiel.

Würde die Frau des Grafen etwa zulassen, dass ein roher Mann ihn derart behandelte? Alpais war nie streng gewesen. Ihr oblag es seit einigen Monaten, ihm das Lesen und Schreiben beizubringen und noch dazu gutes Latein. Für gewöhnlich besuchten die Kinder aus adeligen Familien zu diesem Zweck die »äußeren Schulen« der Klöster, doch die Mönche von Laon waren mit dem Bischof zerstritten, wohingegen sich der Graf wiederum dem Bischof verpflichtet fühlte. Außerdem, auch das hatte Balduin einmal jemanden sagen gehört, beherrschten die Mönche – wie leider so viele ihres Standes – kein gutes Latein mehr.

So war es eben Alpais, die den Psalter benutzte, um ihm die Buchstaben zu zeigen sowie kleine Wachstafeln, auf die er diese Buchstaben mit dem Schreibgriffel malen musste. Waren sie irgendwann schön genug, würde er auch erste Übungen auf Pergament machen dürfen. Alpais war immer geduldig. Nie gab sie ihm zu verstehen, dass sie gar nicht seine leibliche Mutter war. Das Einzige, was Balduin an Alpais störte, war ihr Blick: Immer starrten ihre Augen ein wenig an ihm vorbei, als interessierte sie sich – trotz aller anderen Zeichen ehrlicher Zuwendung – nicht für ihn. Ob Alpais darum das Unrecht überhaupt sehen würde, das ihm zugestoßen war? Ob sie mit ehrlichem Entsetzen darauf antworten würde, bereit, Arbogast zur Rede zu stellen?

Nun, vielleicht sollte er eine andere Wahl treffen. Besser war es, zu…

Er hielt inne. Vom Stall her hörte er Stimmen, vertraute Stimmen. Zumindest eine von ihnen kannte er gut, wohingegen er die andere nur selten vernommen hatte. Sie gehörten zu zwei Männern, die eben auf den Hof traten, in ein Gespräch vertieft, so, dass sie ihn gar nicht bemerkten. Balduin kam langsam näher. Er schlich vorsichtig wie eine Katze, da ihm jeder Schritt wehtat, als würde man ein Messer in seinen Rücken stoßen.

Ja, von diesen Männern war Hilfe zu erwarten, in jedem Fall vom Grafen, der zwar daran schuld war, dass er sich überhaupt von Arbogast ausbilden lassen musste, der sich ihm aber bislang immer wohlwollend gezeigt hatte. Vielleicht würde auch der andere Mann ihm helfen, selbst wenn er sich unwillkürlich vor ihm duckte. Balduin wusste, dass dieser Audacer hieß und sein leiblicher Vater war, wenngleich er noch nicht herausgefunden hatte, was das im Genauen bedeutete. Die wenigen Male, da er mit Audacer zusammengetroffen war, hatte ihn jener missmutig und zugleich gelangweilt gemustert. Johanna hatte ihm damals erklärt, dass er sich das nicht zu Herzen nehmen solle, Audacer würde sich in Gesellschaft von Menschen nicht wohlfühlen, sondern sich lieber in den Wäldern herumtreiben, wo er dafür Sorge trug, dass es stets genügend Tiere zur Jagd gab. Im Grunde war Balduin immer erleichtert darüber gewesen, dass sich diese in finsteren Höhlen verborgenen Augen nicht auf seine Gestalt richteten, dass sich diese raue Stimme, die wie das Knarzen einer alten Eiche im Wind klang, nicht an ihn wandte, dass diese braunen, schwieligen Hände, die so stark schienen, als könnte dieser Mann eigenhändig ein Pferd in die Luft stemmen, nicht danach trachteten, ihn zu berühren. Erst in diesem Augenblick kam ihm der Gedanke, dass nicht nur er Audacer scheute, sondern gewiss auch die Neffen des Grafen, ja selbst der gestrenge Arbogast.

Und so überwand er sich, weitere dieser weichen, behutsamen Schritte zu tun, um näher an die beiden Männer heranzutreten.

Er hörte, was sie sagten, auch wenn er es nicht genau verstand.

»Welche Sorgen treiben Euch?«, fragte Audacer mit seiner grimmigen Stimme. »Sind es die Normannen? Oder dass die Brüder des Königs die Grenzen auch weiterhin nicht achten werden?«

»Du selbst hast mir doch schon vor Jahren gesagt, dass das eine mit dem andern zu tun hat«, antwortete der Graf. »Ein geschwächtes Tier wird leichter Opfer von Aasgeiern als ein gesundes.«

»Aber seit fünf Jahren herrscht Einigkeit unter den Söhnen von Kaiser Ludwig, Gott hab ihn selig. Nach der schrecklichen Schlacht von Fontenoy hat Lothar den Krieg, den er gegen Ludwig und Karl führte, doch aufgegeben.«

»Ja, das hat er.«

»Und seitdem wagt niemand, an den Grenzen zu rütteln. Karl beherrscht das Land westlich von Schelde, Maas, Saône und Rhône. Ludwig jenes östlich von Rhein und Aare bis zu den Alpen. Und das Mittelreich mit Aachen und Rom, von der Provence bis Friesland, ist für Lothar bestimmt.«

»Der Friede mag jetzt gesichert sein, aber ist er das auch in Zukunft?«, fragte Graf Robert zweifelnd. »Das einst riesige Reich des Kaisers Karl ist bereits jetzt geteilt, doch wie wird es weitergehen, wenn jeder der drei Könige mehrere Söhne hat und diese ebenfalls ein Stückchen von der Macht haben wollen? Wie viele Teilreiche wird es dann geben? Unselig erscheint mir die Sitte, die wir vom Geschlecht der Merowinger übernommen haben, wonach alle Söhne gleichberechtigte Erben sind. Nichts bringt der Welt so viel Ungemach wie der Streit von Brüdern. So war es bei Kain und Abel. So ist es beim Geschlecht der Karolinger, vor allem, wenn jenseits der Grenze die Feinde wie Wölfe lauern.«

»Laon ist und bleibt durch seine Mauer geschützt. Und sagt Ihr nicht immer, Gottes Handeln folge einem strikten Plan – auch wenn er dem Menschen nicht immer einsichtig ist?«

»Dass du so spöttisch sprichst, zeigt mir, dass du an etwas anderes glaubst. Du hast dich immer noch nicht mit dem Allmächtigen ausgesöhnt, nicht wahr? Haderst noch mit ihm wegen Hildegunds Tod. Du solltest dir ein neues Weib nehmen und …«

»Gott bewahre!«, fuhr Audacer ihn an. »Ich fand bis jetzt keine, die ist … wie sie.«

Der Graf schien widersprechen zu wollen, unterließ es dann aber. Er zuckte resigniert die Schultern. »So trägt denn jeder seine Last. Du deine Trauer, ich meine Sorgen. Vielleicht sind wir einfach zu alt, um jemals wieder die Leichtigkeit der Jugend zu schmecken.«

Er klang nun wehmütig, und er blickte auch nicht mehr in Audacers Gesicht, sondern an ihm vorbei, als könnte er in der unergründlichen Weite des Himmels Beschwichtigung finden. Just in diesem Augenblick geschah es, dass sein Blick auf Balduin fiel. Da ihn die Sonne blendete, erkannte er nicht dessen Wunden auf dem Rücken, sondern lächelte ihm freudig zu.

»Balduin!«, rief er. »Solltest du nicht mit Arbogast üben, das Schwert zu führen?«

Bis jetzt hatte Balduin es geschafft, sich aufrecht zu halten und tapfer gegen die Schmerzen anzukämpfen. Doch als die freundliche Stimme des Grafen ihn traf, hielt er dem Kummer und der Demütigung nicht mehr stand. Wie ein Häuflein Elend sackte er in sich zusammen, und dann brach alles aus ihm heraus. Er weinte nicht, aber seine Stimme wurde von einem lauten Schluchzen geschüttelt. Er berichtete, welche Furcht er vor dem Gewitter gehabt hatte, wie des Grafen Neffen ihn verspottet und wie Arbogast ihn bestraft hatte, zunächst für seine Feigheit und dann für sein Unvermögen, das Schwert zu halten.

»Ich will nicht mehr!«, beendete er zittrig seine abgehackte Rede. »Ich will nicht mehr kämpfen!«

Der Graf beugte sich zu ihm herab. Seine Stimme war gütig wie zuvor, aber seine Stirn runzelte sich.

»Mein Sohn«, sagte er und ließ keinen Zweifel daran, dass er Balduin tatsächlich als solchen betrachtete. »Mein Sohn: Am wichtigsten ist nicht, das Kämpfen zu lernen, sondern vielmehr, Prüfungen standzuhalten. Die Pflichten, die der Herr im Himmel einem aufträgt, kann man nicht wählen – und doch muss man alles Trachten darein legen, sie zu erfüllen.«

Er seufzte, als fiele es ihm selbst manchmal schwer, sich daran zu halten. Doch umso entschlossener fuhr er fort: »Die Schwäche, ein Schwert fallen zu lassen, soll dir erlaubt sein. Nicht aber die Schwäche, es nicht wieder aufzuheben. Also: Erhebe dich, geh zurück zu deinen Gefährten und übe weiter!«

Bei den letzten Worten strich er Balduin über das Gesicht. Zuerst war es ein liebevolles Tätscheln, dann kniff er ihm in die Wangen. Es war aufmunternd gedacht – doch Balduin fühlte sich erneut geschlagen.

Hilfesuchend sah er am Grafen vorbei zu Audacer. Sein Gesicht lag im Schatten und flößte ihm Furcht ein, doch irgendwie verströmte dieser Mann, der zugleich Vater und Fremder war, ein Ausmaß an Sturheit, das dem Grafen zu fehlen schien – eine Willensstärke, sich über Gebote hinwegzusetzen, auch wenn die ganze übrige Welt daran festhielt.

Graf Roberts Blick war seinem gefolgt.

»Hast du deinem Sohn nicht auch etwas zu sagen?«

»Ihr habt entschieden, was aus ihm werden soll. Und mir war's recht, dass ich es nicht tun musste.«

Er wandte sich ab.

»Ich kann nicht glauben, dass dein Herz derart verhärtet ist!«, rief der Graf. »Erkennst du nicht Hildegunds Gesicht in seinem?«

Da drehte sich Audacer wieder um und trat auf sie zu. Balduin war, als würde die Erde unter den schweren Schritten seines fremden Vaters erzittern. Er senkte den Kopf, bereute es bitter, ausgerechnet bei ihm Hilfe gesucht zu haben, und erbebte, als Audacer zu sprechen begann. Seine Stimme klang nicht grollend und dunkel wie all seine bisherigen Worte, sondern war von Schadenfreude durchdrungen.

»Das Leben ist nicht einfach«, erklärte Audacer. »Das Leben ist nicht schön, das solltest du begreifen. Denn verloren ist, wer sich nicht daran gewöhnt. Maß dir also nicht an zu glauben, es könnte dir besser ergehen als mir und du bliebest von der Bitterkeit und dem Elend der hiesigen Welt verschont! Maß es dir nur ja nicht an!«

Johanna kniete auf der feuchten Erde, die zunehmend klammer wurde, als die Sonne sich senkte, aber sie kümmerte sich weder um die Gänsehaut, die langsam ihre Arme und Beine überzog, noch um den Schmerz, der sich in ihren Knien festbiss. Nach den heißen Sommermonaten war es für sie angenehm, zu frösteln anstatt zu schwitzen, und auch die vielen Pflanzen und Kräuter, die sie inbrünstig und ohne Unterlass pflegte, schienen dem gestrigen Gewitter dankbar zu sein und ließen ihre Blätter und Blüten nicht lasch hängen wie in den letzten Wochen. Mochten die Sonnenstrahlen auch dann und wann noch pieksen – ihre verdörrende Kraft hatten sie für dieses Jahr verloren. Herbst lag in der Luft, und Johanna erwartete diese Jahreszeit mit Freude.

Gewiss, die anderen Frauen klagten schon jetzt über den Winter, der damit unausweichlich vor der Tür stand und ob seiner gnadenlosen Kälte die unliebsamste Zeit des Jahres war. Doch Johanna, die weder im kalten Wasser Wäsche zu waschen hatte noch Holz zu sammeln oder Torf zu stechen, mochte eine vom langsamen Verblühen und Sterben bezähmte Natur lieber als dieses aufdringliche, in ihren Augen stets übertriebene Aufbrechen des Lebendigen im Frühling. Ihr Gemüt glich dem Herbst, mit Schwermut und Abschiednehmen erfüllt, wenn das Frische und Unschuldige eines neuen Jahres lange vorbei war.

Sie veränderte ein wenig ihre Position, ohne endgültig aufzustehen. Die anderen Frauen waren oft verwundert darüber, dass sie sich stundenlang mit ihren Gewächsen beschäftigen konnte, sie hegte, sie goss, sie beschnitt, sie erntete. Für sie selbst war es anfangs ebenso erstaunlich gewesen, dass sie etwas mit ähnlicher Leidenschaft tun konnte wie für Balduin zu sorgen. Aber vielleicht hatte sich die Bereitschaft, sich besitzergreifend und selbstvergessen um etwas zu kümmern, lediglich ein anderes Ziel gesucht, als Balduin größer wurde und ihr mehr und mehr entglitt. Klaffend leere Stunden hatten sich in den bislang ausgefüllten Tagesablauf gerissen, sobald Balduin hatte laufen und sprechen können. Einst war ihre Milch alles gewesen, was er brauchte – und nun gab es so vieles, was sie ihm nicht geben konnte.

Traurigkeit und Leere waren in ihr gewachsen – bis zu dem Tag, da sie die Heilkunst erlernte und das Aufziehen von vielerlei Kräutern und Gewächsen, die dafür vonnöten waren. Anfangs hatte sie sich noch gesagt, sie tue das alles zu Balduins Wohl, wolle gegen etwaige Krankheiten und Verletzungen des Jungen gewappnet sein – Husten und Grippe, Geschwülste, Bauchschmerzen und Zahnleiden –, doch zunehmend fand sie Gefallen an diesen stillen, konzentrierten Stunden. Sie brachte sie im Garten zu, oft auch in der kleinen Kammer, wo sie ihre Arzneien herstellte, oder aber am Krankenbett von Begga. Die Frau war einst eine Meisterin auf diesem Gebiet gewesen, wurde nun aber von ihrer Gicht zum Liegen gezwungen. Nun gab sie ihr Wissen an Johanna weiter, ehe sie sterben würde.

Johanna vertrieb die lästigen Mücken, die sie umsurrten. Nicht mehr lange, und sie würde von Begga nichts mehr zu lernen haben.

Eberraute gegen Gicht.

Fenchel bei Verstopfung und Husten.

Kerbel, um Blutungen zu stillen.

Wermut, um das Fieber zu senken.

Sellerie, um Harn zu treiben.

Myrrhe, Aloe und Weihrauch gegen Kopfschmerzen.

Sie hatte den kleinen, schmalen Schatten, der auf sie gefallen war, erst nicht bemerkt, doch als sie nun ein leises Wimmern vernahm, fuhr sie herum und vergaß schlagartig ihre Kräuter und Pflanzen. Sie sprang auf.

»Um Gottes willen, was ist…«

Ihr Herz tat einen schmerzhaften Sprung. Balduins Kopf war rot angelaufen, als würde er im Fieber glühen, sein Rücken und seine Schultern waren von blutigen Striemen übersät, und aus seinen zusammengekniffenen Augen strömten so viele Tränen gleichzeitig, dass sich auf den Wangen nicht nur einzelne Tropfen ihre Bahn brachen, sondern ein breiter, salziger Fluss.

Sie brauchte nicht zu fragen, was geschehen war, sie konnte es sich denken. Johanna kniete sich schweigend zu ihm und umarmte ihn. Zuerst spannte sich der Leib des Knaben an, dann ließ er sich fallen und wurde von einem Schluchzen erfüllt, das ihr durch Mark und Bein ging. An jenem Tag, da Audacer sich von ihm losgesprochen hatte, hatte sie das Kind mit aller mütterlichen Inbrunst zu lieben begonnen. Und bis heute ertrug sie es nur schwer, es weinen zu sehen.

»Ich will krank sein!«, stammelte Balduin schluchzend. »Ich will krank sein!«

Johanna schob ihn ein wenig zurück, um ihm ins Gesicht sehen zu können. Sie verstand nicht, was er da sagte.

»Wie kommst du nur darauf? Jeden Tag bete ich zu Gott, dem Herrn, dass du gesund bleiben mögest!«

»Ich will krank sein!«, wiederholte er. »Ich will im Bett liegen. Ich will, dass du mich in deinen Armen wiegst, und ich will, dass du kommst und mir etwas zu trinken bringst.«

Langsam ging ihr auf, was er meinte. Nicht lange war es her, da hatte sie ein unangenehmes Magendrücken und Blähungen, unter denen er schon als Kleinkind häufig gelitten hatte, auf bewährte Weise kuriert: indem sie ihm den Leib massierte und ihm den Saft gekochter Äpfel mit Honig und Pfeffer einflößte; manchmal hatte sie ihm auch die Milch einer Mutterziege gegeben, in der ein Fenchelsamen gekocht worden war. Die Stunden, in denen sie ihn pflegte, waren ihr immer besonders kostbar gewesen. Erst jetzt erkannte sie, dass sie auch ihm nicht minder teuer waren.

»Aber Balduin«, murmelte sie, »du bist nicht krank!«

»Doch!«, sagte er. »Ich bin ein Feigling, das sagen alle, und ich mag nicht kämpfen. Ich mag … ich mag gar nichts mehr!«

Johanna erschrak. Es war das eine, wenn Mütter bedauerten, dass die Söhne ihnen entwuchsen und ihre gerade noch verletzlichen Kinderseelen zu den harten, verschlossenen eines Kriegers zurechtgehauen wurden, aber etwas ganz anderes, wenn sich ein Kind selbst dem vorgeschriebenen Lauf der Dinge widersetzte.

»Sag das nicht!«, erwiderte sie ungewohnt scharf.

Balduins Tränen versiegten. »Ich mag nicht mehr!«, stammelte er wieder, und dann deutete er auf die Kordel, die sie um die

Taille trug und an der mit Ketten und Spangen viele kleine Ledersäckchen festgehalten wurden, allesamt gefüllt mit Heilmitteln. »Kannst du mich nicht pflegen?«, bettelte er.

Johanna versuchte, ihre tiefe Sorge zu verbergen. Jeder gesunde Mensch, das wusste sie von Begga, sollte etwas von den vier Temperamenten in gleichen Teilen besitzen. War jedoch eines übermächtig, ob nun Zorn oder Schwermut, dann mochten das rote Blut, die schwarze und die gelbe Galle sowie der weiße Schleim in Ungleichgewicht geraten sein. War es möglich, dass Balduin zu viel von der Melancholie erhalten hatte? Und wie würde der Graf reagieren, wenn sich das nicht legte? Seit langem hegte sie die Furcht, dass er ihn – so er denn nicht zum Krieger taugte – in ein Kloster schicken könnte.

»Du bist jetzt müde und erschöpft«, erklärte sie entschlossen, »und das ist auch gut, weil du nur durch Anstrengung ein starker Mann wirst. Aber krank bist du nicht.«

»Ich will nicht stark werden!«, entgegnete Balduin störrisch.

Johanna packte ihn heftig, schüttelte ihn ein klein wenig.

»Aber du musst stark werden, weißt du das denn nicht?«, rief sie eindringlich. »Ich habe dir doch erzählt ... von den bösen Normannen, den finstern Heiden, die aus dem Norden kommen und alle guten Christen hier niederschlagen und töten. Sie kommen, um Häuser zu verbrennen, ganze Dörfer. Möchtest du etwa, dass sie auch zu uns kommen ... dass sie mich töten?«

Ihre Stimme überschlug sich. Balduin erstarrte vor Furcht.

»Sie sind in den letzten Jahren immer wieder in unser Land eingedrungen«, fuhr Johanna fort, »sie haben Quentovic erobert und Nantes, und Rouen ist immer wieder aufs Neue zerstört worden. Bis nach Paris haben sie es geschafft, und überall auf ihrem Weg haben sie Elend und Leid zurückgelassen. Sie erwürgen ihre Gefangenen oder hängen sie an den Bäumen auf, bis ihre Gesichter blau anlaufen und ihre Augäpfel hervortreten. Willst du, dass sie mich aufhängen? Willst du das?«

Balduin erschauderte. Sämtliche Röte war aus seinem Gesicht gewichen. Er war nun so bleich, als wäre er wirklich krank.

»Nein, das willst du nicht!«, beschwor Johanna ihn. »Du willst groß und stark werden, um die Normannen zu schlagen! Sie sind gefährlich, gemein und verderbt, und wir werden alle keinen Frieden finden, wenn tapfere Männer sie nicht vom Erdboden tilgen, nicht wahr?«

Sie heischte nach seiner Zustimmung, doch Balduin stand wie erstarrt. Seine Tränen trockneten, kein Laut kam aus seinem Mund. »Nicht wahr?«, rief sie wieder und begann ihn zu schütteln. »Du weißt doch, was du zu tun hast!«

Er öffnete seinen Mund, aber er konnte noch immer nicht sprechen. »Ich habe sie gesehen«, raunte sie da. »Ich habe das Wüten der Normannen mit eigenen Augen gesehen. Es sind keine menschlichen Wesen, sie beherrschen unsere Sprache nicht. Wie Tiere sind sie, wie Wolf und Bär zusammen, aber noch viel blutrünstiger, noch viel grausamer. Du musst mich vor ihnen beschützen! Tust du das?«

Balduin nickte zaghaft.

»Tust du das?«, rief sie eindringlich.

»Ich werde stark werden«, stammelte er, »und ich werde die Normannen besiegen.«

Obwohl er endlich aussprach, was sie von ihm verlangte, übermannte ihn das Elend erneut. Kaum war das letzte Wort gesagt, brach er wieder in Tränen aus.

Johanna wischte sie ihm ab.

»Ein tapferer Krieger weint nicht!«, fuhr sie ihn an.

Er schluckte, kämpfte mit den Tränen.

»Weine nicht!«, befahl sie. »Weine nicht! Du sollst doch lächeln!«

Seine Lippen erzitterten. Dennoch beherrschte er sie ausreichend, um seine Mundwinkel sacht nach oben zu dem Anflug eines Lächelns zu verziehen. Da erst war sie zufrieden, schüttelte und schalt ihn nicht länger, sondern presste ihn wieder an sich, damit er sich in ihren weichen, warmen Armen ausruhen und darin Trost finden konnte.

Brügge, A.D. 864

Die weichen Schwingen des Todesengels waren nicht kalt, wie viele Menschen sagten. Sie senkten sich nicht schwer auf Johannas Schultern, sondern schienen ihren Leib nur kitzelnd zu streifen. Sie kannten keine Wucht, keine Schmerzen – jedoch, und dies war das Einzige, was sie bedauerte, auch kein Maß für Geschwindigkeit. Sie hatte gedacht, dass der Tod nicht auf sich warten ließe. Doch seine leisen Schritte fielen unendlich zögerlich aus, sodass sie Zeit hatte, über ihn nachzudenken.

Stehend hatte sie von dem Gift genommen und war zunächst auch entschlossen gewesen, in aufrechter Haltung darauf zu warten, bis die Ohnmacht sie überkommen und die Knie ihr wegsacken würden. Sie wollte das Urteil, das sie über sich selbst gefällt hatte, nicht geduckt entgegennehmen. Doch als nichts anderes geschah, als dass dieses Kitzeln über ihren Rücken lief, ihre Haut trocken und heiß wurde, ihr Herz holprig zu pochen begann, hockte sie sich schließlich in die Ecke und barg ihren Kopf in den Händen.

Die Bilder, die vor ihr aufstiegen, waren licht und klar. Ob es die schönsten Erinnerungen waren, die sie aus dem Gedächtnis hervorholte, wusste sie nicht – aber es waren unbeschwerte.

Balduin war da. Balduin als Kind. Sein Lächeln, das sie einst getröstet hatte.

Sie hörte sich selbst lachen. Das erstaunte sie, denn sie konnte sich nicht erinnern, so gelacht zu haben, so freimütig, so ungezwungen. Aber doch… ja… jetzt fiel ihr der Anlass wieder ein. Es war an einem jener Tage gewesen – Balduin war noch ein

Säugling gewesen –, da Alpais sie aufsuchte, um ebenso gütig wie verhalten zu fragen, ob alles beim Rechten stehe, das Kind gedeihe, sie genug Milch habe. Nun, an Milch hatte es ihr nie gemangelt.

Und dann wollte Alpais plötzlich wissen, ob Balduin immer gleich viel trinke, ob er nicht vielleicht an den Fastentagen wie Mittwoch und Freitag die Brust verweigere. Sie habe gehört, dass der heilige Nikolaus es in seiner Kindheit so getan habe. Gott hatte solcherart wohl der Welt zeigen wollen, dass sie es mit einem außergewöhnlich begnadeten Kind zu tun hätte.

Johanna hatte sie belustigt angeblickt. Wie sonderlich Alpais doch manchmal war! Doch sie hatte sich beherrschen können, um ernsthaft zu antworten: »Nein, Balduin ist an jedem Tag gleich hungrig.«

»Wie schade«, meinte Alpais, doch es war ihr, wie immer, nicht recht anzusehen, ob sie das nur der Ordnung halber sagte oder sie sich tatsächlich grämte. »Dann wird er wohl dereinst nicht zum Stand der Gottesmänner zählen, sondern ein Krieger werden.«

Nachdem sie Johanna verlassen hatte, hatte diese über die sonderbare Anwandlung gelacht. Erst später, viel später, als jene leise, friedliche Zeit vorübergegangen war, begannen die Sorgen zu wachsen, ob das, was Alpais – den Plan des Grafen vorwegnehmend – entschieden hatte, dem kleinen Balduin wirklich zum Segen gereichen würde.

Johanna hatte ihn bestärkt, als er ein jammerndes, weinendes Kind gewesen war, ebenso wie später als Jugendlichen, da er es satt hatte, als verweichlicht zu gelten und mit zunehmender Verbissenheit und Ehrgeiz daran ging, allen zu beweisen, wozu er taugte – den Neffen des Grafen ebenso wie Arbogast, natürlich auch Robert von Laon und seinem fernen Vater Audacer. Doch nie war ihre Liebe zu Balduin rein gewesen, sondern immer von Kämpfen beseelt – dem Kampf, sich und ihm eine Zukunft zu sichern, dem Kampf, die Vergangenheit hinter sich zu lassen.

Erst jetzt, in diesem Augenblick, da sie den Tod nicht länger bekriegte, sondern ihn willkommen hieß, da es keine Zukunft mehr gab und in der Vergangenheit nur mehr die lichten Momente zählten, da schwanden auch die Lasten, Sorgen und Wunden vergangener Tage.

Leicht, es war so leicht, sie aufzugeben. Und sie selbst… sie fühlte sich auch immer leichter, so, als säße sie nicht auf dem Boden, sondern schwebte ein Stückchen darüber, ja, als könnte sie fliegen. Sie war bereit, sich diesem Gefühl ganz zu überlassen, wollte nicht bedenken, dass es sie betrog, weil das Gift Halluzinationen förderte – als eilige Schritte ihren Frieden störten.

Mühsam hob sie den Kopf.

»Lieber Gott… Johanna!«

Ob man ihrem Gesicht den Todeskampf ansah? Ob es vom Gift bleicher war, die Lippen ausgezehrter?

Balduin zumindest schien entsetzt. Er war es, der sie gesucht und hier gefunden hatte und der nun hektisch auf sie zutrat und sich zu ihr beugte.

»Was… was tust du denn hier, Johanna?«, fragte er, blickte von ihr zu jenen Ledersäckchen, aus deren Inhalt sie den Trank gebraut hatte, und wieder zurück zu ihr.

Gewiss hatte er sie um Judiths willen gesucht, dachte Johanna. Nun, sie konnte Judith nicht mehr helfen. Nicht mehr mit ihrer Anwesenheit zumindest… nur mit ihrem Sterben.

»Ich musste es tun«, flüsterte sie. »Ich musste es tun.«

»Lieber Gott!«, stieß er erneut aus. »Was redest du da?«

»Ich sterbe«, stellte Johanna ruhig fest.

Sie hörte, wie ihm der Atem stockte.

»Warum?«, stammelte er. »Warum nur?«

Zweiter Teil

Der Krieger

A.D. 858–861

»Ist es nötig, dass so viele Menschen zugrunde gehen?«

Paulus Diaconus V.

V. Kapitel

Ich hätte mich nicht von ihnen trennen dürfen, dachte Balduin, ich hätte nicht allein reiten sollen…

Die Worte kreisten in seinem Kopf, ohne dass er sie wirklich durchdachte; er hielt sie einzig fest, um jener dunklen Welt, in die er geraten war, den letzten Rest an Geist und Vernunft entgegenzusetzen. Beides schien über die langen Stunden, da er nun schon im Dickicht umherirrte, zu schwinden. Schon fiel es ihm schwer, zwischen dem zu unterscheiden, was wirklich war, und dem, was er sich nur einbildete. Die schweren Äste, unter denen er sich duckte – waren sie nicht die Hände der Feinde, die nach ihm griffen? Das Rascheln im Gebüsch, waren es ihre Schritte? Geschah das, was er zu erleben glaubte, wirklich, oder war er vielleicht nur in einem Traum gefangen, der ihm jene Ereignisse vorspielte, von denen Johanna ihm so oft berichtet hatte?

Als Kind hatte er sich gegruselt, wenn sie ihm von ihrer tagelangen Flucht durch den Wald berichtete und wie sie sich damals gefragt hatte, ob ihr die Normannen wohl auf den Fersen waren. Doch erst jetzt, da ihm das Gleiche geschah, konnte er ihre Ängste nachfühlen, jene Panik, die nicht einfach nur an den Nerven nagt, sondern sich wie ein dunkler Abgrund auftut.

Genau genommen hatte Johanna noch Schlimmeres erlebt. Immerhin trug er in einem Lederbeutel ausreichend Nahrung mit sich – gepökeltes Schweinefleisch und Schinken, dazu einen Schlauch Wein und zwei Fladen, die sich er und seine Männer gestern noch aus Mehl und Wasser zusammengerührt und dann auf heißen Steinen gebacken hatten. Gestern, als die Welt noch in Ordnung war. Als er nicht den Fehler begangen hatte, sich von den anderen zu trennen.

Und sein Pferd. Er hatte noch sein Pferd. Seine Füße würden nicht aufplatzen und bluten wie einst die von Johanna, und die Geräusche, die sein Tier verursachte – der Aufprall der Hufe auf dem holprigen, mit Wurzeln übersäten Weg, der unruhige Atem, das leise Wiehern –, vergewisserten ihn, dass er sich tatsächlich in der hiesigen Welt befand, nicht in den Fängen eines Traumes. Zu deutlich spürte er auch den verschwitzten, warmen Leib des Tieres – und seinen eigenen.

Ich hätte mich nicht von ihnen trennen dürfen, ging es ihm wieder durch den Kopf, und erstmals fragte er sich, warum er dies bedauerte. Weil er nicht da sein würde, sollte das Lager überfallen werden, und er sich nicht als tapferer Krieger erweisen konnte, der Seite an Seite mit seinen Gefährten kämpfte? Oder weil ihm die Einsamkeit im Wald zusetzte und ihm vor Augen führte, dass er nicht als Späher taugte?

Er konnte sich nicht erinnern, in den letzten Wochen jemals allein gewesen zu sein. Seit sie im Mai zum Kriegszug gerufen worden waren, hatte er stets an Gerolds Seite geschlafen, dem einzigen Neffen des Grafen von Laon, der Arbogasts Ausbildung bis zum Ende durchgestanden hatte. Den einen, Giso, hatte eine gebrochene Lanze so unglücklich am Auge getroffen, dass er zuerst dieses und dann – als der Wundbrand kam – das Leben verlor. Der andere wiederum, Gerbert, hatte im Alter von zehn Jahren zu wachsen aufgehört und war klein wie ein Junge geblieben, was irgendwann zu der Entscheidung geführt hatte, dass er in einem Kloster besser aufgehoben sei als kämpfend auf dem Pferderücken. Seitdem herrschte zwischen Balduin und Gerold weder Missgunst noch Spott. Dass der eine als dessen nächster Verwandter den Grafen dereinst beerben sollte, obwohl dieser den anderen, dessen Pate er war, viel mehr und wie einen Sohn liebte, stand zwar zwischen ihnen, aber sie zollten einander Respekt und vertrauten dem jeweils anderen ihr Leben an.

Übereinkommend hatten sie am Tag zuvor auch beschlossen,

dass Gerold bei den anderen Männern blieb, um notfalls das Lager zu verteidigen, wohingegen Balduin, der am schnellsten von ihnen allen ritt, ausrücken sollte, um die Ursache der schrecklichen Laute zu ergründen, die plötzlich ihre Ruhe gestört hatten. Es war das Rasseln von Köchern gewesen, und jedes Kind im westlichen und nördlichen Frankenreich wusste, dass sich damit ein Angriff der Normannen ankündigte. Stunden zuvor hatten sie noch gespottet, ob es die Männer aus dem Norden womöglich mit der Angst zu tun bekommen hätten. Seit vier Wochen waren sie mittlerweile auf Kriegszug, dabei aber nie einem Einzigen von ihnen begegnet. Doch das selbstherrliche Lachen, das nur einer auf den Lippen tragen konnte, der sich zwar schon als Krieger fühlte, dessen Bewährung freilich noch ausstand, war ihnen rasch vergangen.

Sie alle wussten – neben Balduin und Gerold waren es etwa zwei Dutzend weitere Männer –, dass nun der Ernstfall eintrat.

Balduin zog an den Zügeln, brachte das Pferd zum Innehalten. Unruhig tänzelte es auf einem Fleck und hinterließ dunkle Spuren auf der Erde. Ja, er konnte vorzüglich reiten – aber sich in einem fremden Gebiet zu orientieren, hatte er nie gelernt. Er wusste, dass nicht weit von ihm die Küste sein musste, ein gefährlicher Ort, denn vom Meer her kam der Feind mit seinen Schiffen. Doch er konnte die Richtung ebenso wenig einschätzen wie jene, in der sich das Lager befand.

Lieber Gott, lass mich sie finden, lass mich nicht zu spät kommen!, sandte er erstmals ein Stoßgebet gen Himmel.

Er war dem Rasseln der Köcher gefolgt und hatte tatsächlich eine Horde Normannen entdeckt – oder zumindest ihre Schatten im Schutz der Bäume erkennen können. Doch was nutzten seine Erkundungen, wenn er nicht zum Lager zurückfand und obendrein nicht einmal sicher sein konnte, dass er unentdeckt geblieben war? Seit Stunden fühlte er sich von Stimmen, Schritten, Hufgetrampel umkreist, ohne dass diese freilich näher kamen.

Bis jetzt zumindest.

Während der Schweiß ihm von der Stirn tropfte, das Herz ihm

bis zum Halse pochte und er vergeblich das Pferd zu beruhigen suchte, das heftig seine Nüstern blähte, nahm er aus dem Augenwinkel eine Bewegung wahr. Noch hoffte er, dass es ein wildes Tier wäre, das eilig vor ihm floh. Doch als er das Pferd wendete, ihm beruhigend auf den Hals klopfte, um es zu beschwichtigen, und schließlich weiterreiten wollte, blickte er direkt auf einen Bogen, in dem ein Pfeil gespannt war – zum Abschuss bereit und auf ihn gerichtet. Und als er das Pferd, das panisch wieherte, erneut wendete, gewahrte er, dass ihm keine Fluchtmöglichkeit blieb. Er war längst eingekreist.

Der Krieg war leise. Dies war die erstaunlichste Erkenntnis von allen.

In all den Jahren, in denen er sich auf eine Begegnung mit den Normannen vorbereitet hatte, war er stets davon überzeugt gewesen, dass Kampf und Lebensgefahr mit unglaublichem Lärm einhergingen, von Waffen, die aufeinanderschlugen, von Kriegsgebrüll, von Todesschreien. Nie hatte er gedacht, dass er dem Feind in dieser Grabesstille gegenübertreten müsste – einer Stille, die ihn betäubte. Als er auf die Pfeile und in die ausdruckslosen Gesichter jener Männer starrte, die diese auf ihn richteten, fühlte er keine Angst, weder vor dem Tod noch vor dem Schmerz, sondern nur Enttäuschung: Das war alles? Dafür hatte er Arbogasts harte Ausbildung über sich ergehen lassen, hatte bei Kälte, Hitze und Hunger kämpfen gelernt? Dass er nun ganz alleine einer Übermacht gegenüberstand, die jeden Kampf aussichtslos machte? All die Qualen für einen ruhmlosen Tod?

Er saß wie erstarrt auf dem Pferd, fühlte sich nicht nur um den Krieg betrogen, sondern auch um das Grauen, wie er es so oft in den Gesichtern von Flüchtlingen hatte ablesen können – egal, ob sie aus Rouen kamen, das mittlerweile schon zum fünften Mal eingenommen worden war, aus Paris, das im Jahr des Herrn 856 wiederholt von den Normannen geplündert wurde, oder aus einer der vielen Städte, die die Feinde fortan als Stützpunkte gebrauchten – was sie im Übrigen noch gefährlicher machte. In diesem Jahr war

Évreux zerstört worden, die Abtei von Fontenelle brannte bis auf ihre Grundfesten nieder und ebenso Bayeux, dessen Bischof Blatfrid später erdrosselt aufgefunden wurde. Aus Jeufosse kommend hatten die Normannen schließlich Ludwig, den Abt von Saint-Denis und Enkel Karls des Großen, sowie dessen Halbbruder Gauzlin entführt – eine Untat, die die Großen des Landes nicht ungesühnt lassen wollten. Sie hatten zu jenem Feldzug aufgerufen, dem sich auch Balduin angeschlossen hatte – um zu sterben.

Das erwartete er zumindest. Jeden Augenblick rechnete er damit, dass einer dieser Pfeile surrend durch die Luft jagen und ihn treffen würde. Wenn er Glück hatte, direkt in die Kehle, denn dann würde er rasch verbluten und nicht quälend langsam sterben. Doch so sehr sich sein Körper auch anspannte, nichts dergleichen geschah.

Zwar ließ keiner der Männer, die ihn umstellt hatten, die Waffen sinken, aber es zeigte auch niemand Anstalten, ihn anzugreifen. Einer von ihnen – der Einzige, der keinen Bogen hielt – trat schließlich hervor und machte mit der rechten Hand ein Zeichen.

Das ist es!, schoss es Balduin durch den Kopf. Das ist das Signal, mich zu töten!

Erst nach einer Weile, als wieder nichts geschah – er hörte, wie seine Zähne knirschten, so fest rieb er sie aufeinander –, erkannte er, dass das Zeichen nicht den Männern, sondern ihm gegolten hatte. Der Fremde wiederholte es, mit mürrischem, jedoch nicht hasserfülltem Blick. Überhaupt sah er nicht wie einer der wilden, zähnefletschenden Wölfe aus, mit denen die Normannen oft verglichen wurden.

Vom Pferd, formten sich Balduins Gedanken, ich soll vom Pferd steigen …

Gleichwohl er sich immer noch wie betäubt fühlte und die kalte Hand der Furcht vergeblich nach seinem Herz fasste, bäumte sich alles in ihm gegen diesen Befehl auf. Mochte er auch ruhmlos sterben, er würde sich weder dem Wunsch eines Feindes beugen noch kampflos aufgeben.

Er gab dem Pferd die Sporen, und weil es sich in die Enge getrieben fühlte, stieg es wiehernd auf. Er hatte keine Schwierigkeiten, sich im Sattel zu halten, das hatte er oft geübt; er löste sogar eine Hand vom Zügel, um nach seinem Schwert zu greifen. Noch während er das Schwert schwang, spürte er plötzlich einen brennenden Schmerz in seiner Schulter. Sein Arm wurde unbeweglich, das Schwert entglitt ihm und fiel auf den weichen Waldboden. Sein Pferd erschrak, stieg noch höher, und diesmal konnte er sich nicht im Sattel halten. Er spürte, wie er rutschte, wie er fiel – und dann dachte er nicht mehr daran, ob er ein tapferer Krieger war, sondern an die Menschen, die er auf dieser Welt zurücklassen musste und die um ihn trauern würden.

An Graf Robert, der ihn liebte und der ihm gerade deswegen stets einschärfte, seine Pflicht zu tun.

An die sanfte, freundliche, aber unnahbare Alpais, die ihren Kummer um die Kinderlosigkeit mit Frömmigkeit betäubte.

An Audacer schließlich, seinen leiblichen Vater, der ihm nicht verzeihen wollte, dass Balduins Geburt sein Weib das Leben gekostet hatte – und vielleicht noch viel weniger, dass er jung und unerfahren genug war, sich dreist vom Leben Glück und Ruhm zu erhoffen.

Und an Johanna.

Ehe er aufprallte und sich die Welt um ihn herum verdunkelte, dachte er an Johanna und an ihre Worte, wonach er allein es gewesen war, der sie nach dem Grauen des Normannenüberfalls hatte weiterleben lassen.

»Du musst lächeln«, hörte er sie sagen. »Du musst lächeln.«

Er versuchte, ihrem Wunsch zu entsprechen, doch ebenso wie die restlichen Glieder gehorchten ihm auch die Mundwinkel nicht mehr. Es tut mir so leid, dachte er, es tut mir so leid, Johanna …

Sie fanden die Stätte des Kampfes am nächsten Tag. Gerold hatte nichts unversucht gelassen, um Balduin aufzuspüren, doch die Hoffnung, er könnte heil und am Leben sein, zerschlug sich früher als erwartet.

Er und seine Männer hatten ihn aus der Ferne schreien gehört, auf diese wilde, unbeherrschte Weise. Der Schrei war ihnen durch Mark und Bein gegangen, und als er verklungen war – nein, eigentlich abgerissen wie ein Faden –, da wussten sie, dass er entweder tot oder in höchster Lebensgefahr war.

Seitdem durchkämmten sie den Wald, suchten in der Erde nach Spuren – und fanden schließlich nicht nur diese, sondern auch einen abgebrochenen Pfeil.

Einer der Männer hatte darauf gedeutet – und Gerold war als Erster vom Pferd gestiegen, um ihn aufzuheben. Kein erklärendes Wort war notwendig, um zu erkennen, was hier geschehen war.

Gerold seufzte. Er war erstaunt, wie tief der Kummer grub. Zwei Brüder hatte er verloren, den einen an den Tod, den anderen an das Kloster, und beides hatte ihn gelehrt, dass Waffengefährten niemals Freunde sein sollten.

»Vergesst es nie«, hatte Arbogast stets eindringlich gemahnt. »Wenn euer Bruder neben euch fällt, müsst ihr kalt genug sein, um weiterzukämpfen.«

Nein, er war ihm kein Bruder, nicht einmal ein Freund gewesen, aber es erschütterte ihn tief, dass Balduin der Erste aus ihrem Reigen war, der es nicht nach Hause schaffen würde.

Wie soll ich es meinem Ohcim nur erklären?, dachte Gerold voller Unbehagen.

»Sollen wir weitersuchen?«, fragte einer der Männer. »Vielleicht haben sie ihn nur …«

Gerold schüttelte entschieden den Kopf, und der andere schwieg. Er deutete auf die dunklen Flecken, die in den Waldboden gesickert waren – Blut.

»Jemand muss nach Laon reiten und es ihnen … sagen.«

VI. Kapitel

Als Balduin erwachte, sah er in das Gesicht eines Engels. Er hatte noch nie einen Knaben von solcher Schönheit und Anmut gesehen; die blonden Locken waren sanft gewellt, das Gesicht von milchiger Blässe, die Augen meeresblau. Das Geschöpf deuchte ihn nicht irdisch, was nur bedeuten konnte, dass auch er selbst alles Weltliche abgestreift hatte, den Schmutz, die Angst, den Schmerz, um ins jenseitige Reich einzugehen, wo die unsterbliche Seele die Fesseln des Todes sprengt. Es ist so leicht zu sterben, stellte er verwundert fest. Ihm fehlte jegliche Trauer über ein zu früh vergangenes Leben. Da war nur diese angenehme, matte Schwere, mit der er dalag, in das Antlitz dieses Engels versunken, und alles über sich ergehen ließ, sich nicht regen wollte, nie wieder...

Doch dann antwortete er plötzlich mit einer unvermittelten Bewegung auf die sanfte Berührung des Engels, und jene machte ihm deutlich, dass er dem Körper noch nicht entflohen war; ein Schmerz zuckte durch seinen Arm, erinnerte an seinen Irrweg durch den Wald und wie dieser zu Ende gegangen war.

Ich bin nicht tot, stellte er fest, während er stöhnend die Zähne aufeinanderbiss. Er war sich nicht sicher, ob ihm dies leidtun oder ihn erleichtert stimmen sollte.

Ich bin nicht tot, dachte er, aber in Sicherheit, zumindest das. Der blondgelockte Knabe versuchte den Schmerz in seinem Arm nicht zu vergrößern, sondern ihn zu lindern, indem er behutsam eine grünliche, übelriechende Paste auf die verletzte Stelle auftrug. Balduin konnte nicht erkennen, ob sein Knochen gebrochen, lediglich das Fleisch aufgerissen war oder beides. Er war zu schwach, den Kopf zu heben, gewahrte nur mehr, ehe er die Augen wieder schloss, dass er sich nicht länger im Freien befand, sondern im Inneren einer Hütte. Der Schmerz nahm ab und mit ihm der Drang, sich umzusehen. Die Schwärze, die ihn umgab, kaum dass er die Augen wieder gesenkt hatte, hieß ihn nur allzu schnell und besitzergreifend willkommen.

Beim zweiten Mal wurde er von Gerüchen geweckt.

Rauch war da, viel Rauch, beißend, erstickend. Er begann im Schlaf zu husten und erwachte von diesem japsenden, röchelnden Laut. Diesmal konnte er sich ohne Mühe aufrichten, und obwohl sein schmerzender Arm wieder protestierte, blieb er sitzen, anstatt sich zurück auf sein Lager fallen zu lassen. Es war nicht nur der Rauch, der stank, sondern auch das Öl einer Lampe, das ranzig geworden war. Vielleicht war es auch eines, das aus Fisch gewonnen wurde und unangenehmer roch als das aus Nüssen und Mohn, wie man es in Laon verwendete.

Wo bin ich?, ging es ihm durch den Kopf, während er sich im diesigen, vom Licht rot verfärbten Inneren der Hütte umsah. Alles, was er sah, wirkte erbärmlich. Die Wände waren aus Holz und Weidengeflecht und wiesen jede Menge Ritzen auf, die nicht mit Lehm verstopft worden waren, sondern durch die der kalte Wind zog. Wenigstens vermochte dieser ein wenig von dem erstickenden Rauch zu vertreiben, der von der im Boden vertieften und mit Steinen umgebenen Feuerstelle in der Mitte des Raumes aufstieg und sich in der Decke verfing. Es gab dort keine der üblichen Öffnungen.

Neben dieser Feuerstelle hockte der blonde Engel und rührte in einem Topf, der nicht an einem Eisenhaken, sondern an einem schlichten Hanfstrick aufgehängt war. Der Boden selbst war nackt, weder mit Teppichen noch mit Leder oder Fellen ausgelegt; er war nicht einmal aus Lehm gestampft, sondern aus brauner Erde.

Der blonde Engel schien seinen Blick zu spüren, denn nun drehte er sich um, schöpfte etwas von der Brühe im Kessel in ein poliertes Kuhhorn und reichte es Balduin wortlos. Er versuchte, mit dem verwundeten Arm danach zu greifen, und wurde von hunderten Nadelstichen bestraft, die ihm in die Schulter jagten. Stöhnend ließ er den Arm sinken, gebrauchte stattdessen die andere, heile Hand und nippte an dem fremden Gesöff. Er verspürte keinen Hunger, jedoch unerträglichen Durst; und jene Brühe war viel zu heiß und würzig, um diesen wirklich zu vertreiben.

Zumindest stärkte sie ihn, und er stellte laut die erste Frage, die ihm schon seit einer Weile durch den Kopf gegangen war: »Wo bin ich?«

Der blonde Engel starrte ihn ausdruckslos an.

»Hast du mich nicht verstanden? Wo bin ich? Wer bist du?«

Immer noch antwortete der Knabe nicht, senkte nur seinen Kopf und drehte sich wieder zur Feuerstelle. Balduin musterte seine Gestalt und fühlte sich in seinem ersten Verdacht bestätigt. Von jener armseligen Hütte her war zu schließen, dass es fränkische Bauern waren, die ihn im Wald aufgelesen und gerettet hatten. Wenn auch die blonden Locken und das weiße Gesicht diese Ahnung nicht bestätigten, so taten das umso mehr die kräftigen, rauen Hände und die nackten, dreckigen Füße des Knaben, die augenscheinlich machten, dass er harte, körperliche Arbeit gewohnt war.

Dem Herrn sei Dank!, dachte Balduin und ließ sich zurück auf sein Lager fallen. Er war den Normannen nicht in die Hände gefallen, er war gerettet! Wenn er erst wieder zu Kräften gekommen war, konnte er heimreiten… vorausgesetzt, das Pferd hatte den Angriff heil überstanden. Ob der Knabe davon wusste? Und überhaupt… wohin waren eigentlich seine Waffen geraten?

Wieder richtete er sich auf, tastete seinen Körper ab, zuletzt seinen Kopf. Da war noch sein Wehrgehänge, mit Edelsteinen und eingelegtem Elfenbein geschmückt, und sein Lederhelm. Erleichtert erkannte er, dass er auch seine Brünne – das Panzerhemd – trug, seine Beinschienen und die goldenen Sporen, die ebenfalls mit Edelsteinen besetzt waren. Nur seinen Panzerhandschuh hatte er nicht mehr an, aber diesen musste der Knabe ihm wohl abgenommen haben, als er seine Wunde gepflegt hatte.

Seine Waffen freilich! Wo waren seine Waffen?

Unruhig suchte er sein Lager nach ihnen ab. Er bemerkte, dass er auf einer dünnen Matte lag, die aus Schilf geflochten war, und dass ihn ein Stück Leder zudeckte. Nirgendwo freilich waren seine Krummdolche zu sehen, sein runder Schild – das *Scutum* –, der aus Weidengeflecht gefertigt war, seine Lanze aus Eschenholz mit stählerner Spitze, seine Hirschfänge und vor allem: sein Langschwert.

Den Packwagen mit den Bögen, Köchern und Pfeilen hatte er ja bei den anderen Männern zurückgelassen, als er auf Erkundung gegangen war, desgleichen den Trosswagen mit Kriegswerkzeugen wie Äxten, Hacken, Schleudern und Schaufeln und natürlich Nahrungsmittel, die mindestens für drei Monate halten mussten. Aber seine Waffen hatte er doch bis zuletzt mit sich getragen, er durfte sie nicht verlieren! Nicht nur, dass er ohne sie schutzlos war, zudem waren sie sehr kostbar, hatten den Wert von zwanzig Kühen.

Angstschweiß trat ihm auf die Stirn. Er merkte kaum, dass der blonde Engel sich zu ihm hockte, seine Stirn befühlte, offenbar prüfen wollte, ob er Wundfieber hatte. Unwirsch stieß Balduin ihn mit seiner heilen Hand zurück.

»Wo sind meine Waffen?«, schrie er verzweifelt. »Wo habt ihr sie versteckt? Ich brauche sie, ich bin ein Krieger!«

Anfangs schüttelte der Knabe nur ausdruckslos den Kopf, doch als Balduins Toben sich nicht beschwichtigte, begann er zu reden. Mit jedem Wort, das er sagte, mit jeder Silbe erstarrte Balduin ein wenig mehr. Der Schweiß versiegte, sein Gesicht wurde fahl. Er verstand die Sprache nicht, es war weder die *Lingua romana* noch die *Lingua rustica*, wie sie im Frankenreich gesprochen wurden, noch hatte sie Ähnlichkeiten mit irgendeinem Dialekt, den er je vernommen hatte. Das wiederum konnte nur eines bedeuten.

Der Knabe deutete auf sich. »Eyvindr«, sagte er und wieder: »Eyvindr.«

Offenbar war es sein Name – und es war kein Name, wie er auf fränkischem Gebiet gebräuchlich war. Balduin starrte in das Gesicht des Knaben, und das, was ihn zuvor noch das Antlitz eines Engels gedeucht hatte, wurde zur Fratze des Todes.

In den nächsten Stunden flüchtete sich Balduin in einen Dämmerschlaf, um Furcht, Ohnmacht und Schmerzen zu entgehen. Der erschöpfte Körper fügte sich dem gerne, nur der aufgewühlte Geist ließ nicht zu, dass er sonderlich tief schlief. Immer wieder schreckte er stöhnend auf, von der Erkenntnis gejagt, dass entgegen erster Erleichterung die schlimmste Befürchtung wahr geworden war: Er war den Normannen in die Hände gefallen; sein Schicksal war dem schlimmsten aller Feinde anheimgegeben.

Als er endlich wieder zu sich kam, war es in der Hütte noch düsterer als zuvor. Zwar brannte unter den dicken Rauchschwaden immer noch knisternd das rötliche Feuer, aber die Ritzen im Weidengeflecht und zwischen den einzelnen Holzstämmen gaben nicht wie zuvor den Blick auf grauen Himmel frei, sondern nur mehr auf Schwärze.

Es war Nacht, heute würde er wohl nicht mehr sterben.

Dass der blondlockige Knabe sich ihm bisher so fürsorglich zugewandt hatte, beschwichtigte ihn keineswegs. Sicher sollte er nur darum zu Kräften kommen, auf dass ihm Gleiches geschähe wie allen anderen Opfern der Normannen: Starben sie nicht in der Schlacht, wurden sie erdrosselt oder an Bäumen aufgeknüpft. Von einigen wenigen hieß es, dass sie versklavt worden seien, doch ob dies als Gnade zu gelten habe, war zu bezweifeln. Vielleicht dienten sie nur dazu, den heidnischen Göttern geopfert zu werden, denn schließlich war von jenen gottlosen Heiden bekannt, dass sie ebensolches taten und anschließend gar Menschenfleisch verzehrten.

Balduins Blick gewöhnte sich an die Dunkelheit. Der blonde Engel, der immer noch in seiner Nähe hockte, sah nicht aus, als hätte er sich jemals an solch grausamen Zeremonien beteiligt. In ein Mönchsgewand gesteckt, hätte man ihn wohl für außergewöhnlich fromm, gar heilig gehalten. Etwas an ihm erschien Balduin, trotz des Wissens um seine Herkunft, sonderbar licht und weich, so als würde er nicht auf der Erde schreiten, sondern flöge darüber. Als Bauern hätte er ihn sich noch vorstellen können – obwohl ja auch deren kleine Kinder anstrengende Arbeiten zu verrichten hatten und auf ihre zarten Glieder selten Rücksicht genommen wurde –, aber unmöglich war es, sich ihn mit einer Waffe zu denken. Seine Hände sahen nicht aus, als hätten sie jemals gemordet. Balduin blickte unwillkürlich auf die eigenen – auch jene waren noch rein von Blut. Nie hatte er sich darüber Gedanken gemacht, wie es sich anfühlen würde, ein Menschenleben auszulöschen. Die Priester hatten immer wieder gesagt, dass die Normannen zwar eine Geißel Gottes waren, folglich sein Werkzeug, um die Menschen im Reich von Karl dem Kahlen zu züchtigen, aber sie waren keine getauften Christen und darum nicht mehr wert als Tiere.

Der blonde Engel hatte so gar nichts von einem Tier. Seine Worte hatten zwar fremd geklungen, aber er hatte sie sorgsam ausgesprochen. Johanna hingegen hatte ihm erzählt, Normannen würden nicht reden, sondern nur knurren und keuchen und bellen und schnattern. Entweder hatte Johanna gelogen – oder sie kannte die Normannen nicht, zumindest nicht in Gestalt dieses blonden Knaben.

In diesem Augenblick drehte sich Eyvindr um und musterte Balduin mit seinem klaren, aber ausdruckslosen Blick. Als er sah, dass sein Patient wieder wach war, trat er zu einem Kasten aus Eichenholz, den Balduin erst jetzt sah, öffnete ihn und nahm ein kleines, rundes Holzschälchen heraus. Er füllte es mit etwas, das neben der Feuerstelle lag – Balduin konnte es nicht genau sehen –, und begann dann, die verschiedenen Zutaten mit einem Mörser zu zerstampfen. Der Mörser war glatt und von einem gelblichen Weiß, wahrscheinlich aus Elfenbein gefertigt. Balduin hatte nicht gewusst, dass die Normannen solche Gerätschaften besaßen. Waffen, das schon, aber ansonsten hatte er sich immer vorgestellt, dass sie nicht nur wie Tiere sprachen, sondern auch wie solche hausten, auf Bäumen oder in Höhlen, nicht in Holzhütten. Er war sich auch sicher gewesen, dass sie nicht kochten und brieten, sondern Fleisch und die Früchte des Waldes roh aßen.

Er musterte die Kleidung des Knaben. Um die Schultern trug er ein dunkles, sehr glattes Fell, das auf den ersten Blick eher einem Stück Ziegenleder glich. Balduin überlegte, von welchem Tier es stammen konnte, ganz gewiss nicht vom Fuchs oder Marder, wie es in seiner Heimat viele Männer trugen; vielleicht von einem Tier, wie es sie nur hoch droben im Norden gab? Darunter trug der Knabe ein Unterkleid aus weichem Leinen. Sein Umhang wurde von einer Nadel gehalten, die in der Mitte ein kleines Loch aufwies, durch das eine am Umhang befestigte Kordel gezogen war.

Alles in allem war dies zwar eine fremd aussehende Tracht, doch sie unterschied sich nicht grundlegend von der fränkischen.

Über dem Beobachten vergaß Balduin beinahe seine Angst. Als der blonde Engel zu ihm trat und wieder etwas von dieser grünlichen Paste, die er gerade hergestellt hatte, auf seinen Oberarm tupfte, konnte er sich der Fragen nicht enthalten. Nicht nur, dass er etwas über sein eigenes Geschick erfahren wollte, das ihm bevorstand – plötzlich drängte es ihn auch, mehr von diesem fremden Volk zu wissen.

»Wo sind wir? Wohin habt ihr mich gebracht? Sind wir in der Nähe des nördlichen Meeres? Sind wir in einem eurer Dörfer, wo sind die anderen Bewohner?«

Zunächst regte sich nichts im Gesicht des Knaben. Balduin befürchtete schon, der Junge verstünde tatsächlich kein einziges Wort seiner Sprache. Doch zu seinem großen Erstaunen runzelte dieser die Stirn, schien angestrengt nachzudenken und brachte schließlich hervor: »Ich Eyvindr. Du … Name?«

Balduin zuckte zusammen. Er zögerte, ihm zu antworten, denn er ahnte, dass es ihm danach endgültig unmöglich wäre, den Jungen als Tier zu betrachten, als Teil eines blutrünstigen Volkes, das, meist auf seinen schrecklichen Drachenschiffen kommend, nur Unheil, Tod und Vernichtung brachte.

»Du, Name?«, murmelte Eyvindr wieder.

Die Drachenschiffe, ging es Balduin durch den Kopf. Wenn sie die Fähigkeit besaßen, solche Schiffe zu bauen und solche kunstvoll geschnitzten Drachenköpfe anzufertigen, dann war dies doch auch ein Zeichen dafür, dass sie keine Tiere waren, sondern Menschen mit Verstand, Tatkraft und einem Sinn für das Schöne. Warum war er früher nie auf diese Idee gekommen?

»Mein Name ist Balduin«, sagte er.

Nach einigen Tagen, in denen man ihn in Ruhe gelassen und nicht zur befürchteten Hinrichtung gezerrt hatte, war seine Wunde ausreichend geheilt, und Balduin konnte endlich aufstehen und die Hütte verlassen. Er rechnete zunächst damit, dass Eyvindr es ihm nicht gestatten würde, denn so umsichtig er von jenem auch umsorgt wurde, er fühlte sich doch als dessen Gefangener. Der blonde Engel aber stellte sich ihm nicht entgegen, sondern verharrte lediglich an seiner Seite, als er hinaus an die frische Luft trat und sich vom Tageslicht wie erschlagen fühlte. Die Sonne war nicht sichtbar. Milchig weiß und glatt spannte sich das Himmelstuch. Balduin roch, dass es geregnet hatte; das bekundeten auch die tiefen Furchen, die vielerlei Schritte im matschigen Boden hinterlassen hatten. Bislang war er sich nicht sicher gewesen, wohin es ihn verschlagen hatte. Nun stellte sich heraus, dass es ein Dorf war, das jenen der fränkischen Bauern glich. Mehrere längliche Holzhäuser, teils mit Ästen, teils mit Schilf bedacht, waren um einen kreisrunden Platz errichtet. Er witterte den strengen Geruch von Schafen und Ziegen und ebenso den salzigen des Meeres.

Er blickte umher und sah, dass die Landschaft dicht bewaldet und flach war. Die Hügel, die die Wiesen und Felder rund um Laon in sanfte Wellen warfen, fehlten hier.

Fieberhaft suchte er in seiner Erinnerung nach etwas, was ihm ein Anhaltspunkt für seinen Aufenthaltsort sein konnte. Wir könnten im Land der Friesen sein, das vor einigen Jahren von den Normannen besetzt worden ist, dachte er.

Obwohl keiner etwas Genaues darüber wusste, ging das Gerücht, dass die Normannen nicht ein Volk waren, sondern aus unterschiedlichen Ländern des Nordens kamen. Von jenen, die sich in friesischem Gebiet niedergelassen hatten, wusste man am meisten. Nicht alle im Frankenreich lebten in Feindschaft mit diesen … Dänen. Nicht wenige trieben sogar Handel mit ihnen.

Das erklärte allerdings noch nicht, warum man ihn am Leben gelassen hatte.

Noch während er darüber nachdachte, fühlte Balduin Blicke auf sich ruhen – der vertraute und wie immer ausdruckslose des blonden Engels Eyvindr, der neugierige eines jungen Mädchens, dem zwei stramme, blonde Zöpfe über den Rücken fielen, die grimmigen einiger Krieger, die unter schweren Helmen zu ihm herüberstarrten, und schließlich die belustigten von ein paar Knaben, die mit kleinen Holzpferden gespielt hatten, es alsbald jedoch interessanter fanden, ihn zu betrachten. Sie lächelten ihn ohne Vorbehalt an, wagten es schließlich sogar, an seiner Kleidung zu zupfen, und obgleich die Krieger darob nicht minder grimmig blickten, schritten sie nicht ein.

Das Mädchen mit den Zöpfen trat zu Eyvindr und wechselte mit ihm einige Worte in einer fremden Sprache. Am Ende nickte er, woraufhin sie in eine der Hütten trat und wenig später mit einer Schüssel zurückkam, aus der es heiß dampfte und köstlich duftete. Gleichwohl er in den letzten Tagen stets ausreichend zu essen bekommen hatte, lief Balduin das Wasser im Mund zusammen. Er wollte nicht darum betteln und war doch ungemein dankbar, als das Mädchen ihm die Schüssel und einen hölzernen Löffel reichte. Ohne sich daran zu stören, wie die grimmigen Krieger und die lächelnden Kinder ihn dabei beobachteten, nahm Balduin einige Bissen von dem Eintopf. Er schmeckte nach Wacholderbeeren, Senfsamen und Knoblauch, und es schwammen einige fetttriefende Stücke Rindfleisch darin.

Nach einer Weile reichte er dem blonden Mädchen die leere Schüssel. Er wollte sich bedanken, war sich aber nicht sicher wie, weshalb er sie schließlich einfach nur anlächelte, auf jene strahlende und zugleich spitzbübische Weise, mit der er stets Johannas Herz einzunehmen wusste.

Das Mädchen senkte die Augen, errötete sanft und kehrte dann rasch in ihre Hütte zurück.

Balduin wandte sich wieder an Eyvindr. »Ich… ich weiß, dass du meine Sprache nicht wirklich verstehst. Aber kannst du nicht wenigstens versuchen, mir zu antworten? Wo sind wir? Und was wollt ihr von mir?«

»Groa.«

Balduin seufzte, wusste diesen Namen nicht zu deuten – war es der des Dorfes, oder dachte Eyvindr womöglich, er hätte nach dem Namen des blonden Mädchens gefragt?

Ehe er sich einen Reim darauf machen konnte, wurde er von den Kriegern abgelenkt. Sie hatten das Ende seiner Mahlzeit abgewartet, um nun näher zu treten, ihn einzukreisen und misstrauisch zu mustern. In Balduins Magen, der sich eben noch satt und warm angefühlt hatte, begann es zu grummeln. Sollte der köstliche Eintopf nur seine Henkersmahlzeit gewesen sein und ihn nun das lang befürchtete Schicksal ereilen?

Doch die Männer packten ihn nicht, sondern begannen vielmehr, auf Eyvindr einzureden. Balduin konnte nicht heraushören, ob sie mit dem blonden Engel schimpften oder ob sie von Natur aus mürrisch und ärgerlich klangen.

Eyvindr zumindest schien sie nicht zu fürchten. Willfährig nickte er, um sich dann niederzubeugen, einen Stab zu nehmen und damit etwas in die noch regenfeuchte Erde zu ritzen.

Verwirrt sah Balduin ihm dabei zu. Doch als der Junge schließlich zurücktrat und Balduins Blick auf den Boden freigab, erkannte er, dass die Männer ein Mittel suchten – und in Eyvindrs außergewöhnlicher Fertigkeit fanden –, um sich mit ihm auszutauschen. Und er verstand schließlich auch, dass sie ihn nicht töten wollten, sondern ganz andere Pläne mit ihm hatten.

Nach einigen Stunden vergaß Balduin, dass die Sprache sie trennte. Er wollte zwar einige Wörter lernen, um sich bei der blonden Groa für ihre köstlichen Gerichte bedanken zu können, doch mit Eyvindr konnte er auch reden, ohne auf die rauen Silben zurückzugreifen. Er verstand ihn dank der Bilder, die Eyvindr in den Boden ritzte: nicht einfach nur einzelne Striche und Kreise, sondern ganze Szenen, viel detailreicher, viel gekonnter als jener Maler, der in der Pfalz des Grafen zu Laon die Wände mit frommen Szenen bemalt hatte.

Der engelhafte Knabe war ohne Zweifel mit einem ganz besonderen Talent gesegnet. Das Erste, was er gemalt hatte, war eine Karte, in der Land und Meer voneinander unterschieden waren, und auf dieser zeichnete er den Punkt ein, wo sich das Dorf befand. Ob es tatsächlich zum Land der Friesen gehörte, konnte Balduin nicht bestimmen, in jedem Falle war das Nordmeer nicht weit. Das nächste Bild zeigte Balduin, ausgewiesen durch seinen Verband an der Schulter, im Kreise von Eyvindrs Volk – offenbar ein Zeichen, dass man weder seinen Tod beabsichtigte noch vorhatte, ihn als Geisel zu behalten. Balduin atmete hörbar aus, als er jene Botschaft begriff; die Erleichterung füllte ihn derart besitzergreifend aus, dass er lange Zeit keinen anderen Gedanken fassen konnte als diesen: Er lebte. Er würde weiterleben.

Erst die anhaltend grimmigen Blicke der Krieger schürten neue Fragen. Warum hatte man ihn hierher gebracht und versorgt? Welchem Zweck sollte das dienen? Das nächste Bild, das Eyvindr in den Boden ritzte, war nicht von derselben Klarheit wie die ersten beiden. Es dauerte mehrere Tage, da er es immer wieder malte, begleitet von Gesten der Krieger und schließlich ihrem Befehl, man möge Balduins Pferd und Waffen herbeiholen – bis er langsam begriff. Zuerst war er nur froh, das Tier zu sehen, ebenso wie sein Schwert und seine Lanze, ohne die er sich fast nackt fühlte. Doch als er erkannte, was all das bedeutete, durchzuckte ihn … ja, keine neue Furcht, zumindest nicht die Panik eines Menschen, der die Flügel des Todes über sich zusammengeschlagen wähnt, jedoch die Trauer und der Schmerz von einem, der von allem getrennt wird, was ihm einst kostbar war.

Man zeigte ihm das Pferd, ließ ihn aber nicht dessen Rücken

besteigen. Man holte seine Waffen, hielt ihn aber davon ab, nach ihnen zu greifen. Er war hier – so die Botschaft von Eyvindrs Bild –, damit er die Männer und Knaben des fremden Volkes die Kriegskunst lehrte und ihnen alles beibrachte, was er über Taktik und Waffenführung im Frankenreich wusste. Er hingegen würde fortan nicht mehr die Freiheit besitzen, dieser Kriegskunst selbst zu frönen. Er würde kaum etwas Besseres sein als ein Sklave, selbst wenn er keine Fußfesseln tragen musste und seine Haare nicht geschoren wurden.

Als er begriff, dass das Überleben an den Preis geknüpft war, auf ewig ihr Gefangener zu sein, sackte er auf seine Knie. Eyvindrs Bilder verschwammen vor seinen Augen, und er schämte sich der Tränen nicht. In den letzten Tagen hatte er einzig an sich selbst gedacht, wo er war, wie es weiterginge, was man ihm antun würde – nun sah er die Menschen vor sich, von denen er getrennt war, seine verlorene Heimat. Das fremde Dorf hier, das ihm bislang unerwartet freundlich und friedlich vorgekommen war, schien plötzlich kleiner zu werden, ihn einzukreisen. Der runde Platz zwischen den Häusern dünkte ihn kaum größer als das Fleckchen Erde, auf dem er stand. Er musste sich ducken, um nicht erdrückt zu werden, musste den Bauch einziehen, auf dass ihm Luft blieb, und selbst dann wurde sie ihm knapp. Er rang nach Atem, glaubte zu ersticken, und das Bild vor ihm verschwamm nicht nur ob der Tränen, sondern ob einer viel schlimmeren, viel quälenderen Furcht als nur der vor dem Tod. Um wie viel gnädiger war es umzukommen, als auf ewig ein Heimatloser zu sein.

Da fühlte er, wie Eyvindr die Hand auf seine Schulter legte, vorsichtig und steif. Er murmelte etwas in seiner Sprache, und dann, als Balduin nicht darauf reagierte, malte er wieder auf den Boden. Balduin fühlte, wie seine Brust langsam weiter wurde, wie er atmen konnte, wie die Schwärze vor seinen Augen sich lichtete. Die Hütten waren nicht näher gekommen, um ihn einzusperren. Der Platz dazwischen war viel größer, als er eben noch gedacht hatte.

Er musterte Eyvindrs Bild, das den Jungen – ausgewiesen durch seine Locken – inmitten anderer Menschen zeigte. Offenbar war das seine Sippe, denn es befanden sich nicht nur großgewachsene Menschen darunter, sondern auch viele Kinder. Auf jede einzelne Figur deutete Eyvindr, um dann einen Namen zu sagen. Eysteinn, Erik, Eindride, Erlend.

Unmöglich konnte Balduin sie sich alle merken, aber er fühlte sich in seinem Schmerz verstanden, umso mehr, als Eyvindr ein zweites Bild malte, diesmal eines von sich, wie er ganz allein auf dem Deck eines Schiffes stand, wohingegen die restliche Sippe an Land zurückblieb und ihm zum Abschied traurig winkte.

Balduin erhob sich und schüttelte seine Glieder durch. Er nickte Eyvindr dankbar zu und fühlte sich von der Ahnung getröstet, dass all das Fremde hier nicht auf ewig fremd bleiben musste.

Mehr und mehr erkannte er die Ordnung, welcher der Lauf des Tages unterworfen war, fügte sich darein und begann alsbald, bestimmte Stunden herbeizusehnen. Schleppend vergingen Morgen und Vormittag; er fühlte sich unwohl angesichts der eigenen Untätigkeit und noch mehr angesichts der Blicke jener Männer, die zu prüfen schienen, ob sein Arm ausreichend geheilt war, um Waffen zu halten und ihnen deren Gebrauch zu zeigen. Gleichwohl er erleichtert war, dass sie es aufschoben, wäre es ihm manchmal doch lieber gewesen, wenn Pflichten ihm die schweren Gedanken, das Heimweh, die Untätigkeit vertrieben hätten.

Die Abendstunden hingegen erlösten ihn von seinem stumpfen Warten. Balduin erfuhr rasch, dass er nicht der Einzige war, der Interesse an Eyvindrs Gabe hatte, Geschichten in die Erde zu ritzen. Auch sämtliche Kinder des Dorfs scharten sich im sanften Dämmerlicht um den Knaben und fanden Gefallen daran, wenn er ihnen, meist ohne Worte, allein mit Bildern, etwas erzählte, etwa von seiner älteren Schwester Elin, die in der Kunst geübt war, Schiffstaue aus Walhäuten zu fertigen. Die Häute wiederum brachte ein anderer Verwandter von seinen langen und gefährlichen Fahrten auf dem grauen Meer mit; man wusste nie, ob er wiederkehrte, und die Frau, die daheim auf ihn wartete, weinte sich oft die Augen nach ihm aus. Und dann war da Eyvindrs Vater, der es verstand, kunstvolle Figuren zu schnitzen, in deren Ornamenten Tiergestalten versteckt waren. Der Vater war es auch, der im Winter spezielle Schuhe fertigte, indem er etwas, was wie ein Knochen aussah – offenbar stammte dieser von einem Tier –, auf Fußgröße zuschnitt und abflachte, sodass man damit selbst auf Eis gehen konnte, ohne auszurutschen.

»Ísleggr«, sagte Eyvindr.

Balduin war sich nicht sicher, ob das der Name des Vaters oder des Schuhs war, aber er nickte ernsthaft. Auch als Eyvindr Geschichten von seinen Göttern zeichnete, lauschte er gebannt, versuchte sich Namen einzuprägen, von Odin, dem einäugigen Göttervater, der in den Bildern des Knaben in seinem Palast Valhöll residierte und auf dessen Schultern die Raben Huginn und Muninn saßen.

Wann immer Eyvindr diese Raben malte, lachten die Kinder, denn von allem schienen sie ihnen am besten zu gefallen. Vielleicht war es dieser Ton, unschuldig und hell, der Balduin nicht daran denken ließ, dass sein Seelenheil inmitten dieser Heiden gefährdet war. Vielleicht war es auch, weil kein Priester zugegen war, der ihn ermahnte, und weil das einzige Urteil also, das er über diese Menschen zu fällen imstande war, von ihm selbst stammte.

Eines Abends zeichnete Eyvindr keine Bilder in die Erde, sondern stieß Balduin sacht an. Der zuckte zusammen. Obwohl Eyvindr ihn schon mehrmals berührt hatte, vor allem dann, wenn er seine Wunde pflegte, schien ihm der Knabe immer noch derart der Welt entrückt, dass es befremdend war, von ihm angefasst zu werden.

Eyvindr sagte etwas, es klang fordernd, und als Balduin – wie stets – nichts verstand, drückte der Knabe ihm das Holzstäbchen in die Hand. Groa, die Balduin nach wie vor mit Essen versorgte und ihnen ebenfalls oft Gesellschaft leistete, lächelte aufmunternd.

»Soll ich… soll ich auch zeichnen? Aber ich kann das nicht! Ihr wollt, dass ich zeichne?«

Eyvindr nickte bekräftigend.

»Ich kann es wirklich nicht!«, wiederholte Balduin und ließ das Holzstäbchen fallen. Heftig schüttelte er den Kopf. Als er die enttäuschten Gesichter sah, reute es ihn freilich.

»Aber ich kann euch etwas zeigen«, sagte er schnell, und obwohl er wusste, dass ihn niemand verstand, fuhr er eifrig fort: »Als ich klein war, hat mir die Frau, die mich als Amme nährte, sie heißt Johanna, ein Amulett geschenkt. Sie wollte, dass ich es stets trage, damit es mich beschützt…«

Er hielt inne, als ihm aufging, dass Johanna ihn mit dem Amulett vor allem vor jenen Menschen hatte schützen wollen, in deren Kreis er nun saß.

»Es ist sehr kunstvoll gemacht«, fuhr er rasch fort, »es zeigt eine Figur und…«

Wieder hielt er inne, diesmal nicht aufgrund seines Unbehagens, sondern vor schlichtem Entsetzen. Er hatte beim Reden an seine Brust gegriffen, wo das Amulett immer gehangen hatte, um nun festzustellen, dass es nicht mehr dort war.

»Was zum…«, entfuhr es ihm.

Wieder beruhigte ihn Eyvindr, indem er ihm die Hand auf die Schulter legte. Balduins Worte mochte er nicht verstanden haben, umso mehr aber seine Geste. Er sagte etwas in der fremdländischen Sprache, deutete dabei auf die Hütte und machte mehrere Handbewegungen, um zu zeigen, wie er selbst Balduin das Amulett abgenommen hatte, als er seine Wunden versorgt hatte.

Erleichtert stand Balduin auf, um die Kette zu suchen. In der Hütte war es fast dunkel; in der Feuerstelle glomm nur mehr die Asche. Doch er kannte das Innere der kleinen Behausung mittlerweile gut genug, um sich auch so zurechtzufinden. Mühelos fand er die Bettstatt, kniete sich dorthin und begann den Boden abzutasten. Lang griff er ins Leere, doch schließlich fühlte er das Amulett und das Lederband, an dem es befestigt war. Er seufzte laut. Gleichwohl er Johannas Wunsch gefolgt war und das Amulett immer getragen hatte, war es ihm noch nie so wichtig gewesen, es bei sich zu haben wie heute. Nun war es ihm ein Zeichen dafür, dass er – mochte er auch in der Fremde sein – in der fernen Heimat Menschen wusste, die zu ihm gehörten.

Man hatte ihm die Waffen nicht zurückgegeben, würde es vielleicht nie tun – außer zu dem Zwecke, dass er die Kinder, die eben noch mit ihm lachten, dereinst in deren Gebrauch einführte. Doch was man ihm nicht nehmen konnte, war das Leben, das er lange vor diesem Moment geführt hatte, und die Erinnerungen an eine Frau, die ihn liebte wie einen Sohn.

Balduin wollte das Amulett umlegen – und fuhr zusammen. Er hatte ein Geräusch vernommen, das ebenso schlagartig abriss, wie es erklungen war. Das Klirren eines Schwerts, das Stöhnen eines Menschen. Dann nichts mehr. Er vergaß das Amulett, lauschte in die Stille. Zunächst war da nichts anderes als Eyvindrs klangvolle Stimme und das Gekicher der Kinder – doch plötzlich ertönte Pferdegetrappel.

Unwillkürlich schlug er die Arme über den Kopf, als müsste er sich schützen. Das Gekicher der Kinder erlosch, Eyvindrs helle Stimme, die er eben noch vernommen hatte, auch.

Dann setzte Gebrüll ein, panisch hohes von Frauen, finsteres von den Kriegern. Das Getrappel stammte nicht länger nur von Pferden, sondern von Schritten, die eilig auseinanderstoben. Schließlich ein kurzer, fast höhnischer Moment der Stille, ehe es über sie hereinbrach – das Surren von Pfeilen und das Knistern von Feuer, als ein brennender Pfeil im Dach steckenblieb und es entzündete.

Der Krieg war heute laut.

VII. Kapitel

Balduin erinnerte sich daran, dass Johanna das Feuer scheute – und dass er das nie verstanden hatte. Sobald sie dem Kamin oder dem Herd zu nahe kam, lag ein panischer Ausdruck auf ihren Zügen, und sie trat hektisch zurück. Lieber fror sie, anstatt die Feindschaft mit dem roten, gefräßigen, zuckenden Meer aus Flammen aufzugeben.

Wiewohl er vermutete, dass jene Angst von der Stunde stammte, da Normannen ihr Dorf niedergebrannt hatten, hatte Balduin diese Furcht, die bei der ansonsten beherrschten Frau beinahe kindlich wirkte, oft belacht. Jetzt überkam ihn die gleiche Angst.

Zwar leckte das Feuer noch nicht an ihm, aber als es über ihm zu prasseln begann, sich Hitze und Rauch im Inneren der kleinen Hütte ausbreiteten, schlug er unwillkürlich die Hände über dem Kopf zusammen und duckte sich, ohne zu bedenken, dass er somit nicht vor der Gefahr beschützt, sondern ihr hilflos ausgeliefert war. Der Rauch verätzte seine Kehle; er hörte sich wie von weither husten, und es war dieses Geräusch, das ihn wieder aufspringen ließ. Das Knistern über ihm verstärkte sich, einige verkohlte Äste lösten sich aus dem Dach und fielen wie ein schwarzer, stinkender Regen auf ihn herab – aber noch zögerte er, sein Versteck zu verlassen, mochte es alsbald auch zum todbringenden Gefängnis werden. Erst musste er sehen, wer den Krieg über das friedliche Dorf gebracht hatte, sich erst ein Bild über die Lage machen, sich…

»Nein!«, brüllte er, als er durch die Ritzen der Hütte spähte; sein Schrei klang aus seiner ausgedörrten Kehle wie das Röhren eines Hirsches. »Nein!«

Reiter waren da, sehr viele Reiter. Wenn er sie genauer betrachtet hätte, wären sie ihm vertraut gewesen, doch sein Blick ging nicht hoch, um in die Gesichter der Angreifer zu starren, er blieb bei den Menschen hängen, die im Hof durcheinanderliefen – die normannischen Krieger, die sich zu wehren suchten, aber meist von Lanzen durchbohrt wurden, ehe sie zu ihren Waffen greifen konnten, und die Frauen, die ihre Kinder mit dem eigenen Leib schützten – jene Kinder, mit denen er eben noch gelacht hatte. Er sah eines von ihnen blutüberströmt zusammenbrechen und beobachtete den Leib eines anderen in einem nahezu grotesken Tanz. Anfangs begriff er nicht, was die Glieder derart sonderbar zucken ließ, bis er erkannte, dass ihm der Kopf abgeschlagen worden war und sich der Körper, noch stehend, ein letztes Mal aufbäumte. Diesmal schrie Balduin nicht auf, sondern biss sich so fest auf die Lippen, dass es nach Blut schmeckte.

Und Groa… jetzt sah er Groa, wie sie von einem der Reiter an den Zöpfen gepackt, mehrere Schritte lang mitgeschleift und dann zwischen den Brüsten von einem Dolch getroffen wurde. Sie stürzte zu Boden, verharrte dort einige Momente kniend, während sie vergeblich nach Luft rang, und brach dann zusammen. Auch Balduin rang nach Atem – und fand ihn nicht. Er wusste nicht, ob ihm der Todeskampf des Mädchens die Luft nahm oder das sich ausbreitende Feuer. Er wusste nur, dass er hinausmusste, um dieses Massaker irgendwie zu verhindern. Er stürzte zur Tür und prallte zurück. Sie war so heiß, dass er sich die Hände daran verbrannte. Mit einem gequälten Aufschrei trat er dagegen, doch die Tür war verschlossen, nur der untere Teil des Holzes gab knirschend nach. Verzweifelt trat er noch einmal dagegen, doch das Loch, das er schlug, war zu klein, um hindurchzukommen. Er presste seine Hand über Nase und Mund, um nicht noch mehr von dem grauen Gewaber einzuatmen, das ihn einhüllte und blind machte. Noch ehe er ein drittes Mal gegen die Tür treten konnte, fühlte er, wie seine Kräfte schwanden. Ein Schwindel erfasste seinen Kopf, ließ ihn die Beherrschung über seinen Leib verlieren. Anstatt den Fuß noch einmal zu heben, fühlte er, wie er sich im Kreis drehte, stolperte und fiel. Es gelang ihm, die Augen, die er ob des beißenden Rauchs geschlossen hatte, wieder zu öffnen. Er erblickte das lichterloh brennende Dach, das alsbald auf ihn niederstürzen würde, doch diesmal hatte er keine Angst vor den Flammen. Vielleicht hatte es ein Gutes zu sterben – nach allem, was er eben hatte mitansehen müssen.

Dann hörte er ein Knirschen, nicht von Flammen bedingt, sondern von Fußtritten, die nun die Tür von außen trafen. Frische Luft schwappte herein, und ein Mann kam auf ihn zugelaufen.

»Balduin!«

Er antwortete nur mit einem Stöhnen, gewahrte, wie der andere ihn unter den Achseln packte und hinauszog. Er konnte ihm nicht dabei helfen. Balduin fühlte sich reglos wie ein Stein, und als er endlich in Sicherheit war und in unendlich erscheinender Ferne das Krachen vernahm, als die brennende Hütte zusammenstürzte, dachte er, er müsste hundert Jahre schlafen, um jemals wieder zu einer Bewegung fähig zu sein.

Doch eine Stimme, eine störende, quälende Stimme, drang in die Dunkelheit. »Balduin! Hörst du mich? Steh auf!«

Er sah Gerold über sich knien, und der Anblick des roten Bluts, das in das Gesicht des Gefährten gespritzt war und an seinen Händen klebte, ließ ihn hochschrecken. Hustend richtete er sich auf, ehe Gerold ihn mit diesen Händen berühren konnte. »Nicht …«, setzte er an.

Das Schwert. Er sah Gerolds Schwert, das jener nun wieder aus der Scheide zog und das rot verkrustet war.

»Du darfst nicht reden!«, sprach Gerold. »Ein Wunder, dass du überhaupt noch lebst. Ich hätte es ja nicht geglaubt, aber …«

»Wie habt ihr mich gefunden?«

Balduin war nicht sicher, ob seine Frage laut genug war, um an das Ohr des anderen zu dringen. Der Lärm der Schlacht war noch nicht erstorben. Das Kreischen der Frauen und Kinder war zwar leiser geworden, aber die verbleibenden normannischen Krieger, die anfangs vom Angriff überrumpelt worden waren, setzten zur erbitterten Gegenwehr an.

»Wir hatten dich schon aufgegeben«, erzählte Gerold rasch. »Wir waren überzeugt, dass sie dich nicht am Leben gelassen haben, und sind nach Laon geritten, um Graf Robert davon zu berichten.«

»Doch er hat die Hoffnung nicht begraben, dass ich doch lebe?«, fragte Balduin. Seine Stimme klang noch rau, kam aber langsam zu Kräften.

»Du kennst doch meinen Onkel!«, entgegnete Gerold. »Er ist keiner, der sich gegen das Unvermeidliche auflehnt. Nein, er ... er hat deinen Tod hingenommen und um dich getrauert, so wie es geboten ist. Ein anderer ... ein anderer hingegen wollte sich nicht fügen und hat durchgesetzt, dass wir nach dir suchen.«

Gerold blickte sich hektisch um, zum Zeichen, dass trotz aller Wiedersehensfreude keine Zeit für Plaudereien war.

»Wer?«, fragte Balduin verwirrt.

Gerold sprang auf, umfasste das Schwert noch fester. »Sieh selbst!«, rief er über die Schulter, um dann mit einem lauten Kriegsschrei auf den Lippen zurück ins Getümmel zu stürzen. Balduins Blick folgte seiner Gestalt – um jenen zu sehen, den er am wenigsten hier erwartet hätte.

»Vater«, entfuhr es ihm, und trotz der Schmerzen in seiner Kehle war ihm jene Bezeichnung noch nie so selbstverständlich über die Lippen gekommen. »Vater ...«

Er hatte nicht gewusst, dass Audacer kämpfen konnte. Gewiss, seine Faustschläge waren gefürchtet, doch dass er eine ähnlich militärische Ausbildung durchlaufen haben sollte wie sein Sohn, war Balduin fremd. Freilich erkannte er alsbald, dass dies auch gar nicht der Fall war. Audacer nutzte das Schwert vielmehr ebenso wie die Fäuste – unberechenbar, ohne Taktik, jedoch mit gewaltiger Kraft und Wut.

Eben noch hatte Balduin gedacht, dass er nie wieder frei atmen würde, dass der Rauch seine Kehle ebenso zersetzt hätte, wie die grauenhaften Bilder es mit seinen Augen getan hatten, derer er hatte Zeuge werden müssen. Doch das Gefühl, das ihn bei Audacers Anblick durchflutete, war warm und heilend. Nicht nur auf die eben geschlagenen Wunden legte es sich wohltuend, sondern auf all das Unbehagen, das ihn Audacers Anblick stets gekostet hatte. Früh hatte er gelernt, dem Vater aus dem Weg zu gehen, so wie Audacer selbst den Sohn mied, den er nicht wollte. Bis jetzt zumindest – denn nun war er zu seiner Rettung gekommen, hatte ihn als Einziger nicht aufgegeben, war bereit, unter Einsatz des eigenen Lebens für ihn zu kämpfen.

Balduin hatte nicht geglaubt, je wieder ein Schwert in Händen zu halten, schon gar nicht, es gegen jene Menschen zu richten, die ihm in den letzten Tagen vertraut geworden waren. Doch nun griff er – jenen Instinkten folgend, die Arbogast ihm eingebläut hatte – an den Gürtel, um seine *Spata* aus der Scheide zu ziehen.

Er griff ins Leere, und erst jetzt fiel ihm wieder ein, dass man ihm die Kampfausrüstung genommen hatte. Doch an seinem Willen, dem Vater zu Hilfe zu eilen, änderte das nichts. Unbewaffnet und ohne Schild stürzte er sich in das Getümmel.

»Vater!«, rief er wieder. »Vater!«

Diesmal war seine Stimme kräftig genug, dass Audacer ihn hörte. Eben hatte er einem der Normannen das Schwert in die Brust gerammt, sodass er Zeit hatte, sich umzudrehen, Balduin anzusehen. Balduin trat noch näher an ihn heran, erwartete, dass Audacers Miene sich aufhellen würde, vor Erleichterung und Dankbarkeit, weil der Sohn wie erhofft noch lebte. Doch Audacer blickte ihn an wie einen Fremden. Nichts Freudiges nahm von ihm Besitz – nur Verwirrung.

Unwillkürlich griff Balduin sich ins Gesicht. Haben mich die Flammen entstellt? Trage ich Narben? Erkennt er mich nicht?

Doch Audacer erkannte ihn. Er formte mit seinen Lippen sogar seinen Namen – doch die Verwirrung erlosch nicht, sondern wurde nun vielmehr von jenem altbekannten mürrischen Ausdruck begleitet, als zürne Audacer ihm dafür, dass Balduin bei voller Gesundheit vor ihm stand.

Er ist verärgert, weil ich unbewaffnet bin und mich in Gefahr bringe, versuchte Balduin sich einzureden.

Schon wollte er dem unausgesprochenen Befehl, sich wieder zurückzuziehen, Folge leisten, als er gewahrte, dass nicht ihm, sondern Audacer selbst höchste Gefahr drohte.

Aus dem Augenwinkel nahm er einen Schatten und blonde Locken wahr. Während die Frauen und Kinder zuerst unter den Waffen der Angreifer gefallen waren, hatte sich der engelhafte Knabe Eyvindr irgendwo in Sicherheit bringen können. Nun kehrte er mit Pfeil und Bogen bewaffnet zurück, und ebenjener Pfeil war auf Audacer gerichtet, der von Balduins Anblick abgelenkt war.

»Achtung!«, schrie Balduin, doch es war zu spät. Seine Stimme verschmolz mit dem surrenden Laut, als der Pfeil durch die Luft schoss und Audacers Kehle traf.

Audacers Augen verdrehten sich ins Weiße, Blut sprudelte aus der Wunde, dann sackte er zu Boden.

Balduin stürzte auf seinen Vater zu, kniete sich zu ihm und versuchte, den Blutfluss zu stoppen, indem er beide Hände auf die Wunde presste. Audacer machte ein gurgelndes Geräusch, noch lebte er. Balduin war so erleichtert über das Lebenszeichen, dass er nicht verwundert war, warum er es überhaupt hören konnte. Erst nach einer Weile bemerkte er, dass der Schlachtenlärm erstarb – was nur bedeuten konnte, dass die Verteidigung der Normannen endgültig zusammengebrochen und die Truppe, die zu seiner Rettung gekommen war, der wenigen Überlebenden Herr geworden war.

So hörte Balduin auch Audacers Stimme, als jener letzte Worte zu ihm sprach. »Du lebst?«, fragte er. Bei jeder Silbe zuckte der feststeckende Pfeil auf grässliche Weise.

Balduin musste sich überwinden, um seinen Blick nicht abzuwenden. Noch schlimmer freilich als Audacers Verwundung war die Art, wie der ihn ansah. Eben noch war nur das Weiße sichtbar gewesen, nun fühlte Balduin die grauen Augen wieder auf sich ruhen – irgendwie verächtlich, irgendwie ärgerlich.

»Aber natürlich lebe ich!«, rief Balduin heiser. »Das hast du doch gewusst, hast es als Einziger zumindest geahnt! Ich habe gehört, dass du es warst, der diesen Suchtrupp veranlasst hat…«

»Aber nicht, weil du noch lebst!«, fuhr Audacer ihm gurgelnd ins Wort. Er hustete, vielleicht versuchte er auch nur zu atmen. Ein Blutschwall ergoss sich aus seinem Mund, sickerte in sein Ohr, sein struppiges Haar und tropfte schließlich auf den Boden, der schwarz war von weiterem Blut.

Verwirrt blickte Balduin auf ihn herab. So warm und wohlig, wie ihn zuvor die Ahnung durchzuckt hatte, dass Audacer ihn doch lieben könnte, so bitter und kalt war die Einsicht, was sein Verhalten in Wahrheit bedeutete.

Er liebt die Menschen nur, wenn er sie verloren hat, dachte Balduin – viel nüchterner und klarer, als es der Moment eigentlich gebot.

Audacer hatte stets behauptet, sein Weib Hildegund zu lieben und seinem Sohn deren Tod nie zu verzeihen. Doch vielleicht hatte er diese Liebe erst verspürt, als sie ihren Geist ausgehaucht und damit besiegelt hatte, dass das Leben bösartig ist und dem Menschen raubt, was er für kostbar hält. Und auch jetzt war seine Verbitterung wider Balduin wohl nur gewichen, weil er dachte, er hätte den Sohn verloren und jener wiederum sein junges, kraftvolles Leben, das Audacer ihm stets geneidet hatte.

Nicht mein Wohlergehen bot ihm den Anlass, nach mir zu suchen, dachte Balduin. Er wollte nur ein Zeichen, dass das Leben es nicht gut meinte, nicht nur mit ihm, sondern auch mit mir. Hätte er mich tot gefunden, dann hätte er bei meinem Leichnam geweint, hätte ihn ehrenvoll bestattet und hätte den Normannen nie verziehen – ebenso, wie er Hildegunds Tod nie verwunden hat. Der Tod macht ihm die Menschen wertvoll, nicht das Leben.

Er fühlte, wie sich in seinen Augen Tränen sammelten, doch sie traten nicht über seine Lider.

»Du hast mich nie gewollt«, murmelte Balduin. »Du hast mich immer abgelehnt.«

Wenngleich diese Einsicht schmerzlich war, fühlte er sich im selben Augenblick erleichtert, weil er sie ungezwungen aussprechen konnte. Doch Audacer schien zu ahnen, dass er – wollte er dem Sohn zusetzen – mehr zu tun hatte, als mit finsterem, verächtlichem Blick zu sterben.

Plötzlich wurde sein Blick ganz weich; der Grimm schwand daraus. Seine Lippen verzogen sich zu einem schwachen Lächeln.

»Balduin …«, murmelte er.

Was Balduin eben noch Gewissheit deuchte, geriet ins Schwanken. Vielleicht hatte er sich doch geirrt, vielleicht dem Vater Falsches unterstellt.

»Balduin, nimm mein Schwert!«, stöhnte Audacer. Nicht viele Worte blieben ihm übrig. »Nimm mein Schwert …«

Für gewöhnlich war es der Vater, der dem etwa zwölfjährigen Sohn das Schwert übergab und damit dessen Waffenfähigkeit besiegelte. Dieses Schwert würde dieser dann, wie ein jeder Krieger, bis zu seinem Tod behalten. Audacer hatte ihm jenes Ritual verweigert – bis jetzt.

Nun vermochte Balduin die Tränen nicht mehr zu halten, nicht aus Enttäuschung, sondern vor Rührung. Doch während sie ihm über die Wangen liefen, ächzte Audacer einen letzten Befehl: »Und nun geh hin und schlachte meinen Mörder.«

Balduin schluckte schwer. »Er ist kaum mehr als ein Kind, er hat meine Wunde geheilt und mir das Leben gerettet …«

Neues Blut floss aus Audacers Mund, nicht mehr frisch und rot, sondern zäh und dunkel … Wieder lächelte er, doch diesmal nicht freundlich, sondern bösartig. »Das Leben ist grausam – sei du es auch!«

Seine Augen verschwanden endgültig in ihren Höhlen, sein Griff erschlaffte. Als Balduin sich von Audacers Leib löste und sein Schwert fest umfasste, war sein Vater bereits tot.

Sie hatten die Überlebenden des Kampfes zusammengetrieben, es waren kaum mehr, als man an beiden Händen abzählen konnte.

Es sind keine Kinder mehr darunter, durchfuhr es Balduin, als er das armselige Häuflein Menschen sah. Deren Wille zu kämpfen war erschlafft; es machte auch keinen Sinn mehr, denn sie waren der Waffen beraubt. Doch die wenigsten senkten ihren Blick. Wenn sie sich nun Gefangenschaft und Tod zu beugen hatten, dann wollten sie es mit Würde tun.

Wo sind die Kinder?, dachte Balduin wieder – und wusste es. Sie waren dahingeschlachtet, genauso wie die freundliche Groa, die ihn immer mit köstlichen Eintöpfen versorgt hatte, genauso wie die meisten der finsteren Krieger, die sich bis zuletzt erbittert gegen die Übermacht gewehrt hatten, genauso wie… nein, Eyvindr lebte noch, er zählte zu jenen, die man überwältigt, aber noch nicht getötet hatte. Er war Balduin immer schmal erschienen, doch nie so klein wie jetzt. Sein blondes Haar war schmutzig, sein Gesicht verkrustet vom Blut anderer, das auf ihn gespritzt war, vielleicht sogar das von Audacer, wenngleich er den tödlichen Pfeil aus großer Entfernung abgegeben hatte.

Balduin suchte seinen Blick, hoffte darin etwas zu lesen, etwas von der Vertrautheit, die in den letzten Tagen zwischen ihnen entstanden war, vielleicht von Reue, weil er seinen Vater getötet hatte.

Doch im Gegensatz zum Rest hielt Eyvindr die Lider gesenkt.

Ein anderer aber starrte Balduin an, trat zu ihm, ergriff ihn am Arm.

»Du solltest es tun«, sagte Gerold. »Balduin… du musst ihn rächen.«

Balduin hörte ihn kaum. Stimmen schwirrten durch seinen Kopf, so viele Stimmen.

Die von Johanna: »Du musst versprechen, die Normannen zu besiegen«, die des Grafen: »Im Leben muss man stets seine Pflicht erfüllen«, die seines Vater Audacer: »Das Leben ist grausam, sei du es auch!«

»Balduin, räche ihn!«, wiederholte Gerold.

Er fuhr hoch. »Was…«, stammelte er, »was redest du da?«

»Komm zu dir! Sie… sie haben deinen Vater getötet, wahrscheinlich hätten sie auch dich getötet.«

»Nein, nein, das haben sie nicht getan. Sie…«

»Sie haben dich gefangen genommen, dich wie einen Sklaven

gehalten. Sie sind unsere Feinde, Balduin. Graf Robert hat befohlen, dass wir keine Gefangenen machen.«

Balduin schwindelte es. Ein böser Traum musste es sein, dass Audacer gefallen war, und noch mehr, was jener zu ihm gesagt hatte. Doch dann klärte sich das Bild, und er fragte sich, ob es nicht vielmehr ein Traum gewesen war, was sich in den letzten Tagen zugetragen hatte. Unmöglich, dass er bei diesen Menschen gehaust hatte, unmöglich, dass sie einander Geschichten erzählt hatten, dass er das Lächeln von Groa und den Kindern erwidert hatte. Sie musste ihm Gift ins Essen geträufelt haben, das solche Trugbilder erzeugt hatte.

»Warum zögerst du?«, fragte Gerold. Gleichwohl sich einstige Feindschaft längst in nüchterne Kameradschaftlichkeit gewandelt hatte, glaubte Balduin, ein wenig von der Verachtung herauszuhören, die ihn einst getroffen hatte, als er sich während des Gewitters unter dem Bett verkrochen hatte.

»Aus dir wird nie ein rechter Krieger werden«, hatte Arbogast damals gehöhnt.

»Doch«, hatte Johanna ihn später getröstet, »aus dir wird ein Krieger, aus dir muss einer werden, damit du die verfluchten Normannen töten kannst …«

Seine Hände verkrampften sich, erst jetzt spürte er, dass er immer noch das Schwert hielt, das Audacer ihm gegeben hatte, so viele Jahre zu spät, aber letztlich doch als Zeichen, dass er sein Vater war.

Und nun geh hin und schlachte meinen Mörder …

Wieder gerieten sämtliche Stimmen durcheinander.

Still!, dachte Balduin, seid still!

Doch die Stimmen wurden nicht leiser, sondern immer eindringlicher, immer quälender. Sie keiften, girrten, krächzten durcheinander.

Das Leben ist grausam … du wirst nie ein Krieger … töte die Normannen …

Da hob er sein Schwert, auf dass sie endlich schwiegen.

»Bitte, lieber Gott, gib ihn mir heil wieder! Gib ihn mir wieder!«

Seit die Nachricht ihn erreicht hatte, dass Balduin wohl gefallen war, fühlte sich Graf Robert wie gelähmt. In Gerolds Anwesenheit hatte er sein Entsetzen verbergen können, hatte Balduins Tod scheinbar hingenommen, und als Audacer lautstark herumgebrüllt hatte, er würde seinen Sohn nicht im Stich lassen – Graf Robert konnte sich nicht erinnern, wann Audacer Balduin jemals zuvor als Sohn bezeichnet hatte –, nun, da hatte er sich keine Hoffnung erlaubt und jene unnahbare Haltung an den Tag gelegt, die ihm anerzogen war. Doch seitdem die Truppe Laon verlassen hatte und ihm nichts anderes übrig blieb als zu warten, konnte er seine Fassung kaum aufrechterhalten.

Er schlief schlecht, aß nur mit größtem Widerwillen und war träge wie nie. Wenn er Gericht halten musste, war er unaufmerksam, wenn er die Abführung des Zehnten überwachen sollte, wie blind.

Die Stimme seines Vaters, die er sonst ständig im Ohr hatte, verstummte.

»Wir Grafen sind Vertreter des Königs«, hatte jener ihm stets eingebläut, »und der König schickt regelmäßig Boten aus, damit sie unsere Arbeit kontrollieren. Zu zweit reisen sie, ein Geistlicher und ein Weltlicher – und wenn sie nicht zufrieden sind mit dem, was sie in der Grafschaft vorfinden, so werden sie dich absetzen …«

Jene Boten gab es schon lange nicht mehr, Grafen konnten vom König nicht mehr einfach abgesetzt werden, und anders als früher war jene Würde genauso erblich wie die der *Vicecomites* und *Ministri rei publicae* – die Beamten, die dem Grafen zur Seite gestellt waren. Und doch hatte Roberts Vater es geschafft, ihm stete Furcht vor Vernachlässigung seiner Pflichten einzuprägen – zumindest bis jetzt.

Jetzt war ihm alles gleich. Er hielt es nicht in seiner Amtsstube aus, sondern ging im Hof unruhig auf und ab. Zu seinem Erstaunen war er nicht der Einzige. Auch Alpais schritt nicht weit von ihm ihre Runden ab, allerdings nicht, um beunruhigt nach einem Trupp Reiter Ausschau zu halten, sondern um hingebungsvoll ihre Gebete zu murmeln.

Ihr Anblick erregte in Robert unerwarteten Ärger. Er war stets dankbar für ihre Frömmigkeit gewesen, hatte jene doch verhindert, dass aus ihr ein verbittertes Weib wurde, das nicht aufhören konnte, seine Kinderlosigkeit zu beklagen. Ja, Alpais klagte nie, sondern zeigte nahezu grenzenlose Hingabe an die Prüfungen des Lebens, und er hoffte stets, dass sie mit ihrer Inbrunst auch ein wenig von der Sorge um sein Seelenheil übernahm, um das er sich nicht in jener zeitlichen Fülle kümmern konnte wie sie. Andere Männer seines Ranges beauftragten Mönche, in ihrem Namen zu beten und zu fasten – nun, er hatte zu diesem Zwecke Alpais.

In diesen Tagen der Sorge um Balduin aber verstörte ihn ihr Gebaren. Es zeigte keine Trauer, keine Anteilnahme. Sie lächelte versonnen wie stets, ihr Blick war wie weggetreten, ihre Gesten waren langsam und zögerlich. Und er fragte sich zum ersten Mal, ob dies alles womöglich nicht daher rührte, dass sie ein solch unirdischer, heiliger Mensch war, sondern weil sie von Kälte und Gleichgültigkeit durchdrungen war. Gleichwohl sie doch im selben Hof ihrer Wege gingen, fühlte er eine Mauer zwischen ihnen, wie sie nicht einmal ihre Kinderlosigkeit hatte aufrichten können.

Umso erleichterter nahm Robert es auf, als noch ein weiteres Mitglied seines Hofs dic Enge der Räume nicht länger aushielt und ins Freie flüchtete. In ihrer bleichen, angespannten Miene erkannte er sich selbst wieder. Hastig trat er zu ihr.

»Johanna«, sagte er schlicht.

Sie nickte wortlos, in den letzten Wochen schien sie geschrumpft zu sein. Hager war sie stets gewesen, jedoch immer von aufrechter Gestalt. Nun schien die Angst um Balduin ihren Rücken zu krümmen.

»Ich kann nicht leben, wenn er tot ist«, murmelte sie unwillkürlich. »Ich… ich hätte kein Recht darauf…«

Verwundert zog Robert seine Stirne in Falten. Er verstand nicht, was sie damit meinte. Die Trauer musste ihren Geist verwirrt haben.

»Kein Recht … worauf?«

Sie blickte an ihm vorbei. »Wenn es ihn nicht gibt, dann sollte es auch mich nicht geben. Ich habe nur seinetwegen … überlebt. Ansonsten hätte die Schuld mich umgebracht, die ich auf mich geladen habe …«

Sie brach mitten im Satz ab. Trotz der Schwere, der sämtliche seiner Regungen unterworfen waren, erwachte Neugierde in ihm.

»Schuld?«, fragte er. »Von welcher Schuld redest du? Als du seinerzeit nach Laon kamst, wirktest du wie der erbarmungswürdigste Mensch auf Erden.«

Der Schmerz um Balduin schien sämtliche Grenzen zu brechen, die sie einst sorgfältig zwischen sich und der Welt gezogen hatte. »Als die Normannen mein Dorf überfallen haben, da habe ich etwas getan, was sich kaum aussprechen lässt. Ich habe …«

Kurz schien sie bereit, ihr Geheimnis zu verraten. Doch im nächsten Augenblick brach sie ab, von dem gleichen Geräusch gestört, das auch Robert zusammenzucken ließ.

Das Getrappel von Pferdehufen. Lautes Rufen.

Seit Tagen hatte er darauf gewartet, hatte die folternde Ungewissheit kaum noch ertragen. Doch nun, da sich die Heimkehr der Truppe ankündigte, glaubte er, die Aufregung müsse ihn zerreißen.

»Bitte, Allmächtiger, gib ihn mir wieder!«, stammelte er und hielt sich nur mühsam aufrecht. Um ein Haar wäre er ins Innere geflohen, um dort auf die Nachricht zu warten.

Auch Johanna war weiß geworden, stürmte dem ersten Reiter entgegen – es war Gerold. Sie brachte keinen Laut hervor.

»Gerold!«, schrie der Graf an ihrer Stelle, es klang wie das Kreischen eines Weibes. Er sah, wie es den Neffen befremdete – wohl nicht nur das Kreischen, sondern vor allem seine übertriebene Sorge um Balduin. Ob er sie auch für ihn, Gerold, aufgebracht hätte?

Alpais ging murmelnd und gleichgültig ihrer Wege.

»Balduin lebt!«, sagte Gerold schnell. »Er ist am Leben, aber ...«

Er kam nicht dazu fortzufahren, schon stürzte der Graf auf den jungen Mann zu, der nun in den Hof geritten kam – oder vielmehr in den Hof geführt wurde.

Die hitzige Erleichterung erstarb. Als Robert Balduin anstarrte, bestürzt zuerst, dann in schmerzlicher Erkenntnis, dachte er kurz, Gerold habe ihn angelogen. Balduin lebte nicht, er konnte nicht leben, er sah doch aus wie tot, wie er da steif auf dem Pferd saß, ohne es zu lenken.

»Balduin«, brachte Johanna schwach hervor.

Nicht einmal darauf schien der junge Mann zu hören. Als einer der Knechte Balduin am Fuß packte und ihm andeutete, vom Pferd zu steigen, da leistete er der Aufforderung Folge. Doch als er am Boden stand, tat er keinen Schritt auf Robert zu.

Jener wollte ihn umarmen, doch der Heimgekehrte zuckte zurück. Balduins Stirn war in Furchen gezogen, einzelne Haare waren ergraut, er ließ die Schultern hängen wie ein uralter Mann.

»Es geht nun schon seit Tagen so«, sagte Gerold, der zu Robert getreten war. »Er ... er spricht kein Wort und zeigt keine Regung.«

»Lieber Himmel, was ist ihm geschehen?«

Gerold zuckte bedauernd die Schultern. »Audacer ...«

Der Graf fuhr herum, suchte nach dem Mann, der ihm ein höchst eigenwilliger, aber doch treuer Freund gewesen war. »Er ist tot?«, rief er entsetzt.

»Durch die Hand der Normannen gefallen«, bestätigte Gerold. »Balduin hat ihn gerächt. Und versinkt seitdem in Trauer.«

Balduin musste die Worte gehört haben, er stand in ihrer Nähe, doch sein Blick regte sich nicht.

Audacer ..., ging es dem Grafen durch den Kopf, er trauert um Audacer.

Plötzlich schmeckte es gallig in seinem Mund, nicht nur wegen der eben ausgestandenen Aufregung, sondern wegen der Fassungslosigkeit, die sich in ihm ausbreitete.

Er war dir nie ein Vater, nie so wie ich, und du trauerst derart um ihn, dass du deinen Verstand verlierst? Ich habe mich immer um dich gekümmert, und dir bricht das Herz ausgerechnet dann, wenn jener Mann von dieser Welt geht, der dir gegenüber stets kalt und hartherzig war?

Der Graf wagte nicht, die Fragen laut auszusprechen, Balduin hätte sie ja doch nicht verstanden, aber er fühlte, wie sie die Verbitterung vergrößerten, die in ihm hochstieg und der Freude über Balduins Heimkehr den Rang ablief.

»Gott sei Audacers Seele gnädig«, sagte er, viel schroffer, als ihm zumute war.

»Balduin ...«, stammelte Johanna hilflos. Auch sie wagte nicht, dem Ziehsohn zu nahe zu kommen.

»Bringt ihn ins Badehaus!«, befahl der Graf und fand zu seinem gebieterischen Tonfall zurück. »Und gebt ihm zu essen!«

Wieder zuckte Gerold mit den Schultern. »Er isst schon seit Tagen nichts.«

Roberts eigener Magen knurrte, er hatte ja selbst kaum etwas heruntergebracht in der letzten Zeit.

»Der Appetit kommt oft beim Anblick der Speisen.«

Der Knecht, der Balduin vom Pferd geholfen hatte, packte ihn nun an den Schultern und zog ihn mit sich. Johanna überwand sich, den Bannkreis zu überschreiten, den Balduin um sich gezogen hatte, und hakte sich auf der anderen Seite unter. Ausdruckslos ließ Balduin es über sich ergehen. Alpais war nun stehen geblieben, hob den Kopf.

»Hiergeblieben!«, befahl der Graf, als Gerold den Männern ins Innere folgen wollte. »Hast du Neuigkeiten vom Kriegszug des Königs?«

»Du willst jetzt davon hören?«, fragte Gerold verwundert.

Audacer hat ihn nie gewollt, nie so, wie ich ihn wollte, und doch trauert er um ihn ... Der Graf schüttelte den Kopf, um seine Gedanken zu vertreiben.

»Ich muss doch wissen, was im Reich vor sich geht!«, bestand er auf seiner Forderung.

Gerold zuckte die Schultern. »Nun gut, wenn du willst. Man hat Ludwig von Saint-Denis freigelassen, nachdem 685 *livres d'or* Lösegeld bezahlt wurden. Es heißt, der König habe mit allen Streitkräften die Insel Oscellus belagert, wohin sich die Normannen zurückgezogen haben. Doch dann hat sein Bruder, König Ludovicus Germanicus, wieder einmal die *Gallia* angegriffen, und der König hatte weder Zeit noch Kräfte für die Normannen. Wie es weiterging, das weiß ich nicht. Wir haben von all den Kämpfen nichts mitbekommen. Sie hatten Balduin in den Norden verschleppt.«

Die Worte gerieten in Graf Roberts Kopf zu einem Summen.

Du warst doch immer mein Sohn, dachte der Graf erschöpft, viel mehr als der von Audacer …

VIII. Kapitel

Unruhig schritt Johanna den Gang auf und ab. Sie wusste mittlerweile, dass es sinnlos war, auf eine Besserung von Balduins Zustand zu warten, aber sie war jeder Gelassenheit beraubt, um ihn allein zu lassen und sich mit ganzem Herzen einer anderen Tätigkeit zu widmen. Seit Tagen blieb er nun im Bett verkrochen, bleich und regungslos, verweigerte die Speisen ebenso wie das Trinken. Wahrscheinlich wäre er verdurstet, hätte sie ihm nicht dann und wann ein wenig verdünnten Brombeerwein eingeträufelt. Er ließ es über sich ergehen, doch er scherte sich nicht darum, wenn ihm das Gesöff über das Kinn tropfte und rot wie Blut sein Hemd befleckte.

Sie ertrug es immer weniger. Wenn sie in seine Augen sah und dort auf nichts anderes stieß als Leere und Tod, war ihr, als würde sie in einen Brunnen starren, der zu tief und schwarz war, als dass man seinen grauenvollen Grund erblicken konnte – und zunehmend hatte sie das Gefühl, hineinzufallen und rettungslos verloren zu sein, wenn sie nicht rechtzeitig zurückträte.

Sobald sie jedoch aus Balduins Gemach floh, schien eine unsichtbare Hand sie aufzuhalten. In der Küche oder in den anderen Wirtschaftsgebäuden auf eine Besserung seines Zustandes zu warten war ebenso unerträglich, wie bei ihm zu sein. Sie hätte ihn verfluchen mögen, weil er sich nicht zusammenriss und sie zur Gefangenen seines kranken Gemüts machte – und verging zugleich vor Angst, seine Unlust zu leben könnte so weit gehen, dass er irgendwann zu atmen aufhörte.

Der Graf war ihr keine Hilfe.

»Es muss etwas geschehen, so kann es nicht weitergehen!«, hatte sie ihn bedrängt.

Doch Robert hatte sie nur hilflos angeblickt und auf Geduld gesetzt. »Jeder Mensch trauert auf seine Weise«, hatte er erklärt. »Es braucht Zeit, um sich mit dem Verlust abzufinden.«

Johanna hatte den Kopf geschüttelt. Auch wenn sie ihm nicht widersprach, war sie sich sicher, dass es nicht die Trauer um Audacer war, die Balduin in diesen Zustand der Schwermut, der Hoffnungslosigkeit, der lautlosen Verzweiflung getrieben hatte. Es war etwas anderes, was diese stummen Qualen begründete, etwas, worüber er vielleicht reden sollte, auf dass es endlich ausgespien war wie eine verdorbene Speise. Doch sie selbst sah sich außerstande, sein Leid anzuhören. Seine wenigen röchelnden Worte hatten schemenhafte Bilder in ihr heraufbeschworen, so schrecklich, dass sie ihm rasch die Hand auf die Lippen gelegt und ihn zu schweigen geheißen hatte. Leider war es dabei geblieben, und er sagte nun gar nichts mehr. Und auch wenn ihr dies erlaubte, die Erinnerungen an die Normannen, an das Töten, an die Verwüstung wieder in den untersten Seelenkerker zu sperren, so wusste sie doch: Irgendjemand musste Balduin helfen, sonst würde er sich zugrunde richten.

Johanna fuhr zusammen. Schritte hatten sich ihr genähert, die leisen, tapsenden einer Frau, die kaum größer war als ein Mädchen.

»Musst du mich so erschrecken?«, keifte Johanna sie an. Das Gesicht war ihr fremd. Wahrscheinlich war jenes Mädchen eine Leibeigene und als solche nicht wert, genauer betrachtet zu werden. Nur wenige Gesichter hatte sich Johanna eingeprägt, und die Menschen hier in Laon, deren Namen sie nennen konnte, ließen sich an einer Hand abzählen.

»Es tut mir leid«, murmelte die junge Frau verlegen. »Aber der Graf schickt mich. Einer der Tuchwalker hat sich mit heißem Wasser verbrüht. Der Graf meinte, dass Ihr ihm vielleicht helfen könnt.«

Johanna stöhnte ungehalten. Sie mochte es, im Garten ihre

Kräuter zu züchten und mehr über die Heilkunde zu lernen. Gegen jede Krankheit, die Balduin hätte befallen können, wollte sie gewappnet sein. Doch lästig war ihr, dass sich ihre Fähigkeiten herumgesprochen hatten und man immer häufiger ihren Rat und ihre Hilfe suchte. Für gewöhnlich verwehrte sie beides nicht, war doch ihre Stellung nicht ausreichend geklärt, weshalb sie stets versuchte, sich unverzichtbar zu machen. Doch nun, da sie, die körperlicher Leiden oft Herr werden konnte, Balduins geistigem Zustand so hilflos ausgeliefert war, deuchte es sie als Zumutung, dass sie einem anderen an seiner Statt helfen sollte.

»Es … es geht dem jungen Herrn nicht besser?«, fragte die Frau indessen vorsichtig.

Johanna stierte sie an. Kurz war sie geneigt, sie eisig zurechtzuweisen, dass es sie mitnichten etwas anginge. Doch die letzten Tage hatten sie derart zermürbt, dass es tröstlich war, auf eine Seele zu stoßen, die ihre größte Kümmernis aussprach.

»Ich … ich weiß nicht mehr, was ich für ihn tun kann«, stammelte sie.

Das Mädchen nickte. Es hatte braune Augen, so hell, dass sie fast ins Gelbliche übergingen.

Wie eine Katze, dachte Johanna. Spitz wie die Schnauze einer solchen war auch das Kinn, breit die Wangenknochen. Ihre Haare waren von mattem Braun und so fest geflochten, dass sich nicht sagen ließ, ob sie glatt oder lockig fallen würden.

»Was soll ich dem Grafen denn nun sagen?«, fragte das Mädchen, nachdem Johanna sie eine Weile durchdringend angestarrt hatte. »Werdet … werdet Ihr dem Tuchwalker helfen?«

»Ja doch!«, murrte Johanna unwillig. »Wenn er es wünscht, dann komme ich!«

Das Mädchen atmete hörbar aus. Offenbar hatte sich bis zu ihr herumgesprochen, dass man eine Frau wie Johanna am besten mied. Sie hatte zwar keine echten Feinde – aber es gab auch niemanden, der sie mochte.

»Soll ich in der Zwischenzeit auf den jungen Herrn achten?«, fragte das Mädchen.

Johanna hatte sich schon zum Gehen gewandt. Jetzt drehte sie sich um, zunächst verärgert über das dreiste Ansinnen, dann erleichtert, dass sie Balduin nicht allein lassen musste.

»Tu das!«, forderte sie schlicht, ging ein paar Schritte, drehte sich noch einmal um. »Wer bist du eigentlich? Wie heißt du?«

»Meine Eltern waren freie Bauern und haben an der Küste gelebt, aber sie sind im Jahr meiner Geburt vor den Normannen geflohen. Der Graf hat sie aufgenommen – zum Preis, dass sie ihre Freiheit verloren haben.«

Johanna nickte. Dergleichen hatte sie schon oft gehört: dass Flüchtlinge zu Leibeigenen gemacht wurden, obwohl der König vor wenigen Jahren ein Gesetz erlassen hatte, wonach dieses verboten und die Unglückseligen wie Gäste zu behandeln seien.

»Ich bin gut im Weben und Spinnen, und im Sommer ist es meine Aufgabe, den Flachs zu brechen und zu zupfen. Ich weiß auch, wie man mit Scharlach und Krapp Tuch färbt«, fuhr das Mädchen fort. Es machte eine kurze Pause und fuhr dann fort: »Mein Name ist Madalgis.«

In den nächsten Tagen begann Johanna, Madalgis zu beobachten. Nicht wirklich gewollt kam sie schließlich zu dem Schluss, zu welchem Zweck ihr das Mädchen tauglich sein konnte. Der Gedanke festigte sich nach und nach, je mehr sie von ihr erfuhr. Das meiste verrieten ihr nicht die Worte, die Madalgis sagte, sondern ihre Gesten: der hungrige Blick dieser hellbraunen Augen, die oft zwischen Missmut und Sehnsucht schwankten, die steifen Bewegungen, mit denen sie ihre Arbeiten verrichtete. Madalgis war nicht faul, im Gegenteil; sie erledigte ihre Pflichten ohne Tadel. Aber das waren sie eben: nur Pflichten, niemals Vergnügen. Sie hätte sie niemals erfüllt, wenn sie ihr nicht befohlen worden wären und sie eine andere Möglichkeit gewittert hätte, an ihr täglich Brot zu kommen.

Auf den ersten Blick wirkte sie schüchtern und still, weshalb die meisten sie für einen jener dumpfen Menschen hielten, die zum Dienen und zum Schuften geboren waren und niemals daran dachten, sich gegen dieses Joch zu erheben. Doch bald glaubte Johanna, sie durchschaut zu haben; diese lautlose Art war gewiss nicht erlogen, jedoch auch nicht aus Bescheidenheit geboren, sondern vom Wunsch, möglichst viel aus möglichst schlechten Umständen herauszuschlagen – und das wiederum möglichst unauffällig.

Es fiel Johanna leicht, sich in dem Mädchen wiederzuerkennen. Etwas von dem, auf das sie in Madalgis stieß, war ihr vertraut: jener Anflug von Verbitterung über das eigene Geschick, besonders deutlich, wenn sie auf ihre eigene dreckige Kleidung herabblickte, und jene Sehnsucht nach Sauberkeit, Sehnsucht danach, eine winzig kleine Stufe über jene Grenzen hinauszuklettern, die ihr Dasein umstellten.

Einst hatte Johanna es nicht gern gesehen, wenn sich andere Weiber um Balduin kümmerten. Ihr Kind war er gewesen, und schrill wurde ihre Stimme, wenn eine andere meinte, sie dürfe ihn heben und herzen. Doch während sie das rotwangige, lächelnde Kleinkind mit niemandem hatte teilen wollen, gab sie den trübsinnigen Mann, zu dem er geworden war, umso lieber ab. Dass Madalgis stundenlang bei ihm saß und ihm an ihrer Statt verdünnten Wein einträufelte, nahm ihr eine Last von der Seele. So ließ sie ihn nicht im Stich, nein, wusste ihn kundigen Händen anvertraut, und war doch nicht gezwungen, ihn zu pflegen, bis sein Elend auf sie überschwappte.

Nach einer Woche schließlich passte sie das Mädchen an der Schwelle zu seiner Tür ab. Balduins Zustand hatte sich immer noch nicht verändert.

»Du musst ihm mehr geben«, forderte Johanna.

Madalgis blickte sie von unten her an. Nicht nur, dass sie klein gewachsen war. Sie neigte auch dazu, den Kopf zu senken und einzig den Blick zu heben, wenn sie jemanden ansah. Treuherzig wirkte das, es vertuschte das Gierige in ihren Katzenaugen.

»Mehr zu trinken?«, fragte Madalgis. »Aber es ist doch schon mühsam, ihm das wenige …«

»Das meine ich nicht«, fiel Johanna ihr ins Wort. »Ich wollte sagen: mehr von dir.«

Madalgis verbarg nun vollends ihren Blick. Glatt war die Stirne, Johanna war sich nicht sicher, was dahinter vorging. Sie hatte freilich keine Lust, es mühsam zu ergründen, sondern sprach forsch heraus: »Hast du schon bei einem Mann gelegen?«

Madalgis' Lider flackerten kaum merklich, doch als sie den Kopf hob – viel höher, als es üblich war –, war ihr Blick starr und undurchsichtig.

»Ja«, sagte sie schlicht, und dann wandte sie sich wortlos ab, um Balduins Gemach zu betreten.

Madalgis blickte auf Balduin. Sie wusste, dass von ihm keine Regung zu erwarten stand, aber dennoch hatte sie gehofft, er würde in irgendeiner Weise darauf antworten, dass sie ihm so nahe wie nie zuvor kam: mit einem kurzen Zwinkern seiner Augen, dem Anflug eines Lächelns.

Doch als sie sich vorsichtig auf dem Rand seines Bettes niederließ, lag er wie ein Toter. Sie nahm seine Hand, die sich warm, aber schlaff anfühlte, und rang damit, sie nicht gleich wieder fallen zu lassen. Es war etwas anderes, sich dreist vor Johanna aufzustellen, ihrem kalten Blick mit einem berechnenden zu trotzen und zu behaupten, sie kenne sich mit Männern aus, als nun allein mit einem solchen Mann zu sein, der an nichts Interesse zeigte, schon gar nicht an ihr.

Wenn Johanna wüsste, ging es Madalgis durch den Kopf, wenn sie nur wüsste, woher meine Erfahrungen stammen und welcher Mann …

Doch wahrscheinlich war das Johanna gleich. Balduins einstige Amme war nicht bekannt dafür, eine strikte Linie zwischen Gut und Böse zu ziehen und all das zu meiden, was nach Sünde roch. Vielmehr ordnete sie ihr Verständnis darüber, was eine Sünde war und was nicht, wohl dem unter, was Balduin helfen konnte.

»Balduin«, setzte Madalgis unsicher an. Sie kam sich verwegen vor, ihn einfach bei seinem Namen anzusprechen, doch er reagierte darauf ebenso wenig wie auf alles andere. »Balduin …

weißt du, wer ich bin? Ich war schon mehrere Male hier. Mein Name ist Madalgis und …« Sie rang nach Atem. »Ich weiß nicht, was dir geschehen ist und was dich so gram stimmt. Nun, in meinem Leben, da gibt es auch vieles, was mich gram stimmen könnte, wenn ich es nur zuließe, aber man darf es nicht zulassen, verstehst du? Es … es tötet einen!«

Bedächtig legte sie die eine Hand zurück, um nun die andere zu ergreifen, sanft über den Handrücken zu streicheln und sie mehrmals fest zu drücken.

»Manchmal muss man sich dem Leben fügen, die Schläge hinnehmen … und sei es nur zum Schein, um sich dann, wenn das Leben am wenigsten damit rechnet, still und leise gegen seine Pläne zu erheben. Oder warum, denkst du, bin ich hier?«

Anfangs hatte sie noch zögerlich gesprochen, nun blubberten ihr die Worte regelrecht aus dem Mund. Es war befreiend, sich nicht zu verstellen, und auch wenn sie Balduin damit nicht erreichen konnte, stärkte sie es doch in dem, was sie zu tun beabsichtigte.

»Mein Name ist Madalgis«, wiederholte sie, »ich bin eine Magd … aus mir kann nichts werden. Das sagte mein Vater immer. ›Du bist hübsch‹, sagte er, ›und du weißt dein Köpfchen zu gebrauchen … aber das alles nützt nichts. Ich kann dir nichts geben, was dir ein schönes Leben schenkt.‹«

Am Ende hatte ihr der Vater mehr gegeben, als sie jemals wollte, aber das sagte sie nicht laut …

»Mein Vater hat sich immer beklagt, dass es auf der Welt nicht gerecht zuginge«, fuhr sie laut fort, »und am meisten hat er sich über die Priester beklagt, die das Gegenteil behaupten würden. ›Diese Pfaffen, ha!‹, hat er geschrien. ›Die reden von Sünden, die man meiden müsse, und Höllenfeuer, das einen ansonsten erwartet – aber ihre eigenen Oberen, die Bischöfe, sind so verkommen, dass sie sich lieber dem Reiten widmen, Kriegsübungen, Speerwerfen und der Jagd, anstatt das Reich Gottes zu verkünden.‹«

Madalgis ließ nun auch die zweite Hand los, rückte ein wenig höher, um Balduins Gesicht zu berühren. Sein Bart wuchs unregelmäßig, stand struppig und spitz weg und stach in ihre Finger. Doch die Haut seiner Stirn, seiner Nase, seiner Schläfen war weich. Sie hatte gedacht, dass es sie ekeln würde, diesen Mann zu berühren, nicht nur, weil er einem Toten glich, sondern weil er sie an das erinnerte, was vor vielen Jahren geschehen war, was eine so große Sünde war, dass man sie nicht aussprechen durfte, und was unbeschreiblich wehgetan hatte. Doch der Ekel blieb aus.

»Mein Vater hat ständig gejammert und geklagt… nicht mehr ertragen konnte ich es am Ende, nicht mehr hören. Er ist gestorben, musst du wissen, qualvoll langsam und verbittert und weit fort von seiner Heimat. Wir mussten sie verlassen, als die Normannen kamen. Damals hat sein Hass auf die Priester begonnen. ›Wie sie prahlten, die Pfaffen!‹, hat er gesagt, ›Dass sie keine Angst hätten, sondern Zutrauen in Gott besäßen. Dass Gott nur den mit seiner Geißel strafe, der sie verdient habe, dass also keiner Angst vor den Normannen zu haben bräuchte, der ohne Sünden sei… Von wegen! Unsereins haben sie verboten, rechtzeitig die Sachen zu packen, weil dies ein Eingeständnis sei, dass man Schlimmes verbrochen habe. Aber sie selbst haben, sobald die ersten Flüchtlinge eintrafen und das Rasseln der Köcher zu hören war, sämtlichen Besitz zusammengerafft und sind in den Süden geflohen. Viel schneller, als wir es konnten. Wir hatten ja keine Pferde wie… sie.‹«

Madalgis hielt inne, um zu lauschen. Sie war sich nicht sicher, aber bei ihren letzten Worten war ihr, als würde sie ein Seufzen vernehmen, lang und tief. Balduins Augen waren auf sie gerichtet, und zum ersten Mal hatte sie das Gefühl, dass sie sich nicht nur in deren harter Oberfläche spiegelte, sondern er sie anblickte. Beschämt ließ sie sein Gesicht los, um dann, nach einer Weile, da sich nichts tat, die Hände auf seine Brust zu legen, die mit dichten, gekräuselten Haaren bedeckt war.

»Mein Vater sagte auch, dass die Pfaffen uns zweimal betrogen haben. Einmal, als sie unsere rechtzeitige Flucht verboten haben, und das zweite Mal, als wir hier ankamen und als Unfreie versklavt wurden. Wir hatten nichts mehr außer unserem Leben und der Kleidung, die wir auf dem hungernden, ausgezehrten Leib trugen. Doch die Priester halfen uns nicht. ›Sie krochen in irgendwelche Klöster und ließen sich durchfüttern‹, sagte mein Vater. ›Aber unsereinem erklärten sie, dass dem menschlichen Geschlecht wegen der Ursünde die Strafe der Knechtschaft auferlegt worden sei, so dass Gott jene, für die die Freiheit nicht passt, zu Sklaven macht… Du bist auch unfrei, Madalgis. Magst du noch so hübsch und klug sein, aus dir wird nichts.‹«

Wieder ein Seufzen – diesmal klang es wie ein Ächzen. Madalgis wusste nicht, ob Balduin auf ihre Worte oder auf ihre Berührungen reagierte. Sie wusste viel zu wenig von Männern. Die Augen zu schließen, die Beine zu spreizen und ihn über sich ergehen zu lassen – ja, das wäre ihr leicht gelungen. Sie hatte gelernt, die Lust eines Mannes zu ertragen, nicht aber sie zu entfesseln. Ihre Hand rutschte tiefer, glitt zu seinem Bauch, der fest und hart war. Ihr war nur ein weicher, schwammiger vertraut.

»Mein Vater«, murmelte sie, »mein Vater hat mir nicht geglaubt, als ich sagte, ich würde dem Elend entkommen. Er hat gelacht, und dann hat er… nun, es ist nicht wichtig, was er dann getan hat. Wichtig ist, dass ich hier bei dir bin, Balduin. Fühlst du mich? Gefalle ich dir?«

Er war nun wieder stumm; lediglich seine Härchen verrieten, dass er nicht ganz leblos war – sie richteten sich auf, bedeckten seinen ganzen Körper mit einer Gänsehaut, vor allem dort, wo sie nun seine Kleidung öffnete, abstreifte.

»Willst du Wein trinken?«, fragte sie.

Ihr Vater hatte immer Wein getrunken… davor. Nie hatte er sie nüchtern bestiegen, hatte es trotz aller Auflehnung gegen die Pfaffen, trotz aller diebischen Freude, sich etwas aus dem vermaledeiten Leben herauszupressen, und sei es der jugendliche Leib der eigenen Tochter, doch nicht gewagt, sich im Besitz aller geistigen Kräfte zu ihr zu legen. Erst wenn seine Augen glasig waren, wenn sein Atem stank, wenn seine Bewegungen fahrig wurden – dann, ja dann zwang er sie, zu ihm ins Bett zu kommen, unter ihm zu liegen…

Unter Balduin würde sie nicht liegen. Sie selbst saß ja auf ihm.

»Komm, trink Wein!«, forderte sie ihn auf und griff nach dem Kelch.

Sie stützte ihn im Nacken, um ihn aufzurichten, und als sie schon nicht mehr damit rechnete, ging ein Zucken durch seinen Leib. Er gehorchte ihrer Führung, erhob sich leicht und erlaubte ihr, den Kelch zu nehmen, der neben dem Bett stand. Sie setzte ihn an seine Lippen. In den letzten Tagen hatte er kaum mehr als ein, zwei Schlucke genommen, und selbst davon war ihm die Hälfte über das Kinn geronnen. Nun trank er den Brombeerwein schnell und gierig. Als sie den Kelch wieder von seinen Lippen nahm und er sich zurückfallen ließ, war er glühend rot im Gesicht.

»Siehst du«, murmelte sie unsicher, »du bist nicht tot, es ist noch Leben in dir … und es wartet noch so vieles auf dich.«

Der starre Ausdruck war aus seinem Gesicht gewichen, schien ganz vom Wein fortgeschwemmt zu werden. Mit einem Stöhnen griff er sich an die Stirn, als könne er nicht begreifen, was da so heiß in ihm aufstieg. Sein wirrer Blick erinnerte Madalgis an ihren Vater. Um ihn nicht zu sehen, beugte sie sich vor, küsste ihn auf die Lippen, schmeckte den säuerlichen Wein.

Der Vater hatte sie nie geküsst, er hatte nicht einmal ihre Brüste berührt, nicht so, wie Balduin es jetzt tat. Zunächst geschah es nicht willentlich – sie selbst nahm seine Hand, legte sie auf einen der Nippel, noch unter Stoff verborgen, dann nackt, als sie ihre Tunika hochschob. Die Hand war zunächst schlaff wie zuvor, da sie sie gestreichelt hatte, doch dann begannen die Finger zu zittern, zu greifen.

Eine Weile verharrte Madalgis, zerrissen von Furcht, etwas falsch zu machen, von den Erinnerungen an ihren Vater und von dem Willen, dem unbedingten Willen, sich diesen Mann zu eigen zu machen.

Du hattest Unrecht, Vater, dachte sie. Du hast angenommen, mein Leben wäre so wertlos wie deines, und deswegen könntest du mich haben. Aber aus mir wird was … aus mir wird was … schau, wo ich bin …

Sie rutschte tiefer, zerrte an Balduins Beinlingen. Je schneller sämtliche ihrer Bewegungen ausfielen, desto weniger musste sie darüber nachdenken. Sein Geschlecht war nicht schlaff wie sein restlicher Körper, sondern richtete sich unter ihren Händen auf. Sie streichelte es zuerst zögernd, dann mit zunehmender Schnelligkeit. Sie gierte nach einer Reaktion, auch wenn sie nicht sicher war, was diese Gier bedingte: der Wunsch, es hinter sich zu bringen? Die Lust, Macht über ihn zu haben? Die Verzweiflung, weil sie nichts anderes von ihm bekam?

Vielleicht war es alles zugleich. Als sie einen warmen Tropfen spürte, den sein Geschlecht spuckte, richtete sie sich auf, schob ihre Tunika noch höher und ließ sich mit gespreizten Schenkeln auf ihn sinken, um ihn aufzunehmen. Unwillkürlich versteifte sie sich, erwartete jenen Schmerz, den ihr der Vater beim ersten Mal zugefügt hatte, dieses Gefühl zu reißen, nie wieder ganz zu werden. Doch er blieb aus. Sie hatte so oft bei ihrem Vater gelegen, dass sich der Körper daran gewöhnt und sich die Seele nicht länger dagegen gewehrt hatte.

Er ist ein Krieger, Vater, dachte sie und begann sich langsam zu bewegen, er ist für den Grafen wie ein Sohn … er ist so viel besser als du, Vater, so viel mehr wert …

Balduin hatte seine Augen geschlossen, doch seine Hände krallten sich fester um ihre Brüste. Seine Hüften begannen, ihren Bewegungen zu folgen, und sein Stöhnen wurde immer lauter, je heftiger diese Bewegungen ausfielen.

Als sich sein Körper am Ende lustvoll verkrampfte, sah sie, wie eine Träne aus seinen geschlossenen Augen tropfte, sich seitlich ihren Weg bahnte, über die Schläfe lief, um dann in seinem hellen, weichen Haar zu versickern.

Ein triumphierendes Lächeln erschien auf Madalgis' Gesicht. Sie gewahrte nicht, dass sie selbst auch weinte.

Es war einige Tage später, als Madalgis zum wiederholten Mal Balduins Gemach verließ und von Johanna abgepasst wurde. Die einstige Amme hatte im finsteren Winkel gewartet, sich dann an das Mädchen herangeschlichen, um es unvermittelt am Arm zu packen und aufzuhalten.

Madalgis schrie auf.

»Erzähl es mir!«, forderte Johanna barsch. »Erzähl mir alles von ihm.«

Madalgis nutzte die Gelegenheit, als sich Johannas Griff lockerte, um ihr den Arm zu entreißen. Sie rieb die schmerzende Stelle und zuckte verächtlich mit den Schultern.

»Du hast mich erschreckt!«

»Na und? Wirst es verkraften, jetzt aber sag mir …«

»Was könnte ich dir sagen«, fiel Madalgis ihr scharf ins Wort, »was du nicht selbst beobachten konntest? Balduin isst wieder, er hat sich gebadet, er hat frische Kleidung angelegt, er ist sogar ausgeritten.«

Das Lächeln auf ihren Lippen wurde selbstbewusst und spöttisch, aber es erreichte ihre schmalen Augen nicht. Sie blieben glanzlos und traurig.

»Vor allem kann ich beobachten«, setzte Johanna wütend an, »dass du dich aufführst, als wärst du eine edle Frau! Ich habe gehört, wie sich Gudula und Adallinda über dich beschwert haben. Du würdest nicht mehr arbeiten wollen, sondern faul …«

Madalgis lachte grell. »Was soll mich mehr erstaunen, Johanna?«, fragte sie. »Dass Adallinda und Gudula mit dir reden, obwohl man weiß, dass die eine dich fürchtet und die andere dich hasst? Oder dass du etwas auf das Geschwätz dieser Weiber gibst, von denen du dich doch sonst fernhältst? Lüg mich nicht an, Johanna! Adallinda ist dir gleich, Gudula ist dir gleich, und ich bin es auch. Balduin hingegen ist es nicht.«

Johanna kniff die Lippen zusammen. »So ist es«, gab sie zu, um murrend hinzuzusetzen: »Also … wie geht es ihm? Was hast du mit ihm getrieben?«

Madalgis ließ sich Zeit mit der Antwort. Sie zupfte an ihrem Haar, als müsse sie es erst wieder in Form bringen, strich dann über ihr Kleid, bis es glatt war.

»Das geht dich nichts an«, erklärte sie schließlich. »Hauptsache ist doch, dass es ihm besser geht. Dafür solltest du mir auf ewig dankbar sein, Johanna.«

Johanna musterte das Mädchen, unverhohlen verächtlich.

»Bild dir bloß nicht zu viel ein«, knurrte sie.

»Bist du eifersüchtig auf mich? Weil ich ihm helfen konnte, du aber nicht? Weil sein Leib unter meinen Händen erwachte, während er unter deinen noch mehr erkaltete?«, spottete Madalgis.

»Bild dir bloß nichts ein«, wiederholte Johanna.

Da rückte Madalgis ihr katzenförmiges Gesicht ganz dicht an ihres. »Wag's nicht, mir einzureden, ich sei wertlos. Das hat mein Vater oft genug getan – aber gebrochen hat er mich nicht. Balduin … Balduin braucht mich! Er … er begehrt mich! Er liebt mich!«

Heiße Röte stieg in ihr Gesicht; erstmals ergriff die Erregung auch ihre Augen.

»Ha!«, stieß Johanna da schon lachend aus. »Nimm dir, was du von ihm kriegen kannst – aber sein Herz gehört gewiss nicht dazu. Wein und Weiber also! Nun, wenn ihm das guttut und wenn er nur dadurch zum tapferen Krieger wird, so soll er's haben. Glaube mir, auch ohne deine Hilfe kann ich ihn mit beidem mühelos versorgen.«

IX. Kapitel

Ein Jahr später

Eine der Frauen lehnte sich an den Holzpfosten des Bettes. Eine andere hatte Balduin geräucherten Schinken, Brot und einen Humpen Bier gebracht und war danach hinter ihm stehen geblieben, wo sie dann und wann wie zufällig seine Schultern streifte. Die dritte hatte sich mit überkreuzten Beinen vor ihm auf dem Boden niedergelassen.

»Erzähl es uns«, bedrängten sie ihn, »erzähl uns, Herr, wie du die finsteren Normannen besiegt hast!«

Balduin nahm einen kräftigen Schluck. Seitdem er vor einem Jahr der Dunkelheit entflohen war, die kurzzeitig ihre Flügel um seine Seele ausgebreitet hatte, war er oft in den Krieg geritten. Nicht selten waren dabei sein Leib und Leben in Gefahr geraten, doch niemals wieder sein Gemüt. Es schien sich in Augenblicken des Leides und des Todes einfach blind zu stellen und sich umso mehr an anderen Momenten zu laben – dem Zeitpunkt nach einer Schlacht zum Beispiel, da man gewahrte, dass man noch lebte, da sämtliche Sinne, die eben nur auf den nächsten Schwerthieb ausgerichtet waren, den eigenen Leib wieder fühlbar machten. Oder eine Stunde wie diese, da er sich ausgeruht nach einem Bad an der Gegenwart der hübschen Mädchen berauschen konnte. Sie waren gekommen, um ihm Essen und frische Kleidung zu bringen – aber er konnte sich sicher sein, dass die eine oder andere bleiben würde, um ihm noch mehr Dienste zu erweisen.

»Sie sind stark, sie sind unglaublich stark!«, übertrieb er.

»Aber das bist du doch auch, Herr!«, rief jene, die am Bettpfosten stand und sich daran schmiegte, als wäre es ein leibhaftiger Mensch. »Ansonsten würde man dich nicht ›Balduin Eisenarm‹ nennen.«

Balduin lächelte geschmeichelt. Er wusste nicht genau, wer den Namen in Umlauf gebracht hatte, und auch nicht mehr, wann das gewesen war. Doch er hatte sich innerhalb nur weniger Monate verbreitet, wurde alsbald nicht nur von seinen Gefährten gebraucht, die ihn auf den vielen Kriegszügen in das Normannengebiet begleiteten, sondern – wie man ihm zutrug – auch von König Karl, dem man von seinen Taten berichtet hatte.

Balduinus Ferreorum-brachiorum.

Gerold hat sich das ganz bestimmt nicht ausgedacht, überlegte er mit spöttischem Grinsen.

Das Verhältnis zu des Grafen Neffen war spannungsreich. Trotz Gerolds ehrlicher Erleichterung darüber, dass Balduin ihren ersten Zusammenstoß mit den Normannen überlebt hatte, mochte er seine Missgunst kaum zügeln, als Balduin im nächsten Jahr zu einem der berühmtesten Krieger der *Gallia* aufstieg. Dass Gerold der Erbe von Graf Robert sein würde, machte es ihm nicht gerade leichter zu erleben, wie sich Balduin – sobald er in Laon war – dort nicht nur vom Grafen, sondern von dessen ganzem Hof feiern ließ, am liebsten von den Frauen.

»Man sagt, du hast in der letzten Schlacht drei Männer auf einmal durchbohrt!«, rief eine eben. Er kannte ihren Namen nicht, von keiner der Anwesenden wusste er ihn, doch wenn er wieder gen Norden ritt, konnte er sich an ihre Gesichter erinnern, an die Form ihrer Brüste und Schenkel.

»Und als man dich in einen Hinterhalt lockte, hast du eine Übermacht von zehn besiegt!«

»Stimmt es«, fragte die dritte, »dass du in Drachenblut gebadet hast und darum so stark bist?«

Balduin zuckte unmerklich zusammen. Wann immer von Blut geredet wurde, stiegen Bilder vor ihm auf: zuerst das seines sterbenden Vaters, wie das Blut rot aus dessen Kehle gequollen war, dann das seines Schwertes, nachdem er Audacers Tod gerächt hatte. Doch schnell schüttelte er die unliebsame Erinnerung ab und nahm wieder einen kräftigen Schluck Bier.

»Es gibt ein simples Mittel, das einen Mann stark macht!«, erklärte er, um sich dann verschwörerisch vorzubeugen und mit den Frauen die Köpfe zusammenzustecken. »Man darf… man darf einfach keine Angst vor dem Tod haben!«

Die Frauen nickten wissend.

»Keiner im Frankenreich hat so viel Mut wie du, mein Herr! Einmal, so heißt es, bist du allein einem Heer entgegengeritten, als wolltest du dein Leben wegwerfen!«

Balduin grinste und grapschte nach ihren Brüsten. »Aber sie haben mich nicht kleingekriegt!«, rief er.

Leise, ganz leise war die Erinnerung an diesen Tag. Er hatte sich damals nicht sonderlich heldenhaft gefühlt. Es war ihm schlichtweg gleich gewesen, ob er starb oder lebte. Er kämpfte gegen die Normannen, aber niemals kämpfte er gegen den Tod, und vielleicht war das der Grund, warum jener zwar stets auf der Lauer lag, ihn mit seinem kalten Lächeln beobachtete, aber noch zögerte, ihn endgültig zu umarmen.

»Am gefährlichsten ist es, der Normannen Herr zu werden, wenn sie noch auf ihren Schiffen sind«, prahlte er nun vor den Mädchen. »Ich weiß nicht, wie sie es anstellen, aber ihre Schiffe haben kaum Tiefgang, sie können an jedem sandigen Flachufer ans Land gezogen werden und bleiben auch in niedrigen Flüssen nicht stecken. Und wenn man einer solchen Flotte begegnet, dann gnade einem Gott. Sie vertäuen Seite an Seite mehrere Schiffe mit drohend gerecktem Steven, quadratischen Segeln und zähnefletschenden Drachenköpfen, und sobald sie nahe genug an unsere Truppen am Flussufer herankommen, lassen sie einen Hagel von Speeren und Pfeilen niedergehen. Und dann… ihr könnt euch nicht denken, wie es klingt, wenn die Eichenkiele sich über das sandige Ufer schieben, wenn diese wildbärtigen, nach Christenblut und Beute lechzenden Normannen ans Land springen, wenn man ihnen Auge in Auge gegenübersteht.«

Sämtliche Frauen erschauderten.

»Bruder Ambrosius hat uns alle für dich zu beten gelehrt, mein Herr, und dafür, dass uns der Allmächtige von der nordischen Brut verschonen möge. *Summa pia gratia nostra conservando corpora et custodia, de gente fera Normannica nos libera, quae nostra vastat, Deus, regna.*«

Unsere höchste und heiligste Gnade, die uns und das Unsere schützt, bewahre uns, Gott, vor dem wilden Geschlechte der Nordleute, das unsere Reiche verwüstet.

Balduin legte kurz die Stirn in Falten, als Bruder Ambrosius' Name fiel. Er kannte ihn gut, war er doch auch Alpais' Beichtvater, und als Kind hatte er den damals noch jungen, ernsthaften Mann gemocht. Jung war er jetzt nicht mehr, ernsthaft aber schon, und mit solcher Miene hatte er Balduin nach dem letzten Kriegszug beiseitegenommen. Vor Tollkühnheit hatte er ihn gewarnt, in die Tapferkeit rasch ausarten könne, vor allem aber vor der Sünde. Leichtsinnig würde er diese begehen, würde sich der Wollust ebenso hingeben wie der Maßlosigkeit. Jeder wüsste, wie viel Bier und Wein er trinke, wie viele Frauen er in sein Bett locke. Doch gerade einer, der den Tod stets vor Augen habe wie er, dürfe das Ewige Feuer nicht vergessen, das auf jeden Frevler warte.

Balduin wusste, dass Ambrosius kein Heuchler war, der Wasser predigte und Wein trank, sondern dass er sich selbst redlich um ein gottgefälliges Leben bemühte – und doch war er ihm lästig.

»Sag, Bruder«, hatte er erwidert, »würde ich in den Krieg reiten, wenn ich die Hölle fürchtete? Und kann der Allmächtige sich schlimmere Qualen im Jenseits ausdenken als jene, die der hiesige Mensch bereits zu erleiden hat?«

Ohne die Antwort abzuwarten, hatte er sich von Ambrosius abgewandt – und auch jetzt wollte er sich von dem Gedanken an ihn nicht länger ablenken lassen.

»Der größte Fehler, den man nur machen kann, ist es, das Heer rechts und links vom Flussufer zu positionieren«, berichtete er den Frauen, jene Erzählung weitertragend, die auch bei den Kriegern am Lagerfeuer die Runde machte, auch wenn dieses

Ereignis schon viele Jahre zurücklag. »Das hat König Karl einst im Kampf gegen den berüchtigten Ragnar gemacht. Der hat ein ganzes Kontingent geschlagen und hat im Angesicht des zweiten einhundertelf Gefangene aufhängen lassen. Daraufhin sind die Franken geflohen. Um vieles besser wird man ihrer Herr, wenn man sie nicht vom Ufer aus angreift, sondern von befestigten Brücken.«

»Die Normannen vergehen gewiss in Furcht vor dir!«

»Den Normannen ist die Furcht fremd«, gab er zurück und fügte stolz hinzu: »Aber sie kennen meinen Namen und …«

Er hielt inne, als er von der Tür her eine Regung wahrnahm.

Madalgis war lautlos wie immer eingetreten. Weder konnte er sagen, wie lange sie nun schon da stand, noch was sie von seinen Geschichten hielt. Nur blasser als sonst erschien sie ihm.

Als er das erste Mal nach Laon zurückgekehrt war, hatte er sich nach ihr und ihrem Leib gesehnt. Drei Tage lang war er kaum aus dem Bett gekommen, hatte ihren Körper wieder und wieder genommen. Doch dann, dann waren da plötzlich viele andere Frauen gewesen, die seine Gunst suchten, die sich ihm anboten, die ihm – gleich, was die Kirchenmänner mahnend verbieten mochten – ihren Körper schenkten. Was Madalgis ihm auch zu bieten hatte und was er manchmal immer noch gerne nahm, weil es ihm mühelos zufiel – einzigartig war es nicht gewesen, und er hatte gelernt, dass ebenso berauschend wie der Wein nicht das Weib, sondern die Abwechslung war, die viele Weiber brachten.

»Was ist, Madalgis?«, fragte er, erhob sich und streichelte leichtfertig über ihre Schultern und ihren Hals. Sie wich ihm nicht aus, aber sie zuckte unwillkürlich zurück.

»Nicht!«, entfuhr es ihr.

»Hört ihr?«, spottete Balduin in die Runde. »Unsere Madalgis mimt die Keusche! Soll ich euch zeigen, wie schnell ich ihr das austreiben kann?«

Die anderen Frauen lachten, doch es klang nicht befreit, sondern neidisch.

Madalgis schüttelte kaum merklich den Kopf. »Dazu habt Ihr

keine Zeit, Herr«, sagte sie und mied das vertrauliche Du, das sie nutzte, wenn sie mit ihm alleine war. »Denn unten…« Sie zögerte.

»Ja?«, drängte er, setzte erneut den Kelch an und leerte ihn in einem Zug.

»Unten erwartet Euch ein Gast, Herr«, sagte sie. »Ein… hoher Gast.«

Balduin schwindelte es vom Bier, als er das Gemach verließ. Anstatt mit festen, geraden Schritten den Gang zu durchmessen, drehte er sich einige Male um seine eigene Achse und stieß dabei ein Gekicher aus. Madalgis war die Einzige, die ihm hierher gefolgt war, aber sie griff nicht ein, sondern blieb in einigem Abstand stehen und musterte ihn ebenso traurig wie verächtlich.

»Und wer ist es, der…«, setzte Balduin lallend an und stolperte beinahe über die eigenen Füße.

»Vielleicht solltest du deinen Gast nicht warten lassen«, schlug Madalgis vor.

»'s hätt man mir eben sagen müssen, dass er kommt«, nuschelte Balduin und kämpfte damit, einen Fuß vor den anderen zu setzen.

Er wäre nicht weit gekommen, doch in diesem Augenblick stürzte Johanna auf ihn zu, in ihren Händen ein Tuch, und dass jenes kalt und feucht war, gewahrte Balduin auf allzu unangenehme Weise, als sie es ihm ins Gesicht klatschte.

»Du musst zur Besinnung kommen!«, erklärte sie streng, und obwohl er sein Gesicht unwillig verzog, ließ er es doch zu, dass sie das Tuch noch einige Male auf seine Stirn und Wange klatschen ließ und schließlich seinen Nacken abrieb.

Darauf fühlte sich Balduin wieder Herr der Lage und fand rasch den Weg zum Saal. Johanna und Madalgis begleiteten ihn zum Eingang, um dann zurückzutreten.

Mit einem raschen Blick versuchte Balduin zu erfassen, was vor sich ging, und zu seinem Erstaunen erblickte er nicht nur Graf Robert und Alpais, sondern nebst einem weiteren Gast auch

Hinkmar, seit kurzem Bischof von Laon und ein Verwandter des berühmten gleichnamigen Erzbischofs von Reims. Bis jetzt war Balduin noch nicht zu einem Urteil gekommen, was von ihm zu halten war. Hinkmar war ohne Zweifel ein freundlicher und gebildeter Mann, der weder etwas mit der anstrengenden Bigotterie noch mit der dummen Faulheit mancher seiner Amtskollegen gemein hatte, und dass er dank der Verwandtschaft mit dem Erzbischof von Reims auch der Königsfamilie nahestand, mochte ein gutes Licht auf Laon werfen. Doch nicht nur Hinkmars stets erlesene Kleidung, sondern vor allem die vielen Gerüchte, die die geschwätzigen Mönche und Notare seiner Umgebung in die Welt setzten, bekundeten, dass er nicht eben sparsam, sondern im Gegenteil sogar sehr verschwenderisch war und er es nie genau damit nahm, eine Grenze zwischen dem persönlichen Vermögen und dem der Kirche zu ziehen. Dies war ein ungeheuerlicher Vorwurf, der noch nicht bewiesen war, aber insbesondere dem Grafen vor Augen hielt, dass man besser Vorsicht walten lasse.

In jenem Augenblick freilich galt Balduins Aufmerksamkeit dem Bischof nur flüchtig, schon musterte er den Gast, der nicht weit vom Kamin entfernt auf- und abschritt. Balduin erstarrte. Er hatte manchen Spott über diesen Mann gehört, manch verächtliches Wort, aber er hatte es großteils für böses Gerede gehalten, das einer seines Ranges unweigerlich auf sich zieht, vor allem in einem Kreis von Menschen, die nur über Dritte von ihm gehört, ihn jedoch niemals selbst gesehen hatten.

Doch sein erster Blick auf diesen Gast bestätigte, dass das verächtliche Urteil über ihn stimmen musste – ein Urteil, wonach der Mann nicht einfach nur hässlich, sondern abstoßend, nicht einfach nur schwächlich, sondern von mickriger Statur war. Gleichwohl er versuchte, all das Missratene zu verbergen – er trug goldgewirkte Kleider und Schuhe, weiße Handschuhe und ein mit funkelnden Edelsteinen besetztes Wehrgehänge, das um die Hüften geschlungen war –, konnte er seine schmalen Schultern und seinen gekrümmten Rücken nicht verbergen. Am unangenehmsten anzusehen war sein Gesicht: Seine blassgrauen Augen schienen förmlich aus ihren Höhlen zu treten und wirkten viel zu groß geraten, seine Wangen waren von lauter kleinen Narben übersät, die jedoch nicht von ruhmreichen Schlachten kündeten, sondern von einem kaum verheilten Ausschlag. Sein Mund war noch das Schönste, doch die Lippen waren viel zu weibisch geschwungen, um in das Gesicht eines Mannes zu passen.

Erschreckender als das war freilich die Tatsache, dass er beim Reden unverhohlen stotterte. Ob seines Rangs wagte niemand auch nur zu grinsen – doch Balduin war sich gewiss: Hätte er selbst so gesprochen, so hätten ihn Gerold und seine Brüder oder Arbogast höchstselbst bereits als Kind totgeprügelt. Trotz des Makels sparte der Gast nicht daran, viele Worte zu machen. Er sprach mehr oder weniger allein, vor allem an Hinkmar gewandt – der Einzige, der ihm auch dann und wann Antwort gab, während Graf Robert und Alpais im respektvollen Schweigen verharrten. Ob er Balduin gewahrt hatte, als dieser den Saal betrat, ließ sich nicht sagen – seine glupschigen Augen schienen nicht sonderlich lang auf etwas zu verharren.

»I-i-i-ist es wahr, d-d-dass die Ge-Ge-Gelehrten von Laon G-G-G-Griechisch verstehen?«, fragte er.

»Nicht wenige von ihnen«, antwortete Hinkmar dienstbeflissen. »Ohne Zweifel werdet Ihr einige der klügsten Köpfe der *Francia* hier finden – vor allem jene, die sich den Studien der Medizin widmen.«

Balduin runzelte verwirrt die Stirne. Es war das erste Mal, dass er dergleichen hörte – wohl, weil es für einen Krieger nicht wichtig war.

»I-i-i-ich weiß, ich weiß«, sagte der Mann, und die Röte der Begeisterung breitete sich sichtbar in seinen Zügen aus. Bei genauerer Betrachtung wirkten sie nicht einfach nur abstoßend, sondern irgendwie auch verhärmt. »Es heißt, man st-st-stützt sich vor allem auf Mar-Mar-Marcellus Empiricus und Oribasias. Aber noch mehr als d-d-d-die Medizin interessiert mich die Phi-Phi-Philosophie.«

»So wisst Ihr sicher, dass Johannes Scotus, den man Eriugena nennt, weil er im fernen Irland geboren wurde, hier lehrt. Leider ist er im Augenblick nicht anzutreffen, weil er sich wie so oft im Gefolge des Königs aufhält, aber er kommt regelmäßig nach Laon, um seine Schüler zu unterweisen, vor allem in der Logik, der Grundlage aller Künste.«

»D-d-d-das We-We-Wesen Gottes entzieht sich g-g-g-grundsätzlich jeder affirmativen Au-Au-Aussage«, stammelte der Mann und spielte damit offenbar auf eine Meinung des Gelehrten an. »Es w-w-würde mich freuen, einige seiner Schüler kennenzulernen, s-s-so denn noch Zeit bleibt. Für w-w-w-wenig bin ich meinem Vater so dankbar wie dafür, dass er Sco-Sco-Scotus so gefördert hat und dass dieser die Schule von La-La-Laon zu neuem Leben erwecken konnte. Ist es nicht so, dass die Ge-Ge-Gelehrten hier sagen: ›W-w-w-er Weisheit begehrt, komme zu uns und empfange sie, denn bei-bei-bei uns ist sie zu haben.‹?«

Hinkmar nickte und gab sich geschmeichelt, als wäre er einer dieser Gelehrten, wiewohl Balduin sich nicht vorstellen konnte, dass auch er – der so weltlich wirkte – zum Kreis jener gehörte, die Griechisch verstanden und sich mit den Schriften des irischen Philosophen auseinandersetzten.

Nun, der hohe Gast tat das offenbar. »Ge-ge-gerade noch gestern habe ich Eriugena gelesen und seine Aussage zur Schö-Schö-Schöpfung. Der Mensch wurde als Letztes geschaffen, so meinte er, damit der Schöpfer z-z-z-zunächst einmal die W-W-Welt wie ein Haus vorbereiten konnte, um erst anschließend den Bewohner hineinzuführen, das heißt: den He-He-Herrn des Hauses. Was freilich zu der F-F-Frage führt, zu we-we-welchem Zweck der M-M-Mensch geschaffen ist: die anderen Ge-Ge-Geschöpfe zur Unterwerfung zu zwingen oder w-w-wie ein verantwortungsvoller Vater für sie zu sorgen. Nun, mein Vater, der K-K-König, scheint ein Herr ersterer Art zu sein?«

Seine runden Lippen verzogen sich zu einem spöttischen Lächeln. Balduin konnte kaum glauben, was der Mann da sagte und wie freimütig er den König kritisierte. Auch alle anderen im Saal duckten sich unbehaglich, als wäre es ihnen lieber, diese verbittert klingenden Worte gar nicht erst gehört zu haben. In jenem Augenblick des Schweigens fiel der Blick des Gastes auf Balduin.

»Ach, h-h-h-hier ist er nun also, Ba-Ba-Balduin, der Eisenarm, der gerühmte K-K-K-Krieger, der uns von der Geißel der Normannen befreien will. Sei-sei-seid gegrüßt!«

Als Balduin zögernd auf ihn zutrat, schien es, als wollte der Gast ihn empfangen, gleichwohl es doch nicht sein Heim war, wo sie sich befanden.

»G-g-g-glaubt mir«, sprach er spottend in Hinkmars Richtung, »i-i-ich wäre auch einzig wegen der Gelehrten g-g-gerne nach Laon gekommen. Aber wer mich eigentlich hierher gelockt hat, ist dieser ta-ta-tapfere Mann!«

Balduin lächelte unsicher. Er konnte nicht entscheiden, ob die Worte eine Auszeichnung waren oder ob Hohn mitschwang. In jedem Fall neigte er den Kopf sehr tief, um dem Sohn von König Karl dem Kahlen seine Ehrerbietung darzubringen.

»Ich freue mich, dass sich unsere Wege kreuzen, Prinz Ludwig.«

Immer noch lächelte Balduin verhalten. Dann und wann blickte er den Königssohn von der Seite an, erwartete, dass der nun endlich zu sprechen begänne – doch seitdem Ludwig ihn gebeten hatte, ihm nach draußen zu folgen und ihm Laon zu zeigen, schwieg er. Ob es daran lag, dass ihm das Reden so schwerfiel?

Freilich, vorhin schien es ihm nichts ausgemacht zu haben, dass alle Anwesenden sein Stottern gewahrten, desgleichen wie er die ungläubigen Blicke gewohnt zu sein schien, die auf seine schwächliche Gestalt fielen. Balduin beherrschte sich, um ihn nicht aufdringlich anzustarren – doch er konnte nicht aufhören, sich darüber zu wundern, dass ausgerechnet dieser Mann der Sohn eines Königs war. Nicht minder groß fiel sein Erstaunen darüber aus, dass er seinetwegen nach Laon gekommen war.

Balduin versuchte, selbstsicher zu klingen, als er dem Prinzen seine Heimat zeigte. »Dort unten ist die Marienkathedrale und gleich daneben – direkt an der südlichen Römermauer – das Marienkloster. Die heilige Salaberga hat es gegründet. Sie lebte in jener Zeit, da das Geschlecht der Merowinger das Frankenreich beherrschte.«

Ludwig schien abwesend. Ein paar Mal war sein Blick über Balduins kräftigen Körper gehuscht – ob verstohlen oder verschlagen, konnte jener nicht genau sagen –, doch nun waren seine Augen auf die eigenen schmalen Füße gerichtet, und dort verharrten sie auch, als er unwillkürlich fragte: »W-w-was weißt du über den K-K-König, Balduin?«

Es deuchte Balduin sonderbar, dass Ludwig eine solch vertrauliche Anrede nutzte, die vorgab, sie würden sich seit langem kennen. Etwas verlegen zuckte er die Schultern, ihm fiel keine gute Antwort ein. Dass Karl der König war, hatte ihm bislang an Wissen genügt, auch wenn dessen Reich nicht mehr so groß war wie das seines Großvaters – der auch Karl geheißen hatte und den man den Großen nannte –, sondern zwischen ihm und seinen Brüdern geteilt worden war.

»Gott der Allmächtige hat ihm eine verantwortungsvolle Aufgabe zugewiesen, er hat ihn zum *Vicarius Christi* gemacht, zum Stellvertreter Christi auf Erden, auf dass er sein Reich und sein Volk nach dessen Geboten leite«, stammelte Balduin, nicht unähnlich dem stockenden Sprechen, das Ludwig an den Tag legte.

Ludwig ging nicht darauf ein, sondern setzte seinerseits zu sprechen an.

»Es ist nicht selbstverständlich, dass er K-K-K-König ist. Als mein Vater geboren wurde, wusste mein Großvater, K-K-K-Kaiser Ludwig, na-na-nach dem ich benannt bin, nicht, was er mit diesem, seinem jüngsten S-S-Sohn, tun sollte, hatte er das Land doch längst auf seine bisherigen Söhne Lothar, P-P-P-Pippin und Ludwig verteilt. Und jetzt war da plötzlich ein Jüngster, dessen Zukunft zu sichern w-w-war.«

Balduin schwieg. Er war sich gewiss, dass Prinz Ludwig von ausreichend vielen Beratern, Klerikern und Kriegsherren umgeben war, um mit ihnen über die Lage im Reich zu disputieren, und konnte sich darum nicht vorstellen, weshalb er zu diesem

Zwecke des Sohnes eines Waldhüters bedurfte – mochte dieser auch ein wackerer Krieger sein und unter der Obhut eines mächtigen Grafen stehen.

»Als mein Gro-Gro-Großvater im Sterben lag«, fuhr Ludwig indessen nachdenklich fort, »trauerte er. Er trauerte nicht darüber, dass er sterben musste, sondern er s-s-s-seufzte, weil er w-w-w-wusste, was danach geschehen würde.«

Schon zuvor war es ihm aufgefallen, doch jetzt verstärkte sich der Eindruck, dass Ludwigs Blick sich ebenso unruhig und holprig erwies wie seine Worte. Er hob den Blick, den er bis eben noch auf die eigenen Füße gerichtet hatte, sah Balduin jedoch nicht an, sondern schaute an ihm vorbei. Die Augen flackerten, als könnten sie sich nicht recht entscheiden, woran sie sich festsaugen sollten.

»Die La-La-Lage nach K-K-K-Kaiser Ludwigs Tod also war – mein Vater war damals erst siebzehn Jahre alt –, dass es da mehrere Söhne gab und jeder nach möglichst v-v-v-viel Macht gierte. Da war Lothar, der am liebsten das ganze Reich für sich beansprucht hätte – in jener Größe, wie es der große K-K-K-Kaiser Karl einst beherrscht hatte. Und da war Ludwig, der im Ostfrankenreich herrschte, anfangs wenig von meinem Vater hielt, aber sich sch-sch-schließlich doch mit ihm verbündete, weil er ohne ihn ebenso zu Lothars Opfer zu werden drohte wie Karl. Ein grausamer Bruderkrieg war die Folge, er m-m-mündete im Jahr des Herrn 841 in der Schlacht von Fontenoy – ein schreckliches Blutbad.«

Ludwig zuckte die Schultern. In seinem Gesicht stand nichts von dem Grauen, dem seine Worte galten. Nüchtern wirkte er, vielleicht ein wenig überdrüssig, als habe er das, was er da kundtat, viel zu oft gehört, als dass es sein Herz noch zu berühren vermochte.

»Warum erzählt Ihr mir das?«, entfuhr es Balduin unwillkürlich. Wie alle seines Alters war er mit Geschichten über die Schlacht von Fontenoy groß geworden.

»D-d-d-du hast mir gesagt, was du über den König weißt… und was weißt du von mir?«, fragte Ludwig.

Nun war es Balduin, dessen Blick flackerte. Er senkte seinen Kopf. »Ihr… Ihr seid des Königs Sohn… der älteste… aber Ihr habt *Brüder*.«

»Ja, ich habe Brüder«, murmelte Ludwig. Es waren dies die ersten Worte, die er ganz ohne Stammeln hervorbrachte, und es lag eine Niedergeschlagenheit darin, als spräche er vom größten Unheil seines Lebens.

»W-w-was ich mit all dem sagen wollte«, fuhr der Prinz endlich fort, als Balduins Unbehagen immer größer wurde, zuerst den Schlag des Herzens unnatürlich schnell antrieb, ihm dann die Kehle zuschnürte und schließlich ein peinvolles Rot auf seine Wangen jagte. »W-w-w-was ich sagen will… von Beginn seiner Herr-Herr-Herrschaft an hatte mein Vater gegen mächtige Feinde zu kämpfen. Und sie k-k-k-kamen aus der eigenen Familie. Nicht einfach besiegen konnte er sie, sich le-le-lediglich darauf verlassen, dass Wortbruch und Hader sie entzweit und neue Bündnisse geschaffen hatten – desgleichen wie sein Vater von den eigenen Söhnen in Bedrängnis versetzt wurde, je-je-jedoch sein Amt behielt, w-w-w-weil jene von Neid und Missgunst zerrissen waren.« Er machte eine kurze Pause. »Mein Vater v-v-v-vertraut keinem Menschen. Am wenigsten seinen Brüdern… und seinen Sö-Sö-Söhnen.«

»Es heißt, Euer Bruder Karl herrsche in Aquitanien…«, setzte Balduin an.

»W-w-w-würde er gerne – wenn ihn die Gro-Gro-Großen dort ließen!«

»Und es heißt, dass er Euch die Herrschaft über das Dukat Maine übergeben hat…«

»Herrschaft!«, unterbrach ihn Ludwig bitter. »Dass ich nicht l-l-l-lache! Mein Vater hat mich so lange wie nur möglich am Hof gehalten, auf dass ich nirgendwo eigenen Einfluss ge-ge-gewinne. In seinem Sch-Sch-Schatten musste ich verharren. Er hat mir lieber Bücher zu lesen gegeben, als m-m-m-mich das Schwert schwingen zu lassen. Vielleicht bin ich für Zweiteres auch nicht stark genug.«

Wieder zuckte er die Schultern.

»Vorhin im Saal klang es nicht so, als würdet Ihr Euch ungern mit der Wissenschaft beschäftigen«, warf Balduin ein.

Ein dünnes Lächeln erschien auf Ludwigs Lippen. »Du hast mir zugehört! D-d-d-das gefällt mir! Ich bin von verschlagenen Leuten umgeben, d-d-d-die mich stets belauschen. Ich k-k-k-könnte mich an gar keine anderen in meiner Nähe gewöhnen!«

»Ich bin nicht…«

»Spar es dir zu heucheln! Es ist auch dein gutes R-R-R-Recht, mich durchschauen zu wollen. Bei der Wahl der Mittel, um solches zu erreichen – den Nächsten nämlich zu durchschauen –, ist keine Z-Z-Z-Zimperlichkeit geboten. Aber um dich nicht zu sehr zu verwirren, Ba-Ba-Balduin Eisenarm, erkläre ich dir gerne, w-w-w-was mich zu dir treibt. Ich will dich etwas fragen. Ob du nämlich für mich k-k-k-kämpfen willst?«

Balduin war erleichtert, dass Ludwig sein Anliegen nun endlich klar benannte – und ebenso verstört darüber. »Ihr sagtet eben, Ihr hättet keine eigene Macht, und Euer königlicher Vater wünsche nicht, dass Ihr das Schwert…«

»D-d-d-das ist es ja eben.« Ludwig seufzte ungeduldig, als seine Worte immer mehr ins Stocken gerieten. Plötzlich hob er seine Hand und schlug sich unwirsch ins Gesicht, als wolle er sich selbst für diesen Makel bestrafen. Im nächsten Augenblick schüttelte er allerdings resigniert den Kopf, offenbar zu erfahren darin, dass keine Gewalt nutzte, um seine Worte in einen ebenmäßigen Fluss zu überführen.

»D-d-d-das ist es ja eben«, wiederholte er, und diesmal gelang es ihm leichter. »Die Dinge haben sich gewendet…«

Johanna versuchte, sich abzulenken, indem sie sich ihren Kräutern widmete. In den wärmeren Jahreszeiten hielt sie sich meist im Garten auf, setzte neue Gewächse, erntete oder befreite die kleinen Felder von Unkraut und Brennnesseln. Nun, da der Winter gerade erst vorüber war, war sie jedoch am liebsten in jenem kleinen Raum, den jedermann die »Kräuterstube« nannte. Er befand sich gleich neben der Küche und war ihr Reich. Eine kleine Feuerstelle befand sich darin, über der sie das eine oder andere Gewächs trocknen ließ, desgleichen ein Tisch, ein Stuhl und schließlich ein Strick, der quer durch den Raum an zwei Eisenhaken gespannt war und an dem sie die vielen Lederbeutelchen aufhängte. Niemand durfte den Raum betreten, wenn sie nicht zugegen war – das war Gesetz und hatte sich in den Köpfen der Knechte und Mägde festgesetzt –, doch zu ausgewählten Stunden gewährte sie den Menschen gnädig, sie hier zu besuchen: sei es der Köchin, die Amaranth für den Salat oder Rosmarin, Anis und Liebstöckel für Fleisch und Eintopf brauchte, oder seien es die Kranken, die sich von ihr Heilung oder zumindest Linderung erhofften. Eben noch hatte sie ein Gebräu aus Fenchel, Thymian und Melisse einem Alten gegeben, der sich beim Atmen schwertat. Und als er von seiner Frau berichtete, deren eine Körperhälfte seit einigen Wochen gelähmt war, hatte sie nicht gezögert, ein Heilmittel dagegen zu brauen: Sie rieb eine Unze Myrrhe, eine Unze Weihrauchkörner, eine Unze Steckenkrautsaft und zwei Unzen Salbei in einem Mörser, vermischte alles mit Wein und übergab es dem Mann mit der strikten Anweisung, es seiner Frau neun Mal täglich einzuflößen. Vierzig Tage lang dürfe sie nun kein Fleisch zu sich nehmen, und zwischendurch solle sie einen Trank aus Wegwarte, Wasser und Pfeffer trinken.

Anschließend freilich hatte sie jeden verscheucht; zu groß war ihre Unruhe, seitdem sie erfahren hatte, welch hoher Gast heute in Laon eingetroffen war. So sehr sie ihre aufgewühlte Seele auch zu beschwichtigen suchte, eilten ihre Gedanken doch immer wieder zu Balduin und dem Königssohn, die nun schon seit Stunden eine Unterredung hielten.

Als Balduin endlich erschien, unterdrückte sie nur schwer ein erleichtertes Seufzen. Sie war sich nicht sicher gewesen, ob er mit seinen Neuigkeiten als Erstes zu ihr kommen oder ob er sie lieber mit dem Grafen besprechen würde – und war beseelt, als er nun vor ihr stand. Anstatt ihm aber zu zeigen, wie gierig sie seiner geharrt hatte, sortierte sie ungerührt getrocknete Hagebutten, Mispeln und Schlehen. Seit Balduin sich damals, in der dunklen Zeit nach Audacers Tod, geweigert hatte, mit ihr über das Grauen zu sprechen und sie davon auch nichts hatte hören wollen, fiel es ihr nicht leicht, unbeschwert auf ihn zuzutreten und ihn liebevoll zu umarmen.

Ein kurzes Frösteln befiel sie. Es schüttelte dann und wann ihren Körper, vielleicht, weil er viel zu mager war.

»Du frierst, geh näher an den Herd«, forderte Balduin sie auf.

»Ich mag das Feuer nicht.«

Balduin zuckte die Schultern. »Hast du gehört, was geschehen ist?«

»Der Sohn des Königs hat dich aufgesucht. Ich bin stolz auf dich, Balduin!«

Johanna ließ das dunkle, getrocknete Kraut sinken, dessen kleine Kapseln sie zerbröselte. Unbeteiligt war ihr Blick bisher gewesen, doch nun, da er auf Balduin glitt, leuchtete er auf und schenkte den glanzlosen grauen Augen viel mehr Farbe, als sie jemals durchflutet hatte.

»Warum …«, setzte er zögernd an.

»Im letzten Jahr ist mir aufgegangen, dass dir Großes beschieden ist! Ich habe immer gehofft, dass du ein tapferer Krieger wirst, aber erst da … Nun, wie auch immer: Du hast schon längst einen Lohn dafür verdient, dass du so viele Normannen besiegt hast.«

»Aber woher weißt du …«

»Ludwig besucht dich nicht grundlos, nicht wahr? Er hat von deinen Heldentaten vernommen, und nun wünscht er, dass du ihn auf seinem Kriegszug begleitest. Tu es!«

»Ich habe ohnehin keine Wahl …«, murmelte er.

Balduin spürte nichts von Johannas Begeisterung. Klebrig wie Wachs war das Unbehagen, das Ludwigs Worte in ihm heraufbeschworen hatten. Selbst als er den Wunsch des Kaisersohns verstanden und sich ihm der große Zusammenhang erschlossen hatte, regte sich kein Gefühl des Triumphs darüber, dass Ludwig zu ihm gekommen war – nur Unverständnis, Verwirrung. Nicht, weil er der Falsche für diese Aufgabe war. Sondern weil Ludwigs

Worte nicht danach klangen, dass er einen Helden suchte, sondern einen solchen vielmehr verachtete.

»Erzähl's mir!«, forderte Johanna.

»Der Kaiser hat im letzten Jahr beinahe sein Reich verloren. Sein Bruder Ludovicus Germanicus ist einmarschiert und hat sich mit dem Adel Neustriens verbunden. Wenn die Bischöfe rund um Hinkmar von Reims nicht…«

»Das ist bekannt!«, fiel Johanna ihm ins Wort. Ihre Stimme klang ungewohnt scharf, vielleicht, weil sie ihre Neugierde nicht zu zügeln verstand.

»Ich wusste nicht, dass du dich derart für Politik interessierst«, murmelte Balduin überrascht. Er hatte kaum erlebt, dass sie an einer Sache Anteil nahm – es sei denn, es ging um ihn oder um ihre Kräuter. »Bis jetzt hat sich der Kaiser vor seinen Söhnen und Brüdern gefürchtet. Doch nun traut er selbst dem Adel nicht, vor allem der Familie der Gauzbertiden, und deswegen will er seinem Sohn eine Chance geben. Ludwig ist zwar immer noch bevormundet, und alles, was er tut, muss er mit seinem *Bajulus* Adalard absprechen, aber anstatt ihn weiter von der Welt – und ergo der Macht – fernzuhalten, will der König, dass er sich nun endlich im Krieg beweist…«

Johanna nickte, als wären diese Worte keine Überraschung. »Gegen die Normannen.«

»Ja«, bestätigte Balduin. »Eine neue Bande ist ins Land eingedrungen, man hat sie zuerst in der Nähe der Somme gesehen. Ihr Anführer ist ein gewisser Völundr. Sie haben Noyon überfallen und geplündert, haben Bischof Immon entführt und mit ihm andere Priester. Als der Bischof aus ihrem Lager fliehen wollte, ist er ermordet worden. Und einige der Priester haben sie… aufgehängt.«

Seine Stimme zitterte, doch aus Johannas Gesicht schwand das Strahlen nicht.

»Das ist deine große Chance!«, rief sie heiser vor Erregung. »Prinz Ludwig würde dich nicht aufsuchen, wüsste er nicht von deinem Mut und deinen vielen Siegen. Er… er sieht nicht aus wie einer, der dazu taugt, allein zu kämpfen. Wenn er nicht der Sohn des Königs wäre…«

Sie brach ab, doch auch so wusste er, was sie meinte. Wäre er nicht des Königs Sohn – ein jeder würde ihn verachten ob des Stotterns, des gebückten Gangs und der schiefen Züge, die sein Gesicht entstellten.

»Du musst ihn umwerben!«, fuhr Johanna fort. »Ihn und seine Familie! Suche sein Wohlwollen bei allem, was du tust! Führe sämtliche Anordnungen aus! Vielleicht… vielleicht wird dir sein Vater dann endlich ein Lehen schenken, und du wirst dein eigenes Land haben. Das hast du verdient ob all deiner Erfolge für die *Gallia*.«

Sie legte ihre Hände auf seine Schultern. Trotz ihres glühenden Blicks und der entschlossenen Worte fröstelte sie immer noch. Das sanfte Beben erfasste auch Balduins Körper. Er wusste nicht, ob es von ihren kalten Fingern rührte oder von den Erinnerungen, die plötzlich vor ihm aufstiegen. Blut, abgeschlagene Gliedmaßen, gequälte Schreie von Sterbenden, die Worte seines Vaters Audacer: »Das Leben ist grausam.«

»I-i-ihr werdet mich be-be-begleiten?«, hatte der Prinz zuletzt gesagt und seine Stimme am Ende gehoben, als wäre es eine Frage, aber sie beide wussten, dass es keine war, vielmehr ein Befehl. Wie anders sollte sich ein Krieger, den man Eisenarm nannte, auch verhalten, als willig, einem Königssohn zu folgen, wenn dieser sich ihn als Waffengefährten wünschte? An seiner Seite erhoffte sich Ludwig offenbar jene militärischen Erfolge, die er, würde er sich auf sich selbst verlassen, wohl nie erreichen würde und die den Vater gewogen stimmen sollten, ihm mehr Macht zu übergeben. Es war Balduin so selbstverständlich erschienen, auf die Frage hin zu nicken, und inmitten seines Unbehagens hatte er sogar Stolz empfunden. Nur jetzt, da jener Stolz auch in Johannas Gesicht funkelte, schmeckte der eigene fahl, und er dachte an nichts anderes als daran, wie unbehaglich er sich unter Ludwigs flackerndem, verdrossenem und irgendwie herablassendem Blick gefühlt hatte.

»Das ist deine große Chance auf ein Lehen!«, bekräftigte Johanna. »Ruh dich jetzt aus, nimm ein Bad, auf dass du deine Kräfte sammelst! Ich werde dir eines von den Mädchen ...«

»Nicht!« Er schüttelte ihre kalten Hände ab. »Ich möchte jetzt gerne allein sein.«

Da berührte sie ihn erneut, griff diesmal nicht nach seiner Schulter, sondern nach seiner Wange, fuhr sie entlang, bis ihre Fingerspitzen seine Lippen erreichten.

»Du hast ein wunderbares Leben, Balduin!«, rief sie eindringlich. »Und du stehst erst am Anfang! Großes erwartet dich, ich weiß es, ich habe es immer gewusst.«

Er erschauderte wieder, sein Mund wurde trocken, trotzdem wagte er es nicht, ihre Hand zurückzuschlagen. Endlich tat sie es von selbst, nahm etwas von den Kräutern und rührte sie in einen Weinkelch.

»Trink!«, befahl sie, und ehe er danach greifen konnte, führte sie den Kelch zu seinen Lippen, um ihn zu nähren – so wie einst, da er an ihrer Brust gesaugt hatte.

Der Wein stieg ihm in den Kopf, Schwindel breitete sich aus, aber auch wohlige Wärme. Er schluckte anfangs zögerlich, dann immer gieriger nach diesem Gefühl von Rausch und Vergessen.

»Ich werde dir eines der Mädchen schicken«, wiederholte sie, und diesmal wehrte er sich nicht.

Frühmorgens am nächsten Tag brach Balduin auf. In der letzten Woche hatte die Märzsonne ihre Kraft bewiesen; der Schnee war getaut, nur mehr kleine gelbliche Flecken waren von der eben noch nahtlos weißen Decke zurückgeblieben. Doch nun versteckte sie sich hinter diesigem Nebel.

Johanna drückte Balduins Hand zum Abschied, ehe er sein Pferd bestieg.

Solange Balduin zu sehen war, wie er dem Königssohn nachritt und seine hellen Haare im Wind flatterten, lächelte Johanna beglückt. Erst als seine Gestalt sich verflüchtigte, schwand ihr Lächeln. Ihre Züge wurden verkniffen, die Augen sorgenvoll, und all das, was sie ihm gestern nicht hatte zeigen und sich selbst nicht hatte eingestehen wollen, brach über ihr zusammen: Furcht, dass er nicht wiederkehrte, Zweifel, ob es Prinz Ludwig wirklich gut mit ihm meinte, Schrecken vor der Einsamkeit, die stets vor ihr aufragte, sobald er Laon verließ.

Schwarze Vögel stoben auf, verdunkelten den Himmel.

»Lass es kein übles Zeichen sein!«, murmelte sie mit Blick auf das hektische Flattern, das in ihren Ohren wie höhnisches Gelächter klang. »Ach Herr«, seufzte sie dann, und sie kämpfte gegen Bange und Trostlosigkeit, »lass ihn heil zu mir zurückkehren!«

X. Kapitel

Madalgis war sterbenselend zumute. Anfangs hatte die Übelkeit sie nur am Vormittag gequält, mittlerweile wurde sie des Nachts von ihr wachgehalten. Stöhnend und sich wälzend lag sie im Bett, gewiss, dass sie sich gleich übergeben müsste. Doch sobald sie würgte, war kein Mageninhalt da, den sie hätte ausspeien können. Geschwächt und müde tat sie im Morgengrauen etwas, was ihr im letzten Jahr fremd geworden war: Sie weinte.

Sie hatte nicht geweint, als sich ihre Hoffnung zerschlug, sie könnte für Balduin etwas Besonderes sein. Sie hatte nicht geweint, als sie zuschauen musste, wie er sich mit anderen Mägden ebenso leichtfertig vergnügte wie mit ihr. Sie hatte nicht geweint, als die anderen Unfreien sie verspotteten, den zeitweise respektvollen Abstand wieder aufgaben und ihr zuriefen, sie möge ihr Näschen nicht so hoch tragen, sie wäre ja doch nur eine von ihnen. Ja, auch als Balduin mit Prinz Ludwig in den Krieg geritten war, waren ihre Augen tränenlos geblieben.

Jetzt aber hatte das Leben ihr eine Last zu viel aufgebürdet.

Das Mädchen, mit dem sie den Schlafsack teilte, trat im Halbschlaf nach ihr. »Gib Ruhe!«, forderte sie gereizt.

Madalgis erzitterte vor lauter Schluchzen. Blind vor Tränen erhob sie sich, versuchte sich zu orientieren, stürzte irgendwie ins Freie, um dort ihrem Elend ungezwungen freien Lauf zu lassen. Sie hockte auf der kalten Erde, grub mit ihren Händen wie eine Wahnsinnige darin und weinte, bis ihre Seele ausgetrocknet war.

Nicht das, dachte sie, bitte nicht auch das …

Nicht die Angst vor der Zukunft machte ihr am meisten zu schaffen, sondern das Gedenken an den Vater und dass sich sein Urteil, so verbissen und trotzig sie sich dagegen auch aufgelehnt hatte, nun eintreffen würde. Auch mit ihr würden die Menschen, die reicher und mächtiger waren und mehr zu sagen hatten, machen, was sie wollten, sie würden sie zu ihrem Zwecke nutzen und sie dann fallen lassen.

Sie grub tiefer in der Erde. Aus Staub war der Mensch, und zu Staub würde er nach seinem Tod wieder werden, doch sie – sie wurde schon zu Lebzeiten in den Staub getreten, sie würde sich nicht mehr erheben können, sie würde …

Ein Schatten fiel auf sie.

»Bist du das, Madalgis?«, fragte jemand.

Nie hatte sie sich gedacht, dass sie diese strenge, kalte Stimme jemals gerne hören würde, doch in diesem Augenblick war sie für deren Nüchternheit dankbar. Die äußerste Schale ihres Schmerzes schien davon gelöst zu werden, und was darunter lag, mochte zwar nicht weniger verletzlich sein, doch drohte es sie nicht mehr zu ersticken. Das Schluchzen erstarb, das Würgen auch. Zum ersten Mal seit Tagen war ihr nicht übel.

Madalgis richtete sich auf. »Und was tust du mitten in der Nacht im Freien?«, fragte sie zurück.

Man wusste, dass Johanna die engen Räume mied und gern in ihrem Garten war, wenngleich nicht offenkundig war, ob sie dadurch einfach nur menschliche Gesellschaft meiden wollte oder ob es ihr tatsächlich ein Vergnügen war, stundenlang auf dem Boden zu knien. Doch bislang war Madalgis entgangen, dass es Balduins einstige Amme auch des Nachts nach draußen zog.

»Dasselbe könnte ich dich fragen«, sagte Johanna. Dann tat sie etwas, womit Madalgis am allerwenigsten gerechnet hatte: Anstatt steif und abweisend stehen zu bleiben wie stets, beugte sie sich zu dem Mädchen und hockte sich zu ihr auf die klamme Erde. Lange blieben sie schweigend sitzen, bis das gelbliche Mondlicht mit den seidigen Fäden verschwamm, die die Dämmerung über die Welt warf, noch zu löchrig, noch zu fein, um Madalgis mehr von Johannas Gesicht erkennen zu lassen als nur Schatten.

»Du… du machst dir Sorgen um Balduin«, stellte Madalgis fest, erstaunt, dass sie inmitten des eigenen Elends noch fähig war, sich dem einer anderen zu stellen.

Johanna nickte und verschränkte ihre Arme über der Brust.

»Hast du… hast du etwas von ihm gehört?«, fragte Madalgis weiter.

Einen Augenblick schien es, als würde Johanna nicht antworten wollen, doch dann erwiderte sie seufzend: »Nein, leider nicht. Der Graf meinte, er sei irgendwo droben im Norden. Aber ob sie dort die Nester der verfluchten Normannen nun ausräuchern oder nicht – das weiß kein Mensch.«

»Nun, so weißt du auch nicht, was du womöglich gar nicht wissen willst: dass er… dass er…«

Sie brachte den Satz nicht zu Ende.

»Dass er womöglich gefallen ist«, sagte Johanna. »Aber was heißt das schon, wenn er heute lebt. Morgen kann er trotzdem sterben.«

Ihre Stimme bebte, doch ihre Furcht schwappte nicht auf Madalgis über.

Sie hatte geglaubt, Balduin zu lieben, sie glaubte es auch jetzt – schlichtweg, weil ihr nichts anderes einfiel, um jenen Drang zu benennen, ihm nahe zu sein, an seiner Seite ihren niedrigen Stand zu vergessen. Doch die Angst vor der eigenen Zukunft ließ ihr die seine als bedeutungslos erscheinen.

»Ich dachte«, murmelte sie, »ich dachte, du wolltest immer, dass er wird… was er ist. Ich dachte, du wärst stolz auf ihn, hättest ihn immer gedrängt, ein Krieger zu sein, der Normannen erschlägt.«

Wieder seufzte Johanna. Es war ein fremder Laut aus ihrem Mund; ein längst verloschener Schmerz schien in ihm nachzuhallen. »Das ist alles wahr«, sagte sie leise. »Aber zugleich ist er doch mein Kind…«

Unwillkürlich rückte Madalgis von ihr ab. Sie verstand Johannas Trachten, es war ihr so vertraut, doch gerade aus diesem Grund stimmte es sie ungehalten und ärgerlich. Sie beide wollten die Grenzen ihres Standes überwinden, sie beide nutzten Balduin zum Aufstieg, Johanna ohne Zweifel erfolgreicher als sie – doch wohin hatte es sie gebracht, wenn nicht zu diesem verzweifelten Moment, da sie auf dem bloßen Boden hockten und litten?

Unwirsch stand Madalgis auf und wurde sogleich von einem heftigen Schwindel erfasst. Sie griff sich an den Kopf, indessen Johanna sie von unten her musterte.

»Du bist schwanger, nicht wahr?«, stellte sie ruhig fest.

Madalgis wusste nicht, ob sie vor diesen Worten kapitulierte oder vor ihrer Übelkeit. Kraftlos ließ sie sich wieder auf den Boden sinken.

»Es ist Balduins Kind ...«, murmelte sie. »Kein anderer kann der Vater sein. Kurz vor seinem Aufbruch ... sind wir noch zusammengelegen. Manchmal war ihm wohl das Altvertraute lieber als das aufregend Neue.«

Johanna nickte verständnisvoll, aber die Worte, die folgten, klangen barsch: »Das glaubt dir kein Mensch.«

»Aber du glaubst mir doch, oder?«, fragte Madalgis ungewohnt weinerlich.

Johanna zuckte die Schultern. »Das tut nichts zur Sache. Ich kann dir nur sagen: Dein Balg wird ein Bastard bleiben, und er wird dir nicht helfen, dein Leben zu verbessern.«

Madalgis sog scharf die Luft ein. Übermächtig war der Drang, wieder zu weinen, doch sie beherrschte ihn, um Johanna die rohen Worte mit nicht minder bösen heimzuzahlen: »So wie dir dein leibliches Kind auch nicht nützlich war, deinem Bauerndorf zu entkommen. Das hast du erst geschafft, als du es während des Normannenüberfalls verloren hast.«

Johanna fuhr herum, und ihre Hand traf hart auf Madalgis' Gesicht. »Schweig!«, schrie sie auf. »Halt sofort dein Maul!«

Bis zum jetzigen Augenblick hatte Madalgis nicht gewusst, dass Johanna derart laut brüllen konnte – derart verzweifelt, derart gequält. Kleinlaut schloss sie den Mund, ergab sich dem Schweigen, das sich zwischen ihnen ausbreitete. In der Ferne krähte ein Hahn, um von der Sonne zu künden, die mit noch blutigen Rändern den Himmel erklomm.

»Es gibt ein Mittel«, sagte Johanna schließlich. »Man muss einen Tee aus Farnwurzeln, Blättern von Elfenblumen und Rauten brauen und dann Levkojensamen, Ingwer und Pfeffer hinzugeben.«

»Ich … ich will das nicht«, stotterte Madalgis unbehaglich.

»Du solltest es dennoch tun«, gab Johanna zurück. Sämtliche Sorge und sämtlicher Schmerz waren aus ihrer Stimme geschwunden. »Hast du immer noch nicht verstanden, dass du Balduin nichts bedeutest? Du bist eine von vielen – und dein Kind wird das auch sein. Nur ich bin etwas Besonderes für ihn. Ich bin seine Herzensmutter, und diesen Rang wird mir niemand streitig machen.«

Balduin fuhr aus dem Schlaf hoch. Er wusste nicht, was ihn geweckt hatte, aber er brauchte nicht lange, um sich zu orientieren. Selten fiel die Umarmung der Nacht tief und fest aus, meist erlaubte er sich nicht mehr als ein Dösen, aus dem er beim leisesten Geräusch aufschreckte.

Er griff nach seinem Schwert, kroch lautlos zum Eingang, lauschte gebannt. Was immer ihn geweckt hatte, war womöglich nur das Raunen des Windes oder das Gekreisch der Vögel gewesen, aber er wusste, dass er erst dann wieder seine Ruhe finden würde, wenn er geprüft hatte, woher es stammte. Wachsam war er auch früher gewesen – aber seit er den Königssohn in seiner Nähe wusste, war er viel angespannter, viel schneller zu beunruhigen.

Als große Chance seines Lebens hatte es Johanna bezeichnet, auf diese Weise die Freundschaft von Prinz Ludwig zu erringen, doch in den drei Monaten, da er nun mit ihm gemeinsam gegen die Normannen kämpfte, fühlte er sich oft als dessen Wachhund missbraucht.

Gelohnt wurde ihm das kaum: Nicht nur, dass ihn die anderen Gefolgsleute – darunter vor allem die Brüder Guntfrid und Gozfrid, Söhne eines neustrischen Adeligen und des Prinzen Freunde – misstrauisch beäugten. Es störte ihn vor allem, dass diese auch die Route bestimmten: Da man den Königssohn keinem unnötigen Risiko aussetzen wollte, wurde nicht selten der Feind mit Absicht umgangen – ohne Ludwigs Wissen freilich. Balduin bezweifelte, dass Ludwig so dumm war, diese Taktik nicht zu durchschauen, und von seiner Gereiztheit her zu schließen war jenem diese Vorsicht ebenso eine Fessel wie ihm selbst. Doch anstatt Balduin zu danken, der für ihn auf die Freiheit verzichtete, nach seinen eigenen Regeln zu kämpfen, überhäufte er ihn entweder mit Vorwürfen, dass er ihn nicht ernst nehme, oder mit Spott.

Tagelang taten sie nichts anderes, als auf kleinen Flussinselchen Festungswälle oder Palisaden zu errichten. Manchmal besprachen sie auch mögliche Schlachtenformationen, aus wie vielen Reihen diese zu bestehen hatten und wo die Männer mit den besten Rüstungen und Waffen platziert wurden. Balduin hatte Glück, wenn er dabei seine Ratschläge überhaupt einbringen konnte – einer der häufigsten war, dass man das feindliche Heer zunächst mit einer Vorhut von vorne, dann aber einkreisen und auch von hinten angreifen sollte –; doch selbst wenn man ihm zuhörte, wusste er, dass jene Taktik so bald nicht zum Einsatz kommen würde. Nicht, solange der Sohn des Königs beschützt werden musste – oder der König, wie er manchmal dachte, vor einem im Krieg zu erfolgreichen Sohn.

Balduin beugte sich aus dem Zelt, blickte in die sternenklare Nacht. Der schlammige Boden war von vielen Schritten zerfurcht; manch dorniges Gebüsch war von Schwertern gefällt worden, ehe man hier das Nachtlager aufgebaut hatte, und vereinzelt lagen noch Zweige herum, die man nicht verwendet hatte, um das Feuer zu nähren. Es war nichts Ungewöhnliches zu erspähen, auch nicht in der Richtung des nahen Waldes.

Balduin sah auf das Zelt, in dem Ludwig und sein Leibknecht schliefen, auf weichen Polstern aus kostbaren Pelzen – und wahrscheinlich seelenruhig. Eines musste man dem Königssohn lassen: Balduin hatte ihn niemals ängstlich erlebt, obgleich ihnen an manchen Tagen trotz aller Vorsicht der Feind sehr nahe gekommen war, sie einmal sogar auf einer Brücke gestanden hatten, als darunter eines der Drachenschiffe segelte. Doch dieser Mangel an Furcht – für den er schließlich auch selbst gerühmt wurde – schien ihm bei Ludwig kein Ausdruck von Tapferkeit zu sein, sondern von Gleichgültigkeit, und jene war ebenso lähmend wie die vielen ängstlichen Schutzmaßnahmen, zu denen sich Ludwigs Gefolge entschloss. An seiner Seite war der Krieg – Balduin konnte es nicht anders nennen – irgendwie ... langsamer geworden, nachdenklicher; er war kein erregendes, bedrohliches Zwiegespräch mit dem Tod, wie er es bislang von Angesicht zu Angesicht geführt hatte, sondern ein unsicheres Tänzeln rund um dessen Schatten.

Da! Balduin zuckte zusammen. Eben hatte er sich wieder ducken, zurück ins Zelt kriechen wollen, als er plötzlich ein gurgelndes Geräusch vernahm. Es klang, als hätte sich jemand verschluckt, an einem Stück Brot – oder an seinem eigenen Blut.

Balduin sprang auf, lief ein paar Schritte nach vorne, um einen Blick auf jenen Wachposten zu werfen, der neben dem Feuer hockte. Er war in die Asche gesunken, um seinen Kopf breitete sich eine dunkle Lache aus.

Balduin öffnete den Mund, wollte Alarm schlagen, doch der Laut blieb ihm in der Kehle stecken, als er aus dem Augenwinkel einen Schatten wahrnahm. Er hob abwehrend sein Schwert, was keinen Augenblick zu früh kam, denn schon klirrte die Waffe eines Angreifers darauf, die andernfalls direkt seinen Kopf gespalten hätte.

Erst jetzt erkannte er, dass er nicht der Einzige war, der von den Schritten – mochten sie auch noch so leise schleichend ausgefallen sein – geweckt worden war. Während er auf seinen Angreifer einhieb und ihm alsbald sein Schwert in den Leib rammte, gewahrte er, wie einige der anderen fränkischen Krieger, darunter Guntfrid und Gozfrid, sich auf den erstbesten der Feinde stürzten, die sie im schwachen Schein des Feuers ausmachten.

Eine Weile hüllte ihn der übliche Schlachtenlärm ein, das Klirren von Schwertern, das Keuchen von Kämpfenden, das Ächzen von Verwundeten oder Sterbenden, dann wurde er wie so oft taub dafür, streckte Mann um Mann nieder, dankbar, dass ob des mangelnden Lichts die unbekannten Angreifer kaum mehr als Schatten waren. Morgen im Sonnenlicht würde er vielleicht in die gebrochenen Augen der Toten starren müssen, doch jetzt hatte er nicht das Gefühl, gegen Menschen zu kämpfen, die sich an das Leben klammerten und sich daran erfreuten und die irgendwo Weib und Kind und Mütter hinter sich gelassen hatten und wieder dorthin zurückkehren wollten. Wesen waren es vielmehr, die von der Unterwelt ausgespien waren und die er gerne wieder dorthin zurückschickte.

Als sein Gesicht nass vor Schweiß war, vielleicht war es auch Blut, kehrte wieder Ruhe ein. Er ließ das Schwert sinken, drehte sich im Kreis, doch alle, die ihm noch aufrecht entgegenkamen, waren fränkische Männer. Einer von ihnen klopfte ihm auf die Schultern.

»Jetzt stiehlt uns dieses Gewürm schon den gerechten Schlaf!«, kam es mürrisch.

»Es waren zu wenige, um mich die ganze Nacht wach zu halten!«, meinte ein anderer, steckte gähnend sein Schwert in die Scheide und ging in Richtung seines Zeltes.

Balduin hatte die Grauen des Krieges nie wieder so nahe an sich herangelassen, um sich ob der Gefallenen schuldig zu fühlen wie einst bei Eyvindr – aber es deuchte ihn doch seltsam, sich nach einem Kampf wie diesem einfach wieder hinzulegen, die Augen zu schließen und einzuschlafen, als wäre alles nur ein böser Traum gewesen.

Wie dumm, dachte er und stieg über einige Leichen, wie dumm zu glauben, man könnte Krieger wie ihn im Schlaf überraschen, wie dumm ... und welch unnütze Verschwendung von Leben.

Ihm dürstete nach Wein, nach etwas, das seine Gedanken betäuben und seine Glieder erwärmen würde, und er ging in Richtung der Pferde, wo sich auch die Vorratswagen befanden.

Eben noch, in Todesgefahr, waren sämtliche seiner Sinne hellwach gewesen, sie nahmen jede Regung war, jeden Laut. Nun wurden sie nachlässig, zu nachlässig. Er achtete nicht auf den Weg vor sich, gewahrte das Seil, das darübergespannt war, erst, als sich seine Füße darin verfingen, und fiel zu Boden, ehe er auch nur das Schwert ziehen konnte. Hastig wälzte er sich auf den Rücken und sah einen Mann, der eine Lanze gegen seinen schutzlosen Leib hob.

Blonde Haare, dachte er, der Mann, der mich töten wird, hat blonde Haare…

Es war dies nicht ungewöhnlich, viele der nördlichen Angreifer hatten helles Haar, und doch schien es ihm in diesem Augenblick fast eine Gnade zu sein, dass er nicht von der Hand eines Schwarzgelockten fiel. Nicht dem grausamen Zufall unterlag dadurch seine Todesstunde, sondern dem Walten der Gerechtigkeit, die seine größte Schuld von einem sühnen ließ, der seinem damaligen Opfer glich.

Die Lanze fuhr nicht sofort auf seinen Leib hinab.

»Ist er das?«, hörte er den blonden Mann fragen – zumindest war es das, was er verstand, denn in der Zeit in Eyvindrs Dorf und auch in den letzten Jahren hatte er das eine oder andere Wort ihrer Sprache gelernt.

Ein anderer kam hinzu; im fahlen Mondschein konnte Balduin sein Gesicht nicht erkennen, nur die Regung des Kopfes, als er nickte.

Immer noch stach der Blonde nicht zu. »Wie ist dein Name?«, fragte er.

Erst später fragte sich Balduin, warum der Normanne hatte wissen wollen, wie er hieß – als Erster und Einziger seit Eyvindr. Nicht minder seltsam war, dass er darauf antwortete, vielleicht dem Trug verfallen, dass sein Name den Tod eher überdauern möge, wenn sich nicht nur die Kampfgefährten daran erinnerten, sondern auch sein Mörder.

»Balduin«, sagte er, »Balduin Eisenarm.«

Seine Stimme zitterte nicht, sondern klang irgendwie trotzig, als würde der Tod nicht über ihn siegen, sondern als würde er, der ihn seit Jahren aus dem Versteck zu locken versuchte, endlich die verdiente Aufmerksamkeit gewinnen.

Er schloss die Augen, wartete auf das Zustechen der Lanze, hörte dann aber nur das Brechen von Holz – nicht das von Knochen. Ehe er noch erstaunt gewahrte, dass der Schmerz ausblieb, rollte sich sein Körper schon zur Seite, entging den Splittern der Lanze, die von einem Schwert entzweigehauen wurde. Als er die Augen aufriss, sah er, dass es das eines Jungen war – eines jener Knappen, die das Kriegshandwerk noch erlernen mussten und einstweilen dazu da waren, Schwerter zu schleifen oder Pferde zu striegeln.

Anerkennend stellte Balduin fest, dass der Knabe, wenngleich noch etwas ungelenk, stark genug war, das Schwert ein zweites Mal zu heben. Doch mochte es ihm auch gelungen sein, eine Lanze zu zerbersten, er würde es kaum schaffen, es in einen Leib zu rammen. Balduin entriss dem Knaben die Waffe, fuhr herum – und stieß das Eisen in leere Luft.

Heimtückisch hatten sich die beiden Angreifer vorhin angeschlichen – und lautlos waren sie nun entschwunden, als ahnten sie, dass sich ihnen die Chance, Balduin Eisenarm zu töten, nur ein einziges Mal geboten hatte.

Balduin lief ihnen nach, aber er starrte in kein menschliches Antlitz, sondern nur in die dunklen Augen der Nacht.

Er wusste nicht, ob er enttäuscht oder erleichtert sein sollte. Jetzt überkam sie ihn – die Todesfurcht, die ihm bisher so fremd gewesen war. Er fiel auf die Knie, erzitterte und merkte kaum, dass der Knabe zu ihm getreten war.

»Geht es Euch gut?«, fragte er mit schwacher Stimme.

Balduin starrte in ein bleiches Gesicht, das von roten Haaren umgeben war und nun von den ersten Fäden des Dämmerlichts erhellt wurde. Der Anblick tat ihm wohl, rettete er ihn doch davor, in einen Abgrund zu starren, in dessen Tiefe die Dämonen der Vergangenheit lauerten.

»Das hast du gut gemacht, Junge«, sprach er lobend, »wie heißt du?«

»Suidger.« Der Knabe lächelte stolz.

»Du hast mir das Leben gerettet«, stellte Balduin fest, und erst als er es aussprach, ging ihm auf, dass er für jenen Umstand trotz allem dankbar war.

»Es war mir eine Ehre«, sprach Suidger ernsthaft, »Ihr seid der größte Krieger ... von allen.«

Unwillkürlich erschauderte Balduin, als wäre das kein Lob, sondern Fluch, doch dann erwiderte er das Lächeln.

Als er zurück zu seinem Zelt ging, trat Prinz Ludwig eben aus dem seinen. Balduin war sich nicht sicher, ob er vorhin die Schlacht gescheut hatte oder ihn irgendjemand – aus Angst um sein Leben – zurückgehalten hatte; der Schlachtenlärm konnte ihm unmöglich entgangen sein. Ludwigs Gesichtsausdruck war wie immer verdrießlich.

»S-s-s-sieh an, der ta-ta-tapfere Balduin«, stotterte Ludwig. »Ich w-w-w-wünsche dir, dass mein Vater es dir lohnen wird, weil du seinen S-S-S-Sohn vor einer Gruppe nächtlicher Angreifer gerettet hast. W-w-w-womöglich mit dem erhofften Lehen.«

Sein abfälliger Tonfall reizte Balduin zu sehr, als dass er sich beherrschen konnte.

»Es sieht so aus, als galt der Angriff mir und nicht dir, mein Prinz«, rutschte es ihm förmlich über die Lippen.

»Ei freilich!«, lachte Ludwig bitter. »W-w-w-warum sollten es die Normannen auch auf mi-mi-mich abgesehen haben, wenn du doch der gefürchtete K-K-Krieger bist?«

»Was hast du von mir erwartet, mein Prinz?«, entfuhr es Balduin, noch ehe er seine Worte bedachte. »Dass ich dir den Vortritt lasse, sie zu erschlagen?«

Ludwig starrte auf die Toten. »I-i-ich überlasse es gerne dir, di-di-dir die Hände schmutzig zu machen, Eisenarm!«, sprach er bitter.

Balduin erwiderte nichts. Mit einem Mal fühlten sich seine Hände klebrig an, als hätte er förmlich im Blut gebadet. Indessen Ludwig seelenruhig wieder in sein Zelt zurückging, hatte er das Gefühl, am Gestank des Todes zu ersticken.

»Bring mir Wasser, damit ich mich reinigen kann«, raunte er dem jungen Suidger zu, der ehrfürchtig an seiner Seite verharrt war. »Und Wein … viel Wein.«

Madalgis sah Bruder Ambrosius in der Sonne sitzen. Seit ihrem nächtlichen Gespräch mit Johanna waren mehrere Wochen vergangen, und ihr war mitnichten zum Schmunzeln zumute – aber bei seinem Anblick verzogen sich ihre Lippen doch ein klein wenig. Dass der Mönch die Sonne suchte, war nicht selten Anstoß von Tuscheleien und Spott – nicht wirklich bösartigem, sondern von Erleichterung bedingtem, dass ein solch durch und durch asketischer Mensch, der nie zu viel aß, nie zu viel trank, nie zu viel schlief, dann doch dieses eine körperliche Laster kannte: sich nämlich nach Wärme zu sehnen. Einem Bruder Ambrosius vergab man es freilich gern, denn er gehörte zu jener Minderheit an Asketen, die mit dem eigenen kargen Leben so durch und durch versöhnt waren, dass sie es nicht auch anderen aufhalsen mussten. Ambrosius litt nicht am Fasten, sondern war vielmehr von einem gewissen Misstrauen gegenüber allem Menschlichen und Weltlichen getrieben. Nicht, dass er es grundsätzlich schlecht machte. Aber er wollte – abgesehen von den warmen Sonnenstrahlen – so wenig wie möglich damit zu tun haben. Wenn er ein Stück Brot in der Hand hielt, so schien es stets, er müsse sich überwinden, es zum Mund zu führen, und dass seine Keuschheit unangetastet war, war nicht auf einen dauerhaften siegreichen Kampf gegen die Dämonen der Wollust zurückzuführen, sondern auf einen angeborenen Widerwillen gegen alles Fleischliche.

Ja, Bruder Ambrosius war ein strenger, aber kein unangenehmer Mensch, ein zurückhaltender, aber kein kalter – und wiewohl Madalgis es bis jetzt vermieden hatte, sich irgendjemandem anzuvertrauen, ging ihr auf, dass der Geistliche am besten dazu taugen würde, um von ihr die Lasten abzustreifen. So schwer lagen sie auf ihrer Seele, dass ihre einstmals schnellen, beherzten Schritte zu einem lustlosen Schleichen verkommen waren. Es schien ewig, bis sie sich aufraffen konnte, tatsächlich das Gespräch mit Ambrosius zu suchen – und ewig auch, bis sie ihn erreichte.

»Bitte«, murmelte sie, »bitte ...«

Sie bemerkte nicht, dass sie vor den Füßen des Mönchs regelrecht zusammengebrochen war, ihren Kopf so tief senkte, dass er beinahe den Boden berührte.

»Bitte, Ihr müsst mir helfen ...«

Das Zögern des Mönchs verriet, dass er sich überrumpelt fühlte. Als Alpais' persönlicher Beichtvater hatte er mit den Abgründen des Lebens nicht sonderlich viel zu tun.

»Wer bist du, meine Tochter?«, fragte er schließlich und blickte sich argwöhnisch um, wohl, um zu prüfen, ob jemand sie beobachtete. Plötzlich schlug Madalgis mit der Stirne auf den Boden – so heftig, dass sich das Tuch, das um ihren Kopf gebunden war, löste. Sie hörte den Priester entsetzt schnaufen – und wusste genau, was er sah. Sie selbst hatte in den letzten Wochen genau gefühlt, was mit ihr geschehen war, auch wenn sie alles daran setzte, sich mit Arbeit zu betäuben – sie hatte mit einer kleinen Handmühle Getreide gemahlen, Bier gebraut, duftende Seifen hergestellt.

»Mein Gott! Bist du krank?«, fragte der Mönch und rückte unwillkürlich von ihr ab.

»Der Allmächtige straft mich!«, klagte Madalgis. »Ich weiß, dass er das tut. Und ich weiß, dass er allen Grund dazu hat.«

Ihr Kopf war fast gänzlich kahl, büschelweise waren ihr die Haare ausgefallen. Anfangs hatte es sie kaum bekümmert, doch eines Morgens hatte die Magd, mit der sie die Bettstatt teilte, es bemerkt und war laut schreiend vor ihr davongelaufen. Seitdem schlief sie allein – und starrte jeden Morgen auf weitere Strähnen, die auf dem Strohsack lagen.

»Aber warum straft Gott dich?«, fragte der Mönch.

Madalgis schluchzte auf. »Weil ich gesündigt habe ... obwohl ich es nicht wollte! Ich wurde dazu gezwungen!«

Als ihr Haarkleid immer löchriger geworden war, war sie zu Johanna gegangen, hatte sie wüst beschuldigt und gefragt, welch elendes Zaubermittel sie ihr noch untergeschummelt habe, sodass nicht nur ihre Leibesfrucht, sondern auch ihre Schönheit zerstört worden war. Johanna hatte die Anklage strikt zurückgewiesen, und gleichwohl Madalgis gerne eine Schuldige gefunden hätte, glaubte sie ihr. Johanna hatte ihre Beteiligung an der Abtreibung nie bestritten – und würde wohl auch die Untat zugeben, ihr die Haare zu rauben. Doch wenn Johanna nichts damit zu tun hatte, dann konnte es nur bedeuten, dass sie, Madalgis, verflucht war.

»Eine Sünde ist nur Sünde, wenn sie aus freiem Willen geschah«, setzte der Mönch zögerlich an. »Willst du mir sagen, was du getan hast?«

Madalgis fühlte, wie die Haut an jener Stelle der Stirne, wo sie fort und fort auf den Boden schlug, aufplatzte und blutete. Rot troff es auf den staubigen Boden. Nun zog der Mönch auch seine Füße zurück.

»Mein Kind … ich habe mein ungeborenes Kind verloren. Ich habe zugelassen, dass man es mir raubte … Ist es nicht Gesetz, dass jeder Mensch, der einer Frau so etwas antut, wegen Mordes festgenommen werden soll?«

Erstmals blickte sie hoch, sah, wie Ekel sich im Gesicht des Mönchs ausbreitete, vielleicht wegen ihrer Worte, vielleicht wegen ihrer schmutzverkrusteten Wunde und ihrer Glatze. In Alpais' stiller, gleichgültiger Gegenwart musste er so etwas wohl nicht ertragen.

»Lieber Himmel!«, rief er entsetzt.

»Ihr müsst mir glauben, dass ich es zunächst nicht wollte! Aber eine der anderen Frauen hat mich überredet, ein Zaubermittel einzunehmen … und es hat das Kind in meinem Leib getötet. Ich habe schreckliche Krämpfe bekommen, und dann ist ein Schwall klumpiges Blut aus meiner Scham gestürzt.«

Angewidert verzog Bruder Ambrosius sein Gesicht.

»Aber ich schwör's Euch!«, setzte Madalgis hastig hinzu. »Wenn … sie mich nicht überredet hätte, ich hätte niemals …«

»Du weißt, dass das eine schwere Anklage ist. Und du weißt, dass du sie beweisen müsstest.«

»Aber wie soll ich es denn beweisen?«

Bruder Ambrosius versuchte noch weiter von ihr zurückzuweichen, doch anders als bisher gestattete sie es ihm nicht. Ohne recht zu wissen, was sie tat, hob sie plötzlich die Hände, umschlang seinen Leib, drückte sich, auch als er entsetzt aufschrie, fest an ihn. Als sie seine hageren Glieder spürte, die wohl noch nie auf diese hungrige, gierige Weise berührt worden waren wie die ihren, ekelte es sie. Die Erinnerungen an ihren Vater und an Balduin gerieten durcheinander, sie wusste nicht mehr, was ihr mehr zugesetzt hatte, was ihr eigenes Verschulden oder das der anderen gewesen war. Der Vater hatte ihr keine Wahl gelassen, Balduin schon. Aber wenn sie nun daran dachte, wie sie das erste Mal zu ihm gekommen war, ihn sich mit Wein gefügig gemacht hatte, so erinnerte sie sich nicht an ihre Freiheit, mit der sie sich dazu entschlossen hatte, nur an den Zwang – den Zwang, ein besseres Leben zu haben, keine kleine, dreckige Magd bleiben zu müssen, den Zwang, die Meinung ihres Vaters über sie zu widerlegen. Sie hörte den Priester schnaufen. Sein Körper begann zu glühen, seine Hände packten sie, schienen sie wegstoßen zu wollen. Immer noch fühlte sie Ekel, aber zugleich diebisches Vergnügen, fühlte Grauen vor seinem Leib und irgendwie auch heimliche Lust darauf. Sie wusste nicht mehr, dass sie es war, die sich auf ihn geworfen hatte, glaubte kurz, dass er selbst es gewesen war, der sie an sich gezogen hatte, gierig und unbeherrscht, dass er sie mit Gewalt nehmen würde … und jene Gewalt ihr ein wenig von der Lebendigkeit zurückgeben würde, die in den letzten Wochen von ihr abgefallen war wie ihre Haare.

Doch dann fühlte sie, wie sie auf den Boden krachte. Diesmal prallte sie nicht mit der Stirn auf, sondern mit dem Hinterkopf. Das Blut rauschte in ihren Ohren, übertönte seine Stimme. Als sie die Augen öffnete, sah sie zwar, dass er den Mund geöffnet hatte und schrie, aber es drang kein Laut an sie heran. Offenbar beschimpfte er sie, verfluchte sie, drohte ihr die schlimmsten Höllenstrafen an. Es war ihr gleich. Das Rauschen ebbte erst ab, als sich auch seine Erregung legte. Schnaufend und schwer fiel er auf die Bank zurück, auf der er gesessen hatte.

»Du bist unkeusch gewesen«, stammelte er. »Was immer dir andere angetan haben mögen … all das hat damit begonnen, dass du unkeusch geworden bist. So wie eben jetzt.«

Er schüttelte sich. »Als hätte ein Dämon von dir Besitz ergriffen …«, setzte er hinzu, und er schlug rasch ein Kreuzzeichen über seine Brust.

»Aber … aber …«, stammelte sie.

»Du bist schuldig geworden, also musst du Buße leisten«, drang die Stimme des Mönchs nun nicht länger zitternd zu ihr. Gleichwohl sie ihn hörte, klang es doch fremd, so, als spräche er nicht direkt zu ihr, sondern als würde nur sein Echo in ihren Ohren hallen. Zu ihrem eigenen Erstaunen beruhigte sie das. Erst befühlte sie den Hinterkopf, wo sie eben aufgeschlagen war und nun eine kleine Schwellung ertastete, dann wischte sie mit ihrer Hand über die immer noch blutende Wunde auf der Stirne, auch wenn sie sie dadurch nur noch schmutziger machte.

»Was soll ich tun?«, stammelte sie.

»Hast du dein Kind innerhalb der ersten vierzig Tage nach der Empfängnis getötet oder danach?«

Madalgis zuckte die Schultern.

»Ich glaube davor«, murmelte sie, obwohl sie sich sicher war, dass es danach gewesen sein musste. Ihr Kopf schmerzte, aber das war zu ertragen. Der Schmerz lenkte sie vom Druck auf ihrer Brust ab.

»Das ist gut«, murmelte der Mönch und schien erleichtert, dass sie ihre Beherrschung wiedergefunden hatte. »Denn das bedeutet, dass das Kind noch keine Seele gehabt hat. Du musst ein Jahr Buße tun. So lange darfst du nichts essen als Wasser und Brot, und du musst so oft wie möglich zur Messe gehen. Du darfst die Kommunion erst wieder empfangen, wenn du die Buße geleistet hast. Wirst du das tun?«

Madalgis fühlte sich ganz schwach, als sie aufstand. Etwas in ihr bäumte sich auf, drängte sie, ihm entgegenzuhalten, warum sie für fremde Schuld büßen musste. Doch dann dachte sie, dass es gleichgültig war, wer oder was sie beschmutzte. Wenn dies der Weg war, um ihre Haare zurückzubekommen, würde sie ihn einschlagen.

XI. Kapitel

Zwei Jahre später

Als Balduin nach langer Zeit in seine Heimat zurückkehrte, empfing Graf Robert ihn im Hof – so wie einst, als er nach Audacers Tod zurückgekehrt war –, doch diesmal nicht krank vor Sorge oder verwirrt über Balduins unbotmäßige Trauer, sondern voller Stolz.

»Ich wusste es!«, rief er Balduin entgegen. »Ich habe es immer gewusst!«

Er wollte auf Balduin zustürzen, ihn herzlich umarmen, wich aber zurück, als er gewahrte, dass sich Prinz Ludwig an Balduins Seite befand. Er verbeugte sich tief vor dem Königssohn.

»Ich freue mich, Euch begrüßen zu dürfen, mein Prinz. Umso mehr, da ich nichts von Eurem Kommen ahnte…«

»W-w-wie könnte ich mir das Fest entgehen lassen, das Ihr zu B-B-Balduins Ehren doch ge-ge-gewiss heute feiern werdet«, meinte Ludwig. »Und das ha-ha-hat er doch verdient, nicht w-w-w-wahr?«

Er schlug Balduin auf die Schulter. Jener zuckte kaum merklich zusammen und warf einen misstrauischen Blick auf Ludwig, als habe er nach all den Jahren, da sich ihre Wege nun immer wieder gekreuzt hatten, noch nicht gelernt, seine Gesten zu deuten. Doch Ludwig blickte nicht verschlagen wie so oft, sondern gleichmütig, sodass Balduin auf Robert zutrat und ihn herzlich umarmte.

»Vasall!«, rief jener stolz aus. »Nun bist du ein Vasall des Königs! Du musst mir alles über das Lehen erzählen, das du erhalten hast!«

Es war nicht nur Stolz aus seiner Stimme herauszuhören, sondern auch Erleichterung, die weit über die Wiedersehensfreude hinausging. Lange hatte er einst gebraucht, um Balduins Kummer um Audacer zu verschmerzen, der ihn zu gewaltig deuchte. Und als Balduin sich endlich wieder gefasst hatte und ein tapferer Krieger wurde, da hatte es den Graf betrübt, dass er ihm niemals rechtmäßig den Status schenken konnte, der einem fordernden, ehrgeizigen jungen Mann zustand. Der mit ihm blutsverwandte Gerold würde ihm nachfolgen, nicht der Sohn seines Herzens. Doch nun ward ihm diese Sorge abgenommen, der König selbst hatte Balduins Zukunft gesichert.

»Ein eigenes Lehen!«, rief der Graf erneut, nicht zuletzt beglückt, weil Balduins Geschick belegte, wonach er sich selbst stets gerichtet hatte: Geduldig seine Pflichten zu tun, wurde am Ende belohnt – für manche erst vom Allmächtigen im fernen Himmelreich, für andere bereits auf Erden von einem irdischen Stellvertreter.

»Es ist nur ein schmaler Küstenstreifen«, sagte Balduin schnell und löste sich aus der Umarmung, »das Gebiet um die Städte Brügge und Sluis – man nennt es Flandern.«

»Gleich, wie groß es ist! Wenn du dich dort erst bewiesen hast… Aber nun kommt in den Saal, stärkt euch!«

Jetzt erst musterte er Balduin genauer, aber er versuchte darüber hinwegzusehen, dass dessen Gesicht nicht mehr kantig und gesund war wie bei ihrer letzten Begegnung, sondern aufgeschwemmt, von Narben ebenso bedeckt wie von vielen kleinen bläulichen Äderchen. Die Augen waren rot unterlaufen und die Ringe darunter dunkel und tief. Er ist einfach nur müde, dachte sich der Graf, wenn er sich erst ausgeruht hat, dann wird er wieder jung und frisch aussehen.

Er folgte den beiden in den Saal, wo Balduin wie immer Ludwig den Vortritt ließ. Der Königssohn hatte sich nicht getäuscht, als er ein großes Fest erwartet hatte. Ein Bote hatte vor wenigen Tagen Balduins bevorstehende Ankunft verkündet, und die Tafel war reich gedeckt.

Mehrere Krüge mit Met und Apfelwein standen bereit, gebratene Hühner, die mit Kümmel, Koriander und Kerbel gewürzt worden waren, mit Edelkastanien gefüllte Gänse, halbe Schweine mit Zwiebeln und Knoblauch, ein Eintopf aus Speck, Karotten und Linsen sowie eine Kichererbsenpastete, für deren Zubereitung Gudula seit Jahren gerühmt wurde. Zum Nachtisch standen Feigen, Quitten und Pfirsiche bereit und Kuchen aus Haselnüssen und Mohn, die mit Anis und Gewürznelken verfeinert waren.

»Gütiger Himmel!«, rief Balduin aus. »Mein Magen ist an nichts anderes gewöhnt als an getrocknetes Fleisch!«

»Willst du dich umziehen, zuerst baden?«, fragte der Graf mit einem Blick auf Balduins dreckverkrustete Hände.

Doch da hatte Balduin schon nach einem Kelch Wein gegriffen und trank ihn, ohne sich dabei zu setzen, in gierigen Schlucken wie Wasser. Noch als er sich über die Lippen fuhr, um die roten Tropfen wegzuwischen, eilte eine Magd herbei und schenkte ihm nach, und sogleich setzte er den Becher ein zweites Mal an und stürzte den Wein wiederum in seine Kehle.

Als er den Becher absetzte, war sein eben noch fahles, aufgedunsenes Gesicht gerötet.

»Das nenne ich eine freudige Heimkehr!«, stieß er hervor.

Der Graf lächelte unsicher. »Du musst Johanna begrüßen! Sie wartet begierig auf dich.«

»Und kann es wie immer nicht zeigen!«, meinte Balduin; er stand aufrecht, doch seine Zunge schien beim Reden an die Zähne zu stoßen. »Hat sich gewiss in die Kräuterstube verkrochen, auf dass ich zu ihr gehe …«

Er schwankte leicht, als er sich umdrehte. »Also«, lallte er in Ludwigs Richtung, der schmallippig beobachtet hatte, wie er den Wein in sich schüttete, »ihr müsst ohne mich mit dem Mahl beginnen. Muss erst die Weiber glücklich machen.«

Erneut schwankte er ein wenig, doch dann gelang es ihm, aufrecht und gerade den Saal zu verlassen.

Zögerlich blickte Graf Robert auf Ludwig, der immer noch verhalten lächelte.

»K-k-k-keine Sorge«, murmelte der. »Er verträgt den Wein. Graf Balduin tötet die meisten No-No-Normannen, wenn er be-be-betrunken ist.«

»Aber es geht ihm doch gut?«

»Fe-fe-fehlt ihm ein Arm oder Bein? Habt Ihr eine W-W-W-Wunde gesehen? Nein! Er macht doch einen k-k-k-k-kräftigen Eindruck, also geht's ihm gut!«

Graf Robert glaubte kurz, Spott aus Ludwigs Stimme zu hören. Aber Balduin und der Königssohn waren doch Freunde, Waffengefährten, die einander blind vertrauen mussten und gewiss am besten wussten, wie es um den Gemütszustand des jeweils anderen stand.

Nun griff auch Robert nach einem Kelch Wein, um ihn ebenso hastig zu leeren wie Balduin.

Früh zog sich Ludwig nach dem Festessen in seine Gemächer zurück. Seine Schritte waren gerade, er hatte an dem Wein nur genippt. Noch nie in seinem Leben war er so betrunken gewesen wie Balduin an diesem Abend. Lallend hatte er ihn zurückgelassen.

Er ging mit gesenktem Kopf, denn er hasste es, Menschen ins Gesicht zu sehen. Da sie wussten, wer er war, brachten sie ihm Respekt entgegen – aber zugleich konnten sie ihr Entsetzen nicht verbergen: darüber, dass einer seines Ranges so hässlich war. Darüber, dass er nicht richtig reden konnte.

Anders als Balduin stammle ich auch ohne Weingenuss, dachte Ludwig bitter, es braucht des Trinkens nicht, auf dass alle Leute denken, ich wäre meiner Sinne nicht mächtig.

Er dachte an jene Stunde – mehr als zwölf Jahre waren seitdem vergangen –, als sein Vater Karl bemerkt hatte, dass er nicht richtig sprechen konnte. Friedlich war bis dahin die Kindheit vergangen, behütet von den vielen Frauen im Hofstaat seiner Mutter. Jene selbst blieb ein kalter, starrer Schatten, den er fast immer nur aus den Augenwinkeln wahrnahm. Aber die vielen anderen Weiber, die ihn fütterten – zuerst mit der Milch ihrer Brüste, schließlich mit eingekochten Birnen und gedörrten Zwetschgen, wie er sie liebte –, waren allgegenwärtig mit ihrem Geplapper, ihren feisten und zupackenden Händen, ihren warmen, nach Schweiß riechenden Leibern, weich und liebevoll. Sie hatten ihn verwöhnt und nicht darauf geachtet, dass er zu reden verweigerte. Vom Sohn eines Königs nahm man nicht an, dass er in irgendeiner Sache nicht gut wäre. Nur der Blick seiner Schwester Judith hatte manches Mal zweifelnd und besorgt auf ihm geruht. Jene war nur ein Jahr älter als er, aber ihr Antlitz hatte schon immer dem einer erwachsenen Dame geglichen. Es war eckig, nicht kindlich rund; in ihren Augen stand weder Unschuld noch freudiger Glanz auf das bevorstehende Leben. Sie waren hart und klar und beobachteten alles, was um sie geschah. Nichts entging ihnen – auch nicht, dass er nicht sprechen konnte. Doch Judith verriet ihn nicht. Judith war schweigsam, wenn auch nicht so wie die Mutter, nicht so verbissen wie jene, nicht so kalt.

Dann kam der Tag, als der erste Lehrer ihn besuchte, ein Mönch, vierschrötig und rotgesichtig. Er sollte dem kleinen Ludwig beibringen, wer er war, welch ehrwürdiger Familie er entstammte, und das bedeutete, dass er all seine Vorfahren aufzählte: Ludwigs Vater Karl, dem man den Beinamen »der Kahle« gegeben hatte, Ludwigs Großvater, der ein überaus frommer Mann gewesen war, schließlich dessen Vater, Karl der Große, wiederum von Pippin abstammend, dem Sohn des Karl Martell.

»Wiederhole!«, befahl er Ludwig, aber als er den Mund aufmachte, da kamen keine Wörter heraus, keine Silben, nur einzelne Buchstaben, »K-K-K-K-K…«

»Hat ihm irgendjemand Wein gegeben?«, rief der Vater entsetzt, als er – vom aufgeregten Mönch herbeigerufen – den Knaben betrachtete, der von seinem Samen gezeugt worden, der ihm aber bislang zu klein erschienen war, um mehr an ihn zu verschwenden als dann und wann einen gleichgültigen Blick. Jetzt wurde sein Blick nahezu panisch.

»Was hat er getrunken, was ihm die Sinne derart verwirrt?«

Doch er hatte nichts getrunken, nichts damals, nichts heute. Er war auch nicht schwachsinnig, wie der König zunächst befürchtet hatte. »Herr, vergib mir!«, hatte Karl gerufen und war auf seine Knie gesunken.

Ludwig konnte sich bis heute an seine immense Erleichterung ob dieser Worte erinnern. Wenn der Vater um Vergebung flehte – so viel verstand er, er verstand ja alles, nur reden konnte er nicht –, so gab er sich selbst an Ludwigs Stottern die Schuld und wies diese nicht ihm zu. Schließlich war bekannt, dass Menschen, die schwachsinnig waren, die Sünden ihrer Eltern zu büßen hatten, desgleichen wie solche, die blind oder taub oder verkrüppelt geboren wurden.

In den Wochen, die folgten, stellte sich freilich heraus, dass Ludwig nicht schwachsinnig war. Der Vater hatte also keine schlimmen Sünden auf seine Seele geladen, für die er bestraft werden musste, sondern der Knabe widersetzte sich einfach nur bockig und widerborstig jener Fähigkeit, die dem Menschen als Zeichen seiner Ebenbildlichkeit Gottes gegeben war. »Tiere sprechen nicht«, erklärte der vierschrötige, rotgesichtige Mönch. »Nur Menschen können sprechen.«

Nun, für Ludwig blieb es eine Qual, desgleichen wie die Blicke, die fortan auf ihm ruhten, ängstlich, abschätzend, verächtlich, spöttisch. Nur der seiner Schwester Judith war erträglich. Er war ernst und neugierig wie immer; er hatte sich nicht verändert, nachdem sich herausgestellt hatte, dass er ein Stammler war.

Ludwig seufzte. Das Gemach, in dem er untergebracht war, gehörte gewiss zu den größten, doch gerade deswegen deuchte es ihn ungemütlich und trotz des Feuers, das im Kamin loderte, kalt. Er öffnete die Brosche auf der Brust, legte seinen Umhang ab, setzte sich schließlich auf eine der hölzernen Bänke, auf denen ein fein gewebter Teppich lag. Schließlich zog er die weißen Handschuhe aus, die er – gemäß seiner Würde – bei förmlichen Anlässen trug. Sein Blick fiel auf seinen Gürtel, an dem einige funkelnde Döschen hingen. Sie waren mit einer wohlriechenden Paste gefüllt und mit Geschenken seiner Getreuen, die dadurch ihre Freundschaft zu ihm bekundeten. Sicher hatte auch Balduin ihm das eine oder andere geschenkt, um die Sitten des Landes zu erfüllen.

Ludwig löste seinen Gürtel und ließ ihn mitsamt der Döschen achtlos zu Boden fallen. Wenn er mit Menschen zusammen war, sehnte er sich danach, allein zu sein. Doch wenn er allein war, fühlte er sich leer. Balduins Trachten, in solchen Stunden Wein zu trinken, sich mit Frauen zu amüsieren, war ihm immer fremd gewesen. Doch er verstand, wodurch jenes Trachten gezeugt wurde und dass Balduin vielleicht zu beneiden war, weil er ein Mittel gefunden hatte, die Stille zu füllen – er selbst, Ludwig, jedoch nicht.

Seufzend bückte er sich, um die Schnüre zu lösen, die seine Stiefel verschlossen. Doch als er das erste Band aufknotete, gewahrte er, dass er nicht allein war. Hinter ihm ertönte ein Schluchzen.

Ludwig fuhr zusammen, sprang auf. Der Krieg hatte ihn schreckhaft gemacht, auch wenn die Angst vor dem Tod ihm ebenso fremd geblieben war wie Balduin. Dass es nur ein Mädchen war, das dort hinten hockte, gleich neben dem Bett, erleichterte ihn nicht sonderlich. Mochte es auch niemand auf sein Leben abgesehen haben – die Furcht seines königlichen Vaters vor Attentaten war allgegenwärtig –, erdreistete sich doch jemand, ihn zu stören. Die Einsamkeit, die ihm eben noch unbehaglich vorgekommen war, wähnte er nun, da sie nicht länger währte, als kostbares Gut.

»W-w-wer wa-wa-wagt es?«, rief er, nur halb so zornig, wie er wollte. In Augenblicken der Erregung stotterte er stärker als sonst, weshalb ihm nichts anderes übrig blieb, als zu versuchen, jede Aufregung zu zügeln.

Als er die Gestalt des Mädchens genauer betrachtete, versiegte sein Zorn ohnehin. Sie war keine von diesen neugierig gaffenden Mägden, die sich heimlich über die schwächliche Statur des Königssohns lustig machten, sondern schien derart mit ihrem Elend beschäftigt, dass ihr wohl gleichgültig war, ob er groß und stattlich war oder nicht. Sie blickte ihn auch kaum an, sondern schluchzte nur herzzerreißend.

»W-w-w-w-was ist los? W-w-w-was hast du?«

Ihre Tränen verstörten ihn. Halb missmutig, halb verlegen trat er zu ihr, blickte auf sie herab, hoffte, sie möge die Fassung wieder gewinnen. Dass sie es nicht tat, sondern immer lauter schluchzte, die Augen zunehmend verquollen und die Haut ihres Gesichts alsbald mit roten Flecken übersät, rührte etwas in ihm, von dem er nicht gewusst hatte, dass es überhaupt da war: Ärger darüber, dass sie sich so gehen ließ, während ihm ein Lebtag lang eingebläut worden war, es sei dem Menschen bestimmt, sich zusammenzureißen und keine Schwäche zu zeigen. Und zugleich Schadenfreude gegenüber jenen Lehrern und Erziehern, die ihn das hatten glauben machen wollen und die vor einem so vollkommen aufgelösten Mädchen nicht minder machtlos resigniert hätten wie er selbst.

Vorsichtig kniete er sich zu ihr, musterte sie mit unverhohlener Neugierde, als wäre sie ein sonderbares Fabelwesen. Schließlich hob er die Hand, streifte mit dem gespreizten Zeigefinger über ihr Gesicht. Gleichwohl er ihre Haut kaum berührte, spürte er die Hitze, die davon ausging. Doch nicht er war es, der zurückzuckte, sondern sie.

»Bitte verzeiht!«, rief sie erschrocken. Erstmals schien nüchterne Überlegung in ihren Gram zu dringen. »Ich weiß, ich dürfte nicht hier sein. Ich wurde hierher geschickt, um Euer Lager zu bereiten, und sollte dann gleich wieder gehen. Aber es ist der einzige Ort, wo ich allein sein kann. Und ich ertrage keine Menschen um mich herum. Ich dachte … Ich dachte, es würde besser werden, wenn ich nur ausreichend Buße getan hätte, aber das wurde es nicht. Bruder Ambrosius hat mich belogen.«

Ludwig ließ die Hand sinken. Sie schien also zu wissen, wer er war – und war von ihrem Kummer doch so aufgewühlt, dass die Scheu nur an den äußersten Schalen ihres Gemütes kratzte.

»Sa-sa-sag mir, wa-warum du w-w-weinst!«

Wie immer missglückte es ihm, die Worte forsch klingen zu

lassen. Das Stottern zersetzte jede Strenge. Und doch erreichte er, dass sie die feuchten Augen senkte, schließlich mit dem Kinn in Richtung Fenster nickte und bekannte: »Er… er missachtet mich!«

Es klang, als spräche sie über sich selbst ein Todesurteil. Noch ehe Ludwig sich aufgerichtet hatte und zum Fenster getreten war, wusste er, wen sie meinte. Das Glas war weniger rein als das im Saal. Wer immer es angefertigt hatte, verstand nicht viel von seiner Kunst. Schmutzig grau verzerrte es die Welt, doch Ludwig musste nichts sehen. Er hörte mühelos Balduins Stimme, laut und kreischend, aus dem Treiben im Hof heraus. Nicht lange nach ihm musste er den Saal verlassen haben und hinaus in den Hof gewankt sein, wo die Dienstboten und Leibeigenen feierten. Sie hatten sich rund um ein Lagerfeuer versammelt, das die Männer der Kirche zumeist verteufelten, erinnerte es doch an heidnische Bräuche, die längst ausgemerzt sein sollten. Gerade während des Sommerbeginns arteten Tanz und Gesang um solche Feuer nicht selten in wüste Orgien aus, bei denen sich die Menschen ohne bedachtsame Wahl bestiegen und sich nicht scherten, ob sie die Ehe brachen oder jungfräuliche Maiden in Schande stürzten.

Das Treiben dort unten war harmlos. Es waren vor allem Männer, die nicht der Sünde der Wollust frönten, sondern einzig dem Met.

Ludwig schüttelte den Kopf. Ein Mann von Balduins Stand – und obendrein ein guter Christ – sollte Wein trinken, nicht Bier. »Er ist ein Vasall des Königs und benimmt sich wie ein Bauer«, knurrte er, und die Worte kamen ihm ganz ohne Stottern über die Lippen.

Das Mädchen blickte hoch. »Ich dachte, er ist Euer Freund und Waffengefährte!«

Ludwig antwortete nicht. »Wie heißt du?«

»Madalgis.«

»Und wie kommt's, dass er dich missachtet?«

»Ich… ich habe das Bett mit ihm geteilt. Ich liebe ihn. Aber er schert sich schon längst nicht mehr drum.«

»Und warum liebst du ihn?«, fragte er

Vorhin hatte sie ihn befremdet. Nun war sie es, die ihn voller Verwirrung anstarrte.

Er sollte sich nicht mit ihr abgeben, ging es Ludwig durch den Kopf, sie war doch nur ein dummes Mägdelein, wie sollte sie ihm eine rätselhafte Macht wie die Liebe erklären können, die sich doch dadurch auszeichnete, nicht in Worten fassbar zu sein. Ihn hatte dieses Gefühl noch nie gestreift. Weder hatte es ihn je danach getrachtet, bei einem Weib zu liegen, noch hatte er sonderlich viele Gedanken daran verschwendet, als sein Vater ihn mit der Tochter des Bretonenhäuptlings Erispoes verlobt hatte – im gleichen Jahr, als seine Schwester Judith das erste Mal geheiratet hatte.

Und die Huren, die manches Mal das Heer begleiteten, hatten ihn stets kalt gelassen. Mehr als einmal hatte er gesehen, wie Balduin eine von ihnen mit in sein Zelt nahm, er hatte zuerst dem Gelächter gelauscht, das wie ein Gegacker klang, und dann dem Stöhnen. Mitnichten hatte er es ihm geneidet, aber er hatte manchmal bedauert, dass jene Regel seines Großvaters Kaiser Ludwig nicht mehr galt, wonach jeder Mann, der bei einer Hure angetroffen wurde, sie auf den Schultern bis zum Marktplatz tragen und sie dort auspeitschen musste. Falls er sich weigerte, würde er mit ihr ausgepeitscht. Nun, er hätte Balduin gerne in solchen Gewissensnöten erlebt.

»Ich habe gehofft, er würde mein Leben zum Besseren wenden«, sprach Madalgis da, als er schon nicht mehr auf ihre Antwort wartete. »Ich dachte, er würde nicht zusehen, wie die Frau, die bei ihm liegt, niedrige Arbeiten zu verrichten hat. Doch es war ihm gleich. Und ich … ich hatte gehofft, dass es mir irgendwann auch gleich sein würde, dass er mir nichts mehr bedeuten würde. Doch vorhin, als er in den Hof ritt … Nun, da wusste ich es wieder … dass er, mag er auch noch so furchtlos und stark sein, mich nie aus meinem Elend befreien wird!«

Ludwig starrte wieder durch das trübe Fenster. Obwohl er seine Züge nicht erkennen konnte, nahm er Balduins großgewachsene Statur und seine hellen Haare nun deutlich wahr. Ja, so sah wohl ein Krieger aus, den die Frauen liebten – und die Waffengefährten bewunderten. Ein Krieger, wie sein Vater ihn sich wünschte. Nicht klein und gedrungen, nicht mit entstellten, weil irgendwie schiefen Zügen, deren beide Hälften nicht zusammenpassten, nicht mit Glupschaugen, bleicher Haut, nicht mit diesem Stottern.

»Pah!«, stieß Ludwig verächtlich aus. »Du hast ihn nicht in manchen Nächten gesehen, deinen starken, furchtlosen Krieger!«

Madalgis blickte verwundert auf.

Noch nie hatte Ludwig darüber gesprochen, nicht einmal mit Balduin selbst. Oft, wenn sie Zelt an Zelt schliefen, sich manchmal sogar eines teilten, hatte er erlebt, wie der starke, großgewachsene Mann, den er tagsüber so glühend beneidete, an schrecklichen Träumen litt. Dann wälzte sich Balduin auf dem Lager, wimmerte wie ein Weib, schwitzte an Stirn und Nacken, bis sich die Haare feucht kräuselten. Manchmal schrie er auf, als stünde er dem Teufel selbst gegenüber. Ludwig wusste, dass es gnädiger wäre, ihn zu wecken, ihm zu erklären, dass das, was ihn heimsuchte, nicht der wirklichen Welt entsprang, sondern der dunklen, undeutbaren der Phantasie. Doch nie hatte er ihn tröstend aus dem Schlaf gerissen, sondern ihn immer dem finsteren Alb überlassen. Tagsüber mochte ihm das Kriegsglück hold sein – sollte er des Nachts selbst zusehen, wie er mit dessen Schatten zurechtkam.

»Er … er will mich schon lange nicht mehr«, murmelte Madalgis. »Anfangs gefiel ich ihm noch. Doch mittlerweile hat Johanna ihm so viele Frauen geschickt, dass ich nur mehr eine von vielen bin. Er hat mich vergessen, vielleicht hat er mich nie richtig gesehen. Stünde ich heute vor ihm, er wüsste wohl nicht einmal mehr meinen Namen. Und vielleicht … vielleicht geschieht mir das auch recht. Denn ich bin hässlich, schrecklich hässlich.«

Ludwig verstand nicht, was sie meinte, aber er beugte sich wieder zu ihr, nicht länger verstört oder verärgert von ihrer Gegenwart, sondern irgendwie ermüdet.

»Wie kann ich dir helfen?«, fragte Ludwig unvermittelt. Ihr Weinen und ihr Reden von der Liebe waren ihm fremd, ihre Verbitterung aber war ihm vertraut. »Und du bist doch nicht hässlich.«

»Doch«, sagte sie, »doch, das bin ich …«

Dann tat sie, was ihn zutiefst erschreckte. Sie griff nach ihrer Haube, zog sie mit einem Ruck vom Kopf, und was sich dahinter verbarg, war kein glänzendes Haar, das alsbald über die Schultern floss, sondern eine Glatze wie bei einem uralten Menschen, nur an einigen wenigen Stellen von dünnen Strähnen bedeckt, armseliger noch als der weiche Flaum kleiner Eiderenten, mit dem Seidenkissen gestopft wurden.

»G-g-g-gütiger Hi-Hi-Hi-Himmel!«, stieß Ludwig aus. »Bist du krank?«

Er wich von ihr zurück, und als sie es gewahrte, da stahl sich ein Glanz in ihre Augen, der ihn fast boshaft deuchte. Nicht länger Verzweiflung stand ihr im Gesicht geschrieben, sondern eine absonderliche Gier. Erst wusste er nicht, worauf diese sich richtete. Dann rutschte das Mädchen plötzlich auf den Knien zu ihm, packte ihn an den Oberschenkeln und presste sein Gesicht an ihn, nicht weit von seinem Geschlecht. Neuer Ekel überfiel ihn – und zugleich eine verräterische Lust. Noch nie hatte ihn eine Frau mit derartiger Inbrunst gepackt, mit einem Verlangen, als wollte sie sich nicht begnügen, ihn zu halten, sondern ihn zwischen ihren Armen zerquetschen. Riesig schienen ihm diese Arme plötzlich, sie drohten von allen Seiten zu kommen. Er verlor seinen festen Stand, schwankte.

»Nicht!«, schrie er panisch. »N-n-n-nicht!«

Augenblicklich war es vorbei. Madalgis ließ ihn los, sank zurück, hob ihr Gesicht zu ihm, und es stand keine Gier mehr darin, sondern nur mehr Verbitterung.

Sie zuckte die Schultern und sprach weiter, als wäre nichts geschehen. »Ich … ich bin verloren. Was ich auch tue, ich werde nicht mehr heil, ich bekomme meine Haare nicht zurück. Und jetzt … jetzt muss ich ihn obendrein wiedersehen, obwohl er selbst mich nicht wahrnimmt. Das ertrage ich nicht. Das ertrage ich einfach nicht.«

Ludwig war erleichtert, dass kein neuerlicher Übergriff erfolgte, der ihn ebenso beschämt wie erregt hatte. Er atmete nun ruhiger – wie sie. »Ich k-k-k-könnte dich nach Senlis bringen«, setzte er schließlich an.

Madalgis hob fragend ihren Blick. Ihre Augen waren gerötet, aber nicht mehr tränennass. »Nach Senlis?«

»M-m-m-m-meine Schwester lebt dort, meine Sch-Sch-Schwester Judith.«

Gedankenverloren blickte er auf seine Hände. Wenn er an Judith dachte, so sah er nicht die erwachsene Frau vor sich, der er zuletzt begegnet war, sondern das ernste Kind von einst.

»S-s-sie ist älter als ich, ein k-k-k-knappes Jahr. Sie war das erste Kind, das unseren Eltern geschenkt wurde. S-s-s-sie war verheiratet, m-m-m-mit dem K-K-König von Wessex, zuerst mit dem Va-Va-Vater, dann mit dem Sohn. Als Wi-Wi-Witwe ist sie in die *Gallia* zurückgekehrt, und sie lebt jetzt mit ihrem Brautschatz in Senlis. S-s-s-sie k-k-k-kann nicht frei über ihr Leben bestimmen. Sie f-f-f-fühlt sich als Gefangene meines Vaters.«

So wie ich ein Gefangener bin, setzte er in Gedanken hinzu. Ein Gefangener meines Körpers, meines Stotterns, meines Ranges.

Madalgis wischte sich über die feuchten Wangen, schniefte ein letztes Mal, dann nickte sie.

»Helft mir!«, sagte sie, nicht flehend, eher feststellend. »Ja, bitte helft mir und bringt mich von hier fort!«

XII. Kapitel

Der Winter des Jahres 861 hatte früh begonnen und war eisig kalt. Am Fest des heiligen Stephan war wie immer der Hafer geweiht worden, und man hatte die Getreidebündel in der Nacht nach draußen gestellt, auf dass der herabfallende Tau ihnen besondere Kraft verleihe – doch am nächsten Morgen waren sie so gefroren, dass man sie nur mehr rollen, nicht mehr heben konnte.

Seitdem hatte es nicht zu schneien aufgehört. Die Natur verbarg sich unter einem weißen Kleid, der bewaldete Berg hatte sämtliche seiner Haare verloren, und selbst die schweren Eichen bogen sich unter den Schneelasten wie ein Schilfrohr. Der farblose Himmel schien eingenickt zu sein, denn nichts regte sich in seiner Weite, kein Wölkchen, kein Sonnenstrahl, und die Schwalben, die ihn des Sommers über durchpflügten, waren längst gen Süden geflogen.

So schwerfällig und erstarrt wie die Jahreszeit gestaltete sich auch Balduins Gespräch mit Ludwig. Während sie nebeneinander herritten, stockte es regelmäßig nach wenigen Sätzen, und Balduin war sich nicht sicher, ob der Sohn des Königs einfach nur lustlos und müde oder verärgert über ihn war. Seit dem großen Fest in Laon vor einigen Monaten war Letzteres nicht selten. Was immer dort geschehen war, er war noch verdrossener als früher, sein Spott beißender, die stete Unzufriedenheit über sein Leben mit Bösartigkeit getränkt.

Meist mied Balduin es, darüber nachzudenken, geschweige denn, ihn anzusprechen. Das Leben schien ihm einfacher, wenn man es lebte, anstatt sich seiner nur zu besinnen, aber jetzt wurde ihm immer unbehaglicher zumute.

»In d-d-d-diesem Jahr werde ich volljährig«, setzte Ludwig wieder einmal knurrend an. »Aber mein V-V-V-Vater hat angekündigt, dass ich weiterhin unter der Kontrolle meines *Bajulus* zu verbleiben habe. Und d-d-das muss ausgerechnet Adalard sein!«

Balduin unterdrückte ein Seufzen. Klagen wie diese hatte er zu oft gehört, um sie an sich heranzulassen.

»Die Gro-Gro-Großen von Neustrien unterstützen das natürlich!«, stieß Ludwig aus. »S-s-s-s-so gelte ich in ihren Augen doch kaum mehr als ein Kind – und sie k-k-k-k-können machen, was sie wollen. Ich verstehe nicht, wa-wa-warum mein Vater das nicht einsieht! Er schwächt unser Haus, anstatt es zu stärken, und ist noch mi-mi-misstrauischer geworden.«

Balduin verkniff sich ein Seufzen.

»Aber er hat dir doch im letzten Jahr das Kloster Saint Martin de Tours übergeben, zum Zeichen, dass Neustrien drei Jahre nach dem Aufstand der dortigen Großen wiedergeboren sei und du der Herrscher bist. Das bedeutet doch, dass er dir mit zunehmendem Alter …«

»D-d-d-das geschah doch nur aus Trotz gegen die Aquitanier«, unterbrach ihn Ludwig scharf.

Balduin zuckte die Schultern. Er wusste, dass Aquitanien jener Teil des Reichs von Karl war, in dem die Macht des Königs am fragilsten war und am häufigsten angezweifelt wurde. Zunächst hatte ihn sein Neffe Pippin dort bekriegt, dann der Sohn Kaiser Lothars I.

»Was kümmert dich Aquitanien?«, entfuhr es Balduin. »Soll sich doch dein Vater damit herumärgern oder dein Bruder Karl!«

Er wich Ludwigs Blick aus. Eben waren sie an einer Kleinstadt vorbeigekommen, wo trotz der eisigen Temperaturen und des erstickenden Schnees die Arbeit nicht ruhte, sondern eifrig an einer Verteidigungsbrücke und an einem neuen Kastell gehämmert wurde. Im Norden der *Francia* entstanden mehr und mehr solcher Bauten, um den Schutz gegen die Normannen zu verstärken. Häufig wurden Ruinen aus der Römerzeit zu diesem Zwecke genutzt, indem man entweder deren Steine abtrug oder sie an gleicher Stelle wieder aufbaute.

»So-so-solange Aquitanien nicht befriedet ist, werden auch die G-g-g-großen von Neustrien zur Revolte neigen. Und solange mein V-V-V-Vater das fürchtet, wird er mir dort nie echte Macht einräumen«, murmelte Ludwig.

»Aber wenn er nun die Verdienste sieht, die du im Krieg gegen die Normannen …«

»S-s-s-so einfach ist das nicht!«, fuhr Ludwig ihn rüde an. »Du magst ein K-K-K-Krieger sein, Balduin, aber von P-P-P-Politik verstehst du nichts. Es ist keine Ehre oder Prüfung, wenn mein Vater mich in den Kampf gegen die Normannen schickt. Er will mich dadurch vom wirklich W-W-W-Wichtigen abhalten.«

»Was könnte wichtiger sein als unsere Feinde …«

»Von wegen Feinde!« Es klang durch und durch verächtlich. »Nenn mir einen He-He-Herrscher, der noch kein Bündnis mit den Normannen geschlossen hat. Das einfache Volk denkt, sie sind die G-G-G-Geißel G-G-G-Gottes, aber die Könige … Pippin hat sich mit ihnen verbündet, König Lothar ebenso, mein V-V-V-Vater selbst hat immer wieder das Gespräch mit ihren Anführern gesucht. W-w-w-wusstest du eigentlich …«, er beugte sich vor, starrte Balduin durchdringend an, »w-w-w-wusstest du, dass es ihm in manchem Jahr seiner He-He-Herrschaft ganz recht kam, wenn die N-N-N-Normannen unser Land bedrohten? Weil ein äußerer Feind die inneren schwächt! V-v-v-vor knapp fünf Jahren hat mein Vater einem gewissen S-S-S-Sidroc kampflos das Gebiet zwischen Jeufosse und Oissel überlassen. Was das für die dortige Region bedeutete, b-b-b-brauche ich dir nicht zu sagen. Und wie oft hat es mit einem gewissen Björn Vereinbarungen gegeben, ni-ni-nicht nur über den Gefangenenaustausch? Ich w-w-w-will dir was sagen: Mein V-V-V-Vater ist kein K-K-K-König, der sich um sein Land sorgt. Er sorgt sich um seine Macht, und wenn es dann und wann g-g-g-gar die Heiden sind, die ihm ermöglichen, an dieser festzuhalten, nun, dann vergisst er gerne, dass sie eben Hei-Hei-Heiden sind. Und m-m-m-mich... mich schickt er nicht in den Krieg, um diesen bösen Feind aus dem Land zu verjagen, sondern sch-sch-schlichtweg, damit ich zu beschäftigt bin, um an einem Aufstand gegen ihn mitzuwirken.«

Als Ludwig endlich geendigt hatte, lag das Gewicht seiner langen Rede wie Blei auf Balduins Schultern. Er hörte dergleichen Worte nicht zum ersten Mal – und sie verunsicherten ihn zutiefst. Wie könnte er den Krieg ertragen, wenn er nicht daran glaubte? Wie könnte er, wie jetzt, zu seinem Lehen Flandern aufbrechen – einen Teil der Strecke würde er mit Ludwig zurücklegen, jener wollte dann aber Richtung Neustrien reiten –, wenn er sich nicht sicher war, dass er dessen fragile Grenzen mit aller Macht schützen musste?

Er war sich auch nicht gewiss, was Ludwig von ihm erwartete – einfach nur Schweigen oder Zustimmung oder Betroffenheit?

»Wenn du meinst...«, murmelte er hilflos und sehnte den Zeitpunkt herbei, da sich ihre Wege trennen würden.

Ludwig kniff die Augen zusammen. »S-s-s-sag, hörst du mir überhaupt zu?«, kam es mürrisch.

Balduin beeilte sich, eifrig zu nicken. »Ich stehe doch auf deiner Seite, mein Prinz!«, rief er hastig. »Aber manchmal... manchmal denke ich, du solltest die Dinge leichter nehmen.«

»So, so«, murmelte Ludwig, »die Di-Di-Dinge leichter nehmen. So, wie du sie l-l-l-leicht nimmst, nicht wahr? Weil sch-sch-schließlich andere für dich die Lasten tragen?«

Balduin runzelte verwirrt die Stirne, doch noch ehe er fragen konnte, was Ludwig mit dieser Andeutung meinte, ging ein Ruck durch sein Pferd.

»Was zum Teufel...«, entfuhr es ihm, während er seine Oberschenkel anspannte. Die beiden Krieger vor ihnen hatten den Zug gestoppt, und schon kamen die Männer der Vorhut angeritten, um den Grund für die ungeplante Rast zu erklären. Der Schnee stob unter den Hufen ihrer Pferde hoch. Noch ehe Balduin ihre Worte verstehen konnte – der kalte Wind trieb sie in eine andere Richtung davon –, deuteten ihre Gesten bereits an, dass nicht weit von ihnen eine Schlacht im Gange war.

Ludwig rollte seine Augen, als wäre dies eine allein für ihn bestimmte Zumutung, die er nebst all der anderen Unbill auch noch zu ertragen hätte. Balduin aber schoss die Hitze der Aufregung in sämtliche Glieder; das Unbehagen, das Ludwig in klebrigen Tropfen über ihn ergossen hatte, wich augenblicklich.

»Ausweichen ... oder mitkämpfen?«, fragte er in Ludwigs Richtung.

Ludwig starrte ihn undurchdringlich an. »P-p-p-prüf du die Lage!«, befahl er schließlich in beleidigtem Tonfall. »Dann s-s-s-sehen wir weiter!«

Balduins Griff zu seinem Langschwert erfolgte wie von selbst, als er dem Weg der Vorhut gefolgt war und das Getümmel erreichte. Er hatte es bereits in der Hand, noch ehe er darüber nachdachte, was als Nächstes zu tun sei. Unwillkürlich schützte er sich hinter seinem Schild, als Pfeile auf ihn einprasselten. Er konnte ihnen mühelos ausweichen, denn wer immer sie abgefeuert hatte, verstand von der Kriegskunst wenig. Sorglos ritt er mitten in das Gewühl. Das Warten, das ihm der Krieg – vor allem an Ludwigs Seite – aufzwang, zermürbte ihn stets, und jeder Gedanke an bevorstehende Schlachten grummelte in seinem Magen, als wäre er mit Steinen gefüllt. Doch wenn es dann losging, wenn er das Keuchen und Schnaufen der Krieger hörte, ihre Leiber sich in einem tödlichen, vermeintlich unentwirrbaren Tanz verknäulten, so fühlte er weder Furcht noch Unbehagen, nur diesen wilden Lebenstrieb. Es war wie ein Hunger, der sich niemals sättigen ließ, ein Lodern, das nicht wirklich wärmte, beides jedoch so stark, dass es jeden vernünftigen Gedanken ausmerzte.

Er musterte die Horde, um sich ein Bild zu machen, wie viele Menschen an der Schlacht beteiligt waren, hob dann das Langschwert, um es auf einen der Köpfe hinabsausen zu lassen – und erstarrte mitten in seiner Bewegung.

Derart kümmerliche Gestalten hatte er noch nie gesehen. Die

einen waren offenbar fränkische Bauern. Sie wurden vom schlichten Grau ihrer Kleidung verraten und ebenso von den Waffen, die sie blindwütig und ohne jegliche Schulung nutzten – nämlich Dreschflegel und Sensen. Dass so ein armseliges Trüppchen über irgendjemanden siegen konnte, war undenkbar – das dachte Balduin zumindest so lange, bis er den Feind erspähte. Es waren zwar Normannen – das bewiesen ihre blonden Haare, die bis über ihre Schultern reichten, und ihre bunten, wenngleich ausgeblichenen Tuniken in Blau, Grün und Rot, die von metallfarbenen Fäden zusammengehalten wurden –, aber es waren keine aufrechten, erwachsenen Männer, sondern Knaben. Der Hunger und die Kälte, die sie offenbar seit langen Wochen erleiden mussten, hatten ihre Gesichter ausgehöhlt. Keine Kampfeslust stand darin eingeschrieben, keine Entschlossenheit, ein fremdes Land zu erobern – einzig dieser nackte Wunsch zu überleben, und sei es nur für einen Tag, um dann im gnädigen Schneebett selig der anderen Seite des Lebens entgegenzudämmern.

Einer dieser Knaben richtete einen weiteren Pfeil auf Balduin, doch der hatte die Schusswaffe bereits in kleine Stücke gehackt, ehe sie nur ihr Ziel anvisieren konnte. Der Junge ließ die Reste der Armbrust sinken, nicht sonderlich bedauernd, nur traurig.

Sein Blick traf den Balduins, und in dem Moment, da sie schweigend voreinander verharrten, der ausgemergelte Normanne und der übermächtige Krieger, da begann an Balduin nicht nur die Erinnerung zu nagen, die schrecklichste, die unerträglichste, sondern er erfasste auch, was hier geschah: Nicht die Eroberer aus dem Norden hatten angegriffen, vielmehr waren diese von ängstlichen Bauern aufgestöbert worden, die täglich einen Überfall der fremden Ungeheuer erwarteten. Nun, von dieser Truppe stand nichts zu befürchten, sie war wohl nichts weiter als der klägliche Rest einer viel gefährlicheren Schar, die entweder von fränkischen Truppen oder dem gnadenlosen Winter besiegt worden war – doch in ihrer Panik war den Bauern Gnade fremd. Balduin konnte sie verstehen, doch er selbst blieb wie erstarrt.

Ich kann dich nicht töten, dachte er, ich kann nicht …

Seine Hand schien wie gelähmt, und er merkte nicht, wie sich ihm eine bedrohliche Gestalt näherte. Der größte und kräftigste der Normannen, ausgezehrt zwar wie der Rest, doch zäher, hob eben seine runde Hacke, um sich dem Zweikampf zu stellen. Bei anderen Gelegenheiten hätte Balduin diesen Todesmut bewundert, doch diesmal bemerkte er ihn gar nicht, sondern blieb im Anblick des Jungen versunken – und in der Erinnerung an … Eyvindr.

Als er aus den Augenwinkeln die Hacke aufblitzen sah, war es zu spät. Er wusste, dass sie ihn treffen würde, noch ehe er die Möglichkeit hatte, herumzufahren und dem Mann sein Schwert in den Leib zu rammen.

Er fühlte keine Angst, dazu blieb keine Zeit, nur Bedauern, dass der Tod unangekündigt kam – und auch Erleichterung.

Wenigstens habe ich den Jungen nicht getötet.

Er wappnete sich gegen die Wucht des Schlages – und sank halb ohnmächtig auf die Knie, als dieser ausblieb und ihn nichts anderes streifte als ein kalter Luftzug. Bilder zuckten vor ihm auf, aber sein Verstand war zu leer, um sie zu deuten, zu ergründen.

Da bemerkte er seinen Atem, heftig und kurz. Seine Lungen füllten sich mit mehr Luft, als er eigentlich brauchte, die Kälte schnitt in seine Brust und brachte die Wachheit zurück.

Der Angreifer lag gefällt neben ihm; eine rote Blutspur bahnte sich ihren Weg in den Schnee, nicht mehr als ein dünnes Bächlein. Sollte ein ausgemerztes Menschenleben nicht tiefere, dunklere Spuren hinterlassen als diese rote Träne?

Dann schrie er auf. Gleichfalls gefällt, die starren, gebrochenen Augen gen Himmel gerichtet und dessen mattes Grau spiegelnd, lag auch der Knabe vor ihm.

»O nein!«, schrie Balduin. »O nein!«

Ludwig trat an seine Seite, packte ihn an der Schulter, viel fester, viel bestimmter, als sich seine Berührung ansonsten anfühlte. Er zog Balduin hoch. »Du solltest mir danken, mein Freund«, sprach der Prinz; seine Stimme zitterte vor Anstrengung, aber er stotterte nicht. »Ich habe dir das Leben gerettet …«

Die Luft schien noch diesiger als zuvor. Die Ausdünstungen von schwitzenden Menschenleibern, der Blutgeruch, der heiße Atem der Pferde – das alles schien sich zu einem dichten Nebel zu vereinen, der zwischen Balduin und die Welt trat.

Erst später erkannte er, dass die Männer des Prinzen nicht nur der Normannen Herr geworden waren, sondern obendrein das armselige Grüppchen an Bauern zusammengedrängt hatten. Nun begannen sie, jene an den Händen zu fesseln. Die meisten der Männer ließen es mit erloschenem Blick über sich ergehen, nur einer oder zwei stießen ein lautes Wehgeheul aus.

Verwirrt drehte sich Balduin um; erst jetzt gewahrte er, dass Ludwig immer noch dicht hinter ihm stand.

»Warum werden die Männer gebunden? Sie haben doch …«

»Sie haben Krieg gegen die Normannen geführt. Und das dürfen Männer ihres Standes nicht. Es ist ihnen bei Todesstrafe verboten.« Immer noch klangen seine Worte erstaunlich klar, wurden nicht vom üblichen Stottern zerfetzt.

Balduin war, als würde alles Blut aus seinem Kopf fließen.

»Was redest du da?«, rief er. »Diese Männer hier haben sich und ihre Familien verteidigt! Wer sonst …«

»Es ist das Gesetz meines V-V-V-Vaters, nicht meines«, fiel Ludwig ihm harsch ins Wort. »Und er hat einen guten Grund dafür, auch w-w-w-wenn er dir nicht einsichtig sein mag. Wenn die einfachen Leute beginnen, die W-W-W-Waffen zu nutzen, wie schnell kann es geschehen, dass sie diese gegeneinander richten, w-w-womöglich gar gegen ihren K-K-K-König revoltieren? Es gab wegen der sch-sch-schlechten Ernte letzten Sommer einige Bauernverschwörungen. S-s-s-sie haben sich erhoben, weil der Adel in ihren W-W-Wäldern jagt. Und noch entscheidender ist: Diese Männer hier können nicht k-k-k-kämpfen, sie haben es nie gelernt. W-w-w-wenn sie sich heimlich Schwerter schmieden, so kann's nur zu l-l-l-leicht geschehen, dass diese Schwerter – so denn ihre eigentlichen Besitzer fallen – in die Hände der No-No-Normannen geraten. Und wir werden doch nicht den Fehler machen, den Feind mit W-W-W-Waffen zu beliefern!«

Er sprach es, zuckte die Schultern und wandte sich zu gehen.

Balduin packte ihn am Arm, so wie er es noch nie getan hatte. »Diese Männer hier hatten keine Schwerter!«, rief er. »Sie sind mit Sicheln und …«

Zum dritten Mal unterbrach Ludwig ihn. »W-w-was geht's mich an?«, fragte er kalt. »Ich befehle dir hiermit, Ba-Ba-Ba-Balduin Eisenarm, im Namen meines Vaters, diese M-M-M-Männer in die nächste Stadt zu bringen und sie der dortigen Gerichtsbarkeit auszuliefern!«

»Sie haben Frauen und Kinder!«

Und jene waren wahrscheinlich dem Hungertod nahe – und das nicht nur wegen der schlechten Ernte. Balduin wusste, dass es sich nur die reicheren Adeligen und Bischöfe leisten konnten, ihre Heere anständig auszurüsten. Viele Krieger wurden ohne ausreichenden Proviant in Schlachten geschickt – und plünderten nicht selten die Scheunen der eigenen Landsleute.

»Ha!«, lachte Ludwig bitter. »D-d-du hast mich nie verstanden, wenn ich ob meines Vaters haderte. So-so-soll ich nun Verständnis haben, wenn du dich gegen eines seiner Ge-Ge-Gesetze auflehnst? Du w-w-w-wirst tun, was ich dir befehle … oder du bist selbst des Todes, Balduin.«

»Mein Prinz …«

»Du bist ein K-K-K-Krieger, du bist dazu da, für den K-K-K-König zu kämpfen – nicht, um über deine Taten nachzudenken! Ich dachte bi-bi-bislang, dir liege nicht sonderlich viel daran … nachzudenken! So tu's auch je-je-jetzt nicht.«

Ludwigs Stimme war weit giftiger, als es der Anlass gebot. Der Hohn, der sich da gegen ihn entlud, war Balduin nicht gänzlich fremd – jedoch der Hass, der diesen zeugte. Rasch ließ er Ludwigs Arm los.

»Ludwig«, murmelte er, »Ludwig … warum sprichst du so harte Worte zu mir? Wenn ich dich gekränkt habe, tut es mir leid. Aber lass es nicht diese armen Menschen fühlen! Sie tun nichts anderes als wir: Sie schützen dieses Land. Ich kann sie doch dafür nicht ihrer Hinrichtung entgegenführen!«

Die Ohnmacht in seiner Stimme schien Ludwig zu rühren. Er legte nun seinerseits die Hand auf Balduins Schulter, drückte sie. »Seit w-w-w-wann bist du einer, Balduin, der sich um andere Menschen schert?«, fragte er nahezu freundlich.

»Aber …«

»Um Madalgis' Gefühle hast du dich doch auch nicht geschert.«

Sein Griff wurde fester, während er Balduin unverwandt anstarrte.

»Woher kennst du Madalgis?«, entfuhr es jenem.

»Das t-t-t-tut jetzt nichts zur Sache. Im Übrigen, auch w-w-wenn's dich kaum interessieren w-w-w-wird: Madalgis geht es gut. In jedem Fall: Dir steht nicht zu, irgendwelche Skrupel zu haben, dir nicht. Ich be-be-befehle es dir noch einmal: Du w-w-wirst diese Männer in die nächste Stadt bringen, du w-w-w-wirst bezeugen, was sie getan haben, und dafür sorgen, dass die Gesetze erfüllt werden. Und dann r-r-r-reite nach Flandern, sei meinem Vater ein treuer K-K-K-Krieger und schütze dein Lehen. W-w-w-wer weiß … wenn sich erst diese Schneedecke lichtet, w-w-werden wir uns wiedersehen.«

Dort, wo er stand, war Balduin eingesunken. Feucht stieg es an seinen Füßen hoch. Er fühlte nicht nur, wie sein ganzer Körper klamm wurde, sondern auch seine Seele.

Ich kann das nicht, dachte er, ich kann das nicht. Und wie schon einmal an diesem Tag stieg Eyvindrs Bild vor ihm auf und wie jener ihn angeschaut hatte, ehe er das Schwert auf ihn richtete. Gefasst hatte der Junge gewirkt, gefasst und stolz; er hatte nicht um sein Leben gefleht.

Was tue ich hier nur?, fragte Balduin und schlug sich beide Hände vor sein Gesicht.

Ludwig sah ihn nicht länger an.

»Ehe ich's vergesse«, rief er, als er bereits wieder auf dem Pferd saß. »Du solltest meine Fa-Fa-Familie besser kennenlernen, so nahe wie du mir stehst. Ich w-w-w-weiß, dass du meinem Vater bereits begegnet bist, als er dir dein L-L-Lehen übertrug. Aber du solltest auch meine Schwester Judith einmal sehen, meine schöne, stolze Schwester. Am b-b-b-besten wir treffen uns Anfang nächsten Jahres in Senlis wieder, jener Stadt, wo sie nun lebt. Gehab dich wohl, Balduin! Nie hatte ich einen treueren W-W-W-W-Waffengefährten als dich!«

Sämtlicher Groll war aus seiner Stimme geschwunden. Fast glücklich klang er, befreit. Als Balduin ihm hingegen nachblickte und sich hernach den entweder erstarrten oder heulenden Bauern zuwandte, dachte er, dass er die erstickende Umarmung von Schwermut, Bitterkeit und Ohnmacht nie wieder würde abschütteln können.

Brügge, A.D. 864

Johanna sah Balduin nur verschwommen, aber sie fühlte, wie er sich zu ihr setzte, ihre welke Hand nahm.

Mit einem Mal war sie erleichtert, nicht einsam sterben zu müssen.

Vorhin noch, als sie damit gerechnet hatte, ohne Abschied von dieser Welt zu gehen, sich still und heimlich fortzuschleichen, war es ihr als gut und richtig erschienen; keine angstvolle Regung hatte sie übermannt, die nach einem Beistand lechzte.

Doch nun, in seiner Nähe, fühlte sich alles wärmer, wohliger… runder an.

Zumindest solange er schwieg und sich damit abzufinden schien, dass sie auf seine Frage, warum sie sich selbst das Leben nahm, nicht antwortete.

Erst als sie sich der Erschöpfung hingeben wollte, die ihren nun hitzig glühenden Kopf immer tiefer zerrte, da tönten wieder Worte aus seinem Mund, und sie verhießen nicht ihre Hingabe an die viel größere Macht des Todes, sondern Auflehnung und Zorn.

»Warum… warum, Johanna? Ich brauche dich doch! Sie braucht dich! Du kannst uns doch unmöglich in diesem Augenblick im Stich lassen! Hörst du… hörst du nicht, wie sie sich quält?«

Die Wahrheit war, sie hörte es tatsächlich nicht. Ihre Ohren waren längst taub geworden für das Geschrei. Doch sie scheute sich, es ihm zu sagen. Womöglich würde er denken, sie sei ohne Mitleid, anstatt ihr zuzugestehen, dass sie sich schon zu weit über das Diesseitige erhoben hatte, um von ihm noch berührt oder gar gequält zu werden.

Sie hatte sich früher nie vorstellen können, dass Gott der Allmächtige sich sämtlicher seiner Geschöpfe annahm, sie liebend und zugleich streng beobachtete. Nun ahnte sie, wie sich seine Gleichgültigkeit anfühlte. Gewiss wandte er sich von der Welt nicht aus Bösartigkeit ab, aber jene Welt mit all ihren Menschenkindern konnte sein Herz nicht brechen, konnte keine Tränen zeugen, nur dieses Mitleid, dieses sanfte Weh, dass sich andere mit etwas plagen mussten, was einen selbst so nichtig deuchte.

»Ach Johanna, hör mir zu, gib nicht auf!«, bedrängte sie da wieder Balduins Stimme. »Wenn du… wenn du den Trunk heraufwürgst, ist es vielleicht nicht zu spät. Du musst leben, Johanna, du musst…«

»Meine Zeit ist abgelaufen, verstehst du nicht?«, gab sie zurück. Das Reden strengte sie an, aber sie wollte sich seinen Fragen nicht verweigern. »Der Mensch sollte wissen, wann er gehen muss.«

»Aber der Mensch darf nicht selbst darüber entscheiden, sondern einzig der Allmächtige! Du darfst dich nicht gegen seinen Willen erheben!«

»Das tue ich nicht«, sagte sie matt. »In Wahrheit beuge ich mich seinem Willen doch. Ich weiß, was der Allmächtige von mir denkt. Er denkt, dass ich es nicht verdient habe, noch einen Tag länger auf seiner Welt zu wandeln.«

»Johanna, du hast doch…«

Sie hob ihre Hand, das Bild vor ihren Augen klärte sich. Sie konnte ihre Finger betrachten, jeden einzelnen. Sie kamen ihr dünn vor, als hätten die Würmer ihr schon das Fleisch davon abgefressen und es blieben nur die Knochen zurück.

»Das Urteil, das ich über mich gefällt habe, ist dasselbe Urteil, wie es ein jeder über mich sprechen würde – wüsste er erst, was ich getan habe«, setzte sie wieder an.

»Johanna…«

Ihre Lippen begannen unbeherrscht zu beben, ihre Worte gerieten zu einem Stammeln, aber sie brachte sie dennoch heraus.

»Lass mich bitte gehen, Balduin«, flüsterte sie. »Lass mich meine Schuld sühnen, indem ich sterbe.«

Dritter Teil

Die Königin

A.D. 861–862

»Wenn ich mich niederlege, bist Du in meinem Herzen, wenn ich schlafe, träume ich immer von Dir …«

Aus einem Liebesbrief des 9. Jahrhunderts

XIII. Kapitel

»Das ist alles schön und gut, Bruder Godhard«, sprach Königin Judith. »Und dass Ihr mir stets neue Schriften unterbreitet, die sich mit meinem Seelenheil befassen, ist ohne Zweifel löblich. Was aber genau habt Ihr nicht verstanden, als ich Euch beim letzten Male ausdrücklich sagte, ich wünschte, keine *Speculae* mehr durchzukauen, sondern an deren Stelle geographische Schriften?«

Weder hob sich ihre Stimme, noch klang jener Spott durch, den ihre Wortwahl deutlich bekundete, aber der Mönch wurde trotzdem puterrot im Gesicht – es war nicht gewiss, ob vor Beschämung oder Verärgerung.

»Meine Königin …«, setzte er mit bebender Stimme an.

»Euer Vorgänger, werter Godhard, Euer Bruder in Christi und bislang dazu bestimmt, mein armes Haupt mit der rechten Zutat zu füttern, war überzeugt, dass dessen Fassungsvermögen sehr klein wäre, schließlich bin ich eine Frau – und Gleiches denkt Ihr doch eben auch, voller Empörung wie mir scheint, die ungesunde Gesichtsfarbe verrät Euch. Ihr solltet Euch bei Eurem Leibesumfang vorsehen, das Herz in solche Aufregung zu versetzen. Nun, Euer Vorgänger also – ich kann mich an jede Kleinigkeit seines Antlitzes erinnern, nur leider nicht an seinen Namen – hat schließlich doch verstanden, was ich von ihm wollte. Und er hat sie mir nicht verweigert: Schriften von Plinius dem Älteren, Martianus Capella oder Isidor von Sevilla.«

»Meine Königin«, setzte Bruder Godhard wieder an. »Wer sich mit dergleichen beschäftigt, sollte einzig von dem Trachten getrieben werden, Gottes Wirken besser zu verstehen, nicht aber von Neugierde.«

»Ach, wenn es darum geht!«, rief Judith leichtfertig aus. »Nun, ich würde gerne verstehen, warum Gott gerade drei Erdteile geschaffen hat – in Anspielung auf die Heilige Dreifaltigkeit etwa? Und warum ist Asien am größten? Weil sich hier das Leiden Christi zugetragen hat? Mein Urgroßvater verfügte übrigens über einen Tisch, auf dem die ganze Weltkarte abgebildet war. Wie schade, dass ich diesen Tisch niemals betrachten konnte. Wobei, wenn ich die Wahl hätte, so würde ich mir noch lieber die Sternenuhr ansehen, die Pacificus von Verona vor einigen Jahren gefertigt hat. Es heißt, dass man mit deren Hilfe während der Nacht die Stunden bestimmen kann.«

»Meine Königin, Bischof Erpuinus hat gesagt …«

Reglos war Judith bis dahin gesessen; auch jetzt blieben ihre Hände seelenruhig vor ihr auf dem Tisch liegen. Nur die eine Augenbraue hob sich unmerklich. »Was hat er zu Euch gesagt, Bruder Godhard?«, fragte sie gelassen. »Und ist der Bischof in diesem Augenblick etwa hier? Um hinter Euch zu stehen und Euch ins Ohr zu hauchen: ›Ja, ja, widersetz dich ihr ruhig, achte nicht auf ihre Wünsche; sie ist ja nur die Tochter des Königs … und zufällig auch selbst eine Königin. Wer ist sie schon, gemessen an einem frommen Mönchlein.‹ Nun, ist der Bischof hier, um Euch zu bestärken und mich zurechtzuweisen?«

Das Rot wich wieder von Godhards Wangen. Beleidigt biss er sich auf die Lippen, aber er gab zumindest kein Widerwort mehr. Judiths Augenbraue senkte sich.

»Nun gut«, sprach sie ohne den Hauch eines triumphierenden Lächelns, aber mit einer Stimme, die irgendwie satter klang als zuvor. »Keine *Speculae* also, die uns Laien ähnlich belehren sollen wie euch Mönche die Ordensregel, sondern lieber Schriften über die Beschaffenheit der Welt. Ich las erst neulich bei einem Autor – wisst Ihr, wen ich meine? –, dass die Erde vom Ozean umgeben und in fünf Zonen unterteilt sei: eine heiße Zone, zwei gemäßigte, zwei kalte. Nur in wenigen von ihnen könnte der Mensch leben.

Ich frage mich, zu welchem Zwecke wohl Gott der Allmächtige die restlichen erschaffen hat?«

Nichts regte sich in ihrem Gesicht, nur die Lippen, als sie sprach, und ausdruckslos blieb sie, als Bruder Godhard ihre Frage schließlich mürrisch beantwortete, indem er zu einem weit ausgeholten Diskurs über die Schöpfungstheologie ansetzte.

Judiths Damen lauschten ihm ebenso gelangweilt wie zuvor den Worten der Königin. Sie waren an ihre scharfe Zunge genauso gewöhnt wie an ihre regungslose Haltung. So steif hockte Judith, dass nicht einmal die Falten ihres Gewandes erzitterten: nicht die elfenbeinfarbene Untertunika mit den weiten Ärmeln, nicht das rote Überkleid, das an der hochgeschnürten Taille von einem edelsteinverzierten Gürtel gehalten wurde, nicht der großzügige Umhang aus dunkelroter Seide oder der Schleier, der auf ihrem kastanienbraunen Haar befestigt war. Er wurde von einem Goldband gehalten, auf dem Rubine und Saphire angebracht waren – bei weitem nicht der einzige Schmuck: Gleich mehrere Ketten trug Judith um den Hals. Einige lagen eng an, andere fielen bis zum Gürtel.

Kaum eine von Judiths Damen musterte die Kostbarkeiten noch mit jenem Neid, der manche befiel, wenn sie ihr zum ersten Mal begegneten. Dann starrten sie noch bewundernd auf diesen Prunk, desgleichen auf ihre schneeweiße, glatte Haut, ihr glänzendes, feines Haar, ihre tiefblauen Augen und ihre ebenmäßigen Züge. Doch nie währten Bewunderung und Eifersucht lange. Denn Judith schenkte dem eigenen Erscheinungsbild keinerlei Beachtung, sondern schien es lediglich über sich ergehen zu lassen, mit erstarrter, hochmütiger Miene, mit dem verächtlichen Hochziehen ihrer Brauen – das Einzige, was sich dann und wann in ihrer Miene regte – und mit einem unendlich langsamen Gang, der aller Welt bewies, dass es nichts gab, was sie zur Eile und Anteilnahme bewog. Und ob der Gleichgültigkeit seiner Besitzerin schien der kostbare Schmuck sein Funkeln zu verlieren, das schöne Gesicht seine Lebendigkeit, die blauen Augen ihren Glanz. Wer Judith länger kannte, teilte mit ihrem übrigen Gefolge alsbald ein Gefühl: das der Scheu vor ihrem Blick.

Die Damen mieden ihn auch heute: Manche glotzten auf die Fresken und Mosaiken an den Wänden des Saales, von denen die einen bewaffnete Männer zeigten, die Hirsche und Rehe verfolgten, wieder andere Landarbeiter auf dem Felde und eines den heiligen Marcellus, den neunten Bischof von Paris, der einst ein Monstrum, das im Flusstal der Bièvere lauerte und die Stadt in Angst und Schrecken versetzte, erschlagen hatte.

Andere starrten durch die Fenster nach draußen – entweder durchweg verglaste Rundbogenfenster, die eine klare Sicht boten, oder aber solche, die aus vielerlei farbigen Glasstücken gefertigt und in Blei gefasst waren und die das Bild dahinter nicht nur in Gold, Grün, Rot und Blau tauchten, sondern es zuvörderst verwischten. Einige wenige der Frauen schließlich widmeten sich Handarbeiten oder flochten Kränze aus Blumen.

Lediglich eine Einzige fiel durch heftige und laute Bewegungen auf, als sie aufgeregt in den Saal gestürzt kam. Bruder Godhards ausufernde Rede brach ab, und auch Judith blickte hoch. Das Tischchen aus Elfenbein, vor dem sie saß, erzitterte kaum merklich, obwohl ihre Hände an genau der gleichen Stelle verblieben.

»Welche Nachricht bringst du uns, liebe Madalgis?«, fragte sie ruhig.

»Besuch!«, stieß Madalgis aus. »Es ist Besuch gekommen!«

Dann nannte sie einen Namen, und ob seiner Erwähnung geschah etwas überaus Seltenes: Judiths Mundwinkel zogen sich zu einem feinen Lächeln nach oben.

Judith lächelte noch, als der Gast mitsamt seinem Gefolge den Saal betrat und ihr mit beschwingteren Schritten, als es ihm ansonsten gegeben war, entgegenkam. Mehr Zeichen, dass sie sich ehrlich freute, gab es jedoch nicht. Indessen die Damen aufsprangen und in einer Verbeugung versanken, blieb sie in ihrer bisherigen Position sitzen und wandte den Kopf nur einen Fingerbreit zur Seite, um ihm entgegenzublicken.

»Werter Ludwig«, sagte sie leise. »Dein Besuch ist wie immer eine Ehre … und Freude.«

Ludwig lachte, als würde er ihre Worte nicht ernst nehmen, und blieb in ausreichendem Abstand stehen.

»S-s-s-s-siehst du, Balduin?«, rief er seinem Begleiter zu, der dicht hinter ihm stehen geblieben war. »So ist sie, meine Schwester. Selbst wenn ihr He-He-Herz vor Freude springen mag, spricht sie mit einer Sti-Sti-Stimme, die aus der Tiefe des G-G-G-Grabes geliehen scheint.«

Als Judith ihn musterte, zog sie, wie zuvor, ein klein wenig die Brauen hoch. »Wenigstens stottere ich nicht wie du, mein Bruder«, gab sie kühl zur Antwort.

Sämtliche Begleiter des Prinzen und Judiths Damen zuckten ob ihrer Bemerkung zusammen, doch der Königssohn selbst brach in ein Lachen aus, glockenhell und frei von Verbitterung. Er schlug sich auf die Schenkel. »Das Sch-Sch-Schöne an dir, Judith, ist, dass man über dich nicht viele Worte machen muss. W-w-was sollte man auch über dich berichten, wenn doch die Dauer eines Wimpernschlags genügt, damit du jedermann mit der Natur deines Wesens vertraut machst … Nu-nu-nun, du siehst, ich komme n-n-n-nicht allein, an meiner Seite ist Ba-Ba-Balduin, Ziehsohn des Grafen von Laon und Vasall unseres Vaters, der im Krieg gegen die Normannen …«

Judiths Blick löste sich von Ludwig, musterte Balduin, freilich, ohne lange auf ihm zu verweilen. Schon wandte sie sich wieder ihrem Bruder zu.

»Langweile mich nicht!«, unterbrach sie ihn. »Der Krieg ist die Sache von euch Männern, nicht meine. Wenn du übrigens meinen lieben Kerkermeister Bischof Erpuinus von Senlis begrüßen willst, kommst du zur falschen Zeit. Denn jener kriecht unserem Vater – wie so oft – unter den königlichen Kittel … Oder, auch das ist möglich, er streitet sich wieder einmal mit Rothad von Soissons, was die Grenzen seines Bistums anbelangt. Wie Marktweiber kommen sie mir vor, die darum keifen, welche wo ihren Stand aufstellen darf.«

Erneut zuckten alle Versammelten zusammen, am heftigsten Bruder Godhard. Gleichwohl Judith nicht in seine Richtung sah, sagte sie rasch: »Besser, Ihr zieht Euch zurück, Bruder Godhard. Wenn ich mit meinem Bruder zusammenkomme, nehmen wir gewöhnlich kein Blatt vor den Mund. So viel Freiheit – nämlich die zu denken und zu reden – sollte selbst einer wie mir zustehen, oder nicht?«

Wieder lachte Ludwig, noch schriller und lauter als zuvor, während Bruder Godhard mit puterrotem Gesicht den Saal verließ.

»Nun, liebe Sch-Sch-Schwester«, setzte der Königssohn an, als er die Fassung wiedergefunden hatte. »Ich habe vo-vo-vorhin meine Vorstellung nicht beendet. Dies hier ist Balduin ...«

Erstmals zeigte auch Judiths restlicher Körper eine Regung. Sie hob die Hand, die eben noch mit der anderen verkreuzt gewesen war, und fuhr damit unwirsch durch die Luft.

»Ich weiß, ich weiß, Balduin ... der Ziehsohn des Grafen von Laon ... Flandern ... die Normannen ... ein tapferer Krieger ... grausame Schlachten ... Du kannst es dir gern ersparen. Im Übrigen musst du auch nicht euer Jagdglück rühmen. Ich weiß, dass ihr eben beherzt und heldenhaft die Wälder durchstreift habt, um Hirsche, Wildschweine, Büffel, Auerochsen ... ach, was weiß ich, zu erlegen. Auf dass wir volle Schüsseln haben heute Abend.«

»Woher w-w-w-weißt du ...?«

»Weil Blutspuren am Umhang deines Waffengefährten sind, liebster Bruder. Und weil ich mir nicht vorstellen kann, dass er so dreist wäre, vor mich zu treten, stammten diese von einem Menschen, nicht von einem Tier. Ihr Männer rühmt euch untereinander gern des Mordens, nicht wahr? Jedoch nicht im Angesicht der adeligen Damen. Vor diesen Damen wiederum berichtet ihr gern von erfolgreichen Jagden. Aber auch darauf könnt ihr gern verzichten, weil jeder weiß, dass die Tiere in diesem Wald in ein groß angelegtes Gehege gesperrt sind, auf dass niemand dem Bischof von Senlis nachsagen kann, er treffe mit seiner Lanze kein Tier. Lebten sie in freier Wildbahn, würde ihm das nämlich nicht gelingen. Seit wann bist du eigentlich derart auf die Jagd erpicht, Ludwig? Von unserem Vater heißt es, er habe schon als Kind ein Hirschkalb erlegt – und war er nicht stets verbittert, weil dir etwas derartiges nicht gelang, auf dass du dich wenigstens einmal als würdiger Sohn erwiesen hättest?«

Diesmal geriet Ludwigs Lächeln schmallippig. Eben noch schien er ganz aufgeregt gewesen zu sein, als die scharfe Zunge seiner Schwester den gesamten Saal entsetzt hatte, doch jetzt fiel die Erregung von ihm ab und wich der Müdigkeit.

»D-d-d-da wir nun wissen, wie du über die W-W-W-Welt denkst, liebe Judith, wäre es nun vielleicht an der Zeit, dass du uns einlädst, an deiner Seite Platz zu nehmen, und uns Er-Er-Erfrischungen anbietest.«

»Tatsächlich?« Wieder hob sie die Hand und winkte ab. »Dein Krieger da scheint mir kräftig genug, eine Weile stehen zu können. Zu solchen Zwecken werden sie doch erzogen – nämlich standhaft und stark zu sein... Bin ich unhöflich, weil ich über ihn spreche, aber nicht mit ihm? Vielleicht liegt's daran, dass du zwar ihn mir vorgestellt hast, nicht aber mich ihm.«

»D-d-d-daran liegt dir etwas?«, fragte Ludwig verwundert, um dann freilich doch in Balduins Richtung zu verkünden: »Dies also ist meine Schwester Judith, ein Jahr vor mir geboren, Tochter von K-K-König Karl, Gattin von König Ethelwulf von W-W-W-Wessex, selbst gekrönt zur K-K-K-K...«

»Zur K-K-K-Königin?«, äffte sie sein Stottern nach. Ein Raunen ging durch den Saal. »Lass mich sprechen, Bruder, dann haben wir es früher hinter uns. Ja«, zum ersten Mal wandte sie sich direkt an Balduin, »ja, ich bin Königin. Denn Ihr müsst wissen: Es war sehr wichtig für meinen guten Vater, meinen Rang geklärt zu haben, ehe er mich Ethelwulf von Wessex zur Frau gab, und deswegen ließ er mich vor der Hochzeit feierlich krönen. Da fiel es doch kaum ins Gewicht, dass mein Vater jünger als sein Schwiegersohn war und ich gerade erst zwölf. Was machte dieser Altersunterschied auch aus! Hauptsache, ich war Königin! Mein Vater und mein Bräutigam haben sich im Übrigen ganz vorzüglich verstanden. Sie sind einander begegnet, als Ethelwulf sich auf seiner Pilgerreise nach Rom in Gallien befand – einmal auf dem Hinweg, wo mein Vater ihm zum Schutz eine Eskorte mitgab, einmal beim Rückweg, wo ich als Braut dargeboten wurde. Schade nur, dass ich noch ein Kind war und noch nicht einmal geschlechtsreif. Doch darauf achtete niemand. Schließlich besaß ich immerhin das kanonische Mindestalter, als ich auf dem heiligen Altar der Ehe geschlachtet wurde.«

»Judith!«, rief Ludwig mahnend dazwischen.

»Nun, ich bin also Königin«, fuhr sie dessen ungeachtet fort, mit einem freundlichen, fast beschwingten Tonfall. »Vor allem aber bin ich Witwe. Gleich zweifache. Sagte ich, dass mein erster Gatte uralt war? Nun, es dauerte nicht lange, da rief der Allmächtige ihn zu sich. Nach seinem Tod durfte ich seinen Sohn Ethelbald heiraten, der freilich das zweite Ehejahr ebenso wenig überlebte wie sein Vater. Ob das an mir liegt und möglicherweise ein Fluch an mir haftet oder nur daran, dass ihr Männer so dumm seid, euer kostbares Leben gerne auf dem Schlachtfeld auszuhauchen?«

Ludwig seufzte. »Die Z-Z-Z-Zunge meiner Schwester, Balduin, ist so scharf w-w-w-wie …«

»Erklär ihm das doch nicht, lieber Bruder«, fiel Judith ihm ins Wort. »Soll er sich selbst ein Bild machen … wenn er kann. Nach dem Tod meines zweiten Gatten wären übrigens noch drei Brüder vorhanden gewesen. Für mich waren es ja Stiefsöhne. Oder Schwäger. Je nachdem, aus welchem Blickwinkel man es betrachtet.«

»Ich g-g-g-glaube, du würdest Ba-Ba-Balduin einen größeren Gefallen tun, wenn du ihm etwas zu essen anbötest, anstatt ihm Fa-Fa-Familiengeschichten zu erzählen«, warf Ludwig ein.

»Ich dachte, ihr Krieger seid stets bereit, die größten Opfer zu bringen, damit wir dummen, geschwätzigen Weiber es wohlig haben? Also, meine drei Schwäger, das waren: Ethelred, Ethelberth und Alfred. Ich gebe zu, es ist nicht immer leicht, sich diese vielen Namen zu merken, zumal sie einander so ähneln. Vermögt Ihr es, sie zu wiederholen, werter Balduin? Ihr müsst nicht unbedingt! Den Kopf zu gebrauchen überlasst ihr Krieger ja lieber dem Klerus; es reicht doch vollends, wenn ihr das Schwert beherrscht und damit mordet, ist es nicht so?«

Ihre Stimme hatte bislang entweder gelangweilt geklungen oder leise belustigt. Doch ihre letzte Frage war schneidend scharf und blieb eine Weile im Raum stehen, als sie ihre Rede abbrach. Balduin wurde tiefrot im Gesicht, und er schien seine Kiefer mit aller Macht zusammenzubeißen, um nicht unbotmäßig auf diese Beleidigung zu antworten.

Ludwig blieb gelassen, doch das aufgedrehte Grinsen von zuvor schwand nun vollends aus seinem Gesicht.

»V-v-v-vielleicht ist es besser, du ziehst dich zurück, J-J-J-Judith.«

Sie senkte den Blick, doch nur vermeintlich demütig. Im nächsten Augenblick erhob sie sich langsam und schritt bedächtig auf Ludwig zu. Sie war größer als er, wenngleich nicht ganz so groß wie Balduin.

»Mein Vater sperrt mich hier ein«, zischte sie in Richtung ihres Bruders. »Er hat diesen gefräßigen und habgierigen Bischof zu meinem Kerkermeister gemacht. Damit er in aller Ruhe meinen Brautschatz verschwenden und einen geeigneten dritten Mann für mich erwählen kann. Sei's drum. Ich kann mich nicht dagegen wehren, mit welchen Mitteln auch? Aber deine Befehle, Ludwig, lieber Bruder, deine Befehle nehme ich nicht entgegen! Du hast mir nicht zu sagen, wann ich was zu tun habe.«

Ihr Blick richtete sich auf Balduin. Das Rot war wieder aus seinem Gesicht gewichen, aber er konnte sich nicht beherrschen und schüttelte verächtlich den Kopf.

»Solche Weiber wie mich kennt Ihr nicht, nicht wahr? Zumal Ihr doch gewohnt seid, dass sie sich Euch willfährig entgegenneigen. Seid gewiss, unter meinen Damen werden sich gar manche finden, die einem hübschen Krieger alsbald ihr Herz zu Füßen werfen, nicht wahr?«

Ihr Blick schweifte in die Runde, blieb bei Madalgis hängen. Die kalten Augen wurden weich – und mitleidig.

»Eine freilich nicht. Die habt Ihr ja schon gehabt und hernach wieder weggeworfen!«

Nicht nur Balduin zuckte zusammen, als sein Blick dem ihren

folgte und er Madalgis erkannte; auch das Mädchen selbst erschrak, wurde tiefrot, ehe es den Kopf senkte. »Woher weißt du das, meine Königin ... ich habe doch nie ...«

»Du hast es mir nie gesagt«, griff Judith ihre Worte auf, »aber der grausame Herr im Himmel hat mir leider die Gabe gegeben, in die Herzen der Menschen zu sehen, ob ich nun will oder nicht und ob diese es nun lohnen oder eigentlich viel zu schäbig dafür sind ... So, und nun wollen wir die Männer in Frieden lassen und uns zurückziehen, meine Damen. Es stinkt mir hier ein wenig zu sehr nach Schweiß und Blut.«

Sie nickte zunächst Madalgis zu, auf dass diese ihr vorausgehen möge, und dann ihrem Bruder. Balduin ignorierte sie, nur als sie dicht an ihm vorbeischritt, rümpfte sie die Nase – viel entschiedener als alle übrigen Regungen ihrer erstarrten Miene bis dahin ausgefallen waren.

Das warme Wasser schlug über Balduin zusammen, als er sich tief in die Wanne sinken ließ. Eine Weile war es nur heiß und dunkel um ihn, und die Entspannung, die sich in seinem ganzen Körper ausbreitete, war so groß, dass die angestrengten Muskeln mit einem heftigen Schmerz antworteten, ehe sie sich dem Labsal fügten. Er hielt möglichst lange die Luft an, ehe er prustend wieder auftauchte. Vom Wasserdampf umnebelt, strich er sich die hellen Haare aus dem Gesicht und begann dann an Schultern, Hals und Armen zu reiben, um den Dreck des Tages, ja, der vergangenen Wochen von sich zu waschen.

Anders als Gerold, der sein Leben lang wasserscheu blieb, liebte Balduin das Baden von klein auf. Das Wasser konnte ihm kaum heiß genug sein – selbst wenn das bedeutete, dass er ihm oft rot wie ein Krebs entstieg –, und es dauerte ihn außerordentlich, dass es in Laon Sitte war, lediglich am Samstag, in Vorbereitung auf den heiligen Sonntag, zu baden.

Hier in Senlis schien jenes Gebot nicht zu gelten, denn nach dem Abendessen hatte ihm eine der Frauen angeboten, ihn ins Badehaus zu bringen, damit er sich von der Mühsal der Jagd erholen konnte und von allem anderen, was hinter ihm lag. Man schien hier von den harten Monaten zu wissen, die er zuvor im unwirtlichen, umkämpften Flandern zugebracht hatte.

Das Wasser plätscherte, als er wohlig seine Glieder ausbreitete. Nun, da er gesättigt und ausgeruht war, konnte er auch die Begegnung mit Ludwigs Schwester Judith überdenken, ohne vom Zorn übermannt zu werden. Er kannte der Frauen viele, und er wusste, dass manche nicht still, zurückhaltend und fromm waren wie Alpais, die Frau des Grafen, aber nie hatte er ein solch empörendes Ausmaß an gemeinem Spott und fehlendem Anstand erlebt. Dass Ludwig ihn hierher geladen hatte, deuchte ihn nicht länger als Zeichen, dass er ihre Verbundenheit stärken und die Spannung, die seit ihrer letzten Auseinandersetzung um die armen Bauern in der Luft hing, lösen wollte, sondern als Anlass, um ihm weitere kleine Stiche zuzufügen – auch wenn es nicht seine Zunge war, die ihm diese versetzte.

Nun – bei diesem Gedanken konnte sich Balduin ein Grinsen nicht verkneifen –, nun, am Ende waren selbst Ludwig die dreisten Worte seiner Schwester zu viel geworden.

Wieder plätscherte das Wasser, doch das war nicht der einzige Laut, der von den steinernen Wänden der Thermen hallte: Leise, vorsichtige Schritte wurden hörbar und erinnerten Balduin daran, dass ihn nicht nur Judiths rüdes Verhalten verstört hatte, sondern auch Madalgis' Gegenwart, mit der er nicht gerechnet hatte. Niemand hatte ihm gesagt, dass sie Laon verlassen hatte. Und wenn er ehrlich war, hatte er sie dort weder vermisst noch nach ihr gefragt. Er hatte es immer gemocht, wenn sie bei ihm war – aber es nie als Versäumnis gewertet, wenn sie fehlte. Nur heute wollte er sie liebend gerne sehen, wollte fragen, was sie an Judiths Seite geführt und ob Ludwig sie nach Senlis geschickt hatte – er vermutete es, wenngleich er sich nicht erklären konnte, warum. Und als sein verhärteter Körper sich mehr und mehr entspannte, dachte er auch an ihre kleinen, festen Brüste und wie die Berührung von jenen ihn einst aus der Totenstarre seines Gemüts gerissen hatte.

»Madalgis?«, fragte er.

Wieder ertönten Schritte. Durch den Wasserdampf, dicht und grau wie Nebel, trat ihm ein Schatten entgegen, doch das Gesicht, das er schließlich erblickte, war fremd.

»Nein, Madalgis bin ich nicht«, sagte eine junge Frau. »Aber was immer Ihr braucht, ich kann Euch gerne zu Diensten sein.«

Balduin war sich nicht sicher, was sie damit meinte und ob sie erahnen konnte, was er von Madalgis erwartet hätte. Sie sah nicht aus wie eine Magd, die es mit den Sitten nicht so genau nimmt, sondern war – gemessen an der edlen Kleidung, die nicht aus Leinen, sondern aus Seide gesponnen war – wohl eher die Tochter eines Grafen. Wahrscheinlich diente sie Judith nicht als Magd, sondern als Hofdame. Unwillkürlich spannte sich Balduin an und rechnete trotz ihrer höflichen Worte mit ähnlicher Feindseligkeit, wie sie ihm von der Königstochter entgegengeschlagen war. Doch jene blieb aus.

»Also«, drängte das Mädchen, »kann ich Euch helfen? Kann ich … Ach, Ihr sollt wissen, Graf Balduin … Man hört so viel von Euch. Dass Ihr der todesmutigste Krieger seid, den es jemals gab! Dass Ihr keine Schlacht scheut und dass kein Normanne je lebend aus dem Zweikampf mit Euch hervorgetreten ist!«

Ein Bild stieg vor Balduin auf, verstörend wie eine offene Wunde. Er schüttelte rasch den Kopf, ließ sich erneut in das Wasser sinken und tauchte erst wieder auf, als ihm der Atem knapp wurde.

»So, so«, entgegnete er und klang überaus mürrisch. »Das also erzählt man sich von mir. Deine Königin scheint es nicht sonderlich zu beeindrucken.«

»Ach … Judith«, sprach das Mädchen ungezwungen den Namen aus und machte eine wegwerfende Bemerkung, als wäre von dieser nichts anderes zu erwarten. »Sie spottet stets aller Tugenden, die eine Frau haben sollte …«

Balduin presste seine Schenkel zusammen. Er war sich nicht sicher, ob es sonderlich tugendhaft war, mit einem adeligen Mädchen zu reden, während er unbekleidet im heißen Wasser lag. Doch sie schien sich nicht darum zu kümmern.

»Ich wurde belehrt, dass man, sobald ein Gast eintrifft, diesen eilends von Mantel und Schwert befreien soll«, sprach sie. »Und was macht Judith? Lässt Euch stehen und warten! Desgleichen heißt es, dass die Frauen ihm die Ankunft angenehm machen sollen, indem sie duftende Blumen vor ihm aufstellen und süße Früchte. Judith hingegen hätte Euch wohl lieber verhungern lassen.«

Balduin nickte zustimmend, obwohl ihm die Stimme des Mädchens zunehmend unangenehmer wurde. Es klang, als würde Erz zusammenschlagen, und ihre grauen Augen stierten nicht minder hart in die Welt.

»Außerdem ... Frauen ihres Ranges sollten nicht so viel lesen, sondern stattdessen goldene Umhänge für Kaiser besticken. Kaiserin Judith, die Großmutter, von der unsere Königin den Namen hat, webte für ihren Gemahl ein *Peplum*. Doch Judith macht sich stets darüber lustig. ›Von der Kaiserin hört man nicht nur das‹, hat sie erst kürzlich gesagt, ›sondern auch, dass sie ihren kaiserlichen Gemahl mit dem Kämmerer Bernhard betrogen hat. Und heißt es nicht auch, sie habe ihren Mann mit heimtückischen Zaubermitteln und teuflischen Kräften verhext? Ob das *Peplum* allein ihn darüber hinweggetröstet hat?‹ Ja, so spricht Judith. Das ist doch empörend!«

»Durchaus«, bestätigte Balduin und dachte sich im Stillen, dass er diese aufdringliche Stimme nicht mehr lange würde ertragen können. Schweigend wäre ihm diese junge Frau schon lieber. Ihr Gesicht war mit seinen etwas zu runden Bäckchen und farblosen Wimpern zwar eines, an dem man sich schnell sattsah, aber ihre Gestalt, die zunehmend sichtbar wurde, weil ihre Gewänder dank des Wasserdampfs und des Schweißes am Körper zu kleben begannen, war durchaus verlockend: nicht zu dick und nicht zu hager, nicht zu schwammig und nicht zu sehnig, ein gerader Rücken und ordentliche Brüste.

»Sag, wie heißt du?«, fragte Balduin, ehe sie zu neuer entnervender Rede ansetzen konnte.

»Joveta«, sagte sie schnell – leider blieb es nicht bei diesem einen

Wort. Denn schon sah sie sich genötigt hinzuzufügen, wer sie war und woher sie stammte. Demnach war sie die Tochter eines jener Adeligen, die in der drei Jahre zurückliegenden Revolte ihren König verraten hatten und zu *Ludovicus Germanicus* übergetreten waren, die in Ponthion und später in Attigny empfangen worden waren und sich Grafschaften, Bistümer und Abteien hatten verleihen lassen. Nach dem Scheitern der Revolte hatte man es den Verrätern – so auch ihrem Vater – gründlich heimgezahlt. Glück hatte, wer nur sein Vermögen, nicht aber sein Augenlicht, seine Männlichkeit oder gar seinen Kopf verlor. Ihre eigene Zukunft und die ihrer Schwestern war ungewiss gewesen – bis Judith Erbarmen zeigte und sie in Senlis aufnahm.

Balduin war erstaunt über ihre Offenherzigkeit. Die Menschen, die er kannte, verschwiegen es, wenn ihr Name beschmutzt war – von Feigheit oder Verrat oder Verarmung –, und trugen es nicht dreist vor sich her wie dieses Mädchen. Freilich, ihm war's gleich, wer sie war… Oder nein, ganz gleich war es ihm nicht. Irgendwie belustigte es ihn, dass die steife, bösartige Judith ihn zwar mit Worten schlagen, aber nicht verhindern konnte, dass eine ihrer Frauen zu ihm gekrochen kam, ihrer Bewunderung Ausdruck verlieh und ohne Zögern schlecht über ihre Herrin sprach, wiewohl sie es doch jener – so entnahm er es zumindest ihrer Rede – verdankte, gemäß dem Rang ihrer Geburt leben zu können.

»Sag, Joveta«, lud er sie ein, und die Lust in seiner Stimme galt nicht nur ihrem Körper, sondern dem Trachten, es der hochmütigen Königin heimzuzahlen. »Sag, kannst du mir den Rücken waschen?«

Sachte Röte schlich über das Gesicht des Mädchens. Er dachte schon, er wäre zu weit gegangen und ihre Avancen würden an dieser Stelle enden. Doch alsbald erkannte er, dass es nur der Dampf war, der ihre Wangen hatte dunkler werden lassen. Denn als sie sich niederbeugte, fielen ihre Berührungen so selbstverständlich und bestimmt aus, dass er sich sicher war, nicht der erste Mann zu sein, den sie im Bad erfreute.

Am nächsten Morgen war Balduins Ärger wider Judith fast gänzlich erloschen.

Während die anderen Männer aus Ludwigs Gefolge in der Schlafecke der Halle auf Strohbündeln und unter warmen Pelzen genächtigt hatten und jetzo ihre steifen Glieder schüttelten, fühlte er sich nach den Stunden in Jovetas weichem Lager entspannt und ausgeschlafen. Er betrat den Saal, ohne an Judith zu denken, die mit ihren Damen noch nicht erschienen war, und nahm neben Ludwig Platz, der wie üblich lustlos an seiner Morgenmahlzeit – Dinkelbrei mit Honig – kaute. Balduin hatte Ludwig selten mit gutem Appetit essen gesehen, und er hatte gelernt, dass der Königssohn üblicherweise einige Stunden brauchte, um sich an den neuen Tag zu gewöhnen, und bis dahin nur ungern Worte wechselte. Darum unterließ er es – von einem kurzen Gruß abgesehen –, mit ihm zu reden. Er hielt auch die Frage zurück, wie lange sie in Senlis weilen würden, und machte sich stattdessen selbst über das Essen her.

Er hatte seine Schüssel noch nicht gelehrt, als Judith mit ihren Damen den Saal betrat. Ihr Auftritt am Vortag hatte sämtliche Gemüter erregt, wohingegen ihr Erscheinen nun lautlos und unauffällig vonstatten ging. Balduin bemerkte sie erst, als sie auf der anderen Seite von Ludwig Platz nahm – und auch dann galt seine Aufmerksamkeit vor allem Madalgis, die mit der Königin in den Saal gekommen war, jedoch den Kopf gesenkt hielt und ihm nicht in die Augen sah.

Er musste noch Gelegenheit finden, mit dem Mädchen zu reden, wollte sie unbedingt fragen, warum sie hier in Senlis war und ob es ihr wohl erginge. In Gedanken versunken gewahrte er kaum, dass Judiths Blick auf ihm ruhte. Erst als sie mit ausdrucksloser Stimme »Guten Morgen, Graf Balduin«, sagte, fuhr er hoch und antwortete mit einem steifen Nicken.

Sie wandte sich von ihm ab und der Mahlzeit zu, ohne dabei ihren Kopf und ihre Schultern sonderlich zu regen. Ihrem Bruder schenkte sie keine Beachtung, als wüsste sie ebenso wie Balduin um dessen schlechte Morgenlaune.

Unmerklich ließ Balduin seinen Blick über sie streifen. Sie trug eine andere Tunika als am Tag zuvor – sie war aus einem schlichten Taubengrau, das ihr Gesicht blasser erscheinen ließ und ihre blauen Augen funkelnder. Ihre Haare waren mit Nadeln zusammengehalten, an deren Enden kleine Perlen aus Glas steckten, die ebenfalls bläulich glänzten. Rubinrot hingegen waren ihre Ohrringe und die Brosche, die ihren Umhang an der Brust zusammenhielt.

Während sie schweigend aß, entspannte er sich und fand zu jener satten Ausgeruhtheit zurück, die ihm das gestrige Bad und die Nacht geschenkt hatten. Sein Blick wanderte von Judith zu ihren Damen, machte kurz bei Joveta Halt, gewahrte ihr vertrauliches Lächeln und wie es in ihren Augen aufblitzte. Er erwiderte beides, wenngleich sein Blick auf das Mädchen im hellen Tageslicht nüchterner ausfiel als in der dampfverhangenen Badestube. Dass man sich an ihr schnell sattsehen konnte, hatte er gestern bereits befunden, doch der Zauber des Neuen, Fremden war noch schneller erloschen, als er erwartet hatte. Als sie sich verabschiedet hatten, war er sich sicher gewesen, nicht zum letzten Mal in ihr Bett gekommen zu sein. Nun ging ihm auf, dass er gern darauf verzichten konnte.

Indessen schob Ludwig die Schüssel zurück, offenbar als Zeichen, dass er – nunmehr gestärkt – nicht länger wie unsichtbar behandelt werden wollte.

»Nun, mein Freund«, wandte er sich an Balduin, »ausgeruht für die Jagd?«

Es war seine Art, die Pläne für den Tag zu bekunden, und Balduin nickte, der Hoffnung beraubt, dass sie Senlis bald wieder verlassen würden. Freilich wollte er keine Missstimmung zeigen, vielmehr Ludwigs Plänen zustimmen, als Judith langsam ihren Löffel in die Schale senkte, wieder hochblickte – allerdings nicht in Balduins Gesicht, sondern zu den Frauen – und ruhig fragte: »Welche meiner Damen habt Ihr wohl in der letzten Nacht gehabt, Graf Balduin?«

Ihre Stimme klang so leise, so freundlich, so frei von Zankeslust oder Hohn, dass Balduin meinte, er müsste sie wohl falsch verstanden haben. Er blickte sie ebenso verwirrt an, wie alle Übrigen es taten, von der Hoffnung geeint, sie würde das Gesagte gleich richtigstellen.

Doch Judith setzte ihr Mahl nicht fort, lehnte sich stattdessen zurück und verkreuzte ihre Arme über der Brust, indessen ihr Blick sich nun hin- und herbewegte. »Ja, Ihr habt schon richtig gehört: Ich möchte gerne wissen, welche meiner Frauen Ihr beglückt habt, Balduin Eisenarm.«

Ludwig kicherte nervös. Er hob die Hand, als wollte er sie beschwichtigend auf den Arm der Schwester legen, wagte es dann aber doch nicht.

»Ju-Ju-Judith ...«, setzte er an.

Sie schüttelte kaum merklich den Kopf. »Lasst mich raten! Es wird mir ja doch keine von sich aus die Wahrheit sagen. Könnte es Aubirge gewesen sein? Nein, sie scheint mir zu fromm. Oder ...«

Sie zögerte, einen weiteren Namen auszusprechen. Alle Damen hatten beschämt den Kopf gesenkt, nur Madalgis blickte sie an, hochrot im Gesicht und mit flehentlichem Blick.

»Bitte«, brach es aus ihr hervor. »Tu das nicht, meine Herrin! Stell niemanden bloß!«

Für einen Augenblick wurden Judiths Züge weich, mitleidig ... und irgendwie traurig. Doch sobald sie von Madalgis wegsah, verhärtete sich ihre Miene.

»Warum nicht?«, fragte sie mit jener Schärfe, die zuvor noch gefehlt hatte. »Ach, keine Angst, ich bin nicht so streng, wie die Kirchenmänner. In meinen Augen ist's keine Sünde, wenn sich ein Mädchen einem tapferen Krieger an den Hals wirft, nur Dummheit ...«

Erstarrt hatte Balduin ihre Worte über sich ergehen lassen. Nun stand er so energisch auf, dass sein Holzstuhl nach hinten kippte und mit einem lauten Krachen zu Boden ging. »Wenn ich Euch derart zuwider bin, dann gehe ich augenblicklich!«

»Sagte ich dergleichen?«, gab sie kühl zurück. »Schauen wir

nun, wer's war… also, Aubirge sicher nicht, Gisla ist noch zu jung, Madalgis macht den Fehler, Euch zu vertrauen, kein zweites Mal. Dann bliebe noch… Nun, angesichts dessen, dass sie als Einzige nicht den Schädel einzieht und mich mit diesem dreisten Glänzen in den Augen anstarrt, setze ich auf… Joveta.«

Balduin hatte sich schon zum Gehen gewandt, hielt nun aber doch inne. »Das geht Euch nichts an!«, zischte er.

»So, so«, meinte Judith ruhig. »Es geht mich nichts an. Aber wer ist es, der sich über diese Mädchen den Kopf zerbricht, nachdem Ihr sie gehabt habt, wenn nicht ich? Ihr lasst sie doch zurück wie tote und verwundete Normannen, ohne Interesse daran, was aus ihnen wird, ohne Rücksicht, ob die Aasgeier über sie herfallen. Joveta muss bereits für die Sünden ihres Vaters bezahlen und…«

»Und was?« In jenem Augenblick war es Balduin gleich, dass sie Ludwigs Schwester und eine Königin war, der man Respekt zu zollen hatte. »Auch wenn Ihr es Euch nicht denken könnt, es gibt Frauen, die Vergnügen an meiner Gegenwart finden!«

Judith ließ ihre Hände von der Brust sinken und drehte sich unendlich langsam zu ihm um, so als müsste sie noch überlegen, ob er solch einer Körperregung überhaupt wert sei.

»Die Schlimmsten«, sagte sie leise, »sind nicht unbedingt die Männer, die Frauen schänden. Schlimm sind auch die, die das eigene Gewissen nicht um eine Entscheidung bemühen wollen, was man einer Frau schuldig ist und was nicht.«

»Ju-Ju-Judith, ich bitte dich«, begann Ludwig zu stammeln, nicht länger belustigt, sondern unbehaglich. »Es ist jetzt nicht die Z-Z-Z-Zeit…«

»Ach, sei still, Bruder«, fiel sie ihm verächtlich ins Wort und hob nun deutlich die Stimme. »Joveta weiß in ihrer Verzweiflung doch nicht, was sie tut! Und verzweifelt ist sie – seht ihr das denn alle nicht? Nach allem, was ihr Vater tat, wird kein Mann ihres Standes sie noch heiraten, und selbst die Klöster würden sie nicht aufnehmen, weil sie Angst vor dem Zorn des Königs haben, der sich leider nach alter Gewohnheit eher über eine ganze

Sippe ergießt als nur über den Einzelnen, der sich gegen ihn erhoben hat! Aber dafür, Krieger, müsst Ihr Euch ja nicht interessieren! Ihr kommt und nehmt, so herzlos und gedankenlos wie Ihr verwundet und tötet!«

Wieder krachte laut der Stuhl, auf dem Balduin gesessen hatte. Diesmal nicht, weil er ihn umgeworfen hatte, sondern weil er zornig dagegen trat, als er die Tafel verließ.

»Wie?«, durchschnitt Judiths Stimme den Saal. »Ist das alles, was Ihr ertragen könnt?«

Er hielt inne, gewahrte, dass Madalgis aussah, als wäre ihr zum Weinen zumute, und dass sie, ebenso wie Joveta, von Scham, Trotz und Furcht zerrissen schien.

»Ihr wisst doch gar nicht, was ich zu ertragen bereit bin!«, schrie er unbeherrscht. »Ihr wisst auch nichts über mein Leben! Also verschont mich mit Eurem Gespött und Eurer Verbitterung, denn das ist es doch, was Euch zu Euren Worten treibt! Ihr seid eine verbitterte, einsame Frau, die ihres Lebens nicht mehr froh wird!«

Ein Anflug von Röte überzog Judiths bleiches Gesicht, machte es lebendiger. Nun war es Ludwig, der aufsprang. »Sie ist meine Sch-Sch-Schwester und die Tochter des K-K-K-Königs! So redest du nicht mit ihr!«

Balduin fühlte, wie seine Zähne knirschten. Sein Ärger wucherte plötzlich viel tiefer. Nicht länger starrte er nur Judith an, sondern ebenso hasserfüllt auch auf ihren Bruder.

»N-n-nimm das zurück!«, befahl jener. »Nimm diese B-B-B-Beleidigung zurück!«

Nie waren derart giftige Gedanken durch Balduins Kopf gejagt. Er wusste nicht, wie lange er sie noch bändigen konnte.

Du Scheusal!, durchfuhr es ihn. Machst mich zum Mörder armer Bauern und bringst mich obendrein hierher, wo …

Er wusste nicht wohin mit Grimm und Verbitterung, ahnte nur, dass er kein Ende mehr finden würde, wenn er erst begann, sie auszuspeien.

Doch ehe er ein Wort sagen konnte, stand Judith auf, leiser als die beiden Männer. Sie trat zu ihrem Bruder, legte ihre Hand auf seinen Arm – jene Geste, die er eben noch gemieden hatte. Die Röte war wieder aus ihrem Gesicht gewichen, doch ihre Stimme klang ungewöhnlich zahm.

»Lass ihn gehen«, sprach sie, »Ich bin ihm nicht gram. Ich mag die Menschen, die die Wahrheit erkennen und mutig genug sind, sie auszusprechen. Und was er gesagt hat, das muss man ihm lassen, ist die Wahrheit.«

XIV. Kapitel

Die Kälte, die Balduin im Freien empfing, war nicht frisch und klar, sondern klebrig. Die vielen kleinen Nasenhärchen wurden so starr, dass ihm das Atmen schwerfiel. Verstaubt schienen Himmel und Luft, als er sich umblickte.

Der Aufenthalt in Senlis währte nun schon den vierten Tag, und er war dankbar, dass für heute die Abreise anstand – von gestern auf heute nur aufgrund des unerwarteten Schneefalls verschoben. Er sollte sie vorbereiten und war auf dem Weg zum Stall zum ersten Mal seit langem allein. Seit der unseligen Auseinandersetzung am Morgen des ersten Tages hatte sich Judith nicht wieder gezeigt, sodass er von Streit und Sticheleien verschont geblieben war. Doch Ludwigs Gegenwart stellte sich als nicht sonderlich wohltuender heraus. Seine Freundlichkeit, zu der er nach Judiths letzten Worten unerwartet übergegangen war, deuchte Balduin verlogen, und sein Lächeln, schneidend wie die Kälte, die Balduin umgab, quälte ihn. Schon damals, als Ludwig ihm befohlen hatte, die armen Bauern zu ihrer Hinrichtung zu überführen, hatte er gezweifelt, die Gesellschaft des Königssohns jemals wieder unbeschwert ertragen zu können. Doch in den letzten Tagen war er obendrein immer hoffnungsloser geworden, wie er sie jemals würde abschütteln können.

Nun, zumindest in diesem Augenblick war er von seiner Nähe erlöst und fühlte sich erstmals nicht zu gelähmt, um Neugierde an seiner Umgebung zu zeigen. Von Senlis hatte er bislang kaum etwas anderes zu sehen bekommen als die wuchtige Stadtmauer. Nun gewahrte er munteres Treiben im Hof. Am Abend zuvor war

Bischof Erpuinus heimgekehrt, hatte sich jedoch gleich nach der Reise zurückgezogen, sodass Balduin ihn nicht gesehen hatte.

Jetzt stieß er hier auf den Hofstaat, den der Bischof um sich versammelte: zwar nicht auf dessen vornehme Mitglieder, die sich lieber im Inneren wärmten – die Notare, die Priester, der Schatzmeister –, jedoch auf die jungen Vorbeter und Sänger, die persönlichen Bediensteten und die Handwerker wie Goldschmiede, Münzer und Maurer, Schmiede, Sattler und Schuhmacher. Sie alle standen unter der Befehlsgewalt des Bischofs und zählten zur *Familia*, was freilich nicht immer einen besseren Status als den von Leibeigenen versprach.

Auch an einem kalten Wintertag schien es für diese Handwerker viel zu tun zu geben. In den letzten Tagen hatte Balduin erfahren, dass der Bischof – neidisch auf andere Bischofssitze – weitreichende Umbauarbeiten an seinem Palast angeordnet hatte, um ihn noch größer, noch mächtiger erscheinen zu lassen. Er war, so raunte man sich zu, für seine Liebe zum Reichtum ebenso bekannt wie für seinen Geiz.

Joveta, die nach ihrer Bloßstellung durch Judith zunächst jede Begegnung mit Balduin gescheut hatte, gestern Abend aber doch wieder in der Badestube erschienen war, wo er sich im warmen Wasser aalte, hatte ihm berichtet, dass viele – allen voran Judith – Erpuinus von Senlis mit jenem armen Sünder aus einer Höllenvision verglichen, der fortwährend Gold trinken musste und doch weiterhin Durst hatte.

»Und es ist noch schlimmer, seit es in Senlis auch einen Grafen gibt.«

»Einen Grafen?«

»Ja, bis dahin war der Bischof allein Stadtherr. Doch seit die Normannen das Land heimsuchen, hält es der König für besser, wenn weltliche Männer anstatt geweihte die Burgen und Stadtmauern befestigen und sie notfalls verteidigen. Der Bischof von Senlis ist nicht der Einzige, der darüber Klagen führt.«

»Ich habe den Grafen noch nicht gesehen…«, hatte Balduin eingeworfen.

»Weil der Bischof ihn nicht in seiner Residenz dulden will! Er verbietet ihm auch, bei jenen Geschäften mitzuwirken, die der Bischof mit dem Abt von Saint-Denis und dem Grafen von Sellentois führt.«

»Wenn er wirklich so habgierig ist, dienen diese Geschäfte wohl dem Zwecke, seinen Reichtum zu vergrößern.«

Joveta hatte ernsthaft genickt und sich dann so tief vorgebeugt, dass er auf den Spalt ihrer Brüste blicken konnte. »Der Bischof liebt gutes Essen«, erzählte sie ebenso freimütig, wie sie ihm ihren Körper darbot. »Es heißt, wenn die Tafel gefüllt ist, nimmt er zwischendurch Aloe, um sich zu erbrechen, damit er danach möglichst ausgiebig weiteressen kann. Und es heißt auch, dass er die Nacht nicht nutzt, um zu schlafen und seinen Leib zu stärken, sondern um in seine Schatzkammer zu gehen und dort seinen Besitz zu überprüfen. Jenen nimmt er auch überallhin mit auf Reisen: Kelche aus Gold und Silber, vierzig braune Messgewänder, fünf aus schwarzer Seide, drei aus persischer, eines schließlich aus Silberfäden. Und außerdem … außerdem verfügt er ja über Judiths Brautschatz – in Form von Münzen aus Edelmetall, wertvollen Steinen, Seidenstoffen.«

»Judiths Brautschatz?«, fragte Balduin.

»Als sie zum zweiten Mal Witwe wurde, hat sie sämtlichen Besitz in Wessex, den ihr die beiden Ehemänner übertragen hatten, verkauft und ist mit dem Erlös ins Frankenreich zurückgekehrt. In Wessex konnte sie nicht bleiben – der dortige Adel wollte sie nicht. Kaum hier angekommen, hat der königliche Vater ihr befohlen, darauf zu warten, was er über sie entscheiden würde … und das Gold hat er dem Bischof von Senlis anvertraut, damit jener darüber wache. Nun, vielleicht ist er der trefflichste Mann für eine solche Aufgabe, weil er sich mit Gold gut auskennt … vielleicht aber grade darum der falsche.«

Balduin hatte nicht weiter nachgefragt; zu ungern hörte er irgendjemanden Judiths Namen in den Mund nehmen. Doch als er jetzt im Hof das Treiben der vielen Menschen beobachtete, die dem Bischof unterstanden – sei es, um ihm persönlich zu dienen, seine Residenz angenehm zu gestalten oder seinen Besitz durch Zins- und Zehnterträge, Geldbußen und Opfergaben zu vergrößern –, dachte er unwillkürlich an die Worte, die einst der asketische Bruder Ambrosius zu ihm gesagt hatte. Jener hatte angezweifelt, ob den geistlichen Herren ob ihrer *Auctoritas* gleiche Privilegien zustehen dürften wie den weltlichen ob ihrer *Potestas*, und hatte geäußert, dass es zu einem Mann Gottes nicht passe, auf weichen Daunenkissen sitzend und in kostbarste Seide gekleidet die besten Sänger und Musikanten mit allen möglichen Instrumenten kommen zu lassen, um wie ein weltlicher Herrscher Feste zu feiern.

Ob Judiths Verbitterung auch daher rührte?

Er wollte nicht darüber nachdenken und war alsbald abgelenkt, da sich der Hof weiter füllte: mit Reitern und Wagen und mehreren Männern – darunter der Verantwortliche für die Hospize –, die erschienen waren, um die Ankömmlinge zu begrüßen. Ohne Zweifel war deren Stand ein hoher, denn sie trugen edle Pelze, Stiefel aus prächtig gefertigtem Leder und glitzernde Fibeln und Broschen, die ihre Umhänge zusammenhielten.

Wahrscheinlich sind es Gäste des Bischofs, ging es Balduin durch den Kopf – ehe ihm einfiel, was ihm Graf Robert, der dort selbst regelmäßig Aufenthalt genommen hatte, einst über Senlis erzählt hatte. Senlis nämlich war der Ort, von dem aus die Münzprägung geleitet wurde. Regelmäßig wurden die Grafen aus dem ganzen Land dorthin gebeten, und ein jeder erhielt fünf Pfund Silber aus den königlichen Beständen. In den darauffolgenden sechs Monaten mussten sie dafür Sorge tragen, dass die Prägung der neuen Münzen durchgeführt wurde, und hernach mit einem Stellvertreter und einem Münzmeister erneut in Senlis erscheinen, um die entsprechende Stückzahl an Pfennigen abzuliefern. Nur solcherart, hieß es, könne der Wert des Geldes bewahrt werden.

Die gräflichen Gäste erweckten nicht nur Balduins Aufmerksamkeit. Hinter ihm entstand große Unruhe, und während er anfangs noch meinte, sie käme von den Wohnbezirken der Handwerker, sah er schließlich eine Schar Bettler, die in den Hof stürzten, die einen aufrecht, die andern humpelnd, wieder andere – die entweder lahmten oder aber keine Beine mehr hatten –, indem sie sich auf ihren bloßen Händen daherschleppten.

Für gewöhnlich saßen sie dicht gedrängt unter den Säulen der Kathedrale Sankt Petri et Reguli oder des benachbarten Klosters, wo sie gerade in der Winterszeit stets aufs Neue versuchten, sich in die Kirchen einzuschleichen, um es warm zu haben. War der Küster nachsichtig, hatten sie Glück. Doch Balduin war sicher, dass der Bischof von Senlis über die prächtig ausgestattete Kirche streng wachen ließ, auf dass ihm keiner dieser geringsten Brüder etwas stehlen konnte.

Gott hätte alle Menschen reich machen können, fielen ihm Bruder Ambrosius' Belehrungen ein, aber er hatte gewollt, dass es Arme gab, damit sich die Reichen von ihren Sünden loskaufen konnten.

Balduin verzog die Stirne, als ihm der üble Gestank der erbarmungswürdigen Horde entgegenschwappte, von Schmutz, Schweiß und Fäulnis, nässenden Wunden und zahnlosen Mäulern.

Sein Interesse für die Münzprägung schwand augenblicklich, und er war froh, den Hof zu verlassen und sich der eigentlichen Pflicht im Stall zu widmen. Der Geruch von Tierleibern, Stroh und Erde, der ihn hier empfing, war ihm ein lieblicher Duft.

Rasch befahl er den Knechten, die Pferde des Prinzen und seiner Begleiter zu satteln, schloss aber das eigene Tier aus, um das er sich selbst kümmern wollte. Dann trat er zu seinem dunklen Hengst – ein getreuer Gefährte in vielen Schlachten – und fütterte ihn mit ein paar getrockneten Apfelspalten, die er in seinem ledernen Umhangbeutel mit sich trug.

»Nun«, sprach er zu dem Tier, »du freust dich nicht minder als ich, dass wir endlich von hier fortkommen, nicht wahr?«

Das Pferd wieherte leise. Wie er hatte es eine Bewegung beim Stalltor wahrgenommen. Balduin fuhr herum, und als er den Schatten einer Frauengestalt gewahrte, dachte er zunächst, es sei Madalgis, die endlich mit ihm reden würde. Doch es war weder

Madalgis noch die kecke Joveta, sondern jene, mit der er hier am wenigsten gerechnet hatte.

Judith sah verändert aus, nicht ganz so leblos und starr wie sonst, als würde eine Umgebung, in der es nach Pferdemist stank und es dampfend von den warmen Leibern der Tiere aufstieg, sie erden und ihr ein menschlicheres Antlitz geben. Balduin konnte sich nicht erinnern, sie bislang so forsch, aufrecht und vor allem schnell gehen gesehen zu haben. Sie trat zu einem der Pferde – eine weiße Stute mit wachsblonder Mähne und kohlschwarzen, etwas blutunterlaufenen Augen –, streichelte es und redete auf es ein. Das Tier tänzelte im engen Verschlag, indes ein Stallknecht mit gesenktem Kopf auf Königin Judith zutrat und fragte, ob er ihr Pferd satteln solle.

Balduins Erstaunen wuchs. Schwer nur konnte er sich Ludwigs Schwester anders vorstellen als hinter ihrem elfenbeinernen Tischchen sitzend, von wo aus sie mit ihrer spitzen Zunge zuschlug. Doch obwohl sie sich am ersten Tag über die Jagd der Männer lustig gemacht hatte, schien es ihr nicht fremd zu sein, auf dem Pferderücken durch die Wälder zu streifen und jenes Mindestmaß an Freiheit zu kosten, das selbst einer Frau wie ihr zustand. In die Vorstellung vertieft, welche Figur sie wohl beim Reiten abgab, gewahrte er nicht, wie sie sich in seine Richtung wandte und ihn erkannte.

Als er ihren Blick spürte und schließlich erwiderte, musterte sie ihn eine Weile schweigend und mit diesem eigentümlichen schmallippigen Lächeln, das ihn irgendwie maulfaul deuchte. Sie schien zu zögern, ob sie mit ihm sprechen sollte, und da er gerne auf einen Wortwechsel verzichten konnte, senkte er rasch den Kopf. Doch in diesem Augenblick ließ sie von ihrem Pferd ab und trat mit gemessenen Schritten auf ihn zu.

»Graf Balduin«, begann sie gedehnt, »rüstet Ihr Euch für eine neue Schlacht?«

Aus ihrem Mund klang es, als wäre dies das schändlichste Vorhaben, das man sich denken konnte.

Balduin spannte seinen Körper an, doch anstatt sich zu verteidigen, gab er scharf zurück: »Wozu sonst taugt ein dumpfer Krieger wie ich, als dazu, Schlachten zu schlagen?«

Das Lächeln verstärkte sich und erreichte ihre Augen. »Vergebt, wenn ich an Eurem Stolz gekratzt habe. Freilich bin ich gewiss zu zart und kraftlos, um sonderlich tief zu schürfen. Sagt, wie kommt es eigentlich, dass mein Bruder einerseits große Stücke auf Euch hält und nicht von Eurer Gegenwart lässt, zum anderen aber mit vielen kleinen Gesten verrät, dass er Euch nicht leiden kann?«

Balduin schwieg verwirrt.

»Nun, ich denke, er neidet Euch die hohe Statur und das Kriegsglück«, beantwortete sie sich ihre Frage selbst, um dann sogleich hart hinzuzufügen: »Die Sorgen von euch Männern möchte ich haben.«

Es ärgerte ihn, dass sie einen wunden Punkt – sein missliches Verhältnis zu Ludwig – erkannt und treffsicher darauf eingehackt hatte. »Es sind Sorgen, die Ihr nicht kennt, Königin!«, entfuhr es ihm. »Habt Ihr jemals derart gefroren, dass Ihr meintet, die Glieder würden Euch abfallen? Habt Ihr jemals derart Hunger gelitten, dass Ihr gerne Steine gegessen hättet, um irgendetwas in den Magen zu bekommen? Ihr wisst nichts vom Krieg!«

Ihr Lächeln kühlte aus. »Es gibt so viele Arten, Krieg zu führen… und besiegt zu werden. Warum ist der Krieg der Männer immer so viel mehr wert als der der Frauen? Ihr denkt, ich könnte kein Blut sehen? Ich kann. Ich habe Euch doch von meinem ersten Ehemann erzählt und dass die Allianz zwischen seinem Reich Wessex und der *Gallia* ausgerechnet dann geschlossen wurde, als ich noch ein Kind war. Nun, Ethelwulf konnte darauf keine Rücksicht nehmen – er brauchte fränkische Unterstützung, um den Aufstand von einem seiner Söhne niederzuschlagen.« Judith zuckte die Schultern. »In der Hochzeitsnacht dachte ich, er würde meinen Leib zerreißen und jener würde niemals wieder zuwachsen, sondern ausbluten wie ein geschlachtetes Schwein.«

Sie klang nicht so, als würden die Furcht und der Schmerz von einst sie noch quälen, vielmehr triumphierend, als Balduin angeekelt seine Stirn verzog.

»Ich will das nicht hören!«, rief er, als ihr Redefluss versiegte. »Es ist... es ist nicht recht, davon zu sprechen!«

Redend war sie näher getreten. Sie schien sich am dreckigen Boden des Stalls nicht zu stören.

»Ist es das nicht?«, gab sie zurück und blieb dann endlich stehen, kaum drei Schritte von ihm entfernt. »Ich weiß, die Triumphe der Helden werden gern besungen. Während des ganzen Hochzeitsmahles wurde ständig von der Schlacht von Ockley gesprochen, bei der Ethelwulf die Normannen schlug, und von der im Vexin, bei der sich wiederum mein Vater gegen die Feinde aus dem Norden verteidigen konnte. Was zählt da schon das Geschick von Frauen? Und wenn Könige sich rühmen – wer will dann noch von den Qualen der vielen namenlos Gefallenen wissen?«

Obwohl es im Stall dunstig war, konnte er ihre Erscheinung genauer mustern: Ihr mit Goldfäden durchwobenes Kleid wehte sacht in der Zugluft; golden waren auch die Haarbänder, mit denen die einzelnen Strähnen umwunden waren. Der durchsichtige, seidene Schleier wurde von der *Vitta*, einem aus Goldbrokat gewebtem Band, gebändigt, und ihre *Palla*, der Umhang, wurde bis zu ihren Füßen durch angeheftete Edelsteine in Falten geworfen und an der Brust mit einer mondsichelförmigen Fibel zusammengehalten.

Ihre ansonsten bleichen Wangen waren ein wenig gerötet, entweder von der frostigen Winterluft oder von ihren erregten Worten.

»Ihr zählt weder zu den Namenlosen noch zu den Gefallenen, Königin«, gab er zurück.

»Und darüber soll ich mich freuen?«

Wie werde ich sie nur wieder los?, dachte Balduin unruhig.

»Nein«, gab sie selbst die Antwort, »darüber freue ich mich nicht. Ihr selbst habt doch gesagt, dass ich eine verbitterte Frau bin, die ihres Lebens nicht mehr froh wird.«

Sie trat noch einen Schritt näher.

»Ich habe gesagt, dass Ihr das seid … nicht, dass Ihr das sein müsst«, knurrte er und fühlte sich zunehmend in die Enge getrieben.

»So, so«, sagte sie leise, »das heißt, mir fehlt nur die rechte Einstellung. Ich bräuchte lediglich ein wenig mehr an Demut, an Frömmigkeit, an Bescheidenheit – und ich könnte glücklich sein?«

Wenn er ehrlich war, dann war es das, was er dachte, doch er wollte ihre Worte nicht bestätigen. »Mag Euch das Leben nicht immer leicht erscheinen«, entfuhr es ihm stattdessen, »was sind schon Eure Nöte … gemessen an den meinen?«

Sie öffnete ihre Lippen, sodass er schon meinte, sie würde über ihn lachen. Doch erstmals lag nicht Hohn in ihren starren Zügen, sondern ehrliches Interesse. »Welche Nöte, Balduin?«

Ihre Stimme klang milder, als sie seinen Namen nannte, ihr Blick wurde ein wenig weicher. Doch gerade darum fühlte er sich noch mehr in die Enge gedrängt, war überzeugt, sie ködere ihn mit vermeintlicher Freundlichkeit, um ihm sogleich noch giftiger zuzusetzen.

»Nein!«, schrie er unbeherrscht. »Ihr denkt doch nicht ernsthaft, ich würde Euch mein Innerstes offenbaren? Ihr spottet nicht noch einmal über mich, Ihr nicht! Ihr beklagt Euch, dass man Euch ein Leben zugewiesen hat, für das Ihr Euch selbst nicht entschieden habt – aber denkt Ihr, ich habe die Freiheit zu tun, was ich will?«

Sie legte den Kopf schief, als würde sie nachdenken oder als könnte sie dadurch seine Miene genauer mustern.

»Ich war grade fünfzehn Jahre alt, als ich Witwe wurde und den Sohn meines ersten Gatten zum Mann nehmen musste«, sagte sie leise. »Wer weiß, was der Adel von Wessex sonst mit mir getan hätte. Und jetzt? Bis auf kurze Ausritte darf ich Senlis nicht verlassen. Mein Vater sucht einen neuen Gatten für mich. Nicht einmal ein Kloster gewährt man mir als Zufluchtsort, denn sonst wäre ich ja für die hohe Politik und ihre Bündnisse verloren. Manchmal wundert es mich, dass man mir überhaupt gestattet, frei zu atmen. Aber was zwingt Euch, Balduin, ein Krieger zu sein, wenn nicht die Lust zu töten?«

Unwillkürlich ballte er die Hände zu Fäusten. »Die Lust?«, fragte er. »Die Lust?«, schrie er noch einmal. »Ihr glaubt, ich fände Freude daran, Normannen zu schlachten?«

Sie machte keinen weiteren Schritt mehr auf ihn zu, neigte sich aber sacht vor, sodass ihr Gesicht näher an seines rückte. »Ja, das glaube ich«, stellte sie ruhig fest. »Ich weiß, es gibt der Gründe viele, die Normannen abzuwehren. Sie sind Feinde, sie besetzen unser Land, sie brennen unsere Dörfer nieder, morden Menschen, schänden Frauen. Und dennoch glaube ich nicht, dass man einen von euch erst mühsam überreden, ja gewaltsam zwingen müsste, das Schwert zu heben. Das tut ihr doch bedenkenlos und mit Wonne! Und mit welchem Leuchten im Gesicht sprecht ihr später darüber, wem ihr welche Gliedmaßen abgehackt, die Augen ausgestochen und das Herz durchbohrt habt!«

Er schüttelte unwirsch den Kopf. »Ihr irrt Euch! Ihr irrt Euch so sehr! Ihr habt keine Ahnung, nicht die geringste ... Was ich Euch alles erzählen könnte! Aber es würde sich ja doch nicht lohnen, Ihr seid ja nur ein Weib!«

Seine Fäuste hatten sich gelockert, doch seine Hand fuhr unwirsch durch die Luft, als wollte er unsichtbare Feinde schlagen.

Ihr sanftes Lächeln glättete sich. Mit einem Mal wirkte ihr Gesicht, eben noch lebendig vor Neugierde, gelangweilt. Sie zuckte die Schultern, als wäre er es nicht wert, noch ein Wort an ihn zu verschwenden. Dann drehte sie sich um. »Wenn Ihr meint ...«

Seit sie hier im Stall erschienen war, hatte er darauf gewartet, ihr endlich wieder zu entkommen. Doch ihr plötzlicher Abgang verwirrte, beleidigte ihn. Er hatte gedacht, dass ihre schonungslosen Worte das schlimmste Zeichen ihrer Verachtung wären – nun erkannte er es in der schroffen Bewegung, mit der sie ihm den Rücken zuwandte. Sie ging von ihm fort, nicht einmal schnell, als wollte sie fliehen, sondern quälend langsam. Er ertrug es weniger als sämtliche ihrer Worte.

»Es ist nicht wahr!«, schrie er ihr unvermittelt nach, ohne zu wissen, welche Macht ihn dazu trieb. »Was Ihr sagt, ist nicht wahr! Der Krieg bereitet mir keine Freude, das hat er nie getan! Manchmal mag es den Anschein erweckt haben, ich würde gerne kämpfen, und es stimmt gewiss, dass ich lieber in neue Schlachten reite, als über vergangene nachzudenken. Aber Freude, nein, Freude finde ich nicht daran. Ich will nicht töten! Ich … ich wollte auch … ihn nicht töten, ich wollte es nicht, aber … aber ich wusste nicht, was ich anderes hätte tun können. Alle erwarteten es von mir, er hatte doch meinen Vater auf dem Gewissen.«

Judith drehte sich um, diesmal abrupt. »Wen wolltet Ihr nicht töten?«, fragte sie. »Sagt mir, Graf Balduin, wen?«

Wieder schüttelte er den Kopf, diesmal, um sich vor seinen Erinnerungen zu schützen, doch sie schwappten in Wellen hoch, manche kraftlos, sodass es nur an ihren Rändern weiß spritzte, andere mit der Wucht einer klatschenden Ohrfeige. Nicht mild und klar war das Seelenwasser, das sie mit sich trugen, sondern eine salzige, bräunliche Brühe. Sein Gesicht brannte, seine Kehle fühlte sich verätzt an.

»Von wem sprecht Ihr?«, fragte sie wieder.

Ihre sanfte, fast flüsternde Stimme brach seine verschlossenen Lippen leichter auf als ein herrischer Befehl.

»Eyvindr«, stammelte er. »Er hieß Eyvindr. Ich kannte seinen Namen. Man darf den Namen seiner Feinde nicht kennen, aber ich konnte nicht verhindern, dass er ihn mir sagte. Er hat … er hat mich doch geheilt und gepflegt, er hat mir zu essen gegeben, er hat mir von sich erzählt. Sie sind keine Tiere, die Normannen, auch wenn alle Welt das glaubt. Sie sind Menschen wie wir und keine Boten der Hölle. Eyvindr hatte nichts mit der Hölle gemein, er war schön wie ein Engel, so feingliedrig, als würde er sich jeden Augenblick in Luft auflösen, ja, als würde er gar nicht auf festem Boden gehen. Als er … als er noch lebte, da dachte ich stets, es würde kein echtes Blut in seinen Adern fließen, kräftiges, rotes, pulsierendes. Das war natürlich ein Irrtum … Er starb, wie alle Menschen sterben, qualvoll und schmutzig und …«

Er brach ab.

»Was ist geschehen?«, fragte sie. »Erzählt mir, was geschehen ist!«

Er hatte nicht gemerkt, dass sie wieder zu ihm getreten war, doch nun stand sie vor ihm, ganz dicht, nicht viel kleiner als er, nur schmaler, zarter. Unverwandt starrte sie ihn an. »Erzählt es mir!«, wiederholte sie. »Kein Gebot dieser Welt wird mich je glauben lassen, dass es besser ist, zu schweigen als zu reden. Worte vergiften, solange sie schlummern, nicht, wenn sie erwachen. Erzählt es mir!«

Noch kämpfte er dagegen an, doch das laute Rauschen in seinen Ohren verführte ihn dazu, sich einfach mitreißen zu lassen. Eben noch hatte er geschrien, nun sagte er leise: »Ich habe ihn getötet.«

Ihr Blick war nicht mitleidig, auch nicht neugierig, nur irgendwie gierig. Als wollte sie seine Seele aus dem Leib saugen, sie unverhohlen beglotzen, bis in den kleinsten Winkel, um sie ihm erst danach wieder zu überlassen, nicht weniger verwundet als zuvor, aber vielleicht bereinigt, weil sie in jedem Eckchen gekehrt hatte, in dem Staub und Schimmel wuchern könnten.

»Ich habe ihn getötet«, murmelte er erneut. Er erkannte seine Stimme nicht wieder. Nichts hatte sie gemein mit der eines jungen, kampferprobten Mannes. Wie die eines Kindes klang sie, das vor lauter Schrecken nur mehr piepsen kann, hoch und dünn. »Ich habe ihn getötet. Mein Vater Audacer hat gesagt, geh hin und schlachte meinen Mörder! Und das habe ich getan. Ich habe ihn nicht einfach nur getötet, ich habe ihn abgeschlachtet, obwohl ich wusste, dass es Unrecht ist, dass ich es nicht möchte und dass meine Seele nie wieder heil wird, wenn ich es tue. Aber ich hab's getan. Ich kann nicht einmal sagen, dass in diesem Augenblick Dämonen in mich gefahren wären, denn mein Verstand war klar… so klar. Das ist Eyvindr, dachte ich, der Engel aus dem Norden, mit dem ich einige Tage zusammengelebt habe, und ich werde ihn töten, weil er meinen Vater getötet hat, obwohl mein Vater mich weder liebte noch wollte, nie hat er mich geliebt oder gewollt. Ich habe mein Schwert gehoben und seinen

Schädel in der Mitte entzweigeschlagen. Er war zart und klein und blond, und ich habe ihn geschlachtet wie ein Tier. Das Blut spritzte wie eine Fontäne, desgleichen das Weiße im Inneren des Kopfes. Es blieb auf meinen Wangen kleben, ist von dort auf meine Brust getropft... Ich werde es nie vergessen. Ich werde mir nie vergeben.«

Plötzlich lag ihre Hand auf den Wangen, von denen er gesprochen hatte, nicht streichelnd, vielmehr tastend, als wollte sie fühlen, ob er Fieber hatte. Es war eher prüfend als mitleidig – und darum erträglich.

Er fühlte, wie Schweißperlen aus seinen Poren sickerten, obgleich es so kalt war, dass der Atem zum grauen Nebel wurde. Ihr Gesicht war weiß, gewiss fror sie wie er. Doch ihre Hand war warm. Er fühlte jeden einzelnen Finger, obgleich sich diese kaum rührten, fühlte den sanften Druck, wie er sich kurz verstärkte, dann verflüchtigte.

Für die Dauer eines Wimpernschlags kam ihm der irrwitzige Gedanke in den Sinn, dass er fallen und sterben würde, wenn sie ihn nicht hielt. Doch dann zog sie die Hand schon wieder zurück, senkte die Augen. Der Augenblick der Nähe, von dem er nicht wusste, ob es ihn überhaupt gegeben hatte in dieser schmerzenden, sehnsuchtsvollen, reinigenden und zugleich aufreibenden Intensität, war vorüber.

Er wich zurück, wollte nicht der Erste sein, der das Schweigen mit Worten füllte, mit gewiss hilflosen, gewiss armseligen. Es schien unmöglich zu benennen, was eben geschehen war.

Auch sie sprach nicht. Sie drehte sich um, ging durch den Stall, aufrecht und starr zuerst, dann kurz wankend, als schlüge eine letzte Welle seines Ausbruchs über ihr zusammen. Etwas stach in seine Brust, etwas Heißes, Freudiges, Erregtes. Vielleicht die Erkenntnis, dass sie von seinen Worten tief bewegt war, vielleicht auch nur ihr Anblick, als sie plötzlich die Hand hob, jene, mit der sie eben noch sein Gesicht berührt hatte, und ihre Finger mit ähnlich sanftem Druck auf ihre Lippen presste.

XV. Kapitel

Ratlos blickte Johanna auf Balduin, wusste nicht mit ihm umzugehen, genauso wenig wie in den Tagen nach Audacers Tod. Damals hatten Leblosigkeit und Schwermut ihn in einer Welt gefangen gehalten, die sie nicht erreichen konnte – nun war es sein trotziges Schweigen.

Sie hatte sich über seine Heimkehr gefreut, hatte ihn mit gutem Essen verwöhnen wollen und ihm ein *Sagum*, ein Übergewand, mit prächtigen Schmuckborten eingefasst – zweifellos eine Mühsal, ihre Augen wurden schlechter, und jetzt im Winter war das Tageslicht ohnehin knapp –, doch er hatte sie nur flüchtig angelächelt und war danach wortkarg und verschlossen geblieben.

In den ersten beiden Tagen hatte sie sich damit abgefunden; schließlich forderten der Graf oder Gerold ihr Recht, befragten ihn nach Neuigkeiten, über die er dank seiner Stellung an Ludwigs Seite verfügte. Doch als sie am dritten Tag zur Abendzeit sein Gemach betrat und er auf ihre Fragen wieder nur einsilbig antwortete, begann sie sich Sorgen zu machen.

Sie schenkte ihm Wein ein, er nahm nicht davon. Überhaupt schien er länger nichts Alkoholisches mehr getrunken zu haben, sein Gesicht deuchte sie kantiger, der Blick klarer, die Ringe unter den Augen waren verschwunden. Vorsichtig schob sie ihm von dem feinen Weizenbrot zu, das Adallinda gebacken hatte. Johanna konnte Adallinda nicht ausstehen, musste ihr aber zugestehen, dass sie in der Backstube die schmackhaftesten Brote zubereitete, außen knusprig und innen flaumig.

»Iss doch!«, forderte Johanna, als Balduin ebenso lustlos auf das Brot starrte wie auf den Wein. »Arbogast hat dir doch einst gesagt, ein Krieger müsse stets so viel essen, wie er nur könne. Er wisse schließlich nicht, wann er wieder zu hungern habe. Da ist es ratsam, ausreichend Fleisch auf den Knochen zu haben.«

Balduin mühte sich ein Lächeln ab, nahm schließlich brav von dem Brot und stopfte es sich rasch in den Mund.

»Wie lange bleibst du?«, fragte sie.

»Weiß nicht«, gab er zurück, undeutlich, weil er noch kaute.

»Aber … Prinz Ludwig …«

»Ludwig ist nach dem Besuch bei seiner Schwester zu seinem Vater geritten. Dort wollte er mich nicht dabeihaben.«

Derart viele Worte hatte er seit seiner Rückkehr noch nicht gemacht, aber deren Inhalt schien Johanna nicht minder besorgniserregend als sein Schweigen.

»Warum nimmt er dich nicht mit? Es wäre gut, wenn du …«

»Es ist mir gleich. Ich habe mein Lehen. Ich bin nicht Ludwigs Stallknecht.«

Johanna zuckte zusammen. Der Trotz blitzte ganz unverhohlen durch seine Stimme.

»Aber Balduin …«, setzte sie an, entschied sich dann aber doch anders und atmete tief durch. »Wann wirst du wieder in den Norden reiten, nach Flandern?«, fragte sie und versuchte, nüchtern zu klingen.

»Weiß nicht«, gab er ebenso knapp wie zuvor zurück.

»Was ist nur mit dir los? Was ist in Senlis geschehen … dass du so bist?«

Kurz flackerte in seiner Miene etwas auf, was ihr verräterisch erschien, nicht länger dieser unerträgliche, kleinmütige Trotz, diese Verschlossenheit, sondern ein Ausdruck tiefster Verwirrung, fast Verzagtheit. Doch ehe sie dafür Bestätigung fand, gab er schroff zurück: »Was sollte schon geschehen sein? Nichts ist geschehen!«

»Wann ziehst du wieder in den Krieg?«

»Du scheinst ja reichlich erpicht darauf zu sein, mich in Gefahr zu wissen.«

»Balduin …«

»Die Wahrheit ist doch …«, er erhob sich mit einer rüden Bewegung und schob sie unsanft beiseite, als sie sich vor ihm aufbaute und seinen Blick suchte. »Die Wahrheit ist doch … lohnt sich dieser Krieg überhaupt?«

»Balduin! Die Normannen sind unsere schlimmsten Feinde!«

»Wusstest du eigentlich, dass unser König Geschäfte mit ihnen macht? Auch mit dem finsteren Völundr!«

Er ging unruhig durch den Raum, rammte seine Fersen geradezu in den Boden.

»Soweit ich gehört habe«, meinte sie, »hat dieser Pakt kein gutes Ende gefunden.«

»Kein gutes Ende?« Er lachte höhnisch auf. »Völundr hat sich zuerst von König Karl bestechen lassen, dann aber leider auch von einer anderen Gruppe Normannen, die ihm mehr für ein Bündnis zahlten. Ich weiß schon längst nicht mehr, wessen Krieg es ist, den wir hier führen. Komm mir nicht mit den armen Menschen, die in diesem Land leben, bedroht werden, beschützt sein sollten. In Wahrheit schert sich doch niemand um diese Menschen … um diese Bauern. Wenn du wüsstest, oh, wenn du nur wüsstest …«

Gebannt hatte Johanna ihm anfangs zugehört, hatte nach einem Hinweis gesucht, was ihn in diese Stimmung versetzt hatte. Doch sämtliche Worte, die er sagte, waren von Spott und Überdruss zerfressen.

»Lass es gut sein für heute«, würgte sie seine Rede ab. »Mir musst du dich nicht erklären. Niemandem musst du dich erklären. Nicht jetzt. Du solltest dich ausruhen, zu neuen Kräften kommen. Und … und ich könnte dir ein Mädchen schicken. Eine der Mägde, die Seifen zubereitet, sie duftet vorzüglich … Mechthild … Sie ist vierzehn Jahre alt und im letzten Sommer erblüht wie eine Rose. Ihre Wangen …«

Während sie sprach, hatte sie sich ihm genähert, nicht offenkundig, sondern von hinten. Sie streichelte sanft über seine Schultern, legte schließlich ihren Kopf auf seinen Rücken, um ihn fest darauf zu pressen.

Balduin stieß sie nicht fort, lehnte aber ihren Vorschlag rüde ab. »Es gibt genügend Menschen, die mir befehlen, wann ich in den Krieg zu ziehen habe. Ich brauche niemanden, der mir sagt, wann ich ein Weib lieben muss.«

»Ich dachte doch nur …«

Bis dahin hatte sie versucht, die Verwirrung in ihrer Stimme zu verbergen. Nun ließ sie ihre Stimme mit Absicht gekränkt klingen – und gepaart mit ihrer sachten Umarmung verfehlte es seine Wirkung nicht.

Als er sich umdrehte und ihre Hände ergriff, erschien er ihr verlegen. »Es tut mir leid«, murmelte er, »Vergib mir meine unbedachten Worte …«

Sie wollte seinen vorsichtigen Händedruck erwidern, doch da hatte er ihr schon seine Finger entzogen und wich von ihr zurück.

»Balduin …«, stammelte sie. Kälte breitete sich aus, aber nicht jene, die sie bereits kannte, die von der Einsamkeit stammte, vom Winter und vom Alter, das sich mit knirschenden Knochen ankündigte. Das alles ertrug sie, hatte es immer ertragen, es war Teil des Bannkreises, den sie um sich gezogen hatte. Nur Balduin hatte sie darin geduldet. Ja, sie hatte ihn eingeladen, um sich selbst an ihm zu laben, seinen Kräften, seiner Jugend, seinem Lächeln. Nun erhaschte sie nichts davon.

»Balduin …«

Er musste das Entsetzen gesehen haben, das in ihrer Miene aufwallte, denn gleichwohl er den Abstand zu ihr aufrechterhielt, wurde seine Stimme versöhnlich.

»Vergib mir meine unbedachten Worte«, bekräftigte er, »aber ich will allein sein … heute Nacht.«

Er sprach es, drehte sich schulterzuckend um und ging.

Ohnmächtig blickte Johanna ihm nach.

Mitten in der Nacht fuhr Balduin hoch; sein Hemd war nass vor Schweiß. Noch dachte er, einer seiner üblen Träume, die ihn so oft verfolgten, hätte ihn geweckt. Doch dann gewahrte er einen

Schatten neben seinem Bett, hörte den leisen Atem eines Menschen. Augenblicklich streifte er die Fänge des Schlafs ab und war hellwach. Noch ehe er wusste, wo er überhaupt war und wer in sein Gemach hatte schleichen können, zog er schon den Dolch, der wie üblich unter seinem Kissen lag, und war bereit, sich gegen einen heimtückischen Mörder zu wehren. Er zerrte die Gestalt an den Haaren hoch, um ihr Gesicht sehen zu können, presste den scharfen Dolch bedrohlich an deren Kehle – und wurde von einem bitterlichen Weinen zum Innehalten gebracht.

Ich bin doch zu Hause in Laon, durchfuhr es ihn. Er ließ die Gestalt los, rieb sich die Augen. Die Glut des Kohlebeckens tauchte das Gemach in ein dunkelrotes Licht. Er konnte nicht viel erkennen, nur, dass der nächtliche Angreifer ein Mädchen war. Unwirsch warf er den Dolch beiseite.

»Ich hätte dich töten können!«, schimpfte er. »Wer bist du?«

Er wusste die Antwort bereits, noch ehe sie ihm stammelnd und unter anhaltendem Schluchzen gegeben wurde.

Mechthild. Das Mädchen, das Johanna als erblühende Rose bezeichnet hatte. Sie zitterte erbärmlich, und ihre Augen waren rotgeweint.

»Johanna schickt mich«, stammelte sie.

Sie ließ den Kopf sinken, und eine Flut von dunklem Haar ergoss sich über ihr Gesicht. Die dicken Strähnen schienen das einzig Kräftige an dem zitternden Wesen zu sein, alles andere war dünn und kindlich. Von wegen erblüht!, dachte Balduin.

Der Schlaf wich endgültig von ihm. Ebenso entschlossen, wie er zuvor nach dem Dolch gegriffen hatte, sprang er nun auf, nahm im Gehen seinen Umhang und schloss ihn über der nackten Brust, als er den Gang entlangeilte. Das Schluchzen des Mädchens wurde leiser, offenbar wagte es nicht, ihm zu folgen. Er hingegen beschleunigte seinen Schritt, stürmte in Johannas Gemach. Seit Jahren schlief sie hier. Obwohl sie längst nicht mehr seine Amme war, mochte ihr niemand das Vorrecht streitig machen, wie die Herrin im Haupthaus zu residieren.

»Steh auf!«, rief Balduin ungehalten.

In ihrem Zimmer war es nächtlich schwarz – und eiskalt. Im Kamin hatte offenbar schon seit Ewigkeiten kein Feuer mehr gebrannt, es gab weder ein Kohlebecken noch Talgkerzen oder Fackeln. Doch von der Finsternis ließ er sich nicht aufhalten.

»Habe ich mich vorhin nicht klar genug ausgedrückt?«, brüllte er in den Raum. »Ich wollte allein sein … und du schickst mir ein Kind? Du musst sie gezwungen haben, sie sieht mir nicht aus, als wäre sie freiwillig gekommen. Sie zittert vor Angst und schluchzt herzerweichend!«

Seine Augen hatten sich ein wenig an das Dunkel gewöhnt. Ein Schatten regte sich – er gehörte zu Johanna, die sich aufrichtete. Ihre Stimme klang hellwach, als hätte sie nicht geschlafen, sondern wäre von zermürbenden Gedanken munter gehalten worden.

»Dummes Mädchen«, meinte sie verächtlich. »Sie hätte ihre Chancen …«

»Wie kannst du es wagen!«, schrie er. »Warum respektierst du meine Wünsche nicht?«

Er fühlte, wie sie ihn anstarrte, auch wenn er ihre Augen nicht sehen konnte.

»Du hast doch früher immer solche Mädchen haben wollen«, rechtfertigte sie sich. »Zart, frisch, kaum der Kindheit entwachsen. Alte Weiber haben dich noch nie interessiert. Warum hätte ich annehmen sollen, dass sich etwas daran geändert hat?«

»Weil ich dir gesagt habe, dass ich allein sein will!«, begehrte er auf, aber seine Stimme klang beschämt. Die Worte, die sie sprach, verknüpften sich mit keiner Erinnerung. Er wusste, dass sie nicht log. Doch wenn er an die Mädchen dachte, die vielen Mädchen, dann tauchte kein einziges Gesicht von ihm auf, nur das weinende der kleinen Mechthild. Der gerechte Zorn schwand; Kopfschmerzen zogen auf, von jener Art, dass nur Bier sie beschwichtigen konnte, desgleichen wie die Gefühle, die da in seinem Magen grummelten: Unbehagen, Widerwille, Überdruss.

»Tu das nie wieder!«, fauchte er in Johannas Richtung, aber er hielt den Kopf gesenkt.

Ihr Schatten erzitterte. Ihre Stimme klang schmerzerfüllt. »Was ist mit dir geschehen, Balduin? Du bist so … weit weg.«

Ehe er antworten konnte, füllte sich der Gang mit Licht. Es floss durch die geöffnete Tür, und er sah, wie Johanna in dem rötlichen Schein die Augen zusammenkniff. Ihr Haar hing dünn und grau über die Schultern, seit Jahren hatte er es nicht mehr gesehen, stets war es unter einer Haube verborgen gewesen.

Balduin fuhr herum. Das Licht wurde von Schritten und Stimmen begleitet.

»Was …«, setzte er an.

Der Graf kam ihm entgegen, nicht mehr mit dem frischen, aufrechten Gang eines jungen Mannes, sondern wie Johanna gebeugt von der Last der Jahre. Sein Gesicht kam Balduin faltiger, bleicher vor als sonst, aber vielleicht war das nur, weil er mitten in der Nacht geweckt worden war.

»Eben kam ein Bote an!«, sprach er heiser. »Von Prinz Ludwig. Er schickt nach dir.«

Auch wenn jene Nachricht von keiner Bedrohung kündete, fuhr Balduin zusammen. Er wusste, dass das eine mit dem anderen nichts zu tun hatte, doch der Streit, den er eben mit Johanna ausgefochten hatte, lähmte sein Gemüt und ließ alles, was von Ludwigs Boten zu erwarten stand, schon jetzt als unheilvoll erscheinen.

Mitten in der Nacht war er vom Königssohn benachrichtigt worden, und mitten in der Nacht traf er auf ihn – in einem kleinen Ort auf neustrischem Gebiet, nicht weit von der bretonischen Grenze. Der Wind wehte so scharf, dass er Balduin fast den Helm vom Kopf riss und ihm Tränen in die Augen trieb. Er glaubte, den salzigen Geschmack von der schroffen Küste im Mund zu schmecken, gleichwohl sie noch einen halben Tagesmarsch von ihnen entfernt lag. Schwer fiel es Balduin, sein Pferd ruhig zu halten, dessen wilde Mähne vom Sturm flach nach hinten gepresst wurde und das nervös wieherte. Ludwig schien es besser zu gelingen, sein Tier zu beherrschen. Er saß aufrecht, starrte in Richtung Bretagne und hielt den Kopf erhoben, als wehte nur ein schwaches Lüftchen.

Als Balduin endlich an seiner Seite war, schnaufte er vor Anstrengung.

»Warum hast du mich hierher gebeten?«, schrie er gegen den Wind an. Immerhin vertrieb jener die Schwärze der Nacht. Deren dunkles Tuch schien zu flattern, an den Rändern hochgerissen zu werden, und hinein drang Licht, das in der Ferne dottergelb war und hier bei ihnen ein fahles Glimmen erzeugte.

Balduin wandte den Kopf und versuchte Ludwigs Miene zu deuten. Was er sah, überraschte ihn. Den ganzen Ritt über, den er zügig und fast ohne Pausen zurückgelegt hatte, war er überzeugt gewesen, dass neue Gefahr von den Normannen drohte und Ludwig ihn darum an seiner Seite wissen wollte. Gleichwohl die Bretagne – gemessen an den stark heimgesuchten Gebieten um Seine und Loire – bislang weitgehend verschont geblieben war, schien es durchaus möglich, dass sich die Begehrlichkeit der nordischen Krieger nun auch auf diesen Küstenabschnitt richtete und sich der dortige Herrscher mit dem fränkischen König verbündete, um der Plage Herr zu werden.

Doch in Ludwigs Augen stand weder Sorge noch Gleichgültigkeit ob bevorstehender Schlachten, sondern sie glänzten, als erlebte er eben den größten Triumph. So begeistert blickte er, als läge vor ihm nicht einfach nur eine Region, die manchmal Feinde, manchmal Freunde des Frankenreichs barg, sondern das Gelobte Land.

Balduin war verwirrt. Nie hatte er erlebt, dass Ludwig etwas tat oder entschied, was nicht von einem leisen Missmut durchsetzt war, von der Ahnung, dass er – gleich, was er leistete – doch immer der Mann mit dem Stottern, dem abstoßenden Gesicht und der mickrigen Figur bleiben würde. Heute aber glichen seine Haltung und sein Gesichtsausdruck erstmals denen eines Königssohns.

»Warum hast du mich hierher gebeten?«, schrie Balduin erneut gegen den Wind an.

Jetzt erst antwortete Ludwig, jedoch mit einer Gegenfrage: »Was weißt du über die Bretagne?«

Balduin zuckte die Schultern. Der Wind vermochte die Müdigkeit um seine Augen zu vertreiben, nicht aber die Erschöpfung, die nun alle seine Glieder erfasste. Wenn er sich mit Ludwig über Politik unterhalten musste, hätte er es lieber hinter schützenden Mauern getan, anstatt gegen diesen pfeifenden Sturm anzukämpfen.

Er sammelte seine Gedanken im Kopf, sprach sie aber nicht aus. Er wusste, dass um die Bretagne mehrfach heiß gekämpft worden war. Dass König Karl sie gerne seinem Reich einverleibt hätte, aber sich bei jedem Versuch ein bretonischer Herrscher als stärker erwies. Zuerst ein gewisser Nominoe, der sich von Priestern zum König salben ließ. Dann Erispoe, der nach dessen plötzlichem Tod die Macht ergriffen hatte. Nicht zuletzt wegen der Normannengefahr, die jene Kräfte bündelte, die sie ansonsten gegeneinander hätten richten können, hatten Karl und Erispoe in Angers einen Friedensvertrag geschlossen, in dem sie sich beide gegenseitig anerkannten. Kaum fünf Jahre später wurde dieser Vertrag bekräftigt, indem Karl seinen Sohn Ludwig mit Erispoes Tochter verlobte. Die Ehe freilich wurde nie geschlossen, denn schon ein Jahr später wurde Erispoe ermordet und ein gewisser *Dux* Salomon ergriff die Macht.

Balduin zuckte zusammen. Er hatte nicht gemerkt, dass Ludwig dichter an ihn herangeritten war. Er spürte die Wärme von dessen Pferd, das zwar immer noch starrer zu stehen vermochte als sein eigenes, das nun aber unwillig die Nüstern blähte.

»Ich werde in die Bretagne reiten«, sprach Ludwig. »Ich werde mich dort mit *Dux* Salomon verbünden!«

Balduin wusste nicht, ob es am Wind lag, der womöglich die Silben verschluckte, aber er hörte Ludwig nicht stottern. Gemessen an dem, was er da sagte, war die Überraschung darüber freilich gering.

»Du willst was tun?«, schrie er, diesmal nicht, um den Sturm zu übertönen, sondern vor Entsetzen. »Aber Salomon ist der

Mörder von Erispoe, und jener wäre fast dein Schwiegervater geworden!«

»Pah!«, stieß Ludwig leichtfertig hervor. »Erispoe war unfähig, das wusste jeder. Salomon konnte sich nur deshalb gegen ihn durchsetzen, weil Erispoe im Ernstfall nicht für den Krieg gegen die Normannen taugte.«

»Das sollte die Sorge der Bretonen sein, nicht die deine! Denn abgesehen davon hat sich Salomon als einer deiner größten Feinde erwiesen!«

Ludwig wandte seinen Kopf wieder ab, als hätte er ihn nicht verstanden. Balduin griff mit beiden Händen an seinen Helm, um ihn fester an den Kopf zu pressen – zu dem Preis, dass er so die Zügel kurzzeitig aus der Hand gab und sein Pferd unruhig schlenkerte. Mit aller Muskelkraft der Beine musste er es zähmen – und im gleichen Augenblick erkennen, dass er auf Ludwig keinen ähnlichen Einfluss hatte.

Genau genommen hatte er den nie gehabt. Er war dem Königssohn immer ausgeliefert gewesen. Doch bis jetzt hatte er den anderen halbwegs zu durchschauen vermocht, seine Handlungen vorhersehen können – bis auf jene Stunde, da Ludwig ihm befahl, die Bauern zur Hinrichtung zu führen. Was er jetzt freilich sagte, klang aberwitzig. Zu den vielen Klagen, die Ludwig häufig über ihn ergossen hatte, gehörte jene über den gemeinen *Dux* Salomon. Jener hatte sich vor gar nicht allzu langer Zeit mit den Rorgoniden verbündet, einer einflussreichen Familie, die in Neustrien, Aquitanien und Burgund Lehen besaß, und gemeinsam mit deren Anführer Robert hatte Salomon Gebiete rund um Le Mans besetzt, die Karl eigentlich Ludwig zugesprochen hatte. Balduin war bei jener Schlacht nicht dabei gewesen, die Ludwig gegen Salomon und Graf Robert, einen der herausragenden Vertreter des rorgonidischen Geschlechts, ausfocht. Doch nach allem, was er davon gehört hatte, war diese blamabel verlaufen – sowohl für Ludwig selbst als auch für seinen Vater, der danach nicht wusste, womit er mehr hadern sollte: mit seinem unfähigen Sohn, mit dem Feind Salomon oder mit dem treulosen Verräter Robert.

»Salomon ist nicht mein Feind, sondern der meines Vaters«, erklärte Ludwig.

»Eben!«, rief Balduin. »Und deswegen …«

»W-w-w-warum sind es immer die anderen, die sich gegen K-K-K-König K-K-Karl auflehnen und daraus ihren Vorteil ziehen?«, fuhr Ludwig dazwischen, und jetzt erst stellte sich sein altbekanntes Stottern wieder ein. »D-d-d-die Aquitanier tun das, mein Bruder K-K-K-Karl tut es, des K-K-K-Königs Neffe Pippin tut es, Graf Robert auch. Eine la-la-lange Liste, findest du nicht? Ich glaube, ein N-N-N-Name fehlt noch.«

Der Triumph, der zuvor noch satt in seinem Gesicht geglänzt hatte, wurde von der üblichen Verbitterung beschmutzt und von kindlichem Trotz.

»Du willst dich gegen deinen Vater erheben?«, fragte Balduin fassungslos. Diesmal griff er zu spät an seinen Kopf. Eine starke Böe erfasste seinen Helm, schleuderte ihn auf den Boden. Balduin scherte sich nicht darum. Seine langen Haare tanzten wild zuerst in die eine, dann in die andere Richtung und schlugen ihm schließlich wie eine Peitsche in das Gesicht.

»Sa-Sa-Salomon hat mir ein Bündnis angeboten«, erklärte Ludwig ruhig. »Er will einen größeren Teil von N-N-Neustrien. Den kann er gerne haben, wenn ich nur im restlichen Gebiet endlich alleine und ohne lästigen V-V-Vormund herrschen kann. Ich bin auf dem W-W-Weg zu ihm, um das Vorgehen zu besprechen.«

»Das ist eine Kriegserklärung an deinen Vater!«

»Nun und? Hast du Mitleid mit ihm?«

Ludwig schnaubte gereizt, sein Blick wurde verschlagen und lauernd, als ahnte er, was in Balduin vor sich ging. Dessen Empörung währte zwar nicht lange – er stand dem König nicht nahe genug, um ihn ernsthaft zu bedauern, ja, fand sogar, dass jener nicht unschuldig an dieser Lage war, hatte er doch Ludwig über Jahre in die Rolle des erfolglosen, ungeliebten Sohns gedrängt. Aber dennoch sträubte sich etwas in ihm, nicht so sehr gegen Verrat und Revolte, sondern dass er in etwas hineingezogen wurde, was mit seinem Leben nichts zu schaffen hatte.

»Balduin!«, hörte er Ludwigs Stimme. »Balduin – st-st-stehst du an meiner Seite?«

Balduins Brust verkrampfte sich. Er musste gegen den Drang ankämpfen, dem Pferd sogleich die Sporen zu geben und fortzureiten.

»Ha-ha-hast du etwa Skrupel, weil du ein Vasall meines Vaters bist?«, fragte Ludwig, dem Balduins Schweigen nicht entging. »Habe ich erst mein eigenes Reich, könntest du m-m-meiner werden.«

Störrisch presste Balduin die Lippen zusammen. Ja, dachte er bitter, und alles tun, was du willst, und sei es, armselige Bauern zu töten…

»Ich habe keine Skrupel«, sprach er langsam, und in seiner Stimme klang jener Trotz durch, der zuvor auch in Ludwigs Worten gelegen war. »Ich wünschte nur… ich wünschte nur, ich wüsste nichts von deinen Plänen.«

Noch als er die Worte aussprach, dachte er, dass er vielleicht den größten Fehler seines Lebens beging. Doch kaum waren sie gesagt, hätte nichts ihn dazu bringen können, sie zurückzunehmen.

Ludwigs Augen wurden eng. »Du heißt m-m-meine Pläne also nicht gut, du sagst dich ernsthaft v-v-v-von mir l-l-los?«

Balduin blickte ihn ruhig an. »Ich habe mit dir Seite an Seite gegen die Normannen gekämpft. Das würde ich auch weiterhin tun… aber mit dieser Sache will ich nichts zu tun haben.«

Er hatte mit Furcht zu sprechen begonnen – Furcht vor Ludwigs Feindschaft und Hass –, doch mit jedem Wort hatte er mehr von der Freiheit gekostet: der Freiheit, alleine zu entscheiden, was er tat.

Missmutig zuckte Ludwig seine Schultern. »D-d-du machst einen F-F-F-Fehler. Wenn du in ein Bündnis eingewilligt hättest, dann hätte ich dir die Hand meiner Schwester Ju-Ju-Judith angeboten. Längst ist sie es überdrüssig, unter der Fuchtel unseres Vaters zu stehen. Sie w-w-w-wartet doch nur auf eine Mö-Mö-Möglichkeit, aus Senlis zu fliehen!«

Balduin starrte ihn ungläubig an. »Ich hätte diese Frau nehmen sollen?«, entfuhr es ihm entgeistert. In diesem Augenblick dachte er nicht an ihre vertrauliche Begegnung im Stall, sondern an jene Szene im Saal, da Judiths spitze Zunge ihn getroffen, ihn bloßgestellt hatte. Er konnte sich nicht vorstellen, dass sie solche Heiratspläne befürworten würde.

»Ich w-w-w-weiß, dass sie sich nicht wie eine Dame benimmt«, erklärte Ludwig. »Sie k-k-k-kann hochmütig sein und gemein. Aber w-w-w-was sie auch sagt und tut – vergiss nicht, dass sie die Tochter eines karolingischen Königs ist. Und damit ist sie viel, viel mehr als du je-je-jemals sein könntest, Balduin.«

Er sagte nichts mehr, aber durch seinen Blick brachen all die Verachtung, der Neid, die Missgunst, die Balduin so oft an ihm gewittert hatte und die ihn doch nie so unbeherrscht trafen wie heute. Er war froh, dass sein wild wehendes Haar wieder schmerzhaft in sein Gesicht klatschte und ihm alsbald den Blick auf Ludwig verstellte. Jener blieb ohnehin nicht lange an seiner Seite. Während der Wind in der Ferne in winselnd hohen Tönen über die karge Ebene jagte, die sich ihnen nun in der siegreichen Dämmerung darbot, wendete Ludwig sein Pferd und ritt davon. Balduin sah, dass er von seinen engsten Gefährten Guntfrid und Gozfrid begleitet wurde. Er selbst aber widerstand, dem Königssohn zu folgen.

XVI. Kapitel

Judith ging unruhig in ihrem Gemach auf und ab. Nicht nur die schnellen und lauten Schritte befremdeten ihre Damen – so heftig hieb sie ansonsten nicht die Fersen in den Boden –, sondern vor allem, dass sie ihre Hände angespannt aneinanderrieb und die Finger schließlich so fest verknotete, dass sie rot anliefen, als wollte sie sich von jenem Gewirr ablenken, das sich seit Wochen bedrohlich um ihr Leben schlang.

Sie sprach mit niemandem über ihre Sorgen, aber den Damen war es nicht verborgen geblieben, dass regelmäßig Briefe von Judiths königlichem Vater eintrafen und Bischof Erpuinus von Senlis, der seinen aufmüpfigen Gast eher zu meiden pflegte, sie nunmehr täglich zu sich bat, um sie zu zermürben – wohl mit Fragen, was sie von den Plänen ihres Bruders wusste. Danach pflegte sich Judith in ihr Gemach zu verkriechen, um nicht noch weiteren Menschen begegnen zu müssen. Doch auch hier, in jenem heimeligen Raum mit den holzgeschnitzten Möbeln, Teppichen und Wandmosaiken, kam sie nicht zur Ruhe, sondern schritt auf und ab, auf und ab …

Ihre Rastlosigkeit breitete sich auch auf ihre Damen aus. Für gewöhnlich schwiegen sie gelangweilt, wenn Judith etwa von gelehrten Mönchen wie Bruder Godhard Unterricht erhielt – im Übrigen ließ der sich seit Tagen nicht blicken, als könne die Nähe zur Königstochter schwärzlich auf seine Seele abfärben –, doch nun brandete an allen Ecken Getuschel auf, mit dem sich die Frauen die Anspannung von der Seele zu reden suchten.

Man sprach zwar nicht über Prinz Ludwig selbst, doch in vielerlei Geschichten und Klatsch klang unüberhörbar etwas von der Furcht und Empörung mit, die ob seiner drohenden Revolte die Gemüter erhitzten.

Eben erzählte eine der Frauen von einem hochwohlgeborenen Ritter, dem der Teufel selbst in der Gestalt eines Priesters die Kommunion überreicht hatte. Kaum hatte der Unglückselige den Mund geöffnet, um das gewandelte Brot aufzunehmen, fuhren augenblicklich sieben Dämonen in ihn, um ihn zu den schlimmsten aller Sünden aufzuhetzen. Der Ritter widerstand dem Trachten, doch als die Dämonen ihn wieder verließen, war sein Geist so schwach, dass er nie wieder zu klaren Gedanken fähig war. Der arme Mann hatte auf ewig seinen Verstand verloren.

Judith hielt inne und drehte sich zu dem Mädchen um, das die Geschichte erzählt hatte. Bislang war nicht gewiss gewesen, ob sie auf das Geschwätz ihrer Damen achtete, doch nun sprach sie forsch: »Du redest nicht etwa von meinem Vater?«

»Judith!«, erklang mahnend die Stimme einer gewissen Clothilde, einer entfernten Cousine der Königstochter, zu alt, um zu heiraten, zu unwillig, um in ein Kloster zu gehen.

Sie zuckte nur die Schultern. »Alle Männer, die ich kenne, bekriegen sich bis aufs Blut um Macht. Und so müssen sie den Rest ihres Lebens weiterkämpfen, um diese Macht zu halten. Glaubt mir, ich würde mich freuen, wenn Ihr von einem einzigen Mann berichten könntet, der *nicht* den Verstand verloren hat, anstelle von einem, den der Teufel wahnsinnig gemacht hat.«

Sie sprach es und begann, ihr unruhiges Schreiten wieder aufzunehmen. Beschämtes Schweigen legte sich über das Grüppchen – nur eine Einzige widerstand dem Drang nicht, die aufgewühlte Königin herauszufordern.

»Und wie, meine Königin, wertest du das Verhalten deines Bruders Ludwig?«, fragte sie. »Ist er vom Teufel besessen oder schlicht ohne Verstand? Oder etwa beides?«

Judith fuhr herum und starrte in das trotzige Gesicht einer Dame, die sie bereits in den letzten Wochen nicht selten aufmüpfig und stichelnd erlebt hatte.

»Joveta«, sagte sie seufzend, »hat dich der Bischof etwa beauftragt, die strenge Befragung an seiner Statt fortzusetzen? Eben trifft er sich mit dem Bischof von Reims, müsst ihr wissen«, fügte sie mit Blick auf die anderen Damen hinzu, »um mit jenem zu besprechen, ob ich an Ludwigs geplanter Revolte beteiligt sein könnte und ob man mich dafür zu bestrafen habe. Weiß Gott, mir fällt keine Strafe ein, die mein Los noch schlimmer machen würde.«

Die Damen wichen ihrem Blick aus, nur Joveta hielt ihm stand.

»Und«, fragte sie dreist, »hättest du denn eine Strafe verdient?«

Diesmal seufzte Judith nicht, sondern schüttelte nur resigniert den Kopf. »Joveta«, sprach sie ein zweites Mal den Namen des Mädchens aus, »glaub nicht, es wäre mir unbemerkt geblieben, dass du seit Wochen an lästerlichen Worten wider mich nicht sparst. Ich habe dir nichts getan, was …«

»Du hast mich vor aller Welt bloßgestellt!«

»Ich habe nichts getan«, fuhr Judith mit strenger Stimme fort, »was du dir nicht selbst zuzuschreiben hast. Ich habe keine Lügen über dich verbreitet. Ich habe nichts als die Wahrheit benannt.«

Judith sprach klar und beherrscht, ganz anders als Joveta, der nun gekränkte Worte über die Lippen quollen: »Was mich mit Graf Balduin verbindet, geht dich nichts an, Königin! Oder etwa doch? Bist du nur neidisch auf mich, weil ich bei ihm gelegen habe? Am Tage seines Abschieds sah man euch gemeinsam im Stall stehen und reden! Es heißt … es heißt, du hast sein Gesicht berührt.«

Bis jetzt hatte Joveta dieses Wissen den Gefährtinnen anscheinend vorenthalten, denn jene rissen nun entsetzt die Augen auf, stießen sich gegenseitig an und starrten dann auf die Königin.

Judith blieb stehen und verkreuzte seelenruhig ihre Arme vor der Brust. Sachte Röte überzog ihre bleichen Wangen.

»Ich habe nichts getan, dessen ich mich schämen müsste«, erklärte sie ruhig. »Im Übrigen meine ich auch nicht, dass du dich schämen müsstest für das, was geschehen ist. Lediglich vorsehen solltest du dich, Joveta. So sicher ist deine Stellung nicht.«

»Drohst du mir etwa?«

»Ich ganz gewiss nicht!«, gab Judith entschlossen zurück. »Ich versuche dir beizustehen, begreifst du das denn nicht? Keiner der Männer, an deren Hals du dich wirfst, wird deine Rettung sein! Ich hingegen erleide gerade das gleiche Schicksal wie du. Beide sollen wir für etwas bestraft werden, was andere unserer Familien angerichtet haben. Du leidest unter dem Verrat deines Vaters. Und ich an jenem meines Bruders – so es denn wirklich dazu kommt. Mein Vater denkt, ich hätte ihn dazu angestiftet, der Bischof von Senlis denkt das natürlich auch, denn alle Sünde dieser Welt geht bekanntlich von der Frau aus, vor allem der Wunsch, sich etwas zu nehmen, was einem nicht gebührt – so wie auch die Frucht vom Baume der Erkenntnis. Sei's drum, ich frage dich nur: Genügend Feindseligkeit schwappt uns von allen Seiten entgegen – soll sie auch zwischen uns herrschen?«

Judiths klare, blaue Augen musterten Joveta. Jene hielt dem Blick nicht stand, sondern wich ihm aus; ihre Lippen begannen zu zittern.

»Und… und… und Madalgis«, stammelte sie. »Du hast auch Madalgis bloßgestellt! Niemand wusste von ihrer Vergangenheit, und nun…«

Joveta blickte in die Runde, suchte nach der Benannten. Madalgis war meist still und unauffällig, so auch jetzt. Bislang hatte sie kein Wort gesagt, doch kaum war ihr Name erklungen, richtete sie sich auf. Ihre braunen Augen glühten beinahe gelb, als sich ihr kaum verhohlener Zorn entlud – doch nicht auf Judith, sondern auf Joveta. Deren Blick senkte sich noch tiefer, ihre Lippen zitterten noch mehr.

»Madalgis, ich wollte nicht…«

»Wag es nicht, noch ein schlechtes Wort über die Königin zu sagen!«

Madalgis Worte waren nicht lauter als ein Zischen, sie glichen dem Fauchen einer feindseligen Katze.

Joveta setzte sich rasch, als könnte Madalgis' Wut sie noch gefährlicher treffen, solange sie stand.

»Ach, Mädchen«, seufzte da Judith ungewohnt kleinlaut. »Es sind keine leichten Tage, die hinter uns und vor uns liegen. Ich bitte euch nochmals: kein Zank, kein Hader, wir wollen ...«

Weiter kam sie nicht. Noch im Sprechen hatte etwas ihren Blick von den Frauen abgelenkt. Sie war zum Fenster getreten, hatte durch die gelblichen Scheiben nach draußen geschaut und gewahrte nun, was sich dort zutrug. Ein Schrei entfuhr ihrer Kehle, als sie inmitten des jähen Getümmels ein vertrautes Gesicht erkannte. Während nun auch die Damen neugierig aufsprangen, stürzte Judith schon zur Türe, um hinunter in den Hof zu eilen.

Die frischgebackene Gattin von Prinz Ludwig, ein Mädchen namens Ansgard, war zum einen unglaublich klein und zum anderen unglaublich hässlich. Das war das Erste, was Judith durch den Kopf ging, als ihre Überraschung, den Bruder ausgerechnet in Senlis zu sehen, noch von der Tatsache gesteigert wurde, dass er ihr seine Frau vorstellte.

»Das ist Ansgard«, sagte er. »Ich habe sie ge-ge-geheiratet. V-V-V-Vater weiß nichts davon.«

Das Mädchen reichte dem ohnehin nicht sonderlich groß gewachsenen Ludwig nicht einmal bis zu den Schultern. Sie blickte kaum auf, als Judith sie musterte, versuchte sich nur an einem scheuen Lächeln. Jenes ließ die weit auseinanderstehenden Zähne noch größer erscheinen. Fast waagrecht standen sie aus dem Mund hervor, sodass sie selbst bei ernster Miene kaum die Lippen darüber schließen konnte, was den Eindruck vermittelte, sie würde an einem zu großen Bissen kauen. Ihre Haare waren dünn und rötlich, ihre Augen blassgrau, die fahle Haut des Gesichts von Sommersprossen übersät. Obgleich gerade Letzteres als Makel galt, war es zugleich das, was Ansgard mädchenhaft und irgendwie verletzlich erscheinen ließ – vielleicht auch das, was Ludwig an ihr rührte. Denn als sein Blick auf seine Gattin fiel, stand darin nur Stolz – und auch ein wenig Gönnerhaftigkeit. Ganz ohne die übliche Scheu, die sie bei ihm oft im Umgang mit Frauen erlebt hatte, legte er seinen Arm um die Gattin und grinste breit, als sich jene – von den vielen Fremden im Hof deutlich verschreckt – an ihn presste.

Judith fielen keine aufmunternden Worte ein, die sie zu Ansgard sagen konnte. »Du bist verrückt geworden, hierher zu kommen!«, brach es stattdessen aus ihr hervor.

»Ach w-w-w-was!«, tat Ludwig ihre Bemerkung ab und zog Ansgard noch fester an sich. »V-V-V-Vater hat mich um eine letzte Unterredung gebeten. In Soissons. Und ich d-d-d-dachte, auf dem W-W-W-Weg dorthin könnte ich mich von dir verabschieden.«

»Was wohl bedeuten soll, dass du die Unterredung mit dem König nicht für eine Versöhnung nutzen willst«, stellte Judith fest.

»W-w-w-warum sollte ich?«, fuhr Ludwig auf. »Das erste M-M-M-Mal in meinem Leben nimmt V-V-V-Vater mich ernst.«

»Ach Ludwig«, meinte Judith kopfschüttelnd. »Er nimmt doch nicht dich ernst, sondern dein Bündnis mit Salomon.«

»W-w-w-was aufs Gleiche herauskommt! Salomon und ich werden zuerst ins Anjou ziehen.«

»Um Graf Robert zu schlagen?«, rief Judith entsetzt aus. Bis vor kurzem war Salomon noch Robert von Anjous, nicht Ludwigs Verbündeter gewesen.

Ludwig zuckte nur trotzig mit seinen Schultern.

Unbehaglich glitt Judiths Blick zurück auf Ansgard, die dem allen gelauscht hatte, ohne es in irgendeiner Weise zu begreifen.

Ein Kind, ging es ihr durch den Kopf, sie ist doch noch ein Kind ... so wie ich eins war, als Vater mich in Ethelwulfs Bett legte ...

Sie wusste nichts über Ansgards Herkunft, aber sie hätte schwören können, dass sie aus irgendeiner aufrührerischen Adelsfamilie stammte, die dem König ihre Macht vor Augen hielt und ihm eins auswischte, indem sie einem aufrührerischen Prinzen die Tochter anvertraute.

»Unser Vater, der König, weiß also nicht, dass du geheiratet hast«, sagte Judith, weil ihr nichts anderes einfiel.

»Das w-w-w-würde doch die ganze Überraschung zunichtemachen!«, rief Ludwig leichtfertig aus.

Judith kam nicht umhin, erneut den Kopf zu schütteln. »Du weißt, was du tust, Ludwig, oder? Laut der *Ordinatio Imperii* müssen selbst die Brüder des Kaisers ihn fragen und um Erlaubnis bitten, ehe sie den Bund der Ehe eingehen. Allein deine Eheschließung wäre für den König ein Grund… ein Grund…«

»W-w-w-was?«, fragte Ludwig. »Ein Grund, mich blenden zu lassen? Das ge-ge-geschieht doch mit Aufrührern! V-v-v-vor allem dann, wenn sie aus der K-K-K-Königsfamilie kommen. Und da du mich fragtest, ob ich w-w-w-weiß, was ich tue: Ja, so ist es. Ich w-w-w-weiß es. Ich bin erwachsen, und ich will so behandelt werden.«

Es war nicht ihre Art, die Wahrheit unausgesprochen zu lassen, aber sämtliche Widerworte schienen Judith in diesem Augenblick so nutzlos, dass sie ihr in der Kehle stecken blieben. Ludwig würde kein Einsehen haben, nicht begreifen wollen, dass Salomon von der Bretagne und verschiedene fränkische Adelsfamilien ihn nur für ihre Zwecke missbrauchten.

»Wenn unser Vater erfährt, dass du mich hier besuchst, Ludwig, wird er sich endgültig darin bestätigt finden, dass ich schon lange vor ihm von deinen Plänen wusste.«

Wieder zuckte Ludwig nur mit den Schultern. Er zog Ansgard noch fester an sich, als er vom Hof weg in Richtung der wärmenden Halle ging. Eben hatte es zu nieseln begonnen, das rötliche Haar der jungen Prinzessin kräuselte sich augenblicklich zu Locken.

»Ich w-w-w-wusste nicht, dass dir am W-W-W-Wohlwollen unseres Vater derart viel liegt«, warf er ihr über die Schultern zu.

Widerstrebend folgte Judith dem jungen Paar und verkniff es sich erneut, ihre Gedanken auszusprechen – dass Ludwig, obwohl sie sich nahe standen, nicht zögern würde, sie ins Verderben zu reißen, ob nun aus Unachtsamkeit oder mit Absicht. Seine Zuneigung zu ihr war immer ehrlich gewesen, aber er liebte sie nicht mehr als sich selbst – und das war zu wenig.

»Gib acht auf dich, Ludwig«, war das Einzige, was sie ihm noch sagte. »Gib acht auf dich.«

Später schickte Judith all ihre Damen fort, um ihre Ruhe zu haben. Doch kaum war sie allein, fühlte sie sich noch bedrückter.

Die Gedanken, die sie eigentlich hatte ordnen wollen, machten sich selbstständig, schienen vor ihr davonzulaufen; es drängten sich ganz andere auf, als sie bezweckt hatte, nicht nur nüchterne Überlegungen, wie sie verhindern konnte, dass Ludwigs aufrührerisches Verhalten auch ihr angelastet würde, sondern vor allem Überdruss, weil sie überhaupt darüber nachdenken musste.

Ach Ludwig!, schimpfte sie innerlich. Was tust du mir an?

Sie ärgerte sich über ihn und zugleich über ihre eigene Ohnmacht, ihn nicht empfangen zu können, wie und wann sie es für richtig hielt.

Wie zuvor rieb sie unruhig die Hände aneinander und merkte es erst, als sie bereits rot und wund waren.

Als es an der Tür klopfte, war sie erleichtert. Gleich, wer sich da ihrer Anweisung widersetzt hatte, sie allein zu lassen, Hauptsache, sie wurde von ihrer Last abgelenkt.

Sie stand mit dem Rücken zur Tür gewandt, wollte eigentlich nur einen kurzen Blick über die Schultern werfen und fuhr dann doch mit einem Satz herum, als sie gewahrte, wer den Raum betreten hatte. Sie hatte mit Ludwig gerechnet, der vielleicht unter vier Augen mit ihr reden wollte, oder mit einer ihrer Damen, vielleicht mit Madalgis, die ihr mittlerweile von allen am nächsten stand, weil sie am besten ihre Sorgen und Ängste kannte und sie zugleich doch niemals aussprach. Ja, mit Madalgis war gut schweigen.

»Ihr?«, fragte sie.

»Darf ich eintreten?«, gab Balduin zurück.

Sie nickte wortlos und musterte ihn, was ihn verlegen zu machen schien. Sein Blick schweifte durch ihr Gemach. Wahrscheinlich war es prächtiger eingerichtet als alles, was er kannte. Ob sie es nun König Karl oder dem Bischof zu verdanken hatte – irgendeiner der beiden hatte befunden, dass ihr Gefängnis nicht wie ein solches aussehen sollte.

Sämtliche hölzernen Bänke waren mit Stoff bezogen. Die Stühle hatten gepolsterte Rückenlehnen, auch die mit Streben aus Metall, die man zusammenklappen konnte. Ihr Vorlesepult war mit einem bebilderten Behang ausgestattet, der eine Szene aus dem Alten Testament zeigte – sie hatte nie recht ergründet, ob es Abraham oder Tobias mit dem Engel war. Die Tische waren mit leuchtend bunten Tüchern bedeckt.

»Ihr begleitet meinen Bruder«, stellte sie schließlich fest, als er nichts sagte.

»Ihr seid nicht erstaunt darüber«, sagte er und schien erleichtert, dass sie als Erste zu sprechen begonnen hatte. »Das heißt … Ihr wisst es noch nicht. Nun, vielleicht bin ich für Ludwig nicht wichtig genug, damit er es Euch erzählt …« Er brach mitten im Satz ab, schien nicht die rechten Worte zu wissen, ihn fertig zu bringen.

»Was soll er mir erzählen? Und was weiß ich noch nicht?«

»Ach, es ist … es ist schwierig.«

»Sagt es mir!«, verlangte sie forsch.

Sein Blick bohrte sich nunmehr in den Holzboden. »Ich möchte mich nicht an seinem Aufstand beteiligen«, gestand er schließlich, und sie hörte seiner Stimme an, wie schwer ihm dieser Entschluss noch immer fiel, wie viel Zweifel ihn begleiteten – und wie viel Triumph. »Ich habe mich geweigert, mit Prinz Ludwig in die Bretagne zu reiten«, fuhr er fort. »Und eigentlich dachte ich, dass ich danach nicht wieder von ihm hören würde. Trotzdem hat er mich hierher bestellt, wahrscheinlich, um mich umzustimmen. Aber … das wird ihm nicht gelingen.«

Als er eingetreten war, hatte sie an ihre ersten Begegnungen denken müssen, an den trotzigen Gesichtsausdruck, der damals in seiner Miene gestanden und der sie angestachelt hatte, ihm immer weiter zuzusetzen. Doch nun, da die Worte aus ihm hervorquollen, dachte sie vor allem an das, was damals im Stall passiert war.

Unwillkürlich hob sie ihre Hand und berührte ihre eigene Wange an einer ähnlichen Stelle wie jener, an der sie damals über seine gestreichelt hatte. Ihr verächtliches Urteil, das sie anfangs über ihn gefällt hatte, war Mitleid gewichen. Er ist ein Getriebener, hatte sie damals im Stall gedacht – und das dachte sie auch jetzt.

»Und warum kommt Ihr ausgerechnet zu mir, um darüber zu sprechen?«, fragte sie leise.

Kurz hob er seinen Blick, irgendwie suchend, senkte ihn dann aber rasch wieder. »Ich bin mir nicht sicher, ob Ihr wisst, dass er … dass Ludwig mir Eure Hand angeboten hat.«

Sie musste sämtliche Beherrschung darein legen, ihn gleichmütig anzusehen und nicht den Ärger, der in ihr hochstieg, auf ihn schwappen zu lassen. Also auch du, Ludwig!, durchfuhr es sie. Du denkst wie der Rest, du könntest über mich verfügen, könntest mich als Braut verscherbeln, um ein Bündnis zu stärken.

»Nein, das wusste ich nicht«, sagte sie ruhig und unterdrückte ihren Ärger. »Ich nehme an, Ihr habt abgelehnt, weil Ihr mich nicht wollt. Ist das der Grund, warum Ihr Ludwig nicht auf seinem … Abenteuer begleitet? Weil die Last zu schwer wäre, mich zum Weib zu haben?«

»Mitnichten!«, sagte er schnell. »Meine Entscheidung hat nichts mit Euch zu tun. Es ist eine Sache zwischen Ludwig … zwischen Prinz Ludwig und mir. Ungeachtet der Rolle, die er Euch darin zuweist, heiße ich seine Pläne nicht gut.«

Ihre Lippen verzogen sich zu einem Lächeln. Sie wusste nicht, was es hervorrief, aber sie sah, dass er es unwillkürlich erwiderte, als sich ihre Blicke trafen. Zugleich schoss Röte in sein Gesicht – und Erleichterung. Offenbar fühlte er sich von ihrem Blick nicht entblößt und zurechtgewiesen, sondern verstanden.

Sie zögerte kurz, rieb wieder ihre Hände aneinander, rang mit sich, ob sie Ludwig in den Rücken fallen durfte. »Ihr habt die richtige Entscheidung getroffen«, meinte sie schließlich.

Überraschung breitete sich in seinem Gesicht aus. Sie sah, wie er unwillkürlich einen Schritt auf sie zumachte. »Weil ich Ludwig keine Gefolgschaft leisten will? Oder weil ich Eure Hand ausgeschlagen habe?«

Sie wich einer Antwort aus. »Ludwig ist nicht der Einzige, der sich gegen unseren Vater auflehnt… und nicht der Einzige, der eine Ehe geschlossen hat, die vom König nicht bewilligt wurde. Wusstet Ihr, dass nicht nur Ludwig, sondern auch mein Bruder Karl heimlich geheiratet hat?«

»Nein…«, antwortete er zögernd.

»Man nennt ihn Karl das Kind – ich glaube, um die Tatsache zu verbergen, dass er strohdumm ist. Nun, mein Bruder Karl sollte zum König der Aquitanier erhoben werden. Für meinen Vater wäre er in dieser Rolle vor allem ein verlängerter Arm seiner selbst. Das ahnten auch die Großen des Landes, die sich deswegen diesen Plänen widersetzen – zwar nicht, ihn zum König zu machen, jedoch ihn als verlängerten Arm meines Vaters anzunehmen. Offenbar tun sie alles, um meinen Bruder Karl auf ihre Seite zu ziehen und ihn von meinem Vater zu entfremden. Er hat sich mit der Witwe des Grafen Humbert von Bourges vermählt und besteht darauf, dass er Aquitanien fortan nicht als Unterkönig, sondern selbstständig regieren wird. Ich weiß nicht, ob mein Vater in Aquitanien einmarschieren wird. Tatsache ist, dass Ludwig sich den richtigen Zeitpunkt ausgesucht hat, um sich gegen ihn aufzulehnen… Und ich sollte offenbar die Dritte im Bunde sein, die sich eigenmächtig einen Gatten nimmt, auf dass alle Großen des Landes erkennen, dass selbst seine engste Familie nicht mehr zum König steht.«

Zu Beginn der langen Rede war sie auf und ab geschritten, jetzt blieb sie vor Balduin stehen.

»Ihr scheint das nicht gutzuheißen«, sagte er. »Ich hatte erwartet, dass Ihr auf der Seite Eurer Brüder stündet.«

»Und ich hatte erwartet, dass Ihr Ludwig bedenkenlos folgen

würdet. Er scheint hohe Stücke auf Euch zu halten, wenn er Euch Euer Zaudern verzeiht und Euch ausgerechnet hierher bestellt, damit Ihr den möglichen Preis, der Euch winkt, noch einmal in Augenschein nehmen könnt.«

Ihr Lächeln war noch nicht erloschen, aber sie fühlte, wie ihre Lippen sich verkrampften.

Warum auch du, Ludwig?, ging es ihr wieder durch den Kopf, nicht mehr ärgerlich, sondern traurig. Warum versuchst auch du, mich zu verschachern?

Balduin zuckte indessen die Schultern. »Ich glaube, Eurem Bruder ist nur bewusst geworden, dass sein Kampf gegen den König schwieriger werden könnte als erwartet. Graf Robert von Anjou aus dem Haus der Rorgoniden scheint sich mit dem König wieder versöhnt zu haben, und deswegen …«

Judith nickte nachdenklich.

»Ludwig wird scheitern«, flüsterte sie. »Denkt nicht, es wäre Respekt für meinen Vater, der mich antreibt. Aber ich kenne Ludwig wahrscheinlich noch besser als Ihr: Er ist viel zu schwach für einen solchen Krieg, er taugt nicht zum Herrscher und wird niemals einer sein. Er hätte Mönch werden sollen wie mein jüngerer Bruder Lothar, denn er hätte gewiss Freude an der Gelehrsamkeit gefunden. So aber muss er aller Welt beweisen, dass er trotz seines Stammelns und seiner sonstigen Makel ein ganzer Mann ist.« Sie machte eine kurze Pause. »Wie ich schon sagte: Ihr habt die richtige Wahl getroffen, Graf Balduin. Löst Euer Geschick von dem meines Bruders – und kämpft Eure eigenen Kriege, nicht seine.«

»Und wenn ich diese Kriege nicht kämpfen will?«, gab er unerwartet zurück.

Er sprach ganz leise, fast raunend. Als sie ihn überrascht anblickte, war sie geneigt, die Frage einfach zu überhören, sie nicht an jene Vertrautheit rühren zu lassen, die damals im Stall entstanden war.

»Ich bin nicht diejenige, die Euch davon befreien kann«, murmelte sie.

Schweigend starrte er sie an, irgendwie kindlich und trotzig, wie ihr schien, wobei der Trotz vielleicht auch Willensstärke war, das Kindliche nur Aufrichtigkeit. Sie erwiderte seinen Blick. Sie wusste, dass sie mit ihren kühlen, blauen Augen Menschen beunruhigen, gar quälen konnte, und kurz war sie geneigt, sich auch mit ihm auf diesen Kampf einzulassen, ihn so durchdringend anzublicken, bis er nachgab und die Augen senkte. Doch dann tat sie nichts weiter, als sein Gesicht zu studieren. Sie hatte es noch nie genau betrachtet, auch damals im Stall nicht, hatte sich, wenn seitdem sein Name gefallen war, nur an seine Statur erinnert, nicht an seine hellen Augen. Sie waren offen, klar, wenngleich von kleinen Wülsten umgeben. Seine Haut war gegerbt, an manchen Stellen vernarbt, seine Wangenknochen breit, sein Kinn ein wenig schwammig. War er schön und dies der Grund dafür, dass er die Frauen so leicht für sich einnahm? Freilich, Männer mussten nicht schön sein, nur Ruhm versprechen, einen berühmten Namen, Macht, Tapferkeit. Joveta hatte das bei ihm gesucht, auch Madalgis. Sie konnte sich in diesem Augenblick nicht entscheiden, ob sie die beiden für ihre Schwäche verachtete oder sie verstand.

»Habt Dank«, sagte sie, um ihre Gedanken zu unterbrechen. »Habt Dank, dass Ihr meine Hand ausgeschlagen habt.«

»Ihr klingt nicht sonderlich erleichtert, sondern … gleichgültig.«

»Was lohnte es sich auch?«, gab sie steif zurück. Sie schlug die Augen nicht nieder, aber sie wandte sich wieder von ihm ab. »Ich meine: Es hat sein Gutes, die Welt nüchtern zu betrachten und nicht von Tränen verschleiert. Ich rate Euch das Gleiche, um Eure Lasten zu tragen …«

Er schwieg. Dann hörte sie, wie er sich umdrehte, zur Tür ging, und sie erwartete, dass er sie wortlos verlassen würde. Doch offenbar fiel es ihm schwer, sie einfach stehen zu lassen. »Ich sollte jetzt … mit Ludwig sprechen«, murmelte er. »Lebt wohl!«

Sie drehte sich um, doch nun hatte er ihr den Rücken zugewandt. »Bleibt noch bis zum Abend!«, forderte sie, ehe sie überlegen konnte, warum sie das wollte. »Der Bischof ist nicht hier. Wir könnten Ludwigs und Ansgards Hochzeit feiern und so tun, als wäre die Welt eine schöne, auch wenn sie morgen in Trümmern liegt.«

Balduin hatte Ludwig selten Wein oder Bier trinken sehen, doch an jenem Abend machte er von Beginn an den Eindruck, als wäre er berauscht. Es ging das Gerücht, dass er selbst mehrmals in der Küche erschienen war, um dort anzuordnen, dass nur die teuersten und edelsten Speisen serviert werden sollten – ein Wunsch, der für viel Unruhe sorgte, wusste man doch vom Geiz des abwesenden Bischofs und dass jener sämtliche Leckerbissen für den eigenen Magen beanspruchte. Schließlich fügte man sich doch dem Willen des Königssohns, und Ludwig ging während des Festmahls immer wieder an der Tafel auf und ab, als wäre alles, was sich darauf befand, allein sein Verdienst.

Balduin entging nicht, dass der Prinz etwas wankte – und auch die scheue Ansgard wurde zunehmend rot im Gesicht, nachdem Ludwig ihr zunächst Apfel- und Brombeerwein und dann Birnenmost eingeschenkt hatte.

Balduin konnte indes keinen Schluck durch seine trockene Kehle bringen. Sein Magen fühlte sich leer und hungrig an, aber beim Blick auf die Speisen wurde ihm übel. Es gab Schweinebauch und Rinderlenden, gebratene Rippen und mit Pflaumen gefüllte Hühner und Gänse. Zuletzt wurde eine beliebte Süßspeise aufgetischt – eingekochte Birnen. Während Ansgard nur wenig von dem Fleisch genommen hatte, langte sie jetzt kräftig zu und glich mit ihrem einfältig beglückten Gesicht einem kleinen Kind, das ausnahmsweise in den Naschtopf greifen darf, während ansonsten die strenge Mutter darüber wacht.

Sie hat keine Ahnung, was Ludwigs Ehe mit ihr bedeutet, ging es ihm durch den Kopf – und er fühlte sich leer und traurig bei dem Gedanken, während Ludwig noch immer mit hektischen Schritten an der Tafel vorbeistolzierte und nun, da der allgemeine Hunger gesättigt war, nach Unterhaltung verlangte.

Er sah durch Balduin hindurch, als wäre er nicht vorhanden – in der gleichen Weise, wie er es zuvor getan hatte, als Balduin das vertrauliche Gespräch mit ihm gesucht hatte und versuchen wollte, ihn von seinen Plänen abzubringen.

Noch ehe er auch nur ein Wort hatte sagen können, schien Ludwig ihn durchschaut zu haben.

»W-w-w-wenn du unbedingt als er-er-erbärmlicher F-F-F-Feigling gelten willst, Balduin, dann kannst du gleich w-w-wieder verschwinden!«, hatte er ihn angefahren und sich abgewandt. Kurz war Balduin stehen geblieben, hatte nach beschwichtigenden Worten gerungen, doch dann war er es leid gewesen, sich zu rechtfertigen.

Nicht vor Ludwig, dachte er und biss trotzig die Zähne zusammen, nicht vor Ludwig…

Trotz Judiths Bitte hatte er überlegt, Senlis sofort zu verlassen, doch der Himmel verdunkelte sich bereits, und der Geruch der Speisen hielt ihn zurück – auch wenn er jetzt nichts von ihnen hatte hinunterbringen können.

»Ich w-w-w-will Musik!«, rief Ludwig, »Wo sind die Zither- und Leierspieler! Und w-w-w-wo die Possenreißer und Sänger. Ihr vermögt doch sicher das ein oder andere Heldenlied unserer Vo-Vo-Vorfahren vo-vo-vorzutragen!«

Ansgard klatschte begeistert wie ein Kind die Hände aufeinander, als sie den Possenreißer sah. Gänzlich unberührt hingegen saß Judith neben ihr.

Einmal, flüchtig nur, aber lange genug, um ihre Miene zu studieren, war Balduins Blick an ihr hängen geblieben. Sie trug dieselbe schlichte taubengraue Tunika, die er schon einmal an ihr gesehen hatte, aber sie hatte – offenbar dem Brautpaar zu Ehren – mehr Schmuck als üblich angelegt: Ohrgehänge aus Gold, einen mit Edelsteinen besetzten Gürtel, an dem sich einige silberne Riechfläschchen befanden, ein Armband am Handgelenk und eine Halskette. Auf ihrer blassen Haut sah der Anhänger aus Rubin wie ein roter Blutstropfen aus.

Als Ludwig dem Possenreißer Anweisungen gab, trafen sich

kurz ihre Blicke, und er erkannte in dem ihren die eigenen Gefühle wieder: Furcht, Verachtung, ein wenig Trauer und vor allem Überdruss. Sie schien müde, und auch er fühlte einen Druck auf seinen Lidern, der ob des allgemeinen Gelächters nicht leichter, sondern immer schwerer wurde. Der Anblick des bunten Vogels, den der Possenreißer auf seiner Schulter trug – er entstammte dem kleinen Tiergarten, den der Bischof hielt, so wie es viele Edle des Landes taten –, vermochte ihn ebenso wenig aufzuheitern wie die Späße, die er darbrachte.

Zunächst zitierte er ein paar Verse des Dichters Fardulf, in denen jener sich über Geistliche lustig machte, dann gab er den Zuhörern einige Rätsel auf.

»Was macht den Menschen nie überdrüssig?«, war eine seiner Fragen, und die Antwort lautete: »Der Gewinn.«

»Ich habe eine Frau fliegen sehen, mit eisernem Haupt, einem Körper aus Holz und einem gefiederten Schweif, die den Tod mit sich bringt – wer ist das?«, war die nächste. »Der Pfeil – die Gefährtin der Soldaten«, riefen einige Männer grölend.

»Und was ist das: Sie ist feuerähnlich, das heißt Liebe, sie ist blutähnlich, das bedeutet Passion, sie wird aus Meerestieren gewonnen, das verweist auf die Taufe, sie wird von Königen getragen, das meint das ewige Leben?«

Diesmal dauerte es länger, bis die richtige Antwort – »die Farbe Rot« – gefunden war.

Der Possenreißer trank Wein und überließ es danach einem der *Joculatores,* die »Ecloga de calvis« vorzutragen, ein Gedicht, dessen 146 Zeilen allesamt mit einem C begannen und das von Kahlköpfen handelte – ein deutlicher Affront gegen König Karl, der schon früh in seinem Leben den Beinamen »der Kahle« erhalten hatte, so wie man Ludwig »den Stammler« nannte.

Zu Beginn hatte Balduin widerwillig zugehört. Schließlich gingen sämtliche Worte in einem Rauschen unter, das sich in seinem Kopf ausgebreitet hatte. Er starrte in die Gesichter, sah, wie sich Münder zu einem Lachen verzerrten, wie Augen rollten, wie die Belustigung Falten zog – aber er hörte nicht mehr, was da an girrenden, schrillen, heiseren, glucksenden Lauten über die Mäuler trat.

Bruder Ambrosius hatte ihn einst darüber belehrt, dass das Lachen ein Zeichen des Teufels sei. Weder habe Christus jemals gelacht, noch würden Tiere es tun. Er hatte nicht auf ihn gehört, hatte sich vielmehr gerne amüsiert, mit seinen Kameraden, mit seinen Frauen, meist mit einem Wein- oder Bierhumpen in der Hand, auch oder gerade wenn am nächsten Tag der Tod auf ihn lauerte. Ebenso sorglos wie er in Schlachten geritten war, hatte er sich in alles fallen lassen, was Vergnügung und Ablenkung verhieß – und Vergessen. Auch jetzt, in dieser heißen, stickigen Atmosphäre des Saals, wäre es leicht gewesen, sich dem allgemeinen Rausch hinzugeben. Doch anstatt sich wie üblich davon bestechen zu lassen, dachte er plötzlich nur, wie angenehm und erquickend ein Augenblick der Stille wäre, ein Augenblick, da er in offene, klare Gesichter blicken konnte, nicht in verzerrte, trunkene…

Judiths Gesicht war klar. Eben beugte sie sich zu ihrem Bruder, raunte ihm etwas ins Ohr. Ludwig achtete gar nicht darauf. Dann erhob sie sich leise – nur Madalgis und Balduin bemerkten es.

Offenbar wollte sie sich unauffällig zurückziehen, und fast gelang es ihr auch, den Saal zu verlassen, als Balduin aufsprang und sich ihr in den Weg stellte. »Wartet!«, rief er mit Panik in seiner Stimme, als hinge von ihrer Gegenwart nichts Geringeres ab als das Heil seiner Seele.

Verwirrt hob sie die Augenbraue. Selbst Ludwig gewahrte nun, was vor sich ging, und wandte sich dem einstigen Freund und Waffengefährten zu.

»Was willst du, Balduin?«, schnaubte er, und seine Stimme klang nicht mehr fröhlich und erregt, sondern nörgelnd. »Lass meine Sch-Sch-Schwester in Frieden!«

Balduin stieg es heiß ins Gesicht, indes sich ihm alle Anwesenden zuwandten. Die vielen Blicke spürte er nicht – den von Judith aber nur allzu deutlich. Besonnen ruhte er auf ihm, versuchte offenbar aus seiner Miene zu lesen, was er bezweckte. Er fühlte sich ertappt, ohne überhaupt zu wissen, warum er aufgesprungen war, warum er es nicht ertrug, sie gehen zu sehen.

»Wartet!«, sagte er wieder. »Ich denke, wir haben genügend Schalk gehört. Jedoch ist das Glück eines jungen Paares der Anlass dieses Abends. Sollte der Barde darum nicht etwas vortragen, was den Damen zu Herzen geht?«

Noch ehe die Versammelten ihm zustimmten, Ludwigs verdrießlich verzogene Stirn sich glättete und Judith einen weiteren Schritt in Richtung Türe machen konnte, wandte er sich dem Sänger zu, der mit dem Possenreißer und dem *Joculator* gekommen war, und hieß ihn, ein Liebeslied zu singen.

»Aber welches?«, fragte der Barde, ob dieser Hast verwirrt, gleichwohl er doch viele Liebeslieder im Kopf haben musste.

Balduin dachte nicht lange darüber nach, sondern nannte ihm eine bekannte Mär, mit der viele fränkische Kinder aufgewachsen waren – so wie er selbst.

»Es lebte einst die Tochter eines Königs und einer Königin. Doch sie lebte nicht in einer Feste, wie es ihr zustand, sondern in einer Höhle, die unterhalb der Erde lag.«

Mit jedem Wort, das er in einem leichten Singsang vortrug, trat der Barde weiter in die Mitte des Saales. Nicht alle waren begeistert, seine Geschichte zu hören; den ersten Satz störte noch Getuschel. Doch als er schließlich lauter sang und dem Zitherspieler auftrug, ihn zu begleiten, da gewann er rasch sämtliche Aufmerksamkeit.

»Ja, die Prinzessin lebte fernab von ihrer Heimat. Denn noch im Kindesalter hat sie ein heimtückischer Onkel aus der Wiege gerissen und entführt, weil sie die Erbin ihres Vaters war, er selbst jedoch dessen Reich beherrschen wollte. Seitdem dachte ein jeder, das Kind sei von wilden Wölfen verschleppt und gerissen worden, denn der böse Onkel hatte einige blutbefleckte Laken in der Wiege zurückgelassen. Bei deren Anblick starb die Königin vor Gram, und der König sprach nie wieder auch nur ein Wort. Der Onkel aber brachte die Prinzessin in eine Höhle, weihte einzig eine alte Frau ein, die sich ihrer anzunehmen hatte, und zog sie auf – ihr später bekundend, dass er ihr Vater sei und er sie nur um ihres eigenen Wohles willen gefangen hielte.«

Balduin lauschte gebannt dem Rhythmus der Worte, der sanften Melodie. Ja, er kannte die Geschichte gut. Nicht Johanna hatte sie ihm einst erzählt – sie war nicht sonderlich gut darin – und auch nicht Alpais, die ihm einzig die Legenden großer Heiliger vortrug, jedoch eine der Mägde, Adallinda. Johanna hasste sie bis aufs Blut, das wusste er, aber sie war bekannt dafür, Geschichten lebendig erzählen zu können, und als er noch zu klein war, um von Arbogast in der Kriegskunst unterwiesen zu werden, hatte er sich manchmal in die Küche geschlichen, um ihr heimlich zuzuhören.

»Ja, der böse Onkel fand Mittel und Wege, die Prinzessin glauben zu machen, dass ihr Gefängnis kein solches sei, sondern vielmehr dazu diene, ihr das Leben zu retten«, fuhr der Barde fort. »Denn sie sei kein Mensch wie alle anderen, so sagte er ihr. Nur inmitten des dunklen Steins könne sie leben – würde sie aber die Sonne erschauen, so müsste sie sterben. Das Mädchen war einsam, denn weder der Onkel sprach viel mit ihr noch die alte Frau, die sie versorgte. So redete sie gegen die Wände, und sie vermeinte, dass das Echo ihrer Worte, das vom Stein hallte, womöglich die Antwort ihrer Schwester sei, die hinter den Wänden in einer ähnlichen Höhle gleichfalls ein Leben als Gefangene friste. So zogen viele Jahre ins Land. Als die Prinzessin ein kleines Mädchen war, weinte sie oft, aber irgendwann färbte der kalte, tote Stein auf sie ab. Ihr Herz wurde hart wie dieser, und sie fühlte weder Einsamkeit noch Trauer um die gefangene Schwester, die sie so nah und doch so fern wähnte.«

Balduin suchte nach Judith. Jetzt erst konnte er sich vergewissern, dass sie im Saal geblieben war. Zunächst stand sie mit gesenktem Kopf, doch dann hob sie ihn langsam, und ihre blauen Augen trafen seine.

»Eines Tages tobte nicht weit von der Höhle ein schrecklicher Krieg«, berichtete der Barde in seinem Singsang, »davon entfacht, dass der alte König gestorben war und sich gleich mehrere, darunter des Mädchens böser Onkel, um das Erbe stritten. Einer der Krieger wurde schwer verwundet; er dachte schon, er müsste sterben. Doch dann schleppte er sich mit letzter Kraft in die Höhle, wo er augenblicklich in eine tiefe Ohnmacht sank. Als er wieder erwachte, wusste er nicht, wie viel Zeit vergangen war, ob eine Stunde, ein Tag, ein Jahr. Er blickte in das Gesicht eines Mädchens, das so überirdisch schön war, dass er meinte, ein Engel Gottes hielte seinen Kopf weich im federnden Schoß gebettet. Doch als das Mädchen den Mund aufmachte und mit ihm redete – es war in einer Sprache, die er nicht verstand –, so wurde ihm plötzlich eiskalt ums Herz, er begriff nicht, warum. Wieder versank er in Schwärze, und wieder erwachte er, ohne dass er wusste, wie lange er geschlafen hatte. Das Mädchen gab ihm zu essen; sie verband seine Wunden, und es währte nicht lange, da war sein Körper kräftig genug, um aufzustehen. Immer noch fiel es ihm schwer, des Mädchens Worte zu verstehen, doch mit vielerlei Gesten deutete sie ihm an, er müsse eiligst fliehen, denn an diesem Orte wäre er nicht sicher. Wenn ihr Vater ihn fände, so würde er ihn töten oder aber im Felsen gefangen halten. Der Krieger zögerte; er hatte Angst vor den Worten des Mädchens, weil sie stets aufs Neue Kälteschauder durch seine Brust jagten, aber von ihrer Schönheit war er derart gebannt, dass es ihm schwerfiel, sie hier zurückzulassen. Da plötzlich erschien eine alte Frau an der Seite des Mädchens, die er bislang nicht gesehen hatte. Er verstand nicht, was sie zu dem Mädchen sagte, nur, dass dessen Gesicht am Ende von Zweifel zerrissen schien.«

Balduin wusste kaum, was er tat, während er zuhörte. Mehr und mehr gingen seine Hände mit ihm durch, unterstrichen die Worte des Barden. Mal ballte er sie furchterregend zur Faust, mal zeichnete er die Form der Höhle nach. Die Stimme des Sängers veränderte sich ebenso, war zunächst dröhnend laut, dann wieder flüsternd leise.

»›Du kannst hier nicht bleiben!‹, dies waren die Worte der Alten, die der Krieger nicht verstand, die Königstochter jedoch nur zu gut, ›ein junges Mädchen wie du sollte hier nicht hausen, es ist kein rechter Ort. Geh mit dem Krieger, sei glücklich an seiner Seite und kehre nicht wieder zurück. Denn der Mann, den du für deinen Vater hältst, will dir nichts Gutes. Glaube mir!‹

›Wie aber kann ich gehen?‹, fragte das Mädchen. ›Mein Herz ist aus Stein, und trifft mich das Licht der Sonne, so muss ich sterben. Einzig hier kann ich leben.‹

›Du solltest es versuchen! Besser ist's, im Sonnenlicht zu sterben, als in der Finsternis zu bleiben.‹

Die Prinzessin zögerte lange, draußen war es inzwischen Nacht geworden. Doch als es dämmerte, deutete sie dem Krieger an, er möge sie mit sich nehmen und ins Freie bringen. Die Morgenröte spann goldene Fäden über den See, zu dem die Höhle führte. Das Wasser war eisig kalt, als das Mädchen darin watete, doch noch kälter wurde es in ihrer Brust, als sie ins matte Licht trat. Es spiegelte sich in ihrem Gesicht, in ihrem kräftigen Haar, und der Krieger meinte, sie sei noch nie so schön gewesen wie heute, aber in ihrer Brust, wo das steinerne Herz saß, da verspürte sie einen Schmerz, der sie gequält aufschreien ließ. Noch waren sie nah genug an der Höhle, und von den Wänden echote dieser Laut, wie einst, wenn sie mit sich selbst gesprochen und vermeint hatte, die gleichfalls gefangene Schwester würde ihr antworten.«

Der Barde setzte eine Pause, um die Spannung zu steigern, spürte die gebannten Blicke auf sich, blickte kurz hoch zur rußgeschwärzten Decke, um sich von ihren Erwartungen freizumachen – so wie Adallinda es vermocht hatte, die, ungeachtet der Zurufe, stets das erzählt hatte, was sie wollte, nicht aber das, was andere womöglich zu hören wünschten.

»›Warte!‹, rief die Prinzessin dem Krieger zu. ›Hörst du nicht, wie meine Schwester nach mir ruft! Ich kann nicht gehen ohne sie!‹

Der Krieger verstand nicht recht, was sie meinte, sah jedoch, dass sie sich umdrehen und zurücklaufen wollte. ›Wir haben keine Zeit!‹, bedrängte er sie. ›Dein böser Onkel wird uns finden, wenn wir nicht gehen!‹ Dann hob er sie einfach hoch, warf sie um seine Schultern und ging fort mit ihr. Das Mädchen suchte sich zu wehren, immer greller wurden die Sonnenstrahlen, immer mehr schmerzte es in ihrer Brust, und jeder Laut des Schmerzes hallte von den Felsen.

›Es klingt, als würde meine Schwester vor Kummer sterben!‹, rief sie, und in diesem Augenblick begann sie zu weinen, herzerweichend und verzweifelt, und das Echo von jedem Schluchzer wuchs mannigfach. Ihre Tränen freilich waren warm und weich. Sie perlten aus den Augen, rannen über die Wangen, tropften vom Kinn auf ihre Brust. Langsam verebbte dort der Schmerz, sie konnte ruhig atmen, die steinernen Wände um ihr Herz hatten sich aufgelöst.

Die Königstochter griff sich ins Gesicht, fühlte das warme Wasser ihrer Seele. ›Ich blute!‹, stammelte sie verzweifelt, ›ich blute … ich werde daran sterben.‹

Der Krieger aber, der mit ihr auf dem Rücken den See durchquert hatte, stellte sie wieder auf festen Grund. Sie blickte um sich, und weitere Tränen strömten aus ihren Augen, diesmal, weil sie erkannte, wie schön die Welt war und dass sie niemals etwas so Schönes gesehen hatte wie die glühende Sonne, den gekräuselten See und die Bäume, die im Morgendunst verschwammen.

›Nein‹, sagte er da; hier im Freien hatte er keine Schwierigkeiten mehr, ihre Worte zu verstehen, und es gab keine Felswände mehr, die hallten. ›Du blutest nicht, du weinst nur. Du wirst nicht sterben, sondern leben.‹«

Als der Barde geendigt hatte, war es fast still im Saal. Mancher Kelch klirrte, mancher Schritt eines hektischen Dienstboten verhallte, manch Räuspern oder Seufzen glitt über Lippen. Worte aber machte lange Zeit niemand – die einen, weil sie von der Geschichte gerührt waren, die anderen, weil sie sich ärgerten, dass Balduin die fröhliche Stimmung zerstört hatte, wieder andere, weil sie gelangweilt waren. Ludwig zumindest gab sich so.

Hatte er bei den Späßen des Possenreißers noch heftig geklatscht, hielt er nun das Kinn auf die Hand gestützt und die Augen halb geschlossen, als würde er die unfreiwillige Unterbrechung nutzen, um zu schlafen. Verwirrt blickte Ansgard ihn an. Eben noch hatte sie dem Barden gebannt gelauscht, in ihren Augenwinkeln standen gar Tränen. Doch als sie nun die verschlossene Miene ihres Bräutigams musterte, senkte sie rasch den Blick.

»Bi-bi-bist du nun endlich fertig, Barde?«

Der Sänger duckte sich und schlich sich hastig von dannen. Balduin hingegen blieb in der Mitte des Saales stehen. Er hatte weder auf Ludwig geachtet noch auf den Rest der Zuhörer, einzig Judith hatte er fortwährend angestarrt – und sie hatte seinen Blick erwidert.

»Wir feiern deine Hochzeit«, sagte Balduin. »Warum sollen keine Lieder erklingen, die die Liebe besingen?«

»Ich ha-ha-habe nicht sonderlich viel von L-L-L-Liebe gehört«, meinte Ludwig mürrisch, »aber das liegt d-d-daran, dass du dem B-B-B-Barden die falsche Geschichte zu s-s-singen befohlen hast.«

»Warum denkst du, dass sie falsch war, wenn doch ...«

»Es ist ge-ge-genug!« Ludwig kniff den Mund zusammen. Er hob die Hand, winkte nachlässig, und schon brachte sich der Possenreißer wieder in Position. Auch einige Akrobaten, die Kunststücke vorzuführen gedachten, gesellten sich zu ihm.

Balduin schloss den Mund. Vor Ludwig hatte er sich ohnehin nicht rechtfertigen wollen, nur vor ... Doch als er sich wieder nach ihr umdrehte, war Judiths Platz leer. Sie hatte das kurze Geplänkel zwischen ihm und ihrem Bruder genutzt, um lautlos zu gehen, wie sie es schon zuvor geplant hatte.

Balduin stürmte nach draußen, erhaschte gerade noch einen Blick auf ihr taubengraues Gewand, als sie die Treppe nach oben stieg.

»Meine Königin!«

Er stürzte ihr nach, nicht sicher, was er ihr sagen wollte, was er von ihr zu hören wünschte.

Sie blieb stehen, als sie seinen keuchenden Atem vernahm, hielt ihm aber den Rücken zugewandt.

»Was soll das, Balduin Eisenarm?«, fragte sie kühl. »Wollt Ihr mich belehren, welch segensreiche Macht die Tränen verheißen – reinigend und befreiend? Dann habt Ihr nie geweint.«

Ehe er antworten konnte, hob sie die Hand und fuhr fort, sehr hastig, als wolle sie sich mit möglichst vielen Worten die Rührung ausreden.

»Ich weiß, ich weiß, die Kirchenmänner sind auch auf Tränen erpicht. Schließlich schwinden solcherart die Körperflüssigkeiten, sodass man sie später nicht an die Lust verschwenden kann. Gut ist's zu gleichem Zwecke auch, nur wenig zu trinken. Ja, ja, und unsere vielen Sünden bieten schließlich ebenso Anlass, ständig darob zu weinen. Allerdings«, sie machte eine kurze Pause, und ihr Zeigefinger reckte sich belehrend in die Luft, »dem heiligen Martin von Tours sagt man nach, dass er niemals erzürnt gewesen sei, niemals aufgeregt, niemals bekümmert, niemals amüsiert. Sein Gemütszustand war stets ein und derselbe. Und glaubt mir, ich habe bislang gut daran getan, es wie er zu halten.«

Sie ließ die Hand sinken, wollte weitergehen. Doch da trat er vor sie und sah ihr ins Gesicht. Ihre Augen glänzten. »Ich wollte ... ich wollte Euch nicht zu nahe treten.«

»Und warum werft Ihr mir vor, ich hätte ein Herz aus Stein?«, fragte sie unwirsch.

»Das habe ich nicht getan.«

Sie schwieg, machte aber auch keine Anstalten, sich zu bewegen.

Er wusste nicht genau, was er in ihrem Antlitz suchte, starrte sie nur an, immer fordernder. Lange ließ sie es einfach über sich ergehen. Ihre Braue hob sich nicht, ihre Mundwinkel zuckten nicht – nur plötzlich schloss sie ihre Augen. Er war sich nicht sicher, ob sie seinen Blick mied oder einfach nur den ihren zu schützen suchte, aber die Macht, die nicht zuletzt von ihren kühlen, strengen Augen ausging, war gebrochen. Seine Hand schnellte hoch, berührte ihre Wange, ganz vorsichtig, ganz leicht, ein wenig so, wie sie im Stall sein Gesicht berührt hatte. Damals hatte er gemeint, sie würde seine Seele austrinken, würde nichts von ihm übrig lassen. Heute war es anders, heute sah er sich voll werden, übervoll, mit Begehren, das lauter, besitzergreifender, maßloser war als sämtliche Lüsternheit des Leibes.

Als er die Hand wieder senkte, schlug sie die Augen auf.

»Tut das nicht!«, brachte sie erstickt hervor.

Ihre Augen glänzten noch stärker.

»Tut das nicht«, wiederholte sie und zwinkerte heftig. »Ich ertrage es nicht.«

»Wie kann ich Euch helfen?«

Er sah an der sich hebenden Brust, wie heftig ihr Atem ging – und wie sie ihn schließlich mit aller Macht beherrschte. Der Blick, den sie nach einer Weile auf ihn richtete, war nicht länger feucht und aufgewühlt, sondern trostlos.

»Verliert Euer Herz nicht an eine Frau wie mich. Ich bin längst zerstört.«

Noch während sie sprach, hatte sie sich umgedreht, huschte davon, nicht mit aufrechtem, festem Gang, sondern wie ein fliehendes Tier. Wieder wollte er ihr nacheilen, so wie zuvor, doch diesmal trat ihm jemand in den Weg.

Es war Madalgis, und erst jetzt ging ihm auf, dass sie alles beobachtet hatte, was zwischen ihm und der Königin vorgefallen war. Unwillkürlich trat er zurück und fühlte sich ertappt, als hätte er Verbotenes getan.

»Lass sie in Ruhe!«, zischte Madalgis mit einer Stimme, die er an ihr nicht kannte und die nichts Geringeres verhieß, als dass sie eine war, die zu töten bereit war.

Balduin nickte schwach. Als Madalgis der Königin folgte, fühlte er, wie seine Knie zitterten.

Lange blieb Balduin im Gang stehen, konnte sich nicht entscheiden, ob er zurück in den Saal oder zum Stall gehen sollte, wo er zu schlafen gedachte. Ludwig würde gewiss nicht dafür sorgen, dass er ein Gemach bekam, und bis er im Saal inmitten der anderen Männer seine Ruhe fände, würde es gewiss bis zum Morgengrauen dauern.

Immer noch stand er zögernd, als hinter ihm plötzlich ein Gekicher aufbrandete, das ihn nach Judiths heiseren Worten aufdringlich deuchte. Er fuhr herum.

»Ich wusste nicht«, sagte Joveta mit roten Wangen und gelockten Haaren, die sich unter dem Schleier hervorstahlen, »ich wusste nicht, dass du derlei Geschichten magst. Traurig war, was der Barde uns sang, schrecklich traurig… Und wer will an einem Tag wie heute eine solch traurige Geschichte hören?«

Sie hatte ihn erreicht, schmiegte sich an ihn, fuhr mit ihren Händen an seinen Nacken. Vielleicht hatte sie ihn schon einmal dort gehalten, doch ihm war die Berührung nicht vertraut, nur lästig und unangenehm. Unwirsch schlug er ihre Hand weg.

»Aber, aber«, meinte sie. »Bin ich freundlich zu dir, solltest du es auch zu mir sein. Es gibt heute genügend andere, denen ich meine Gunst schenken könnte… und doch habe ich dich gewählt.«

»Ich will dich nicht!«

»Aber, aber«, wiederholte sie. Ihr heißer Atem traf ihn; er roch den Weindunst aus ihrem Mund. Der säuerliche Geruch war ihm widerwärtig, wiewohl er gleichen viel häufiger verströmt hatte als das Mädchen. »Weißt du, was mir an dir aufgefallen ist, Balduin?«, fuhr Joveta fort. »Immer erwartest du, dass die Frauen zu dir kommen. Von dir aus buhlst du nie um ihre Nähe. Manche Männer sind Jäger, du aber, Balduin, suchst dir nur Beute, die dir sicher ist, die bereits vor dir am Boden liegt.«

Ihr Atem kam nun stoßweise – eine warme Wolke, die ihn einhüllte, aber nicht einlullte.

»Ich habe gesagt, ich will dich nicht!«, schrie er.

»Und jetzt mimst du auch noch den Störrischen?«

Diesmal berührte sie ihn nicht am Nacken, sondern griff an seine Schläfen, streichelte sie kurz. Ihre Hände glitten schließlich tiefer zu seinen Ohrläppchen, um sie sanft zu massieren. Er spürte, wie die feinfühlige Haut zu brennen begann, ein dumpfes Pochen breitete sich aus, halb lustvoll, halb schmerzhaft. Kurz war er geneigt, ihm nachzugeben, doch dann blickte er in Jovetas Gesicht, das herausfordernd und irgendwie heimtückisch wirkte. Er wich zurück, aber beließ es nicht dabei, sondern versetzte ihr obendrein einen dumpfen Stoß gegen die Brust, nicht zornig, eher ungeduldig und doch unerwartet kraftvoll. Joveta entfuhr ein Schreckenslaut, dann strauchelte sie und fiel. Ihr Kopf schlug auf den kalten Boden auf. Sein Angriff war so überraschend gekommen, dass sie nicht rechtzeitig die Hände ausgestreckt hatte, um sich abzustützen.

»Joveta!«, rief er entsetzt und kniete sich zu ihr. Sie robbte von ihm fort, mit einem Ausdruck im Gesicht, den er noch nie an ihr wahrgenommen hatte, weder dreist noch verschlagen, nur von blinder, nackter Furcht, als bedrohte er ihr Leben.

»Joveta, ich wollte doch nicht …«

Es ging ihm auf, dass sie dereinst, als ihr Vater als Verräter festgenommen worden war, Schreckliches erlebt haben musste, und ihre jetzige Panik wohl von der Erinnerung daran verstärkt wurde.

Verstört senkte er den Blick und sah sie nicht an, als sie trocken aufschluchzte.

»Es tut mir leid«, murmelte er verlegen, »ich wollte dich nicht erschrecken, dir nicht wehtun … aber … aber du solltest deine Reize nicht an mich verschwenden, Joveta. Nicht heute und nie mehr.«

XVII. Kapitel

Einige Wochen später saß Balduin lustlos bei seinem Morgenmahl, einem grobkörnigen Getreidebrei, der ihn nicht satt zu machen, nur aufzublähen schien, als er erneut mit Joveta zusammenstieß.

Seit seiner Abfuhr hatte er das Seinige getan, ihr aus dem Weg zu gehen, und sie schien das gutzuheißen – bis jetzt zumindest, als ihr Schatten auf ihn fiel. Ausnahmsweise schwieg sie, anstatt ihm sofort mit ihrer unangenehmen Stimme zuzusetzen.

»Joveta, es ist vielleicht besser, wenn wir beide …«

»Du solltest nach draußen kommen«, erklärte sie so gleichgültig, als spräche sie mit einem Fremden. »Du hast einen Gast, und bevor du dich darüber erregst, dass ich es bin, die dir davon Kunde gibt – nun, es gibt hier nicht viele, die dir freiwillig zu nahe kommen. Weil niemand recht weiß, was du hier treibst und warum du nicht längst zu deinem Lehen zurückgekehrt bist.«

Balduin wusste es selbst nicht, aber das wollte er Joveta ganz gewiss nicht zeigen. Er nickte wortlos, schob seine Schüssel von sich und stand auf. Solange er ihren aufdringlichen Blick auf sich spürte, ging er gemessenen Schrittes. Erst als er den Saal verlassen hatte, konnte er seine Neugierde nicht zügeln und stürmte nahezu in den Hof.

Doch als er den Ankömmling, der nach ihm hatte fragen lassen, erblickte, schwand sein Elan augenblicklich.

Das hat mir noch gefehlt!, ging es ihm durch den Kopf, der ihn mit einem Mal schmerzte, als hätte er die letzten Tage saufend zugebracht. Das Gegenteil war der Fall gewesen – doch der Verzicht auf Wein und Met schenkte ihm keine Frische.

»Was machst du denn hier?«, entfuhr es ihm unwirsch.

Johanna fuhr herum, sie hatte ihn offenbar nicht kommen sehen. Als sie ihn erblickte, erhellte sich ihre sorgenvolle Miene kurz, doch als er mürrisch seine Stirn verzog, sah er, wie ihr Blick versteinerte. Sie schien verbergen zu wollen, dass seine rüde Frage sie kränkte.

»Ich wollte herausfinden, was dich hier in Senlis festhält«, gab sie knapp zurück, ohne ein Wort des Grußes zu verschwenden. »Mittlerweile schon länger als einen Monat. Du hast weder auf die Briefe geantwortet, die der Graf dir schickte, noch hast du seinem Boten erklärt, was du hier treibst und warum. Erklärst du dich zumindest mir?«

Seit langem fürchtete er derartige Fragen, wenngleich er nicht erwartet hatte, sie aus Johannas Mund zu hören. Er konnte sich nicht daran erinnern, dass sie Laon jemals verlassen hatte, seit sie seine Amme geworden war. Dass sie nun seinetwegen die anstrengende Fahrt auf sich genommen hatte, rührte ihn jedoch nicht, sondern gab ihm das Gefühl, in die Enge getrieben zu werden.

»Muss ich das denn?«, gab er unwirsch zurück. »Bin ich gezwungen, mich ständig für alles zu rechtfertigen, was ich tue? Ich bin ein Vasall des Kaisers, nicht ein Leibeigener von Graf Robert.«

Kaum merklich zuckte sie zurück, und schon reute es ihn, ihr zuzusetzen. Freilich, sie machte nicht den Eindruck, als würde sie ein Wortgefecht scheuen.

»So hat er dich auch nie behandelt«, sagte sie streng. »Du bist ihm ein Sohn – genauso wie mir. Kannst du dir nicht denken, dass wir uns Sorgen machen, weil wir nichts von deinen Plänen wissen?«

Er rieb sich die schmerzenden Schläfen. »Ihr müsst euch keine Sorgen machen. Und ich habe keine Pläne.«

»Aber …«

»Ludwig ist in der Bretagne«, unterbrach er sie. »Er hat gegen den Willen seines Vaters geheiratet und lebt jetzt am Hof von *Dux* Salomon, wo sie sich gemeinsam auf den Krieg vorbereiten. Ist es dein Wunsch, dass ich bei der Revolte an seiner Seite stehe? Wenn ich mich recht erinnere, wolltest du schließlich stets, dass ich um seine Freundschaft buhle!«

Johanna schüttelte mit sichtlichem Missfallen den Kopf. Was er sagte, schien sie nicht sonderlich zu überraschen, was ein Zeichen dafür war, dass sich Ludwigs Vorgehen im ganzen Reich herumgesprochen hatte.

»Prinz Ludwig ist ein Schwächling und ein Träumer!«, sagte sie jäh.

Er blickte verwundert auf. »Das sagst du jetzt?«, fragte er entsetzt. »Nach all den Jahren, da ich stets getan habe, was er wollte, und du mich darin bestärkt hast?«

»Er ist ein Schwächling und ein Träumer«, wiederholte Johanna ihre Worte, um dann milder fortzufahren: »Aber er ist der Sohn des Königs. Darum war es gut und richtig, dass du sein treuer Waffengefährte warst. Wenn er sich freilich vom König lossagt, ist es besser, du hast nicht länger mit ihm zu tun. Du hast dich richtig entschieden, ihm nicht zu folgen. Doch nun… nun solltest du genau diese Tatsache König Karl unter die Nase halten. Du musst dich dem Vertrauen, das er in dich gesetzt hat, würdig erweisen und dich wieder um dein Lehen kümmern, anstatt dich hier in Senlis zu verkriechen. Warum bist du nicht längst in Flandern?«

Balduin zuckte unbehaglich die Schultern. Diese Frage verfolgte ihn schon lange. Doch was immer sie heraufbeschwor – Unbehagen, Überdruss und eine magere Erinnerung an die verregnete Zeit, die er an diesem Küstenstreifen zugebracht hatte, um ihn gegen die Gefahr aus dem Norden zu befestigen –, es war nichts von seinem anfänglichen Eifer dabei. Mit Inbrunst hatte er sich im letzten Jahr auf die Aufgabe gestürzt, eigenes Land zu verwalten, erfreut darüber, Ludwigs Gegenwart zu entfliehen und sein eigener Herr zu sein. Er war sich gewiss gewesen, all das erreicht zu haben, was er stets gewollt hatte.

»Warum bist du nicht längst in Flandern?«, bedrängte ihn Johanna erneut. »Warum zeigst du dem König nicht, dass du ein treuer Vasall bist?«

»Hier lebt immerhin des Königs Tochter«, erwiderte er knapp. »Vielleicht bin ich am rechten Ort.«

»So ist es also«, sprach sie und nickte düster, als wäre, was er eben gesagt hatte, keine Überraschung. Die nächsten Worte spuckte sie wie Gift aus: »Ein Weib!«

Er hob seine Schultern, als wollte er sich gegen weitere scharfe Worte wappnen. Zu seinem Erstaunen blieben sie aus – vielleicht, weil sie bereits alles wusste, alles, was er sich selbst nicht eingestehen konnte.

Es hatte keinen Grund gegeben, nach dem festlichen Abend in Senlis zu bleiben. Je mehr Zeit verging, desto mehr verwunderte Blicke erntete er, vor allem von den vielen Priestern, die sich um den Bischof tummelten, nach dessen Rückkehr aus Reims sogar von diesem selbst, obgleich Erpuinus an kaum etwas anderem Interesse fand als an Essen und Gold. Balduin hatte sich für die Blicke blind gestellt, hatte auch nicht daran gedacht, sich Judith zu erklären. Nie wieder hatte er sie allein getroffen wie damals im Stall oder später nach dem Fest. Immer wurde sie von ihren Damen begleitet, behandelte ihn mal höflich distanziert, mal spöttisch, aber nie so, als ließe sich irgendeine besondere Nähe zwischen ihnen vermuten. Vielleicht war jene auch längst geschwunden; vielleicht würde es sie nie wieder geben. Doch wenn er daran dachte, wie ihr entblößender Blick ihm sein größtes Geheimnis entlockt hatte, und daran, wie diese Augen feucht wurden, als er – ob nun unbedacht oder nicht – in ihrer Seele wühlte, so überkam ihn die Gier, es noch einmal zu erleben. Anfangs fürchtete er, dieses fast schmerzhafte Begehren wäre so offenkundig, dass alle Welt davon erführe. Doch er konnte ihr beherrscht begegnen, solange sie es auch tat – wofür er ihr dankbar war und was ihn zugleich unerträglich ungeduldig stimmte.

Johannas starrer Blick riss ihn aus den Gedanken. »Tu das nicht!«, es klang wie ein eisiger Hauch. »Tu das nicht!«

»Was meinst du?«

»Ich ... ich habe mich kundig gemacht. Ich weiß, wer sie ist. Sie ist eine zweifache Witwe. Eine gebrochene Frau.«

Sie klang, als wäre dies das schlimmste Verbrechen, dessen sich ein Mensch schuldig machen könnte.

»Ja«, sagte Balduin schlicht, »ja, das ist sie wohl.«

Er straffte den Rücken und drehte sich um.

»Du gehst jetzt nicht!«, rief Johanna ihm erbost hinterher. »Wir müssen darüber reden!«

Er drehte sich nicht einmal zu ihr um. »Ich muss überhaupt nichts!«, murrte er trotzig.

»Lass dich nicht von ihr blenden! Der Pfau hat bei all seiner Schönheit eine sehr hässliche Stimme, weil er immer dann kreischt, wenn er seine unschönen Füße sieht.«

»Du irrst, wenn du denkst, ich würde ihrer Schönheit erliegen!«

»Adam, Samson, David und Salomon – sie wurden alle von einer Frau ins Verderben gelockt.«

»Soweit ich weiß, bist du auch eine Frau, Johanna, und hast mir immer geraten, was ich tun soll. War das auch verderblich für mich?«

»Balduin!«

Er verdrehte ungeduldig die Augen. »Du weißt nichts! Du weißt weder etwas über Judith noch über mich!«

»Balduin!«

Diesmal klang es nicht scharf wie ein Peitschenklang, sondern flehentlich, fast verzweifelt. Es fiel ihm schwer, sich nicht zu ihr umzudrehen.

»Lasst mich in Ruhe!«, murmelte er und gewahrte kaum, dass er sich nicht nur gegen sie richtete, sondern auch gegen den Rest der Welt. »Ach, lasst mich einfach alle in Ruhe!«

Obwohl er Johannas beunruhigten Blicken entronnen war, blieb Balduin aufgewühlt. Von der Welt in Frieden gelassen zu werden, hatte er sich gewünscht, doch kaum war er allein, fühlte er sich unbehaglicher als in ihrer Gesellschaft. Die Frage, die sie ihm gestellt hatte, kreiste in seinem Kopf: Was tue ich nur? Was will ich denn?

Er wusste keine Antwort, ziellos war sein Gang. Zuerst führte er in den Saal, der seit Ludwigs Abreise meist leer stand, dann in den Hof, wo ihn sämtliches Treiben lustloser und langsamer deuchte als sonst. Im Stall angelangt – in der kleinen Holzhütte der Knechte hatte er sich in den letzten Tagen auf einem Strohsack sein Lager bereitet –, trat er zu seinem Pferd und strich ihm über die Stirne. Es blähte unruhig die Nüstern, gewiss gierte es nach einem Ausritt, denn für gewöhnlich stand es nicht so lange still. Eigentlich hatte er gehofft, die Unruhe des Tieres würde ihn anstecken, ihn daran gemahnen, wer er war und dass er nicht dazu taugte, tagelang irgendwo seine Zeit zu vergeuden. Doch nun, da er hier war, dachte er nur an seine einstige Begegnung mit Judith.

Was tue ich nur?, ging es ihm wieder durch den Kopf. Was will ich denn? – und diesmal wusste er, dass er die Frage nicht allein würde beantworten können. Er musste ... sie sehen.

Fast erleichtert, endlich ein Ziel vor Augen zu haben, eilte er zurück in den Palast und verlangsamte die entschlossenen Schritte erst, als er zu ihrem Gemach kam. Seit jenem Tag, als er mit ihr über Ludwig gesprochen hatte, war er nicht wieder vor dieser Schwelle gestanden.

»Geht nicht hinein!«, tönte da plötzlich eine zarte Stimme hinter ihm. Er fuhr herum, erkannte eine ihrer Damen, die, wenn ihn das Gedächtnis nicht trog, den Namen Adelheid trug, ein schüchternes, frommes Mädchen.

»Warum nicht?«

Ob seines fordernden Blicks krümmte sich das scheue Mädchen unbehaglich. »Ich ... ich weiß nicht, was sie tut. Sie wollte allein gelassen werden. Nur Madalgis hilft ihr ...«

»Hilft ihr wobei?«

Adelheid schlug entsetzt die Hände vor den Mund, als habe sie damit schon zu viel verraten. »Ich weiß es nicht. Sie hat es uns doch nicht gesagt!«, stieß sie errötend hervor, dann stürmte sie fort.

Balduin zögerte nicht länger. Beherzt klopfte er an, und noch ehe er hineingebeten wurde, öffnete er schon die Tür, trat ins Gemach – und gewahrte, wie beide Frauen, die sich darin befanden, zusammenzuckten.

Madalgis fiel auf die Knie, um das, was sie gerade in Händen hielt, vor seinem Blick zu verbergen, und Judith, die an ihrem Pult einen Brief schrieb – als Balduin nähertrat, erkannte er, dass er in ebenmäßigen Minuskeln gehalten war –, bedeckte unwillkürlich die Schriftzeichen vor seinem neugierigen Auge. Die Frauen konnten jedoch nicht verhindern, dass Balduins Blick durch das Gemach schweifte und er augenblicklich erkannte, was dort vor sich ging. Da waren Truhen, mehr als nur eine, halb gefüllt mit Judiths Kleidern und mit ihrem Schmuck. In eine, die kleinste, wollte Madalgis offenbar gerade die Schreibutensilien stapeln: Papyrus, Tintenhörner und Federn, Messer zum Radieren sowie Kalbs- und Schafshäute, die, wurden sie erst in Kalkwasser gelegt, danach gespannt und beidseitig abgeschabt, zum Beschreiben genutzt werden konnten.

Madalgis schien zu begreifen, dass es keinen Sinn hatte, ihm etwas vorzumachen. Sie erhob sich wieder und fuhr mit dem Packen fort. Zu offensichtlich war, dass Judith eine Reise plante, wiewohl ihr doch verboten war, Senlis eigenmächtig zu verlassen.

»Werdet … werdet Ihr mich an den König verraten?« Judith hatte den Blick auf den Brief wieder freigegeben. Sie versuchte, gleichgültig zu klingen und zu verbergen, dass ihr Geschick auf dem Spiel stand.

»Ihr wollt aus Senlis fliehen?«, fragte Balduin fassungslos. »Aber ich dachte, Ihr heißt Ludwigs Revolte nicht gut! Und nun seid Ihr bereit …«

»Ich habe nicht gesagt, dass ich zu Ludwig will«, unterbrach sie ihn. »Ich will versuchen, nach Lothringen zu kommen. Einer meiner Vettern, Lothar mit Namen, ist dort König. Ich … ich stehe seit geraumer Zeit mit ihm im Kontakt. Auch dieser Brief hier ist an ihn gerichtet und soll ihm meine baldige Ankunft ankündigen. Er hat mir immer wieder zugesichert, mich aufzunehmen, wenn ich nicht länger in der Obhut meines Vaters bleiben will.«

»Doch warum ausgerechnet jetzt?«, fragte er verwirrt.

»Warum wohl?«, gab sie merklich kühl zurück und zuckte zunächst die Schultern, als wäre damit alles gesagt. Dann freilich fuhr sie erklärend fort: »Mein Vater weiß, wie nahe ich Ludwig stehe, und er war immer misstrauisch. Wenn er erst Ludwig bezwungen hat, wird er mich strafen, da ich ja angeblich dessen Verrat unterstützt habe. Er wird diesen Ort in einen noch engeren Kerker verwandeln oder – was mir wahrscheinlich scheint – mich eiligst einem seiner Verbündeten zur Gattin geben.«

Balduins Blick richtete sich auf Madalgis. Offenbar war sie die Einzige, der Judith vertraute, wohingegen sie vor den anderen Damen ihre Pläne verborgen hielt. Sie starrte ihn an, trotzig, kampfbereit, als wollte sie ihm einen lebenslangen Kampf androhen, falls er die Königin verriete.

»Wer wird mit Euch gehen?«, fragte er.

Judith senkte den Kopf, bekundend, dass hier die Schwachstelle ihres Vorhabens lag. »Ich werde meine Damen nicht in Gefahr bringen«, erklärte sie rasch.

»Ihr könnt nicht allein reisen, Ihr …«

»Traut Ihr es mir etwa nicht zu?« Ihre Stimme klang kampfeslustig, doch er ging nicht darauf ein.

»Ihr könnt nicht allein reisen«, bekräftigte er, und kurz fragte er sich, ob er wahnsinnig geworden war, als er hinzufügte: »Nehmt meinen Schutz an. Ich werde Euch begleiten.«

Johanna war froh, spät am Abend auf ein vertrautes Gesicht zu stoßen. Sie hatte in Laon niemals Freunde gehabt, aber an Respekt hatte es nicht gefehlt. Als einstige Amme von Balduin und allwissend erscheinende Kräuterfrau, die bei Krankheit oft als Einzige helfen konnte, stand sie außerhalb der üblichen Ordnung, das war unumstößlich. Hier in Senlis scherte sich jedoch keiner um sie, vor allem Balduin nicht. Seit Stunden hoffte sie, er würde sich um ihre Unterkunft kümmern, doch seit ihrer Ankunft hatte sie ihn nicht mehr zu Gesicht bekommen. Suchend trieb sie sich in den Wirtschaftsgebäuden herum – der Bäckerei, der Küche, dem Brauhaus – und sehnte sich nach einem stillen Ort, wo sie sich ausruhen könnte, oder zumindest nach einem kräftigen Eintopf, der sie stärken würde. Doch sie scheute sich, jemanden darum zu bitten.

Als der Zufall sie schließlich mit Madalgis zusammenführte, war sie so erleichtert, dass sie das Mädchen wie eine lang vermisste Verwandte begrüßte.

»Madalgis! Gott sei Dank, dass ich dich hier finde!«

Die braungelben Katzenaugen blickten sichtlich befremdet, als Johanna es sich obendrein nicht nehmen ließ, ihre Schultern zu umfassen und sie fest zu drücken. Madalgis löste sich aus der Umklammerung, nicht abrupt zwar, sondern geschmeidig, aber mit dem festen Willen, von Johanna nicht berührt zu werden.

»Was machst du hier in Senlis?«, stellte sie die gleiche Frage wie zuvor Balduin.

Johanna witterte die Ablehnung des Mädchens, doch sie wollte nicht in der Erinnerung kramen, wie sie eigentlich auseinandergegangen waren. Sie wusste noch … es hatte diese Sache mit Madalgis' Kind gegeben … dass sie ihr geraten hatte, es nicht zu bekommen … und dass das Mädchen daraufhin sämtliche Haare verloren hatte. Einige Zeit später war sie plötzlich aus Laon verschwunden – und Johanna hatte nie gefragt, was aus ihr geworden war.

»Sag mir, was hier vorgeht!«, befahl sie fordernd. »Balduin … Balduin ist ja nicht mehr er selbst! Was hat dieses … Weib mit ihm gemacht?«

Madalgis' Atem, der ob der unerwarteten Begegnung mit Johanna hastiger gegangen war, beruhigte sich. Sie verkreuzte die Hände vor ihrer Brust.

»Du sprichst von einer Königin«, sagte sie.

»Sei's drum!«, rief Johanna müde und überreizt. »Hat sie ihm ein Zaubermittel gegeben?«

»So wie du mir, du alte Hexe?« Madalgis' Stimme klang fein

und leise, ihr Lächeln war höflich. Einzig ihre Worte spuckten alten Grimm aus.

Johanna achtete nicht darauf. »Was will Balduin von ihr? Was ... was plant er?«

»Ich glaube vielmehr, die Königin plant etwas ... vielleicht ihre Flucht aus diesem Gefängnis?« Madalgis' Lächeln wurde milder, umso mehr, als Johanna scharf ausatmete.

»Lieber Himmel – und er soll ihr dabei helfen? Sie wird seinen Ruf vollends zerstören!«

Madalgis löste ihre verkreuzten Hände von der Brust, drehte sich um, so gewandt, als wäre es Teil eines Tanzes. Zunächst schien es Johanna, als wollte die andere sie einfach stehen lassen. Doch dann, als sie ihr schon den Rücken zugewandt hielt, schien Madalgis zu dem Schluss zu kommen, dass sie ihr mit stichelnden Worten mehr zusetzen konnte als mit strafendem Schweigen.

»Wenn es hier eine Frau gibt, die jemanden zerstört, dann bist du das, Johanna«, erklärte Madalgis, ohne jegliche Bitterkeit, sondern mit diesem gleichbleibend höflichen, ausdruckslosen Tonfall. »Judith ist das nicht. Im Gegenteil.«

Ihre Hand griff nach dem Schleier, und mit einem Ruck zog sie ihn sich vom Kopf. Johanna wappnete sich gegen den Anblick einer grässlichen Glatze, doch nichts davon war zu sehen. Madalgis' Kopf war wieder mit Haar bedeckt, zwar nur mit dünnem, schulterlangem, aber dafür in einem gleichmäßigen Wuchs.

»Mein Haar ist wieder gewachsen«, sagte sie. »Mein Haar ist wieder gewachsen.«

Verständnislos starrte Johanna sie an.

»Verstehst du denn nicht?«, schrie Madalgis da plötzlich auf. »Judith hat mich geheilt! Sie ist keine Frau, die viele Worte macht. Anfangs hat sie überhaupt nicht mit mir gesprochen, mich nur beobachtet, und erst nach einigen Tagen ist sie zu mir gekommen. Als ich vor ihr kniete, hat sie mich aufgerichtet. Und weißt du, was sie gesagt hat? Weißt du es?«

Johanna schüttelte unwillig den Kopf. Sie wollte diese Geschichten nicht hören. Sie hatte keine Zeit dafür, aber Madalgis fuhr fort.

»›Sag mir deinen Namen!‹, hat sie gesagt. ›Sag ihn mir!‹ – ›Aber Ihr wisst doch, wie ich heiße, Königin!‹ – Da gab sie zurück: ›Aber mir scheint, du weißt es nicht. Du weißt nicht, wer du bist. Du klammerst dich an Männer, ich hab's gesehen, und wenn du es weiterhin machst, wird es dich zerstören. Du willst es doch gar nicht, oder? Du hasst doch ihre Berührungen, ihre schwitzenden Leiber? Sie ekeln dich an, und trotzdem gierst du nach ihnen! Hör auf damit, Madalgis, hör endlich auf und besinne dich darauf, wer du bist!‹ Ich habe lange geweint, sehr lange. Am Ende hatte ich keine Tränen mehr. Und sie ist die ganze Zeit bei mir geblieben, hat mich zwar nicht berührt, aber angestarrt, auf diese Weise, wie nur Judith schauen kann. Und dann, bevor sie ging, hat sie gesagt: ›Du bist Madalgis. Und du wirst versuchen, glücklich zu werden und dich nicht länger zerstören, ja?‹«

Madalgis keuchte schwer, nachdem sie geendigt hatte. Johanna konnte nicht entscheiden, was dem Mädchen sämtliche Kraft abverlangt hatte – der hart erkämpfte Triumph, der in diesen glänzenden Augen stand, oder die Erinnerung an eine Zeit, da es sich aufgegeben hatte und ohne fremde Hilfe verloren gewesen wäre?

Fremd war Johanna, was Madalgis antrieb, was sie durchlitten hatte. Doch vertraut war ihr der Scheideweg, auf den manches Leben geriet. Die eine Richtung weist in einen Abgrund, die andere auf ein Fortschreiten, ein Weitermachen, und Letzteres mochte sich zwar niemals gut, jedoch richtig anfühlen.

»Wie rührend!«, zischte sie, um den Anflug von Nähe zu zerstören. »Beim letzten Mal galt deine Liebe noch Balduin – und jetzt der Königin?«

»Ich habe Balduin nie geliebt. Ich hatte gehofft, dass er mich von meinem Los befreit. Aber er hat mich krank gemacht. Erst bei Judith sind meine Haare wieder gewachsen.«

»Dann kann es dir doch nicht gefallen, dass ausgerechnet Judith ihr Herz an Balduin verliert.«

»So dumm ist Judith nicht«, sagte Madalgis überzeugt. »Er läuft ihr nach – nicht sie ihm. Sie wird ihn benutzen, so wie ihr beide, du und Balduin, mich benutzt habt. Und wenn er ihr verfallen ist, wenn seine Seele ihr gehört und wenn sie dann darauf herumtritt, weil diese Seele keinen Wert mehr hat – nun, dann weiß er, wie es sich anfühlt, ohne Hoffnung zu sein.«

»Das werde ich nicht zulassen«, presste Johanna schmallippig hervor.

Madalgis lächelte spöttisch. »Du hast alles getan, um zu verhindern, dass Balduin mich liebt. Du hast ihm andere Frauen zugeführt. Du hast mir mein Kind gestohlen. Doch was kannst du gegen eine Königin ausrichten?«

»Es muss etwas dagegen getan werden! Die Welt wird doch nicht zusehen ... Es ist nicht recht ... Judith darf nichts tun ohne die Zustimmung ihres Vaters ... und Balduin wird es nicht wagen ...«

Sie vermochte keinen Satz zu Ende zu führen. Die Wahrheit war: Sie wusste nicht mehr, was Balduin zu wagen bereit war und was nicht.

Madalgis hörte ihr ohnehin nicht mehr zu. »Ich helfe dir ganz gewiss nicht, die beiden zu verraten«, sagte sie bestimmt, drehte sich um und ließ sie einfach stehen.

»Madalgis!«

Johanna stürmte ihr nach, versuchte, sie aufzuhalten. So unangenehm ihr das Mädchen war, so sonderlich ihr sein Verhalten vorkam, sie war die Einzige, die sie kannte und mit der sie überhaupt über die ganze Angelegenheit sprechen konnte.

»Madalgis!«

Beinahe stieß Johanna mit einer Frau zusammen, die nur wenige Schritte entfernt stand, die Arme in die Hüften gestemmt, als hielte sie sich schon länger hier auf und hätte sie belauscht. Johanna blickte in das fremde Gesicht einer jungen Frau, kaum älter als Madalgis, etwas dümmlicher, verschlagener dreinblickend als diese. Sie war geneigt, sie nicht zu beachten, als etwas sie aufhielt – ein Ausdruck von Verständnis.

»Ich schon«, sagte die junge Frau plötzlich.

»Wie?«, entfuhr es Johanna.

»Wenn Madalgis dir nicht helfen will, die beiden zu verraten – nun: ich schon. Ich kann dir Mittel und Wege zeigen, wie du … es verhindern kannst.«

»Wer bist du?«, fragte Johanna verwirrt.

Die Frau zuckte mit den Schultern. »Der König sollte von den Plänen seiner Tochter erfahren. Je eher, desto besser. Mein Name ist Joveta.«

Regen lag in der Luft, Balduin konnte ihn riechen. Ungeduldig trabte er auf seinem Pferd im Hof auf und ab und spürte die Unruhe des Tieres, das nun endlich losgaloppieren wollte. Gewiss machte es Sinn, dass Judith vorgab, alle Zeit der Welt zu haben. Sie hatten besprochen, dass sie den Aufbruch zur vermeintlichen Jagd ein wenig hinauszögern sollte, um den ganzen Hof glauben zu machen, sie legte nicht sonderlich großen Wert darauf, würde diese Art des nachmittäglichen Zeitvertreibs gelangweilt über sich ergehen lassen. Und dennoch wurde Balduin zunehmend unruhig, hatte das Gefühl, von allen Seiten beobachtet und bei seinem geheimen Vorhaben ertappt zu werden. Längst hatte er Truhen mit ihrem Gepäck in den nächsten Ort schaffen lassen, längst war die Route der Reise vorgezeichnet, die nach Lothringen, zu Judiths Vetter Lothar, führen sollte.

Balduins Pferd wieherte nervös. Reagierte es auf den Blick von Bruder Godhard, der dort vor der Kapelle stand und missmutig zu ihm herübersah? Oder auf die verborgenen Augen hinter den Luken und schummrigen Fenstern, die ihn von drinnen her beobachteten?

Nun, Bruder Godhard war meistens mürrisch, vor allem, wenn er Judith zu unterrichten hatte. Und wer immer ihn von drinnen belauern mochte, hatte bis jetzt nicht versucht, die Jagd zu verhindern.

Er war sich sicher, dass Johanna das liebend gern getan hätte. Doch nach dem letzten Streit ging sie ihm beharrlich aus dem

Weg, und er wunderte sich, warum sie überhaupt hier in Senlis geblieben war.

Wieder machte das Pferd einen unruhigen Satz. Als er herumfuhr, stellte er jedoch erleichtert fest, dass weder seine Geduld noch die des Tieres länger auf die Probe gestellt würde. Judith trat ihm entgegen, mit einem weinroten Obergewand über dem bräunlichen Unterkleid und einer perlenverbrämten Haube anstelle des fast durchsichtigen Schleiers. Sie ging starr und langsam wie immer, nickte ihm nur hoheitsvoll zu, ohne dass sich ihre Blicke trafen, und ließ sich dann von zwei ihrer Damen zu der weißen Stute leiten, die sie einst bei ihrer Begegnung im Stall gestreichelt hatte.

Ohne Mühe bestieg sie das Pferd, wendete es und kam zu ihm geritten. Wieder sah sie ihn nicht an, doch ihre Stimme klang ungewöhnlich hell, als sie fragte: »Bereit zum Aufbruch, Graf Balduin?«

Er war froh, keine Furcht daraus zu hören, keine Zweifel und kein Unbehagen. Er hielt gerne an der Aufgabe fest, sie aus Senlis wegzuführen, doch nur, solange sie aus vollstem Herzen darum bat.

Er nickte entschlossen. »Bereit, wenn Ihr es seid, Königin.«

Kurz blickte er zum Himmel hoch, hoffte, die grauen Wolken wären stark genug, die Regenfluten noch gefangen zu halten. Als er den Blick senkte, fiel sein Blick erneut auf Bruder Godhard. Verwirrt stellte er fest, dass sich der Ausdruck in dessen Miene vollkommen verwandelt hatte. Eben noch grimmig und verkniffen, erhellte sich nun sein Blick. Sein Mund verzog sich zu einem ebenso freudigen wie erleichterten Lächeln, das Balduin sich nicht erklären konnte. Und nicht nur das: Godhard verließ den kleinen Platz vor der Kapelle, senkte die eben noch verschränkten Arme und kam in den Hof gestürzt, als wollte er Judiths Aufbruch zur Jagd mit aller Anteilnahme feiern.

Balduin gewahrte, dass Judith ebenfalls den Mönch beobachtet hatte. Ihre Miene war starr und beherrscht, doch Balduin vermeinte ein Seufzen zu hören, sacht zwar nur, aber unverhohlen trostlos.

Er drehte sich um und erkannte, was Godhard erfreute und Judith entsetzte. Ein Wagen war in den Hof gefahren, einer jener reisetauglichen *Plaustrae*, dessen Fugen mit Wachs und Pech kalfatert und dessen Öffnungen mit Leder bedeckt waren. Davor gespannt waren Zugpferde, deren Schulterjoch steif und gepolstert war, um die Tiere nicht zu verletzen. Das Joch war an den Deichseln des Wagens befestigt, damit man die Pferde hintereinander statt nebeneinander spannen konnte, um die Zugkraft zu erhöhen.

Aus dem Wagen mehr herausgepurzelt als geklettert kamen zwei blutjunge Priester mit roten Gesichtern und akkurater Tonsur, um ein Holzschemelchen vor dem Gefährt aufzustellen, sodass der Reisende würdevoll aussteigen konnte.

Balduin sah zunächst nichts anderes als Männerschuhe aus schwerem Rindsleder, geschmückt mit einzelnen Steinen und Glasperlen und mit zwei feinen Ziernähten, die sie zusammenhielten. Zuerst trat der eine, dann der andere Fuß auf den Schemel, und schließlich wurde die übrige Gestalt sichtbar, bekleidet mit einer Pelzmütze und einem Umhang – eigentlich nicht das übliche Gewand von Geistlichen –, in dem der Mann fast versank. Er war zwar groß, aber dünn, und Balduin verstand nun, warum man ihm nachsagte, ganz ohne Fett, Fleisch und Wein zu leben, nur Gemüse und Fisch zu sich zu nehmen und häufig zu fasten.

Judiths Pferd trabte auf den Gast zu.

»Wir sind auf dem Weg zur Jagd«, erklärte sie grußlos von oben herab, gleich so, als wäre das Verhältnis zu dem Eintreffenden vertraulich genug, dass sie sich das Zeremoniell und die gewöhnlichen Nichtigkeiten ersparen konnte.

Jener schien das nicht zu vermissen. Obwohl er den Kopf zurücklegen und hochschauen musste, wähnte er sich gegenüber Judith offensichtlich nicht in der Rolle des Kleineren, Machtloseren.

»Es tut mir leid, meine Königin«, gab er zurück, und aus seiner Stimme klang tiefe Genugtuung. »Aber ich denke, dass es besser für Euch ist, wenn Ihr hier in sicherer Obhut bleibt.«

Judith ließ die Zügel fallen und blickte sich nach dem Stallknecht um, der ihr zuvor beim Aufsteigen geholfen hatte.

»Wenn Ihr es sagt, Bischof Hinkmar von Reims«, willigte sie ohne Aufbegehren ein. Balduin war sich sicher, dass ihr Blick ebenso erloschen war wie ihre Stimme.

Schweigend stieg Judith vom Pferd. Balduin hatte ihr die Hand gereicht, um ihr herunterzuhelfen, doch sie schlug sie aus, nutzte lediglich den kleinen Holzschemel, den ein Stallknecht eilig herbeigeschafft hatte. Balduin war sich nicht sicher, warum sie ihn wie einen Fremden behandelte und durch ihn hindurchblickte, als wäre er ein Dienstbote. Weil sie nach dem vereitelten Fluchtversuch zu sehr mit ihren Gedanken beschäftigt war? Oder weil sie in Anwesenheit des Bischofs keinerlei Nähe zu ihm bekunden wollte?

Balduin ging darauf ein. Anstatt ihr in den Palast zu folgen, sprang er vermeintlich sorglos wieder auf sein Pferd und verkündete für alle hörbar, dass er nun eben allein zur Jagd reite. Judith achtete immer noch nicht auf ihn, nur des Bischofs kleine wache Augen – viel flinker als der ansonsten steife Leib – schienen ihn argwöhnisch zu durchdringen.

»Unser König, dein guter Vater, lässt dir sagen, liebste Judith, dass er in drei Tagen hier eintreffen wird«, hörte Balduin Hinkmar sagen, ohne dass dessen Blick ihn losließ. »Er hat einige … Pläne mit dir zu besprechen, Judith. Und er freut sich gewiss, seine Tochter wohlbehalten anzutreffen.«

Balduin verzog seine Miene nicht, sondern wendete vermeintlich gelangweilt sein Pferd. Offenbar hatte er richtig gehandelt, denn die Neugierde des Bischofs an ihm schwand augenblicklich. Als Balduin sich ein letztes Mal umdrehte, nachdem er quer durch den Hof geritten war, hatte jener ihm längst den Rücken zugewandt.

Ein Zittern überlief Balduin. Das also war Hinkmar von Reims, der sicherlich mächtigste Bischof des Landes. Manche meinten sogar, er sei mächtiger als der König selbst. Als vor einigen Jahren einige Adelige Neustriens mit König Ludwig von Ostfranken, den man Ludovicus Germanicus nannte, gemeinsame Sache gemacht hatten und Karls Krone bedroht war wie nie zuvor – schon war der verhasste Bruder eingedrungen, schon residierte er in Attigny und stand kurz vor Orléans –, da war es Hinkmar gewesen, der sämtliche Fäden zog. Er sammelte die Kirche und die Großen des westfränkischen Reiches hinter sich und hielt ihnen vor Augen, dass sie auf ewig sämtliche Eigenständigkeit verlören, wenn sie sich jetzt Ludovicus beugen und Karl verraten würden. Der König hatte sein Reich behalten, und Hinkmar war seither dessen engster Vertrauter.

Warum schickt er ausgerechnet ihn hierher?, ging es Balduin durch den Kopf. Gewiss geschieht das nicht grundlos... Es hat mit Ludwigs Revolte zu tun... Er hält Judith für dessen Verbündete, so wie sie es vorausgesagt hat...

»Verdammt!«, knurrte Balduin. Es war müßig, darüber nachzudenken, warum der König Hinkmar nach Senlis sandte. Fest stand, dass Judith nicht würde fliehen können, zumindest nicht so, wie sie es sich gedacht hatten.

Stundenlang ritt Balduin, ohne zu jagen. Äste schlugen ihm ins Gesicht, der Tau, der sich auf den Blättern gesammelt hatte, tropfte auf seinen Hals. Seine Stimmung wurde düster wie der Abend, aber er fror erst, als er wieder nach Senlis zurückkehrte. Er hoffte, er könne Judith sprechen, mit ihr bereden, wohin er ihre Truhen bringen solle; niemand durfte sie entdecken. Doch sämtliche Überlegungen, wie er die Königin von Hinkmars flinken Augen unbemerkt treffen könnte, wurden nichtig, als ihm in der Küche, wo er sich nach dem langen Ritt stärkte, die kleine Adelheid scheu eine Nachricht in die Hand drückte.

»Ihr könnt doch lesen?«, fragte sie ängstlich und wagte nicht, ihm ins Gesicht zu sehen.

»Ja«, erklärte er und griff rasch nach der Rolle. Argwöhnisch blickte er um sich, wollte sehen, ob jemand ihn beobachtete. Doch die Köche und Mägde waren zu sehr damit beschäftigt, das Mahl zu bereiten. Auch Johanna, die er eigentlich hier erwartet hatte, blieb verschwunden – Gott sei's gedankt. Nichts konnte er weniger gebrauchen, als dass sie ihm mit ihren Sorgen um seinen Ruf in den Ohren lag.

Balduin überflog den Brief. Ohne jegliche Anrede war er gehalten, ohne jede Grußformel.

Verlasst Senlis so schnell wie möglich. Wenn Hinkmar hier erscheint und obendrein der König, so mag das bedeuten, dass sie von meinen Plänen erfahren haben. Vielleicht haben sie auch endlich einen Mann gefunden, der als mein dritter Gatte taugt. Geht von hier fort, Balduin, sprecht mit niemandem über das, was wir gemeinsam planten, und dreht Euch nicht nach mir um.

Balduin sprang auf. Rasch rollte er den Brief zusammen, verbarg ihn unter seinem Umhang. In seinem Kopf hämmerte die Gewissheit, dass Judith Recht hatte, dass er Senlis verlassen sollte, dass sie den richtigen Zeitpunkt verpasst hatten. Doch lauter als diese Gedanken klangen seine Schritte, als er Adelheid hinterherhastete.

»Adelheid!«, rief er.

Wieder konnte ihm das scheue Mädchen nicht ins Gesicht sehen.

»Die Königin vertraut dir doch, nicht wahr?«, fragte er atemlos. »Kann ich dir auch vertrauen? Kannst du der Königin etwas ausrichten … und es keinem anderen Menschen sagen?«

Das Mädchen errötete, nickte aber.

Was tue ich da?, fragte sich Balduin, doch da waren die Worte bereits gesagt, rissen jegliche Besonnenheit und nüchterne Überlegung einfach mit sich.

»Frag die Königin … frag sie, ob sie immer noch fliehen will.«

Brügge, A.D. 864

Johannas Herz flatterte zunehmend hilflos wie ein kleines Vögelchen, das aus dem Nest gefallen war, aber noch nicht ausreichend gelernt hatte, sich in die Lüfte zu schwingen. Die schwindende Kraft verlangte Entscheidungen: welche Worte sie noch sagen sollte und welche nicht.

Sie hätte sich Balduin gerne ausführlich erklärt, hätte ein umfangreiches Bekenntnis all dessen abgelegt, was sie angerichtet hatte. Sie konnte seine Ratlosigkeit, sein Unverständnis fast körperlich spüren – vielleicht, weil sämtliche anderen Sinne langsam einzuschlafen drohten.

Da sie nichts sagte, überschüttete er sie mit Fragen. »Ist es Judith, von der du sprichst? Du hast gesagt, dass du schwere Schuld auf dich geladen hast und nun dafür büßen musst. Hast du dich an Judith versündigt? Und wenn es so wäre! Das ist doch kein Grund, dafür zu sterben. Glaub mir… was immer du getan hast… ich bin mir sicher, sie hat dir alles vergeben. So wie ich auch.«

Johannas Lippen verzogen sich zu einem Lächeln. Nicht selten hatte sie nicht nur um Balduins Leben gebangt, sondern auch um seine Seele, hatte befürchtet, dass sie so tief im Morast versinken würde wie die eigene. Oft hatte sie ihn angeschaut und sich gewundert, wie ähnlich er ihr geworden war: ein Getriebener, ein von Erinnerungen Verfolgter.

Doch in Augenblicken wie diesen, da er so leichtfertig von Vergebung sprach, fragte sie sich, ob entgegen all ihrer Sorgen seine Kraft für einen unbeschwerten Neuanfang womöglich viel größer war als ihre. Vielleicht auch größer als die von Judith. Seine Narben mochten nicht minder tief sein, aber vielleicht war die Haut, die darüber zusammenwuchs, dicker und gefühlloser.

»Es… es geht nicht um Judith«, hauchte sie. »Nicht nur…«

Er beugte sich dicht über sie, um sie besser zu verstehen, das fühlte sie an seinem heißen Atem.

»Hast du uns damals an den König und Hinkmar von Reims verraten?«, fragte er. »Hast du sie vor Judiths geplanter Flucht gewarnt? Ich habe oft darüber nachgedacht, ob es so gewesen ist. Aber ich wagte nie, dich zu fragen.«

Johanna holte tief Luft. Der Raum begann sich zu drehen – oder vielleicht war es ihre eigene Seele, die da ziellos kreiste, noch nicht ganz entlassen aus dem hiesigen Leben, noch nicht ganz befreit von den Fesseln der Leiblichkeit.

»Ich hab es getan«, murmelte sie. »Vergib mir. Aber ja, ich habe es getan. Ich hielt es für das Richtige… damals.«

Er hob ihre Hand, jene dünnen Finger, von denen sie gerade noch gedacht hatte, das Fleisch wäre schon von ihnen gefallen und nur das nackte Knochengerüst übrig geblieben.

»Es ist so viel Zeit vergangen seitdem… Es zählt jetzt nicht mehr«, sagte er rasch.

Er hauchte einen Kuss auf ihre Hand, sie versuchte seine Hand zu drücken, aber es gelang nicht.

»Jedoch…«, seufzte sie, »das meine ich nicht. Das ist nicht die Schuld, wegen der ich sterbe. Was bedeutet mein damaliger Verrat, gemessen an dieser Schuld? Sie ist so viel größer… so viel unverzeihlicher.«

Er ließ ihre Hand los, nicht abrupt, sondern sanft. Dennoch fiel sie schwer wie ein Stein auf ihre Brust. Sie zuckte zusammen; es war ihr, als hätte sie ein heftiger Schlag ereilt. Die Wellen, die von ihm ausgingen, strömten in sämtliche Glieder. Sie stöhnte auf.

»Johanna! Um Himmels willen! Wenn die Schuld tatsächlich so groß ist, wie du sagst, dann solltest du sie einem Priester anvertrauen. Nur ein solcher kann dich davon losspre-

chen, sodass du friedlich ins Reich Gottes eingehen kannst. Johanna…«

»Halte die Priester fern von mir!«, unterbrach sie ihn. »Ich brauche sie nicht. Ich habe mit Gott ein Geschäft gemacht – und ich bin sicher: Er ist darauf eingegangen. Nein, keine Priester. Sie sollen für Judith beten… so wie du, Balduin, so wie du…«

Vierter Teil

Die Flucht

A.D. 862

»König Karl erhielt die Nachricht, dass seine Tochter Judith, die Witwe des Königs der Angeln, Edelbold, sich dem Grafen Balduin hingegeben und ihm in einer Verkleidung gefolgt sei.«

Aus den Annalen von Saint-Bertin

XVIII. Kapitel

Die Nacht verschluckte das letzte Glühen des Tages. Der Himmel, stern- und mondlos, glich einem weit geöffneten Rachen. Kein schützendes Weltendach war er, auf dessen fester Fläche der Allmächtige seinen Thron errichtet hatte, sondern ein bodenloses dunkles Meer, in dem ertrinkt, wer zu lange hineinstarrt.

Judith blickte durch das geöffnete Fenster ihres Gemachs, als suchte sie in der gesichtslosen Weite zu ergründen, ob es die richtige Entscheidung gewesen war, sich zur heimlichen Flucht zu rüsten.

Balduin trat zu ihr. »Seid Ihr bereit, Königin?«, fragte er leise.

In den letzten Stunden waren nur wenige Sätze zwischen ihnen gefallen, und wenn er ihr Fragen stellte, so hatte sie entgegen der Gewohnheit, viel zu sprechen, meist nur mit einem schlichten Ja oder Nein geantwortet. Auch jetzt kam nichts anderes als ein Nicken.

»Es ist lange nach Mitternacht«, murmelte er. »Wir … wir sollten es nun wagen.«

Wieder nickte sie, und gleichwohl er hier in ihrem Gemach erschienen war, um gemeinsam mit ihr die Flucht anzutreten, blieb er nun doch unsicher stehen, scheu, verlegen, als fehlte der letzte Impuls, das Verbotene zu tun.

Sein Blick wich Judiths aus. Als sie begannen, Pläne auszuhecken, waren sie rasch zu dem Schluss gelangt, dass sie unmöglich im Gewand einer Königin fliehen könnte, sondern sich zu verkleiden hatte, um so unauffällig wie irgend möglich zu erscheinen. Ohne jeden Dünkel hatte sie selbst vorgeschlagen, dass für diesen Zweck am besten die einfache Kleidung von Bauern und Handwerkern tauge und dass sie die Rolle eines Knaben spielen wolle: mit einem Hemd aus grobem Wollstoff, einem weißen Rock und geschnürten Beinen, plumpen Schuhen und einem Messer im Gürtel.

Balduin hatte es gutgeheißen, doch nun, nachdem sie sich umgezogen und sämtliche Zeichen von Weiblichkeit verborgen hatte, deuchte es ihn peinvoll, sie so zu sehen. Er dachte, dass sie sich vielleicht schämen würde – und schämte sich deshalb selbst.

»Also gut«, murmelte er, und seine Stimme geriet stotternd wie die Ludwigs. »Lasst uns anfangen …«

Der Anfang ihrer Flucht war ohne Zweifel der waghalsigste und gefährlichste Teil. Es war kaum denkbar, dass jemand Judith außerhalb des Bischofspalastes erkennen würde, schon gar nicht in ihrer Verkleidung. Doch hier in den Gängen und auf den Treppen mochte ein weibisch gehender Bauernknabe nur allzu schnell die Aufmerksamkeit auf sich ziehen. Deswegen hatten sie entschieden, einen anderen Weg ins Freie zu wählen.

Indessen Balduin immer noch beschämt stehen blieb, war es Judith selbst, die schließlich nach dem Hanfseil griff, das einer Schlange gleich gerollt am Boden lag, es sich um den Leib wickelte und mit dem Ledergürtel verknotete. Balduin hatte es beschafft, ebenso wie das bäuerliche Gewand. Doch er war sich nicht sicher, ob es lang genug war, um Judith vom oberen Stockwerk, wo sie sich befanden, nach unten zu lassen. Auch jetzt blickte er zweifelnd auf das lose Ende.

»Was ist?«, fragte Judith. »Wollt Ihr … wollt Ihr es doch nicht tun?«

»Doch«, antwortete er.

»Dann solltet Ihr nachsehen, ob es eng genug sitzt.«

Seine Hände zitterten, als er zu ihr trat und den Knoten überprüfte. Obschon die Kleidung sauber war, roch sie fremd an ihr. Das weiche Haar war ganz unter einer Kappe verborgen, nur das Gesicht glänzte bleich darunter hervor.

»Eure Wangen«, stammelte er, als er ihren warmen Atem spürte,

»Ihr müsst Euch die Wangen und die Stirne schmutzig machen. Kein Bauernjunge ist so sauber. Am besten, Ihr…«

Seine Sätze gerieten ins Stocken, doch da war sie schon zum Kamin getreten, griff in die Asche an den Rändern der Glut und fuhr sich mit den schwarzen Händen ein paarmal über das Gesicht. Wieder konnte Balduin nicht hinsehen. Er fühlte nur, wie sein Herz schmerzhaft zu hämmern begann, als sie sich wieder erhob, um zum Fenster zu treten.

»Dann lasst es uns wagen!«, meinte sie und klang beherzter, als ihr wohl zumute war.

Balduin musste sich überwinden, noch dichter an sie heranzutreten als zuvor und sie an der Leibesmitte zu umfassen. Er war bei vielen Frauen gelegen, doch nie hatte er ein solches Maß an Vertrautheit, an Nähe gespürt, nie hatte er sich selbst so aufdringlich gefühlt, obwohl er nichts tat, was sie nicht wollte.

Es ist nicht recht, durchfuhr es ihn, während er sie hielt, es ist nicht recht… Doch zugleich zögerte er es hinaus, die Berührung zu beenden. So kostbar war sie ihm, so…

Ehe er sie wieder losließ, vernahm er ein zaghaftes Pochen an der Tür. Judith zuckte zusammen und versteifte sich.

»Wer da?«, fragte sie panisch.

»Ich bin es, meine Königin«, antwortete vom Gang her eine schwache Stimme.

Balduin und Judith blickten einander entsetzt an.

Madalgis.

Trotz Judiths deutlichem Befehl, allein gelassen zu werden, schien das Mädchen Anstalten zu machen, das Gemach zu betreten, um nach ihr zu sehen.

»Nicht!«, schrie Judith, löste sich von Balduins Körper und stürzte zur Türe, um sie zuzuhalten. »Komm nicht herein!«

»Ich sorge mich um dich, Königin«, hörte Balduin Madalgis stammeln, und er konnte nicht umhin, die Augen zu verdrehen. »Und… und ich muss dir etwas sagen. Es ist kein Zufall, dass Bischof Hinkmar ausgerechnet jetzt erschienen ist und dass der König auf dem Weg nach Senlis ist.«

»Was redest du da?«

»Man hat dich verraten, meine Königin.«

»Aber…«

Balduin führte seine Hand an die Lippen, als Zeichen, dass sie nichts Unüberlegtes sagen sollte. Judith verstand.

»Ach Madalgis«, sagte sie und beherrschte die Aufregung und das Zittern in ihrer Stimme nun besser. »Keiner kann mich verraten… denn ich plane nichts, was verboten wäre. Wenn mein Vater… Wenn der König nach Senlis kommt, dann freue ich mich darüber, ihn wiederzusehen. Du musst dir keine Sorgen machen. Lass mich… lass mich einfach nur allein.«

Unwillkürlich hielt Balduin die Luft an, als er auf Madalgis' Antwort wartete. Das Mädchen verharrte, schien nicht recht überzeugt. Doch dann waren leise Schritte zu vernehmen, die sich entfernten.

Judith seufzte erleichtert auf. »Gott sei Dank!«

»Jetzt aber schnell!«

Ob der Gefahr, in der sie geschwebt hatten, war es für Balduin diesmal leichter, Judith ein weiteres Mal hochzuheben und sie entschlossen auf die Fensterbank zu setzen. Nachdem er den Knoten überprüft und mit seinem Blick den Hof abgesucht hatte, damit sie nicht von einem der Nachtwächter überrascht würden, begann er, sie vorsichtig hinabzulassen. Kurz stöhnte sie auf, als sie den sicheren Halt verloren hatte. Der Strick schien ihr schmerzhaft den Leib abzuschnüren, ihre Beine begannen in der Luft zu strampeln, und anstatt mit dem Unterkörper voran in die Tiefe zu gleiten, drohte sie das Gleichgewicht zu verlieren und kopfüber zu stürzen. Balduin trat der Schweiß auf die Stirne. Mit sämtlicher Kraft und Willensanstrengung wuchtete Judith den Oberkörper zurück in die angedachte Lage und verblieb so starr, dass er sie nun Stück für Stück in die Tiefe lassen konnte. Der Hanfstrick schnitt in seine Hände, vielleicht bluteten sie auch, doch darauf achtete er nicht. Immer kleiner schien ihre Gestalt zu werden, immer mehr verschmolz sie mit der Dunkelheit. Schließlich hörte er einen dumpfen Aufprall.

»Judith!«, entfuhr es ihm, wenn auch nur flüsternd.

Ihr Schatten bewegte sich, sie winkte nach oben, als Zeichen, dass sie sicher am Boden gelandet und nicht gefallen war, dann löste sie das Seil. Wieder trat ihm der Schweiß auf die Stirn, diesmal vor Erleichterung, gleichwohl er sich sagte, dass mit diesem ersten Schritt die Gefahr nicht ausgestanden war. Es war Balduin zwar ein Leichtes, nun selbst in den Hof zu gelangen, auf dem üblichen Weg durch die Gänge des Bischofspalastes. Doch in der Zeit, die er dafür brauchte, durfte Judith da unten keinesfalls entdeckt werden. Sie hatten sich verständigt, dass sie sich in der Tiefe des Gebüschs verstecken sollte, das rund um das Badehaus wucherte, doch dafür musste sie quer über den Hof laufen.

Gerne hätte Balduin von oben aus überwacht, ob es ihr gelänge, doch da die Zeit drängte, musste er sie sich selbst überlassen.

Er blickte auf die verwaisten Möbel, auf das Bett, in dem die Kissen so unter der Decke angeordnet lagen, als würde sich ein schlafender Mensch darin befinden. Auf diese Weise würden Judiths Damen wohl erst spät am nächsten Morgen gewahr werden, dass die Königin verschwunden war.

Auf Zehenspitzen schlich sich Balduin durch den Raum, erreichte die Türe, öffnete sie und spähte zuerst in die eine und dann in die andere Richtung. Kein Laut.

Er huschte in den Gang, aber diesmal kam er nicht weiter als zehn Schritte. Das Licht der Fackeln und der Öllampen schien plötzlich zu flackern, malte Schatten auf die gegenüberliegenden Wände, nicht nur von ihm, auch von einer anderen Gestalt. Er fuhr herum – und blickte direkt in Madalgis' Gesicht, die hier in einer Nische gewartet hatte.

Sie starrten sich an, wie sie es nie getan hatten, nicht in der Zeit, da sie bei ihm gelegen, noch in den letzten Tagen und Wochen, die er hier zugebracht hatte. Bei seinem ersten Besuch in Senlis hatte er noch versucht, mit ihr zu sprechen, doch später hatte er es ohne sonderliches Bedauern aufgegeben.

Jetzt wünschte er sich, er wüsste, was in ihr vorging. In ihrem Gesicht leuchtete etwas auf, was ihm unheimlich war: der Triumph, ihn sich ausgeliefert zu wissen.

»Tu es nicht!«, zischte er, als sie den Eindruck erweckte, sie würde den Mund öffnen und mit aller Leibeskraft Judiths Damen und die Wachen zusammenrufen. »Bitte! Tu es nicht!«

Zu seiner Erleichterung unterließ sie das Schreien, doch ihre Worte waren darum nicht minder scharf. »Warum die Königin?«, fragte sie. »Warum begnügst du dich nicht mit Mädchen wie Joveta … wie mir …«

Er trat auf sie zu, um in seine erklärenden Worte mehr Vertraulichkeit zu legen, doch sie wich steif zurück.

»Madalgis … Madalgis, ich schwöre dir: Ich entehre die Königin nicht. Ich versuche, ihr zu helfen!«

»Indem du sie mit deiner Gegenwart beschmutzt?«

Ihr Hass war tief, echt – und vor allem lange gereift. Er war keine hektisch züngelnde Flamme, die sich eben erst entzündet hatte und rasch gelöscht werden könnte. Ihre schmalen, katzenförmigen Augen brannten schon lange davon.

»Hör mir zu!«, versuchte Balduin sie zu beschwören. »Du weißt doch, in welcher Lage Judith ist! Sie … sie kann nicht in Senlis bleiben, und deswegen habe ich ihr angeboten, sie nach Lothringen zu bringen. Ihr Gemach …«, er deutete mit seinem Kinn auf die Türe hinter sich. »Ihr Gemach ist leer.«

Anfangs glaubte er, seine Worte würden an Madalgis abprallen, dann freilich schien sie zu begreifen. Der verkniffene Zug um ihren Mund löste sich, nur das Glühen in ihren Augen ließ nicht nach. Doch nun schien es nicht von Hass, sondern von einer tiefen Zufriedenheit genährt, die er nicht deuten konnte.

»So, so«, murmelte sie schließlich.

»Du … du wirst uns doch nicht verraten? Ich meine, du wirst *sie* doch nicht verraten? Du hegst doch keinen Groll wider sie! Du willst doch nur ihr Bestes, nicht wahr?«

Madalgis zögerte, offenbar, um ihn zu quälen. Es gelang ihr. Beunruhigt malte Balduin sich aus, was geschehen würde, würden sie ausgerechnet jetzt entdeckt. Judith in Männerkleidung... und er, der sie ihr beschafft hatte.

Doch dann seufzte Madalgis, senkte ihre gelblichen Augen und trat zur Seite.

»Für die Königin«, sagte sie leise, »allein für die Königin will ich schweigen.«

Balduin atmete hörbar aus, wenngleich der bedrohliche Klang in Madalgis' Worten ihm nicht entgangen war. Als er an ihr vorbeiging und den Gang entlangschritt, fühlte er ihren Blick auf seinem Rücken haften. Seine Knie fühlten sich zittrig an, als er die Treppen nach unten stieg und durch das Tor aus Eichenholz ins Freie trat.

Die kalte Nacht fühlte sich so erfrischend und ernüchternd an, wie er es oft nach durchzechten Festen erlebt hatte.

Als er sich vergewissert hatte, dass keine der Nachtwachen in der Nähe war, ging er mit beherzten Schritten in Richtung Badehaus. Kahl stand dort das Gebüsch, die einzelnen Zweige glichen schwarzen, dünnen Fingern.

»Judith?«, raunte er.

In seiner Anspannung gewahrte er nicht, dass er sie zum ersten Mal mit bloßem Namen ansprach. Er bekam keine Antwort. Wo immer Judith sich versteckt hatte – hier war sie nicht.

Der Griff des Mannes wurde immer schmerzhafter. Judith hatte gehofft, er würde sie loslassen, nachdem er sie ertappt hatte. Doch er zerrte sie nicht nur mit sich in Richtung der Ställe, obendrein presste er seinen wuchtigen Körper so dicht an sie, wie es seit Jahren kein Mann gewagt hatte. Jetzt erst gewahrte sie, wie tief verschüttet die Erinnerungen an ihren ersten Gatten Ethelwulf und den zweiten, Ethelbald, waren. Sie hatte gedacht, dass sie sich mühelos vergegenwärtigen könnte, wie der eine sie gierig, roh, der andere unbeholfen und verschämt angefasst hatte. Doch erst das unerträgliche Zupacken des Fremden verdeutlichte ihr, wie sehr sie ihr früheres Leben beiseitegedrängt hatte.

»Also«, lallte der Mann, »wer ist dein Herr? Vor wem versteckst du dich?«

Judith biss die Zähne aufeinander. Sie konnte seine Muskeln spüren und darüber eine Schicht von weichem Fett, weil diese Muskeln offenbar schon zu lange brachlagen. Das Grauen vor seinem Körper war noch größer als das Entsetzen, entdeckt worden zu sein – nicht von einem Nachtwächter, sondern von einem Trunkenbold, der sich zum Gebüsch gestellt hatte, um sich dort nach einem durchzechten Abend zu erleichtern. Noch ehe der heiße, stinkende Strahl sie hatte treffen können, war Judith aufgesprungen – eine Unbeherrschtheit, wie sie es sich all die letzten Jahre nicht gestattet hatte. Ach, warum gerade jetzt?

Er zerrte sie zu den Ställen.

»Was hast du angestellt, Bursche, dass du dich im Gebüsch verkriechst?«

Sie kamen bedrohlich nahe an die Lichtquellen heran – Fackeln, die an den Wänden brannten, aber auch Kerzen und Lampen, die von Menschen getragen wurden, die sich des Nachts am Hof herumtrieben. Einige der Männer, die den Zug von Bischof Hinkmar hierher begleitet hatten, waren darunter. Gleich neben dem Stall, wo ihre Pferde untergebracht waren, hatten sie in einer kleinen Grube ein Feuer gemacht und hielten nun wärmend die Hände darüber.

Ob der Mann, der sie entdeckt hatte, zu ihnen gehörte?

Es machte in ihrer Lage wohl keinen Unterschied, und sie hatte auch keine Zeit, darüber nachzudenken, denn während er sie bislang halb hinter sich hergezerrt hatte, riss er sie nun mit einer ungestümen Bewegung nach vorne, sodass er in ihr Gesicht blicken konnte.

»Mach dich nicht unglücklich, Junge! Wirst du mir jetzt endlich Rede und Antwort stehen?«

Das schummrige Licht traf ihr Gesicht, und sie dankte Balduin im Stillen, dass er ihr geraten hatte, die Wangen mit Asche zu verdecken. Doch dass der Mann sie noch immer für einen Knaben hielt, machte ihre Lage nicht leichter.

Sein Gesicht rückte dicht an sie heran, sein Atem, heiß und faulig, machte ihr zu schaffen.

Sie versteifte sich.

»Graf Balduin«, brachte sie schließlich hervor. Sie versuchte, ihre Stimme so rau und tief wie nur irgend möglich klingen zu lassen. Doch das, was ihr über die Lippen kam, war piepsend hoch wie das Fiepen einer Maus.

»Wie?«, fragte der Mann, der davon offenbar nicht irritiert war. »Was sagst du?«

Judith sah, wie sich langsam die Blicke der andern Männer hoben, zuerst noch gelangweilt, dann neugierig, was da einer der ihren mit einem Knaben zu schaffen hatte. Mochte sich jener in seinem betrunkenen Zustand von ihr an der Nase herumführen lassen – sie war sich sicher, dass sie trotz der Aschespuren nicht lange verbergen konnte, wer sie war, vor allem, wenn sich ihre Kappe löste, die schon jetzt locker saß.

»Graf Balduin«, versuchte sie wieder zu knurren, »Graf Balduin ist mein Herr.«

»Wer?«, schrie er.

Wenn Hinkmar von Reims mich in dieser Lage sehen könnte, dachte Judith, und sie konnte nicht umhin, inmitten von Schrecken und Ekel auch einen Funken Belustigung zu spüren – die ihr freilich bald verging, denn eben fuhr der Mann sie an: »Den kenn ich aber nicht. Wer ist Graf Balduin?«

»Ei-ei-ein Vassall des Königs.«

Jetzt erst bemerkte sie, wie sie stotterte. Zum ersten Mal konnte sie nachfühlen, wie es Ludwig ergehen musste.

»So, so«, knurrte der Mann. »Hab noch nie von ihm gehört. Kennt einer von euch Graf Balduin?«

Er drehte sich den anderen Männern zu, doch Antwort kam nicht aus ihrer Richtung, sondern aus einer ganz anderen.

»Wenn Ihr wollt, könnt Ihr ihn rasch kennenlernen!«, sprach die Gestalt, die sich unauffällig genähert hatte und sich nun bedrohlich neben dem Trunkenbold aufrichtete. »Und nun gebt mir meinen Knaben!«

»Hört, hört«, lallte der Mann, »dein Knabe. Weißt aber schon, dass er sich vor dir versteckt hat, oder? Warum wohl?«

»Weil er bereits weiß, wie schmerzhaft meine Fäuste sein können. Willst du es auch erfahren?«

Judith gewahrte erleichtert, dass der Griff des Mannes sich lockerte. Noch ließ er sie nicht gänzlich los, aber als Balduin nun ihren freien Arm umfasste und daran zog, schwand sein Widerstand.

»Du solltest ihn dafür bestrafen, dass er sich des Nachts herumtreibt«, nörgelte der Mann.

Judith, die nun eine Hand frei hatte, zog rasch ihre Kappe tiefer ins Gesicht.

»Glaub mir, das werde ich tun«, gab Balduin zurück.

Nicht minder roh als zuvor der Trunkenbold riss er sie mit sich und machte ein vermeintlich strenges Gesicht, insgeheim freilich sorgsam darauf bedacht, sie von den Fackeln wegzuführen und auch von den Männern, deren Interesse ebenso rasch erstarb, wie es erwacht war.

Erst an der Rückseite der Ställe blieb er stehen.

Judith atmete mehrmals tief durch. »Nun«, spöttelte sie leise und gewann die Herrschaft über ihre Stimme wieder. »Kriege ich nun eine Tracht Prügel?«

Balduins Griff lockerte sich augenblicklich.

»Ihr wisst«, murmelte er besorgt, »dass uns Gefährliches bevorsteht.«

Balduin hatte gehofft, dass es noch stockdunkel wäre, wenn sie die schützenden Wälder rund um Senlis erreichen würden, doch an den Rändern der Nacht kratzte schon das Morgengrauen.

Einfach hatte der Plan geklungen, wonach er sein Pferd draußen vor die Stadtmauer hatte bringen lassen und sie später nur das kleine geheime Tor nutzen mussten, das auch nachts für die Boten des Bischofs offen stand. Doch wo genau sich dieses Tor befand, wussten sie nicht, und ihre Hoffnung, dass es gleich neben dem Haupttor zu finden wäre, erwies sich als Irrtum.

Wie in einem Käfig gefangen schlichen sie umher, mieden das Licht und die Menschen, von denen sich mehr auf den Beinen hielten, als sie erwartet hatten. Einer schien ihnen besonders hartnäckig auf den Fersen zu sein – ein einarmiger Bettler, den die Welt wohl bereits derart gestraft hatte, dass er sich vor den nächtlichen Geistern und Dämonen nicht fürchtete, sondern die finsteren Stunden zu wirren Reden nutzte, die er krächzend hinausbrüllte. Weder Judith noch Balduin achteten auf deren Sinn, doch wenn der Mann zu viel Aufmerksamkeit auf sich zog, konnte er ihnen gefährlich werden. Gottlob schien man ihn bereits zu kennen – denn bis auf Judith und Balduin wies ihn niemand an, das stinkende Maul zu halten.

Als sie das Tor endlich fanden, war es von zwei Soldaten bewacht. Balduin hatte schwer mit dem Bedürfnis zu kämpfen, ihnen eins über den Schädel zu ziehen. Er war sich sicher, dass er ohne sonderliche Schwierigkeiten mit beiden gleichzeitig fertig würde. Doch Judith hielt ihn entschieden davon ab und erklärte, dass ihre Flucht niemanden zu Schaden bringen sollte.

Es war in diesem Augenblick, da er zum ersten Mal darüber nachdachte, wie sehr diese Flucht ihm selbst schaden konnte. Bislang waren seine Gedanken nicht weiter gegangen als bis zu dem Punkt, Judith aus Senlis hinaus und nach Lothringen zu bringen. Erst jetzt wagten sie sich einen Schritt weiter, erkannten – vielleicht dank der kalten Nacht nüchtern gestimmt –, dass er nicht so leicht in sein altes Leben würde zurückkehren können, wie er leichtfertig gedacht hatte. Niemand, so stand ihm plötzlich deutlich vor Augen, würde Judiths Verschwinden von dem seinen trennen, selbst, wenn Madalgis ihn nicht verraten würde.

Noch erlaubte er es den Sorgen nicht, sein Gemüt zu zermürben – nicht, solange er sämtliche Kräfte für anderes brauchte: zunächst dafür, die beiden Soldaten abzulenken, bis Judith durch die schmale Türe geschlichen war, und dann, ihr zu folgen.

Nach allem, was die Flucht bis dahin erschwert hatte, rechnete er auch nun mit Schwierigkeiten. Doch zu seiner Erleichterung kannten die Soldaten seinen Namen. Bewundernd neigten sie ihre Köpfe und schienen stolz darauf, sich in der Nähe eines Mannes zu wissen, der so viel Kriegsruhm erlangt hatte.

Als er ihnen schließlich erklärte, er müsse augenblicklich nach Flandern reiten, weil es von neuen Angriffen der finsteren Normannen bedroht sei, wirkten sie nicht misstrauisch, sondern eher enttäuscht, weil sie ihm nicht augenblicklich folgen konnten.

Kurz darauf stieß er zu Judith, die sich an den Wachen vorbeigeschlichen hatte, und sie hasteten zu jener Stelle, wo sein Pferd angebunden war. Sie wirkte bleich und zittrig – vielleicht war sie das schon die ganze Zeit über gewesen und es fiel ihm erst jetzt auf. Er wollte sie vor sich auf das Pferd heben, doch sie verweigerte den damenhaften Sitz.

»Wir sind schneller, wenn ich hinter dir wie ein Knabe hocke«, erklärte sie.

Er versuchte, nicht darüber nachzudenken, dass sie ihn vertraulich mit Du angesprochen hatte – und dass sie nun dicht gepresst hinter ihm saß, ihr warmer Atem seinen Nacken streifte und ihre Hände Halt suchend um seine Schultern lagen.

Bald ließen sie Senlis mit seiner ovalen, ganze neunhundert Meter langen Mauer hinter sich, passierten *Augustomagus*, einen Vorort, wo sämtliche Straßen nördlich der Seine zusammenliefen, und ritten fröstelnd und wortlos bis in die Mittagszeit. Der Wald, den sie alsbald erreicht hatten, wirkte seltsam kahl. Die weißen Birken mit ihrem luftigen Blätterkleid standen so grau, als wäre ihre Rinde zu Asche verbrannt. Die Nadelbäume waren dürr und verschrumpelt wie die Finger eines uralten Mannes, steif und brüchig auch wie dessen Knochen. Der Wind kläffte hungrig.

Als sie das erste Mal rasteten, war es schließlich Judith, die die ersten Worte sagte.

»Es tut mir leid«, murmelte sie. »Es tut mir leid, dass ich dich in solche Schwierigkeiten bringe.«

Bis jetzt hatte sie nie angesprochen, dass er sich ihretwegen womöglich um alles brachte, was er sich im Leben erkämpft hatte. Sie hatte auch nie versucht, ihm die Entschlossenheit, ihr zu helfen, auszureden.

»Ich tue, was ich tun muss«, sagte er schnell, »... und tun will.«

Nachdenklich ruhte ihr Blick auf ihm. »Doch was gab dir die Gewissheit, dass ich es wert bin, alles aufs Spiel zu setzen?«

Zum ersten Mal an diesem Tag betrachtete er sie nicht flüchtig, sondern ganz genau. Erbarmungswürdig schlotterten die Jungenkleider an ihr; in ihrem bleichen Gesicht standen immer noch die Spuren der Asche; die Kappe war längst verrutscht und vermochte nicht alle ihre Flechten zurückzuhalten. Er hatte sie immer für außergewöhnlich schön gehalten, auf eine Weise, die irgendwie auch abstoßend gewesen war. Die Gier, nach ihr zu greifen, war stets von der Scheu in Schach gehalten worden, Verbotenes zu tun. Eine Scheu auch davor, von ihrer Leblosigkeit und Erstarrung angesteckt zu werden.

»Nun«, drängte sie, als er ihr keine Antwort gab, »was gab dir die Gewissheit, dass ich es wert bin?«

Verwirrt schüttelte er den Kopf. »Ich habe diese Gewissheit nicht«, meinte er leichtfertig. »Ich muss wohl schlichtweg den Verstand verloren haben.«

Sie schien froh, dass er sie nicht mit Lügen und Ausreden überhäufte, auch wenn das Lächeln, das sie aufsetzte, nicht nur dankbar, sondern irgendwie auch wehmütig geriet.

»Ich wünschte, ich könnte dir ...«, setzte sie an.

Sie sprach nicht weiter. Bis jetzt hatte der Wald keine anderen Laute preisgegeben als Ächzen und Knacken, Vogelgekreisch und Windböen. Doch nun erklangen Geräusche vom Weg her, auf dem sie gekommen waren. Einige der Vögel stoben aus dem Gebüsch, spürten wohl noch früher als sie die Erschütterung von Pferdehufen.

Judith und Balduin warfen sich einen raschen Blick zu, in dem alles stand, was sie sich nun nicht mehr sagen konnten: Furcht und Entschlossenheit, Verzagtheit und Kampfbereitschaft. Man hatte ihre Verfolgung früher aufgenommen als erhofft.

»Schnell! In den Wald!«

Judith stand wie erstarrt, horchte noch auf die näherkommenden Laute. Doch ehe die Reiter sichtbar wurden, hatte Balduin sie bereits am Arm gepackt und vom Weg in den schützenden Schatten der Bäume gezerrt. All sein Trachten bestand darin, möglichst lautlos zu sein. Erst als sie schließlich still im Schatten einer der großen Buchen standen, gewahrte er, dass er noch nie so dicht bei ihr gestanden hatte. Er konnte das unruhige Pochen ihres Herzens spüren, das ihre vermeintliche Beherrschtheit Lügen strafte.

»Das Pferd …«, murmelte sie.

»Psst«, machte er, um dennoch erklärend hinzuzufügen: »Wenn wir es losgebunden hätten und davongeritten wären, dann hätten sie uns bemerkt.«

Ihr Körper versteifte sich, er war sich nicht sicher, ob vor Angst oder weil er sie zwischen sich und den Baumstamm gepresst hatte. Er fühlte jene winzige Stelle hinter seinem Ohrläppchen brennen, so wie es immer gewesen war, wenn er bei einer Frau lag, doch er versuchte, nicht darauf zu achten, sondern auf die näherkommenden Laute, das Hufgetrappel und dann schließlich, als die Reiter anhielten, auf die Schritte. Einzelne Stimmen waren zu vernehmen. Ganz offenbar hatten sie Balduins Pferd entdeckt und rätselten, was es damit auf sich habe. Einer von ihnen stieß einen lauten Ruf aus und wiederholte ihn mehrmals, als keine Antwort kam.

»Wenn sie uns suchen …«, stammelte Judith. »Wenn sie uns suchen, werden sie uns finden.«

»Nein!«, flüsterte Balduin. Das Glühen hinter seinem Ohrläppchen verging, als er Judith packte und einfach hochwuchtete, bis sie auf einem der dicken Äste zu sitzen kam. »Wir müssen auf den Baum klettern!«, wies er sie an, während er selbst nach einem der anderen Äste griff und sich hochzog. Er beobachtete sie aus dem Augenwinkel. Der Schrecken schien sie zwar zu lähmen, doch nicht so sehr, wie er befürchtet hatte. Nach einer Weile tat sie es ihm gleich, griff mit starr nach oben gerichteten Augen und zusammengepressten Lippen nach einem der höhergelegenen Äste und kletterte weiter in die Höhe. Dunkle Brocken der Rinde rieselten auf ihr leichenblasses Gesicht und verfingen sich in ihren Haaren, doch sie achtete nicht darauf, sondern schwang sich – nunmehr mit der Geschmeidigkeit einer Katze – auf einen weiteren Ast.

Er folgte ihr mit bedächtigen Bewegungen, um keinen Lärm zu machen. Das Knacken der Äste klang gefährlich laut in seinen Ohren, doch die Männer, die nicht weit von ihnen noch immer durcheinanderriefen, schienen nicht darauf zu achten. Eben ergingen sie sich in Vermutungen, ob die Stätte, die sie vorgefunden hatten, Zeugnis eines Überfalls sei oder ob sich die Flüchtigen im Wald versteckt hätten.

»Warum haben sie dann das Pferd zurückgelassen?«

»Vielleicht haben sie eingesehen, dass es keinen Sinn macht, weiterzureiten. Zu zweit wären sie ja doch viel langsamer als wir.«

»Oder sie sind von Räubern heimgesucht worden.«

»Es gibt hier keine Spuren von einem Kampf!«

»Lohnt es sich denn, zu zweit gegen eine Horde zu kämpfen?«

»Eine Horde von was? Glaubst du etwa, es waren Normannen?«

»Stell dir nur vor! Die Tochter des Königs in Normannenhand!«

Judith war bis zum letzten Drittel des Baums hochgeklettert. Als die Äste immer dünner wurden, rutschte sie in die Nähe des Baumstamms und hielt sich dort fest. Sie zog die Füße an, damit man sie von unten nicht sehen konnte. Als sie einen vorsichtigen Blick in die Tiefe warf, wurde sie noch blasser. Balduin zog sich auf die gleiche Höhe und griff unwillkürlich nach ihrer Hand. Sie war von der Rinde aufgeraut und nass vor Schweiß.

Er starrte auf den dünnen roten Kratzer an ihrer weißen Wange, den offenbar ein spitzer Zweig gezogen hatte. Obwohl es in diesem Augenblick unwichtig war, erwachte in Balduin eine geheime Lust zu sehen, wie Judiths edle Erscheinung Sprünge bekam. Ihre zusammengebundenen Haare lösten sich – nicht in weichen Locken, wie er erwartet hatte, sondern in struppigen Strähnen, die ihr vom Kopf wegstanden und sich ihren Fingern widersetzten, als diese ordnend darüberfuhren.

Nie hatte sie weniger einer Herrscherin geglichen – und doch dachte er in diesem Augenblick zum ersten Mal: Meine Königin. Sie ist meine Königin. Das ist es, ging ihm auf, das ist es, was mir die Gewissheit gibt, dass sie es wert ist, für sie alles aufs Spiel zu setzen.

Ein Ruf riss ihn aus seinen Gedanken. »Wir müssen tiefer in den Wald, um sie zu suchen.«

Balduin wusste später nicht mehr zu sagen, wie lange die Suche der Männer gewährt hatte und wie sorgfältig sie vonstattengegangen war. Es deuchte ihn, dass es endlose, quälende Stunden gewesen waren, gleichwohl die Sonne kaum höher stand, als sie endlich wieder vom Baum kletterten.

Einmal setzte fast sein Herz aus, als einer der Männer ihre Fußabdrücke entdeckt und sich forschend darüber gebeugt hatte. Aber schließlich kam der Fremde wohl zu dem Schluss, dass sie tiefer in den Wald hineingelaufen waren. Panik hatte Balduin erfasst, als er seinen Namen hörte. Man hatte also nicht nur Judiths Flucht viel früher entdeckt, als sie erhofft hatten, sondern man hielt ihn zu Recht für ihren Helfershelfer.

»Das hätte ich nie von Graf Balduin gedacht!«, sagte einer, dessen Stimme ihm bekannt vorkam. Vielleicht hatte er ihn einst auf einem der Feldzüge gegen die Normannen begleitet. »Ich meine, dass er dem König derart in den Rücken fällt!«

»Bin gespannt, wer an seiner Stelle sein Lehen bekommen wird!«, meinte ein anderer.

»Balduin kann sich glücklich schätzen, wenn er nur sein Lehen verliert.«

»Was denkst du, was sie mit ihm machen werden?«

»Mit einem Verräter? Das weißt du doch. Wenn er Glück hat, wird er entmannt und geblendet. Wenn er sehr viel Glück hat, meine ich. Aber wenn ich ehrlich bin, glaube ich nicht, dass der König ihn am Leben lässt.«

Balduin wich Judiths Blick aus, versuchte, nicht über den Inhalt der Worte nachzudenken, sondern darüber erleichtert zu sein, dass die Männer lieber schwatzten, als sich der Suche zu widmen. Vielleicht war es auch kein Zufall, dass sie so nachlässig geriet. Nicht, dass einer ihm nahe genug stand, um ihn zu schützen – aber womöglich jagte ihnen die Vorstellung, einen Kriegshelden wie ihn zu fassen und gebunden zurückzuführen, zu großes Unbehagen ein, um sämtliche Kräfte dareinzulegen.

Irgendwann wurde es stiller. Die Stimmen verstummten, die Schritte entfernten sich. Die Männer waren nicht sonderlich tief in den Wald eingedrungen, wohl auch von der Angst vor den Waldgeistern und den tödlichen Sümpfen zurückgehalten. Hufgeklapper war das letzte, was sie vernahmen. Doch die Stille schien ihnen noch als zu vages Zeichen, das sichere Versteck aufzugeben.

Sie warteten eine Weile. Balduin warf Judith einen vorsichtigen Blick zu, sah, dass ihre Fingerknöchel ganz weiß geworden waren, so fest umklammerten ihre Hände den Baumstamm.

Als sie zu reden ansetzte, war ihre Stimme kaum lauter als das Flüstern des Windes, der mit ihnen den Atem angehalten zu haben schien und der längst nicht mehr kläffte, sondern nur mehr winselte. »Sie werden uns jagen«, murmelte sie. »Sie werden uns keine Ruhe lassen. Das kann sich mein Vater nicht bieten lassen. Nicht, nachdem schon seine Söhne Ludwig und Karl ihm die Stirn geboten haben.«

Balduin zuckte die Schultern. Wieder hefteten sich seine Augen auf den rötlichen Kratzer, der über Judiths Wange gezogen war. Als sie weitersprach, dachte er, sie würde ihre Frage von zuvor wiederholen: ob sie ihm wirklich so viel wert sei. Doch zu seiner Verwunderung stellte sie fest: »Ich muss dein Leben schützen.«

»Wir wussten doch, dass es nicht leicht wird ...«

»Ja, natürlich. Und dennoch ...«, sie zögerte, ehe sie bekräftigte: »Ich muss dein Leben schützen.«

Ihre Worte klangen lächerlich in seinen Ohren, denn noch nie hatte er sie in einer derart hilflosen Position erlebt.

»Mein Leben schützen?«, fragte er. Die Anspannung ließ nach, entlud sich in einem spöttischen Kichern. Wie wollte eine Königin in Männerkleidung und im Wipfel eines Baums versteckt sein Leben schützen?

Da ließ eine ihrer Hände vom Baumstamm ab, legte sich auf seine Finger und drückte sie flüchtig.

»Wenn du zur Familie des Königs gehörst, wird er dich nicht hinrichten lassen«, sagte sie leise und wich seinem Blick aus. »Ich … ich werde dich heiraten, Balduin.«

Johanna fuhr hoch. Sie gewahrte erst, dass sie eingenickt war, als sie verwirrt in das Gesicht blickte, das sich über sie beugte. In ihrem Mund schmeckte es bitter. Sie hatte den ganzen Tag weder gegessen noch getrunken, nur darauf gewartet, dass endlich Nachricht käme. Doch trotz der Aufregungen hatte über das Warten der Schlaf ihren alten Körper übermannt. »Haben sie sie gefunden?«, brach es aus ihr hervor. Sie blickte sich hektisch um, versuchte zu erkennen, ob es noch hell oder schon Abend war.

Madalgis, die sie mit einem sanften Stoß geweckt hatte, trat zurück und ließ sich auf einen Schemel sinken. »Nein … nein«, berichtete sie, »ich habe nichts dergleichen vernommen.«

»Gott sei Dank!«, seufzte Johanna und rieb sich die müden Augen. Sofort begannen sie zu tränen.

»Du dankst Gott?«, fragte Madalgis. »Warst du es nicht, die sie an den König verraten hat?«

Johanna erhob sich ächzend. »Doch nicht heute! Ganz gewiss nicht, nachdem sie geflohen sind! Ich … ich wollte verhindern, dass so etwas überhaupt geschieht. Ich wollte, dass Balduin sich von Judith fernhält … nicht, dass er in Ungnade fällt.« Ihr Rücken schmerzte. Seit den Morgenstunden hatte sie Stunde um Stunde zuhören müssen, wie die Gerüchte immer üblere Wellen schlugen. Dass Balduin gewaltsam die Königstochter entführt hätte, behaupteten die einen. Dass Judith den armen Krieger verführt hätte wie die listige Eva ihren Adam, die anderen. Fest stand, dass Hinkmar von Reims tobte und die sofortige Ergreifung des ungleichen Paars gefordert hatte.

»Vielleicht hättest du eher darüber nachdenken sollen, was du tust… und warum«, sagte Madalgis.

Sie war die Einzige unter Judiths Damen gewesen, die sich bisher nicht am Geschwätz beteiligt hatte. »Hast du etwa dem Bischof heute Morgen gesagt, dass die Königin unauffindbar ist?«, fragte Johanna misstrauisch.

Madalgis schüttelte entschieden den Kopf. »Ich denke, die dumme Joveta war's. Wenn ich es gewollt hätte, ich hätte schon viel früher eingreifen können. Ich habe Balduin gestern Nacht aus Judiths Gemach kommen sehen.«

Johanna rieb sich den schmerzenden Nacken. »Was für eine Dummheit!«, stieß sie hervor. »Was für eine Dummheit.«

»Er wird dafür bezahlen«, bemerkte Madalgis schlicht.

»Was sagst du da?«, entfuhr es Johanna verwirrt. »Du hast ihn geschützt, hast ihn nicht verraten – und wünschst ihm nun doch Schlechtes?«

Aber Madalgis antwortete nicht mehr. Schulterzuckend drehte sie sich um. Der letzte Blick, den sie auf Johanna warf, war noch katzenäugiger als sonst.

XIX. Kapitel

Sie erreichten Laon an einem diesigen Frühlingstag. Unten auf der Erde stand der Wind still. Doch droben am Himmel wurden die Wolken so wirr durcheinandergescheucht, als wären sie die Schatten des unruhigen Treibens auf der hiesigen Welt, wo die wenigsten Menschen ihren festen Stand finden, die meisten hingegen wild hin und her geschoben werden. Die Felder, an denen sie vorbeigekommen waren, waren noch trunken vom Winterschlaf; Mutter Erde blickte durch verquollene Augen.

Selten war Balduin so erleichtert gewesen, in seine Heimat zurückzukehren. Das Gefühl, ständig einen Feind auf den Fersen zu haben, hatte ihn ebenso zermürbt wie die Angst, Judith zu überfordern. Klaglos hatte sie sich dem Fußmarsch gefügt, nachdem sie nun kein Pferd mehr hatten, und sich auch an den Männerkleidern nicht gestört. Doch er merkte an ihrem angestrengten Gesicht, dass ihre Kräfte zur Neige gingen.

Gottlob hatte sie zuletzt ein fahrender Händler auf seinem Wagen mitgenommen. Nach einer ersten Nacht im Wald waren sie zunächst zurück zur Straße gegangen und dieser gefolgt. Am dritten Tag waren sie schließlich Emme begegnet: ein geldgieriger Mann, der sich von Balduin mit fünf Denaren bezahlen ließ und dafür auf jedwede Frage verzichtete.

Emmes Gäule waren so alt, dass sie den Wagen kaum zu ziehen vermochten, und nach jeder noch so kleinen Etappe mussten sie rasten, weil die Tiere Schaum vor dem Mund hatten. Außerdem rumpelte das Gefährt so stark, dass sie hin und her geschüttelt wurden. Nicht selten rollte eins der Weinfässer, das Emme mit sich führte, auf sie. Dennoch entspannte sich Judith sichtlich und bekräftigte ihren Vorschlag, der ihn zu sehr aufgewühlt hatte, als dass er darauf eingegangen war.

»Du musst mich heiraten«, sagte sie entschlossen. »Mein Vater… mein Vater kann dich nicht töten und foltern, wenn du sein Schwiegersohn bist!«

Balduin kniff die Augen zusammen. »Bist du sicher?«, fragte er – nicht nur daran zweifelnd, sondern auch an ihrem Vorschlag. Gewiss waren es Angst und Erschöpfung, die ihn ihr abrangen. Wenn sie erst einmal in Laon waren, sie dort die Männerkleidung ablegen und sich ausruhen konnte, wäre Zeit genug, die Zukunft zu überdenken. Auch er selbst könnte sich dann besprechen – mit Gerold oder Graf Robert.

Ja, in Laon würde alles einfacher sein. Als sie nach fünftägiger Flucht schließlich die Stadt von weitem erblickten, hielt er es nicht aus, noch länger in dem ruckenden Gefährt zu verharren. »Komm, lass uns gehen!«, forderte er Judith auf, nahm sie an der Hand und zog sie heraus. Erst nach einer Strecke des Weges gewahrte er, dass er sie immer noch festhielt, und löste beschämt seine Hand von der ihren. Sie sträubte sich weder dagegen, dass er sie losließ, noch hatte sie sich gewehrt, als er ihre Hand ergriffen hatte.

Schweigend stiegen sie den Hügel hinauf, auf dem die Stadt errichtet war. Erst als er den Weg durch das Tor der großen Mauer nehmen wollte, schien Judith zu zögern. »Man kennt dich hier… was, wenn…«

»Graf Robert ist wie ein Vater zu mir!«, rief Balduin entschieden aus.

Judith folgte ihm widerwillig, beruhigte sich aber, als sie gewahrte, dass niemand sie zu beachten schien: weder die Kranken und Alten rund um das Marienkloster noch die Handwerker und Bauern, die ihrer Arbeit nachgingen.

Ihr Unbehagen wuchs erst, als sie die Pfalz des Grafen erreichten und die Menschen hier ebenso wenig hochsahen, gleichwohl Balduin ein vertrautes Gesicht für sie alle war und sie sich doch freuen sollten, ihn wiederzusehen.

»Balduin ...«, setzte sie an.

Indessen hatte auch er es bemerkt. Immer wohler war ihm ums Herz geworden, je näher er der heimatlichen Pfalz kam, zunehmend erleichtert hatte er sich gefühlt. Doch nun brachte ihn etwas ins Stutzen.

Ob nun der Küfer oder der Flickschuster, der Drechsler, Schildmacher oder Seifensieder – sie alle schienen ihn keines Blickes zu würdigen. Er ging schweigend weiter, versuchte sich zu sagen, dass die Leute hier zu beschäftigt waren, um ihn zu bemerken. Er ritt ja auch nicht zu Pferde ein wie sonst, und seine Kleidung war einfach und schmutzig.

»Gudula!«, rief er da, als er das längst gealterte Gesicht der Magd erkannte, die eben einen Scheffel mit Flachs trug. Er hatte sie als Kind nie sonderlich gemocht, sie war ihm unheimlich gewesen, weil sie eine tiefe Feindschaft mit Johanna pflegte und er sich im Zweifelsfall auf die Seite seiner Amme stellte – trotzdem war er nun erleichtert, endlich in ein vertrautes Antlitz zu blicken. Doch sie reagierte nicht wie erwartet. Wie Adallinda, Gudulas ständige Gefährtin, die hinter ihr zum Vorschein kam, erstarrte sie und glotzte ihn mit aufgerissenen Augen an.

»Gudula! Adallinda! Ich bin es, Balduin!«

Die beiden Frauen wurden kalkweiß. Hilfesuchend drehte sich Gudula nach Adallinda um, damit diese ihr sagen würde, was zu tun sei. Doch Adallinda ließ das Scheffel, das sie wie die andere in Händen trug, fallen, scherte sich nicht darum, dass der Flachs auf die Erde rollte, und machte augenblicklich kehrt, um sich im Inneren der Wirtschaftsgebäude zu verstecken.

»Adallinda!«, rief ihr Balduin verwirrt nach, desgleichen wie Gudula den Namen der Gefährtin sagte und ihr dann augenblicklich folgte, ohne Balduin auch nur zu begrüßen.

Unwillkürlich fröstelte er. Das, was er in den Gesichtern dieser Menschen für Gleichmut, für Missachtung gehalten hatte – war es nicht vielmehr Furcht?

Judith stieß ihn vorsichtig an. »Sie wissen, was geschehen ist, sie ...«

Balduin hörte nicht auf sie. Weiter hinten hatte er die große, dürre Gestalt von Bruder Ambrosius ausgemacht, und mochten die dummen Mägde auch völlig verängstigt reagieren, der zwar asketische, aber im Grunde seines Herzens doch gutmütige Gottesmann war gewiss vernünftiger. Entschlossen schritt Balduin auf ihn zu, doch als der Mönch ihn erblickte, verhielt er sich nicht sonderlich anders als die Übrigen. Er erstarrte wie Adallinda und Gudula – nur mit dem Unterschied, dass er sich schneller wieder fing, eiligst kehrtmachte und mit nervösen Blicken in die Kapelle flüchten wollte.

»Bruder Ambrosius! Hiergeblieben!«, rief Balduin wütend.

Der Mönch konnte sich dem befehlenden Tonfall seiner Stimme nicht verwehren. Seufzend blieb er stehen und drehte sich schließlich zögernd um.

»Warum läufst du vor mir fort?«, fragte Balduin verwirrt. »Fürchtest du mich? Wo ist der Graf? Ich muss ihn sprechen.«

Bruder Ambrosius war für seine aufrechte Haltung bekannt. Doch als Balduin zu ihm trat, duckte er sich unwillkürlich.

»Graf Robert …«, setzte er zögernd an.

»Was ist mit ihm?«, rief Balduin unwirsch.

»Er … er wird dich nicht empfangen, mein Sohn.«

»Was redest du da?«

Bruder Ambrosius zuckte bekümmert mit den Schultern. »Er will sich den Zorn des Königs nicht zuziehen.«

Aus Balduins Ahnung wurde Gewissheit. Er hatte es nicht für möglich gehalten, dass die Kunde von den Ereignissen in Senlis derart schnell den Weg hierher gemacht hatte, musste sich nun aber damit abfinden.

Indes er nachdenklich verharrte, drehte sich Ambrosius eilig um und versuchte erneut, in die Kapelle zu flüchten.

»Wartet!«

Balduin war ihm mit raschen Schritten gefolgt und packte ihn an der Schulter. Zu seinem Entsetzen erschauderte der Gottesmann, als habe er ihn geschlagen. Balduin wich zurück. »Warum siehst du mich an, als wäre ich der leibhaftige Teufel?«

Die Augen des Mönchs flackerten, seine Stimme klang nun jedoch gefasst, aber traurig. »Du weißt es noch nicht, Herr, oder?«

Bischof Hinkmar von Laon ging mit sichtlichem Unbehagen auf und ab. Ein paarmal blieb er vor Judith und Balduin stehen, hob kurz seinen Kopf, um ihn missbilligend zu schütteln, und schritt dann weiter im Raum umher. Er gab zwar kein Wort der Schelte preis, doch es war augenscheinlich, was er von ihrem Verhalten hielt.

Als Ambrosius die beiden zu ihm in die bischöfliche Residenz gebracht hatte, hatte Hinkmar von Laon sich zunächst geweigert, sie zu empfangen. Von der Tür aus, hinter der sie warteten, konnten Balduin und Judith dem Streitgespräch lauschen, das zwischen den beiden entbrannte. Wenn sie auch nicht jedes Wort verstanden, so bekundete der Bischof doch deutlich genug, dass er mit der Sache nichts zu tun haben wollte.

Bruder Ambrosius' unsicherem Tonfall war anzuhören, dass es ihn selbst bitter reute, als einer der Ersten auf die Ankömmlinge gestoßen zu sein. Doch anders als der Bischof war er sich seiner Pflichten bewusst.

»Der Graf von Laon darf vor ihnen die Türe verschließen«, erklärte er, »aber wer Schutz bei der Kirche sucht, der muss aufgenommen werden, ganz gleich, ob er nun ein Frevler ist oder nicht.«

Balduin und Judith hatten nicht verstanden, was Hinkmar von Laon darauf erwidert hatte – aber zumindest hatte er sie wenig später in die Amtsstube gebeten, wo er nun mit sichtlichem Ärger die Fersen in den Boden hieb.

»Kirchenasyl!«, stieß er schließlich mürrisch hervor, als verbärge sich hinter dem Wort größte Schande. »Ihr bittet um Kirchenasyl! So habt ihr euch das also ausgedacht! Wisst ihr eigentlich, in welche Lage ihr mich bringt?«

Balduin senkte seinen Blick. Er war dem Bischof von Laon nicht oft begegnet, hatte ihn aber bei diesen wenigen Anlässen als etwas eigenwilligen und doch aufrichtigen Menschen zu schätzen gelernt. Er war genauso eitel und besitzgierig wie der Bischof von Senlis. Doch er besaß nicht dessen Hochmut und Geiz, eher eine kindliche Lust daran, es sich möglichst gut gehen zu lassen. Hinter seinem Rücken wurde oft gelacht, nie aber boshaft gelästert. Seinem bischöflichen Vetter, dem gleichnamigen Hinkmar von Reims, glich er weder in Gestalt noch im Auftreten. Er war etwas kleiner und runder und trug – während die Miene des anderen verkniffen und verschlagen war – seine Gefühle und Gedanken ehrlich zur Schau.

»Ich werde Graf Balduin heiraten«, sagte Judith plötzlich unverdrossen.

Erstaunt blieb Hinkmar von Laon stehen und vergaß diesmal, den Kopf zu schütteln. Auch Balduin war zusammengezuckt. Nicht zum ersten Mal bekundete Judith diesen Willen, doch er hatte gehofft, sie würden Zeit finden, ausführlich darüber zu reden, ehe sie mit anderen darüber sprach. Er selbst hatte noch nicht entschieden, ob er den Gedanken reizvoll oder beschämend fand.

»Das wird nicht möglich sein«, schnaubte Hinkmar.

»Warum nicht?«, trotzte sie ihm augenblicklich.

Er rang mit sich. Dann entschied er wohl, dem jungen Paar nichts von dem, was er wusste, vorzuenthalten. »Die Nachricht, was in Senlis geschehen ist, hat sich sehr schnell verbreitet. Der König ist derart erzürnt, dass er dem Hofgericht augenblicklich befohlen hat, Graf Balduin … Balduin«, er verzichtete beim zweiten Mal bewusst auf den Titel, »sämtliche Lehen entziehen zu lassen.«

Er machte eine kurze Pause. Balduin bemühte sich, gleichmütig zu bleiben. »Und das ist nicht alles«, setzte der Bischof schließlich hinzu. »Mein werter Vetter, der Bischof von Reims, will euch beide exkommunizieren. Soweit ich weiß, versuchen Bischof Rothard von Soissons und Bischof Ratramnus von Corbie ein gutes Wort für euch einzulegen – nicht zuletzt, weil sie meinen Vetter hassen. Aber ich denke nicht, dass sie sich durchsetzen werden. Wollt ihr wissen, was der Bischof von Reims mir über euch geschrieben hat?«

Balduin blieb starr, Judith hingegen deutete ein Nicken an. Mit einem hörbaren Schnaufen trat Hinkmar von Laon zu seinem Schreibpult und griff nach einem Brief. Nachdem er ihn aufgerollt hatte, begann er zu lesen: »Nach erfolgtem Spruch des weltlichen Gerichts fordere ich alle Bischöfe dazu auf, über Balduin und über Judith, die mit dem Dieb entlaufen ist und sich zur Genossin der Unzucht gemacht hat, auch das geistliche Urteil nach dem Dekret des seligen Gregorius zu fällen, wonach, wenn jemand eine Witwe entführt, um sie zu seiner Frau zu machen, er und alle, die dem zugestimmt, verflucht sein sollen.«

Balduin atmete hörbar aus. Das war es also, was Bruder Ambrosius angedeutet hatte, aber nicht aussprechen wollte. Aufgrund ihres unbotmäßigen Verhaltens würden sie aus der Gemeinschaft der Kirche verstoßen – die schlimmste aller möglichen Strafen für einen Christenmenschen, bekundete sie doch nichts Geringeres, als dass sie von allen Sakramenten ausgeschlossen wären und außerhalb der Gnade Gottes stünden, folglich in die ewige Hölle eingehen müssten, wenn sie nun stürben. Er erschauderte, während Judith keinerlei Regung zeigte.

»So, so«, murmelte sie. »Er will also gleich zum äußersten Mittel greifen…«

»Judith, meine Königin, ich bitte dich«, unterbrach Hinkmar sie flehentlich. »Wenn du… wenn du sofort zu deinem Vater zurückkehrst und ihn um Versöhnung bittest, dann wird er sie dir gewähren. Vielleicht könnte auch Graf Balduin… Balduin…«

»Nein!«, entfuhr es Judith scharf. »Nein, ich werde nicht zurückkehren! Ich werde Graf Balduin zu meinem Mann nehmen und nicht irgendeinen der Adeligen, die mein Vater für Bündniszwecke vorgesehen hat. Bischof Hinkmar, Ihr wisst so gut wie ich, dass sich nach den Gesetzen unseres Landes eine Frau ab dem sechzehnten Lebensjahr gegen eine Ehe wehren kann. Warum sollte mir das nicht zustehen? Weil ich eine Königstochter bin?«

»Königin Judith, du weißt nicht…«

»Doch, ich weiß, worauf ich mich einlasse!«, begehrte sie auf.

»Und sagt mir nicht, ich erhöbe mich gegen den Willen Gottes! Ist es nicht sonderbar? Als ich seinerzeit nach Ethelwulfs Tod seinen Sohn Ethelbald heiraten musste, hat sich niemand empört, obgleich das gegen jegliches kirchliches Recht war! Vor allem Euer Vetter, der Bischof von Reims, hat diese Ehe geduldet – weil solcherart das Königreich von Wessex als Bündnispartner gehalten werden sollte. Und jetzt, da ich nichts weiter getan habe, als Senlis aus freien Stücken zu verlassen, soll ich exkommuniziert werden? Ich akzeptiere das nicht!«

»Königin Judith«, setzte Hinkmar an und klang beinahe flehentlich. »Du weißt, was die Voraussetzung für eine echte Ehe ist: die Verlobung, die Dotierung und die Trauung. Und du weißt, dass bei alldem die Zustimmung der Eltern unverzichtbar ist. Die Väter der Brautleute müssen den Konsens erklären!«

»Ja, ja«, höhnte Judith, »und was die Brautleute selbst wollen, ist nichtig. Mir ist bekannt, dass Euer Vetter Hinkmar von Reims derlei Vorstellungen von der christlichen Ehe hat. Er hat seinerzeit, als ich Ethelwulf heiratete, den Ritus der Einsegnung selbst entworfen. Aber mir ist auch bekannt, dass Papst Nikolaus diesbezüglich etwas anderer Meinung ist. Er stellt den Konsens der Eheleute in den Vordergrund. Dieser allein sei konstituierend – und wenn er fehlt, ist jede eheliche Vereinigung nichtig.«

Hinkmar von Laon seufzte jämmerlich.

»Wisst ihr beiden, in welche Lage ihr mich bringt?«, fragte er ein zweites Mal, diesmal nicht mürrisch, sondern hörbar verzweifelt.

»Ihr habt bei Eurem bischöflichen Vetter Schulden«, stellte Judith ungerührt fest und störte sich nicht daran, dass Hinkmars Gesicht rot anlief. »Und deswegen könnt Ihr Euch nicht offen auf unsere Seite stellen. Habt keine Angst! Wir werden nicht in Laon bleiben, sondern das Reich meines Vaters verlassen. Mein Vetter König Lothar hat mir Unterschlupf angeboten. Aber zuvor… zuvor müsst Ihr uns helfen! Wir werden vor Zeugen das Ehegelübde ablegen, und ein Priester soll uns segnen.«

Ihr bestimmter Tonfall wankte kein einziges Mal. Bischof Hinkmar schien davon eingeschüchtert – und Balduin konnte es ihm nachfühlen. Es war ihm nicht unangenehm, dass Judith das Gespräch an sich gerissen hatte, und es gefiel ihm, wie forsch sie Befehle an den Bischof erteilte. Doch zugleich spürte er Unbehagen, weil sie über seinen Kopf hinweg Entscheidungen traf, viel schneller, als dass er darüber nachdenken konnte. Er wollte ihre Pläne nicht anzweifeln, sein Handeln nicht bereuen. Doch nicht nur, weil er voll und ganz davon überzeugt war, sondern weil es ihn erbärmlich gedeucht hätte, vor der entschlossenen Judith Schwäche zu zeigen.

»Ihr werdet mich noch um mein Amt bringen«, stieß Hinkmar von Laon hilflos aus.

»Seid unbesorgt«, gab Judith zurück. »Es war meine Entscheidung, Senlis zu verlassen, und es ist meine, Balduin zu heiraten. Werdet Ihr uns nun helfen?«

Während der schlichten, kurzen Eheschließung dachte Judith an ihre erste Hochzeit mit Ethelwulf von Wessex, die mit großer Pracht in Verberie an der Oise gefeiert worden war. Ihr Vater, der König, hatte alles aufgeboten, um den Verbündeten, Freund und nunmehrigen Schwiegersohn – der älter war als er selbst – zu beeindrucken: mit edlen Gewändern, köstlichen Speisen, vor allem aber mit einem ausgeklügelten Zeremoniell, das bei Ethelwulf, eine nüchterne Hofhaltung gewohnt, am meisten Bewunderung erweckt hatte.

Jenes Zeremoniell sah vor, dass Judith vor der Eheschließung zur Königin gekrönt und mit jenem Salböl gesalbt wurde, das – so die Legende, die Hinkmar verbreitete – bei der Taufe des ersten Merowingerkönigs Chlodwig eine Taube vom Himmel herab in die Kirche von Reims gebracht hatte. Judith wusste noch, dass Hinkmar von Reims damals die Krönungspredigt gehalten und sie darin über ihre Pflichten als Frau und Herrscherin belehrt hatte. Sie wusste nicht mehr genau, worin diese im Einzelnen bestanden, nur dass sie mit Verzicht, Demut und Würde zu tun hatten. Damals hatte sie sich geschworen, all das gerne aufbringen zu wollen, wenn es denn nur ein Leben in einem fremden Land mit einem fremden Gatten erträglicher machte.

Ethelwulf schien ihr Maß an Gehorsam und Pflichterfüllung gereicht zu haben. Er hatte selten mit ihr gesprochen, aber wenn seine Augen auf ihr ruhten, waren sie immer ehrfurchtsvoll gewesen. Das klagende, weinende, unbeholfene Mädchen der Hochzeitsnacht befremdete ihn – aber die erstarrte, bleiche Frau, zu der sie danach wurde, schien ihm eine anständige Königin zu sein. Ob er stolz auf sie war, wusste sie nicht, umso mehr aber, dass er stolz war, sie geheiratet zu haben und somit all seinen Beamten, seinen Edlen und seinem gesamten Volke vorführen zu können, dass er keine Geringere als eine Königin aus dem fränkischen Herrschaftshaus heimführte.

»Woran denkst du?«

Balduins Stimme ließ sie zusammenzucken. Die aufreibenden letzten Tage, das schwierige Gespräch mit Hinkmar von Laon, schließlich seine Einwilligung, dass er zwar nicht selbst den Segen sprechen, sich jedoch nicht in den Weg stellen würde, wenn es ein anderer Priester täte, wozu sich schließlich, nach nicht minder nervenaufreibendem Ringen, Bruder Ambrosius entschließen konnte – nun, das alles hatte sie so ausgelaugt, dass sie kaum bemerkt hatte, wie Ambrosius diesen Segen eben gesprochen hatte.

So knapp und bündig wie möglich hatten sie einander erklärt, sich fortan Mann und Frau zu sein, und Ambrosius hatte den Bund bestätigt, mehr hauchend denn mit kräftiger Stimme, als hätte alles, was er tat, nur vorläufigen Charakter und könnte noch zurückgenommen werden.

»Verzeih …«, murmelte Judith und wusste nicht, ob es sie reuen sollte, dass sie nicht mehr Inbrunst gezeigt hatte, oder ob sie einfach nur froh war, dass es vorbei war.

»Ich … ich dachte an meine erste Eheschließung«, erklärte sie, als Balduin sie noch immer fragend ansah. Er machte nicht den Eindruck, als befinde er sich in einem ähnlich lähmenden Dämmerschlaf wie sie. Seine Wangen waren gerötet, seine Hände zuckten aufgeregt. Doch weder Glück noch Würde eines frischgebackenen Ehemannes standen in seinem Gesicht, nur Scheu vor dem, was ihn da überrollt hatte.

»Es tut mir leid«, murmelte er, »es tut mir leid, dass wir uns in dieser Stunde wie flüchtende Pferdediebe fühlen müssen.«

»Glaub mir, damals in Verberie war alles prächtiger und schöner und ... erlaubter. Und es war dennoch nicht leicht für mich.«

Bruder Ambrosius räusperte sich zum Zeichen, dass sie sich noch in einem Gotteshaus befanden, dessen Ruhe nicht durch unnützes Geschwätz gestört werden durfte. Zugleich schien er nicht zu wissen, was er ihnen am Ende der Zeremonie raten konnte: ob sie sich schweigend umdrehen und einfach hinausgehen oder womöglich im Gebet um die Gnade Gottes flehen sollten. Judith machte weder Anstalten für das eine noch für das andere, und die zwei Novizen, die als Zeugen fungiert hatten – Ambrosius musste sie erst mühsam dazu überreden, Hinkmar hatte es ihnen nicht verboten, aber ihnen ebenso wenig zugeredet –, waren keine Hilfe, sondern kicherten nur verlegen.

Judith sah, wie Ambrosius ihnen eine leichte Ohrfeige versetzte, so wie es auch jedem Zeugen bei Gericht widerfuhr, damit er sich später an diesen Augenblick erinnern konnte. Dann fühlte sie, wie Balduin sanft den Arm um sie legte und sie hinausgeleitete. Sie folgte ihm willig. In der frischen Luft fiel es ihr leichter zu denken, sich vorzusagen, dass das, was geschehen war, wirklich war und kein Traum, dass sie es dereinst mühelos aus ihrem Gedächtnis würde hervorkramen können, nicht nur schemenhaft wie die Eheschließung in Verberie.

Wenn sie sich den Moment vor Augen führen wollte, da sie von Ethelwulf den Ring erhielt, stieß sie nur auf Nebel.

»Alfred hat sich übergeben«, sagte sie plötzlich.

»Wie?«

»Alfred ... Ethelwulfs kleiner Sohn. Er war kaum sechs Jahre alt damals, ein hübsches, aufgewecktes Kind. Er wurde am fränkischen Königshof erzogen, und lange bevor ich seinen Vater heiraten musste, tobten wir manchmal durch die Gänge der verschiedenen Pfalzen.«

Balduin blickte verwundert auf. Wahrscheinlich konnte er sich nicht vorstellen, dass sie, die er doch meistens als steif und beherrscht erlebte, jemals umhergetobt war. Judith musste unwillkürlich lächeln.

»Nun, bei meiner Hochzeit aß er wohl zu viel, er übergab sich noch im Saal, inmitten der Gäste. Es war das einzige Mal an diesem Tag, da ich mich nicht fühlte, als ginge ich meiner Hinrichtung entgegen.«

Balduin nickte, senkte dann seinen Blick. Sie konnte sich vorstellen, was in ihm vorging, nun, da sie die Kapelle verlassen hatten, am Hofe standen und nicht sicher waren, wohin sie sich wenden sollten. Würde der Graf weiterhin die Tür vor ihnen verschlossen halten? Würden sie beim Bischof Unterschlupf finden? Und … würden sie sich gemeinsam zur Nachtruhe betten?

»Anstrengende Tage stehen uns bevor«, murmelte er verlegen. »Ich werde mich bemühen, dass zumindest für dich ein Gemach bereitet wird. Ich kann mir nicht vorstellen, dass der Graf es wagt, eine Königin fortzujagen.«

Sie nickte und gestand sich erst jetzt ein, wie erleichtert sie war, dass er nichts anderes forderte. Hastig ließ er sie am Arm los, wo er sie eben noch gehalten hatte, und trat zurück

»Balduin«, erklärte sie da fest. »So es denn sein muss, schlafe ich auch im Stall oder in den Vorratskammern. Wenn du versuchst, mit dem Grafen zu reden, solltest du es nicht um meinetwillen, sondern um deinetwillen tun. Wer weiß, ob ihr euch jemals wieder begegnet. Lass nicht zu, dass ihr in Unfrieden voneinander scheidet. Hast du mir nicht erzählt, er sei wie ein Vater für dich?«

Graf Robert von Laon starrte auf seinen Siegelring, als sähe er ihn zum ersten Mal. Er zeigte das Wappen seiner Familie – der Vorfahren, in deren Kette er sich hatte einreihen wollen, ohne ihnen Schande zu machen. Er fühlte nicht den üblichen Stolz, nur Dumpfheit. Den ganzen Tag über schon schienen seine Gedanken wie erloschen – was nur allzu gut war, wie er befand, sie wären ja doch nur um Balduin gekreist, den Missratenen.

Der Siegelring... Er hielt immer noch den Siegelring in der Hand, obwohl er ihn eigentlich längst auf das Wachs hätte drücken sollen, das den Brief verschloss. Er hatte zu lange gezögert, mittlerweile war es gewiss zu hart geworden. Das dachte sich wohl auch Gerold, der die ganze Zeit neben ihm stand, ihn beobachtete, aber ihm das Zögern nicht zum Vorwurf machte, so, als wäre er ein uralter Mann, den man zu schonen habe, nicht mehr Herr seiner Sinne.

Graf Robert fühlte sich auch alt. Das war letzten Monat so gewesen, als Alpais ihn drängte, Gerold doch das Erbe zu übergeben und den Lebensabend im Kloster zu verbringen, und hatte sich verstärkt, als die Nachrichten über Balduin kamen. So ehrenvoll die Klosterpläne waren, so bitter waren die Neuigkeiten.

Endlich drückte er den Siegelring auf das Wachs, doch anstatt diesem die Form einzupressen, bröckelte es nur.

Nicht einmal das bringe ich zustande, dachte Graf Robert, ...und Balduin, ich habe auch Balduin meinen Stempel nicht aufdrücken können. Tu deine Pflicht. Übe dich, wenn nötig, in Verzicht. Sei ein braver Sohn.

In dem Brief, der an den König gerichtet war, stand, dass er sich für den Ziehsohn schämte, jedoch auch, dass er ihn seit Monaten nicht gesehen hätte.

Was nicht der Wahrheit entsprach. Er hatte ihn gesehen, wie er da unten im Hof stand und nicht begreifen wollte, warum er ihm keinen Einlass gewährte. Ja, nicht einmal das war Balduin bereit zu tun: ihn zu verstehen, einfach den Mund zu halten, sich damit zufriedenzugeben, dass er seinetwegen den König anlog. Obwohl er das nicht wissen konnte.

Und die Frau, er hatte auch die Frau gesehen: Königin Judith, die nicht aussah wie eine Königin, vielleicht noch ihrer Haltung nach, ganz gewiss jedoch nicht, was ihr Gewand anbelangte. Vielleicht war sie schön, doch in ihr Gesicht hatte er nicht sehen können... nicht sehen wollen.

Gerold räusperte sich. Der Graf erwartete, er würde ihn dazu drängen, neues Wachs zu schmelzen, doch stattdessen stellte der Neffe eine unvermutete Frage: »Weißt du … weißt du etwas von Johanna?«

»Was soll ich denn von Johanna wissen?«, gab Robert mürrisch zurück.

Gerold war sichtlich unbehaglich zumute, aber er zögerte nicht fortzufahren. »Nun, sie ist Balduin nach Senlis nachgereist, aber nicht mit ihm zurückgekommen. Was bedeuten könnte, dass er sie nicht in seine … Pläne eingeweiht hat.«

»Was geht's mich an!«, schnaubte Robert.

Gerold zuckte die Schultern. »Ich kann mir nicht vorstellen, dass es dich kalt lässt, ihn so nah zu wissen … und zugleich so fern.«

Graf Robert drehte sich erstaunt um. Bislang hatte Gerold nicht zu erkennen gegeben, was er von Balduins Verrat am König hielt. Ob er vor Scham verging, weil jener schließlich von klein auf sein Waffengefährte gewesen war, ob er sich heimlich freute, weil er solcherart den Rivalen in der Gunst des Grafen ausstach, oder ob es ihm gleichgültig war, wie ihm ja so vieles gleichgültig war. Zumindest, wenn man von seiner ausdruckslosen Miene auf seinen Gemütszustand schloss.

Jetzt blickte er nicht ausdruckslos, sondern mitleidig. Der Graf fühlte, wie ihm die Kehle eng wurde, und kämpfte sogleich gegen das Gefühl von Rührung an.

»Warum kümmert dich das?«, fuhr er ihn an. »Du hast Balduin nie leiden können!«

»Das ist nicht wahr!«, gab Gerold entschlossen zurück. »Ich habe mit ihm die Kriegskunst erlernt, und als wir damals dachten, er sei tot, da …«

»Aber er war nie dein Freund!«, unterbrach ihn Robert unwirsch. »Du hattest immer Angst, ich könnte ihn an deiner Statt zu meinem Erben machen.«

»Darüber mache ich mir keine Sorgen mehr. Ich mache mir auch keine Sorgen um ihn. Er wusste wohl, was er tat. Aber um dich …«

Der Graf senkte seinen Blick. Seine Verwirrung wuchs, so offen hatte Gerold noch nie mit ihm gesprochen. Er war ihm stets so nichtssagend erschienen, gleichgültig, kühl. Natürlich auch pflichtbewusst. Eigentlich hätte er ihn dafür lieben müssen, dass Gerold sein Leben anging wie er das seine, sich Gottes Walten unterwarf, sich niemals aufrührerisch zeigte, sondern tüchtig. Aber Gerold hatte er nie geliebt...

Der Graf war erleichtert, als es an der Tür klopfte und er dadurch der Pflicht entledigt war, dem Neffen eine Antwort zu geben. Umso entsetzter reagierte er jedoch, als nicht ein Sekretär oder Notar oder Dienstbote eintrat, sondern ebenjener, um den seit Tagen seine Gedanken kreisten.

Er sprang so heftig auf, dass die Briefrolle über den Tisch fiel und direkt vor Balduins Füße rollte. »Was zum Teufel?«, schrie der Graf unbeherrscht.

Balduin bückte sich, ergriff den Brief und hob ihn auf. Unsicher hielt er ihn eine Weile in den Händen, legte ihn dann zurück. Er mied Graf Roberts Blick, als jener ihn leichenblass anstarrte, aber er forderte entschlossen: »Schick mich nicht fort! Schick mich bitte nicht fort!«

Gerold ließ sich nicht anmerken, was er von Balduins Dreistigkeit hielt, einfach an diesem Ort zu erscheinen. Während der Graf mit sich rang, nicht wusste, was ihn tiefer verärgerte – dass Balduin sich seinem Verbot widersetzte, zu ihm zu kommen, oder dass sein Leibknecht es nicht verhindert hatte –, nickte Gerold knapp in beide Richtungen und verließ eilig den Raum.

»Gerold...«, versuchte Robert ihn noch aufzuhalten, hilflos jetzt, als wäre er ganz allein einer riesigen Übermacht ausgeliefert. Und es war doch nur Balduin, der nun die Arme über der Brust verkreuzte und endlich wagte hochzublicken. Nun senkte der Graf die Augen.

»Bitte, schick mich nicht fort«, wiederholte Balduin, und diesmal bebte seine Stimme ein wenig. »Ich werde Laon morgen verlassen, das verspreche ich dir. Niemand muss erfahren, dass wir uns begegnet sind. Aber heute Abend will ich... hier bei dir sein.«

Robert trat zurück, suchte jenes Fleckchen im Raum, wo er am weitesten von Balduin entfernt stehen würde. Er schüttelte den Kopf, langsam zuerst, dann immer schneller, um Balduins Worte nicht an sich heranzulassen.

Wenn er nichts sagte … wenn er einfach schwieg, durch ihn hindurchsah … vielleicht würde er gehen …

Doch dann konnte er sich nicht beherrschen. Die Wut, das Unbehagen und die Enttäuschung brachen aus ihm hervor. »Ich bin nie so fromm gewesen wie Alpais«, setzte Robert heiser an. »Das stundenlange Knien in der Kirche oder beim Gebet machte mich immer unendlich müde. Aber ich denke: Gott hat sich etwas dabei gedacht, als er den Menschen seine Gebote gab. Ich habe meinen Vater geehrt, indem ich ihm nachfolgte, obgleich ich solche Angst davor hatte. Ich habe an Alpais festgehalten, obwohl sie keine Kinder gebären konnte, weil der Allmächtige selbst diesen Bund geschlossen hat. Unfruchtbarkeit muss nicht Ausdruck von Sünde sein, sondern ein Zeichen der Prüfung, hat mir Bruder Ambrosius einmal erklärt. Und Prüfungen sind da, um sie zu bestehen.«

Er hörte Balduins Schritte, als der langsam nähertrat. »Welche Prüfung habe ich nicht bestanden?«, fragte Balduin, und dann setzte er ein Wort hinzu, das er noch nie zu Graf Robert gesagt hatte: »Vater.«

Robert zuckte fast unmerklich zusammen. Was sah Balduin, wenn er ihn betrachtete? Einen stolzen, tüchtigen Mann? Oder einen grauen, verhärmten?

»Er ist der König!«, murrte er dumpf. »Sein Amt ist ihm von Gott selbst anvertraut worden! Gegen einen König lehnt man sich nicht auf! Man raubt ihm nicht die Tochter!«

Schweigen senkte sich über sie, anfangs verlegen, dann immer hoffnungsloser. Vor wenigen Augenblicken noch hatte der Graf erwartet, Balduin würde gehen, wenn er ihn einfach mit Missachtung strafte. Nun fragte er sich, wie er das ertragen könnte, wie er damit weiterleben würde, wenn es … so endete. Er presste die Lippen zusammen, genauso trotzig wie Balduin es als Kind oft getan hatte – und eigentlich auch noch als Erwachsener.

Balduin war es schließlich, der das Schweigen brach und ihn erlöste. »Du siehst es so, und das verstehe ich«, murmelte er. »Aber gesetzt den Fall, ich hätte tatsächlich schwer gesündigt. Wirst du mir vergeben? Kannst du es?«

»Ich habe immer meine Pflichten...«

»Es geht nicht darum, ob du deine Pflichten erfüllst, Vater. Es geht darum, ob du mich lieben kannst, wenn ich die meinen verweigere.«

Der Graf zögerte. Vorhin, als er auf Gerolds Mitleid gestoßen war, hatte sich seine Kehle zusammengezogen. Jetzt war ihm, als würde er ersticken. Die Luft umgab ihn wie eine harte, eisige Wand.

Balduin trat durch diese Wand hindurch, ging einfach auf ihn zu, viel näher, als er es ihm gestatten wollte. Robert rang nach Atem. Der Druck auf seiner Brust wurde noch größer, und dann... dann umarmte Balduin ihn, hilflos und ungelenk, aber mit festem Willen. Er war größer als er, das hatte er noch nie bemerkt, sein Leib war sehnig, kräftig... und warm.

Graf Robert schluchzte auf und konnte wieder atmen, obgleich er sich der Tränen schämte, die in seine Augen traten. »Ich hätte so gerne einen Sohn wie dich gehabt«, stammelte er, »so gerne. Warum hat Alpais mir nur keinen gebären können? Warum hat Gott mir verwehrt, was ich am dringlichsten wollte? Ich habe... ich habe doch nie etwas getan, was ihm missfallen könnte.«

»Aber du hast doch einen Sohn«, sagte Balduin ruhig und hielt ihn fest. »Du hast mich. Du warst für mich da, mehr als es Audacer jemals war.«

Der Graf löste sich von ihm, wischte sich verstohlen über die Augen, um seine Tränen zu verbergen.

»Gott segne dich, Balduin!«, sprach er heiser und ohne aufzublicken. »Gott segne dich. Nach allem, was geschehen ist, wirst du die Hilfe des Allmächtigen bitter nötig haben.«

XX. Kapitel

Sie verließen Laon im frühen Morgengrauen und ritten fortan gen Osten. Sie kamen nur mühsam voran, denn sie nutzten nicht die Hauptstraße, die Senlis und Köln verband, sondern kleine Waldwege, die Balduin von früheren Reisen kannte und die nicht auf den *Itinerariae* – Straßenkarten, wie sie noch aus der Römerzeit stammten – eingeschrieben standen. Graf Robert hatte ihnen angeboten, einige seiner Männer als Eskorte mitzuschicken, doch Balduin hatte abgelehnt. Er war sich nicht sicher gewesen, ob sich in des Grafen Gesicht danach Erleichterung oder Sorge ausgebreitet hatte. In jedem Fall hatte er ihm nicht widersprochen, als Balduin bekräftigte, ihn und seinen Ruf nicht gefährden und darum auf alles verzichten zu wollen, womit sich eine Verbindung zwischen ihnen beiden belegen ließe. Vor dem König, geriete er denn in dessen Hände, würde er stets bekennen, dass er, Graf Robert, ihn unversöhnlich fortgeschickt habe.

Wenigstens stellte Robert ihnen Pferde zur Verfügung, kräftige, wenngleich nicht sehr groß gewachsene Arbeitstiere, die nicht nur mühelos die Last ihrer Körper trugen, sondern auch die Körbe rechts und links, die mit Nahrung und warmer Kleidung gefüllt waren.

In den ersten Stunden ihres Ritts fielen die Wortwechsel zwischen ihm und Judith knapp aus. Es ging um ihre Reiseroute, ihren Proviant, ihre Pferde – jedoch nicht um die Tatsache, dass sie verheiratet waren. Wenn Balduin ihr dann und wann einen Seitenblick zuwarf – sie trug zwar keine Männerkleidung mehr, aber ein einfaches Leinenkleid, das sie weder als Königin noch als

Edle auswies –, war er von dem Gedanken, dass sie seine Frau war, ebenso erregt wie befremdet. Gleichwohl seine Sinne darauf ausgerichtet waren, Gefahr zu wittern – drohte sie nun von Räubern oder von Männern des Königs –, fragte er sich, wie ernst sie den Ehebund nahm, den sie mit ihm geschlossen hatte.

Am Abend zuvor war sie es gewesen, die ihn zum Grafen geschickt und somit eine gemeinsame Nacht verschoben hatte. Doch wie würde es heute, morgen, in den nächsten Wochen sein? Allein bei dem Gedanken, die Hochzeitsnacht einzufordern, sich sein Recht als Ehemann zu nehmen, errötete er. Nie würde er das wagen. Und doch hätte er gerne gewusst, was sie darüber dachte. Ob sie wusste, dass er sie scheute… und zugleich derart begehrte, dass es ihm fast Angst machte? Nein, Letzteres ahnte sie gewiss nicht. Er war für sie nichts anderes als ein Helfer in der Not. Aber wie würde sie es ihm lohnen? Mit wie viel Widerwillen, mit wie viel Freude?

An jenem Tag kam er der Antwort nicht näher. Als es daran ging, das Nachtlager zu bereiten – da sie auf keine Herberge gestoßen waren, mussten sie im Wald bleiben –, war er zu beschäftigt, Feuer zu machen, etwas von dem geräucherten Fleisch zu wärmen und ein Zelt aufzustellen, um in ihrer Miene nach einem Zeichen zu suchen, wie sie zu ihrer Zweisamkeit stand. Und kaum hatte sie sich gestärkt und den erbärmlich zitternden Körper mit Fellen und Leder zugedeckt, war sie so müde, dass sie wortlos zur Seite rutschte und einschlief.

Er musterte sie besorgt, hatte Angst, dass die kommenden Tage noch mehr an ihren Kräften zehren würden – ihr Körper war nicht gerade für solche Prüfungen gemacht –, und konnte ihr doch nicht anders helfen, als dass er die Flammen nährte und noch ein Stück Fell über sie legte. Wahrscheinlich hatte sie es ihm nicht zeigen wollen, wie sehr der lange Ritt sie geschwächt hatte. Jetzt freilich hatte die Erschöpfung sie überwältigt, ob sie wollte oder nicht. Als er sie weiter betrachtete, stieg auch ein wenig Befriedigung in ihm hoch. Nicht immer und überall vermochte sie also die Starke und Beherrschte zu mimen. Das starre, stolze Auftreten, mit dem sie ihn einst ebenso verärgert wie verwirrt hatte, bekam Risse. Schließlich senkte er den Blick, als stünde ihm nicht zu, sich an ihrem Anblick zu weiden – zumindest nicht, solange sie schlief und nichts davon merkte.

Der zweite Tag glich dem ersten, nur dass er grauer und trüber war. Das Wetter schien auf Judiths Stimmung abzufärben, denn etwas von ihrer stummen und doch grimmigen Entschlossenheit wich einem Anflug von Traurigkeit. Ob sie die Flucht schon reute? Oder ob sie an Menschen dachte, die ihr nahestanden, so wie Ludwig, wie ihre Damen – wie Madalgis?

Er fragte nicht, und sie sagte kaum ein Wort. Als sie rasteten, war er noch schneller und dienstbeflissener, wenn es darum ging, ihr ein möglichst weiches, warmes Lager zu bereiten. Jene hektische Regsamkeit half ihm auch dabei, sich blind zu stellen, als sie sich in einem kleinen Bächlein wusch und sich danach im Gebüsch erleichterte. Als sie zurückkehrte, verbarg er seinen Blick vor ihr.

»Balduin …«, setzte sie an. Es klang unsicher, fragend.

Obwohl er nicht wissen konnte, was sie sagen wollte, hob er abwehrend die Hände. »Nicht jetzt«, meinte er schnell, von der Angst gepeinigt, sie würde anderes bereden wollen als nur, wie es am nächsten Tag weiterginge.

Sie bestand nicht darauf weiterzusprechen, sondern schwieg – und tat das auch am nächsten Tag, als er die Pferde in Richtung Hauptstraße zurücklenkte, um nach einem Kloster oder einer Herberge Ausschau zu halten. Dort wollte er frisches Futter für die Pferde kaufen und ihr, nach zwei Nächten im Freien, ermöglichen, wieder in einem Bett zu schlafen, auch wenn dieses wahrscheinlich nichts anderes sein würde als ein verlauster Strohsack.

Judith schien erleichtert, als sie sein Trachten erkannte, und noch mehr, als sie schließlich auf ein Dorf stießen. Es bestand nur aus ein paar Gehöften, die ärmlich wirkten. Doch schon bei dem ersten Haus, an dessen Tür sie klopften, wurden sie mit einem gastfreundlichen Lächeln empfangen, und dieses verstärkte sich, als Balduin fragte, ob er mit seinem Eheweib eine Nacht hier verbringen könnte, er würde mit ein paar Denaren dafür bezahlen.

Das schien der Frau derart verlockend, dass sie nicht nur mehr Holz in die Feuerstelle warf und dort einen würzig duftenden Eintopf aufsetzte, sondern ihnen obendrein anbot, dass sie die Schlafstatt ganz für sich allein nutzen konnten. Dieses Haus sei zwar ihres, doch seit sie Witwe sei, scheue sie es, dort zu schlafen, und schlüpfe gerne bei ihrer Schwester im Nachbarhaus unter. So hätten sie obendrein alle Ruhe von ihrem Schnarchen und… sie sprach nicht fort, aber lächelte vielsagend.

Nie waren sie als Eheleute in einem Raum allein gewesen; auch jetzt drängte sich augenblicklich alles in ihm, sich nach draußen zurückzuziehen, wenngleich ihn schon bei dem Gedanken, im Freien zu schlafen, erbärmlich fror.

»Bleib!«, forderte Judith jedoch. »Du hast noch nichts gegessen.«

Sie nahm hölzerne Schüsseln von den Haken an der Wand und schöpfte Eintopf hinein, als wäre sie dergleichen Arbeit gewohnt. Auch an der Ärmlichkeit der Hütte nahm sie keinen Anstoß; immerhin schien die Witwe reinlich zu sein.

Balduin nahm hastig einen Bissen von dem Eintopf, der nach Petersilie, Bohnenkraut und Kohlrabi schmeckte, und verbrannte sich sogleich die Zunge.

»Du… du musst nicht gehen«, sagte sie. Sie selbst hatte noch keinen Bissen genommen, obgleich auch ihr Magen knurren musste. Der Feuerschein fiel in ihr Gesicht und ließ die ansonsten so bleiche Haut in einem warmen Braunton glänzen – jene Haut, die er schon einmal berührt hatte, damals, als ihn ein plötzliches Begehren überkommen, als er vermeint hatte, er müsse sterben, könne er sie nicht berühren. Jetzt ängstigte er sich bei dem Gedanken, sie anzufassen. Hastig nahm er einen zweiten Bissen, der nicht mehr so heiß war wie der erste. Seine Zunge fühlte sich taub und geschwollen an, er schmeckte nichts.

»Was meinst du?«, fragte er und starrte in die Schüssel.

Langsam begann auch sie zu essen.

»Du musst nicht nach draußen gehen«, meinte sie, um dann bestimmt hinzuzusetzen: »Du schläfst hier.«

»Judith…«

Er war sich nicht gewiss, was sie ihm anbot – eine warme Nacht oder ihren Leib. Doch sie ließ ihn nicht lange im Unklaren darüber.

»Ich weiß, es ist nur eine ärmliche Hütte. Du denkst, es ist kein rechter Ort für eine Hochzeitsnacht. Aber glaub mir, ich habe zwei Hochzeitsnächte in prächtigen Betten erlebt; als ich Ethelwulfs Frau wurde, hat mein Vater mich ins Brautgemach begleitet. Eigentlich sollte das der Vater des Bräutigams tun, doch der war schließlich lange tot. Und ein Priester… Ich erinnere mich, dass ein Priester dabei war. Er hat unser Lager gesegnet, damit unsere Ehe fruchtbar wäre und unser Zusammenliegen frei von Sünde…«

Sie sprach sehr schnell, er war nicht sicher, ob sie ihm damit die Verlegenheit nehmen oder ihre eigene verbergen wollte. Danach schwieg sie, aß weiter, und er tat es ihr gleich, langsamer jetzt, weil er Angst vor dem Augenblick hatte, da die Schüsseln leer sein würden. Einige Male blickte er verstohlen auf, nicht, um sie zu mustern, sondern um die Hütte in Augenschein zu nehmen. Sie bestand aus einem einzigen langgezogenen Raum, an dessen Ende sich etwas erhoben die Schlafstatt befand. Gleich, was sie sagte, dies war ein unwürdiger Ort für eine Königin… Und er selbst war womöglich auch unwürdig. Vielleicht hatten sie alle Recht, der König, der Bischof von Reims, Hinkmar von Laon, auch Graf Robert, gleichwohl Letzterer nicht bei seiner abweisenden Haltung geblieben war. Vielleicht stand einem Vasallen wie ihm eine Königin nicht zu. Es war Sünde, sie würden exkommuniziert werden, ihre Ehe war nicht gültig… Nun, nach Ansicht der Geistlichen war es auch eine Sünde, was er mit all den anderen Frauen getrieben hatte, mit Madalgis, mit Joveta, den vielen Namenlosen, doch das hatte ihn nie davon abgehalten, ihre Leiber zu nehmen. Er hatte gegrinst, wenn Bruder Ambrosius ihm das Höllenfeuer angedroht hatte. Das Höllenfeuer fürchtete er auch jetzt nicht, aber dafür Judith… und mehr noch sein eigenes Begehren. Was, wenn es ihn einfach mitriss, er jegliche Beherrschung verlor? Was, wenn sie ihn danach verachten würde?

Derart in Gedanken versunken, hatte er nicht bemerkt, dass sie ihr Mahl beendet hatte, aufgestanden und langsam zur Bettstatt getreten war. Sie legte ihren Umhang ab, das Tuch, das ihren Kopf bedeckte, und setzte sich. Sie überkreuzte ihre Beine, stützte sich mit ihren Händen ab und wartete auf ihn.

Schweiß schoss ihm ins Gesicht. Er konnte sich nicht erinnern, jemals um eine Frau geworben zu haben. Immer waren sie irgendwie… da gewesen, hatten den ersten Schritt gemacht. Er hatte sie einfach machen lassen, hatte nur nach den Brüsten greifen müssen, die sie ihm schon entgegenreckten.

Zögernd stand er auf, machte die kleinsten Schritte, derer er fähig war, und blieb schließlich vor ihr stehen. Langsam ging er in die Hocke. Vor keiner Schlacht hatte er sich je so verloren gefühlt, alleingelassen von aller Welt. Sie war da, aber sie half ihm nicht, saß regungslos, so wie er einst dagelegen hatte, als Madalgis zu ihm kam, sich einfach auf ihn setzte, ihm Wein einträufelte.

Wein würde alles leichter machen, aber Wein gab es hier nicht.

Vorsichtig hob er die Hand, streifte nicht ihr Gesicht, obwohl er das eigentlich wollte, sondern ihren Hals. Kurz fühlte er ihren Puls, kräftig und schnell, dann zuckte er schon wieder zurück. Als er das zweite Mal seine Hand hob, streichelte er nur über ihre Schultern; sie fühlten sich knochig an, und wieder zuckte er alsbald zurück. Mühsam entledigte er sich seines Mantels. Er fingerte an seiner Fibel herum, als wäre er zu trunken, um sie zu öffnen. Bei alldem hielt er die Augen zusammengepresst, öffnete sie erst wieder, als sein Mantel zu Boden gefallen war. Da erst bemerkte er, dass sie nicht länger saß, sondern nach hinten gesunken war, sich ihm darbot, immer noch ohne jeglichen Widerstand, immer noch ohne jegliches Entgegenkommen.

Er schluckte rau, seine Zunge fühlte sich so taub an wie zuvor, als er sich am Eintopf verbrannt hatte. Sacht ließ er sich neben sie sinken, hielt etwas Abstand, sodass sich ihre Leiber nicht berührten. Diesmal wagte er es, über ihre Wangen zu streicheln;

sie fühlten sich anders an als damals, wärmer und weicher. Als er die Hand zurückzog, bog er seinen Kopf nach vorne, hauchte einen Kuss auf jene Stelle, die er eben noch befingert hatte, schmeckte … ja, schmeckte eigentlich nichts.

Sein Blick traf ihre Augen. Es war zu dunkel, um das Blau zu erkennen, zu dunkel, um ihre Miene zu deuten. Er vermeinte es dennoch zu spüren, ihre Starre, ihre Kälte, ihre Ablehnung.

Er sprang viel schneller auf, als er sich niedergelegt hatte, war wieder auf den Beinen, noch ehe er wusste, was er tat, und lief wie ein gefangenes Tier im Kreis herum.

»Nein«, stieß er aus, »nein, ich kann das nicht.«

Er fühlte sich lächerlich, beschämt, aber all das war ihm lieber – lieber, als sich von ihr anblicken zu lassen. Er bückte sich, um nach dem Mantel zu greifen, warf ihn über und durchquerte den langgestreckten Raum, um das Haus zu verlassen. Da folgte sie ihm, er konnte ihre Schritte hören, obwohl sie leise waren. Sie ging schneller als er, erreichte ihn, noch ehe er an der Feuerstelle vorbeigekommen war. Er fühlte, wie sie seine Schultern packte, wie sie ihn von hinten umarmte, ihr Kinn auf seinen Rücken presste, ebenso zärtlich wie unerträglich, berauschend und qualvoll. Er drehte sich um; heiß stieg ihm die Gier ins Gesicht, jene Gier, die er eben noch mit aller Macht gedrosselt hatte, doch sie kam nicht allein, sondern begleitet von Zorn.

»Warum kannst du nie aufgeben?«, schrie er ungehalten. »Warum gibst du sie einfach nicht auf?«

»Was?« Nun war ihr Blick nicht mehr kalt, sondern verwirrt.

»Deine Macht! Immer mimst du die Beherrschte, immer willst du es sein, die lenkt. Selbst in ausweglosen Situationen, selbst wenn du ohnmächtig scheinst – so suchst du dennoch Mittel und Wege, alles selbst zu bestimmen. Du lieferst mir deinen Körper aus, doch du schenkst ihn mir nicht. Du hast dir vielmehr überlegt, dass es nun anstehe, unsere Ehe zu vollziehen, ja notwendig sei, auf dass ich nicht bereue, was ich für dich getan habe, und dir weiterhin ein treuer Helfer bleibe. Du tust es nicht wirklich für mich, sondern weil es dir nützlich scheint.«

Sie verzog missbilligend ihre Lippen. »Stört dich meine Willfährigkeit?«, kam es beißend. »Möchtest du mich lieber mit Gewalt nehmen, du wilder Krieger?«

»Nicht so!«, gab er barsch zurück, und zum ersten Mal seit Tagen fühlte er sich nicht von Scheu gefangen. »Komm mir nicht so! Du erträgst es doch nur nicht, dass ich dich in gleicher Weise durchschauen könnte wie du mich… Gesetzt, ich würde dich mit Gewalt nehmen wollen, so würdest du wahrscheinlich diejenige spielen, die sich verzweifelt wehrt, auf dass es mir gefiele… was wiederum lohnenswert für dich ist. Denn in diesen Tagen brauchst du mich, bist auf mich angewiesen und musst zusehen, dass du mich halbwegs zufrieden stimmst, nicht wahr?«

»Damals, in meiner ersten Hochzeitsnacht, hab ich es nicht gespielt! Mein Heulen war echt und mein Schmerz ebenso.«

»Und wo ist die Judith von damals geblieben? Gibt es heute noch Augenblicke, da du nicht denkst, sondern nur fühlst? Da du nichts mehr tun, nichts mehr bestimmen, nichts mehr lenken kannst, sondern einfach mitgerissen wirst?«

Er gewahrte nicht mehr, ob sie antwortete, denn er selbst hörte zu denken auf. Die Hitze, die ihm zuvor in den Kopf gestiegen war, begann zu rauschen und machte – vereint mit seinem Zorn – alles ganz einfach. Besinnungslos packte er sie, trieb sie zu einer der dünnen Wände. Er fühlte, wie der kühle Wind von draußen durch die Ritzen wehte, doch die Kälte konnte ihm nichts anhaben. Dann hatte er schon ihre Untertunika gehoben, seine Hosen geöffnet, drang in sie ein und füllte ihren Leib mit knappen, kräftigen Stößen. Er fühlte keinen Widerstand, keinen Schmerzenslaut, nur warme, weiche Haut. Wie bereits zuvor hielt er seine Augen zusammengepresst, erst als er sich nahe dem Gipfel seiner Lust wähnte, öffnete er sie, sah in ihr Gesicht. Nicht mehr ausdruckslos schien es ihm, nicht abweisend, sondern traurig, tieftraurig und leer. Augenblicklich hörte er auf, in sie zu stoßen, wollte sich zurückziehen, fühlte nun verspätet die kalte Luft, die von draußen kam. In diesem Augenblick zuckte sein Geschlecht auf, ergoss sich, ohne dass er es aufhalten konnte. Sein Körper verkrampfte sich, ungeheuer wohlig und ungeheuer schmerzlich. Lust und Scham, Begehren und Ohnmacht, das Gefühl, sie zu beherrschen, und das Gefühl, ihr ausgeliefert zu sein, befielen ihn gleichzeitig.

Er stöhnte auf, nicht mehr ob Begierde, sondern aus Erschöpfung. Er glitt aus ihr, sank auf seine Knie, barg seinen Kopf an ihrem Leib. Jener fühlte sich weich an, nicht sehnig und knöchrig wie zuvor ihre Schultern. Die Müdigkeit, die ihn befiel, war abgrundtief. Selbst nach der schlimmsten Schlacht hatte er sich nicht so gefühlt, übersättigt von Eindrücken und zugleich leergesaugt. Er nahm kaum wahr, wie sie nach einer Weile zögerlich die Hände hob, sie auf seinen Kopf senkte. Sie streichelten ihn nicht. Aber sie blieben auf seinem Haar ruhen.

Auf dem Weg zu König Lothar, der sich an seinem Hof zu Trier aufhielt, waren sie nicht immer allein. Bei einer der Pferdewechselstationen, wo die Kuriere des Königs, des Adels und der Geistlichkeit nicht nur frische Pferde vorfanden, sondern alle übrigen Reisenden auch Futter für ihre Tiere kaufen konnten, sprach ein junger Mann sie an, ob sie einen Teil der Wegstrecke gemeinsam zurücklegen könnten. Er sei ein fahrender Handwerker und mit seiner ganzen Familie von Senlis nach Köln unterwegs, habe jedoch Angst davor, allein auf der Straße zu sein, denn sein Weib und seine Kinder würden ihm im Ernstfall nicht helfen können.

»Man hört, dass es hier an allen Ecken und Enden Räuber gibt, da ist es doch besser, in einer Gruppe zu reisen!«, schloss er mit einem ehrfürchtigen Blick auf Balduins Waffen.

Judith war kurz blass geworden, als der Mann erwähnte, aus Senlis zu stammen. Doch sein Anliegen war wohl ehrlich gemeint, und er sah in ihr nichts weiter als eine gewöhnliche Frau aus dem Volk. So wurden sie rasch einig, dem Mann die Bitte zu gewähren.

»Es ist auch für uns von Vorteil«, sagte Judith leise zu Balduin. »Mein Vater wird uns gewiss immer noch suchen lassen, und zu zweit fallen wir eher auf als in Gesellschaft.«

Sie sprach ungezwungen zu ihm, so wie die letzten beiden Tage auch, obwohl er – nach jener Nacht – stets damit rechnete, dass das scheue, unbehagliche Schweigen wieder zwischen sie treten würde. Am Morgen danach hatte er kaum gewagt, sie anzusehen, doch sie war darüber hinweggegangen und behandelte ihn, als sei nichts geschehen.

Die Reise ging nun langsamer vonstatten, aber unterhaltsamer. Balduin sprach mit dem Handwerker über dessen Geschäft als Schuhmacher, und der erzählte ihm begeistert, welche Schuhe er am liebsten fertige: die Lederstiefel der Soldaten gehörten dazu, die bis unter das Knie reichten und mit Lederbinden zusammengehalten wurden, desgleichen die weichen, roten Schlupfschuhe mit Sohlen aus Filz, wie sie sich nur reiche Menschen leisten konnten. Er selbst und seine Familie trugen *Soccoli* – schlichte Holzsandalen, aber immerhin mit Lederriemen.

Balduin sah, dass Judith manches Wort mit der Frau des Schuhmachers wechselte, die einen stillen, jedoch bodenständigen Eindruck machte.

Sie waren nicht allein auf der Straße, in der vielerlei Wagenspuren und Pferdehufe tiefe Rillen und Löcher hinterlassen hatten. Einmal stießen sie auf ein Grüppchen Bauern, die sämtliches Hab und Gut auf einen Ochsenkarren geladen hatten und die, wie sie berichteten, auf der Suche nach besserem Boden waren. Der ihres Heimatdorfs sei zu ausgelaugt, sodass sie nun seit Jahren nichts als Missernten gehabt hätten. Den Älteren von ihnen standen Hunger und Hoffnungslosigkeit ins Gesicht geschrieben, den Jüngeren Neugierde und Aufbruchstimmung. Noch zerrissener und dreckiger als deren Kleidung war die eines jungen Paares, das am nächsten Tag mit gesenktem Kopf zu ihnen trat und um etwas zu essen bettelte. Balduin gab ihnen, weil er mit dem eigenen Proviant sparsam sein wollte, einen Denar, den sie nicht minder dankbar annahmen, um dann alsbald wieder auf einen der kleinen, unebenen Seitenwege der Straße auszuweichen.

»Wahrscheinlich flüchtige Sklaven«, meinte er und konnte nicht umhin, ein kurzes Stoßgebet gen Himmel zu richten, auf dass deren Flucht gelänge – erinnerte sie ihn doch an die eigene.

Wovor jene armseligen Menschen davonliefen, zeigte sich bald darauf, als ihnen – von Osten her – ein stinkender, stöhnender Zug entgegenkam: Menschen, die man aus Böhmen oder den wendischen Gebieten verschleppt hatte und die nun quer durch das Reich transportiert wurden wie Tiere, um irgendwo in der Fremde die schändlichsten Dienste zu versehen. Ein weitaus tröstlicherer Anblick war der der Pilger, die sich – Psalmen betend – auf dem Weg zu einem Wallfahrtsort befanden, um dort Buße zu tun oder Reliquien zu verehren.

Irgendwann wurde Balduin es müde, all jenen, die ihnen entweder entgegenkamen oder die sie überholten, ins Gesicht zu sehen. Er starrte nur mehr vor sich auf die Straße, lauschte auf das gleichmäßige Klappern der Pferdehufe und geriet so in jenen schlafähnlichen Zustand, den er während der Kriegszeiten oft genutzt hatte, um sich unterwegs zu erholen.

Judith war wacher als er. Wann immer er hochschreckte, sah er, mit welchem Interesse sie alles wahrnahm, sei es nun die Landschaft, die Straße oder die Menschen. Sie, die sich in Senlis kaum bewegt hatte, wendete nun den Kopf nach rechts und links und ließ es sich auch nicht nehmen, sich umzudrehen, wenn irgendetwas ihre besondere Aufmerksamkeit erregt hatte – so wie an einer Stelle die vielen kleinen Hölzer, die irgendjemand mit bunten Bändern an die Äste der Bäume gebunden hatte und die im Wind sanft klappernd hin und her schaukelten.

»Welchem Zweck dient das?«, fragte sie.

»Diese Hölzer hängen nicht nur an den Bäumen, manchmal sieht man sie auch an den Wegkreuzungen«, erklärte Balduin. »Kranke Menschen haben sie angebracht, die sich den Arm oder das Bein gebrochen haben und die hoffen, dass die Gliedmaßen wieder zusammenwachsen, wenn sie erst diesem alten heidnischen Brauch Genüge tun.«

Erstaunt schüttelte Judith den Kopf, und er musste trotz seiner Müdigkeit lächeln. Er war sich nicht sicher, ob ihre Neugierde und ihre Freude an der so lange vermissten Freiheit ein Zeichen dafür waren, dass sie nicht nur berechnend – so wie er es ihr vorgeworfen hatte –, sondern auch durchaus gefühlvoll war. Ein Beweis dafür, dass mehr in ihr steckte als die abgeklärte, resignierte Frau, die der Welt überdrüssig war, dass also Jugend und Lebendigkeit in ihr pochten, war es allemal.

In den folgenden Nächten fanden sie oft eine Bleibe in einer der *Xenodochien* – Unterkünfte für Pilger und Arme, die manchmal mit einem Hospital verbunden waren –, wohingegen sie die Klöster mieden. Jene mussten zwar, dem Gebot der Gastfreundschaft folgend, jeden Reisenden aufnehmen und im *Hospitium* schlafen lassen, doch zu groß war dort die Gefahr, dass irgendjemand, der des Lesens kundig war, von ihnen wusste und ihren Aufenthalt verraten könnte.

An jenem Tag, da sich ihre Wege von denen der Handwerksfamilie trennten, weil diese Richtung Norden, sie selbst aber weiterhin gegen Osten zogen, kam erstmals das zur Sprache, was sie hinter der Grenze von König Karls Reich erwarten würde. Dass jenes Gebiet – das Mittelreich zwischen dem Gebiet der Ostfranken und dem der Westfranken, das Lothringen hieß – von einem Vetter Judiths regiert wurde, wusste Balduin. Desgleichen, dass jener ihnen freundlich gesinnt schien und sie darum seit langem den Plan ausgeheckt hatte, an seinen Hof zu fliehen. Nun wollte er mehr erfahren.

»Wie kannst du sicher sein, dass er nicht auf die Idee kommt, uns deinem Vater auszuliefern?«

»Glaub mir«, gab Judith leichtfertig zurück, »auf wenig ist so sehr Verlass wie auf die Feindschaft, die zwischen sämtlichen Söhnen und Kindeskindern der Karolinger herrscht. Schon mit seinem Bruder Lothar I., dem Vater des jetzigen Lothar II., war sich mein Vater immer spinnefeind, hatte doch jener mehr als einmal danach getrachtet, ihm das Reich streitig zu machen. Und Gleiches gilt für seinen Sohn, der gerne bei jedem Verrat und jeder Intrige mitmacht, die sich gegen meinen Vater richtet. Seit acht Jahren ist er nun auf dem Thron; nach dem Tod Lothars I. wurde er in Frankfurt zum König akklamiert. Ich glaube, mein Vater hat anfangs gehofft, ihn zum Verbündeten gegen seinen nicht minder verhassten Bruder Ludovicus Germanicus zu machen – doch im Zweifel stellte sich Lothar eher auf dessen Seite als auf die von Karl.«

Balduin runzelte die Stirne. Seit jeher war es ihm schwergefallen, die Herrschaftsverhältnisse der Karolinger bis ins Letzte zu verstehen, umso mehr, als viele von ihnen den gleichen Namen trugen und obendrein jedes Königreich beim Tod des Herrschers auf sämtliche Königssöhne verteilt wurde. Innerhalb weniger Jahre konnten sich Grenzen grundlegend verändern, nicht zuletzt dann, wenn einer dieser Herrschersöhne Krieg gegen den eigenen Bruder führte und ihn aus dessen Kronland vertrieb.

»So war es übrigens auch vor fünf Jahren«, fuhr Judith fort, »die schlimmste Zeit im Leben meines Vaters. Ich habe nicht viel davon mitbekommen, ich weilte ja in Wessex. Damals hat Ludovicus Germanicus, wie du sicher weißt, meinem Vater die *Gallia* streitig gemacht und in Attigny Hof gehalten – und wer kam dorthin, um ihn der Treue zu versichern? Ausgerechnet Lothar II. Mein Vater hat ihm das nie verziehen.«

Balduin nickte. Von jener Stunde rührten die Macht Hinkmars von Reims, der die Großen des Landes hinter sich versammelt hatte, um den ostfränkischen König wieder zu vertreiben, und das Misstrauen des Königs, das sein Sohn Ludwig so oft beklagt hatte – sofern es denn nicht schon lange zuvor in ihm zu wuchern begonnen hatte.

»Als Lothar freilich sah, dass mein Vater – der eine Onkel – sich gegen Ludovicus Germanicus – den anderen Onkel – durchsetzen konnte, hat er flugs wieder die Seite gewechselt, sich mit Karl versöhnt und feierlich erklärt, er wolle künftig als Vermittler zwischen den beiden Königen agieren.«

»Und das hat nicht lange angehalten?«

»Mitnichten! Freilich ist Lothar daraus kein Vorwurf zu machen. Die Wege des Herrn sind nämlich im Falle meiner Familie noch verschlungener als anderswo, ja, sie scheinen regelrechte Knoten zu schlagen. Es verhält sich so, dass Lothar nicht allein über jenes Mittelreich zwischen der *Gallia* und den Ostfranken herrscht, sondern ebenfalls mit zwei Brüdern geschlagen ist. Ich glaube, dass mein Urgroßvater, der große Karl, und noch vor ihm dessen Väter die Heilige Schrift gelesen haben, ehe sie sich zu ihren Frauen legten, um diese zu begatten, und darin auf die Geschichte Kains und Abels gestoßen sind. Wie anders lässt es sich erklären, dass bei uns der Bruderzwist schon mit der Muttermilch aufgesogen wird?«

»Lothar II. hat also zwei Brüder«, wiederholte Balduin, um nichts durcheinanderzubringen. »Was heißt, dass das Mittelreich eigentlich aus drei Teilen besteht.«

»So ist es. Wobei hinzuzufügen ist, dass einer der Brüder – er heißt Karl wie mein Vater – zu den Schwachsinnigen gehört, die regelmäßig weißen Schaum spucken. Er ist zwar Herrscher der Provence und von Burgund, doch ich bezweifle ernsthaft, dass er jemals einen eigenen Entschluss gefasst hat. Das Letzte, was ich von ihm hörte, war, dass er im Sterben liege. Vielleicht tut er das noch für viele Jahre, vielleicht ist er bereits tot. Der andere Bruder hingegen, der wiederum Ludwig heißt, hat von seinem Vater Lothar I. den Kaisertitel geerbt und ist Herrscher von Italien. Aber er will es nicht bleiben. Soll heißen: Natürlich möchte er der Herrscher Italiens sein, doch eben nicht nur. Er hätte gerne auch noch die Länder seiner Brüder.«

»Also die Provence und Burgund vom verrückten Karl und Lothringen von deinem Vetter Lothar, zu dem wir reisen.«

»In der Tat. Und damit kommen wir wieder auf den Grund der Feindschaft zwischen Lothar und meinem Vater zu sprechen, die nicht zuletzt deshalb entbrannt ist, weil Lothar im Zweifelsfall auf der Seite von Ludovicus Germanicus steht. Dies ist freilich nur allzu verständlich, denn Ludovicus hat ihm stets geholfen, sich gegenüber seinem Bruder Ludwig – Kaiser und König von Italien – zur Wehr zu setzen. Das begann schon bei seiner Krönung, die, wie gesagt in Frankfurt stattfand, der Pfalz von

Ludovicus. Dies natürlich wiederum nur, weil er einen Verbündeten gegen den eigenen Bruder – meinen Vater – brauchte. Gleiches gilt übrigens auch jetzt.«

»Warum? Ich dachte, Ludovicus Germanicus wüsste nun, dass er das Gebiet deines Vaters wohl nie für sich erringen kann.«

»Schon, schon. Aber ich habe doch den schwachsinnigen Karl von der Provence erwähnt. Du kannst dir denken, was passiert, wenn dieser tatsächlich stirbt.«

»Ich nehme an, dann hat jeder Einzelne Gelüste auf die Provence und Burgund.«

»Ich fürchte, ja. Mein Vater wird die Gebiete gewiss beanspruchen, grenzen sie doch zu einem großen Teil an sein Reich. Doch auch Lothar wird sie haben wollen. Ludovicus Germanicus wird wiederum Lothar unterstützen, weil er seinem Bruder Karl die Provence nicht gönnt. Und dann gibt es nicht zuletzt Kaiser Ludwig von Italien, der ebenfalls danach greifen wird. Um sich gegen diesen zur Wehr zu setzen, wird Lothar wieder einmal seinen Onkel Ludovicus um Hilfe rufen, der zwar ohnehin schon auf seiner Seite steht, aber sich umso erkenntlicher zeigen wird, wenn Lothar ihm jenen Teil vom Elsass abgibt, auf den er seit langem spekuliert.«

»Durchschaue einer diese Familie!«, rief Balduin entnervt aus.

»'s ist meine Familie«, erwiderte Judith mit einem spröden Lächeln, »und somit ist es auch die deine, nachdem du mich doch geheiratet hast. Im Übrigen: Um dieses Ungemach nicht auch noch zu verschweigen – es gibt noch einen gewissen Karlmann.«

»Gottlob, dass er wenigstens anders heißt als der Rest.«

»Nun, ich hätte auch noch einen Bruder dieses Namens anzubieten. Doch der, den ich meine, ist der Sohn von Ludovicus Germanicus und gerade dabei, gegen den eigenen Vater zu rebellieren. Das könnte wiederum bedeuten, dass dieser so beschäftigt ist, den Aufstand niederzuschlagen, dass er dem Neffen Lothar im Kampf um die Provence nicht zu Hilfe kommen kann.«

Balduin schüttelte verständnislos den Kopf. »Ich dachte immer, bei den Königen gelte, dass die Macht mit den Söhnen kommt und geht? Bei deiner Familie hingegen scheint es die Gewähr zu sein, ständig um diese Macht kämpfen zu müssen.«

»Ganz so ist es nicht. Denn wer keine Söhne hat, hat zwar niemanden, dessen Rebellion zu befürchten ist. Er befindet sich jedoch in einer schwächeren Position als seine machtlüsternen Brüder. Glaub mir, gerade Lothar kann ein Lied davon singen.«

»Hat er denn keinen Sohn?«, fragte Balduin.

»Doch ja … oder eigentlich, nicht wirklich«, sagte Judith.

»Was denn nun? Ja oder nein?«

Sie schien zu einer Erklärung ansetzen zu wollen, zuckte dann aber die Schultern. »Das ist eine lange Geschichte«, meinte sie schließlich, »und nicht minder verworren als der stete Bruderkrieg.«

»Dann kann es warten!«, rief Balduin entschlossen aus. Von Geschichten über Brüder, die fast alle den gleichen Namen trugen, hatte er fürs Erste fürwahr genug.

XXI. Kapitel

Sie erreichten Trier, eine der Königspfalzen im lothringischen Reich; die Abendsonne warf tiefe, aber nicht bedrohlich schwarze Schatten und tauchte die alte, mächtige Stadt in ein heimeliges, warmes Braun: die mächtigen Mauern, die vielen Weinberge auf den Hügeln, die sie umgaben, die Türme von der Königspfalz, dem Grafensitz und den vielen Kirchen. Da gab es die Doppelkathedrale von Sankt Peter und Liebfrauen, nicht weit davon Sankt Laurentius und schließlich das Konstantinbasilika. Schon vor den Mauern – rund um das Kanonikerstift und die Benediktinerklöster – reihte sich Haus an Haus, und als sie über die alte Römerbrücke ritten und die Barbarathermen sowie Sankt Maria ad pontem passierten, um zur Pfalz zu kommen, gewahrten sie, dass die Besiedlung noch dichter wurde.

Die vielen Bäume – schwerer Ahorn war ebenso darunter wie schlanke Birken – raschelten beifällig, als wollten sie sie willkommen heißen. Balduin gewahrte, wie die Anspannung von ihm wich, und fühlte sich – allein ob der warmen Luft und des milden Lichtes – zum ersten Mal seit Wochen in Sicherheit.

König Lothar II., der Herrscher vom Friesland bis zum Jura, hieß sie auf jene ungezwungene Weise willkommen, die ihm zu eigen war. Nie erlebte Balduin in der kommenden Zeit bei ihm Standesdünkel – nicht, weil Lothar sich der königlichen Würde nicht bewusst gewesen wäre und sich den anderen Menschen gleich gefühlt hätte, sondern weil er viel zu bewegungshungrig war, um ein steifes Zeremoniell einzuhalten. Und obendrein, das gestand er schließlich mit einem Augenzwinkern, sei sein Geist zu träge, um sich zu merken, wann man sich vor wem zu verbeugen habe und welchem Würdenträger man nie den Rücken zuwenden dürfe. Gern sah er es den anderen nach, wenn sie manch strikte Regel des Benehmens missachteten, solange sie ihrerseits von ihm nicht forderten, tagelang still zu sitzen, sich von Notaren Dokumente erklären zu lassen oder Rechtsstreitigkeiten beizulegen, die zwischen den Großen des Landes entbrannt waren.

Als ihm Judiths und Balduins Ankunft gemeldet wurde, war er offenbar gerade damit beschäftigt, sich im Speerwerfen zu üben, denn mit einem ebensolchen in der Hand kam er in den Hof, und er legte ihn auch nicht ab, als er ungezwungen nach Judiths Hand griff und ihr eigenhändig vom Pferderücken half. Die herbeigeeilten Knechte scheuchte er fort.

»Du empfängst mich mit einer Waffe in der Hand?«, fragte Judith. Der Anflug des Lachens, das die Worte begleitete, deuchte Balduin echt. Doch als sie sich von Lothars Berührung löste, schien sie ihm augenblicklich steifer und starrer als in den letzten Tagen ihrer Reise. Es war, als wechsle sie – ohne jedes Zutun, allein durch alte Übung dazu veranlasst – augenblicklich in die Rolle der unnahbaren Königin, sobald sie einem Mitglied ihrer Familie gegenüberstand.

Lothar blickte grinsend auf die Lanze. »Hast du Angst, ich könnte sie gegen dich richten, liebste Cousine?«

»Sollte ich? Du weißt doch von meiner Lage!«

»Sei unbesorgt. Du bist mir herzlich willkommen.«

Judith strich über ihre staubige Kleidung. »Dann habe Dank für diesen freundlichen Empfang, aber mach mir nicht vor, es sei ehrliche Zuneigung, die dich dazu treibt.«

»Was sollte es sonst sein?«, fragte er übertrieben gedehnt.

Wieder erwiderte sie sein Lächeln, doch es kam Balduin eigentümlich erkaltet vor.

»Lass uns ehrlich sein. Du hast genau zwei Gründe, uns hier willkommen zu heißen, werter Oheim. Du willst die Provence, was dich zum Feind meines Vaters macht. Und du kämpfst um deine Ehe und um deinen Sohn, was deine Position gegenüber den königlichen Brüdern und Onkeln stärken soll. Warum jene dir wiederum sämtliche Hindernisse, die möglich sind, in den Weg legen – und du gerne die Gelegenheit nutzt, ihnen eins auszuwischen. Also gib keinen dritten Grund an, der da wäre, dass du dich nach einem Wiedersehen mit mir gesehnt hast.«

Lothar schien sich an ihrem unterschwellig bissigen Tonfall nicht zu stören. »Du darfst nicht vergessen, dass ich nicht zum ersten Mal einer aufrührerischen Dame ein Dach über dem eigenwilligen Kopf gewähre.«

»Richtig… Engeltrude«, Judith wandte sich Balduin zu und erklärte: »Jene hat eines Tages ihren werten Gatten Boso verlassen, um mit einem anderen Mann Tisch und Bett zu teilen, und sich hernach – als Hinkmar von Reims ihr befahl, augenblicklich zu Boso zurückzukehren – hier bei meinem lieben Cousin verschanzt.«

»Tja«, meinte Lothar leichtfertig, »es hätte sich doch nicht geziemt, eine fränkische Frau und noch dazu eine Verwandte – irgendwie ist unser Haus ja mit jedem Adeligen verwandt – einfach auszuliefern.«

»Von wegen!«, meinte Judith. »Sie hat gedroht, sich ansonsten den Normannen anzuschließen. Das war der Grund, warum du sie nicht verjagt hast. Wobei du es schließlich, nachdem der Bannfluch des Papstes sie getroffen hatte, dennoch tatest. Wo irrt die Arme eigentlich im Augenblick mit ihrem Liebsten umher?«

»Nun, du, liebe Judith, musst nun nicht in ähnlicher Ungewissheit leben«, sagte er. »Will's gerne bekräftigen: Sei mir willkommen. Das letzte Mal, da ich dich leibhaftig sehen durfte – es war leider auch das einzige Mal, dass ich's tat –, war ich gewiss, du würdest zu einer wahren Schönheit erblühen. Ich lag nicht falsch in dieser Annahme.«

Judith zog die Braue hoch, was Balduin an ihre erste Begegnung erinnerte, da sie mit dieser Regung ihrer Mimik nicht gespart hatte. Lange hatte er sie nicht mehr als diese Judith gesehen – als eine, die zu heftige Gesten mied, die Worte wie Waffen einsetzte und jede Floskel der Höflichkeit zurückwies. Lothar schien das zu gefallen, wie man aus seinem breiten Grinsen schließen konnte, und dennoch hatte Balduin das Gefühl, dass eine Spannung in der Luft lag, die jäh an der Heimeligkeit und dem Schutz des Ortes kratzte. Er war sich nicht sicher, woran sich sein Unbehagen auflud – an Judith, eben noch die vertraute, natürliche Frau an seiner Seite, die sich binnen weniger Sätze zur hochmütigen Königin verwandelt hatte, oder an diesem sonderbaren Zusammentreffen zweier Mitglieder einer Familie, in der Hader, Neid und Streit viel kräftiger sprossen als Zuneigung.

Als Lothar zu ihm trat, um nach Judith auch ihren Gemahl zu begrüßen, erwartete Balduin ein gewisses Maß an Verachtung ob seines eigenen Standes, der gegenüber dem von Judith so gering war.

Doch als Judith vortrat, um ihn vorzustellen, ward plötzlich sämtliche Spannung aufgelockert von einem kleinen blonden Knaben, der auf sie zugesprungen kam und eine Flut von Worten über Lothar ergoss.

»Wo bleibst du? Wir wollen weiterüben? Wilfried hat behauptet, es würde dir niemals gelingen, die Lanze derart weit zu werfen!«

Balduin vermutete, dass dies Lothars Sohn war, den Judith schon mehrmals erwähnt hatte, und tatsächlich nannte der Knabe Lothar seinen Vater und zog ihn ungeduldig an der Hand.

Das Lächeln, das in Lothars Gesicht erschien, war weicher – und echter, ebenso wie der Stolz, mit dem er sich nun an Judith wandte.

»Das ist mein Sohn Hugo«, erklärte er und strich dem Kleinen über die blonden Haare. Deren Farbe hatte nichts mit der Haarfarbe jener Karolinger gemein, die Balduin kannte, doch als er in das Gesicht des Knaben blickte, erinnerten ihn die geschwungenen Lippen an die von Ludwig. In Hugos Gesicht wirkten sie freilich hübscher und irgendwie … gesünder als in dem entstellten des Königssohns.

»Ich freue mich, dich kennenzulernen, Hugo«, sprach Judith ernsthaft, und auch ihre Züge wurden sichtbar freundlich. Die

Spannung löste sich, die behagliche Stimmung kehrte zurück, und dennoch zögerte Balduin zu lange, um seinen Arm vertraulich um Judith zu legen. Als er den Mut fasste, es – zum ersten Mal in Anwesenheit anderer Menschen – zu wagen, da war sie Lothar schon auf dem Weg ins Hauptgebäude gefolgt.

Balduin ließ den Arm wieder sinken und ging rasch hinterher. »Es ist ... es ist gut, hier zu sein«, murmelte er.

Sie zuckte mit den Schultern. »Was immer Lothar verspricht, wir werden hier nicht ewig bleiben können«, gab sie zurück. »Aber wir sollten die Zeit nutzen, um zu Kräften zu kommen ... und neue Pläne für die Zukunft zu machen, was immer sie uns auch bringen mag.«

Erst als er den Saal betrat, fühlte Balduin, wie sehr ihm der Magen knurrte, und er freute sich auf eine üppige Tafel. Er ging davon aus, dass die Tafel eines Königs festlicher ausfallen würde, als er es gewohnt war, und einige besondere Leckerbissen bereithalten würde. Doch was er stattdessen erblickte, war so enttäuschend, dass er vor Staunen fast den Hunger vergaß.

Stattlich hatte die Pfalz draußen im Hof gewirkt. Die Wirtschaftsgebäude waren aus stabilen Fachwerkwänden errichtet und mit Schindeldächern bedeckt, die Mauern des Stalls waren aus Baumstämmen mit zwischengefüllter Erde gefertigt, sodass keine Ritzen für den kalten Wind offen blieben. Im Haupthaus hatte er deshalb erwartet, auf noch viel deutlichere Zeichen des Wohlstandes zu stoßen.

Doch der Saal erinnerte ihn eher an eine der Spelunken, in der er manches Mal mit Judith hatte nächtigen müssen. Zwar gab es einen großen, aus Bruchsteinen gemauerten Kamin, doch um diesen herum war schon lange nicht mehr gekehrt worden: Der Stein war schwarz vor Ruß, und die Asche bedeckte den Boden bis zum Eingangsbereich hin. An den Wänden aufgespannt waren die großen Felle von Hirschen, Wildschweinen, Luchsen und Auerochsen – aber auch diese waren vom Rauch verdunkelt. Seit

Ewigkeiten schien sich keiner die Mühe gemacht zu haben, sie abzubürsten.

Verwirrt blickte Balduin auf Judith, die das alles schulterzuckend zur Kenntnis nahm. Ein Hauch von Missbilligung und Ekel streifte ihre Züge, ehe jene ausdruckslos wurden.

Lothar selbst schien an den Zustand seines Hofs gewohnt zu sein. Zu Balduins Erstaunen schritt er selbst – noch mit Hugo auf dem Arm – behände hin und her und sprach Befehle aus, die eigentlich aus dem Mund einer Frau oder zumindest des Seneschalls hätten stammen müssen.

Als er nach Essen rief, verspürte Balduin erneut Hunger, doch der Geruch nach verbranntem Fleisch, der alsbald in seine Nase zog, ließ ihm den Appetit vollends vergehen.

»Wie kann die Königin zulassen, dass der Hof so verwahrlost?«, fragte er Judith in einem Moment, da Lothar sich von ihnen abgewandt hatte.

»Glaub mir«, gab Judith zurück, »die Königin – oder was immer sie sein mag – hat ganz andere Sorgen.«

Balduin runzelte die Stirne. Erst jetzt fiel ihm ein, dass er mit Judith niemals über Lothars Frau gesprochen, sondern einfach vorausgesetzt hatte, dass es eine gäbe, die, wie es ihre vorrangige Pflicht war, für den Prunk und Glanz der Hofhaltung bürgte.

»Andere Sorgen?«, fragte er. »Aber …«

Er konnte seinen Satz nicht vollenden, denn eben hatte Lothar seinen Sohn auf den Boden gesetzt – wo dieser in munteren Bocksprüngen den gleichen Hunger nach Bewegung bekundete, wie er auch in den Gliedern seines Vaters steckte – und wandte sich nun wieder seinen beiden Gästen zu.

»Ich bitte euch, Waltradas Abwesenheit zu entschuldigen«, meinte er. Er klang freundlich wie zuvor, doch seine Augen wichen Judith aus. »Sie fühlt sich nicht sonderlich gut«, setzte er hinzu.

Judith nickte wortlos, nur Balduin konnte sich nicht enthalten zu fragen: »Eure Gattin heißt Waltrada? Ist sie krank?«

Er missachtete Judiths mahnenden Blick, den sie ihm zuwarf.

»Sie ist nicht einfach nur krank. Man hat sie krank gemacht«, erklärte Lothar knapp, als wäre damit alles gesagt, und fasste nach seinem Sohn, um ihn zur Tafel zu führen.

Erst jetzt fühlte Balduin die vielen Blicke, die auf sie gerichtet waren.

Gerade bei den Mönchen und Priestern, die abwartend herumstanden, konnte er die Feindseligkeit nahezu riechen. Sie erstaunte ihn nicht, hatte sich doch ihre Exkommunikation gewiss bis hierhin herumgesprochen. Doch als er ihren Blicken folgte, gewahrte er, dass sie nicht Judith und ihm galten, sondern König Lothar selbst. Jener wiederum lief an dem Klerus mit erhobener Nase vorbei, als gäbe es ihn nicht.

Doch das war nicht alles, was Balduin zutiefst verwirrte. Am Ende des Saals stand nun eine nobel gekleidete Frau auf – eben noch hatte sie steif und hoheitsvoll dagesessen –, die sich hasserfüllt an den König wandte. Ihre feine, melodische Stimme gab Kunde von hoher Geburt und guter Erziehung, doch der Inhalt ihrer Worte war weniger vornehm: »Mögt Ihr auch den Blick aller anderen Widersacher meiden«, erklärte sie schneidend »wagt nicht, durch mich hindurchzusehen!«

Lothar fuhr herum, sein Gesicht rötete sich leicht.

»Schweigt, Landina!«, entfuhr es ihm.

Der kleine Hugo, der trotz seines Bewegungshungers artig an seiner Seite gegangen war, presste sich mit gequältem Gesicht an des Vaters Beine und blickte ängstlich hoch.

Auch Balduin starrte nun gebannt auf die Szene.

»Ihr könnt gerne versuchen, mich gewaltsam zum Schweigen zu bringen, mein König«, fuhr die Frau fort, »aber Euer frommes, gutes Weib Theuteberga lässt sich nicht gleichfalls …«

»Was für ein Unsinn!«, polterte Lothar voller Überdruss los. »Sie wäre längst im Kloster glücklich, wenn ihr sie nicht alle aufhetzen würdet!«

»Wir handeln gewiss nicht aus eigenem Interesse! Wir tun's, weil wir die Einzigen sind, die hier offenbar Gottes Gebote aufrechterhalten!«

Der kleine Hugo duckte sich immer tiefer. Lothar aber richtete sich drohend auf. »Ihr denkt, nur weil Ihr die Schwester eines Bischofs seid, dürft Ihr mir trotzen, Landina! Doch dies ist meine Pfalz, und was hier geschieht, bestimme ich!«

»Dies ist vor allem der Ort, wo Eure rechtmäßige Gattin Theuteberga als Königin residieren sollte. Und solange Ihr es ihr verbietet, solange sie ein armseliges Leben fernab vom Hofe fristen muss, so lange werde ich für sie die Stellung halten. Ich werde nicht müde werden, aller Welt vor Augen zu halten, dass es sie nicht nur gibt, sie nicht nur darauf wartet, dass ihr Recht gegeben wird, sondern dass es gottlos ist, was Ihr hier treibt. Und ich weiß den Klerus auf meiner Seite…«

»Ach was, die Priester scheren sich ganz gewiss nicht um Theuteberga. Sie sind einzig wütend auf mich, weil sie Angst haben, dass ihr Bischof Theutgaud seines Amtes enthoben wird.«

»Und das aus gutem Grund – wagen er und sein Amtsbruder aus Köln doch, dem Papst selbst zuwiderzuhandeln!«

Die letzten Worte glichen einem wütenden Fauchen.

»Verschwindet!«, zischte Lothar. »Verschwindet aus meiner Halle, oder ich lasse Euch von meinen Wachen hinausschleifen!«

Landina zuckte nur gleichgültig mit den Schultern. Doch dann drehte sie sich um und entfernte sich mit festen Schritten – allerdings nur bis zum Eingang des Saals. Dort verharrte sie, um sämtliche Regungen von Lothar und seinem Sohn mit missmutigen Blicken zu verfolgen.

Die übrigen Anwesenden, die die Szene schweigend verfolgt hatten – die einen unangenehm berührt, die anderen mit deutlichem Spott, wieder andere mit einem ähnlichen Grimm, wie er auch in Landinas Gesicht stand –, begannen miteinander zu tuscheln.

Lothars Gesicht wurde noch röter, und er schien zu erwägen, Landina auch von ihrer jetzigen Position zu vertreiben. Doch dann fand er die Beherrschung wieder, wandte sich seinem kleinen Sohn zu, der immer noch verängstigt an ihm hing, und rang sich ein aufmunterndes Lächeln ab.

»Was ist hier los?«, flüsterte Balduin verwirrt. »Was hat es mit Lothars Frau Waltrada auf sich? Und wer ist Theuteberga, die diese Landina als seine wahre Gattin bezeichnet?«

Judith trat fröstelnd zum Kamin. In der schwarzen Rußschicht am Boden prägten sich ihre Fußabdrücke ein. »Das ist eine lange Geschichte«, bekundete sie leise. »Es scheint, ich habe etwas mit meinem Cousin Lothar gemein. Unser beider Ehen stehen unter keinem guten Stern.«

Später berichtete Judith ihm mehr. Nicht nur Landina war bis dahin drohend vor dem Saal stehen geblieben, sondern auch weitere Männer und Frauen hatten sich zu ihr gesellt.

»Sie gehören alle zu Theutebergas Gefolge«, erklärte Judith, »und sie zeigen mit diesem unhöflichen Verhalten, dass sie des Königs Tun nicht gutheißen. Er sieht mir nicht so aus, als dulde er das gerne, aber er hat wohl Angst, es zu ahnden und sich solcherart noch mehr Feinde zu schaffen.«

Balduin blickte zu Lothar, der tatsächlich schwer mit aufwallendem Grimm zu kämpfen schien, jedoch schweigend aß und das Fleisch für seinen Sohn in kleine Stücke schnitt.

»Wer ist diese Theuteberga?«, fragte er erneut.

»Sie ist Lothars rechtmäßige Frau. Zumindest behauptet das ihr Gefolge, aber es lässt sich nicht mit Gewissheit sagen. Einst lebte Lothar mit Waltrada zusammen – die einen sagen, wie Mann und Frau, die anderen, dass sie nichts weiter als eine Konkubine war. Waltrada war es auch, die ihm den kleinen Hugo geboren hat. Doch dann, vor einigen Jahren, hatte er die Gelegenheit, eine politisch viel bedeutungsvollere Ehe zu schließen. Ihm wurde die Hand von Theuteberga, einer Schwester des Abtes Hukbert von Saint-Maurice d'Agaune, angeboten – und er nahm sie an und verstieß Waltrada, dabei bekundend, dass er sie ohnehin niemals kirchlich geheiratet habe.«

»Ganz offensichtlich ist der König seinem kleinen Sohn herzlich zugetan«, bemerkte Balduin verwundert. »Warum hat er dann dessen Mutter …?«

»Nun«, fiel Judith ihm nicht ohne Spott ins Wort, »bis vor kurzem war ihm dieser Sohn nicht sonderlich viel wert. Er dachte ja, dass Theuteberga ihm noch viele Kinder schenken würde, darunter rechtmäßige Söhne. Hugo war zu diesem Zeitpunkt nichts anderes als ein Bastard für ihn. Doch die Wege des Herrn sind unergründlich, und wiewohl man nicht selten den Eindruck hat, der Allmächtige stehe meist auf der Seite der Könige, hat er in diesem Fall offenbar der armen Waltrada zu ihrem Recht verholfen. Wobei ich mir nicht sicher bin, ob sie darob wirklich glücklich ist. Fest steht: Theuteberga ist unfruchtbar, ihre Ehe mit Lothar blieb kinderlos – und auf dass er dem Schicksal entgeht, irgendwann die diesseitige Welt zu verlassen, ohne sein ohnehin schon bedrohtes Reich einem Erben anzuvertrauen, hat er beschlossen, nun wiederum Theuteberga zu verstoßen, Waltrada zurückzunehmen und Hugo nicht länger als Bastard zu betrachten, sondern als rechtmäßigen Erben.«

»Und das will sich Theuteberga nicht bieten lassen?«

»Zumindest nicht die Menschen aus ihrem Gefolge, die in Lothars Reich Macht und Einfluss gewonnen haben und sich nun als Stachel in seinem Fleisch betrachten. Das Ganze ist eine äußerst unschöne Angelegenheit. Zunächst schien sie noch zu Lothars Gunsten auszugehen. Er hat die Bischöfe seines Reichs gebeten, seine Ehe mit Theuteberga für nichtig zu erklären, da er ja zu diesem Zeitpunkt bereits mit Waltrada verheiratet gewesen sei, und die Aachener Synode hat der Trennung zugestimmt – das erste Mal vor drei Jahren und dann noch einmal vor einem Jahr, um den Beschluss zu bekräftigen. Aber Lothar hat nicht mit seinen königlichen Onkels gerechnet.«

»Was haben denn dein Vater und König Ludovicus Germanicus damit zu tun?«, fragte Balduin.

Judith zog ihre Augenbrauen hoch. »Glaub mir, wer sich in meiner Familie nur eine kleine Schwäche erlaubt, auf den hacken die anderen alsbald ein wie die Aasgeier. Sowohl mein Vater Karl, der ihn seit langem hasst, als auch mein Onkel Ludovicus, der ihn doch eigentlich bisher beschützt hat, haben sich ausgerechnet, dass sie Lothars Reich für sich beanspruchen könnten, sofern er ohne Erbe stürbe – und dies würde geschehen, falls er an der Ehe mit Theuteberga festhalten müsste und Hugo folglich nur sein illegitimer Sohn wäre.«

»Aber ist es nicht Sache der Kirche, darüber zu entscheiden?«

»Das sollte es sein. Doch wann wären die Männer der Kirche jemals unparteiisch, wann würden sie darauf verzichten, in jenem Kampf um Macht in vorderster Reihe mitzuwirken? Du kannst dir vorstellen, wer am lautesten gegen Lothar wetterte: niemand anderer als Hinkmar von Reims. Lothar wiederum sah das Unheil kommen und verkündete lautstark der ganzen Welt, warum er sich von Theuteberga getrennt habe. Nämlich nicht, weil jene keine Kinder bekomme, sondern weil sie – ein ungeheuerlicher Vorwurf – mit ihrem eigenen Bruder, Abt Hukbert, Unzucht getrieben habe. Sie habe es sogar zugegeben.«

»Das hat sie tatsächlich getan?«

»Die Großen des Reiches verlangten ein Gottesurteil. Und längst zermürbt von dem Kampf hat sich Theuteberga wohl gedacht, sie könne dieser schrecklichen Prozedur entgehen und sich in ein Kloster zurückziehen, wenn sie von sich aus ein Geständnis ablege.«

Balduin nickte wissend. Er konnte verstehen, warum Theuteberga eine derartige Prüfung mied, fiel eine solche doch nicht selten grausam aus: Ein bewährtes Mittel, um zu einem Gottesurteil zu kommen, war, den Angeklagten mit dem nackten Arm einen Ring oder einen kleinen Stein aus einem Kessel mit kochendem Wasser holen zu lassen. Die verbrühte Hand wurde anschließend verbunden und versiegelt. Wenn nach einigen Tagen, da man den Verband wieder löste, die Wunde nicht eiterte, war die Probe bestanden – alles andere aber galt als Zeichen der Schuld.

»Doch dann hat mein Vater, König Karl, Theuteberga zur Flucht überredet und sie in seinen Reichsteil holen lassen«, fuhr Judith fort. »Vor ihrem Mann in Sicherheit hat sie daraufhin ihr Geständnis widerrufen und an Papst Nikolaus appelliert, sich doch für ihr Recht einzusetzen. Papst Nikolaus hat daraufhin eine Synode in Metz anberaumt, an der die Bischöfe Westfrankens, Ostfrankens und der Provence sowie zwei päpstliche Legaten teilnehmen sollten, um gemeinsam zu erklären, dass Lothar Waltrada zu verstoßen und Theuteberga wieder aufzunehmen habe. Mein Cousin Lothar freilich wollte sich nicht geschlagen geben. Er hat die beiden Legaten bestochen, woraufhin seine Ehe mit Theuteberga in Metz erneut für nichtig erklärt wurde. Der Papst war außer sich vor Wut. Es heißt, dass er demnächst den Erzbischof von Trier – jener gewisse Theutgaud, von dem Lothar zuvor sprach – und den von Köln nach Rom berufen wird, um sie zur Verantwortung zu ziehen. Gnade ihnen Gott ob dem, was ihnen dort blüht. Der Klerus hier fürchtet ihre Absetzung.«

»Warum aber ist dem Papst so viel an Theuteberga gelegen?«

»Ach, es ist ihm gewiss gleich, ob in Lothars Ehebett nun die eine oder die andere liegt. Jedoch will Nikolaus damit aller Welt bekunden, dass die Macht eines Papstes in vielen Fällen über der eines Königs liegt. Die Kirche allein könne über die Gültigkeit einer Ehe urteilen – niemand sonst. Gleiches bezweckt auch Hinkmar von Reims, wenn er sich einmischt – nämlich die Macht der Kirche zu beweisen und ergo seine eigene. Nicht selten erheben sich weltliche Herrscher über den Klerus, doch die Ehe und deren Unauflöslichkeit scheint ihm ein gutes Mittel, auf seinem Einfluss zu beharren.«

Balduin schüttelte langsam den Kopf. »Es scheint mir doch sonderbar, dass Hinkmar von Reims unsere Ehe verdammt, an der von Theuteberga und Lothar aber festhält.«

»Im Gegenteil! Das eine hat durchaus mit dem anderen zu tun, will er sich doch in beiden Fällen nicht das Recht nehmen lassen, über die Rechtmäßigkeit einer Ehe zu urteilen. Diese darf nicht im Ermessen der Laien liegen, wie wir es sind – oder im Ermessen des Königs.«

Bei ihrem letzten Satz stieß Balduin sie an, auf dass sie die Stimme senkte. Denn Lothar hatte sein Mahl beendet, mit lautem Krachen seinen Kelch auf den Tisch gestellt und war zu ihnen getreten, ohne dass Judith es bemerkt hatte.

»Ich höre, ihr tuschelt eifrig über meine Lage – und über die eure.«

»Gibt es denn Neuigkeiten?«, fragte Judith ungerührt, indes sich Balduin ertappt fühlte.

Lothar freilich schien daran gewöhnt zu sein, dass man über ihn redete. »Nicht, dass ich wüsste«, gab er frank und frei zu. Er klang gelassen, wenngleich Balduin nicht entging, wie sein Blick unauffällig auf den kleinen Hugo glitt und wehmütig glänzte.

»Ich will nicht begreifen«, meinte Judith indes bitter, »dass das, was man dir, lieber Cousin, verwehrt, nämlich deine Frau zu verstoßen, von Balduin verlangt werden sollte.«

Lothars Augen ließen Hugo los, und statt Wehmut blitzte Spott auf. »Du vergisst, dass die Kirche seit vielen Jahren den Brautraub bekämpft – ein Brauch, der bei unseren heidnischen Vorfahren noch weitverbreitet war. Jeder Bischof deines Vaters würde erklären, dass eure Ehe darum nicht gültig ist.«

»Ach was!«, stritt Judith ab. »Hat sich nicht eine deiner Schwestern von Graf Giselbert entführen lassen, soweit ich weiß sogar ins Reich meines Vaters, weil er von deinem als Bräutigam nicht akzeptiert wurde?«

»Schon, schon, aber bedenke: Die Synode von Ver hat beschlossen, dass alle Weltlichen, ob adelig oder nicht, ihre Hochzeit öffentlich feiern sollen. Wie viele Zeugen hattet ihr?«

Judith zuckte die Schultern.

»Eben …«, murmelte Lothar, »vielleicht wär's ratsam, den Ehebund erneut zu schließen. Doch wenn ich ehrlich bin, glaube ich nicht, dass es hier am Hof auch nur einen Kleriker gibt, der euch trauen würde. Sie zeigen mir ihr Missfallen nur zu deutlich. Gerade gestern kam einer dieser Pfaffen zu mir, um mir ins Gewissen zu reden. Sämtliche Tugenden eines Königs hat er mir aufgezählt: Gerechtigkeit üben, Schwache schützen, an der Unauflöslichkeit der Ehe festhalten … Du verstehst nun, warum Waltrada sich lieber von der Tafel fernhält?«

Während er sprach, hatte er sich auf der Bank niedergelassen, doch kaum hatte er geendigt, so sprang er auf, als wäre er von Dämonen gejagt.

»Weiß … weiß Hugo davon?«, fragte Judith. »Ich meine, dass über seine Mutter schlecht geredet wird? Und er bei vielen als Bastard gilt?«

Lothar lachte säuerlich auf. »Glaub mir, wenn ich an seine Zukunft denke, dann scheint mir das geringste Problem zu sein, wenn man es ihm heute an Respekt mangeln lässt.«

Er nickte ihnen zu, um dann mit schnellen Schritten zu seinem Sohn zu eilen, ihn zu packen und hochzuheben – mit einem kurzen Lachen, das trotz aller Bitterkeit ehrlich klang. Es war nicht sicher, ob er bei dem Knaben Ablenkung und Zuflucht suchte oder ihn vor den vielen missgünstigen Blicken zu schützen gedachte.

»König Lothar setzt ein Zeichen, indem er ausgerechnet uns aufgenommen hat, nicht wahr?«, fragte Balduin, dem nun manches klar geworden war. »Das heißt: Er will ein Zeichen setzen. Wir, die wir bei Kirche und König in Ungnade gefallen sind, sind seine Gäste. Was gleichsam heißt, dass auch er sich denselbigen nicht zu fügen gedenkt.«

Judith nickte nachdenklich. »Wir sollten Waltrada besuchen«, entschied sie dann. »Ich würde mich an ihrer Stelle nicht verkriechen, um meinen Widersachern Zeit und Raum zu geben, über mich zu schwatzen. Doch wenn sie offenbar zu schwach ist, sich diesen Blicken auszusetzen, wird sie Zuspruch brauchen.«

In Waltradas Gemach hing schwer der Dunst von Schweiß. Es schien, als habe Lothars unglückliche Frau seit Wochen weder die Kleidung getauscht noch sich gewaschen, und allein der Anblick von zwei Fremden, die ihren Gatten begleiteten, trieb ihr neue Schweißperlen aufs Gesicht. Ängstlich riss sie die Augen auf und sprang von ihrem Stuhl, als hätte man sie bei etwas Verbotenem ertappt.

Erst als sie den kleinen Hugo erblickte, der von Lothars Hand geführt ebenfalls das Gemach betrat, entspannte sich ihre Miene. Ein ebenso hilfloses wie trauriges Lächeln erschien auf ihrem Mund, und sie schritt hastig auf den Sohn zu. Balduin und Judith entging nicht, dass sie den Ehemann hingegen kaum anblickte – offenbar nicht aus Verachtung, weil er sie in diese unglückliche Lage gebracht hatte, sondern aus Furcht.

Ihr Kind fürchtete sie nicht, sondern herzte es besitzergreifend und wollte es auch dann nicht loslassen, als es sich sträubte. Der Junge tat es nicht heftig, schien gewohnt zu sein, die Ausbrüche der Mutter, die nun sein Gesicht mit Küssen übersäte, über sich ergehen zu lassen. Doch kaum war sie fertig und ließ ihn endlich los, schlug er seine Hände vors Gesicht, als könnte er sich solcherart unsichtbar machen.

»Seht ihr!«, seufzte Waltrada verzweifelt und wich nun selbst vor dem Kind zurück. »Er mag mich gar nicht anschauen, niemand mag mich anschauen! Ich bin verflucht!«

Lothar versuchte zu lächeln, doch Judith entging nicht, dass er seine Stirn in Falten zog. Die Zuneigung für seinen Sohn war echt und tief, doch der salzige Geruch, der über dem Gemach hing, und der ungepflegte, jämmerliche Zustand seiner Frau schienen ihn anzuwidern. Judith konnte nicht recht entscheiden, warum er versuchte, diese Regung zu unterdrücken: weil er sie vor seiner heimlichen Verachtung schützen wollte, oder weil er sich selbst, der er nun schon seit Monaten einen erbitterten Kampf um diese Ehe führte, nicht eingestehen wollte, dass es ihm längst nur mehr um seinen Sohn ging, nicht um sein Weib, das daran zugrunde zu gehen schien.

Vorsichtig trat Judith näher und betrachtete Waltrada eingehend. Ihr Haar schien kräftig, aber farblos und strähnig. Ihr Gesicht war eigentlich so fein, dass es als hübsch hätte gelten können, wäre nicht dieser schreckhafte Ausdruck darin gestanden. Ihre Hände waren klein und formvollendet, jedoch nicht nur schmutzig, sondern gerötet, weil sie sie fortwährend aneinanderrieb.

»Ich freue mich, dich zu sehen«, erklärte Judith. Sie versuchte, freundlich zu klingen, aber sie konnte das Mitleid nicht verbergen, ebenso wenig wie den Widerwillen, der anderen zu nahe zu kommen. »Ich bin Judith«, fuhr sie fort, »die Cousine deines Gatten, und ich bin hierher gekommen ...«

»Du bist auch auf der Flucht, nicht wahr? Ich habe von... euch gehört...«, Waltrada warf einen scheuen Seitenblick auf Balduin, wagte ihn aber ebenso wenig anzustarren wie den eigenen Gatten. »Die Männer der Kirche verfluchen euch – so wie sie mich verfluchen.«

Der kleine Hugo trat unruhig auf und ab und hatte seine Hände immer noch vor das Gesicht gepresst. Anders als Waltrada schien Lothar sein Unbehagen zu bemerken, trat auf den Knaben zu und zog ihn an der Hand. »Ich lass euch alleine«, erklärte er und schien erleichtert, dass es einen Grund gab, dem Gemach zu entfliehen.

Waltrada nickte betroffen und blickte den beiden ohnmächtig nach.

»Siehst du«, sagte sie, wie sie es bereits zuvor schon einmal getan hatte, »siehst du! Er meidet mich! Warum kämpft Lothar für die Ehe, wenn er mich meidet? Und auch mein Sohn scheut mich. Nun, Cousine Judith also...«, hastig wechselte sie das Thema. »Du bist verflucht wie ich. Wie hältst du's aus, damit zu leben?«

Judith gewahrte, dass Balduin nicht minder unbehaglich auf derselben Stelle trat wie zuvor Hugo, und versuchte ihm einen beschwichtigenden Blick zuzuwerfen, auf dass er es ließe und die unruhige Frau nicht weiter aufwühle.

Sie selbst konnte sich jedoch nicht überwinden, ihr beschwichtigend den Arm um die Schultern zu legen. Im Gegenteil: Sie machte unwillkürlich einen Schritt zurück.

»Wenn ich daran verzweifelte – hätten sie dann nicht gewonnen?«, fragte sie ruhig.

Waltradas Blick zuckte. »Sie haben doch immer schon gewonnen... die Männer«, erklärte sie, diesmal nicht ohnmächtig, sondern bitter. »Sie machen doch stets, was sie wollen, ganz gleich, ob es den Frauen wohl bekommt oder nicht.«

Judith fragte sich, wen sie meinte – nur die Priester, die diese Ehe verurteilten, oder auch Lothar, der sie einst genommen, später verstoßen, dann wieder genommen hatte, wohl nicht wegen ihrer Anmut und Schönheit, sondern weil sie ihm einen Sohn geboren hatte.

»Auch wenn es so wäre«, setzte Judith an, »was hilft es, obendrein verbittert zu sein?«

Waltrada lachte auf, es klang schrill und spöttisch. »Verbittert zu sein oder nicht ist zumindest unsere Wahl, nicht wahr, und diese zu treffen ist doch schon mehr als nichts? Schau dich um hier, in diesem Gemach, in diesem Palast. Ja, schau mich an! Siehst du etwa eine schöne Frau? Nein, du siehst eine verbitterte! Und woran, glaubst du, liegt es, dass Lothar schon seit Monaten nicht mehr bei mir liegen will? Eben weil ich verbittert bin. Zumindest das liegt in meiner Macht – ihn zu verstören. Ihm zu zeigen, wie sehr mir das alles zusetzt. Ihn nicht glauben zu lassen, er könnte walten, wie ihm beliebt, ohne dass es ... Opfer gäbe.«

Judith hörte wieder, wie Balduin peinlich berührt in den Boden trat.

Sie selbst bezwang den Drang, diesem Ort zu entfliehen, aber sie konnte sich der Trostlosigkeit nicht erwehren, die auf sie überschwappte, ebenso zäh wie leblos. Unwillkürlich wich sie noch weiter von Waltrada zurück.

»Wenn du meinst, dass dies der einzige Sieg ist, den du erringen kannst, dann solltest du dich darüber freuen.«

Plötzlich kicherte Waltrada nervös auf, dann wandte sie sich ab, offenbar als Zeichen, dass dieser Besuch lange genug gewährt hatte und sie wieder allein sein wollte. »Mit welcher Kraft soll ich mich denn freuen, wenn doch sämtliche dafür verschwendet wurde, diesen Sieg zu erringen?«

Schweigend saßen sie später beisammen. Es war das erste Mal seit langen, mühseligen Tagen, da sie sich wieder in einem Gemach zur Nachtruhe betten konnten, das Judiths Würde als Königin entsprach. Selbst wenn es hier nicht sauberer war als im Saal oder in Waltradas Zimmer, fanden sie doch das übliche Mobiliar vor: Stühle aus bearbeiteten Baumstämmen, ein schwerer, großer Tisch aus Eichenbohlen, mit Pergament, Büchern und Schreibgeräten bedeckt. Dahinter ein aus gedrechselten Hölzern zusammengefügter Sessel. Es gab eine eigene Feuerstelle, und davor befand sich eine große Platte, die aus dünn gehämmerten Eisenstücken kunstvoll zusammengefügt war und auf eisernen Füßen stand, auf dass kein Funke auf den Holzboden übergreifen konnte. Die Fenster waren mit dicken Stoffstücken verschlossen. Licht kam nicht nur von der Feuerstelle, sondern auch von den Öllampen, die an langen Eisenketten von der Decke hingen.

Auf einem der kleinen Tischchen hatten sie einen Zinnkrug mit Wein und Zinnbecher vorgefunden, und Balduin, seit langen Wochen nüchtern, hatte erstmals wieder gierig daraus getrunken. Doch die drückende Stimmung, in der sie verharrten, seit sie Waltrada verlassen hatten, hatte der Wein nicht vertrieben.

»Es ist so, wie sie es selbst sagte: Sie ist verbittert«, stellte Balduin schließlich fest. »Sie ist eine verbitterte Frau, die des Lebens nicht mehr froh wird.«

Judith blickte langsam hoch. »Das hast du einst auch über mich gesagt«, sagte sie.

»Mag sein … aber du bist so viel stärker! Du hast es geschafft, dein Schicksal zu wenden!«

Sie zuckte die Schultern. »Vielleicht liegt das einzig daran, dass ich, im Gegensatz zu Waltrada, eine Witwe bin. Wäre ich an ihrer Stelle, was könnte ich anderes sein als gleichfalls nur ein Spielball? Die Männer benutzen sie … allesamt. Der Papst, um seine Macht zu beweisen, und Lothar, um seinen Trotz zu pflegen. Und die anderen Könige, allen voran mein Vater, um Lothars Position zu schwächen und dereinst sein Land zu gewinnen.«

Schon lange hatte ihre Stimme nicht mehr so verdrossen geklungen. Gleichwohl sich ihre Worte nicht gegen ihn richteten, hatte Balduin doch das Gefühl, all ihr Überdruss und ihr Widerwille würden auch von ihm Besitz ergreifen. »Denkst du wie sie, wie Waltrada? Dass alles Übel von den Männern kommt?«

»Ist es denn anders?«, gab sie mit einem säuerlichen Auflachen zurück.

»In unserem Falle ja. Dass wir zur Flucht gezwungen wurden, vom König gejagt, von der Kirche ausgeschlossen – nun, dieses Geschick hat dich nicht nur getroffen, weil du ein Weib ist. Denn ich bin ein Mann, und mich traf der Zorn von König und Kirche nicht minder. Ich habe alles verloren.«

Er wollte nicht vorwurfsvoll klingen, lediglich ihr düsteres Urteil über die Welt geraderücken. Doch noch im Reden merkte er, wie seine Stimme jenen trotzigen Klang annahm, den er von Gesprächen mit Prinz Ludwig oder Johanna kannte.

Judith schien er nicht entgangen zu sein, doch anstatt sich davon zu Spott und Widerrede anstacheln zu lassen, wirkte sie betroffen.

»Bereust du es?«, fragte sie.

»Das habe ich nicht gesagt«, erklärte er rasch. »Ich will nur nicht, dass du meinem Geschlecht zürnst. Und ich will nicht, dass du so wirst… wie sie.« Er deutete in die Richtung, in der Waltradas Gemach lag.

»Und wenn ich's bereits bin? Wirst du dann aufhören… mich zu lieben? Du liebst mich doch, oder? Du hast es nie gesagt…«

»Hätte ich denn alles aufs Spiel gesetzt, wärst du nicht meine Königin?«, unterbrach er sie schroffer, als er es eigentlich wollte.

Danach schwiegen sie wieder, wenngleich es diesmal nicht lähmend war wie zuvor, eher leer, als hätten sich sämtliche Gefühle erschöpft.

Schließlich stand sie auf und trat zu ihm. Kurz war er sich nicht sicher, was sie wollte, dann – als sie ihre Hand auf seinen Kopf legte – begriff er. So hatte sie ihn auch in jener Nacht berührt, nachdem er sie genommen hatte, hatte ihn zwar nicht gestreichelt, nicht liebkost, aber ihm zu verstehen gegeben, dass sie ihn nicht dafür hasste. Sein Leib reagierte prompt, wenngleich ihn die Begierde nicht so verboten, so unschicklich, so peinvoll deuchte wie damals, darum auch weniger hektisch, weniger schmerzhaft ausfiel. Er fühlte zwar, wie seine Ohren zu glühen begannen, wie er leicht erschauderte unter ihrer Hand – doch anders als beim ersten Mal hatte er die Hoffnung, dass es sich irgendwann selbstverständlich, ja alltäglich anfühlen könnte, sie zur Frau zu haben. Er zog sie an sich, sie leistete keinen Widerstand. Erst als sie unter ihm lag, gewahrte er, wie sie kaum merklich erstarrte. Ihre Augen schlossen sich jedoch nicht, sondern blieben auf ihn gerichtet. Warm schien ihm ihr Blick – und ebenso gleichgültig, als wäre das, was mit ihrem Körper geschah, ihr zwar nicht unangenehm, ginge sie jedoch auch nicht wirklich etwas an. Er neigte sich vor, küsste sie vorsichtig auf die Lippen. Ebenso wohlige wie angespannte Erwartung breitete sich in seinem Leib aus. Er gab ihr nach, wenn auch nicht ohne Zweifel. Denn plötzlich war er sich gewiss, dass – war das Begehren seines Körpers auch gestillt – jenes weiterbrennen würde: der Wunsch, sie ganz zu besitzen und die Starrheit aufzubrechen, die sie noch immer gefangen hielt.

XXII. Kapitel

Das Jahr nahm seinen Lauf, unaufgeregt und mit einem beständigen Gleichmaß der Tage. Judith und Balduin ritten aus, manchmal auch zur Jagd, nahmen Bäder, versuchten Lothar in der Hofhaltung zu unterstützen. Vor allem Judith tat das, wenngleich sie sich nie als Stellvertreterin der eigentlichen Königin aufdrängte, sondern meist hinter Lothars Rücken die Absprachen mit dem *Mansionarius* traf und so dafür sorgte, dass die Halle besser gereinigt war und die Speisen, die aufgetragen wurden, dem Gaumen mehr zusagten. Kündigten sich freilich Gäste an, die davon am meisten profitierten – Adelige aus Lothars Reich oder Gesandte seiner königlichen Onkel und Brüder –, dann war sie nicht zugegen, sondern hielt sich mit Balduin verborgen, um nicht aufzufallen. Gewiss musste ihr Vater mittlerweile herausgefunden haben, wo das ungehörige Paar Zuflucht gefunden hatte, doch offenbar entschied er sich, diese Schmach schlichtweg zu ignorieren.

Der Frühling und der Sommer des Jahres 862 blieben Judith als eine Zeit des Friedens in Erinnerung, nicht vollkommen, nicht für immer, aber darin tauglich, Balduin ohne die Beschwernisse von Flucht und Reise näherzukommen. Mit Worten war es einfach – sie erzählten einander viel, wenngleich meist nicht von den dunklen Ereignissen ihres Lebens, sondern von der Kindheit und den Menschen, die ihnen damals nahegestanden hatten. Die Vertraulichkeit wuchs, wenn auch nicht in den Nächten, da sie beisammenlagen. Tagsüber konnten sie ohne Vorbehalt reden – jedoch nie darüber, dass da etwas Unerfülltes zwischen ihnen stand. Mit keinem Wort ward verraten, dass sie sich ihm zwar hingab, aber keine echte Anteilnahme zeigte, dass ihm dies zu wenig war, auch wenn er nie mehr einforderte, und dass sie beide davon wussten. Solcherart verschwiegen blieb das Unbehagen, das sich darüber einstellte; es blieb zu schwach, um die unbeschwerten Tage wirklich anzukratzen.

Judith und Balduin lernten Trier besser kennen, eine zwar wohlhabende Stadt mit langer Geschichte, aber kein lebhaftes Handelszentrum. Hin und wieder kamen friesische Kaufleute, ansonsten blieben die Bewohner meist unter sich. Anders als in jenen Städten, die von Normannen angegriffen worden waren, machte sich hier keiner die Mühe, die alten römischen Mauern neu zu errichten. Manches Gebäude, das sich über die Jahrhunderte in einen Trümmerhügel verwandelt hatte, wurde von Unkraut und Strauchwerk überwuchert anstatt zu neuem Leben zu erwachen.

An Lothars Seite besuchten sie auch andere königliche Residenzen: Metz, Tusey und schließlich Köln, wo umfangreiche Bauarbeiten im Gange waren. Auf den Mauern der alten Kapelle wurde eine dreischiffige romanische Basilika errichtet, mit einem Chor im Westen, einem im Osten und einem langen Atrium mit überdachten Wandelgängen. Nicht mehr lange, so erklärte ihnen Lothar, und die Basilika könne geweiht werden.

Waltrada begegneten sie in jener Zeit nur selten. Irgendwie gelang es ihr, selbst auf Reisen unsichtbar zu sein, und kaum hatten sie eine Pfalz erreicht, zog sie sich zurück. Der aufgeweckte Hugo hingegen war in seinem steten Drang nach Bewegung allgegenwärtig, der, anders als bei seinem Vater, nicht hektisch und unruhig wirkte, sondern kraftvoll und lebendig.

Judith war gern mit ihm zusammen, ebenso wie Balduin, der sich anbot, sein Lehrmeister in Waffenkunde zu sein. In der Gegenwart eines Knaben, dem es trotz seiner ungesicherten Position, den Spannungen bei Hof und der Scheu vor seiner verzweifelten Mutter gelang, selten andere Sorgen zu haben als jene, die Übung mit den Holzschwertern besser zu beherrschen, konnten sie sich dem Trug hingeben, man könne den Prüfungen des Lebens einfach dadurch entgehen, dass man sie nicht beachtete.

Der Herbst kam und neigte sich schließlich mit seinen bunten Farben, der frischen Luft und den letzten sonnigen Tagen, die das Rot und Gelb der Wälder golden leuchten ließen, zu Ende. Als Judith eines Tages – es war wieder in Trier – erlebte, wie die Fenster von einem jener Säle, die man im Winter nicht nutzte, mit dicken Balken verschlossen wurden, damit das Eis und der Schnee sie nicht zerstören konnten, hatte sie plötzlich ein sonderbares Gefühl: Sie ahnte, dass nicht nur für Pflanzen und Tiere die Schonzeit vorüber war und ein neuerlicher Kampf gegen bittere Kälte begann, sondern dass auch ihr Leben bald wieder von eisigen, schneidenden Herausforderungen bedroht werden würde. Sie seufzte und war sich nicht sicher, ob dieser Laut von Dankbarkeit geboren ward, weil sie zumindest diese letzten Monate in Frieden hatten leben dürfen, oder von schwelender Sorge.

Als sie später hinaus in den Hof trat, erblickte sie einen Wagen, der eben dort angekommen war und aus dem drei Frauen entstiegen, von denen sie zwei gut kannte und von der dritten erahnen konnte, wer sie war. Da wusste sie, dass sie ihr banges Gefühl, es würde von nun an wieder schwerer werden, nicht getrogen hatte.

Johanna rieb sich ihre schmerzenden Glieder. In ihrem Alter sollte man nicht reisen. Das hatte sie schon gedacht, als sie damals nach Senlis aufgebrochen war, um Balduin heimzuholen, und es bestätigte sich umso mehr auf dieser viel längeren, mühseligeren Fahrt. Das schwankende, rüttelnde Gefährt bedingte solche Übelkeit, dass sie ab dem zweiten Tag nichts mehr hatte essen können. Selbst der Kräutersud aus Fenchel, den sie sich dagegen braute, stellte den flauen Magen nicht ruhig. Den einzigen Bissen Getreidebrei, den sie einmal während einer Rast zu sich genommen hatte, erbrach sie eine halbe Stunde später, kaum dass sich die Kutsche wieder in Bewegung gesetzt hatte.

»Für gewöhnlich leidet man unter solcher Krankheit nur auf hoher See«, hatte Joveta festgestellt und sich mit unverkennbarem Ekel abgewandt. Gott sei Dank enthielt sich wenigstens Madalgis der Worte. Schlimm genug, die Gegenwart der beiden Frauen überhaupt ertragen zu müssen.

Allerdings – zumindest das musste sie ihr zugute halten – verdankte sie es Joveta, dass sie überhaupt von Judiths und Balduins Verbleib wusste.

Nach deren Flucht aus Senlis hatte sie tagelang dort ausgeharrt, misstrauisch belauert von Erpuinus von Senlis, vor allem aber von Hinkmar von Reims, die zwar nicht mit Worten, aber mit ihren abfälligen Blicken den Verdacht bekundeten, dass die drei Frauen etwas von Judiths Plänen geahnt hätten. Johanna hätte ihnen am liebsten entgegengehalten, dass sie es doch gewesen war, die den König einst gewarnt hatte – doch auf ein Weib wie sie hätten die beiden Männer wohl ohnehin nicht gehört.

Bald war ihr klar geworden, dass sie wohl oder übel nach Laon zurückkehren musste, nicht zuletzt, weil Balduin und Judith sich vielleicht dort befänden. Dies war der Gedanke, den auch Joveta gehegt hatte.

»Was soll ich denn hier?«, hatte sie gestammelt. »Ich stand immer unter Judiths Schutz! Für alle anderen bin ich nur das Kind eines Verräters!«

Du bist nicht nur das Kind von einem, hatte Johanna gedacht, du bist selbst zu einer Verräterin geworden … Gleichwohl ihr dieser Umstand hilfreich gewesen war, verachtete sie Joveta dafür, dass diese offenbar zuerst handelte und dann erst darüber nachdachte, dass sie sich von eifrigen Gefühlen hinreißen ließ und verspätet überlegte, wem sie was zu verdanken hatte.

»Ich … ich kann nicht in Senlis bleiben!«, hatte Joveta schließlich bekundet. »Wer weiß, was mit mir geschieht, nun, da Judith in Ungnade gefallen ist.«

Madalgis war besonnener. »Ich komme mit«, hatte sie ruhig entschieden, jedoch offen gelassen, zu wem sie eigentlich wollte – zu Judith oder zurück in ihre alte Heimat.

Als sie nun aus dem Wagen stieg, musterte Johanna sie von der Seite. Während Joveta mit ihrem ständigen Geplapper und ihrer Wichtigtuerei nur allzu schnell ihre Gunst verspielt hatte, war ihre Achtung vor Madalgis gestiegen. Das Mädchen hatte noch die ebenso gierigen wie verbitterten Katzenaugen von früher, doch ansonsten hatte sie sich verändert. Sie war gelassener, beherrschter, irgendwie auch härter – sowohl zu sich selbst als auch zu anderen. Weder Klagen noch Geheule war von ihr zu hören, nur Schweigen. Und jenes wiederum war so abgründig, dass man gar nicht darin zu wühlen versucht war.

»Judith! Meine Königin!«

Nicht nur Johanna, auch Madalgis fuhr ob der schrillen Stimme zusammen. Joveta, die stets betont hatte, die Ranghöchste unter ihnen dreien zu sein – was in Hinblick auf ihre hohe Geburt stimmen mochte, nicht aber, was das schmähliche Ende ihres Vaters und somit ihr Schicksal anbelangte –, hatte nicht nur als Erste die Kutsche verlassen, sondern auch Judith erblickt, die abwartend in den Hof getreten war.

Missmutig beobachtete Johanna, wie Joveta auf die Königin zustürzte, als hätte es weder Eifersucht noch Hader zwischen ihnen gegeben und schon gar nicht jenen Abend, da Joveta Johannas Ränke mitgeschmiedet hatte. In Madalgis' Blick stand – wenngleich sie wortlos blieb – das gleiche Urteil geschrieben: Joveta war schwach und flatterhaft. Etwas, was sie von ihnen beiden unterschied. Und mochte es auch Joveta gewesen sein, die einen Brief von einer Verwandten erhalten und dadurch erfahren hatte, wo Balduin und Judith sich aufhielten, so schmähten sie sie doch beide für diesen kindlichen, aufdringlichen Eifer, sich die eben noch angefeindete Königin wieder geneigt zu stimmen.

»Es tut … es tut mir so leid, meine Königin«, stammelte Joveta und war sich nicht zu schade, vor Judith auf die Knie zu sinken.

Ha!, dachte Johanna bitter. Ständig ist ihr alles zu schmutzig, und jetzt hockt sie sich in den Dreck des Bodens!

Sie verdrehte die Augen und gewahrte, dass Judith es ihr gleichtat. Anders als Johanna hatte sich die Königin freilich sogleich wieder unter Kontrolle, reichte dem Mädchen die Hand und zog es hoch.

»Ohne dich ... ohne dich ist es so unerträglich gewesen«, klagte Joveta. »Überall! Zuerst in Senlis, dann in Laon ...«

»Ihr wart in Laon?«

»Wir wussten doch nicht, wohin wir euch folgen sollten, und Graf Robert hat uns schließlich aufgenommen. Der Bischof von Laon erzählte uns alles, was geschehen war, auch von der ... auch von Eurer ... Ho-Ho-Hochzeit mit Graf Balduin. Aber wir ... aber ich konnte dort nicht bleiben. Jeden Tag hatte ich Angst, dass die Männer des Königs mich nach deinem Aufenthalt befragen würden ... Wer w-w-weiß, mit welchen Mitteln.«

Sie wird noch zu stottern beginnen wie Judiths Bruder Ludwig!, dachte Johanna gereizt.

Madalgis hatte sich indessen auch der Königin genähert, gleichwohl sie nicht danach trachtete, ebenfalls vor ihr zu knien. Judith nickte ihr zu, schien dann Johannas Blick zu suchen. Doch jene drehte ihr einfach den Rücken zu.

Soll sie nicht denken, ich sei ihretwegen gekommen!, dachte sie bitter.

Sie hatte die letzten Monate in Laon nur schwer ertragen, hatte gehadert, als sie von der Exkommunikation des geliebten Ziehsohns erfuhr, und war erleichtert gewesen, als sie hörte, dass er zumindest wohlbehalten am Hof Lothars II. angekommen war. Anfangs hatte sie sich mit ihren Kräutern abzulenken versucht wie stets, doch schließlich hatte sie sich eingestanden, dass ihre Seele keinen Frieden finden würde, wusste sie Balduin in den Fängen dieser Frau. Wochenlang war sie Graf Robert in den Ohren gelegen, dass sie zu ihm reisen wollte – wer sonst könnte ihn zur Vernunft bringen, wer sonst auf sein Wohl achten, wenn nicht sie, die es von seinen Kindestagen an getan hatte? Endlich – entweder ihrer Bitten überdrüssig oder ob eigener Sorge um Balduin – hatte er ihr nachgegeben. Nun freilich, da sie angekommen war, wollte sie nicht zeigen, wie sehr sie diesen Augenblick herbeigesehnt hatte, vor allem nicht vor dem verhassten Weib.

Der Groll gegen Judith war in Laon gewachsen und wurde augenblicklich von ihrem Anblick genährt.

Die Königin sah nämlich nicht etwa zermürbt und abgespannt aus, was man nach ihrer Flucht und der ungewissen Lage hatte erwarten können. Vielmehr schien es, als hätte sie an Gewicht zugelegt, und ihre Züge wirkten entspannt. Johannas Glieder schienen darob gleich noch mehr zu schmerzen. Sie wollte sich ausruhen, am besten ein warmes Bad nehmen – was wiederum bedeutete, dass sie Judith nicht ewig den Rücken zudrehen konnte. Ach, wenn Balduin nur hier wäre, sie zu empfangen!

Missmutig hörte sie zu, wie Joveta der Königin die letzten Monate schilderte, vor allem, wie heimatlos und bedroht sie sich in Laon gefühlt und wie sehr sie sich nach ihrer, Judiths, Gegenwart gesehnt habe. Dass sie ihr Unrecht getan habe und dass sie für sämtliche ungehörigen Worte um Verzeihung bitte.

Schnaubend drehte sich Johanna um. Hatte der Kniefall als Zeichen der Selbsterniedrigung nicht gereicht?

Unmerklich zuckte sie zusammen, als sie gewahrte, dass Judith weder Joveta noch Madalgis beachtete, sondern immer noch unverwandt auf Johanna starrte und in ihrem Gesicht zu lesen suchte, was in ihr vorging. Johanna fühlte sich ertappt, obwohl sie den unversöhnlichen Hass vor Judith nicht hatte verbergen wollen. Entschlossen ging sie nunmehr auf die Frauen zu. Sollte Judith bloß nicht denken, sie würde sie aus Furcht oder Scheu meiden.

»Im Saal könnt Ihr Euch wärmen«, bot Judith höflich an. »Im Kamin brennt seit einigen Tagen das Feuer!«

Johanna achtete nicht auf sie, sondern ging stur weiter, auch wenn sie sich zunehmend unwohl fühlte. Nur fremde Gesichter waren es, auf die sie stieß und die sich tuschelnd darüber austauschten, wer wohl diese fremden Frauen waren, die niemand hierher eingeladen hatte. Unwillkürlich begann sie, sich nach Laon zu sehnen – und nach dem geliebten Kräutergarten. Unerträglich eng war er ihr in der letzten Zeit ob der Sorge um Balduin gewesen. Doch jetzt dachte sie nur, dass sie alles, alles, was ihr lieb und teuer war, wegen dieses Weibes hatte zurücklassen müssen! Trotz des Ärgers entging ihr nicht, wie Madalgis mit der Königin redete und ihr Verhalten erklärte.

»Sie möchte zu Graf Balduin«, sagte sie. »Und du sollst wissen, meine Königin, dass Johanna den Anblick von Flammen fürchtet und darum jedes Feuer meidet.«

Sie war seinetwegen gekommen und hatte ihn nach ihrer Ankunft als Erstes gesucht – aber kaum traf sie mit Balduin zusammen, sprach Johanna kein Wort. Sie konnte an seiner Miene ablesen, dass er mit Vorwürfen rechnete, sich dagegen wappnete und ein trotziges Gesicht aufsetzte, kaum dass er ihrer ansichtig wurde. Doch grade darum verkniff sie es sich, auf ihn zuzugehen und sich alles von der Seele zu reden, was sich dort angestaut hatte. Es fiel ihr unendlich schwer – und zugleich bemerkte sie befriedigt, wie ihr Schweigen ihn folterte. Warum sie das bezweckte, hätte sie nicht mit Bestimmtheit sagen können: um ihn für die Ehe mit Judith zu bestrafen? Oder vielmehr dafür, dass er sich gegen ihren Rat und somit gegen sie gestellt hatte?

Gottlob hatte sie sich vor niemandem zu rechtfertigen. Judith blieb ihr nach der ersten Begegnung im Hof fern, und mit Madalgis, mit der sie eine Schlafkammer teilte, lästerte sie zwar über den Trierer Hof – vor allem über das spürbare Fehlen einer Königin, obgleich, wie sie bitter anfügte, es doch eigentlich derer zwei gäbe –, aber sie sprach mit ihr nicht über Balduin.

Erst nach zwei Tagen gab sie das Schweigen auf. Zufällig stieß sie auf den kleinen, blonden Jungen, der sich des Öfteren im Saal herumtrieb und offenbar König Lothars Sohn – oder vielmehr dessen Bastard – war. Als sie ihn das erste Mal gesehen hatte, hatte er sie an Balduin erinnert – flink und lebendig, wie er war, und zugleich ein wenig von jener Schwermut atmend, in der auch seine unglückliche Mutter Waltrada festhing. Doch sie verbat sich zärtliche Erinnerungen und vor allem auch freundliche Gedanken gegenüber einem Mitglied jener Familie, die Balduin ins Unglück gestürzt hatte.

Der Junge freilich mied sie nicht in gleicher Weise. Als sie draußen im Hof stand, die schmerzenden Glieder in den kargen Resten der Herbstsonne wärmte und sich wieder nach ihrem Garten sehnte, kam Hugo zu ihr geschlichen, stellte sich vor sie und musterte sie.

Zuerst ignorierte sie ihn, dann schnaubte sie gereizt: »Was willst du?«

Der Junge schirmte seine Augen mit der Hand ab, um sie besser betrachten zu können.

»Bist du Theuteberga?«, fragte er schließlich ernsthaft.

»Wie?«, entfuhr es Johanna. Theuteberga war Lothars verstoßene Frau, das wusste sie. Sie konnte sich jedoch nicht vorstellen, dass sie irgendeine Ähnlichkeit mit dieser unglücklichen Königin haben sollte.

»Bist du Theuteberga?«, bekräftigte der Kleine seine Frage.

»Wie kommst du nur darauf?«

»Ich habe gehört, dass Theuteberga eine böse Frau sein soll«, gab er ohne Scheu zurück. »Und du siehst sehr böse aus.«

Johanna war zu verblüfft, um ärgerlich zu antworten – und dann hatte der Knabe schon sein Interesse an ihr verloren und schlich ebenso leise wieder fort, wie er gekommen war. Ratlos schüttelte sie den Kopf, als sie ihm nachblickte, und als sie sich wieder umdrehte, gewahrte sie, dass Balduin zu ihr getreten war und offenbar das Gespräch belauscht hatte.

Augenblicklich erstarrte ihre Miene.

»Ich habe dich nie gefürchtet, als ich ein Kind war«, stellte er ruhig fest.

»Dieser Knabe fürchtet mich auch nicht«, schnaubte sie gereizt, »er hält mich lediglich für böse.«

»Und – bist du böse? Böse auf mich?«, fragte er ruhig, und als sie nicht antwortete, setzte er hinzu: »Was habe ich dir eigentlich getan, Johanna? Du folgst mir bis hierher, nimmst eine überaus mühselige Reise in Kauf, offenbar, um dich mit eigenen Augen davon zu überzeugen, dass es mir gut geht – und dann beachtest du mich kaum, ja, strafst mich mit deinem Schweigen.«

Jenes Schweigen hatte sie bis jetzt fast heldenhaft gedeucht.

Nun kam ihr erstmals in den Sinn, dass es erbärmlich und lächerlich wirken und als das Benehmen einer flatterhaften Frau gelten musste, die zuerst eine Reise ertrotzt hatte und dann nicht sonderlich an deren Ziel interessiert war.

»Wie kannst du so eine Frau lieben?«, brach es aus ihr hervor. »Sie macht einen … kalten Eindruck.«

Balduin seufzte. »Du hast sie nicht richtig begrüßt, du weichst ihr aus – und nun sprichst du ein Urteil über sie?«

»Ich will's mir gern ersparen, sie näher kennenzulernen.«

»Johanna«, begann er sanft. »Sieh ein, dass du mit deinen Ratschlägen für mich nicht immer richtig gelegen hast. Du hast mir stets gesagt, ich solle auf meine Freundschaft mit Ludwig setzen. Und jetzt befindet er sich mitten in einer Revolte gegen seinen Vater. Bei der er voraussichtlich scheitern wird.«

»Gerade deswegen hättest du dem König deine Treue beweisen sollen!«, fuhr sie ihn an. »Und nicht dessen Tochter heiraten.«

Beherrscht war er ihr erschienen, als er zu ihr trat, noch um Geduld bemüht, sie zu verstehen. Doch jetzt erklärte er störrisch: »Misch dich nicht ein! Und wag es nicht, schlecht über Judith zu reden!«

Sie war geneigt, ihm zornig zu antworten, und tat es dann doch flehentlich. Sie trat zu ihm, legte ihre Hand auf die seine. »Ich war immer für dich da, Balduin, ich war deine Mutter. Ich hätte alles für dich getan, alles. Ich liebe dich doch wie ein eigenes Kind.«

»So?« Rüde schüttelte er ihre Hand ab. »Wenn du mich liebtest, würdest du mich verstehen! Doch das tust du nicht – nicht ohne Vorbehalte. Ja, du liebst es, wenn ich fröhlich und leichtsinnig bin. Du liebst es, wenn ich Erfolg habe und die bösen Normannen abschlachte – Letzteres freilich nur, solange es meiner guten Laune nicht abträglich ist. Denn vor allem anderen liebst du mein Lächeln. Aber liebst du es auch, wenn ich am Boden liege? Wenn ich exkommuniziert und meiner Lehen beraubt werde? Liebst du es, wenn ich schwermütig bin? Wenn ich weine? Judith ist anders als du. Sie … sie sieht, wer ich bin.«

Johanna rang nach Worten. Seine Vorwürfe setzten ihr mehr zu, als sie sich zugestehen wollte. »Und wer bist du, Balduin?«, gab sie knapp zurück. »Wer, wenn nicht ein Niemand?«

Er lächelte, doch diesmal geriet es bitter.

Ohne ihr eine Antwort zu geben, nur händeringend, wandte er sich schließlich ab und schien sichtlich erleichtert, dass sie nicht länger alleine waren. Einer von Lothars Leibdienern war unbemerkt zu ihnen getreten, hatte mit gesenktem Kopf abgewartet, bis ihr Wortwechsel zu Ende ging, und suchte nun die erste Möglichkeit, mit Balduin zu sprechen.

»Was ist?«, bellte jener ungeduldig.

Der Diener verbeugte sich tief. »Es tut mir leid, Herr«, stammelte er, »aber Ihr sollt zum König kommen. Augenblicklich. Es … es ist etwas geschehen, worüber er mit Euch zu reden hat.«

Judith hatte den Tag mit Joveta in ihrem Gemach zugebracht, dann das Abendessen mit Lothar und Hugo eingenommen. Sie fragte sich, weshalb Balduin sich nicht blicken ließ, nahm aber an, dass er Jovetas Geschwätz scheute, das auch in der Gegenwart des Königs nicht nachließ.

Lothar schien freilich zu zerstreut, um einen klaren Gedanken zu fassen. Wie immer, wenn sie mit ihm gemeinsam aß, erwartete sie Neuigkeiten vom westfränkischen Hof, und zumeist berichtete Lothar ihr freimütig alles, was er wusste. Doch heute versandete das Gespräch in Phrasen über die Jagd und den baldigen Winter.

Sie war erleichtert, fliehen zu können, schüttelte irgendwie auch Joveta ab und ging in ihr Gemach, um Balduin von der unerfreulichen Zusammenkunft zu erzählen. Doch sie fand ihn dort nicht vor.

Nun, vielleicht war er bei den Stallungen oder draußen. Kurz vor den langen Monaten in verschlossenen, raucherfüllten Räumen war es gewiss wohltuend, etwas frische Luft zu erhaschen. Sie nahm ihren Umhang und trat nach unten in den Hof, wo es nun, in den gemächlichen Abendstunden, viel ruhiger und friedlicher zuging als während des arbeitsreichen Tages. Doch wohin sie auch blickte, nirgendwo war Balduin zu erspähen: weder in den Ställen, wo sie ihn zuerst suchte, noch in den Wirtschaftsgebäuden oder in der großen Halle, in die sie schließlich zurückkehrte.

»Madalgis!«, rief sie die junge Frau, als sie diese erblickte.

Madalgis fuhr herum, ihr Blick wirkte verwirrt und leer, als wäre sie in Träumen gefangen und wüsste gar nicht recht, wo sie sich befand und wohin sie wollte. Das war ungewöhnlich; ansonsten war sie doch immer so beherrscht. »Madalgis, weißt du, wo Balduin ist?«

Sie musste die Frage mehrmals wiederholen, bis das Mädchen aus seinen Gedanken erwachte. »Das letzte Mal, als ich ihn sah, hat er mit Johanna geredet. Das war noch vor Mittag.«

Seit ihrer Ankunft war es das erste Mal, dass Judith Madalgis eindringlich ins Gesicht sah. Die merkwürdige Starre, die darüber lag, bereitete ihr Sorgen. Doch auch ihre Worte beunruhigten sie, sodass sie nicht lange überlegte, was in der jungen Frau vorging.

Sie drehte sich um und lief wieder hinaus in den Hof. »Johanna!«, rief sie zum ersten Mal laut den Namen der Frau, deren hartnäckiges Schweigen sie bislang hingenommen hatte.

Madalgis folgte ihr nach draußen, und mit ihrer Hilfe fand Judith Balduins einstige Amme dort, wo jene sich am ehesten Frieden erhoffte, im kleinen Garten der Pfalz, der allerdings – wie so vieles hier – einen äußerst vernachlässigten Eindruck machte. Anstatt in der Erde zu wühlen, wie sie es in ihrem eigenen kleinen Reich stets tat, stand Johanna steif davor und blickte griesgrämig auf die erbärmlichen Pflänzchen hinab, die vom Unkraut fast erstickt wurden.

»Wo ist Balduin?«, herrschte Judith sie an.

Johanna hob den Kopf nicht.

»Wir können ihn nicht finden«, fügte Madalgis sanft hinzu.

Jetzt endlich blickte Johanna auf. »Was heißt … nicht finden?«, sagte sie zu Madalgis. »Als ich ihn das letzte Mal gesehen habe, kam Lothars Leibdiener und meinte, der König wolle ihn augenblicklich sprechen. Es gebe Neuigkeiten.«

»Aber beim König war ich doch eben, und er hat nichts von Neuigkeiten gesagt!«, entfuhr es Judith ungeduldig.

Johannas Blick, eben noch starr und verhärtet, wurde dunkel vor Furcht. »Aber das ist nicht möglich!«, setzte sie an, und es waren die ersten Worte, die sie in Judiths Richtung sprach.

Doch da hatte jene schon eine dunkle Ahnung befallen, und sie machte auf der Stelle kehrt.

Nein, versuchte sich Judith noch zu trösten, nein, das konnte nicht sein, das würde er nicht tun... niemals... unmöglich war das... Das Herz pochte schmerzhaft und ohne rechten Takt in ihrer Brust, ihre Hände waren zu Fäusten geballt.

Als sie endlich vor Lothar stand, seinen Blick suchte, dieser ihr aber auswich, wusste sie freilich, dass ihre Ahnung sie nicht getrogen hatte.

»Was hast du mit Balduin gemacht?«, fragte sie ein ums andere Mal. »Was hast du nur getan?«

»Ach Judith...«, seufzte der König hilflos.

»Du hast ihn... du hast ihn meinem Vater ausgeliefert?«

Er wich ihrem Blick noch immer aus und verkrampfte seine Hände über der Brust. Sie wollte ihre Frage ein zweites Mal stellen – doch dann gab er ihr wortlos eine Antwort: Er nickte schwach.

XXIII. Kapitel

Lothar ging unruhig auf und ab. Judith hatte ihn selten still sitzen gesehen, doch nun war ihr, als würde er die Fersen förmlich in den Boden hauen.

»Es tut mir leid«, meinte er schließlich, als wäre damit alles gesagt. »Es tut mir wirklich leid.«

Judith starrte ihn an.

»Warum, Lothar?«, fragte sie tonlos. »Warum nur?«

»Es tut mir leid«, wiederholte der König, »aber ich musste es tun. Ich habe euch gerne aufgenommen, aber jetzt ist es zu bedrohlich geworden.«

»Warum hast du nicht mit mir darüber gesprochen? Warum hast du es einfach getan?«, fragte Judith, und sie war überrascht, dass ihre Stimme so beherrscht klang.

Lothar starrte auf seine Fußspitzen, während er weiter auf- und abschritt.

»Es hat mit Ludwig zu tun … deinem Bruder.«

»Ist er tot?«

Erst jetzt fiel Judith auf, dass sie in den letzten Monaten kaum an Ludwig gedacht und nur selten mit Balduin über ihn, seine Pläne zur Revolte und was daraus geworden war, gesprochen hatte. Vielleicht, weil sie das neue, fremde Land, in dem sie Zuflucht suchten, rein halten wollten von dem, was hinter seinen Grenzen geschah. Nun schwappte es zu ihnen herüber.

»Er ist nicht tot«, sagte Lothar, »aber seine Revolte gegen Euren Vater ist gescheitert. König Karl hat ihn unterworfen, genau genommen hat das Robert von Anjou, genannt der Starke, getan.«

Er sprach weiter, vielleicht, um sich gegen neue Vorwürfe ihrerseits zu schützen. »Wahrscheinlich weißt du, dass Robert von Anjou sich wieder mit König Karl versöhnt hat, obwohl er kurz zuvor noch selbst dessen Feind war.«

Judith nickte. Robert der Starke, der vor zehn Jahren in Servais zum Sendgrafen für Maine, Anjou und Touraine ernannt worden war, hatte es dem König nicht nur einmal schwer gemacht. Im Jahre 860 hatte er sich so stark gefühlt, dass er gar die Unabhängigkeit vom Herrscher einforderte und auf diese Weise bekundete, seine stolze Familie stünde der des Königs um nichts nach. König Karl hatte empört reagiert und ihm prompt sämtliche Benefizien entzogen, was Robert schließlich zum Einlenken bewogen hatte. In Entrammes bei Le Mans hatten sie zu Beginn des Jahres ihren Friedensschluss gefeiert – gerade der rechte Zeitpunkt, um Robert im Kampf gegen den aufrührerischen Sohn einzusetzen.

»Aber Ludwig hatte doch einen Verbündeten, den mächtigen *Dux* Salomon«, sagte Judith, obwohl sie eigentlich nichts über ihren Bruder wissen wollte. Und doch sagte eine Stimme in ihr, dass es besser war, das Große und Ganze zu begreifen, ehe sie an das Wohlergehen ihres Gatten denken konnte.

»Zunächst schienen die Bretonen auch überlegen. Ludwigs und Salomons Heer hat mit Mord, Feuer und Raub das Gebiet von Anjou und einige andere Gaue zerstört«, erzählte Lothar schulterzuckend. »Doch als sie mit ihrer Beute unterwegs in die Bretagne waren, hat Robert angegriffen. Zweihundert Edle der Bretonen sind gestorben, Salomon hat schließlich aufgegeben. Ludwig versuchte noch zu fliehen, aber offenbar hat Robert ihm persönlich sämtliche Waffen abgenommen und ihn einem Gefangenen gleich dem König vorgeführt. Dein Vater hat ihm die Abtei Saint-Martin entzogen, um diese wiederum Hukbert zu übergeben, obwohl alle Welt weiß, dass das ein verheirateter Pfaffe ist. Ein perfides Mittel, um Ludwig und seine Frau Ansgard noch mehr zu demütigen. So wie es aussieht, hat man ihnen jetzt die Grafschaft Meaux und die Abtei Saint-Crispin zugeteilt, und dort müssen sie leben … wie Gefangene.«

»Er hätte es übler treffen können«, murmelte Judith. Nicht immer waren die Karolingerkönige mit aufständischen Söhnen gnädig verfahren. Schon mancher war auf ewig in einem Kloster verschwunden und dort zwangsweise geschoren worden.

»Das ... das ist nicht alles«, gab Lothar zu bedenken. »Dein Vater hat sich etwas dabei gedacht, ihn ausgerechnet nach Meaux zu schicken. Du weißt doch von Völundr?«

»Einem der Anführer der Normannen? Seit Jahren sucht er die Lande heim.«

»Und nicht immer stößt er auf den Widerstand deines Vaters. Er hat mit Völundr Verhandlungen aufgenommen und ihm zugestanden, dass er sich mit seiner Truppe in Melun niederließ. Eine weitere Garnison, unter der Führung von Völundrs Sohn, hat mit Duldung deines Vaters in Fossé das Winterlager aufgeschlagen. Es heißt, einige ranghohe fränkische Gefangene seien im Gegenzug freigelassen worden. Nun, von Melun aus hat Völundr Meaux mehrmals überfallen und ausgeraubt. Die Stadt ist so gut wie zerstört.«

»Und ausgerechnet dorthin hat man meinen Bruder jetzt verbannt?«

»So ist es. Scheinbar werden von den Mönchen von Meaux Schmähreden auf deinen Vater gehalten: Er habe den Angriff Völundrs nicht nur hingenommen, sondern ihn sogar dazu bewogen, um solcherart den Sohn zu bestrafen. Tagtäglich kann Ludwig nun verbrannte Ruinen betrachten, leidet wahrscheinlich sogar Hunger.«

Gleichwohl unendlich weit von ihm entfernt, konnte Judith sie fast spüren – Ludwigs Bitterkeit, seine Verzweiflung, dass es ihm nicht gelang, sein Leben zu wenden. Sie fühlte kein Mitleid.

»Was hast du mit Balduin gemacht?«, fragte sie tonlos. »Wo ist er?«

Zum ersten Mal blickte Lothar sie an. »Solange dein Vater mit Ludwig beschäftigt war, rückte deine Ehe für ihn in den Hintergrund. Doch nun, da er sich nicht länger mit seinen aufrührerischen Söhnen herumschlagen muss, fühlt er sich gestärkt. Und darum ... ach Judith ... verstehe doch ...«

»Wie soll ich das verstehen?«, fuhr sie unwirsch auf. »Du hast uns verraten, Lothar! Auf eine schändliche, schmähliche Weise! Wie konntest du das tun?«

Lothar zuckte wieder die Schultern. »Dein Vater hat mir gedroht, die Grenzen zu überschreiten, wenn ich euch nicht ausliefere. Und mein Onkel Ludovicus Germanicus, der sonst auf meiner Seite stand, plant diesmal, Karl gewähren zu lassen. Meine Position ist nicht eben stark, solange meine Eheangelegenheit nicht geklärt ist. Wenn nur Waltrada mein rechtmäßiges Weib ... wenn Hugo mein rechtmäßiger Sohn wäre. Alle Welt liegt mir deswegen in den Ohren, und ich ...«

Er brach ab.

»Warum hast du uns nicht die Möglichkeit gegeben, rechtzeitig zu fliehen?«

Bis jetzt hatte Judith die notwendige Beherrschung aufgebracht, um ruhig mit ihm zu reden. Nun fühlte sie, wie ihr Atem dünner wurde, nicht ausreichend die Brust zu füllen schien. Sie ächzte – und schämte sich ob dieses Zeichens von Schwäche. Seit ihrer Flucht hatten sie und Balduin nicht wieder laut ausgesprochen, was schlimmstenfalls geschehen könnte, fielen sie König Karl in die Hände. Damals hatte Judith gemeint, sie könnte Balduin schützen, wenn sie ihn heiratete. Doch insgeheim hatte sie immer geahnt, dass das nicht ausreichen würde, um ihn vor der Anklage des Hochverrats zu bewahren.

Lothar seufzte.

»Ich habe versucht, wenigstens dich zu retten, Judith«, erklärte er. »Eine der Abteilungen deines Vaters ist gekommen, sie wird Balduin über die Grenze schaffen. Aber du ... du kannst gerne hierbleiben. Was dich anbelangt, werde ich mich deinem Vater nicht fügen.«

»Soll ich dir dafür auch noch dankbar sein?«

»Balduin hat dich aus Senlis befreit. Das war mehr, als du vom Leben erwarten konntest.«

»Und gerade deswegen kann ich ihn doch nicht seinem Schicksal überlassen!«

Die ganze Zeit über war Lothar im Raum hin- und hergegangen, hatte unruhig seine Hände gerungen. Jetzt blieb er zum ersten Mal still stehen.

»Ich fürchte, es bleibt dir nichts anderes übrig«, sagte er.

Balduin hatte sich nicht gewehrt – in den ersten Stunden, weil ihm der Schädel zu sehr brummte, danach, weil er sich mit eiserner Selbstbeherrschung einen überstürzten und darum zwecklosen Fluchtversuch verbot. Zumindest so lange, bis er mehr über seine Lage herausgefunden hatte.

Freilich gab es nicht viel herauszufinden. Seine Lage war misslich, wahrscheinlich sogar hoffnungslos. Man hatte ihn, als er Lothars Leibdiener gefolgt war, zusammengeschlagen, hernach gebunden, wie einen Sack Getreide über ein Pferd geworfen und führte ihn nun – wie er unschwer erkennen konnte – westwärts. Wenn er sich nicht rechtzeitig befreien konnte, würde er in einigen Tagen König Karl gegenüberstehen – gesetzt, der Herrscher wäre überhaupt bereit, sich persönlich mit ihm abzugeben. Wahrscheinlich ließ er ihn sofort in den Kerker werfen, wo er langsam und von der Welt vergessen verfaulen durfte. Wobei das vermutlich schon das größere Glück verhieß. Nicht minder wahrscheinlich war, dass man ihn hinrichtete.

Die Furcht schmeckte bitter in seinem Mund, wenngleich er versuchte, sie zu schlucken. Wenn er jetzt der Panik nachgab, wenn er obendrein noch damit zu hadern begann, wie er – der heldenhafte Krieger – in diese Lage geraten war, würde er keinen vernünftigen Gedanken mehr fassen können. Wobei Vernunft ihm nicht unbedingt weiterhalf.

In den ersten Stunden des unruhigen Ritts hatte er einzig darum gekämpft, genügend Atem zu schöpfen. Als die Männer schließlich rasteten, um das Nachtlager aufzuschlagen, hatte er wiederum nichts anderes im Sinn gehabt als einen Schluck Wasser. Gottlob hegten die Ritter keinen Groll wider ihn und heckten nichts aus, womit sie ihn quälen konnten. Einer von ihnen war schließlich sogar bereit, ihm eine Schöpfkelle mit verdünntem Wein an die Lippen zu pressen.

Sonderlich hoffnungsvoll machte das seine Lage nicht. Nun, da die Abenddämmerung sich über sie gesenkt hatte und man ihn in eines der rasch errichteten Zelte geschafft hatte – eigentlich eine unerwartete Gnade, doch er hatte keinen Sinn dafür, dankbar zu sein –, hatte er Zeit genug, sich seine Hilflosigkeit vollends einzugestehen. Seine Füße waren immer noch gebunden und seine Hände ebenso, obendrein hatte man sie ihm am Rücken gefesselt. Er konnte sich aufsetzen, er konnte sich auf die Seite wälzen – aber ganz sicher konnte er nicht fliehen. Anfangs hatte er noch gehofft, dass die Fesseln womöglich schlampig gebunden waren und sie sich lösen könnten, wenn er nur kräftig genug daran zog. Doch am Ende dieses Trachtens waren seine Handgelenke wund, die Hanfstricke hingegen saßen so fest wie eh und je.

Als es finster wurde, ergab er sich der Verzweiflung. Er hatte keine Chance, sich zu befreien. Er trug nicht einmal sein Schwert bei sich – wie hätte er in Trier auch mit solch einem heimtückischen Angriff rechnen sollen!

Gott verfluche dich, König Lothar!, ging es ihm erstmals durch den Kopf.

Er wusste nicht, was genau geschehen war. In jedem Falle etwas, was Judiths Cousin hatte wortbrüchig werden lassen.

Er stampfte mehrmals mit den gebundenen Füßen auf den Boden, obwohl er wusste, dass das seine Lage nicht verbesserte. Deswegen hörte er auch augenblicklich damit auf, als er vom Zelteingang her eine Bewegung wahrnahm. Ganz gleich, wie ihm zumute war, er wollte sich nicht vor König Karls Männern die Blöße geben, wenn er wie ein trotziges Kind gegen das Unvermeidbare ankämpfte.

Sein Körper erschlaffte. Er blickte starr auf den mit Lederfellen bedeckten Boden, als ein junger Mann zu ihm trat, sich zu ihm beugte.

»Ich … ich habe etwas zu essen für Euch.«

Sein Stolz verlangte, jede Wohltat abzuweisen. Doch sein Magen verkrampfte sich augenblicklich vor Hunger. Er nickte, blickte hoch – und zuckte zusammen.

Der Mann, der sich zu ihm gehockt hatte, war der Kindheit noch nicht lange entwachsen. Unregelmäßig war der Wuchs seines Bartes, der die gleiche rötliche Farbe wie das Haupthaar hatte. Sein Gesicht war weiß – vielleicht ein Eindruck, der sich durch die farblosen Wimpern verstärkte.

»Ich kenne dich …«, stieß Balduin hervor und kramte in den Tiefen seines Gedächtnisses nach dem Namen.

Der junge Krieger nickte, und er wirkte tief betrübt. »Balduin«, sagte er leise, »Balduin Eisenarm.«

Bilder stiegen vor ihm auf, von jener Nacht, als er mit Ludwig auf Kriegszug war, er von einem ungewohnten Geräusch geweckt worden war. Normannen hatten das Lager überfallen, doch es hatte nicht lange gedauert, ihnen den Garaus zu machen, zumindest fast allen. Zweien war es gelungen, sich von dem Gemetzel fernzuhalten – jene, die versucht hatten, ihn, Balduin, zu ermorden. Doch ehe die Lanze des blonden Mannes auf ihn herabgesaust war, hatte der mutige Knabe sie mit einem Schwert, das eigentlich viel zu groß für ihn war, zerhauen.

»Suidger«, fiel Balduin der Name wieder ein. »Dein Name ist Suidger.«

Der junge Mann nickte. Jetzt erst bemerkte Balduin, dass er seinem Blick auswich.

»Der Mann, dem ich damals als Knappe diente, hat sich von Prinz Ludwig losgesagt«, erklärte er leise. »Deswegen bin ich jetzt hier.«

»Suidger«, setzte Balduin wieder an. »Dass ausgerechnet du es bist. Hältst du es nicht für eine göttliche Fügung?«

Der Mann zuckte zusammen. Offenbar bereitete es ihm schon seit Stunden Qualen, dass er jenen Mann gefangen hielt, den er einst für den größten und mutigsten aller Krieger gehalten hatte.

»Du hast mir schon einmal das Leben gerettet«, setzte Balduin an. »Du könntest es jetzt wieder tun.«

»Niemand hier wird Euch töten! Wir sollen nur …«

»Mein Leben ist verwirkt, sobald ich König Karl in die Hände falle, das weißt du so gut wie ich!«

»Aber ich kann doch nicht …«

Balduin konnte Suidgers widerstreitende Gefühle erahnen. Erstmals traf ihn der Blick des jungen Mannes, der verschämt, verwirrt und noch nicht alt und gebrochen genug war, um frei von dieser kindlichen Verehrung von einst zu sein.

»Ich kann Euch nicht losbinden«, sagte er flehentlich, als würde Balduin ihm mit Gewalt drohen. »Ich würde zum Verräter wie …«

»Wie ich einer bin«, brachte Balduin den Satz zu Ende, um schnell fortzufahren: »Aber nein, das verlange ich gar nicht von dir. Niemand muss wissen, dass … dass du mir geholfen hast. Sieh, in meinem rechten Schuh trage ich einen kleinen Dolch. Das hat mir mein einstiger Lehrer Arbogast geraten. Ein Krieger, so meinte er, dürfe niemals gänzlich unbewaffnet sein. Suidger, ach Suidger«, seine Stimme geriet nun werbend. »Du müsstest nichts weiter tun, als ihn herauszunehmen und neben mir liegen zu lassen – alles Weitere fügt sich von selbst. Keiner wüsste, wo genau am Leib ich ihn versteckt gehalten habe. Man würde über mich fluchen, es eine heimtückische List nennen. Doch niemand käme auf die Idee, dich anzuklagen. Ich werde auch warten … warten, bis mich noch andere der Männer gefesselt gesehen haben, nachdem du mich wieder verlassen hast. Suidger, denkst du nicht …?«

Er brach ab, seine Stimme hatte einen flehentlichen Klang angenommen, doch er wollte nicht betteln wie ein Weib.

Suidger schien nachzudenken. »Ich tu's«, presste er schließlich hervor. »Aber ich tu's nur, weil Ihr so viele Normannen erschlagen habt.«

Balduin sank zurück. Welch ein Irrwitz, dachte er, dass ihm ausgerechnet das zur Hilfe gereichte …

Nie war er so lange gerannt, nie hatte er vollkommener Erschöpfung derart entschlossen die Stirn geboten. Seitdem er sich befreit und mitten in der Nacht aus dem Zelt hatte fliehen können, war er so schnellen Schrittes unterwegs, als wären sämtliche Dämonen der Hölle hinter ihm her, auch dann, als die Brust schmerzte und seine Fußballen blutig waren.

Irgendwann musste er die Geschwindigkeit seiner Schritte drosseln. Aber selbst dann hielt er unbeirrbar an seinem Weg fest – nicht die Truppe vor Augen, die gottlob bisher die Verfolgung noch nicht aufgenommen zu haben schien, sondern Judith, die gewiss irgendwo in Sorge auf ihn wartete.

Es war noch stockdunkel, als der holprige Weg plötzlich von einem Feuerschein erhellt wurde. Es war das erste Mal, dass er auf andere Reisende traf, bislang war er nur an manch schlafendem Dorf und einem Kloster vorbeigekommen. Er wollte sich unauffällig vorbeischleichen, um weder Fremde zu erschrecken, die ihn für einen Räuber halten konnten, noch sich selbst in Gefahr zu bringen. Doch als er den Weg auf Höhe des Feuers erreicht hatte, fiel ein schwarzer, dünner Schatten auf ihn. Er fuhr herum und erblickte eine nur allzu vertraute Gestalt.

»Mein Gott, Johanna!«

Ihre knöchrigen Hände legten sich um ihn. »Allmächtiger Gott, ich danke dir!«, rief sie aus. Nie hatte er sie derart inbrünstig mit dem Herrn im Himmel sprechen gehört, nie war ihm ihre Umarmung derart weich vorgekommen. »Du hast dich befreien können«, stellte sie fest. »Du hast …«

»Was zum Teufel machst du hier?«, unterbrach er sie hektisch.

Sie zögerte, sprach aber schließlich doch den ihr verhassten Namen aus. »Judith … Sie wollte dir nachreisen.«

»Wo ist sie?«, fragte er und löste sich aus der Umarmung.

Er fühlte ihren Blick, als er zu ihrem Gefährt trat, hörte, wie sich ihre Stimme, eben noch so erleichtert, der Häme nicht gänzlich enthalten konnte.

»Es ist zu spät, Balduin«, sagte Johanna leise.

Er hörte nicht auf Johannas Widerworte, denen mittlerweile auch Madalgis und Joveta lauschten, die von den Stimmen geweckt worden waren.

»Tu das nicht!«, sagte sie ein ums andere Mal. »Das darfst du nicht!«

»Ihr müsst mit einem Pferd auskommen«, erklärte er barsch, »ich nehme das andere.«

Das Tier wieherte unruhig.

»Balduin … Balduin, bitte! Überlass sie den Männern des Königs, sie werden ihr gewiss nichts tun. Und vielleicht, vielleicht verfolgt König Karl dich nicht länger, wenn er denn wenigstens seine Tochter wieder bei sich weiß. Balduin … Es ist zu spät, um einzugreifen. Gewiss hat sie das Lager schon erreicht!«

Erstmals, nachdem Johanna ihm berichtet hatte, was seit seinem Verschwinden geschehen war – Judith war ihm augenblicklich zu Pferde gefolgt, die anderen Frauen mit dem Gefährt – und er ihr bekundet hatte, was er nun tun würde, blickte Balduin Johanna an. »Du bist verrückt, wenn du meinst, dass ich tatenlos zusehe, wie sie mir in den Westen zu folgen glaubt und sich dabei einer Gefangenschaft ausliefert!«

»Und wenn es ihr Geschick ist? Denkst du nicht, dass du genug für sie getan hast? Warum willst du dein Leben opfern? Ach Balduin«, sie rang die Hände. »Hör doch darauf, was Gott dir sagen will. Er hat dich befreit – und führt nun Judith in die Hände ihres Vaters. Sie tut das im Übrigen aus frcien Stücken. Selbst König Lothar konnte sie nicht von ihrem Willen abbringen.«

Er antwortete nicht. Sein cinstiger Entschluss, Judith aus Senlis zu befreien, war von so vielen Gefühlen begleitet gewesen – der Hoffnung, die Leere in seinem Leben zu vertreiben, Heldenmut, den er nicht länger auf dem Schlachtfeld ausleben wollte, Begierde, diese starre Frau in seiner Schuld zu haben. Jetzt war die Gewissheit, was er tun musste, frei von allem Stolz und allen Ängsten: Judith hatte nicht gezögert, ihm zu folgen. Also würde auch er sie nicht im Stich lassen.

»Bleib hier!«, rief Johanna.

Er sah sie nicht an, als er das Pferd bestieg, und drehte sich nicht um, als er jenen Weg zurücknahm, auf dem er eben noch gekommen war.

»Fahrt zurück nach Trier und wartet dort!«, war der letzte Befehl, den er gab.

Die Angst schnürte Judiths Kehle zu. Es war ein so übermächtiges Gefühl, dass sie wenigstens nicht daran denken musste, wie durstig sie war. Vorhin hatte sie ein paar Schlucke Wasser aus einem seichten Bächlein genommen, doch sie hatten so nach Erde geschmeckt, dass sie sie rasch wieder ausgespien hatte.

Als sie sich über den Bach gebeugt und sich ihr Antlitz in der matten Oberfläche gespiegelt hatte, war ihr der Gedanke gekommen, wie tief sie gesunken war. Als Königstochter war sie geboren, zur Königin gekrönt – und nun schöpfte sie Wasser wie eine Bauersfrau. Manchmal hatten sie solche Gedanken auch in den Tagen der Flucht begleitet, da sie, anfangs noch in Männerkleidern, später zwar ihrem Geschlechte angemessen, aber ärmlich gekleidet, durch die Lande geritten war. Doch damals war derlei Zweifel rasch wieder verflogen, hatte jenem Kampfgeist Platz gemacht, mit dem sie um ihr Leben und ihre Freiheit rang. Jetzt waren es nicht *ihr* Leben und *ihre* Freiheit, die auf dem Spiel standen – und sie konnte sich der Versuchung nicht erwehren, zumindest darüber nachzudenken: dass es vielleicht besser gewesen wäre, an Lothars Hof zu bleiben. Dass sie immer noch umkehren, bei ihm Zuflucht finden und Balduin seinem Schicksal überlassen könnte.

Blätter, vom mürrischen Wind hinweggefegt, fielen auf das Bächlein, kräuselten seine Oberfläche und verzerrten ihr Spiegelbild.

Nie und nimmer, ging es ihr durch den Kopf.

Nicht mühsam musste sie sich diese Entscheidung abringen, auf keine anerzogenen Regeln von Ehre und Anstand zurückgreifen; sie kam wie von selbst, verband sich mit einem Gefühl von Treue und Zuneigung für Balduin, das sie bisher nicht gekannt hatte und das sie wärmte im rauen Herbstwind. Sie wusste nicht, wann sie zuletzt so einsam gewesen war wie nun, da sie sich schließlich vom Bächlein erhob, wieder das Pferd bestieg und es durch die dicht stehenden Bäume lenkte – und wann sie sich trotz allem nicht alleingelassen auf dieser Welt gefühlt hatte.

Sie lenkte das Pferd westwärts und überließ es dann ihm, sich sicheren Tritt zu suchen. Als die Nacht zu schwarz wurde, um noch irgendetwas zu erkennen, hielt sie erneut an und rastete so lange, bis die Eiseskälte sie vom Boden verscheuchte. Sie war froh, wieder auf dem Pferd zu sitzen, denn obwohl ihr vom hastigen Ritt sämtliche Glieder schmerzten, ging vom Leib des Tieres doch ein wenig Wärme aus. Es war immer noch dunkel, als sie weiterritt, und sie überlegte, wie viele Trolle und Waldgeister sie wohl dabei begafften, vielleicht sogar Fallen stellten, um sie zu Fall zu bringen. Selbst fromme Priester glaubten, dass es diese gäbe – desgleichen wie wundersame und zugleich verwunschene Wesen, halb Mensch und halb Tier, die kaum einer je erblickt hatte. Wann immer Judith in Büchern davon gelesen hatte, fiel es ihr schwer, sich deren Existenz vorzustellen. Doch nun war ihr, als würden sie unsichtbare Heerscharen verfolgen – verfluchte Schattenwesen, die sich nicht sorglos unter Menschen mischen konnten, sondern am Rande der Welt lebten.

Im Morgengrauen hörte sie erstmals wieder menschliche Laute, Stimmen von Männern, die vor allem Flüche murrten. Zuerst war sie erleichtert, dass sie ihr Ziel erreicht und zu der Truppe ihres Vaters aufgeschlossen hatte – ebenso gut, das wusste sie, hätte sie sie auch verfehlen können, auch wenn sie versucht hatte, nie zu weit von der Hauptstraße weg zu geraten. Doch dann senkte sich Mutlosigkeit über ihr Gemüt, das erste Mal seit ihrem Aufbruch. Bis eben hatte sie nur gehofft, die Truppe zu erreichen, wieder in Balduins Nähe zu kommen. Nun musste sie überlegen, wie sie am besten bewirkte, was sie sich zum Ziel gesetzt hatte: dass die Männer nämlich nur sie zu ihrem Vater mitnahmen, Balduin aber freiließen. Bis auf ihre königliche Würde – die man ihr allerdings zu kaum einer Stunde ihres Lebens weniger angesehen hatte als jetzt – hatte sie freilich nichts in die Waagschale zu werfen, um ihren Willen durchzusetzen. Und sie bezweifelte, dass das genügte. Die Männer würden sicher lieber sie beide gewaltsam mitnehmen, als sich dem Vorwurf auszusetzen, den Verfemten einfach laufen gelassen zu haben.

Ich muss Balduin befreien, dachte sie, ich muss zusehen, dass er flieht, und erst dann werde ich mich zu erkennen geben. Doch würden sie ihm nicht doch nachjagen und ihn wieder zurückschleppen? Und würde es ihr überhaupt gelingen, ihn zu befreien und dabei unbemerkt zu bleiben?

Nun, noch war es ohnehin nicht so weit, es überhaupt zu versuchen. Noch war es ratsam, die Truppe zu beobachten, zu zählen, wie viele Männer es waren, ihre Gewohnheiten zu erkennen – und somit auch, warum sie derart böse fluchten. Zunächst hatte sie es noch für Äußerungen des Unmuts gehalten, weil es kalt war und sich die Sonne hinter grauen Wolken versteckte. Doch je länger sie lauschte, desto deutlicher hörte sie, dass die Männer nicht einfach nur verdrießlich waren, sondern höchst erregt.

»Wer hat ihn zuletzt gesehen? Warst du es, Suidger?«

Ein Mann antwortete, dessen Stimme jung klang. »Mitnichten. Ich habe ihm zu essen gebracht, doch Ebrulf und Dudon waren es, die hernach seine Fesseln überprüften.«

Er sagte noch etwas, aber die restlichen Worte gingen im Rauschen des Windes unter.

Judith überlegte, ob sie nähertreten sollte, schwang sich auf jeden Fall vom Rücken ihres Pferdes, beruhigte es, auf dass es nicht wieherte und schnaubte – und erschrak schier zu Tode.

Denn noch während sie zögernd stand, sah sie aus den Augenwinkeln einen Schatten auf sich zutreten. Dann legte sich eine Hand auf ihren Mund und machte es ihr unmöglich aufzuschreien.

XXIV. Kapitel

Nie, auch nicht während der Flucht aus Senlis, hatten sie eine gemeinsame Nacht verbracht, die so kalt war, so armselig – und so schön.

Judith hatten vor Erleichterung die Beine versagt, als sie gewahrte, wer der unbekannte Angreifer war: keiner der Männer ihres Vaters, sondern Balduin selbst, der sich hatte befreien können, aber zurückgekehrt war, um sie zu retten. Sie hatten keine Zeit, ihr Glück zu bekunden. Möglichst lautlos schlichen sie fort, um so lange ostwärts zu reiten, bis es Mittag war. Dann erst erlaubten sie sich eine erste Pause, um die Pferde rasten zu lassen.

»Wenn ich mehr hätte als dieses Messer, könnte ich Wild erlegen«, meinte Balduin gegen Abend hin und versuchte schließlich, in einem trüben Tümpel zumindest einen Fisch zu erbeuten. Was er mit bloßen Händen erhaschte, bestand nach Judiths Geschmack aus Gräten und Haut. Doch sie war froh, wenigstens das zwischen die Zähne zu bekommen – und umso mehr, dass Balduin einen Feuerstein mit sich trug und damit Flammen entzündete, auf denen er die magere Ausbeute seiner Bemühungen braten konnte.

»Und jetzt?«, fragte sie. Das schlimmste Frösteln war von ihr abgefallen, und dennoch schmiegte sie sich an ihn, legte ihm die Hand auf seine Schulter.

Er zuckte zusammen; an dieser Stelle hatte sie ihn nicht oft berührt. Sie konnte jeden Einzelnen seiner kräftigen Muskeln spüren. Mochte er diese in den letzten Monaten auch kaum strapaziert haben, so zeugten sie doch von jahrelangem Training und Kampf.

Da er nichts sagte, erläuterte sie schließlich einen Plan, den sie schon während der letzten Monate gesponnen hatte – als letzten Ausweg, wenn keine andere Wahl mehr blieb. Nun war es wohl so weit.

Sie sprach in knappen Sätzen, und er hörte mit gerunzelter Stirn zu. Sie ahnte, dass es ihm nicht gefiel, was sie ihm vorschlug, dass ihm so vieles in den Sinn kam, was dagegen sprach. Doch er wusste wohl auch, dass es die einzige Möglichkeit war, vereint zu bleiben und irgendwann ein friedliches Leben zu führen.

Zuletzt nickte er. »Aber wie wollen wir das anstellen?«

»Ich werde zurückkehren nach Trier«, sagte sie, »und Lothar berichten, dass ich dich nicht mehr vor der Grenze erreicht habe. Ich werde ihm daraufhin kundtun, wohin ich reisen werde, und hoffe, sein schlechtes Gewissen ist groß genug, mir ein paar Männer als Geleit zu geben. Lothar wird niemals wissen, dass du nach einem gewissen Teil der Wegstrecke zu uns stoßen wirst.«

Wieder nickte Balduin, starrte nachdenklich ins Feuer. Wie bei ihrer Flucht aus Senlis hatten sie auch an diesem Abend nichts als die Kleidung, die sie am eigenen Leib trugen.

»Es tut mir leid«, murmelte er. »Ich wollte dir die Freiheit schenken – nicht das.«

Er deutete auf den dunklen Waldboden, der am nächsten Morgen gewiss gefroren wäre, so eisig wie die Nacht sich über sie senkte.

»Es muss dir nicht leid tun.«

Zärtlichkeit überkam sie, viel stärker als je zuvor, gezeugt von der Erleichterung, dass sie wieder zusammengefunden hatten. Sie schmiegte sich noch fester an ihn, spürte, wie er ob ihrer Berührung unruhig atmete, schließlich erzitterte, als ihre Hand sich von seiner Schulter löste, langsam höher glitt, seinen Nacken erreichte, die Stelle hinter dem Ohrläppchen.

Sie hörte ihn keuchen, und nicht zum ersten Mal überlegte sie, wie es sich für ihn anfühlte, wenn er sie berührte, wie seine Lust schmeckte, wie der Rausch, in dem sich sein Begehren entlud. Manchmal war es ihr, als könnte sie sich für die Dauer eines Wimpernschlags in seinen Leib hineinversetzen, könnte ein wenig von dem mitkosten, was niemals sie selbst erfasste. Doch es war immer zu kurz, um bis zur Tiefe dieser Empfindungen vorzudringen, blieb kaum mehr als ein Kitzeln, nicht kräftig genug, in ihr das gleiche Begehren zu entfachen. Ihre Hand glitt zu seinen Schläfen, hinter denen hektisch eine Ader pochte. Ihr eigener Herzschlag hingegen war immer ruhig geblieben, wenn sie bei ihm lag. Anfangs hatte sie Angst gehabt, übertüncht zwar von Selbstbeherrschung und dem festen Willen, sich ihm zu schenken – es dünkte sie stets als Teil des Geschäfts –, aber eben doch nackte, echte Angst: Angst vor Schmerzen, vor Beschämung, Angst, ihm danach nie wieder in die Augen blicken zu können. Ihren ersten Mann, Ethelbald, hatte sie nach der blutigen Hochzeitsnacht stets gemieden. Dass er ähnlich wie sie über die Mengen an Blut, das da zwischen ihren Schenkeln geflossen war, verstört gewesen war, hatte ihr stets das Gefühl gegeben, es sei ihre Schuld gewesen. Bei ihrem zweiten Mann, vor der Hochzeit noch der Stiefsohn, blutete sie nicht, und trotzdem wagte sie nicht, ihm in die Augen zu sehen – vielleicht, weil er so unbeholfen war. Das Urteil mancher Kirchenmänner, die klagten, es sei nichts Geringeres als die Sünde des Inzests, wenn ein Sohn seines Vaters Gattin zur Frau nehme, schien ihm während ihres Zusammenseins stets in den Ohren zu rauschen. Nun, es hatte seine Lust nicht gemindert, er war ihr gehetzt gefolgt, getrieben, als müsse er es möglichst schnell hinter sich bringen, um nicht dabei ertappt zu werden.

Balduins Lust war weder schmerzhaft noch peinvoll, nur fremd und so weit weg. Bis heute zumindest – obgleich sie die Distanz auch jetzt nur kurz überbrückte.

Solange sie ihm von sich aus nahekam und streichelte, konnte sie seine Haut riechen, den dünnen Schweißfilm, der trotz der Kälte aus den Poren brach. Sie fühlte sein Begehren sogar kurz auf sie überschwappen. Doch in dem Augenblick, da er herumfuhr, ihren Kopf zwischen die kräftigen Hände nahm, sie ähnlich streichelte wie eben noch sie ihn, da war ihr, als würde alles in ihr verlöschen. Sämtliche Sinne schienen gleichzeitig ihre Arbeit aufzugeben, so, als würde sich Schlaf über sie senken. Sie überließ sich ihm ohne Widerstand – und ohne Beteiligung.

Für gewöhnlich reichte ihm das aus, heute aber nicht. Unwillkürlich ließ er sie los, stieß sie beinahe zurück, sprang hoch. Das Geäst knirschte unter seinen Schritten, das Feuer flackerte im Luftzug, den er verursachte.

»Du musst… du musst mich nicht dafür bezahlen, dass ich deinen Plan mittrage, nach Rom zu ziehen und den Papst um seinen Segen für unsere Ehe anzuflehen.«

Ihre Empfindungen kehrten zurück, nicht allmählich, sondern mit voller Wucht. Sie hörte es in ihrem Kopf rauschen, das Bild vor ihren Augen schien sich zu drehen.

»Was redest du da? Ich bezahle dich nicht! Ich will dir doch nur danken!«

Sie erhob sich, trat zu ihm, umschlang seinen Rücken. Wieder erloschen augenblicklich sämtliche Gefühle in ihr.

Er schüttelte sie ab. »Es ist gut, wenn du mir dankst. Aber… aber ich will nicht, dass du über mich herrschst. Wenn wir über die Alpen ziehen, dann geschieht es, weil ich es so möchte und weil ich es so beschließe, in aller Freiheit – solange ich sie denn habe. Ich möchte nicht von dir gelenkt und hernach belohnt werden, weil ich tue, was du für richtig hältst!«

Er sprach gehetzt, aber sehr leise, als wagte er nicht, sein WIderstreben in offenkundig vorwurfsvolle Worte zu kleiden. Dass er sie nicht ansah, schien ihm das Sprechen leichter zu machen, denn in dem Augenblick, da er herumfuhr und seine Augen ihre trafen, verstummte er.

»Ich beherrsche dich doch nicht, Balduin…«

»Aber du würdest es gerne tun! Warum sonst trittst du zu mir, warum streichelst du mich, wenn nicht darum? Es treibt dich doch kein Begehren! Kaum wende ich mich dir zu, überlässt du mir deinen Körper und scheinst nicht länger damit zu tun zu haben.«

»Balduin, du weißt doch, wie teuer du mir bist«, murmelte sie. »Wäre ich dir sonst gefolgt? Und was die Regungen meines Leibs anbelangt, nun, ich werde versuchen ...«

»Verdammt, Judith!«, fiel er ihr ins Wort, und diesmal schrie er. »Ich will nicht, dass du so bist wie die anderen Frauen in meinem Leben und dass du dich an mich verkaufst wie sie! Du musst nichts versuchen, du musst dich zu nichts zwingen, du musst mir nichts beweisen! Was immer auch geschieht, ich werde für dich ... für uns kämpfen. Weil ich das will. Weil ich dich will. Weil ich alles für dich tun werde, gleich, was ich dafür bekomme. Nimm es hin, ja? Nimm es einfach hin!«

Sie fühlte kleine Tröpfchen seines Speichels; sie schienen in ihre Haut zu sickern, immer tiefer, schienen sich bis in ihre Brust zu graben. Einst hatte sie in einer Schrift gelesen, woraus der menschliche Körper beschaffen war – nämlich aus Wasser, aus Schleim, aus Blut und aus Eiter. Nicht nur, dass es sie geekelt hatte, vor allem hatte sie sich nicht vorstellen können, dass ihr Inneres flüssig war. Zumindest ihre Brust, hatte sie sich gedacht, musste aus kleinen, festen Knoten bestehen, unentwirrbar, versteinert.

Sie wollte etwas sagen, den Ärger beschwichtigen, der durch seine Worte hindurchklang. Doch es kam kein Wort hervor, nur ein Schluchzen, heiser und gequält. Es schien ihr vollkommen missraten, und sie suchte es zu übertönen, indem sie erneut zu einem Wort ansetzte. Wieder brachte sie keines zustande, nur Tränen quollen aus den Augen. Sie hatten sich nicht angekündigt, sondern flossen einfach heraus, kullerten über ihre Wangen. Nicht nach und nach, sondern augenblicklich schienen diese nass zu werden.

»Judith ...«, stammelte Balduin.

Es war zu spät, sie einfach fortzuwischen, ihm vorzumachen, dass es diese Tränen nicht gäbe. Immer mehr davon traten über ihre Augen und bahnten sich den Weg zu ihrem Kinn.

»Du weinst?«, fragte er.

»Noch nie hat jemand so etwas zu mir gesagt«, stammelte sie

schluchzend. Sie fühlte sich wie leergetrunken, doch am Grund des Bechers witterte sie nicht Verlust, sondern Hoffnung – Hoffnung, den riesigen Raum der Seele neu füllen zu können.

Verwirrung breitete sich über Balduins Gesicht aus. Er schien nicht recht deuten zu können, was sie meinte, ob sie empört und verletzt war oder vielmehr gerührt.

Da beugte er sich einfach vor und küsste ihre Tränen. Seine Lippen waren gleichermaßen rau wie weich, fordernd und zurückhaltend, hart und zärtlich. Sie schmeckte diese Lippen, so wie sie ihre Tränen schmeckte, salzig und heiß, und kurz hoffte sie, es festhalten zu können – sein Begehren nach ihrem Körper, vielleicht auch ihres nach dem seinen. Kurz vermochten seine Küsse, es zu entfachen und in ihr eine Gier heraufzubeschwören, die sie nicht kannte, die Gier, sich in seine Arme fallen zu lassen, darin zu vergehen und als neuer Mensch wieder aufzuerstehen. Doch was immer er ihr einhauchte – sein Odem geriet nicht stark genug, um mehrere hektische Atemzüge ihrerseits zu überdauern. Die Wärme, mit der er sie ausfüllte, flackerte alsbald wie eine verlöschende Kerze. Der Hunger nach seinem Leib ward nach dem ersten Bissen gezügelt. Noch während sie ihr Gesicht an seines hielt, ihren Körper an seinen presste, seinen Nacken umschlang, fühlte sie bereits, wie jene lustvollen Wellen abebbten, noch ehe sie ihren ganzen Leib erfasst hatten, wie ihre Sehnsucht nach seiner Nähe – eben noch hitzig glühend – sanft entschlief. Sie wusste nicht, ob sie diese letzte Hingabe jemals würde aufbringen können, ob sie sich seinem Begehren jemals so rastlos und beharrlich und nach Erfüllung lechzend würde anheimgeben können wie er. Doch sie schluchzte erneut, als ihr aufging, dass sie – wenn auch nur für diesen kurzen, gestohlenen Moment – die Ahnung kosten durfte, wie es denn wäre, ihn voll und ganz zu spüren.

Düster starrte Johanna vor sich hin. Sie saß weit genug entfernt von den Flammen wie stets, aber anders als sonst konnte sie in deren rotes Züngeln starren, ohne zu erschaudern. Das Feuer kratzte erstmals nicht an ihrer Seele, um jene Furcht und jenes Grauen zu entblößen, die dort in irgendeinem Winkel zerknüllt und vergessen herumlagen. Doch anstatt sich darüber zu freuen, dass ihr Gemüt ein wenig Heilung erfahren zu haben schien, ängstigte sie die eigene Benommenheit. Nicht mit Schicksalsergebenheit war diese verbündet – sondern mit Hoffnungslosigkeit. Als Balduin im Wald zu ihnen gestoßen war, hatte sie erwartet, das Schicksal würde für ihn entscheiden, ihn Judiths Fängen entreißen, ob er nun wollte oder nicht. Er freilich hatte sich dagegen aufgelehnt, hatte um Judith gekämpft, und ihr selbst war nichts anderes übrig geblieben, als seinem Befehl zu folgen und zurückzukehren zu Lothars Hof.

Und wie der Teufel oder dieses verfluchte Weib es auch immer eingefädelt hatten – am Ende war Judith hier erschienen, hatte berichtet, was geschehen war, und sie ebenso wie Joveta und Madalgis vor die Wahl gestellt: Entweder sie folgte ihnen auf der langen, gefährlichen Reise nach Rom, oder sie kehrte zurück nach Laon.

Johanna zuckte zusammen, Schritte hatten sich ihr genähert. Noch als sie sich umdrehte, fürchtete sie, es könnte die geschwätzige Joveta sein. Doch es war nicht Joveta, sondern Madalgis, die schleichend auf sie zutrat.

»Nun«, sprach Johanna barsch, um darüber hinwegzutäuschen, dass sie erschreckt worden war, »hast du mir nicht gesagt, dass Judith Balduin nur benutzt – ihn aber letztlich fallen lassen wird? Pah! Dir ist genauso wenig wie mir entgangen, dass sie ihm eiligst nachgeritten ist, nachdem sie von seinem Verschwinden erfahren hatte.«

Madalgis lehnte sich an die Wand. Sie war dünner geworden – und zugleich geschmeidiger. Ihre Sturheit, ihr Drang nach oben und später ihre Verzweiflungen hatten ihr etwas Eckiges, Kantiges gegeben. Doch seitdem Johanna ihr in Senlis wiederbegegnet war, war es schwer, sie zu fassen, geschweige denn, sie zu durchschauen. Behände entglitt sie jedem Zupacken, um im nächsten Augenblick so starr wie ein abgeklärtes Weiblein zu stehen, das längst eingesehen hat, dass die Welt heftige Regungen nicht belohnt.

»Das hat sie nicht für ihn getan«, erklärte Madalgis ruhig, »sondern für sich selbst. Judith ist eine ehrenhafte Frau. Sie duldet nicht, dass ein anderer sich für sie opfert. Das heißt noch lange nicht, dass sie ihn liebt.«

»Das redest du dir ein!«, keifte Johanna, um gemäßigter hinzuzufügen: »Mir ist's gleich, was sie von ihm will und was sie über ihn denkt. Wenn nur er endlich sein Geschick von ihrem lösen würde!«

»Glaubst du ernsthaft, Balduin hätte etwas Besseres verdient?«

»Pah, was Besseres!«, stieß Johanna aus. »Sie ist die Tochter des Königs, sie ist selbst gekrönt worden, es gibt keine ranghöhere Frau! Nein, ich wünsche ihm nichts Besseres, ich wünsche ihm eine seines Ranges. Das ist die Ordnung, die Gott bestimmt hat.«

»So, so«, murmelte Madalgis. Es klang zustimmend, doch im nächsten Augenblick setzte sie spitz hinzu: »Ist das auch die Ordnung, nach der du stets gelebt hast?«

»Was meinst du damit?«

Madalgis ließ sich Zeit mit der Antwort, lächelte auf eine rätselhafte Weise. Johanna konnte nicht recht entscheiden, ob dieses Lächeln traurig oder verlogen war.

»Man weiß nicht viel über dich, Johanna«, setzte Madalgis schließlich an, »nur dass du einst, bevor du vor den Normannen geflohen bist, nicht mehr warst als ein Bauernweib. Und das wärst du geblieben, hätte man nicht dein ganzes Dorf totgeschlagen und verbrannt, und wäre da nicht der kleine Balduin gewesen, der eine Amme brauchte. Und jetzt… Nun sieh dich doch an: Jetzt sitzt du mit feinem Gewand im Hause eines Königs.«

Madalgis zuckte die Schultern, als wollte sie sich für ihre Worte entschuldigen, doch das Lächeln verstärkte sich.

»Wage es nicht, mich zu beleidigen!«

»Sag mir nur eins: In all den Jahren, da die einzige harte Arbeit, die du zu tun hattest, jene war, deine Kräuter anzupflanzen –

und selbst das musstest du nicht tun, keiner zwingt dich, du hast den Status von Balduins Mutter inne –, ja, sag mir: Warst du dem Herrn im Himmel nicht dankbar dafür, dass deine frühere Familie abgeschlachtet wurde und du eine bessere bekommen hast?«

Sie löste sich behände von der Wand, kniete sich vor das Feuer. Die Flammen spiegelten sich in ihren Augen und färbten sie noch gelber. Heiß musste es in ihr Gesicht steigen – und nicht minder hitzig zeigte sich der Grimm, der Johanna erfasste, ihre Empörung, vor allem ihre Panik. Dass Madalgis es wagte, in ihren Erinnerungen zu stöbern!

Jene Erinnerungen hatten an Macht verloren, aber sie hatte nie aufgehört, vor ihnen Angst zu haben, auch dann noch nicht, als sie sie nicht länger in ihren Träumen verfolgten. Sie schienen morsch geworden zu sein, und manchmal bezweifelte sie, dass sie noch ernsthaft von ihnen erschlagen werden konnte. Sie würden ja doch nur zerbröseln, wenn sie nach ihnen fasste, würden als staubiger Ascheregen über sie rieseln, schmutzig, aber nicht tödlich. Doch ungeachtet, wie bedrohlich sie waren – Madalgis stand es ganz gewiss nicht zu, daran zu rühren.

»Du widerwärtiges …«

»Halt ein!«, Madalgis erhob sich lautlos. »Vor mir musst du dich nicht verteidigen, ich verstehe dich doch. Ich selbst hätte alles gegeben, um keine kleine, dreckige Leibeigene mehr zu sein. Nur frage ich mich, wenn du jetzo von einer Ordnung sprichst, die du Graf Balduin auferlegen möchtest – ist's nicht so, dass du ihm diese Pflicht nur darum zuweist, weil du sie selbst nicht erfüllen konntest? Weil dein Gram um das Verlorene geringer ist als das Glück, das du stattdessen gefunden hast?«

»Und du selbst?«, gab Johanna giftig zurück. »Hast du genug bekommen für das, was du verloren glaubst? Macht es dir Freude, Judith und Balduin in trauter Eintracht zu sehen – ihn, von dem du denkst, er habe dich zerstört, und sie, von der du glaubst, sie habe dich errettet?«

Madalgis schüttelte den Kopf, und es war die erste Regung, die heftig ausfiel. »Es tut mir nicht weh«, erklärte sie verbissen.

»In Judiths Herz ist kein Platz für Balduin. Und an dem Tag, da er es erkennt, wird er wissen, wie ich mich gefühlt habe.«

Johanna hatte den Mund schon zur Widerrede geöffnet, doch dann hielt sie inne. Irgendetwas war an dem Mädchen und seinen Worten, das sie nicht nur verärgerte, sondern ängstigte. Nicht, weil sie sie nicht verstand, nicht, weil sie sich nicht Gleiches wünschte – wenn auch aus anderen Gründen –, sondern weil der Groll wider diese Beziehung bei dem Mädchen ein Stück weiter zu gehen schien und in eine Tiefe reichte, in die Johanna nicht hinabsehen wollte.

»Was ist?«, drängte Madalgis. »Keine Beleidigungen mehr?«

Johanna fühlte, wie sie fror. »Es ist nicht gut, dass wir uns streiten«, stellte sie fest, und sie hoffte, dass sie nüchtern klang, nicht feige. »Wie es scheint, bleiben wir noch für eine Weile zusammen.«

»Du wirst also mitreisen nach Rom«, stellte Madalgis ruhig fest.

Johanna nickte und hoffte, vor Madalgis die widerstreitenden Gefühle verbergen zu können, die der Gedanke an die Reise in ihr auslöste. Tatenlos nach Laon zurückzukehren und dort der Dinge zu harren deuchte sie unerträglich. Ihr graute davor, Balduin zu verlieren, wenn sie sich nicht hartnäckig an ihn heftete. Doch zugleich war ihr die Vorstellung widerwärtig, ihn traulich vereint mit Judith sehen zu müssen und dieses verrückte, vielleicht auch sinnlose Abenteuer mit ihm zu bestreiten. Selten war sie in einer Sache so uneins mit sich selbst gewesen, selten so zerrissen von ehrlicher, tiefer Mutterliebe, die sie einst davor bewahrt hatte, an der eigenen Vergangenheit zugrunde zu gehen, und nagendem Zweifel, wonach es vielleicht besser wäre, nichts mit Balduin zu tun zu haben, solange er entgegen ihrem Trachten handelte.

»Ich nehme an, dass auch du nicht von Judiths Seite weichen wirst«, sagte sie, um davon abzulenken.

Madalgis' Nicken geriet entschlossener als eben ihr eigenes. »So ist es. Laon ist längst keine Heimat mehr für mich; ich will nicht mehr dorthin zurückkehren. Judith war es, die mich gerettet hat. Nur an Judiths Seite kann ich leben.«

»Und die dumme Joveta?«, fragte Johanna barsch.

Madalgis zuckte die Schultern. »Ihr wird nichts anderes übrig bleiben, als die gleiche Entscheidung zu treffen und sich dem Zug anzuschließen. Wüsst' nicht, dass es einen Ort gäbe, wo sie hingehen könnte. Hier und in Laon ist sie eine Fremde – und in der übrigen *Gallia* die Tochter eines Verräters. Wer ist sie ohne Judiths Schutz?«

»Gewiss vergeht sie vor Angst, wenn sie an die bevorstehende Mühsal denkt«, meinte Johanna abfällig.

Madalgis lachte kurz auf, doch in den Worten, die sie danach sprach, klang ehrliches Grauen mit, das bewies, dass auch sie – trotz dieser unheimlichen Gelassenheit – eine junge Frau war, die Gefahren für das eigene Leben scheute: »Gott stehe uns allen bei auf dieser gefährlichen Reise … und lasse uns nicht zugrunde gehen, wenn wir die Alpen überqueren.«

Brügge, A.D. 864

Johanna vermochte nicht zu sagen, wie lange das Schweigen zwischen ihr und Balduin gewährt hatte. Vielleicht nur für die Dauer eines Wimpernschlags. Vielleicht viele Atemzüge lang, die ihr immer schwerer wurden.

»Geh zu Judith«, murmelte Johanna, »sie… sie braucht dich jetzt. Sie braucht dich mehr als ich.«

Wieder sagte er nichts. Schließlich machte es keinen Sinn, das abzustreiten. Sie konnte seine Zerrissenheit fühlen: einerseits sein Trachten, sie nicht allein zu lassen in ihrer Todesstunde, ihr das letzte Bekenntnis zu entlocken und solcherart Sinn in ihre rätselhaften Andeutungen von Schuld und Sühne zu bringen. Andererseits die Sorge um Judith, die sich nicht weit von ihnen quälte und deren Geschrei längst in ein armseliges Wimmern übergegangen war.

Sie konnte sich des kleinen, bittersüßen Triumphes nicht erwehren, dass er sich nicht sogleich eindeutig für die Ehefrau entschied, dass seine Angst und somit auch seine Treue nicht minder stark ihr galten. Es gab so viele Stunden, da sie das Gefühl gehabt hatte, sämtliches Fühlen und sämtliches Denken seien für sein junges Weib aufgebraucht, sodass nichts mehr übrig blieb, um auch Anteilnahme an ihrem Leben zu zeigen. In jener Nacht zum Beispiel, da sie beschlossen hatte, mit nach Rom zu kommen.

Zweifelnd hatte er sie angesehen und knapp gefragt: »Bist du sicher, dass du stark genug bist, das durchzuhalten?«

Sie hatte gehofft, er sagte es aus Sorge zu ihr, wollte sie vor der ebenso kräftezehrenden wie gefährlichen Reise schützen. Doch ehe sie die Rührung übermannen konnte, sagte er: »Judith und ich sind in einer Lage, da wir auf niemanden Rücksicht nehmen können.«

Sie hatte sich nicht nur zurückgewiesen gefühlt, sondern alt, schrecklich alt – genau betrachtet noch älter als jetzt, in der Stunde ihres Todes.

»Geh!«, forderte sie jetzt. »Geh endlich, Balduin! Kümmere dich um Judith!«

Sie fühlte, wie er aufstand und ihr Leib darob zur Seite kippte. Sie hatte keine eigene Kraft mehr zu sitzen. Erschrocken neigte er sich augenblicklich nieder, suchte sie zu stützen.

»Johanna«, brach es aus ihm hervor, »die Schuld, von der du gesprochen hast, diese schwere Schuld, von der du denkst, du habest darob dein Leben verwirkt…«

»Sprich nicht mehr weiter, jedes Wort ist verschwendet.«

»Johanna…«

»Geh, so geh doch endlich! Ich will nicht, dass du mich berührst! Ich will nicht, dass der Tod an deinen Händen haftet, wenn du bei Judith bist!«

Er ließ nicht locker. »Diese Schuld«, fragte er erneut, rang dann mit sich, schien sich kurz nicht zu trauen, an einem Geheimnis zu rühren, das stets unausgesprochen zwischen ihnen gestanden hatte. »Hat sie… hat sie mit deinem Kind zu tun?«, presste er schließlich doch hervor. »Das Kind, das du gehabt hast, ehe du meine Amme geworden bist?«

Fünfter Teil

Die Reise nach Rom

A.D. 862–63

»Hoch sind die Berge und finster die Täler,
die Felsen düster,
unheilverheißend die Schluchten.«

Aus dem Rolandslied

XXV. Kapitel

Keiner der kleinen Reisetruppe – neben Judith und den Frauen zählten mehrere Leib- und Pferdeknechte dazu, die ihnen König Lothar wie erhofft anvertraut hatte – machte viele Worte. Weder beim Aufbruch von Trier noch, als nach einer Weile Balduin zu ihnen stieß, und auch nicht in den ersten Tagen, als sie die Straße Richtung Langres nahmen, um vorbei an Besançon und Orbe zum See von Saint-Maurice zu gelangen.

Erst nach einiger Zeit berichtete Judith ihrem Mann von der Warnung, mit der ihr ein Priester vor dem Aufbruch in den Ohren gelegen hatte. Vor vielen Jahren hatte dieser selbst eine Pilgerreise nach Rom unternommen und meinte deshalb zu wissen, was es hieß, die Alpen zu überqueren.

»Das ist die falsche Jahreszeit!«, äffte Judith seinen Tonfall nach. »Im Sommer kann man es wagen, ohne um Leib und Leben zu fürchten. Aber nun geht es auf den Winter zu, und man schafft es unmöglich über die unwegsamen Bergrücken, die zum Himmel strebenden Felsen und das raue Gestein, wenn alles verschneit und vereist ist!«

Judith machte eine kurze Pause. »Ich habe geantwortet, dass ich keine Wahl hätte«, setzte sie, scheinbar unberührt von den Worten des Priesters, hinzu. Doch Balduin entging nicht, dass sich ein Runzeln auf ihre glatte Stirn stahl, wohl auch, da sie nach der eiskalten Nacht im Wald zu kränkeln begann.

Er hatte sie bislang meist robust erlebt – selbst auf der tagelangen Flucht von Senlis. Sie war zart und oft blass, und an ihrem Körper hatten die Strapazen gezehrt. Doch sie hatte sich immer als willensstarke Frau erwiesen, die über Erschöpfung und Schmerz einfach hinwegging, als gäbe es das nicht. Nun hörte er sie immer öfter husten, und das Wetter machte jenes Leiden nicht besser. Zwar wurde ihre größte Angst – jene vor einem baldigen Schneefall – nicht erfüllt, doch der stete Nieselregen tauchte ihren Zug in so triste Farben, dass Balduin manchmal den Eindruck hatte, sie bewegten sich nicht in Richtung der Ewigen Stadt, sondern wären in einem grauen Niemandsland gefangen, hinter der Grenze der gottgewollten Welt.

Was half es, dass es für Ende November ungewöhnlich mild war, wenn die Kleidung stets klamm am Leib klebte und der graue Schleier, der die Landschaft verbarg, den wachen, neugierigen Blick langsam tötete?

Balduin versuchte, seiner schlechten Laune nicht nachzugeben, doch er wurde zunehmend ungehalten, wenn Joveta als Einzige ebenso hartnäckig plapperte, wie der dünne Regen auf die Blätter platschte, wenn Johanna verbissen über Judith hinwegblickte und wenn Judith auf seine besorgten Fragen stets dasselbe antwortete: dass sie sich wohlfühle und ihr Husten nichts zu bedeuten habe.

Die Einzige, die sein Gemüt nicht reizte, war Madalgis. Sie war derart still, dass er ihre Gegenwart manchmal vergaß, und wenn sie ihm wieder auffiel, fragte er sich, warum sie sich die gefährliche Reise antat. Gewiss, in jener Nacht in Senlis, da sie ihn vor Judiths Gemach ertappt hatte, war ihm das ganze Ausmaß ihrer Treue aufgegangen, die nicht ihm, sondern Judith galt. Doch befremdlich deuchte ihn, dass diese Treue, vielleicht sogar Liebe, sich nun gar nicht zeigte, sondern Madalgis die Königin ähnlich zu meiden schien wie Johanna. Joveta war es, die regelrecht an Judith klebte und deren Nerven sicherlich ebenso strapazierte wie die seinen. Doch Madalgis gebärdete sich wie eine Fremde, die auf Judiths Fragen so ausdruckslos und knapp wie möglich antwortete.

Warum aber riskierte sie ihr Leben für die Königin?

Balduin machte sich nichts vor: In dieser Jahreszeit bedeutete eine Reise nach Rom nichts anderes, als sich der Gnade Gottes vollkommen auszuliefern. Wer genug Geld aufbringen konnte, der nutzte den Seeweg von Arles ausgehend und nahm in Kauf, lieber in einen Sturm zu geraten und zu ersaufen, als über die Felswände zu stürzen. Gewiss hatte der Teufel diese selbst errichtet, um die Schönheit und Weite der göttlichen Schöpfung zu verunstalten.

Dies zumindest hörte man in jenem Lager, das sich am Fuße der Berge nicht weit vom See von Saint-Maurice gebildet hatte: ein Ort, an dem die Pilger – ob sie nun von Norden kamen und die Alpenüberquerung noch vor sich hatten oder aber vom Süden zurück in ihre Heimat kehrten – bereits eine auszehrende Reise hinter sich hatten. Auch Balduin wollte sie hier für zwei Tage neue Kräfte sammeln lassen, ehe sie sich an den gefährlichsten Teil der Reise wagten, die Strecke über den Mons Jovis Richtung Aosta.

Mehrere Hospize, Gasthöfe und Pferdewechselstationen befanden sich hier, doch nicht alle Reisenden konnten sich diese leisten und nahmen im Zeltlager Zuflucht, das an einem regnerisch trüben Tag wie diesem noch grauer schien. Dort, wo keine Zelte standen, war der Boden matschig und unbegrast und kündete von einem viel größeren Ansturm von Reisenden in der wärmeren Jahreszeit. Balduin und Judith fanden mit ihrem Gefolge in einer der Herbergen Unterschlupf. Doch die mürrische Wirtin mit ihren langen Zöpfen, die fast bis zum Boden reichten und dessen Schmutz und Staub mit sich kehrten, konnte ihnen nicht weiterhelfen, als sie nach einem einheimischen Führer fragten, der sie über die Berge begleiten würde.

»Hab ich nicht genug zu tun, euch frisches Fleisch zu braten?«, fragte sie mürrisch

Die Mahlzeit, die sie bei ihrer Ankunft bekommen hatten, war weder frisch gewesen noch, wenn man es genau betrachtete, gebraten – sondern verkohlt.

»Fragt nach einem gewissen Walaric«, schlug sie schließlich vor. »Der kennt vielleicht ein paar waghalsige Burschen, die selbst jetzt im Winter nach drüben zu wandern bereit sind. Aber seht euch vor: Er wird euch allein für die Vermittlung so viel wie nur möglich aus der Tasche leiern.«

Genauso viel wie du für dein ranziges Fleisch, dachte Balduin, aber er sagte nichts.

Als sie später erneut am grauen Zeltlager entlanggingen, stießen sie nicht auf den gesuchten Walaric, sondern nur auf Trostlosigkeit. Die meisten Reisegrüppchen bestanden aus Mönchen. Nur einmal begegneten sie Menschen, die nicht mit grauen Kutten bekleidet waren, sondern mit prächtigen Pelzen. Balduin war verwundert, dass sie trotz ihres sichtbaren Reichtums im Freien hausten, doch kaum trat er zu ihnen, trafen ihn nicht nur üble Gerüche, sondern auch warnende Worte: »Kommt uns nur nicht zu nahe! Der Herr möge Euch davor hüten, mit der gleichen Geißel gestraft zu werden wie wir.«

Die Geißel war eine Krankheit, die diese armen Menschen in Form von schmerzhaften, an manchen Stellen des Körpers aufbrechenden Geschwüren schlug. Entweder, weil sie dort Heilung erhofften oder weil sie noch vor dem Tod ihre Sünden abbüßen wollten, waren die Unglückseligen auf dem Weg nach Rom.

»Wisst ihr, wo wir Walaric finden?«

Sie tauschten sich kurz untereinander aus, in einer Sprache, die Balduin nicht verstand. In der *Gallia* sprach man die *Lingua romana* oder einen ihrer Dialekte, doch hier im Süden begegnete er oft Menschen, die nur die *Lingua theotisca* beherrschten. Schließlich wurde ihm aber mit Gesten geantwortet, die jeder Mensch verstand: Schulterzucken und Kopfschütteln.

Da sie Walaric hier nicht finden konnten, zogen sich Judith und Balduin rasch zurück. Etwas wortreicher fiel die Begegnung mit einem Prediger aus, der hier sein Wort verkündete und nicht darauf achtete, dass niemand ihm lauschte. Balduin dachte zunächst, es wäre dessen Ziel, den Reisenden Mut zu machen, doch stattdessen rief er laut: »Nach Rom ziehen, wie gering der Nutzen! Den König, den du dort suchst, kannst du eher in dir selbst finden.«

»Wahrscheinlich wird er von einem hiesigen Bischof bezahlt, der nicht anerkennen will, dass jener von Rom der Größte unter ihnen ist«, bemerkte Judith trocken.

Balduin warf ihr einen prüfenden Seitenblick zu. Sie stapfte zwar tapfer durch den Schlamm, schien aber noch erschöpfter als in den letzten Tagen. Ihr Gesicht kam ihm eingefallen vor, die Haut, die sich darüber spannte, gelblich, und sie hustete immer öfter und immer trockener.

Erstmals seit Beginn der Reise verließ ihn der Mut. Die Berge hatten sich zwar hinter dem Nebel verkrochen, aber wenn er in die schmutzig grauen Schwaden starrte und der stete Nieselregen sein Gesicht nässte, fragte er sich, wie sie die Alpenüberquerung jemals schaffen sollten.

Seufzend schlug er vor, ins Hospiz zurückzukehren, auch wenn er fürchtete, dass mehr als nur ein angebranntes Stück Fleisch und eine rauchige Stube notwendig waren, um sein Gemüt wieder aufzuhellen.

Doch noch ehe Judith ihm zustimmen konnte, ertönte von einem der regennassen Zelte eine Stimme.

»So, wie ihr ausseht«, bekundete sie, und sie klang an jenem trostlosen Ort unerwartet kräftig und lebendig, »so, wie ihr ausseht, braucht ihr meine Hilfe!«

Judith und Balduin fuhren herum. Ein kleiner, gedrungener Mann kam aus dem Zelt gekrochen und näherte sich ihnen nun mit schleichenden Schritten. Noch ehe Judith oder Balduin ihm auch nur zunicken konnten, traf sie ein Schwall an Worten, der dreist die Zustimmung voraussetzte, sie hörten ihm gerne zu.

»Dies ist ein trostloser Ort, nicht wahr? Und immer trostloser wird's, wenn man auf die Berge starrt. Ich weiß, ich weiß, das ganze Leben hier auf dieser unwirtlichen Welt gilt als gefahrvolle Reise, aber zu Hause, in der heimatlichen Pfalz, ist's doch gemütlicher, diese auszustehen, nicht wahr? Ihr, mein Herr, seht mir ja aus wie einer, der das viele Reiten gewohnt ist, am liebsten mit einer Waffe in der Hand. Aber glaubt mir, wenn Ihr tatsächlich über die Alpen wollt, besonders jetzt, zu dieser Jahreszeit, so werden Euch frühere Kriege läppisch vorkommen. Und Ihr wiederum, meine edle Dame, lasst mich Euch genauer betrachten: Ihr tragt Zobel statt Fuchs! Oho! Das ist edel! Also seid Ihr eine Hochwohlgeborene, von der man eigentlich denken könnte, sie hätte Geld genug für den etwas weniger riskanten Seeweg, der nach Rom führt. Nach Rom wollt Ihr doch, oder? Alle Welt will nach Rom – ich im Übrigen auch. Was der Grund ist, warum ich Euch meine Hilfe anbiete. Man mag sich von meiner Erscheinung anderes erwarten, aber doch lebe ich ganz nach dem irdischen und selbstsüchtigen Gebot, wonach eine Hand die andere wäscht.«

»Wer zum Teufel …«, entfuhr es Balduin, die erste Pause nutzend, die der andere machte.

»Wer ich bin?«, fragte der Fremde und lachte. Es klang tief, und sein ganzer Leib schüttelte sich dabei. Jener war von nicht geringem Umfang, vielleicht, weil der Mann so klein war, dass es nicht viele Stellen gab, an denen die übermäßige Leibesfülle Platz gefunden hätte. Er war einer von denen, die nicht gen Himmel, sondern in die Breite wuchsen, und sein Gang glich darum dem Watscheln einer Ente. Ohne Zweifel war er ein Mönch, aber nicht eben ein solcher, dem ein beschauliches, frommes Leben anzusehen war. Die Tonsur auf seinem Hinterkopf war längst nicht mehr sorgfältig rund geschnitten, sondern ausgefranst, was nicht zuletzt daran lag, dass ihm rundherum die rötlich braunen Haare ausgegangen waren. An anderen Stellen wiederum, nämlich aus der Nase und aus den Ohren, wuchsen diese ihm buschig dicht. Seine graue, zerfledderte Kutte verriet genau, was er in der letzten Woche gegessen hatte: Da waren Spuren vom Hirsebrei, Brösel vom Brot, ein dunkler Fleck vom Met – seine rote Gesichtsfarbe ließ erahnen, dass er sich nicht allzu wenig davon einverleibt hatte –, und schließlich gab es ein paar fette Spritzer, die immerhin vom Genuss von Fleisch kündeten.

»Ich bin Bruder Wunibald«, erklärte er schließlich, indessen Judith und Balduin – noch immer überrumpelt von seiner jähen

Erscheinung – ihn verdutzt anstarrten. »Aus dem Orden der Benediktiner in Luzern, wo ich den Prior fast in den Wahnsinn getrieben habe. Das Klosterleben ist mir nicht bekommen. Um drei Uhr aufstehen im Winter, um zwei Uhr im Sommer, lieber Himmel! Glaubt mir, ich brauche meinen Schlaf, und wenn auch alle Welt sagt, dass Trägheit eine Sünde ist, so halte ich dagegen, dass man im Schlaf zumindest keine andere Sünde verüben kann. Die der Maßlosigkeit zum Beispiel. Ich muss gestehen, dass ich nicht selten vor das Kapitel trat, um kleinlaut zuzugeben, dass ich mich ebendieser schuldig gemacht hatte. Das Gemeine an der Buße ist ja, dass sie meist jene Gier zu beschneiden versucht, die die Sünde erst angerichtet hat. Leckst du heimlich am Honigtöpfchen, ist gleich mal einen Monat strenges Fasten bei Wasser und Brot angesagt. Und ich rede hier nicht vom feinen Weizenbrot, sondern von solch steinharten Laibern, dass sie unten so hart rauskommen wie man sie sich oben verzweifelt reinschiebt. Verzeiht, edle Dame, solche Worte, ich weiß, dass sie nicht für Eure Ohren bestimmt sind, aber …«

»Kannst du uns endlich erklären, was du von uns willst, Bruder Wunibald!«, fiel Balduin ihm schroff ins Wort. Judith hingegen brach in ein Lachen aus – ein ungewohnter, glucksender Ton, der sich aus ihrer Kehle schälte, alsbald freilich in ein Husten überging.

»Was hast du?«, fragte Balduin erschrocken.

Judith winkte ab. »Es geht schon!«, meinte sie heiser und mit gerötetem Gesicht, ehe sie sich wieder dem rundlichen Mönch zuwandte.

»Auf mich musst du bei der Wahl deiner Worte keine Rücksicht nehmen, Bruder Wunibald«, meinte sie leichtfertig. »Nichts Menschliches ist mir fremd. Ich darf davon ausgehen, dass du dein Kloster verlassen hast, ohne es dem Abt zu sagen?«

Der Mönch nickte kleinlaut. »Es war zu seinem Besten, das schwöre ich Euch. Eines Tages sagte er zu mir: ›Weißt du, Bruder Wunibald, wie ich mir die Hölle denke? Dass einer wie du neben mir hockt und mir keinen Augenblick Andacht und Stille gewährt, weil er sich ständig beschwert, dass er zu müde sei, zu hungrig und zu durstig, um auch nur eine Sache ordentlich zum Ende zu bringen. Ganz zu schweigen davon, dass dir immer irgendetwas weh tut, sodass man meint, du hättest die dreifache Menge der üblichen Glieder eines Menschen, die dich quälen könnten.‹« Wieder nickte er kleinlaut, doch diesmal schloss sich ein selbstbewusstes Lächeln an. »Eins tut mir freilich nicht mehr weh, seit ich aus dem Kloster geflohen bin, nämlich mein Daumen! Ha, war mir das Schreiben lästig! Und wie kalt es immer im *Scriptorium* war! Und ich weiß ja auch, wenn man auf einer Seite einen Fehler macht, so sollte man sie neu beginnen. Aber dann dachte ich mir, solange es nur ein Fehler ist, solange nur ein Wort fehlt, ist doch der Sinn des Ganzen nicht geändert, oder? Nun, ich war viel lieber im Garten als in der Schreibstube, wobei es im Garten auch tausend Versuchungen gibt für einen wie mich. Diese roten Äpfel, die an den Bäumen wachsen! Ihr wisst doch, dass wir Mönche keine Äpfel berühren dürfen, weil das an die Erbsünde im Paradies erinnert? Es sind die Laien und Konvertiten, die sie ernten!«

Balduin verdrehte ungeduldig die Augen. »Sag, kannst du, auf freundliches Bitten hin, das, was du in zehn Sätzen sagst, auch in einem zusammenfassen?«

Wunibald zuckte nachdenklich mit den Schultern und wackelte dabei mit dem runden Kopf hin und her, als müsste er darüber nachsinnen. »Ich sagte doch schon: Mein Prior stellt sich die Hölle so vor, dass ich neben ihm hocke und …«

»Wie willst du uns helfen?«, fiel Balduin ihm wieder ungeduldig ins Wort. Diesmal vermied Judith zu lachen, aber ein Grinsen konnte sie sich nicht verkneifen.

»Mir scheint«, warf sie ein, »dass unser flüchtiger Mönch nicht plant, in sein Kloster zurückzukehren. Hat er freilich kein Empfehlungsschreiben seines Abtes oder seines Bischofs bei sich, um es auf Fragen hin vorzuweisen, so wird man ihn nicht lang in Freiheit leben lassen.«

Wunibald strahlte Judith an. »Ich weiß zwar nicht, woher Ihr stammt, edle Dame, aber ich muss schon sagen: Ihr seid ganz nach meinem Geschmack. Eine schnelle Auffassungsgabe ist übrigens auch das, worin ich gut bin. Es gibt nicht viele andere Dinge, von denen ich das behaupten kann. Ich weiß, ein Mönch wie ich sollte das Credo und Paternoster kennen, die Psalmen in Verse zu modulieren und die Bibel zu lesen wissen. Und wenn es hart auf hart kommt, kann ich das auch alles. Nur wirklich Spaß macht es mir nicht zu predigen. Deswegen finde ich es außerordentlich gemein, dass ausgerechnet ich – ein vogelfreier, heimatloser Mönch – mich ständig dem Verdacht ausgeliefert sehe, Irrlehren zu verbreiten, wie es einst Bruder Gottschalk tat. Ja, es kommt nicht selten vor, dass Männer wie unsereins im Auftrag des Königs verhaftet und in den Kerker geworfen werden. Wenn sie ganz viel Glück haben, dann liefert man sie dem heimatlichen Kloster aus – aber denkt Euch nur, was das für eine Strafe für meinen armen Prior wäre!«

Balduin schnaubte ungeduldig.

»Das wollen wir ihm doch nicht antun, oder?«, entgegnete Judith indes. »Warum aber willst du ausgerechnet nach Rom?«

Wunibald seufzte sehnsüchtig und schmatzte hernach, als hätte er noch Reste jenes Bratens im Mund, dessen Saft seine Kutte beschmutzt hatte. »In meiner Jugend – sie ist länger her, als Ihr glaubt –, da durfte ich eine Pilgerreise mitmachen. Und glaubt mir: Jenseits der Alpen ist das Leben nicht unbedingt besser, jedoch wärmer. Und die Müdigkeit und der Hunger, die sind bei Kälte schlichtweg schwerer zu ertragen als bei Hitze. So habe ich mir gedacht, dass mir ein Leben dort besser anstünde. Ich will ja meine Gelübde nicht für alle Zeit brechen, und in irgendeinem Kloster Unterschlupf zu finden, das würde mir schon gefallen. Nur soll die Sonne eben öfter auf meine Glatze scheinen. Darum dachte ich, wenn ich ein herrschaftliches Paar wie euch begleitete, als Geistlicher, der über deren Seelenheil wacht, was die beiden wiederum sämtlichen Leuten, die danach fragen könnten, bestätigten – dann könnte ich umgekehrt diesem herrschaftlichen Paar meine Erfahrungen anbieten, die ich bei der letzten Alpenüberquerung machen durfte. Wie gesagt: Eine Hand wäscht die andere – und so zögen wir doch beide einen Vorteil daraus.«

Abwartend starrte er erst Judith an, dann Balduin. Jener knurrte Unverständliches.

»Ach bitte, mein Herr!«, flehte Wunibald. »Ich habe Eure Liebste bereits für mich eingenommen. So sollte ich denn auch Euer Herz gewinnen können!«

Er hob die Hände – seine Finger waren kurz und weibisch – und ließ sie mehrere Male aneinanderklatschen.

»Wenn du uns tatsächlich begleiten willst«, gab Balduin schließlich nach, »so bist du willkommen. Doch du solltest etwas über uns wissen, und ich bin mir nicht sicher, ob selbst ein unredlicher, fauler Mönch darüber nicht in echtes Entsetzen verfällt!«

Judiths Husten wurde nicht besser. In der nächsten Nacht, die sie in der Herberge verbrachten, wurde sie beständig davon wach gehalten. Kaum dass sie auch nur einnickte, schreckte sie wieder hoch, rang nach Atem und klopfte sich auf die Brust, wo offenbar arge Schmerzen wüteten.

»Ist es schlimmer?«, fragte Balduin besorgt, der mit ihr kein Auge zutun konnte.

»Nein«, murmelte sie, »es wird bald wieder gut.«

Sie wussten beide, dass sie log. Am nächsten Morgen war ihr Gesicht gerötet – diesmal vor Fieber und nicht, weil sie über Bruder Wunibald lachte.

Jenem hatte Balduin am Tag zuvor anvertraut, wer sie waren, dass sie sich auf der Flucht vor König Karl befanden und obendrein von den westfränkischen Bischöfen exkommuniziert worden waren. Der Mönch lauschte betroffen, aber nicht ohne Faszination. Als Balduin endigte, hatte es ihm zu aller Erstaunen sogar die Sprache verschlagen – ein Umstand, der freilich nicht lange anhielt. Schon kurze Zeit später erklärte er beherzt, dass dies nichts an seinen Plänen ändere und dass ein schön anzuschauendes Paar wie sie gewiss nicht Gottes Missfallen auf sich ziehen würde, im Gegenteil. »Denn glaubt mir, wenn Gott tatsächlich den Menschen zu seinem Ebenbild geschaffen hat, dann sind wir allesamt sein Spiegel, was wiederum bedeutet, dass ihm die schönen sicher lieber sind als die hässlichen. Eitelkeit ist zwar eine Sünde, aber wenn Gott die Welt tatsächlich *ex nihilo*, aus dem Nichts, erschaffen hat, dann ist auch diese Eitelkeit seine Idee gewesen, und er ist vielleicht nicht bar davon.«

An diesem Morgen verlor er kein Wort mehr über Judiths und Balduins Herkunft. Als Judith sich ankleidete und Balduin sie besorgt umwachte, ihr mehrmals riet, sie solle liegen bleiben, das Fieber und den Husten auskurieren, hörten sie ihn schon draußen auf Madalgis und Joveta einreden. Beide schwiegen sie – die eine, weil sie es ohnehin meistens tat, die andere, weil sie schlichtweg keine Möglichkeit fand, ihn zu unterbrechen.

»Es ist nicht leicht zu überleben, wenn man sein Kloster verlassen hat«, erzählte er offenherzig. »Da knurrt einem öfter der Magen, als einem lieb ist. Also muss man erfinderisch sein. An einem Ort habe ich mir einfach einige Haare vom Haupt gerissen und ein paar Fingernägel abgeschnitten und behauptet, sie stammten vom heiligen Jonathan! Da habe ich mehr als nur eine warme Mahlzeit dafür bekommen!«

Er schmatzte genießerisch mit den Lippen. Balduin hatte noch nie von einem heiligen Jonathan gehört.

»Aber noch einträglicher ist es, wenn man für irgendeinen Reichen die Buße übernimmt. Ganze sechsundzwanzig Schilling habe ich verdient, als ich das Fasten eines Mannes übernahm, der sein Weib betrogen hatte: Zwölf Mal drei Tage sind dafür angesetzt.«

»Ihr habt freiwillig aufs Essen verzichtet?«, fragte Johanna erstaunt.

»Ach wo! Natürlich habe ich gegessen, wenngleich heimlich! Es war doch nicht mein Ehebruch, oder?«

»Aber der arme Sünder …«

»Der arme Sünder dachte, seine Schuld wäre getilgt, und ich glaube nicht, dass man ihm im Himmelreich einen Vorwurf daraus machen wird.«

»Aber Euch könnte man doch …«

»Mir kann man vieles vorwerfen, aber eben keinen Ehebruch – und somit sind wir doch allesamt fein raus, oder nicht?«

Balduin hatte fürs Erste genug gehört, und Judith war mittlerweile mit dem Ankleiden fertig. Als sie hinaustraten, fuhr der Mönch herum und wechselte augenblicklich das Thema.

»Ich habe schon Träger organisiert!«, rief er eindringlich. »*Marruci* heißen diese. Viele Einheimische stellen sich dafür zur Verfügung, aber man muss schon die rechte Wahl treffen, schließlich sollen sie nicht nur stark genug sein, um das Gepäck zu tragen, sondern den rechten Weg kennen und darin Übung haben, Räuber in die Flucht zu schlagen. Es gibt derer viele, die an den Pässen nur darauf warten loszuschlagen, darunter auch einige Sarazenen von einem Stützpunkt im Süden der Alpen, wenngleich ich nicht glaube, dass ausgerechnet in dieser Jahreszeit …«

»Wie lange wird die Reise dauern?«, fiel Balduin ihm ins Wort.

»Im Sommer geht es schon in sechs Tagen. Jetzt vielleicht … in zehn?«

Balduin warf einen zweifelnden Blick auf Judith. In der kalten Luft hatte sie wieder zu husten begonnen, und nun krümmte sie sich. »Vielleicht …«, setzte er an.

Sie schluckte schwer, richtete sich aber entschlossen wieder auf. »Wenn die Reise so beschwerlich ist, wie alle sagen, sollten wir nun, da es nicht schneit, nicht länger zögern aufzubrechen.«

Balduin schickte einige der Knechte, die Judith seit Trier begleitet hatten, wieder zurück an den Hof des Königs. Nur drei blieben bei ihnen, und anstelle der anderen schloss sich eine Handvoll wortkarger Männer, offenbar Pilger, ihrem Zug an, die bis dahin gezaudert hatten, die Alpenüberquerung zu wagen, sich nun aber von dem Aufbruch der anderen mitreißen ließen. Judith verweigerte trotz Wunibalds Angebot strikt die Sänfte, auf der manche der Edlen über die Alpen getragen wurden. Sie wollte selbst reiten. Gleiches entschieden Madalgis, Joveta und Johanna, und

Balduin kaufte schließlich noch einen Gaul für den Mönch – zum Dank, dass er die *Marruci* für sie organisiert hatte.

Balduin wusste zunächst nicht, was er von Wunibalds Wahl zu halten hatte. Schwer ließ sich das Alter der *Marruci* erahnen, und noch weniger, wie viel Erfahrung sie mit der herausfordernden Reise hatten. Sie stammten aus nahen Bergdörfern und waren wohl arme Hirten – zumindest trugen sie deren braune Tracht, desgleichen Pelzmützen, Pelzhandschuhe und Schuhe mit eisernen Nägeln, um Halt zu gewinnen. Sie hatten lange Stangen bei sich, um später im Tiefschnee nach dem Weg zu stochern. Unmöglich war es, ihnen Worte zu entlocken: Fragte man sie, wie groß die Gefahr sei, wie lange die Überquerung dauern werde, mit wie viel Schneefall zu rechnen sei, so verzogen sie nur mürrisch die Lippen, zuckten die Schultern und spuckten verächtlich zu Boden, als müsse ein ausgemachter Dummkopf sein, wer so etwas wissen wollte. Als Balduin sie weiter bedrängte, wissen wollte, ob sie ihnen insgeheim von der Reise abrieten, spuckten sie wieder, aber einer setzte immerhin einen knurrenden Satz hinzu: »Kann auch im Frühling oder Sommer schiefgehen.«

Wenigstens schienen sie ausgesprochen kräftig. Anders als der Rest der Gruppe hatten sie keine Pferde, sondern gingen zu Fuß. Einen Teil des Gepäcks – sie mussten ausreichend zu trinken, zu essen, warme Kleidung und Matten, Zelte und Werkzeuge mitschleppen – schulterten sie anstandslos, den anderen trugen Maultiere, die sie hinter sich herzogen.

Selbst als sie die Ebene verließen und es immer weiter hinaufging, sah Balduin sie weder schwitzen noch klagen. Mochten ihre Beine kurz sein, die Schultern waren breit genug, die Last zu stemmen, und die Hände so schwielig, dass sie offenbar nicht fühlten, wenn Hanfstricke schmerzend hineinschnitten. Und sie schienen mühelos den Weg zu finden, auch wenn es so gut wie gar keine Wegweiser gab – nur hin und wieder vier Steine, die zu einer kleinen Pyramide aufgetürmt worden waren und die eine barmherzige Seele hinterlassen hatte, um nachfolgende Reisende vor einem besonders unwegsamen Stück zu warnen. Mit der Zeit befand Balduin, dass es auch sein Gutes hatte, dass die *Marruci* nicht redeten – es reichte, wenn der Rest der Gruppe nicht aufhörte, jammervolle Klagen anzustimmen, vor allem abends, wenn sie jene Rasthäuser erreichten, die schon in römischer Zeit im Abstand von Tagesreisen angelegt worden waren. Nun gut, Judith klagte nicht, ebenso wenig Johanna oder Madalgis, aber Joveta konnte sich nicht verkneifen, stets aufs Neue das Erbarmen Gottes anzurufen, und Wunibald stand ihr um nichts nach. Die offenbar richtige Wahl der *Marruci* rechnete ihm Balduin hoch an, sein weibisches Gejammer jedoch stimmte ihn mürrisch. Freilich – und dies war der Grund, dass er seinen Ärger stets aufs Neue bändigte – war er gerne bereit, das zu ertragen, wenn ihnen ansonsten nichts Schlimmeres zustieß, und tatsächlich gab es nicht viel, worüber sich klagen ließ.

Nicht nur, dass Judiths Husten sich zu bessern schien. Zudem kamen sie in den ersten drei Tagen gut voran, auch dann noch, als der Weg fortwährend nach oben führte und die Landschaft immer karger und schroffer wurde.

Der Himmel schien ihnen gnädig gestimmt, zeigte zwar keine Farbe, aber klarte immer mehr auf. Die Berge, die nun sichtbar wurden, waren von nassem Grau, doch die Feindseligkeit, die sie ausstrahlten, schien uralt und nicht den kleinen Menschenkindern zu gelten, die über Geröll und zwischen Abhängen dahinstolperten. Vielmehr entlud sie sich gegen den Himmel, manchmal in Form von runden, drohend geballten Fäusten, manchmal so spitz, als richteten sich steinerne Lanzen gegen den Allmächtigen. In der Dämmerung verschwand das nasse Grau im Nebel, und dann war es nur das merkwürdig dumpfe Hallen der Worte, das von den scharfen Grenzen rund um ihren Weg zeugte. Wenn am nächsten Morgen jener Nebel aufriss und weiße Schneespuren auf dem Grau in der selten zu sehenden Sonne glitzerten, dann war auch etwas von einer wehen Schönheit zu spüren, von der Ahnung, dass jenes unheimliche, bedrohliche Meer aus Steinen nicht nur von Tod und Einsamkeit kündete, sondern vom Willen Gottes, dem Menschen einen Weg hinaus aus den Niederungen des Weltenlebens zu zeigen, ihn, wenngleich auf steilen und hart zu erklimmenden Wegen, näher an sich heranzuführen. Einzig die dünne Luft bewies, dass des Himmels Umarmung nicht geschmeidig ausfiel, sondern dem Leib die Schwerfälligkeit und Erdverbundenheit nicht ohne Häme vorhielt.

Nach einiger Zeit erinnerte Balduin das eigene Schnaufen an einen uralten Menschen, der sein Leben hinter sich weiß; er fühlte keine Angst mehr vor möglichen Hindernissen, die ihm der unberechenbare Weg auferlegen könnte, nur mehr die vor der eigenen Erschöpfung. Gab es einen anderen Schauplatz außer dem Krieg, der dem Menschen die eigene Kleinheit und Endlichkeit so deutlich vor Augen halten konnte wie die Bergwelt?

Nun, wenn es nicht schlimmer wurde, dann mochte er gern damit leben, doch diese Hoffnung währte nur bis zum vierten Tag. Schon am Abend, als sie Zelte aufspannten – diesmal hatten sie keines der Hospize erreicht –, schien der Wind schärfer und lauter zu werden. Manch Haarsträhne zerrte er unter dem Schleier der Frauen hervor und klatschte sie ihnen ins Gesicht wie Peitschenschläge.

Wunibald hatte keine Haare, die ihn schmerzhaft treffen konnten – aber trotzdem klagte er wie stets am lautesten. Mit nahezu beleidigtem Gesichtsaudruck rieb er sich die Hände und hauchte warmen Atem darauf.

»Zu welchem Nutzen hat Gott diese Jahreszeit erschaffen?«, schimpfte er vor sich hin. »Ganz zu schweigen davon, wer ihm die Idee für Berge eingab! Warum hat er die Welt nicht flach gemacht? Jeder weiß doch: Von den Bergen kommen nur Gewitter, Steinschläge und böse Tiere.«

»Die meisten deiner Zunft würden zu bedenken geben, dass die Welt ein Jammertal ist und wir uns nicht mit ihr anfreunden sollten«, warf Judith ein und ließ es ungewiss, ob sie ernsthaft auf seine Worte einging oder sich über ihn lustig machte.

»Nun, das ist ihm gut gelungen!«, schimpfte Wunibald. »Ich

bete zum heiligen Christophorus, dem Patron der Reisenden, dass er uns beistehen möge. Wehe er wagt, es zu unterlassen!«

»Du drohst einem Heiligen?«, fragte Judith verwundert.

»Ja, weißt du denn nicht, Königin, dass man einen Heiligen dafür bestrafen kann, falls er die erwartete Wunderkraft nicht unter Beweis stellt? Man kann ihm die liturgische Verehrung verwehren – und sein Grab mit Dornen bedecken.«

»Und weißt du auch, wo sich das Grab des heiligen Christophorus befindet?«, fragte Judith.

Wunibald schüttelte den Kopf – und ausgerechnet Johanna tat es ihm gleich, jedoch als Zeichen der Missbilligung. Für gewöhnlich sprach sie nicht, wenn sie Judith in der Nähe wusste, was hieß, dass sie in diesen Tagen so gut wie keine Worte machte. Doch nun konnte sie sich nicht verkneifen, den Mönch zu rügen: »Solltet Ihr nicht lieber den Tag dem Stundengebet unterwerfen? Es wäre besser, Gottes Gnade auf diese Reisegruppe herabzurufen, als ihn herauszufordern.«

Wunibald verzog sein Gesicht zu einer Grimasse. »Als ob Ihr etwas dagegen hättet, wenn wir Rom nie erreichten«, murmelte er leise.

»Was sagtet Ihr?«, fuhr Johanna ihn an.

»Ich sagte, dass eine Frau in Eurem Alter und mit Eurer Weisheit gewiss nur gute Ratschläge erteilt.«

Judith konnte sich ein Grinsen nicht verkneifen, aber ihre Lippen glätteten sich rasch wieder, als sie sich erstmals an Johanna wandte.

»Ich habe einen Pelzmantel … Ihr könnt ihn gerne haben … Johanna.«

Lange schien es, als würde sie wie üblich nicht antworten, doch dann gab Johanna ihre Ignoranz zumindest so weit auf, um ein undeutliches »Ich friere nicht!« zu knurren.

Balduin sah, wie Judith vermeintlich gleichgültig die Schultern zuckte, dann blickte er Johanna nach. Aufrecht stapfte sie davon. Noch lag kein tiefer Schnee um das Lager, aber eine dünne weiße, rutschige Schicht. Unwillkürlich fröstelte er – und es lag nicht an den harten Worten seiner einstigen Amme, sondern an dem Wind, dessen kaltes Keuchen sie immer durchdringender traf.

Später an jenem Abend begann es zu schneien.

Am nächsten Morgen nahm der Sturm zu und erzeugte in der Ferne ein bedrohliches Rumoren – entweder von Schneemassen, die in die Täler stürzten, oder weil seine stöhnenden Laute an den Felswänden widerhallten. Die in Schnee versunkene Landschaft hatte sich anfangs unberührt gezeigt, doch nun trug der Wind die oberste Schicht der weißen Wiesen mit sich wie andernorts den Sand; er schien sie ihnen nahezu ins Gesicht zu schlagen, spitz und schmerzhaft.

Noch war diese Schneeschicht dünn, doch bald kam neues Weiß hinzu: zuerst in Form von kleinen, halbgefrorenen Regentropfen, die beißend ins Gesicht stachen, am Boden aber sofort schmolzen und den Weg nur noch rutschiger machten, schließlich in immer dichteren, weichen Flocken.

Die Welt versank derart im Weiß, dass Balduin bald nicht mehr wusste, wo oben und unten war: Blickte er auf die Hufe seines Pferdes, dann schien der Boden sie zu verschlucken wie gefährliche Sümpfe. Blickte er jedoch hoch, so bot sich ihnen kein schützendes Himmelszelt, sondern er sah nur Schneewände, die sich von allen Seiten aufbauten wie ein Grab.

Balduin kämpfte und fluchte, suchte die Augen mit der Hand abzuschirmen und blickte zurück, um sich zu vergewissern, dass die Reisegruppe noch vollständig war. Sein Blick freilich reichte kaum weiter als bis zum Hinterteil seines Pferdes.

»Judith?«, rief er gegen den Wind an, doch seine Stimme wurde entweder verweht oder erstickt. Der Schnee gerann auf seiner Haut, bahnte sich seinen Weg über den Nacken und ließ sich von den Rändern der Kleidung nicht abhalten, sondern sickerte hindurch. Trotz der kalten Tropfen, die über seinen Rücken liefen, fror er jedoch nicht. Die Anstrengung, sein Pferd zu lenken und etwas zu erkennen – sei es die Gruppe, die ihn begleitete, oder der Weg vor ihm –, machte ihn atemlos, und schon nach kurzer

Zeit war er so erschöpft und müde, als hätte er sich durch viele Schlachtreihen gekämpft.

Seine Augen schmerzten so sehr, dass er sie schloss. Nunmehr blind war er sich nicht mehr sicher, ob sein Pferd überhaupt noch weitertrabte oder seine Hufe in den schweren Massen steckenblieben. Er konnte nicht mehr sagen, ob sie bereits Stunden unterwegs waren oder nur einige Augenblicke. Die Gesetze der Zeit schienen ebenso außer Kraft gesetzt wie die des Raums.

Wenn wir nicht weiterkommen, werden wir erfrieren, dachte er – doch sein Kopf war zu leer, um von dem Gedanken sonderlich aufgewühlt zu werden.

In dieser Gemütslage deuchte ihn der Schnee nicht länger feindselig, sondern freundlich. Nicht kalt, nicht eisig, sondern schlichtweg lautlos bereitete er ein weiches Bett. Immer mehr Wolken erhoben sich wie graue Krieger, doch ihre Waffen klirrten nicht, ihre Todesschreie waren samtig und ihr Angriff eine blutlose Umarmung.

Noch wollte er sich nicht besiegt geben, aber als er darum kämpfte, seine Lider wieder zu öffnen – die Wimpern waren aneinandergefroren –, dachte er daran, wie er das erste Mal auf die Normannen getroffen war, erlebt hatte, wie leise der Krieg war und wie wenig gesprächig der Tod. So kam es ihm auch jetzt vor.

Als Balduin sich erneut umdrehen wollte, klatschte eine Schneeböe in sein Gesicht. Er hob den Kopf, um das Eis abzuschütteln, und wähnte den Himmel dort droben ein klein wenig heller – ein Zeichen, dass sich das Wetter besserte? Oder das silbrig glitzernde Antlitz der Wintergöttin?

Er wusste, dass die Heiden den Gott des Krieges für eine Frau hielten. Ähnlich schön und ähnlich vernichtend musste wohl auch die Herrin des Winters sein, deren weiße, glatte Haare sich über die Rücken der Berge ergossen. Ohne jegliches Stöhnen und Schmatzen geriet ihr atemloser Kuss. Sie suchte nicht nur seine Lippen, um die Wärme aus dem Leib zu saugen, sondern streichelte jene sacht aus sämtlichen Gliedern. Sie drohten zu erschlaffen, abzusterben, kaum fühlte er noch Blut in seinen Fußspitzen und Fingern.

Er ergab sich der tröstlichen Müdigkeit nicht ohne Widerstand.

»Judith!«, rief er wieder, »Judith!«

Nicht sie antwortete ihm, sondern einer der Träger, der vor ihm schritt. Bislang hatte der kaum den Mund aufgemacht, und Balduin verstand ihn ob seines schweren Dialekts so gut wie gar nicht. Doch es war tröstlich zu sehen, dass jener sich immer noch kraftvoll durch die Schneemassen wühlte, gleichwohl seine Schuhe durchgeweicht sein mussten. Soweit Balduin verstand, gab es ganz in der Nähe eine Klause, in die sie einkehren konnten.

Balduin drehte den Kopf wieder nach oben, wo ihn das Schneegestöber augenblicklich erblinden ließ, erleichtert, dass ein Ende der Mühsal in Sicht war. Dann konnte er sich immer noch Judiths Wohlergehens vergewissern, dann …

Ein Laut ließ ihn aufschrecken, der in jener tonlosen, im Weiß erstickenden Welt ebenso unerwartet wie bedrohlich war. Er wusste nicht, ob der eine schrille Ton tatsächlich ein Schrei war, denn er wurde vom Wind fast gänzlich verschluckt. Umso deutlicher aber erklang das verzweifelte Wiehern eines Pferdes, dessen Hufe aus Weidengeflecht wohl keinen festen Halt mehr zu finden schienen und das in die Tiefe zu rutschen drohte.

Diesmal machte Balduin sich nicht die Mühe, sein Pferd zu wenden. Er sprang von dessen Rücken, indes dem Tier das verzweifelte Gewieher seines Artgenossen nicht entgangen war und es unruhig schnaubend in den Schnee trat. Balduin hatte keine Zeit, es zu beruhigen. Bis zu den Knien steckte er im kalten Weiß, das nicht nur augenblicklich durch sämtliche Ritzen seiner Kleidung drang, sondern so schwer war, dass er bereits den ersten Schritt mit einem lauten Ächzen tat. Mit jedem weiteren versank er noch tiefer. So wie er bereits zuvor jegliches Zeitgefühl verloren hatte, wusste er auch jetzt nicht zu sagen, wie lange er sich durch die Schneemassen kämpfte. Der Wind hatte sich gedreht.

Hatte es davor in sein Gesicht gestaubt, als er gen Süden ritt, geschah ihm nun das Gleiche, als er sich auf den Weg zurück machte. Ungehalten fluchte er ob dieser Verschwörung sämtlicher Himmelsmächte wider ihn … und er hörte einen ähnlichen Laut aus dem Mund des Trägers kommen, der sich wie er nach hinten kämpfte.

»Judith!«, schrie er wieder.

Noch sah er nicht, wessen Pferd da voll Panik wieherte, doch er wähnte sie in Not, umso mehr, als er an Bruder Wunibald vorbeikam, der ausnahmsweise nur lautlos klagte und betete, an Joveta, die sich verzweifelt flennend an dem eigenen Tier festklammerte, obgleich es ruhig stand, und schließlich an Johanna, die so starr und aufrecht saß, als wäre die Schneekönigin in ihre Gestalt geschlüpft und hätte sie von innen her erfrieren lassen.

Ein wenig lichtete sich nun der Vorhang aus dicken Flocken. Kleiner schien zu werden, was der Allmächtige aus den Wolken schüttelte.

»Judith!«

Endlich sah er, wie sie verzweifelt versuchte, ihres Pferdes Herr zu werden. Nachdem es anscheinend ausgerutscht und über den unebenen Weg geschlittert war, war es nun in eine derartige Unruhe verfallen, dass es mit den Vorderbeinen in die Luft stieg und seine Lage noch unsicherer machte. Es rutschte und trippelte gleichzeitig, drehte sich halb im Kreis und entfernte sich immer weiter von dem eigentlichen Weg. Die weiße Fläche war dort nicht von ihren Schritten zerwühlt, sondern unberührt glatt – kein gutes Zeichen, mochten sich darunter doch spitze Felsen oder Abgründe verbergen.

Der Träger hatte Judith zuerst erreicht. Ohnmächtig kämpfte Balduin gegen das Gewicht an, das seine Füße am Boden festzubinden schien, und sah zu, wie der Mann versuchte, nach den Zügeln des Tieres zu greifen. Er war zu klein dafür, erreichte sie nicht, stimmte das Pferd aber umso panischer. Wieder stieg es mit den Vorderbeinen hoch, so abrupt, dass der kleine, stämmige Mann schwankte, zu Boden fiel und sich gerade noch – um die eigene Achse drehend – fortwälzen konnte, ehe ihn die Hufe trafen. Als er sich wieder erhob, war er so weiß, dass er sich kaum von der Umgebung abzeichnete. Er schüttelte sich, doch in diesem Augenblick hatte Balduin das Pferd erreicht. Er versuchte gar nicht, es zu bändigen oder beschwörend auf das Tier einzureden, so wie er es bei seinem eigenen getan hätte. Immer noch halbblind vom Schnee fasste er nach Judiths Arm, riss einfach daran, ungeachtet, ob er ihn ihr dabei verrenkte, ja nicht einmal gewiss, ob er stattdessen vielleicht ihren Fuß erwischt hatte. Er hörte sie aufschreien, doch sie setzte keinen Widerstand entgegen, sondern ließ sich auf ihn fallen. Für gewöhnlich hätte er ohne Mühen ihrem Gewicht standgehalten, doch jetzt war er zu erschöpft und ließ sich einfach in das weiche Schneebett sinken. Sie kam direkt auf ihm zu liegen, und während sich der weiche Schnee kurz einfach nur wohlig anfühlte und er nicht länger kämpfen wollte, war er doch geistesgegenwärtig genug, dem Vorbild des Trägers zu folgen und sich gemeinsam mit Judith rasch zur Seite rollen zu lassen, erwartend, dass das Pferd nicht nach ihnen treten würde.

Sämtliche Wimpern schienen nun von den Schneeflocken verklebt. Nie hatte er sich so kalt und nass gefühlt wie in dem Augenblick, da er sich mühsam erhob – und Judith erging es ähnlich. Er konnte ihr Schlottern fühlen, das ihm durch und durch ging, hörte, wie sie mühsam nach Atem rang, wieder hustete.

»Geht es dir gut?«

Nicht er stellte diese Frage, sondern Bruder Wunibald. Der Mönch hatte sich als Erster zu ihnen durchgekämpft, obgleich Balduin von jenem am wenigsten erwartet hatte, dass er sich um mehr scheren würde als um das eigene Wohl. Doch er schien ehrlich besorgt, und Balduin rechnete es ihm hoch an.

»Es ist alles in Ordnung«, stammelte Judith zähneklappernd, »es ist …«

Ein angstvolles Wiehern durchschnitt ihre Worte. Das Pferd hatte endgültig seinen Halt verloren, war zu Boden gefallen, lag da mit verdrehten Augen und Speichel vor dem Mund. Erst jetzt gewahrte Balduin, dass der Himmel sich endlich als gnädig erwies und den Schneefall hatte versiegen lassen.

Für das Tier kam es zu spät. Der Träger, der sich den Schnee abgeschüttelt hatte, beugte sich darüber.

»Fuß gebrochen«, stellte er fest, und ehe er Balduin oder den anderen Zeit gab, dieses Urteil zu überprüfen, schnellte seine Hand bereits zu einem seiner vielen Bündel, zog ein Messer hervor und durchschnitt die große Ader am Hals des Tieres. Es röchelte, doch irgendwie ruhiger als zuvor. Das Blut spritzte wie eine rote Fontäne hoch, eine Farbe, die Balduin fast zu grell erschien in diesem steten Weiß.

Er erinnerte sich an ein ähnliches Bild, damals an jenem Wintertag, da Ludwig den Normannen erschlagen hatte, der auf ihn losgegangen war und der schließlich ebenfalls auf dem kalten Bett des Schnees sein Grab fand.

Zähneklappernd barg Judith ihren Blick an seiner Brust. Er erwiderte die Umarmung, doch selten hatte er sich so leer, so hoffnungslos gefühlt.

Lass es kein böses Omen sein, dachte er, lass es kein böses Omen sein.

XXVI. Kapitel

Sie fanden wie erhofft Unterschlupf in einer Klause. Die ganze Nacht über hielt Judith Balduin mit ihrem Husten wach. Sie kämpfte darum, ihn sich zu verbeißen. Doch kaum schien ihr Atem einen ruhigeren Takt gefunden zu haben, überwältigte sie erneut der Drang, sich zu räuspern, und daraus erwuchs rasch ein gurgelnder, gequälter Laut. In den letzten Wochen war ihr Husten trocken gewesen, nun sah Balduin, wie sie Schleim spuckte. Als es in den Morgenstunden endlich dämmerte, wurde ihr Husten schwächer, aber seine Erleichterung darob hielt nicht lange an: Ihr Gesicht glühte rot vom Fieber, das den geschwächten Körper den ganzen Tag über gefangen hielt.

Schon am Tag zuvor, als sich Gott ihnen inmitten des Schneesturms gnädig gezeigt und ihnen den Weg zur Klause gewiesen hatte, hatte er beschlossen, dass ihre Reise vorläufig eine Unterbrechung finden und sie dort ein paar Tage verbringen sollten, bis der Himmel sich wieder aufhellte. Nun war es vor allem Judiths Krankheit, die die Weiterreise unmöglich machte.

Unruhig schritt er auf und ab. Der Raum, in dem sie sich befanden, glich einer Höhle, denn das rundliche Gebäude war direkt in eine Felswand hineingebaut und der hintere Teil nicht von Stroh und Holz überdacht, sondern von dem grauen Gemäuer. Obwohl mit Teppichen und Wandbehängen ausgelegt, vermittelte der Raum wenig Geborgenheit, schien eher der Unterschlupf für waidwunde Tiere zu sein, die sich inmitten einer unwirtlichen Welt verkrochen, als für Menschen. Karg war auch das Licht, das unruhig tanzende Schatten auf die Wände warf. Es kam von der Feuerstelle im Vorraum, durch dessen löchrige Wände der Wind pfiff. Gleichwohl erleichtert, dass sie in dieser Höhe überhaupt etwas vorgefunden hatten, was von Menschenhand errichtet war, hatte Balduin das Gefühl, nie so ärmlich, schmutzig und gottverlassen gehaust zu haben.

Judiths Geist freilich war zu sehr im Fieber gefangen, um der Umgebung gewahr zu werden.

Einmal sank sie kurz in einen unruhigen Schlaf, um schließlich aufzufahren und zu stammeln: »Wo bin ich?«

Er eilte an ihre Seite, ergriff ihre nassgeschwitzte Hand. »Kannst du dich erinnern? Wir sind in einen Schneesturm geraten, dein Pferd … ist gestürzt. Aber hier in dieser Klause sind wir in Sicherheit.«

In ihren feuchten Augen deutete sich kein Verständnis an. Es machte keinen Sinn, ihr noch mehr vom vergangenen Tag zu berichten, schon gar nicht, seinem Ärger freien Lauf zu lassen. Er galt dem bärtigen Mann, der hier wohnte, sich einen gottesfürchtigen Eremiten nannte, der auf alles Irdische verzichtete, aber dennoch von allen Reisenden, die seinen Weg Richtung Italien kreuzten, Zölle einnahm – viel höhere, als vorgeschrieben war. Auch ihre Reisegruppe hatte er nur aufgenommen, nachdem er sich vergewissert hatte, dass sie vermögend genug waren, für jede einzelne Nacht zu zahlen. Was ohne Zweifel eine schwere Sünde war. Ein jeder Einsiedler, der – gemäß den Vorbildern wie Gallus, Sigisbert und Placidus – in die Berge floh, um dort der menschlichen Gesellschaft entrückt zu leben, war verpflichtet, Gäste aufzunehmen, getreu dem Bibelvers: »Ich war fremd, und ihr habt mich aufgenommen.«

Wütend hatte Balduin den Mann gefragt, zu welchem Zwecke er denn Geld ansammle, das er hier in der einsamen Höhe ganz gewiss nicht brauchen würde. Doch das Glitzern in den Augen des Eremiten, als er ihm einen Beutel Denare ausgehändigt hatte, zeigte ihm, dass die Lust des Bärtigen am Geld nicht der Möglichkeit bedurfte, es auch auszugeben.

Balduin konnte sich nicht verkneifen, ihm heimlich jenes Diebespack an den Hals zu wünschen, das sich bei wärmeren Temperaturen hier herumtrieb und nicht selten Reisende und fahrende Händler ausraubte.

»Balduin …«

Wieder schreckte Judith aus dem unruhigen Schlaf hoch, wieder schien sie nicht zu wissen, wo sie war.

»Balduin … bleib nicht bei mir, du sollst nicht auch noch krank werden, es reicht, wenn ich damit … geschlagen bin.«

»Hab keine Angst um mich. Dir muss es besser gehen!«

»Ich wünschte, ich würde euch nicht aufhalten.«

»Sorg dich um dich selbst und sonst um gar nichts!«

Sie fiel zurück auf die karge Strohmatte. Nun, da sich zum Feuerschein Tageslicht mengte, sah er, dass die Röte in ihrem Gesicht fleckig geworden war und die Haut dazwischen ungesund fahl glänzte.

Bislang hatte er seiner Furcht um sie nicht nachgegeben, hatte sich an die Hoffnung geklammert, es würden ein, zwei Nächte in Wärme ausreichen, und sie wäre gekräftigt genug, um wieder aufzubrechen. Nun war er zu müde, um den Gedanken fortzufegen, dass sie womöglich nie wieder reisen konnte. Wider ihren Wunsch, dass er sie meiden möge, sank er an ihr Lager und ergriff ihre Hand.

»Bitte …«, stammelte er, »du musst gegen das Fieber ankämpfen! Du darfst dich nicht aufgeben!«

Als sie ihm antwortete, war ihre Stimme rau. Zwischen jedem ihrer Worte hustete sie, und ein krampfartiger Schmerz breitete sich über ihr Gesicht aus. »Wenn ich hier sterbe, wird alle Welt sagen, es sei eine Strafe Gottes für mein unziemliches Verhalten! Wahrscheinlich würde es meinen Vater sogar freuen, sähe er darin doch ein göttliches Zeichen, wonach der Allmächtige auf seiner Seite steht – nicht auf der der ungehorsamen Tochter.«

»Sag so etwas nicht!«

Sie lächelte ihn an, mitleidig und traurig. »Hab keine Furcht: Ich glaube nicht, dass es eine Strafe Gottes ist. Ich glaube nicht, dass ich sterben muss!« Sie schüttelte seine Hand ab, drehte sich zur Seite. »Du solltest dich stärken«, forderte sie ihn auf. »Schick Bruder Wunibald einstweilen zu mir! Ich will mit ihm reden!«

Balduin zögerte, konnte ihr Anliegen nicht recht begreifen. Er schätzte es, dass der Mönch in schwierigen Situationen mehr Durchhaltevermögen besaß als in den Augenblicken seines kindlichen Jammers, und er hatte erkannt, dass ihm ein hohes Maß an Bauernschläue innewohnte, mit der er sich durch die brenzligsten Situationen brachte – aber worin ausgerechnet jetzt sein Wert für Judith lag, vermochte er nicht zu sagen. Wieder fühlte er Furcht aufsteigen, weil sie nach einem Geistlichen verlangte, der – gleichwohl er seiner Zunft nicht grade zur Ehre gereichte – doch der Richtige schien, um einer Sterbenden beizustehen.

»Warum Wunibald?«

»Du würdest mich ja doch nicht allein lassen«, gab sie fast schroff zurück, »doch du musst etwas essen, und so lange bleibt eben der Mönch bei mir. Glaub mir, ich freue mich, einmal nicht in ein sorgenvolles Gesicht zu blicken.«

Sie bemühte sich um ein Lächeln, das ihm krampfhaft erschien. Doch ihre Worte waren eindringlich genug, um sich ihnen zu fügen, und so ging er nach draußen, um den Mönch zu holen.

Ungeduldig wartete Judith darauf, dass Balduin sie mit Wunibald allein ließe. Er tat es nicht sofort, schien immer noch zu zweifeln, was diese Zusammenkunft zu bedeuten hatte. Doch als sie ihm energisch zunickte, leistete er der Geste endlich Folge.

Sie wusste, dass er noch auf jedes Wort lauschen würde, das sie sagte, auch als er den Rücken schon abgewandt hatte, und so begann sie: »Bete mit mir, Bruder Wunibald … bete mit mir.«

Als Balduin freilich den steinernen Raum verlassen hatte, faltete sie nicht die Hände, sondern richtete sich mühsam auf, um Wunibald besser ins Gesicht sehen zu können.

»Soll ich einen Psalm rezitieren?«, fragte er und rieb sich die kalten Finger.

»Du bist ein Schwätzer, Bruder Wunibald«, stellte sie in aller

Ruhe fest, »und du bist ein Betrüger. Was wiederum zeigt, dass du durchtrieben bist – und ziemlich klug.«

»Ich dachte, du wolltest beten, Königin«, meinte er gleichmütig, nicht sonderlich irritiert, dass sie ihre Meinung änderte.

»Glaub mir, wenn ich jetzt sterbe, ist meine geringste Sorge, wie meine Seele von den Dämonen unbeschadet in den Himmel gelangt. Ich… ich möchte ein paar offene Worte mit dir reden. Weil du einer zu sein scheinst, der diese nicht scheut.«

Er stritt es nicht ab, sondern ließ sich stattdessen mit Ächzen auf der einen Seite ihrer Schlafstatt nieder. Sein rundlicher Leib erschwerte ihm das, und als er endlich saß, war er sichtlich unglücklich, weil es an weichen Kissen fehlte. Trotzdem begann er nicht mit den üblichen Klagen, sondern meinte ruhig: »Darf ich raten, was du mir zu sagen wünschst? Wahrscheinlich wirst du eine Bitte an mich richten. Ich soll Balduin heil über die Alpen bringen, auch wenn er sich im Falle deines Sterbens lieber von denselbigen stürzen würde. Und ich soll zusehen, dass er an seiner Reise zum Papst festhält, auf dass er zumindest posthum die Erlaubnis für eure Eheschließung einholt – die einzige Möglichkeit, damit ihn der König dereinst wieder in Gnaden willkommen heißt. Nun, wenn es dich ruhiger schlafen lässt, Königin, dann werde ich hiermit feierlich schwören, dass ich kein Tricksen auslassen werde, um ebendas zu erreichen. Doch wenn Gleiches dazu führen sollte, dass du dich aufgibst und willenlos in des Todes Arme sinken lässt, so sei daran gemahnt: Einem Schwur von mir darf man nicht trauen.«

Der Druck auf der Brust schien ihr ein wenig leichter zu werden. »Ich weiß, Bruder Wunibald«, sprach sie mit einem leisen Rasseln. »Grade eben hast du mir bewiesen, dass ich dich recht einzuschätzen weiß.«

»Und doch setzt du auf mich? Obwohl du sämtliche meiner Schwächen erkennst?«

»Du selbst scheinst sie auch zu erkennen, das macht die Sache gehörig einfacher«, sprach sie und lehnte den Kopf an die Wand. Er fühlte sich schwer und heiß an, und das aufrechte Sitzen forderte ihr so viel Kraft ab, dass sie nicht vermeinte, jemals wieder eigenständig die Schlafstatt verlassen zu können. »Und außerdem: Auf wen von diesen Reisenden sollte ich sonst setzen? Sag mir, wer in diesem Trachten an meiner Seite stünde? Madalgis ist mir treu ergeben. Sie würde mir bis ans Ende der Welt folgen und noch weiter, aber sie verachtet Balduin. Bei Johanna ist das Gegenteil der Fall: Er ist ihr geliebter Sohn – ich hingegen die verhasste Frau, die ihn ihr abspenstig gemacht hat. Und Joveta? Nun, die Arme ist eine verwirrte Seele, die ein böses Geschick, für das sie nichts kann, von dem ihr angestammten Platz vertrieben hat. Ich glaube nicht, dass sie mich sonderlich mag, und sie würde mir das auch trotzig ins Gesicht sagen, wenn es nur einen anderen Menschen auf Erden gäbe, der ihre Zukunft sichern könnte. So muss sie Treue heucheln, und weil sie ein schlichtes Gemüt ist, glaubt sie selbst, dass sie es ernst meint. Es gibt hier also niemanden, dem ich mich anvertrauen könnte … außer dir.«

Er nickte bedächtig. Aus seiner Miene war alles Kindische, Weiche entschwunden. Er musterte sie eine Weile interessiert, und trotz ihres neuerlichen Hustens barg sie ihren Blick nicht, sondern hielt seinem stand.

»Du weißt, was Einsamkeit bedeutet, Königin, nicht wahr?«, fragte er schließlich.

»Auch dir scheint sie nicht fremd zu sein, magst du das Leben auch betrachten, als wär's nur ein Spiel.«

»Das Leben ist ein Spiel«, gab er zurück. Er lachte kurz auf, aber fuhr dann nachdenklich fort: »Und manchmal ist's leichter zu gewinnen, wenn man auf sich allein gestellt ist und keine Rücksicht zu nehmen braucht. Doch ich verspreche dir, hier und heute: Balduin wird nicht alleine sein. Ich werde an ihm kleben wie sein Schatten – vorausgesetzt, das muss nicht länger währen, als bis wir nach Rom kommen. Von dort gehe ich nimmer zurück, das schwöre ich dir auch!«

Sie dankte ihm nicht, sondern nickte nur ruhig. »Ist es wirklich nur die Sonne, die dich in den Süden zieht?«, fragte sie nach einer Weile.

Er zuckte nur mit den Schultern. »In all dem Schnee mag man nicht glauben, dass sie irgendwo noch scheint. Sieh also zu, dass du gesund wirst, damit du selbst erlebst, was ich meine.«

Balduin scherte sich nicht darum, dass jeder ihn beobachten konnte, wie er lauschte. Er musste sich nicht sonderlich anstrengen, denn die Tür war so dünn wie die Wände und Judiths Stimme zwar heiser, aber nicht gänzlich erloschen. Er presste das Ohr an die Tür, hielt schützend die Hand darum, damit ihm kein Laut entging – und wurde mit jedem Wort verzagter, hilfloser. Er war zerrissen einerseits von dem Wunsch, hineinzustürmen und Judith davon abzuhalten, dergleichen Pläne zu machen, und andererseits von dem Wissen, dass es besser war, jede Aufregung in ihrer Gegenwart zu vermeiden.

Als Wunibald und Judith endlich verstummt waren, löste er sich von der Tür und gewahrte die Blicke, die auf ihn gerichtet waren: Der des Klausners war verschmitzt, weil immer noch von der Freude erhellt, zu unerwartet viel Geld gekommen zu sein. Der von Joveta war ehrlich besorgt, aber zugleich überfordert, als würde sie augenblicklich in Tränen ausbrechen. Der von Madalgis war ausdruckslos. Alle wichen sie ihm aus, sobald er sie anstarrte, nur Johanna, in jenem Winkelchen hockend, das am weitesten von der Feuerstelle entfernt war, trotzte seinem Blick. Er wusste ihre Miene nicht recht zu deuten, las zwar den Anflug von Hohn, von Triumph darin, doch ebenso Unbehagen.

Er musste nicht lange mit sich ringen, um zu ihr zu treten. Der Trotz, mit dem er in den letzten Tagen jeden Wortwechsel gemieden hatte, deuchte ihn nun nichtig. »Du … du musst ihr helfen«, murmelte er.

In Johannas Miene breitete sich ebenso Rührung wie Verachtung aus. Eine Weile blieb sie sprachlos, schien sich nicht entscheiden zu können, was überwog. Am Ende fiel die Wahl auf Nüchternheit.

»Sieh an. Du suchst freiwillig meine Nähe«, stellte sie ruhig fest. »Ich dachte, dir fiele bereits das Atmen schwer, bist du auch nur einen Augenblick nicht an ihrer Seite.«

Sie blickte auf ihre Hände, die grau und faltig waren, von Flecken übersät, die er früher noch nicht bemerkt hatte. Erst jetzt fiel ihm auf, wie sehr sie in den letzten Monaten gealtert war, auf eine stille Weise, ohne Aufbäumen, ohne Kampf, und trotz allem gewiss, dass sich auch ein alter, nicht mehr schöner Körper dem eigenen Willen zu beugen hat, ist jener nur fest genug.

»Du musst ihr helfen«, wiederholte er. »Du hast doch sicher ein paar deiner heilenden Kräuter mitgenommen.« Seine Stimme zitterte; er konnte ihr nicht verdenken, dass ihre Mundwinkel zuckten. Das letzte Mal, als er mit ähnlich weinerlichem Tonfall zu ihr gesprochen hatte, war er ein Kind gewesen. Und von ihr fortgestoßen worden. Zumindest so lange, bis er ihr versprach, ein tapferer Krieger zu werden und die Normannen zu töten. Dann hatte sie ihn umarmt und getröstet, liebevoll, zärtlich. Keine andere hatte es damals gegeben, die jenes Maß an Schutz versprechen konnte – und es sich so teuer erkaufen ließ. Er wunderte sich, dass er selbst jetzt, da er ihre Ablehnung, ihre fleischlose, knöchrige Härte, förmlich fühlte, aus ihrem Anblick zugleich Zuversicht zog. Kurz traute er ihr, die sie eine so strikte Trennung zwischen Freund und Feind zog, auch die Macht zu, das Walten des Lebens außer Kraft zu setzen – wenn sie es denn nur wollte.

Leider wollte sie nicht.

»Warum sollte ich mich mit dem Allmächtigen anlegen, wenn er womöglich längst beschlossen hat, sie zu sich zu holen?«, fragte sie. »Vielleicht ist diese Krankheit eine gerechte Strafe für das, was sie dir angetan hat.«

Er wich kaum merklich zurück, den Mund schon geöffnet für eine vorwurfsvolle Gegenrede. Dann schloss er ihn und besann sich auf ein anderes Mittel, um sie zu erweichen. Er hockte sich nieder, sodass er zu ihr aufschauen musste, suchte ihren Blick – und dann lächelte er, vorsichtig, scheu, um Zustimmung heischend. »Aber das wäre nicht der Grund, warum du sie sterben ließest«, stellte er ruhig fest und hörte nicht zu lächeln auf. »Nicht, weil es gerecht wäre. Nicht, weil du dich dem Willen des Allmächtigen beugtest. Du bist erfahren in der Heilkunst – geh und hilf ihr!«

Er sah, wie ihre ablehnende Miene unsicher wurde, sah es und zog eine bittere Freude daraus. »Warum sollte ich? Weil du sie liebst?« Es klang zeternd.

Er rückte noch näher an sie heran, verstärkte sein Lächeln. »Weißt du, was ich an ihr liebe?«, fragte er zurück. »Judith ist eine Frau, die die Wahrheit sagt. Immer und immer wieder. Sie ist ehrlich. Sie macht keinem Menschen etwas vor. Nie… nie würde sie mich mit einem stolzen Lächeln in den Krieg schicken, um hinterher, wenn ich es nicht sehen kann, vor Angst zu weinen.«

Sein Lächeln schwand augenblicklich von seinen Lippen, und das schien ihr noch mehr zuzusetzen als sein Werben um sie.

»Denkst du, du stimmst mich ihr geneigter, wenn du mich der Verlogenheit bezichtigst?«, fuhr sie ihn an, aber es klang hilflos.

»Nein«, meinte er und erhob sich wieder, »aber ich denke, wir sollten die Wahrheit aussprechen und sie nicht verschleiern. Also, wirst du ihr helfen, weil ich dich darum bitte? Oder wirst du sie hier in der kalten Bergwelt armselig sterben lassen, weil du sie nicht ausstehen kannst?«

Die alten Hände verknoteten sich ineinander, die Knöchel traten weiß hervor.

»Ich denke darüber nach«, meinte sie schließlich.

Der Himmel war farblos und erstickend wie Wachs. Nur an manchen Stellen schien es abgekratzt, und dahinter quoll ein dünner Tropfen Blau hervor. Johanna war der Klause entflohen, brauchte frische Luft zum Nachdenken, doch die Einsamkeit fühlte sich klamm an. Nicht nur, dass der Schnee, durch den sie sich gekämpft hatten, schmolz und das kalte Wasser durch die Lederstiefel bis zu ihrer Haut vordrang – sie fühlte sich inmitten einer Welt, die sie, vor allem nach dem Sturm, lähmend und tot deuchte, zu klein, um über ihre Entscheidung nachzudenken. Balduins Blick hatte es noch heraufbeschwören können – all den Widerwillen gegen diese Ehe, all den Groll gegen Judith –, hier aber schrumpften ihre Vorbehalte. Sie war noch nicht zu der Überzeugung gelangt, dass sie Judith um seinetwillen helfen musste, aber sie dachte, dass der Mensch in dieser Welt so nichtig war und somit auch alles, was er mit sich schleppte.

Sie starrte in den Himmel und auf den Abgrund, der sich zwischen zwei Felswänden vor ihr auftat. Hatte der Tod eines Menschen hier womöglich viel weniger Gewicht als in der belebten Welt? Jedoch – floss nicht auch dort der unbeugsame Lebensstrom über die Qualen und den Kummer des Einzelnen hinweg und riss sie mit?

»Warum hilfst du ihr nicht einfach?«, hörte sie plötzlich eine unangenehme Stimme hinter sich. »Warum brauchst du Zeit, darüber nachzudenken?«

Johanna zuckte zusammen und vermisste augenblicklich die Leere, die sich vor ihr und in ihr aufgetan hatte, als sich ausgerechnet dieses Frauenzimmer hineinschob und sie störte.

»Joveta«, stellte sie fest.

Irgendwie war es ihr gelungen, sich während der Reise von dem Mädchen fernzuhalten. Wohingegen es Bruder Wunibald trotz seines Jammerns gelang, mit seiner manchmal durchtriebenen, manchmal unbeholfenen Art Belustigung zu erwecken, fiel Joveta einfach nur lästig – und Johanna war sicher, dass sie nicht die Einzige war, der es so erging.

»Also, warum hilfst du ihr nicht?« Es klang nicht bittend, eher nörgelnd.

»Ich habe Judith nicht in diese Lage gebracht, das hat sie selbst getan«, gab Johanna kalt zurück. »Diese gefährliche Reise hier ist allein ihre Schuld.«

»Und deswegen wünschst du ihr den Tod?«, fragte Joveta entsetzt.

Schon reute es Johanna, auf das Gespräch eingegangen zu sein. Zugleich konnte sie sich des Verdachts nicht erwehren, dass Joveta mit ihrer Empörung nicht Unrecht hatte. Es war das eine, Judith zu verachten, aber etwas ganz anderes, sie sterben zu lassen. Sie dachte an Balduins Blick, den er ihr während des Gesprächs zugeworfen hatte – noch war er flehentlich, noch darauf ausgerichtet, sie umzustimmen. Doch sie ahnte schon, welchen Hass er auf sie werfen würde, wenn sie sich seiner Bitte entzog.

Er würde mir nicht verzeihen, ging es ihr durch den Kopf. Vielleicht könnte ich es mir selbst nicht verzeihen.

Sie wusste nicht einmal, was davon schwerer wog. Seufzend, sich dem Unvermeidlichen fügend, drehte sie sich um.

»Also gut«, murrte sie unwillig, »ich werde sehen, was ich tun kann.«

Sie hatte Joveta nicht angesehen. Erst jetzt gewahrte sie, wie rot die Kälte deren Gesicht gemalt hatte. Es wurde noch einen Farbton dunkler. »Ein so plötzlicher Sinneswandel?«, fragte Joveta und kniff misstrauisch die Augen zusammen. »Du willst mich glauben machen, dass eine Frage meinerseits genügt, dich umzustimmen? Von wegen! Du … du wirst ihr nicht helfen, du wirst sie vergiften, nicht wahr?«

Warum ist sie nicht längst im Schnee erstickt?, fragte sich Johanna überdrüssig.

»Sag, was willst du eigentlich?«, gab sie scharf zurück. »Zuerst stellst du mich zur Rede – und dann klagst du mich solch abscheulicher Dinge an? Wer bist du, über mich zu richten? Ich kann's dir sagen! Du bist feige und schwach, sonst würdest du nicht wieder bei Judith unterkriechen, obwohl du Balduin im Grunde für dich allein haben möchtest und dir die Eifersucht das Herz zerfrisst!«

»Judith ist meine Freundin! Sie … sie war die Einzige, die zu mir gestanden hat, nachdem mein Vater als Verräter verurteilt wurde!«

»So, so«, lachte Johanna spöttisch. »Und weiß sie, dass auch du eine Verräterin bist? Weiß sie, von wem die Botschaft stammte, die ihr seinerzeit in Senlis den ersten Fluchtversuch zunichte machte? Ich könnte mir denken, dass sie kein Wort mehr mit dir spricht, würde das erst bekannt werden.«

»Du …!«

Joveta schien sich an ihrer Wut zu verschlucken. Der Worte beraubt, suchte sie Johanna auf anderem Wege einzuschüchtern. Mit erhobenen Händen ging sie auf sie los, packte sie an den Schultern, wollte sie schütteln. Doch Johanna war, wenngleich nicht unbedingt größer, so doch sehniger und robuster. Ohne sichtliche Mühe konnte sie das Mädchen abwehren. Sie umfasste ihrerseits deren Handgelenke, bog sie schmerzhaft zurück, bis Joveta aufschrie, und hielt sie so gefangen.

»Lass mich los!«, schrie Joveta.

Johanna rührte sich nicht.

»Lass mich los oder ich schreie!«, kreischte Joveta erneut, diesmal panischer. »Ja, ich schreie, und dann werde ich ihnen die Wahrheit sagen, ihnen allen! Mag sein, dass ich zur Verräterin wurde, mag sein, dass ich damals den Boten zu König Karl schickte, aber du hast mich dazu erst angestiftet! Du warst es, die ...«

Johannas Griff blieb fest, aber ihr Gesicht wurde fahl. »Das wagst du nicht! So dumm bist nicht einmal du! Dieses Geheimnis kettet uns zusammen, und keine von uns beiden wird es jemals aussprechen!«

Stöhnend kämpfte Joveta gegen ihren Griff. »Wem von uns beiden wird man eigentlich Glauben schenken?«, brachte sie schnaufend hervor. »Etwa dir? Obwohl du bislang kein einziges Wort mit Judith gesprochen hast? Obwohl du nicht sofort zur Hilfe eiltest und sie zu heilen versuchtest, als Balduin dich darum bat? Obwohl du ihm ständig in den Ohren liegst, dass er sie aufgeben soll? Ich denke nicht, dass dir irgendeiner traut! Mein Wort hat so viel mehr Gewicht als deines!«

»Ich bin für Balduin wie eine Mutter!«

»Von wegen! Ich habe nicht den Eindruck, dass er dich in den letzten Wochen mit jener Ehrerbietung behandelte, wie sie einer solchen zustünde. Und er weiß gewiss, was er tut. Aber bitte, wenn du meinst: Dann lassen wir es doch darauf ankommen, wem er glauben wird – dir oder mir?«

Rüde riss Joveta ihre Hände aus Johannas Griff, kaum dass der sich lockerte. Harsch drehte sie sich um, eilte mit stürmischen

Schritten – soweit es der tiefe Schnee erlaubte – in Richtung der Klause. Noch ehe diese zu sehen war, bekam Johanna, die ihr gefolgt war, sie am Haar zu packen und riss sie daran zurück.

»Das tust du nicht! Das tust du nicht!«

»Und ob! Du hast mir nämlich gar nichts zu sagen! Es … es lastet schwer auf meinem Gewissen, was ich getan habe. Ich hätte mich Judith gern schon früher anvertraut. Aber jetzt, jetzt werde ich ihr alles erzählen, auch, dass du Madalgis zuerst zu deiner Verbündeten machen wolltest. Sie hat freilich nicht auf dich gehört – ach, hätte auch ich es nie getan!«

»Es ist erbärmlich, nicht zu dem zu stehen, was man getan hat!«

Joveta schrie auf, als Johanna sie noch schmerzhafter an den Haaren riss, doch sie hielt nicht den Mund. »Du selbst bist erbärmlich, Johanna, du allein! Machst alle Welt glauben, du würdest Balduin lieben wie einen Sohn, und dann …«

Ihre Worte rissen ab, einen Augenblick lang wusste Johanna nicht, warum.

Schweig!, hatte sie noch sagen wollen, schweig!

Doch dann war es überflüssig geworden, dann …

Es war zu schnell gegangen, viel zu schnell, um wahr zu sein. Eigentlich hatte sie Joveta loslassen, nicht länger an ihren Haaren zerren wollen. Stattdessen hatte sie ihr einen Stoß versetzt, keinen allzu kräftigen, wie ihr schien … Konnte er ausgereicht haben, um sie in den Abgrund zu stoßen? Hatten sie sich nicht eben weit genug davon entfernt?

»Joveta …«, stammelte Johanna, und alles um sie herum drehte sich. Sie blickte auf ihre Hände, bemerkte, dass noch einzelne von Jovetas Strähnen schmerzhaft in ihre Finger schnitten, blickte dann in die Tiefe.

»Joveta …«

Als Johanna sich wieder umdrehte, schnaufte sie schwer. Die vielen Schneekristalle, eben noch von mattem Grau, begannen grell zu funkeln, als die Sonne auf sie fiel. Das Weiß brannte in Johannas Augen, vielleicht auch noch das, was sie zuletzt gesehen hatte: Joveta, dort unten liegend, mit verrenkten Gliedern, einem aufgerissenen, starren Blick. Die Schneedecke war nicht weich genug gewesen, ihren Sturz abzufedern. Schroff stachen unter ihr die Felsen hervor, die Joveta sämtliche Glieder und wohl auch das Genick gebrochen hatten.

Johanna kniff die Augen zusammen, ein Traum, nur ein böser Traum, das war nicht wirklich geschehen, das hatte sie nicht getan. Sie riss die Augen wieder auf, hoffte, erneut vom Schnee geblendet zu werden, selbst wenn sie blind würde, Hauptsache, es gab nichts anderes als dieses reine, unschuldige Weiß zu sehen, das die Welt und alles Böse auf ihr verschluckte. Doch als sie die Augen aufschlug, erblickte sie nicht Schnee – sondern jemanden vor sich stehen.

Wie immer hatte sich Madalgis lautlos angenähert. Als Johanna auf die Fußtritte blickte, die sie auf den Weg hierher hinterlassen hatte, gewahrte sie, dass diese nicht sonderlich tief waren. Madalgis versank auch dann nicht im Schnee, als sie an Johanna vorbeiging und in die Tiefe lugte. Als sie wieder zurück an ihre Seite trat, war das Gesicht ausdruckslos wie zuvor. Gerade weil er nicht vorwurfsvoll oder entsetzt war, mied Johanna ihren Blick. Sie ahnte, dass andere Sorgen sie in diesem Augenblick umtreiben sollten – und dennoch traf sie eine Gewissheit, die ihr nicht minder große Angst machte als das eigene Tun: Ihr Geist ist krank.

»Hör mir zu!«, sprach sie hastig auf das Mädchen ein, und während sie redete, wusste sie, dass sie es nicht nur tat, um sich selbst zu schützen, sondern um irgendeine Regung auszulösen, die bewies, dass Madalgis menschlich war. »Hör mir zu! Ich werde versuchen, Judith zu heilen, und wenn Gott will, wird sie genesen. Wir werden weiterreisen, wir werden diese schrecklichen Berge überwinden, vielleicht schaffen wir es nach Rom, und irgendwann wird Balduin erkennen, dass Judith ihn nicht liebt. Aber du… du wirst mich nicht verraten, oder? Du wirst doch nicht sagen, dass ich es war, die Joveta… Glaub mir, ich habe es nicht gewollt.

Ich weiß nicht, was in mich gefahren ist … Es war ein Unfall, ein schrecklicher …«

Johanna brach ab. In Madalgis' Miene regte sich immer noch nichts, weder Zuspruch noch Verachtung. Doch dann, mit einem Mal, als Johanna am wenigsten damit rechnete, schrie sie: »Hilfe!« Es klang laut und schrill. »Hilfe, kommt uns zu Hilfe!«

»Du wirst mich doch nicht verraten!«, rief Johanna noch einmal, diesmal panischer. Sie packte Madalgis am Handgelenk wie zuvor noch Joveta. Madalgis' Arm fühlte sich eiskalt an, und das Mädchen war auch kräftig genug, um sich sofort aus ihrem Griff zu befreien. Hinter sich hörte Johanna Schritte, Stimmen. Fragen wurden gestellt, was geschehen war, warum sie so schreie, was denn nur …

»Bitte …«, stammelte Johanna. Die Kehle wurde ihr eng vor Angst und Schuld.

Da lächelte Madalgis zufrieden, und anders als sonst, da dieses Lächeln lediglich ihre Lippen verzerrte, leuchtete es über das ganze Gesicht, erfüllte ihre Augen mit einer warmen Glut. Das Lächeln ging Johanna durch Mark und Bein.

»Kommt uns zu Hilfe!«, kreischte Madalgis wieder, immer wieder. »Kommt schnell und seht! Joveta, die arme unglückliche Joveta hat sich verlaufen. Sie ist ausgerutscht und in die Tiefe gestürzt! Vielleicht, vielleicht können wir sie retten, wenn wir uns eilen!«

XXVII. Kapitel

Die letzten zehn Tage, die die Reise durch die Alpen währte, waren kalt und grau, verschonten sie aber von neuem Schneefall. Jeder Morgen brachte Mühsal, und Balduin wähnte – ob der gleichbleibend weißen, schroffen Landschaft und der steten Pflichten – die Zeit so zäh verrinnen, als wäre auch das Stundenglas vereist. Doch wann immer er zu fluchen geneigt war, weil die Pferde rutschten, sich die Reisenden erschöpft zeigten oder sich aus dem feuchten Holz kein Feuer machen ließ, verbiss er es sich um Judiths willen.

Er wusste nicht, was Johanna ihr gegeben hatte, aber es senkte zumindest das Fieber. Der Husten blieb, doch sie spuckte keinen Schleim mehr. Früh drängte Judith darauf, den Weg fortzusetzen, und er gab ihr nach, weil er der Klause samt ihrem merkwürdigen Bewohner so schnell wie möglich entkommen wollte. Doch schon am nächsten Tag zweifelte er, ob diese Entscheidung richtig gewesen war. Judith war bei klarem Bewusstsein, aber sie konnte sich kaum auf den Beinen halten. Sie saß, nachdem ihres zu Tode gekommen war, vor ihm auf dem Pferd und fühlte sich dabei so federleicht an, als würde sie Stunde für Stunde schwinden. Manchmal hatte er Angst, dass von ihr nichts mehr übrig wäre, hätten sie die mühselige Reise erst hinter sich gebracht. Nicht minder setzte ihm zu, dass es ihm nach Jovetas Tod schwerfiel, offen mit ihr zu reden. Ohne Scheu hatte Judith stets die Wahrheit vor sich hergetragen wie den Siegeskranz, doch nachdem er ihr berichtet hatte, was der armen Frau zugestoßen war, war sie verstummt.

Er hatte es ihr nicht gleich gesagt, hatte vielmehr versucht, es so lange wie möglich zu verschweigen. Judith brauchte schließlich sämtliche Kräfte für die Genesung, die Aufregung über einen solch tragischen Unglücksfall würde zu sehr daran zehren.

Doch als sie von sich aus ahnte, dass etwas nicht stimmte – sie war den ersten Tag wieder auf den Beinen –, als sie mit ruhigem Blick die Reisenden musterte, aber eine nicht fand, schließlich zu ihm trat und fragte: »Sie ist tot, nicht wahr?«, da reute es ihn, daraus ein Geheimnis gemacht zu haben.

Obgleich er nun alles erzählte – es war nicht viel, schließlich hatten sie Joveta erst gefunden, als sie schon gestürzt, es also zu spät war –, hatte er den Eindruck, es stünde fortan zwischen ihnen. Kein Schmerzenslaut, kein Schluchzen entfuhr ihrer Kehle, aber er konnte es in ihrem Gesicht lesen: Scheu vor dem Tod und Schrecken ob der Schuld, die sie sich auch selbst daran gab. Sie sprach es nicht aus, aber er wusste, was sie dachte: dass Joveta noch leben würde, wäre sie ihr nicht auf die Reise nach Rom gefolgt, ja, wäre diese Reise mitsamt der gefährlichen Überquerung der Alpen gar nicht erst notwendig geworden.

Balduin wusste nicht, wie er sie von dieser Schuld befreien, wie er sie trösten konnte. Kaum einer von der ganzen Gruppe wusste, wie man sich nun zu verhalten hatte: ob Trauer zu bekunden sei oder Entsetzen, ob Jovetas Tod als Warnung vor ihnen stehen sollte, um in der unwirtlichen Welt mehr Obacht zu geben, oder ob es besser war, darüber gar nicht erst nachzudenken, weil es sie lähmen würde, sich – noch in der Bergwelt gefangen – deren Bedrohungen auszumalen.

Später, sagte sich Balduin immer wieder, später würden sie in Ruhe über alles reden, würden Joveta angemessen würdigen und betrauern können.

Doch dann, als sie die gefährlichste Wegstrecke schließlich hinter sich gebracht hatten, breitete sich eine seltsame Verlegenheit zwischen ihnen allen aus. Ein jeder schien im Grübeln gefangen: Madalgis, Johanna, Judith – selbst Bruder Wunibald trug seine Ängste und Sorgen nicht lauthals vor sich her, sondern verschwieg sie.

Als sie schließlich die Via Francigena erreichten, die die Römer einst Via Flaminia genannt hatten und die Aosta, Ivrea, Vercelli sowie Pavia verband, entschied Balduin bei einer Herberge, die ihm ausreichend behaglich und reinlich erschien, dass sie hier eine längere Rast einlegen würden. Judith sollte erst vollständig genesen, ehe sie die Reise fortsetzten.

Kaum einer widersetzte sich, auch Bruder Wunibald nicht, obgleich jener verbittert über die Kälte seine Hände rieb und ihm deutlich anzusehen war, wie sehr er nach dem Süden lechzte. Judith war die Einzige, die mit dem Umstand nicht nur haderte, sondern dies auch zeigte.

»Wie erbärmlich«, murrte sie, voll Groll und Hader über die eigene Gebrechlichkeit, »wie erbärmlich! Da flüchte ich vor meinem Vater, um mein Wohl dem Stellvertreter Christi auf Erden anheimzugeben – und bin nicht stark genug, die Reise durchzustehen.«

»Judith …«, setzte Balduin an.

»Sag nichts«, unterbrach sie ihn schroff. »Ich weiß, ich sollte dankbar sein, dass ich den Husten überlebt habe. Und frage mich zugleich, ob eine, die nicht Herrin ihrer Lage ist, nicht besser stürbe.«

»Judith!«, rief er entsetzt.

Ihr Blick flackerte. »Vergib!«, murmelte sie kleinlaut und zugleich abwesend. »Ich darf mich nicht versündigen … aber ich wünschte so sehr, ich könnte ein paar Schritte gehen, ohne dass mir schwindelt. Und ich wünschte, wir hätten damals nicht meinetwegen in der Klause einkehren müssen, wo die arme Joveta …«

Es war das erste Mal seit Tagen, dass sie den Namen wieder in den Mund nahm. Sie setzte ihren Satz jedoch nicht fort, und auch Balduin schwieg betroffen. Nicht selten hatte er sich in Judiths Gegenwart verlegen gefühlt – doch nie so hilflos wie jetzt. Ihr Hader war ihm nicht fremd, auch er ertrug die Untätigkeit und Ohnmacht kaum. Doch beides wollte er ihr nicht zeigen, sodass er so lange den Mund hielt, bis auch jegliche Art des Zuspruchs verspätet schien.

Er wandte sich ab, wollte den Raum verlassen.

»Du gehst«, hielt ihn Judiths Stimme zurück. »Du gehst, weil auch dich mein Anblick erbärmlich deucht.«

»Judith!«, rief er entsetzt.

»Gib es doch zu«, meinte sie, und er war sich nicht sicher, ob es kleinlaut klang oder einfach nur kalt. »Gib zu, dass du mich betrachtest und dich dabei heimlich fragst, warum du dir diesen Ballast aufgebürdet hast.«

»Was denkst du nur?«

»Scheust du dich etwa nicht, bei mir zu liegen?«, fragte sie zurück.

»Judith, es ist jetzt nicht der rechte Zeitpunkt, um ...«

Er brachte den Satz nicht zu Ende, sondern zuckte hilflos die Schultern, wünschte vergebens, ein Wort zu finden, das ihr Zuversicht schenken konnte – und ihn davon abhalten würde, in den Vorwürfen, die sie ihm machte, ein Fünkchen Wahrheit zu suchen.

»Geh nur!«, sagte sie da schon. »Lass mich allein. Es wird wieder ... aufwärts gehen.«

Der Trost, den sie aussprach, wirkte schal. Von jener Stunde an geschah es, dass er ihre Gegenwart mied. Er saß zwar regelmäßig an dem Krankenbett, doch er verließ es oft so bald wie möglich mit der Ausrede, er müsse auf die Jagd gehen. Sie duldete es, und er selbst redete sich ein, dass er das alles täte, um sie mit kräftigender Brühe versorgen zu können. Doch in Wahrheit hatte er Angst, sie könnte ihn anstecken – nicht mit dem Husten, nicht mit dem Fieber, das einmal noch, wenngleich leichter, wiederkehrte, sondern mit Schwäche, Trostlosigkeit, mangelnder Entschlossenheit.

Immer häufiger verließ er schon im Morgengrauen die gemeinsame Bettstatt. Für gewöhnlich schlief sie dann noch – nur einmal war es ihm, als würde sie ihn durch den Spalt ihrer Lider mustern, würde prüfen, mit welchem Gesichtsausdruck er ihre Gestalt betrachtete, ob Abscheu darin stand – oder vielleicht doch Begehren. Bis dahin hatte er gemeint, dass das Fehlen von

Letzterem in solch schwerer Stunde nur angebracht sei. Nun erahnte er einen stillen Vorwurf, weil er dem Bett regelrecht entfloh. Zur eigenen Bestürzung nagte kein schlechtes Gewissen an ihm. Vielmehr gab der Trotz ihm einen Gedanken ein, dessen er sich schämte und den er doch nicht unterdrücken konnte: Sollte sie, die so oft versteift war, nur nicht vorgeben, es läge ihr viel an seinen Berührungen …

Augenblicklich schalt er sich selbst dafür. Es mussten die auszehrende Reise, die ungewisse Zukunft, ihre schlimme Krankheit sein, die ihn solches denken ließen.

Wenn sie wieder ganz gesund ist, tröstete er sich, wann immer ihn der Verlust von Vertrautheit und Nähe schmerzte, wenn sie gesund ist, wird alles wieder wie früher.

Fast drei Monate währte ihr Aufenthalt im Aostatal, dann schien Judith ausreichend gekräftigt, um die nächste Etappe anzutreten. An deren Ende würde das Kloster von Novalese bei Susa stehen, wo sich auch die Reisenden der anderen Route – jene, die von Vienne kommend die Alpen am Mons Cenis überquert und danach den Weg von Turin über Pavia genommen hatten – erholten.

Jenseits der Alpen erwartete sie das satte, gelbe, süße Licht des Südens, eine ebenso überraschende wie milde Himmelsgabe für ihre verhungerten Augen, die nur mehr stetes Weiß und Grau gewöhnt waren. Je weiter sie ritten, dessen grüner wurden die Wiesen. Noch standen die wilden Blumen darauf nicht in kräftigen Blüten, aber dann und wann sprießte bereits ein weicher, farbenfroher Flaum.

Das Stöhnen der Schöpfung, die in ihren Frühlingswehen lag – laut und krampfartig in der Nähe der schroffen Bergwelt –, verkam hier zum Geplapper des jugendlichen Lebens, das sich seiner nährenden Wurzeln nicht bang vergewissern musste, sondern unbekümmert in die Höhe drängte.

Bruder Wunibald schien den Anblick zu genießen. Auch er war wie sie alle in den letzten Wochen verstummt, doch nun begann er schon im Morgengrauen zu schwatzen, und er hörte bis in die Abendstunden nicht auf.

Dass das Schlimmste geschafft sei, wiederholte er immer wieder. Dass die einzige Gefahr, die jetzt noch auszustehen sei, von den Flüssen komme, die man überqueren müsse. Nicht überall seien Brücken oder Fähren zu erwarten, oft müsse man durch das reißende Wasser waten und zu diesem Zwecke die gangbare Furt benutzen, ansonsten liefe man Gefahr, unterzugehen und zu ertrinken. Bei dem Gedanken an kaltes Wasser schlackerte sein ganzer Körper, doch kaum hatte er in seiner Vorstellung die vielen Tröpfchen abgeschüttelt wie ein Hund, war er wieder guten Mutes und sogar bereit, ab und an einen Dankespsalm hinauszuposaunen.

»Eigentlich habe ich immer gerne Psalmen gesungen!«, rief er. »Ich meine: wenn schon arbeiten, dann wenigstens singend! Einzig, wenn ich in der Küche einen Teig kneten musste, durfte ich keine Psalmen singen. Der *Cellerar* meinte, solcherart würde aus meinem geöffneten Mund Speichel in den Teig fallen. Ich habe trotzdem gern den Teig geknetet, auch wenn ich nicht singen durfte, weil ich mir immerhin dann und wann einen Bissen abzwacken konnte ...«

Balduin hatte manchmal nicht übel Lust, ihn gewaltsam zum Schweigen zu bringen. Er drosselte das Tempo um der Mitreisenden willen – doch das fiel ihm immer schwerer und stimmte ihn zunehmend gereizt. Hatten in den letzten Wochen all seine Sorgen der Hoffnung gegolten, sie überhaupt wohlbehalten nach Rom zu bringen, kam er nun schwer damit zurecht, nicht zu wissen, was sich in der Zwischenzeit zugetragen hatte: ob sich ihre Reise herumgesprochen hatte und was König Karl unternahm, ihren Ruf in Rom lange vor ihrer Ankunft zu zerstören. Er wollte Judith nicht so sehen, aber die anderen Frauen und der dicke Mönch deuchten ihn als Ballast. Heimlich malte er sich aus, er könnte dem Pferd die Sporen geben und so schnell reiten wie in der Zeit des Krieges. Nicht länger war die Erinnerung daran von Grauen und Blut durchtränkt, sondern von einem Gefühl von Freiheit und Unabhängigkeit.

Lange konnte er dieses Gefühl zügeln – bis zu einem Tag, da sie einer neuen Bedrohung Herr werden mussten.

Es war am späten Nachmittag, er hielt den Blick bereits müde zu Boden gesenkt und sah zu, wie sich die Hufe der Pferde in den erdigen Boden gruben. Selbst Wunibalds Geschnatter war irgendwie lustlos, und wenn es auch nicht vollends verstummte, so setzte er mehr und mehr Pausen.

Inmitten einer dieser schweigsamen Momente ertönte plötzlich ein zischender Laut. Erschrocken fuhren sie alle zusammen, unruhig blickte Balduin in sämtliche Richtungen, doch nichts in der Umgebung schien sich verändert zu haben. Die Baumwipfel des dichten Waldes erbebten im lauen Wind; zwischen ihren Stämmen ließen sich keine bedrohlichen Schatten erkennen. Balduin hob die Hand, um den Zug aufzuhalten, doch nachdem sie eine Weile stehen geblieben waren und kein weiteres verräterisches Geräusch ertönt war, nickte er zum Zeichen, dass sie weiterreiten könnten.

Doch kaum hob sein Pferd erneut das Bein, vernahm er ein zweites Mal den zischenden Laut, diesmal noch näher an seinem Kopf und von einem kalten Lufthauch begleitet. Unruhig wieherte das Pferd und blähte seine Nüstern. Balduin fuhr herum und sah nicht weit von sich einen Pfeil in einem der Baumstämme stecken.

Er reagierte instinktiv wie in Zeiten des Krieges, da sein Mund Befehle brüllte, noch ehe er sie ausreichend überdacht hatte.

»Runter von den Pferden!«

Die anderen waren vor Schreck wie erstarrt, doch da war er schon von seinem Tier gesprungen, zerrte Judith unsanft von dem ihren – im Aostatal hatten sie ein neues für sie besorgt – und stieß sie in den Schatten des schützenden Gesträuchs. Ähnlich verfuhr er mit Johanna, die sich leblos wie eine Tote anfühlte. Noch ehe er Madalgis' Pferd erreichte, gingen neue Pfeile auf ihn herab. Er duckte sich gekonnt, um ihnen auszuweichen, und schaffte es, auch Madalgis in Sicherheit zu bringen. Unwillkürlich griff er nach einem Schild – und fand keinen. Er war kaum bewaffnet, trug nur sein Schwert, das gegen einen unsichtbaren Angreifer freilich nichts nützte. Erleichtert stellte er fest, dass Bruder Wunibald und die weiteren Reisenden seine Hilfe nicht brauchten und sich von alleine verkrochen hatten – der Mönch puterrot im Gesicht, die Pilger aschfahl.

Er verschwendete nicht lange seinen Blick an sie. Geduckt sprang er zurück auf den Pferderücken, und obwohl das Tier unruhig an den Zügeln zerrte, die Gefahr witterte und ihr auszuweichen suchte, trieb er seine Sporen schließlich so fest in die Flanken, dass das Pferd widerstrebend seinen Befehlen gehorchte.

Auch diesmal folgte er keinem ausgeklügelten Plan, sondern der Ahnung, dass sie diesen Angriff nur heil überstehen konnten, wenn er sich direkt gegen den Feind richtete und ihn unschädlich machte. Er wusste nicht, welche Übermacht er in den Tiefen der Wälder zu erwarten hatte; seine Hand hielt das Schwert so fest, dass seine Fingerknöchel weiß wurden.

Räuber, schoss es ihm durch den Kopf, gewiss waren es Räuber. Sie lauerten vor allem in Wäldern und am Ende von Engpässen. Ein Wunder, dass sie bislang davon verschont geblieben waren.

Die Nadeln knirschten unter den Hufen; feuchte Erde sprengte in kleinen Klümpchen hoch. Da – eine Gestalt. Dahinter – schon ein zweiter Schatten.

Kurz wähnte er das Dickicht als bedrohliche Falle. Anders als den gesichtslosen Angreifern war ihm dieses Fleckchen vollkommen fremd. Doch dann ergriff ein anderes Gefühl von ihm Besitz, verjagte sämtliche Furcht. Er hatte nicht geglaubt, dass es jemals wieder mit dieser Inbrunst durch seine Adern fließen könnte – nicht, seitdem sie damals dieses armselige Häufchen Normannen abgeschlachtet hatten –, und noch weniger hatte er damit gerechnet, dass er sich danach sehnen würde. Doch nun, da es ihn erfüllte, war es ein schmerzlich vermisster und gierig willkommen geheißener Rausch. Sämtliche Härchen richteten sich auf, sämtliche Sinne, das Riechen, das Hören, das Sehen, schienen wie aus einem langen Schlaf zu erwachen. Als erneut haarscharf ein

Pfeil an seinem Kopf vorbeischoss und er sich eben noch ducken konnte, vergrößerte sich jene pochende Aufregung nur.

Er trieb das Pferd weiter an, ließ es einen Haken schlagen und sprengte alsbald mitten in das Grüppchen, das die Pfeile auf sie regnen ließ. Schon war er nahe genug an einem der Männer, der erneut das Geschoss auf ihn richtete, und schlug mit dem Schwert den Pfeil in der Mitte entzwei. Noch in dieser Bewegung sprang er vom Pferd, hob das Schwert erneut und ließ es in die entgegengesetzte Richtung niedersausen, von der aus ihn ein weiterer Bogen bedrohte. Das Knirschen von Holz erfüllte seine Ohren, schien dort weiterzuhallen als stetiges Dröhnen.

Sein Blick streifte das Gesicht von einem der Angreifer, das unglaublich hässlich war: In Italien wurde einem Dieb, so man ihn erfasste, zuerst ein Auge genommen, dann die Nase abgeschnitten, beim dritten Mal wurde er getötet. Diesen Mann hier hatte man zumindest zwei Mal erwischt. Sein Antlitz hatte wenig Menschliches, und in Balduin formte sich inmitten des Stolzes, dass er seinen Körper so vollkommen beherrschte, inmitten der Befriedigung, in seinem Kampf von niemandem gebremst zu werden, sämtliche Energien nutzen zu können, die so lange in ihm brach gelegen hatten, ja inmitten davon formte sich der Wille: Ich will ihn töten. Ich will sein Blut sehen.

Er packte den Mann, der einen ganzen Kopf kleiner war als er, hielt ihn vor sich wie einen Schild und brüllte in den Wald: »Kommt nur! Versucht es doch! Ihr werdet alle unter meinem Schwert sterben!«

Das Knacken im Gebüsch zeigte, dass die Angreifer nicht mit Mut gesegnet waren. Hinter schützenden Stämmen verborgen Pfeile abzufeuern war das eine – einem zornroten, großgewachsenen und todesverachtenden Krieger entgegenzutreten etwas anderes.

»Nun, kommt schon!«, brüllte Balduin, fast enttäuscht darüber, derart schnell Herr über die Lage geworden zu sein. Da war noch so viel Kraft in ihm, die er gerne verschleudert hätte, noch so viel Mut – noch so viel Blutgier.

Nun, den einen Hässlichen hatte er ja noch. Er schien ängstlich seinen flüchtenden Kumpanen etwas nachzurufen, und Balduin kostete die Macht über ihn aus – die Macht, ihn am Nacken zu beuteln, ihn schließlich in das helle Licht des Weges zu zerren, ihn auf den Boden zu stoßen. Schon hob er das Schwert, bereit, ihm den Kopf entzweizuhauen. Er fühlte sich frei von den Lasten der letzten Wochen, frei von den Erinnerungen, die ihn beim Töten ansonsten gequält hatten, einfach nur willens, aller Welt zu bekunden, dass er noch Balduin der Krieger war. Mochte ihm der König auch das Lehen geraubt haben. Mochte die Kirche ihn verstoßen haben. Mochte er zuletzt nichts anderes gewesen sein als Judiths besorgter Gatte, der hilflos eine ihrer Damen an die schroffe Bergwelt verloren hatte. Ja, das war er, Balduin der Krieger, der sich nicht gängeln ließ, nicht demütigen, sich keine Angst einjagen ließ – schon gar nicht von einem erbärmlichen Räuber.

Mit glänzenden Augen setzte er zum Hieb an. Doch dann ertönte eine Stimme, lauter und klarer als das Rauschen in seinen Ohren, und brachte ihn zum Innehalten.

»Nicht!«, rief Judith. Er wusste nicht, wie sie in dem allgemeinen Wirrwarr zu ihm gelangt war. »Nicht!«, wiederholte sie.

Ihre Stimme klang kaum weniger zischend als der zuvor durch die Luft gesauste Pfeil.

»Ich dachte, du wärst des Tötens überdrüssig?«, setzte sie hinzu.

Er fuhr herum. Sein Gesicht war erhitzt von der Anstrengung – und errötete jetzt noch mehr vor Scham, die sich ob ihres verächtlichen Blickes einstellte. Gleichwohl sie ihre Hände in die Hüften stemmte, war ihm, als hätte sie nach seinem Schwert gegriffen, es an sich gerissen. Er ließ es sinken, sein Blutrausch versiegte augenblicklich, doch das, was zurückblieb, war nicht Erleichterung, sondern Ärger. Wie ein gemaßregeltes Kind begehrte er auf: »Ich habe mein Leben für dich riskiert. Also befiehl du mir nicht, was ich zu tun habe!«

Es waren seit langem die ersten Worte, die er an sie richtete.

Sie blickte ihn starr an, so wie es ihr eigentümlich war, doch diesmal stand in den Augen nicht die Aufforderung, sich ihr vertrauensvoll zu entblößen, sondern kalte Verachtung.

»Du hast nicht den Eindruck gemacht, als müsstest du dir ein schweres Opfer abringen«, zischte sie wieder. Unwillkürlich ballten sich seine Hände zu Fäusten. Jetzt erst nahm er wahr, dass die Welt um sie herum verstummt war. Alle lauschten gebannt ihren Worten, selbst der Räuber, auf den er eben noch das Schwert gerichtet hatte.

»Er hätte dich umbringen können!«, rief Balduin empört.

Keinerlei Dankbarkeit war aus ihrer Stimme zu hören. »Aber er hat es nicht vermocht. Denkst du, ich werde noch lebendiger, wenn nun sein Blut spritzt?«

Nicht nur, dass sie mit herablassendem Tonfall sprach. Obendrein verzog sie eine ihrer Augenbrauen. Falls ihm je schmerzhaft zu Bewusstsein gekommen war, dass er ihrem Stand unterlegen war, sie ihm den Hochmut einer Frau voraushatte, die als Tochter eines Königs geboren worden war, dann in diesem Augenblick.

»Was ich tue, geht dich nichts an, Weib!«, fuhr er sie an. »Wenn ich es für recht befinde, uns zu verteidigen, und ich entsprechende Mittel dafür einsetze, hast du es hinzunehmen. Bist du etwa im Kampf erprobter als ich?«

»So, so«, klang es giftig und eisig zugleich, »und du denkst, du könntest stolz darauf sein, mir … das vorauszuhaben?«

»Du hast dich in den letzten Wochen nur allzu gern von mir beschützen lassen. Ich habe es gern getan. Ich habe Rücksicht auf dich genommen, aber denk nicht, ich lass mich von dir maßregeln wie ein Stallbursche, Königin!«

Seine Unbeherrschtheit schien sie nicht zu treffen, sondern prallte ab, fiel auf ihn selbst zurück. Er hatte gedacht, dass seine Beschämung nicht noch wachsen könnte, als just in diesem Augenblick der Angreifer seine Chance witterte. Nicht länger vom Schwert bedroht, drehte er sich um, zwängte sich flink und wendig an den warmen Pferdeleibern vorbei und rannte, als wäre der Teufel hinter ihm her. Zu Fuß war er im Nachteil, allzu leicht hätte man ihn einholen können. Doch die ganze Reisegruppe war damit beschäftigt, das streitende Paar zu beglotzen, das sich zunehmend feindselig gegenüberstand.

Bruder Wunibald hob unbehaglich die Schultern. Madalgis senkte ihren Blick. Nur Johanna lächelte schmallippig.

»Wir sollten dem Herrn danken, dass niemand zu Tode gekommen ist …«, setzte Wunibald krächzend an.

Er kam nicht weiter. Schon die ersten Worte wurden von einem Hufgetrappel übertönt, das inmitten der unbehaglichen Stille erklang und näherkam, immer näher. Eine Horde Reiter, größer als ihre Gruppe, schien heranzukommen – und als sie sichtbar wurde, offenbarte sie sich als weitaus größere Bedrohung als eben noch die Räuberbande.

XXVIII. Kapitel

Nie hatte Balduin Krieger mit solch edler Kleidung gesehen. Er selbst hatte im Kampf auch einen Schienbeinschutz und ein Kettenhemd getragen, doch waren die aus Eisen gefertigt gewesen, nicht aus Gold wie bei diesen Männern. Um den *Thorax* – den Schutz für den Schulter- und Brustbereich – trugen sie obendrein einen Pelz aus Buntwerk und darum einen roten Saum.

Am sonderbarsten waren ihre Helme, fast ebenso groß nämlich wie die Köpfe. Unscharf konnte er sich erinnern, wie Arbogast den Knaben einst die Rüstung der Römer beschrieben hatte. Ein wenig hatte er sich jene so vorgestellt wie diese hier, und als die Truppe sie nun umkreiste, hatte er kurz den Eindruck, sie würde aus einer lang vergangenen Zeit kommen. Die Stimmen freilich waren äußerst lebendig.

In einer Sprache, die zwar manches mit der *Lingua franca* gemein hatte und die Balduin doch nur schlecht verstand, schienen sie Vermutungen anzustellen, wen sie vor sich hatten. Zu ihrem Schrecken fiel alsbald Judiths Name.

Während der Anführer der Truppe alle anderen kaum beachtete, musterte er die Königstochter aufmerksam. Indes er energisch die Hand hob, um seine Männer zum Schweigen zu bringen, brannte sich sein aufdringlicher Blick immer begieriger in ihr Gesicht.

Eben noch hatte Balduin nichts als Ärger über sie empfunden, nun fühlte er sich an ihrer Statt beleidigt von dem dreisten Blick und wollte sich schützend vor sie stellen.

Doch Judith, die mehr verstanden zu haben schien als er,

straffte den Rücken und trat mit erhobenem Kopf an ihm vorbei, dicht an das Pferd des Anführers heran.

»Ich bin Judith, Königin von Wessex, Tochter von König Karl«, sagte sie und setzte fordernd hinzu: »Was wünscht Ihr von mir?«

Balduin schüttelte unmerklich den Kopf, als sie zum Reden ansetzte, und verstand nicht, warum sie sorglos ihre Identität verriet. Diese Truppe durchkämmte offenbar das Land nach ihr. Warum versuchte sie gar nicht erst, ihre wahre Herkunft zu leugnen? Judith indes gelang es, mit ihrem starren, forschen Blick jenen des Hauptmanns zu bezwingen. Langsam stieg er vom Pferd, und als er ihr direkt gegenüberstand, konnte er seine Scheu nicht verbergen. In ihrer Miene breitete sich weder Furcht noch Unbehagen aus – nur jener Hochmut, der eben noch Balduin selbst zugesetzt hatte.

Der Mann suchte zumindest mit Worten zu bekunden, wessen Macht hier galt. »Sieh an, sieh an«, sagte er fast höhnisch, nunmehr in ihrer Sprache. »Kaiser Ludwig, Euer werter Vetter, weiß, dass Ihr in seinem Land weilt, und lässt Euch nun schon seit einem knappen Monat suchen. Mit Verlaub, meine Königin, Eure Reise findet heute und hier ein Ende. Ich muss Euch im Auftrag des Kaisers leider fest …«

»Ihr kommt keinen Augenblick zu früh«, fiel Judith ihm unbeeindruckt ins Wort. »Um ein Haar wären wir einer wilden Räuberbande in die Hände gefallen. Sie sind geflohen, sobald sie Eure Pferde hörten. Nun, jetzt können wir gerne gemeinsam weiterreiten.«

»Wir sind nicht gekommen, um …«

»Ich wusste stets, dass auf meinen Vetter, Kaiser Ludwig, Verlass ist. Ich hatte lediglich gehofft, dass Ihr früher zu uns stoßen würdet, auf dass eine Tochter König Karls nicht zu lange der Unsicherheit der hiesigen Straßen und Wege überlassen bliebe …«

»Wir sind nicht hier, um Euch Geleit zu …«

»Alles in allem zählt freilich«, unterbrach Judith ihn wieder schroff, »dass mein Vetter, der Kaiser, endlich meinem Wunsch nachgekommen ist, eine eigene Truppe zu unserem Schutze zu schicken! Wie ich schon sagte: Wir können nun aufbrechen!«

»Ihr könnt nicht einfach bestimmen…«

»Ihr werdet mich doch behandeln, wie's einer Königin und einer lieben Verwandten Eures eigenen Herrschers würdig ist, oder nicht?«

»Wir können Euch nicht einfach begleiten! Wir müssen Euch nach Pavia bringen!«

»Selbstverständlich!«, stieß Judith aus. »Glaubt Ihr etwa, ich würde einen Besuch am Hofe meines lieben Vetters versäumen wollen? Deswegen seid Ihr doch hier? Um uns auf der letzten Wegstrecke zu begleiten!«

Ohne eine Entgegnung abzuwarten, drehte sich Judith um und schritt zu ihrem Pferd. Als Balduin keine Anstalten machte, ihr in den Sattel zu helfen, winkte sie ihn mit hoheitsvoller Geste herbei.

»Du hast es doch gehört«, setzte sie hinzu. »Wir reiten weiter in Richtung Pavia!«

Balduin war nicht der Einzige, den sie damit verwirrte. Auch der Kommandant der Truppe schien zunehmend unsicher, eher er sich schließlich schulterzuckend und aus Angst, etwas Falsches zu tun, fügte.

Als er seiner Frau aufs Pferd half, breitete sich tiefer Groll in Balduins Herzen aus. »Ich dachte, wir wollten nach Rom zum Papst und nicht nach Pavia zum König von Italien!«

Wieder traf ihn ihr kalter Blick.

»Ja, denkst du, wir haben eine Wahl?«, fuhr sie ihn an. »Ich musste alles daransetzen, um mit dem Kaiser selbst reden zu können. Oder was, glaubst du, hatte er vor? Wahrscheinlich uns in einen Kerker zu werfen oder – was noch schlimmer ist – uns meinem Vater als Geiseln auszuliefern! Wenn wir freilich als Gäste kommen…«

Sie brach ab, schüttelte lediglich verständnislos den Kopf darüber, dass er nicht selbst durchschaut hatte, was ihnen drohte und was sie – zumindest vorübergehend – von ihnen gewendet hatte. Sie straffte ihre Schultern, reckte ihr Kinn. Der weitere Ritt verlief schweigend.

Pavia war die *Urbs regia,* die Hauptstadt des Königreichs Italien, und eine ebenso prächtige wie lichte Stadt. Das Erste, was sie von ihr sahen, waren die vielen unbesiedelten Nutzgärten, die sie umgaben, dann den zweiten Mauerring, an dem eben gebaut wurde. Kaum hatten sie das Tor passiert, stießen sie auf ein unglaubliches Gewühle – und eine unglaubliche Farbenpracht. Pavia war eine rege Handelsstadt, und die fahrenden Kaufleute kamen aus sämtlichen Ländern der Erde: Sie brachten Weihrauch und Balsam aus Syrien, Elfenbein aus Indien oder Leder aus Cordoba. Die einen waren ganz in Schwarz gekleidet, andere in Weiß, und wieder andere trugen die Häute phönizischer Vögel, die mit Seide eingefasst und mit Pfauenhälsen samt den Rücken und gefiederten Bürzeln verziert waren. Verglichen mit dieser exzentrischen Kleidung fielen jene kaum auf, die im oft so graubraunen Frankenreich nicht minder starke Aufmerksamkeit auf sich gezogen hätten: Männer in tyrischem Purpur mit zitronenfarbenen Streifen oder solche, die gänzlich in Hermelin gehüllt waren.

Die Seide stammte aus Bagdad – was zumindest einer der Kaufleute lauthals rief, der mehrere Ballen davon gleichzeitig hochhielt. Neben ihm saß ein Geldwechsler und pries nicht weniger überzeugend seine Leistungen an. Davor tollten die Hunde der Reichen um bettelnde Kinder – es war nicht klar, ob sie sie vertreiben sollten oder nur mit ihnen spielten.

Trotz der Fülle an Eindrücken schwiegen Balduin und Judith verbissen. Aus Bruder Wunibalds Gesicht hingegen war sein Unbehagen längst geflohen und er rief einige Male anerkennend »Ah!« und »Oh!«.

Die ungewöhnliche Kleidung der Menschen ließ ihn kalt, aber wie sich herausstellte, schien er sich am Anblick von kunstvoll errichteten Gebäuden ebenso zu delektieren wie an gutem Essen. Sein Schmatzen wirkte, als würde er an kulinarischen Köstlichkeiten kauen, als sie an San Michele Maggiore vorbeikamen, einer im lombardisch-romanischen Stil errichteten Kirche, in der einst Judiths Urgroßvater Karl zum König der Langobarden gekrönt worden war.

Nicht weit davon entfernt befand sich die Kathedrale San Pietro – im Jahre des Herrn 604 an jener Stelle errichtet, wo einst der große Gelehrte Boëthius hingerichtet worden war.

»Ich war noch nie in Pavia, aber ich habe schon viel über die Stadt gehört!«, rief Wunibald aus. Es störte ihn nicht, dass seine Begeisterung nicht auf die anderen überschwappte und einzig Johanna ein Lächeln aufsetzte, was freilich nicht der Stadt galt, sondern der Feindseligkeit, die zwischen Judith und Balduin erwachsen war und sich immer höher zu ranken schien. Unaufgefordert begann Wunibald zu berichten, was er von der Stadt wusste: dass lange vor den Römerzeiten jene Gegend schon besiedelt und – als sie noch *Ticinum Papiae* hieß – als Garnison befestigt worden war. Mehrmals wurde sie zerstört, zunächst von den Ostgoten, später von Langobarden, doch anders als in Gallien, wo viele Ruinen brachlagen, hatte man hier sämtliche Trümmer, die von Zerstörung zeugen mochten, genutzt, um neue, prunkvolle Gebäude zu errichten.

»Und Kaiser Ludwig, der König von Italien?«, fragte Balduin schließlich missmutig. »Was weißt du, Mönch, über ihn?«

Dass er sich mit dieser Frage nicht an die eigene Frau richtete, die ihm über den Verwandten gewiss mehr hätte sagen können, verblüffte nicht nur Wunibald. Gleichwohl hungernd nach Schönheit senkte er bestürzt den Blick, als er gewahrte, wie Judith ihre rechte Braue hob – die einzige Reaktion.

Balduin ging darüber hinweg. »Also, was weißt du über ihn?«

»Nicht mehr, als dass er ein Sohn von König Lothar I. ist. Während der eine Bruder – jener Lothar, den du nur allzu gut kennst – Lothringen erbte und Karl Burgund und die Provence, fiel Ludwig Italien zu. Und später auch die Kaiserkrone. Er … er scheint mir ehrgeizig zu sein, hat im Süden jedoch oft zu kämpfen … gegen Langobarden und, was noch schlimmer ist, gegen die Sarazenen.«

Er sprach, so schnell es ihm möglich war, und schien erleichtert, die Rede hinter sich zu bringen, auf dass er nicht länger die Aufmerksamkeit des gereizten Balduin auf sich zöge.

Doch der ließ nicht locker. »Und warum, denkst du, hält er uns auf?«

Wieder regte sich in Judiths Gesicht nichts anderes, als dass sie ihre Braue verzog.

»Ich kann es nicht sagen…«, stammelte Wunibald hilflos.

Die Ankunft bei der Karolingischen Pfalz – ebenjener Palast, in dem einst die Langobardenkönige residiert hatten – half ihm, nicht noch tiefer zwischen das Paar zu geraten. Das Seufzen, mit dem er schließlich vom Pferd stieg, klang sehr erleichtert.

»Wenn ihr gestattet, würde ich gerne dem Herrn dafür danken, dass ich es wohlbehalten bis hierher geschafft habe, und in einer der vielen Kirchen beten.«

Bis auf das Rezitieren von Psalmen hatte Balduin ihn noch nie bei einer sonderlich frommen Beschäftigung ertappt, und er ahnte, dass es nur ein Vorwand war, um weiteren Peinlichkeiten zu entgehen.

»Nun geh schon!«, knurrte er, und als er dem Mönch nachblickte, neidete er ihm die Freiheit zu fliehen. Was immer ihm – nicht nur umgeben von den bewaffneten Männern des Kaisers, sondern auch an der Seite einer frostigen Judith – bevorstand, allein ob dieser Umstände würde es wohl nicht sonderlich angenehm werden.

Balduin wusste nicht, ob es ihnen, wie Judith angedeutet hatte, tatsächlich drohte, von Kaiser Ludwig ausgeliefert zu werden. Die langen Stunden des Wartens, die folgten, waren wenig aufschlussreich.

Zumindest begegnete man ihnen äußerst zuvorkommend. Vom Hof der Pfalz hatte man sie in das Gästehaus geleitet, und dort eilten Höflinge herbei und brachten Rosenwasser, damit sich die Frauen darin die Hände waschen konnten. Judith tat es geistesabwesend, Johanna mit verächtlichem Blick, der deutlich zeigte, was sie von solchem Plunder hielt, Madalgis hingegen mit sichtbarem Wohlgefallen. Auch als die Hände längst getrocknet waren, roch sie mehrmals fasziniert daran.

Nun war ausreichend Zeit, sich die Räumlichkeiten genauer

anzusehen. Balduin entdeckte, nicht ohne Ehrfurcht vor diesem Prunk, Leuchter aus Gold und Vasen aus Elfenbein. Die köstlichen Speisen, die alsbald serviert wurden, standen der edlen Einrichtung um nichts nach. Manches schmeckte vertraut, anderes seltsam fremd, doch Balduins Hunger war so groß, dass er alles gegessen hätte.

Es gab am Spieß gebratenes Rindfleisch, mit einem Brei aus Kichererbsen, und mit Koriander gefüllten Schweinebauch, Geflügel, das außergewöhnlich süß schmeckte – man hatte es mit Nelken und Zimt gewürzt – und schließlich ein Mus aus Erdbeeren und Kirschen.

Bruder Wunibald würde es sicher bereuen, dieses Mahl versäumt zu haben. Allein Butter und Käse hielt dieser schon für großen Luxus, hatte es im Kloster doch meistens nur eine Mahlzeit gegeben, die aus hartem Brot und aus mit etwas Schweineschmalz gefetteten Bohnen bestand.

Als Balduins Magen gesättigt war, hatte sich seine Unruhe ein wenig gelegt – und auch sein Hader wider Judith. Nicht länger verärgert, sondern verlegen trat er zu seiner Frau, die ebenso anmutig wie lustlos gegessen hatte.

»Was … was, denkst du, wird nun geschehen?«, fragte er.

Sie zuckte mit den Schultern, zögerte zu antworten, aber sagte schließlich doch: »Kaiser Ludwig ist ebenso intrigant wie durchtrieben. Er hält wenig auf Blutsbande, was uns nützen könnte, weil ihm gewiss nicht daran gelegen ist, meinem Vater einen Gefallen zu tun. In jedem Fall wird er versuchen, aus uns … aus mir Nutzen zu schlagen. So wollen wir hoffen, dass er's auf einem Wege tut, der uns mehr hilft als schadet.«

Sie hatte kaum geendigt, als eine weitere Truppe von Soldaten in dem Raum erschien, zwar ohne Kettenhemden, doch allesamt mit Dolch und Schwert bewaffnet. Sie beugten höflich das Haupt, aber weder Balduin noch Judith war entgangen, dass sie ohne anzuklopfen eingetreten waren.

Knapp bestellten sie, dass der Kaiser nun bereit sei, sie zu empfangen.

Wie Gefangene …, ging es Balduin angespannt durch den Kopf, als sie die ersten Schritte machten und von den Soldaten eingekreist wurden. Wie Gefangene …

Der Saal des Kaiserpalastes war prächtiger als alles, was Balduin bis dahin gesehen hatte. Das Licht spiegelte sich im Gold, sodass die Wände wie Wellen eines sonnengelben Meers wirkten.

Kaiser Ludwigs Züge glichen denen seines Bruders Lothar. Doch während in dessen Augen dann und wann der Schalk aufblitzte, rasch und unvermutet mit der Schwermut wechselnd, war Ludwigs Blick starr und kühl. Als er sie inmitten von Höflingen, gerüsteten Männern und jeder Menge schwarz gekleideter, tuschelnder Priester empfing, dachte Balduin noch, der ausdruckslose Gesichtsausdruck diene dem Zweck, sich Respekt zu schaffen. Doch auch später, als Ludwig sie zur vertraulichen Rede in sein *Tablinium* bat, regte sich nichts in seiner Miene, höchstens ein wenig Misstrauen und Feindseligkeit, aber auch das so leblos, als wären seine Gefühle nach jahrelanger Kontrolle in einem bestimmten Gesichtsausdruck stecken geblieben.

»Ich hoffe, du weißt, Cousine, in welche Schwierigkeiten du mich bringst«, setzte er an, und seine Stimme klang krächzend wie die eines Raubvogels. Er wandte ihnen den Rücken zu und begann auf- und abzuwandern – ähnlich wie es auch Lothar oft getan hatte, nur viel langsamer und steifer.

Balduin warf Judith einen fragenden Blick zu, in der Hoffnung, sie könne den Verwandten besser einschätzen, selbst, wenn sie ihn noch nie zuvor gesehen hatte. Doch auch ohne seine Aufforderung hatte sie wohl bereits beschlossen, die Führung zu übernehmen. Als sie anfing zu sprechen, machte sie nicht den Eindruck, als hätte Kaiser Ludwig sie sonderlich eingeschüchtert.

»Du hättest uns doch einfach nicht beachten und in Frieden nach Rom ziehen lassen können, anstatt uns eine Truppe Soldaten nachzuschicken!«

Ludwig fuhr herum. »Und mir hinterher sagen lassen, ich wüsste nicht, was in meinem Reich vorgeht? Pah! Die Spatzen pfeifen von allen Dächern, was geschehen ist – da kannst du gewiss sein, liebste Cousine!«

»Und jetzt?«, gab sie unbeeindruckt zurück. »Was wirst du jetzt tun, nachdem du so freundlich warst, uns als… Gäste aufzunehmen?«

Die Miene des Königs hatte sich nicht verändert, aber seine Wangen erröteten. Als er nähertrat, gewahrte Balduin, dass er nicht einmal so groß wie Judith und in jedem Fall viel kleiner als er selbst war.

»Als Gäste!«, stieß er hervor. »Von wegen! Als Geiseln könnte ich euch gefangenhalten!«

»Gewiss doch«, sprach Judith schnell, »und uns teuer an deinen lieben Onkel Karl, meinen Vater, ausliefern. Soweit ich weiß, hasst der dich – so wie im Übrigen jeden Mann, in dessen Adern das gleiche Blut fließt wie in den seinen, nämlich karolingisches. Doch dich hasst er vielleicht sogar ein bisschen mehr als den Rest, weil du obendrein die Kaiserkrone trägst. Die er selbst gern auf dem Haupte sitzen hätte. Aber du hast Recht. Wir beide, Balduin und ich, wären, so du ihm denn nicht diese Krone schickst, fürwahr auch ein schönes Geschenk an ihn.«

Balduin gewahrte, wie Ludwig nach Luft schnappte. Er selbst hatte sich an den spitzen Tonfall seiner Frau gewöhnen können, und es gefiel ihm insgeheim, dass sie auch einem anderen damit zusetzte.

»Wie redest du denn mit mir?«, stieß der König aus.

Judith trat einen Schritt auf ihn zu. Das erste Mal seit Wochen war ihr Gesicht nicht totenbleich, sondern leicht gerötet, und die Haut spannte sich nicht mehr fahl um ihre Backenknochen, sondern wirkte frisch und klar.

»Wenn du uns nicht als Gäste betrachtest, werter Cousin, so können wir uns das höfliche Geplänkel doch ersparen und zum Eigentlichen übergehen. Du betrachtest uns also als Geiseln, auch wenn das schäbig ist, weil wir uns schließlich freiwillig in deine Obhut begeben haben!«

»Von wegen! Gelogen hast du! Den Soldaten vorgemacht, ich hätte euch eingeladen und du wüsstest davon!«

Judith zuckte gelassen mit den Schultern. »Deine Soldaten sahen mir nicht so aus, als wüssten sie zu entscheiden, was sie mit uns machen sollten. Sei's drum. Es spräche einiges dafür, uns meinem Vater auszuliefern. Gleichwohl – dies ist mein Rat an dich – würde ich es an deiner Stelle nicht für Geld tun, sondern lieber für die Provence. Nach dieser Provinz lechzt du doch auch, nicht wahr? Du wartest doch gewiss darauf, dass dein schwachsinniger Bruder Karl, der dort herrscht, den Geist aushaucht! Nun, dein Unglück ist, dass Lothar auch darauf wartet, was wiederum bedeutet, dass es dir nützlich sein könnte, meinen Vater auf deiner Seite zu wissen. Wobei ich mir nicht sicher bin, ob er nicht selbst auch einen großen Happen davon haben möchte. Ich frage mich sogar: Falls er die Wahl hätte, entweder mich und Balduin zu bekommen oder die Provence, nähme er dann nicht lieber Letzteres?«

Ludwig lauschte ihr ungläubig. Derlei Gedankengänge hatte er offenbar nicht erwartet. »Weiber haben in der Politik nichts zu sagen!«

»Tatsächlich? Dürfen nicht oder können nicht? Du hast dich zum König von Italien krönen lassen, aber glücklich – erlaube mir, das zu sagen – siehst du mir nicht aus. Kann es sein, dass dein Hunger nach Macht mit dieser Halbinsel nicht gesättigt ist, die du obendrein mit dem Papst zu teilen hast und, was noch schlimmer ist, mit den Langobarden und den Sarazenen im Süden?«

»Du wagst es, mich bloßzustellen?«, rief Ludwig, puterrot im Gesicht.

Judith zuckte wieder mit den Schultern. Ihre Stimme hatte nicht an Lautstärke zugenommen.

»Nein«, fuhr sie seelenruhig fort und achtete nicht auf seinen Einwurf, »dein Hunger ist nicht besänftigt – ob du nun die Kaiserkrone hast oder nicht. Doch wem wirst du weiter Gebiete abluchsen können? Ludovicus Germanicus, unser Onkel, ist ein zu gewitzter Gegner. Mein Vater wiederum wird dir trotz allen Hoffens die Provence nicht kampflos überlassen, magst du ihm noch so teure Geschenke, wie zum Beispiel mich und meinen Gemahl, darbringen. Im Fall eines Krieges – das musst du dir wohl eingestehen – bist du ein wenig im Nachteil, weil er viel schneller seine Truppen in jenes Gebiet schicken kann. Womit wir jetzt bei deinem lieben Bruder Lothar sind, der dir als Einziger nicht wirklich überlegen ist. Gesetzt, er stürbe ohne Erben, dann könntest du sein Reich ohne Mühen schlucken. Und das ist ein guter Grund, warum es besser wäre, uns zum Papst ziehen zu lassen, anstatt uns hier in Pavia aufzuhalten.«

Balduin schwirrte der Kopf. Zu viele Namen waren auf einmal gefallen. Warum hatte Judith mit ihm nicht über den Plan gesprochen, den sie mit ihren Worten offenbar verfolgte – erfolgreich, wie es schien, denn König Ludwig begann, unruhig die schmalen Lippen aufeinanderzureiben.

»Wenn wir zum Papst ziehen«, fuhr Judith fort, »geht es nicht nur um meine Ehe mit Balduin, es geht auch um eine andere. Du weißt, wovon ich spreche. Ich spreche von Waltrada und von Theuteberga. Ich nehme an, du besitzt Kenntnis davon, dass Lothar nicht sonderlich beliebt ist beim Papst, nachdem er ihm erst kürzlich einen wütenden Brief geschrieben und sich erneut geweigert hat, Theuteberga wieder aufzunehmen. Nun, Balduin und ich sind bereit, uns dem Willen des Papstes zu fügen – vorausgesetzt, dass wir sicher bei ihm ankommen. Und das ist der Punkt, an dem deine und meine Interessen übereinstimmen: Du wünschst dir, dass Papst Nikolaus die Verbindung von Lothar und Theuteberga als gültig erklärt und sein einziger Sohn Hugo ein Bastard wird – und ich erhoffe mir in etwa das Gleiche für meine Ehe mit Balduin. Man könnte sagen, dass das eine mit dem anderen nichts zu tun hat. Aber ein deutliches Zeichen wäre es eben schon, wenn Nikolaus den Konsens zwischen mir und Balduin akzeptiert: dafür nämlich, dass eine auf welch wackeligen Beinen auch immer stehende Ehe nicht einfach gelöst werden darf.«

Ludwig zuckte unwillig die Schulter, aber der Sinn ihrer Worte war ihm nicht entgangen. Auch Balduin verstand nun, worauf sie hinauswollte.

Während er in Trier den Eindruck gehabt hatte, Judith stünde auf Lothars und Waltradas Seite, vor allem auch auf der des kleinen Hugo, erkannte er nun, dass in ihrer kühlen Berechnung, wie sich König Ludwig auf ihre Seite ziehen ließe, jedwede Sympathie für ihren anderen Cousin fehlte und sie seine Interessen bedenkenlos den ihren opferte. Oder vielleicht nicht bedenkenlos – vielmehr rachsüchtig, weil dieser sie schließlich auch verraten hatte. Unwillkürlich erschauderte Balduin.

»So, so«, murmelte Ludwig hingegen wieder einigermaßen gefasst. »Das hast du dir also ausgedacht, liebste Cousine, um mich gewogen zu stimmen.«

Er fügte nichts hinzu, verharrte schweigend. Doch Judith schien der hinausgezögerten Entscheidung, was er tun würde, nicht entgegenzuzittern Sie löste sich von Balduins Seite, schritt durch das Zimmer.

»Lothars Reich ist dir doch lieber als die Provence, nicht wahr«, sprach sie leichthin. »Und bedenke, dass du nicht mehr für uns zu tun hast, als uns einfach unseres Weges ziehen zu lassen… vielleicht mit einer zusätzlichen Truppe, zu unserem sicheren Geleit. Und weil wir bereits hier in dieser schönen Stadt Pavia sind: Vielleicht könntest du uns zu Ehren ein Festmahl geben? Reisen macht hungrig.«

Ludwigs Lippen rieben wieder aufeinander. Er ließ keinen Zweifel daran, dass er sie unverschämt fand, aber er widersprach ihrem Anliegen nicht. Ehe er jedoch der Bitte nachkam, trat er auf Balduin zu, musterte ihn und schrie unerwartet heftig, offenbar, um seinem Zorn Ausdruck zu verleihen, der an Judith nur abzuperlen drohte: »Und du? Kannst du überhaupt sprechen? Oder hat dich meine Cousine nur wegen deines stählernen Körpers genommen?«

Heiß schoss Balduin die Röte ins Gesicht. Gleichwohl einen guten Kopf größer als der König, schien er unter dessen höhnischem Blick zu schrumpfen. Er rang danach, ihm etwas entgegenzusetzen, sich zu verteidigen. Doch da war Judith schon wieder an seine Seite getreten, ergriff seinen Arm.

»Ich dachte, Männer wie du mögen tapfere Krieger«, sprach sie ruhig, »also spotte nicht über ihn. Im Übrigen haben wir hier und heute doch genug geredet, nicht wahr?«

Sie nickte dem König zu, als läge es an ihr, die Zusammenkunft zu beenden.

»Ich habe noch keine Entscheidung darüber gefällt, was ich mit euch tun werde«, beharrte Kaiser Ludwig. »Ich werde sie euch … in einigen Tagen wissen lassen.«

Judith lächelte kühl und machte nicht den Eindruck, als würde er sie mit seinen Worten quälen.

»Ich danke Euch für die Güte, uns zu empfangen, und die unendliche Geduld, unserem Anliegen so aufmerksam zu lauschen«, sagte sie leise. Dann verstärkte sich ihr Druck auf Balduins Arm, und sie zog ihn hinaus.

»Wie konntest du zulassen, dass er mich derart bloßstellte?«

Sie waren kaum zehn Schritte gegangen, als es aus ihm herausplatzte, gleichgültig, ob Kaiser Ludwig es womöglich noch hören konnte oder nicht. Die Höflinge und Wachen, die sich hier im Säulengang aufhielten, taten es ganz bestimmt, auch wenn sie durch Balduin und Judith hindurchblickten, als gäbe es sie nicht – entweder aus Desinteresse oder aus Höflichkeit.

»Wie konntest du das zulassen?«, entfuhr es ihm ein zweites Mal.

Jetzt erst blieb sie stehen. »Ich?«, entgegnete sie und blickte ihn an, als habe er den Verstand verloren. »Dieser vertrocknete Zwerg wollte sein Gift zuletzt auf dich speien, woraufhin ich ihm gesagt habe, er soll's lassen, oder nicht?«

»Das meine ich nicht!«, entgegnete er und suchte alle Kraft in seine Stimme zu legen, damit sie bestimmt klang, nicht etwa trotzig oder nörgelnd. »Andauernd machst du mich zum Narren!«

Sie schüttelte nur den Kopf, ging einige Schritte weiter, blieb wieder stehen. »Sag mir, wann ich mich jemals gegen dich gewandt habe?«

»Als wir auf die Truppe stießen«, entgegnete er, »und gerade eben wieder. Du sprichst nicht mit mir über deine Pläne. Du handelst, als wärst du ganz allein auf dieser Welt. Und ich habe dir hinterherzutraben wie ein Hündchen! Es geht nicht nur um dein Leben, sondern auch um mein Geschick. Also lass es mich mitbestimmen und mich nicht wie einen groben, dummen, maulfaulen Klotz danebenstehen!«

»Ach Balduin!«, rief sie angewidert – und jetzt, da die Röte von ihrem Gesicht geschwunden war, erst jetzt sah er ihr an, wie müde sie war, wie ausgelaugt und erschöpft. Ihre Stimme klang trocken, sie kämpfte mit dem Husten, aber erklärte doch überzeugt: »Kaiser Ludwig ist mein Verwandter, nicht deiner! Und ich kenne Menschen wie ihn, ihre Machenschaften, ihre Intrigen. Ich weiß, wie man damit umgeht!«

Sie rang nach Atem, doch darauf achtete er nicht.

»Du weißt, wie man mit ihm umgeht? Von wegen! Vor den Kopf gestoßen hast du ihn, ihn beleidigt!«

»Und was erregt dich daran? Hast du Mitleid mit ihm – weil er wie du ein Mann ist? Ich weiß ganz genau, wie weit ich gehen darf und wie weit nicht. Überlass das ganz mir.«

»Gewiss! Ich bin ja nur ein tapferer Krieger mit stählernem Körper, der notfalls rettet und beschützt und den man wegwirft, wenn man wieder auf eigenen Beinen stehen kann! Und in dessen Kopf nur Mordlust vorzufinden ist, kein vernünftiger Gedanke!«

Sie schnaubte verächtlich, dann drehte sie sich ein zweites Mal um. »Hör endlich auf, dir leid zu tun«, warf sie ihm über die Schultern zu. »Das ist erbärmlich.«

Unbeherrscht stampfte er auf. Es hallte auf dem harten, steinernen Boden. »Von uns beiden warst doch immer du diejenige, die sich als Opfer der bösen Welt wähnte. Wer, wenn nicht du, suhlt sich andauernd im Selbstmitleid?«

Sie gab ihm keine Antwort. Husten brach sich erneut durch ihre Kehle, aber sie achtete nicht darauf, sondern wandte sich endgültig von ihm ab und ging.

XXIX. Kapitel

Judith kam nur wenige Schritte weit. Sobald sie Balduins Blick nicht mehr fühlte, lehnte sie sich an eine Säule, schloss die Augen und hoffte, der Schwindel würde wieder vergehen. Kalter Schweiß stand ihr auf der Stirne, und die Brust tat zum Zerreißen weh. Eben noch – bei Kaiser Ludwig – hatte sie sich das erste Mal seit Monaten gesund gefühlt, wieder als Herrin ihres Körpers. Nun drohte er sie wieder zu bezwingen.

Sie atmete hektisch gegen die drohende Ohnmacht an, fühlte schließlich, wie das Blut – eben noch abgesackt – wieder in sämtlichen Gliedern zu pulsieren begann. Als sie die Augen öffnete, war das Bild erstaunlich klar, selbst wenn sie noch nicht die Kraft aufbrachte, sich wieder von der Säule zu lösen.

Das tat sie erst, als sie ein Kichern hinter sich wahrnahm. Erschrocken fuhr sie herum. Das Kichern stammte aus den Mündern zweier kleiner Mädchen, ebenso dunkeläugig und schwarzhaarig wie deren Mutter, die hinter ihnen stand. Jene hatte ein zartes Gesicht, aus dem übermächtig die Augenbrauen hervorstachen, die fast gänzlich über der Nase zusammenwuchsen. Sie trug purpurrote Seide und Schuhe aus dem gleichen Stoff, wie Judith sie noch nie zuvor gesehen hatte. Ähnlich gewandet waren die beiden Mädchen. Die eine errötete, als Judiths Blick auf sie fiel, die andere kicherte in einem fort.

Judith fasste sich rasch und nickte der Frau höflich zu.

»Ich nehme an, du bist die Gattin meines lieben Cousins, die Kaiserin«, sprach sie und war erleichtert, dass kein neuerlicher Husten ihre Rede störte.

Die andere nickte ebenso knapp zurück. Wie bei den Mädchen hatte sich auch in ihrem Gesicht Belustigung ausgebreitet, die in Judiths Augen eher bösartig als gutmütig schien. Jener Eindruck blieb erhalten, als sich die Kaiserin an die beiden Mädchen wandte. »Bleibt hier und lauscht, was ich Königin Judith zu sagen habe. Es mag auch euch eine Lehre sein.« Sie hob langsam den Kopf. »Angilberga ist mein Name.«

Judith trat langsam auf sie zu, versuchte, sich daran zu erinnern, was sie über die andere wusste. Demzufolge war Angilberga die Tochter des Grafen Adelgisius von Parma, und jener stammte wiederum aus der in Italien einflussreichen Sippe der Supponiden. Irgendjemand, sie wusste nicht mehr wer, vielleicht ihre eigene Mutter, hatte behauptet, Angilberga sei habgierig und herrschsüchtig. »Nun, Angilberga«, sprach sie, »worin willst du mich belehren?«

Angilberga grinste, und indessen die eine Tochter nun zu kichern aufhörte, brach sie selbst in ein Prusten aus. »Deine Macht ist viel zu laut, liebste Judith.«

»Wie?«

»Die Macht, die du über deinen Gatten ausübst«, erklärte Angilberga und sprach so abfällig, als hätte sie ein dummes, unbelehrbares Kind vor sich. »Verstehe mich nicht falsch – ich tue es auch: den Kaiser beeinflussen, wann immer es geht. Er hört mittlerweile fast allzeit auf meinen Rat, was auch daran liegen mag, dass er von so vielen Intriganten und Verrätern umgeben ist, mich jedoch schon an die zehn Jahre kennt und mir darum vertrauen kann. Doch diesen Rat, das lass dir gesagt sein, flüstere ich ihm im Dunkel der Nacht zu, sodass er am nächsten Morgen nicht sicher sein kann, ob er nicht selbst auf diesen Einfall gekommen ist. Das macht vieles leichter.«

Judith fühlte neuen Schweiß zum schon erkalteten treten, wollte sich aber nicht die Blöße geben, ihn abzuwischen. Insgeheim wünschte sie, sie wäre der anderen im Vollbesitz ihrer Kräfte begegnet. So fühlte sie sich ihr ausgeliefert, wenngleich sie dennoch entschieden antwortete: »Ich habe eine lange Reise hinter mir. Ich wusste oft nicht, ob ich sie überleben würde. Nie habe ich mich zuvor so nutzlos gefühlt, nie so hilflos. Aber hier«, sie deutete auf den Säulengang und die vielen Räume der Kaiserpfalz, die dahinter lagen, »hier finde ich mich zurecht und kann mitreden. Das ist meine Welt – nicht die von Balduin.«

Angilberga lachte wieder, und diesmal klang es wie das Gackern eines Huhns. »Dann wird der Streit, den ich belauschte, nicht der letzte gewesen sein«, sagte sie, jedoch ohne sonderliches Bedauern.

Judith wich ihrem Blick aus, betrachtete die beiden Mädchen.

»Gisla und Ermengarda«, stellte Angilberga sie vor. »Leider bislang ohne Bruder. Was die Position des Kaisers gehörig schwächt. Er hätte es im Benevent und in Salerno leichter, bestünde die Aussicht, dass es auch nach ihm eine starke Hand gibt, die das Reich eint. Eigentlich … eigentlich müsste er doch Mitleid mit seinem Bruder Lothar haben, der darauf angewiesen ist, dass Hugo als sein legitimer Sohn gilt.«

»In dieser Familie hackt einer dem anderen das Auge aus«, sagte Judith rasch.

»Verstehe mich nicht falsch. Ich finde, du hast es richtig angestellt, gute Judith … Ich meine, Lothar zu erwähnen und dessen leidige Eheangelegenheit. Verzeih, wenn ich auch das – und nicht nur deinen Streit mit Balduin – belauscht habe. Aber die Macht der Frauen liegt im Zuhören, nicht im Reden.«

»Und warum nicht das eine tun und das andere nicht lassen?«, fragte Judith und überlegte, wie sie die andere loswerden könnte, um sich endlich auszuruhen.

»Nun, du hast das richtige Argument gewählt, und ich denke, das wird auch der Grund sein, warum Kaiser Ludwig euch schließlich doch nach Rom ziehen lassen wird. Ich für meinen Teil werde ihm gut zureden.«

Judith verkniff es sich, ihr dafür zu danken. »Im Dunkel der Nacht, nehme ich an«, meinte sie lediglich bissig.

»Die Nacht ist unsere Zeit, Judith. Wenn wir es denn geschickt anstellen.«

Judith wollte ihr widersprechen, doch in dem Augenblick nickte ihr Angilberga bereits flüchtig zu, nahm dann die Töchter bei der Hand, eine links und eine rechts, und schritt mit ihnen so lautlos von dannen, wie sie gekommen war. Ihr Gekicher verhallte an den steinernen Wänden, als Judith ihnen nachblickte.

Ob er nun selbst zu dem Schluss gekommen war oder ob tatsächlich Angilbergas Zureden es bewirkt hatte – in jedem Fall ließ Kaiser Ludwig sie nach einer Woche weiterreisen. Sie überquerten bald nach Piacenza den Po mit einer Fähre, kamen nach Bologna und von dort in die unwirtliche Gegend der Apenninen. Ein ähnlich zähes Schweigen lag über ihnen wie einst im Aostatal. Damals war es von Sorgen und Scheu erfüllt gewesen, jetzt lebte es von Trotz, Missgunst und Schadenfreude.

Bruder Wunibald versuchte vergeblich, die drückende Stimmung aufzuhellen, doch mehr als Höflichkeitsfloskeln konnte er weder aus Judith noch aus Balduin herauslocken. Anstatt den ersten Schritt zu einer Aussprache zu tun, verschanzte sich Judith hinter ihrer ausdruckslosen Miene, und Balduin ritt meist gleichauf mit den Soldaten, die Kaiser Ludwig ihnen zu ihrem Schutz mitgegeben hatte. Auch abends, wenn sie entweder in einem Kloster einkehrten oder Zelte errichteten, galten seine Worte meist den Männern. Nicht lange hatte es gedauert, und er hatte ihren Respekt erworben, weil er kundig von Waffen, Pferden und Schlachten sprach. Er teilte zwar nicht die Begeisterung, die bei den anderen in der Stimme mitklang, wenn ruhmreiche Taten von einst heraufbeschworen wurden, doch gerade in Judiths Nähe zögerte er nicht, mit den seinen zu prahlen.

Die Reise über den Apennin war weniger mühselig als über die Alpen, aber dennoch nicht ohne Anstrengung. Die Wälder wurden niedriger; die grünen Nadel- und Laubbäume schwanden immer mehr aus der Landschaft, und an ihrer Stelle wuchs die viel erbärmlicher und kleiner wirkende Macchie. Rau und sandig war der Wind, der wehte, uneben und steinig die Straßen, auch wenn einer der Truppe mehrfach Kaiser Ludwig rühmte, der seit

Jahren sämtliche alten Straßen und verfallenen Brücken erneuern ließ, desgleichen wie er Pfalzen, die einzustürzen drohten, neu befestigte. Nicht minder energisch ging er gegen andere Missstände vor: gegen den verheerenden Straßenraub, dem schließlich auch die Reisegruppe fast zum Opfer gefallen war, und gegen Grafen, die rücksichtslos arme Bauern und Pächter ausbeuteten, ihren König dann aber um seinen Anteil an der Steuer betrogen. Dies war ein Thema, das kurzzeitig für Gesprächsstoff sorgte, denn nicht nur Balduin, sondern auch Judith stellte manche Frage zur Regierungsweise ihres kaiserlichen Vetters. Doch nach einigen Tagen flaute auch dieses Interesse ab und ergab sich der Müdigkeit.

Eine einzige schien von der beschwerlichen Reise nicht gezeichnet. Ähnlich wie Bruder Wunibald Kraft aus dem Wissen bezog, nunmehr im Süden zu verweilen, ergötzte sich Johanna an den Spannungen zwischen Judith und Balduin. In Laon hatte ihr das Alter zugesetzt, nun freilich schien der knorrige Körper trotz des wochenlangen Ritts frei von Schmerzen der Gelenke. Das graue Haar glänzte silbrig weiß, und das fahle Gesicht nahm eine kräftige Farbe an, die es zwar bäuerlicher, zugleich aber lebendiger wirken ließ.

Nie spielte sie den Triumph offen aus, denn sie ahnte, dass Balduin sich gegen ein boshaftes Wort eher zur Wehr setzen würde als gegen ihr Schweigen. Mit jenem wusste sie ihn zu beschämen, vor allem dann, wenn sie es mit Taten der Fürsorglichkeit verband: ihm stets das Essen reichte, das sie aus dem kargen Proviant bereiteten – ein mit Öl angerichteter Hirsebrei, ein Eintopf aus getrockneten Erbsen und Bohnen, Brot aus Sorgho, der Mohrenhirse, oder Gerste, Hafer und Dinkel – und jenes obendrein mit ihrem geheimen Schatz an Kräutern würzte, sodass es appetitanregender roch als das, womit die anderen notgedrungen ihren Hunger stillten. Balduin nahm es entgegen, am Anfang lauernd, ob sie nicht gegen Judith lästern würde, doch mit der Zeit im alten Vertrauen, dass sie es gut mit ihm meinte.

Falls Judith gewahrte, dass es zwischen der einstigen Amme

und ihrem Zögling zur Annäherung kam, so zeigte sie es nicht. Aus einem anderen Anlass richtete sie ihr Wort einmal an Johanna.

Es war am späten Abend, längst war ihr Zeltlager errichtet worden, in einer kargen, steinigen Welt, die nichts von dem saftigen Grün der Niederungen hatte. Die Sterne oben funkelten nicht, sondern schienen nur weiße Löcher im Himmelszelt zu sein. Mehr Licht ging von den flackernden Feuerstellen aus, insgesamt drei an der Zahl. Auf den heißen Steinen, die die Flammen begrenzten, hatten sie das Dörrfleisch erwärmt.

Judith hatte es in ihrem Zelt nicht ausgehalten, schwül und stickig war es dort. Doch kaum war sie ins Freie getreten, schlug ihr Kälte entgegen, die nach Sonnenuntergang genauso beißend war wie im Norden. Alsbald fröstelnd trat sie auf das Feuer zu und gewahrte lange nicht den Schatten der Frau, die ganz am Rande des Zeltlagers stand und ebenfalls frieren musste – der bebende Schatten bekundete es –, aber die Flammen scheute.

»Seit wann, Johanna«, setzte Judith an, nachdem sie sie erkannt hatte, »seit wann verhält es sich so, dass du das Feuer meidest, ja, fürchtest?«

Die Frage klang so selbstverständlich, dass Johanna vergaß, Judith keine Beachtung zu schenken, sondern stattdessen hochblickte. Nicht Feindseligkeit, nur Verwirrung breitete sich in ihrer Miene aus. Das einzige Mal, da sie länger mit Judith gesprochen hatte, war in den Alpen gewesen, als die Königin mit dem Tod gekämpft und sie ihr eine Medizin bereitet hatte: ein Gebräu aus Eibisch, Alant und Mistel gegen den Hustenreiz und einen Trank aus Tausendgüldenkraut gegen das Fieber.

»Was geht's dich an?«, gab Johanna zurück.

»Es ist seit jenem Tag, an dem die Normannen dein Dorf überfallen und deine Familie ausgerottet haben, nicht wahr?«, sprach Judith ruhig weiter.

Johanna duckte sich unwillkürlich. »Hast viel Zeit, andere Menschen zu bespitzeln, nun, da Balduin dir gram ist«, gab sie giftig zurück.

»Kein Mann, ist er mir nun gram oder nicht, könnt mich je so zerstreuen, dass ich blind für die Menschen werde… und für das, was sie verbergen.«

Johanna erhob sich, trat dicht an Judith heran. So nah war sie noch nie vor ihr gestanden, und es stellte sich heraus, dass sie fast gleich groß waren. »Glaub mir«, zischte sie, »ich habe nichts zu verbergen, was mich reuen könnte. Nicht so wie du, die du gedankenlos den Ruhm und das Glück eines Kriegers zerstört hast. Und du hast die arme Joveta auf dem Gewissen!«

Obwohl sie getroffen war, zeigte es Judith nicht. Doch ehe sie sich eine Antwort zurechtlegen konnte, kam ihr eine andere zuvor.

»Lass sie in Ruhe!«, ertönte Madalgis' Stimme aus dem Schatten eines der Zelte.

Johanna fuhr herum. »Du hast mir gar nichts zu sagen!«, wehrte sie die Worte rüde ab.

Madalgis trat ins Licht, und die Flammen spiegelten sich wie so oft in ihren gelben Augen. »Hab ich nicht?«, fragte sie schlicht. Indes sie Johanna ungerührt ins Gesicht starrte und jene eine Weile damit kämpfte, ob sie sich ihr widersetzen oder nachgeben sollte, ging Judiths Blick zwischen den beiden hin und her. Johanna schien ihn zu spüren, denn ihre Schultern verkrampften sich, als würde sie noch mehr frösteln. Sie stieß einen unwilligen Laut aus, ehe sie den Blick als Erste senkte und in die Finsternis davonstob.

Kaum war sie verschwunden, wurden Madalgis' eben noch schroffe Züge weicher. Sie wandte sich der Königin zu, senkte die Lider, sodass die gelblichen Augen nicht länger funkelten.

»Es heißt, dass wir morgen Rom erreichen«, stellte sie fest, ohne sonderliche Erleichterung zu bekunden, die Reise überstanden zu haben.

»Über den Mons Aureus… ja«, bekräftigte Judith. Ohne es zu wollen, schickte sie ein Seufzen hinterher. Gleich, wie es zwischen ihr und Balduin stand – nun wartete der herausforderndste Teil der Reise auf sie, der zwar nicht länger Gefahr für den Leib, jedoch umso mehr für ihre Seelen bereithalten würde. Konnten sie Papst Nikolaus nicht für sich einnehmen und dessen Anerkennung ihrer Ehe nicht durchsetzen, würden sie ihr Leben lang Verdammte und Vertriebene bleiben.

Brügge, A.D. 864

»Diese Schuld«, fragte Balduin wieder und wieder, als reichte es nicht, die Worte nur einmal auszusprechen, nun, da an das lang Verschwiegene gerührt worden war. »Hat diese Schuld, ob derer du sterben musst, mit deinem Kind zu tun?«

Mühselig und zugleich widerstrebend suchte Johanna nach den geeigneten Worten. Sie fühlte keinen Drang mehr, ihr Geheimnis zu hüten, hätte es ihm sogar sorglos anvertraut. Dennoch zögerte sie. Jedes Wort, so wusste sie, konnte das letzte sein. Doch das Bekenntnis ihrer Untat sollte nicht ihr Vermächtnis sein – vielmehr das Opfer, das sie dafür erbrachte.

»Balduin, es ist nicht mehr wichtig …«, setzte sie an.

»Doch!«, rief er entschlossen. »Du hast nie über dein Kind gesprochen, zumindest nicht mit mir. Ich wusste, dass du eins geboren hast, sonst hättest du mich seinerzeit nicht als Amme nähren können. Ich wusste, dass es tot sein musste, sonst wärst du nicht alleine nach Laon geflohen. Aber … aber ich habe mich niemals getraut zu fragen, was geschehen ist … Einmal habe ich Alpais, des Grafen Weib, danach gefragt. Aber du kennst Alpais. Sie war eine gute und fromme Frau, aber sie ließ die Menschen nicht an sich heran. Gesetzt, sie hätte mir überhaupt zugehört – ich bezweifle, dass du ihr irgendetwas von deiner Vergangenheit anvertraut hast.«

Johanna musste lächeln, gleichwohl es steif geriet. Sie hatte nicht gewusst, dass ihr Geheimnis auch auf Balduins Seele gelastet hatte, dass er jemals danach getrachtet hatte, es zu lüften.

»Alpais hat mir am meisten damit geholfen, dass sie sich nicht für mich interessierte«, sagte sie. »Sie gab mir alles, was ich brauchte, das verlangte die Nächstenliebe von ihr – aber ich selbst war ihr reichlich egal… und das Kind, das ich geboren hatte, bevor ich deine Amme wurde, auch.«

»Was ist mit diesem Kind geschehen?«

Johanna fühlte, wie ihr ein Tropfen Speichel über die Lippen trat und sich schließlich als langer Faden über das gefühllose Kinn spann.

So soll er mich nicht sehen, dachte sie. Und zugleich fragte sie sich, ob der Verdacht, sie könnte in irgendeiner Weise an ihrem Kind schuldig geworden sein, ihm zum ersten Mal kam. Wenn er schon als Knabe mehr von dessen Schicksal hatte erfahren wollen – hieß das nicht, dass er schon damals misstrauisch geworden war?

Aber vielleicht war er zu höflich, zu ängstlich, zu blind für Misstrauen. Mit Joveta war es dasselbe. Ständig hatte sie damit gerechnet, dass ihn die Erkenntnis träfe, was damals in den Alpen tatsächlich geschehen war, noch in den Tagen, als sie die schroffe Bergwelt längst hinter sich gelassen hatten und nach Rom gekommen waren. Doch nie hatte er einen bösen Verdacht bekundet, nie die Frage gestellt, warum eine junge Frau im Besitz ihrer geistigen und körperlichen Kräfte am helllichten Tag in die Tiefe stürzte. Im Augenblick des Sturmes war es ja verständlich – aber im Sonnenlicht?

Freilich, zunächst war die Reise zu entbehrungsreich, als dass man einem ihrer Opfer gedenken wollte. Und später brach dieser Zwist zwischen ihm und Judith aus. Die heimliche Schadenfreude, die Johanna darob empfand, war nicht frei von tiefer Erleichterung gewesen, dass Balduin solcherart davon abgelenkt war, in der Vergangenheit zu bohren.

»Was ist mit deinem Kind?«, fragte Balduin.

Johanna fühlte, wie der Speichelfaden in ihrem Hemd versickerte.

»Judith und ich… Judith und ich haben darüber gesprochen.«

»Worüber? Über dein Kind? Das kann ich nicht glauben, du hast dich doch stets geweigert, ein Wort mit ihr zu wechseln.«

»Das galt für lange Zeit… doch nicht für immer. In Rom hat sich alles verändert. Du weißt doch noch, was dort geschehen ist.«

»Wie könnte ich es je vergessen? Aber was hat es mit dir und Judith zu tun?«

Lange schwieg Johanna. »Judith weiß es«, brach es schließlich aus ihr hervor. »Judith weiß, was ich getan habe…«

Sechster Teil

In der Ewigen Stadt

A.D. 863

»Wenn jemand die vom Inhaber des Heiligen Stuhles in heilsamer Weise erlassenen Lehrsätze, Verbote, Bestätigungen und Beschlüsse für den katholischen Glauben, die kirchliche Disziplin, die Zurechtweisung der Gläubigen, die Besserung der Verbrecher, das Verbot naher oder fernerer Übel missachtet, so soll er verflucht sein.«

Aus den Annalen von Saint-Bertin

XXX. Kapitel

Rom atmete die Sanftheit der Orte, die nicht gegen raue Winter zu kämpfen haben, die Traurigkeit einer Ruine, die die Glanzzeit hinter sich weiß, und die Sehnsucht nach Menschen, die die zahlreichen leer stehenden Häuser mit neuem Leben füllen könnten.

Vielerlei Völker trafen hier zusammen und machten aus der Stadt ein Flickwerk aus feinstem Stoff, der jedoch längst beschmutzt war, aus einfachem Leinen, das sich als erstaunlich rissfest erwies, und neuen Nähten, die zu grob waren, um schön zu sein, aber sich als nützlich herausstellten. Die Menschen sprachen die unterschiedlichsten Sprachen – manche glichen einer süßen Melodie, andere bestanden aus groben Lauten, die diese zerhackten.

So war es auch in den vielen Herbergen und Oratorien rund um den Vatikan, wo Angelsachsen und Friesen, Franken und Langobarden Kost und Unterkunft in ihren eigenen *Scholae* fanden. Seit zwei Jahrhunderten, so wusste Bruder Wunibald zu berichten, der sich augenblicklich heimisch fühlte, strömten immer mehr Pilger nach Rom, um hier die sieben großen Basiliken zu besichtigen: San Giovanni in Laterano mit dem Papstthron, die drei Basiliken auf dem Esquilin, auch San Paolo fuori le Mura, San Sebastiano an der Via Appia und San Paolo, die in Richtung Ostia lag. Und natürlich den Petersdom.

In dessen Nähe fand ihre Reisegruppe Unterschlupf in einem der Hospize, die für die Franken gedacht waren. Judith und Balduin gaben sich mit falschem Namen aus; sie waren nicht sicher, ob sich die Geschichte ihrer unstandesgemäßen Ehe bis hierher verbreitet hatte und womöglich Feindseligkeit schuf. Die Mönche, die sie aufnahmen, schienen sich ohnehin nicht sonderlich um das Geschick der Neuankömmlinge zu scheren. Sie wiesen ihnen einen Platz im Gästesaal zu, wo sie auf Strohsäcken zu schlafen hatten – gewiss voller Flöhe, wie Johanna missmutig bemerkte und Judith mit stoischer Gelassenheit hinnahm –, und tischten einen sämigen Eintopf auf, in dem lasches, bräunlich verkochtes Gemüse schwamm und einige wenige Bissen zähes Fleisch. Balduin verschlang ihn so schnell wie nur möglich, indessen Judith ohne Appetit in der gräulichen Brühe rührte.

»Wir können hier nicht lange bleiben«, stellte Balduin fest. Es waren seit langem die ersten Worte, die er zu ihr sprach.

Judith nickte, indes sie sich durch das Haar fuhr, von dem sie eben den Schleier gelöst hatte. Noch nie war sie sich so staubig vorgekommen, so übervoll mit Sand.

»Ja«, stimmte sie zu, »wir müssen bald vor den Papst treten.« Danach zuckte sie die Schultern. Bislang war es lediglich beschlossene Sache, dass sie von Papst Nikolaus den Segen für ihre Ehe erbeten wollten, nicht jedoch, auf welche Weise dies anzustellen sei.

»Ich kenne einige Klöster«, kam Bruder Wunibald zu Hilfe, der, gleichwohl er in einem Benediktinerkloster unterzukommen gedachte, sich diese Mahlzeit, und schmeckte sie auch noch so fade, nicht hatte entgehen lassen wollen. »Und dort wird man mir sagen können, wie man im Lateranpalast, wo der Papst residiert, am besten vorstellig wird. Doch ihr solltet euch nicht entgehen lassen, diese Stadt zuvor besser kennenzulernen. Ich kann sie euch gerne zeigen!«

Balduin starrte ihn nachdenklich an. Noch auf dem Pferderücken unterwegs hatte ihm die Reise nichts anhaben können, doch jetzt fühlte er sich ausgelaugt von den langen Wochen auf der Straße. »Geh du mit ihm, Judith«, erklärte er schließlich. »Und ihr, Johanna und Madalgis, auch, wenn ihr Rom sehen wollt. Ich werde in der Zwischenzeit zusehen, wo ich einen Stall für die Pferde finde. Ich fürchte, einer der frommen Pilger könnte in

Versuchung geraten, sie zu stehlen, solange sie draußen auf der Straße angebunden sind.«

Wieder nickte Judith. »Lass uns morgen besprechen, was wir dem Papst sagen wollen«, fügte sie hinzu. Kurz trafen sich ihre Blicke, und die Spannung der letzten Wochen wich ein wenig von ihnen. Judith nahm nun endlich einen vorsichtigen Bissen von dem Eintopf.

Johanna hingegen schob ihn eben mit missmutiger Miene fort. »Was für ein Fraß!«, sprach sie ihrer aller Gedanken laut aus und setzte nicht minder übellaunig dazu: »Rom kann mir gestohlen bleiben. Schlimm genug ist's, heute Nacht die Pilger schnarchen zu hören. Da kann ich gerne darauf verzichten, ihnen beim Beten zuzusehen.«

Auch Madalgis hatte sich dagegen entschieden, Wunibald und Judith Gesellschaft zu leisten. So waren sie denn allein mit den beiden jungen Männern unterwegs, die Balduin ihnen als Begleitung mitgeschickt hatte. Sie arbeiteten ansonsten in der Küche des Hospiz und waren froh, diesen Tag in größerer Bewegungsfreiheit verbringen zu können. Nach ihrem Marsch über das Marsfeld waren sie an den von der Trajanssäule überragten Kaiserforen vorbeigekommen, und von dort gingen sie weiter zur Kirche San Clemente, die vor knapp zwei Jahrzehnten mit neuen Fresken ausgemalt worden war.

Bruder Wunibald blieb so lange seufzend und bewundernd davor stehen, dass Judith schon vermeinte, sie würde ihn nicht wieder von diesem Ort fortlocken können. Freilich fragte sie sich beim Anblick seiner schweißbedeckten Stirne und seines wogenden Leibes, ob ihn wirklich nur die Schönheit von Kunst aufhielt oder nicht vielmehr die wohltuende Kühle des alten Gemäuers. Die südliche Sonne, die er aufrichtig liebte, setzte ihm nämlich seit der Mittagszeit heftig zu. Jeder Schritt geriet schnaufend, und sein Gesicht lief immer röter an.

»Wenn du willst«, meinte Judith, »kann ich auch allein mit den beiden Burschen ...«

»Ach, der Körper ist schon das abscheuliche Gewand der Seele – da hat Gregor der Große ganz Recht! Aber ganz gewiss werde ich mich nicht von ihm bezwingen lassen!«, rief Wunibald entschlossen. »Glaubst du, ich lasse mir den Anblick des Kolosseums entgehen? Das Kolosseum ist das wichtigste Gebäude in ganz Rom. Hier sind die ersten Christen zu Märtyrern geworden. Es gilt der Satz: Solange das Kolosseum steht, steht Rom; wenn das Kolosseum fällt, fällt Rom und auch die Welt.«

So setzte er sich denn wieder schwerfällig in Bewegung, und trotz seines Schnaufens verzichtete er nicht darauf, Judith von alldem zu berichten, was er über die Ewige Stadt wusste. Unzählige Kriege hatten sie seit dem Ende des Römischen Reiches zerstört, doch an jeder Ecke wiesen vielerlei Zeichen auf die prächtige Vergangenheit hin: Reste der alten Stadtmauern und kunstvolle Tore, Triumphbögen und Thermen, schließlich das erwähnte Kolosseum. Ob es einen eindrucksvolleren Ort als diesen gebe, fragte Bruder Wunibald, um gleich hinzuzufügen, dass Rom natürlich auch für seine vielen Kirchen bekannt sei, insgesamt an die zwanzig, eine prächtiger als die andere.

Doch es war etwas anderes, was Judith am meisten faszinierte. Sie hatte erwartet, hier auf ähnlichen Trubel zu stoßen wie in Pavia, auf Menschen, die stritten und keiften, handelten und bauten, in armseligen, vor Schmutz starrenden Gewändern humpelten oder in prächtigen Kleidern auf Sänften getragen wurden. In der Umgebung des Hospizes war es auch so gewesen, doch im Umkreis des Kolosseums deuchten sie viele Straßen wie ausgestorben, und manche Häuser waren kaum mehr als Ruinen. Hier und da wurde gebaut – Mauern restauriert oder Aquädukte wiederhergestellt –, doch alles in allem erschien ihr die Stadt wie das übergroße Gewand eines zu klein geratenen Menschen.

»Du musst bedenken«, erklärte Bruder Wunibald auf ihre Frage hin. »Einst zählte die Stadt mindestens zweihundertfünfzig Mal tausend Einwohner und jetzt nur mehr zwanzig Mal tausend. Und die, die blieben, haben die meisten der Hügel verlassen. Die adeligen Familien leben entweder in der Gegend um die Via Lata, dem östlichen Teil des Marsfeldes, oder auf dem Ventin. Die Ärmeren hingegen haben sich zwischen Palatin und Kapitol rund um den Tiber angesiedelt, auch wenn jener häufig über das Ufer steigt und manche der einfachen Häuser mitreißt.«

»Und vor allem üblen Gestank verbreitet«, ergänzte Judith. Besonders bei brennender Sonne schien der modrige Fischgeruch allgegenwärtig. Schwärme von Fliegen und Mücken saßen in sämtlichem Gebüsch und suchten vor allem den armen Wunibald heim, als witterten sie, dass an ihm mehr frisches Fleisch und Blut zu erwarten standen als an der dünnen Judith, die die Reise sichtlich ausgezehrt hatte.

»Richtig belebt sind nur mehr zwei Hügel«, fuhr er indes fort, »der Caelius und der Vatikan. In der Basilika des Vatikans, die auf dem Grab des heiligen Petrus errichtet wurde, werden die Päpste geweiht, ehe sie mit einer festlichen Prozession zum Lateran begleitet werden, wo sie ihren Wohn- und Amtssitz nehmen. Erst nach ihrem Tod werden sie wieder zurückgebracht und in Sankt Peter begraben. Eigentlich lag der Vatikan vor den Stadtmauern Roms, aber als ich das letzte Mal hier war, wurde gerade eine Befestigungsmauer gebaut, und mittlerweile umschließt diese auch die Engelsburg. Città Leonina heißt jener Teil der Stadt. Du darfst nicht vergessen, meine Königin, wie bedroht diese Stadt ist. Die langobardischen Fürsten im Süden und die Byzantiner, die dort ihre Außenposten halten, mögen Ehrfurcht vor dem Papst zeigen, nicht aber die heidnischen Sarazenen, die immer aufs Neue kommen und vor allem die Außenbezirke plündern. Nicht wenige meiner Brüder in Christo fanden einen grausamen Tod, wenn sie sich ihnen entgegenstellten, um ihre Reliquien zu schützen!«

Trotz der Hitze schüttelte es ihn, wenngleich Judith nicht recht glauben mochte, dass seine Angst wirklich tief ging, sondern er wie stets Lust an der Übertreibung fand. Mochte die Bedrohung so groß sein, wie er sagte – Judith konnte sich Wunibald bei solch einer Plünderung nicht anders vorstellen, als dass er sich irgendwo im Keller oder im Gebüsch verkroch, bis das Schlimmste ausgestanden war. Ganz gewiss würde er sich nicht schützend vor irgendeine Reliquie stellen.

»Die Menschen sind hier anders gekleidet als im Norden«, stellte sie fest, um ihn abzulenken.

»'s ist wegen der Wärme«, stimmte Wunibald ihr zu. »Die Italiener bevorzugen anders als die Franken weite Gewänder, aus leichten Stoffen wie Seide, wenn sie es sich denn leisten können. Ich frage mich«, er schnaufte laut, »warum niemand von meinen Brüdern auf die Idee kam, unsere Kutten ein wenig dünner und nicht gar so schrecklich kratzend anzufertigen.«

Judith zog mit verstohlenem Grinsen die Augenbrauen hoch. »Solltet ihr Diener des Herrn sie nicht als Zeichen der Mühsal dieser Welt tragen, dem geringsten Bruder gleichend? Kein Bettler hüllt sich in Seide ...«

Er beachtete nicht den leisen Spott in ihrer Stimme. »Kein Bettler in Rom hüllt sich in Seide, das ist wahr. Aber keiner von ihnen würde freiwillig in dieses Ungetüm schlüpfen!«

Er deutete auf sein grobes Gewand, das nicht nur unter den Achselhöhlen nassgeschwitzt war.

Judith lachte auf. Es war ein heller, leichter Ton, wie sie ihn seit Ewigkeiten nicht mehr aus ihrer Kehle hatte kommen hören. Einst hatte sie Balduin gesagt, sie würde weder lachen noch weinen, und wenn sich dies auch – gerade in der ersten Zeit ihrer Ehe – als Übertreibung erwiesen hatte, so hatten die gefahrvolle Reise, die vielen Zermürbungen und schließlich der Zwist zwischen Balduin und ihr das ihrige dazu beigetragen, sie ernst und düster zu stimmen. Zum ersten Mal seit langem fühlte sich ihre Seele nicht beklommen, sondern frei, und sie fragte sich, ob Wunibald Recht damit hatte, dass es sich im Süden einfacher lebte.

Das eigentliche Ziel ihrer Reise – ein Treffen mit dem Papst – schien ihr unendlich weit weg zu sein.

»Die Hitze ist unerträglich – aber das helle Licht doch herrlich, nicht wahr?«, fragte Wunibald trotz anhaltenden Schnaufens. »Paradiesisch, würde ich sogar meinen. So muss man sich fühlen, wenn einst die Augen durch die Anschauung Gottes und des Himmelslichts erfüllt sind, die Nase durch den Blumenduft, die Ohren durch die Musik der Engelschöre, der Geschmackssinn durch die angenehme Würze der himmlischen Speisen und der Tastsinn durch die Berührung mit der ätherischen Himmelsluft.«

Judith blickte ihn zweifelnd an, und Wunibald schien ihre Gedanken zu erraten. »Natürlich«, setzte er mit einem breiten Grinsen hinzu, »werde ich mich im Paradies noch wohler fühlen, weil ich dann den hiesigen Leib los sein werde.«

»Wenn du weniger essen und weniger Met trinken würdest, so könntest du von dieser Wohltat schon hier auf Erden haben.«

»Wo denkst du hin!«, rief Wunibald entrüstet. »Am Hunger würde ich nicht minder schwer schleppen als an meinem dicken Bauch.«

Judith lachte wieder, und sie trug das Lächeln noch auf ihren Lippen, als sie eine Weile schweigend weitergingen.

»Warum«, fragte Wunibald unwillkürlich, und seine Stimme klang viel ernsthafter als eben noch, »warum bist du nicht stets so glücklich?«

»Bin ich denn glücklich?«, fragte Judith und deutete auf ein Grüppchen Frauen, das an einem Brunnen beisammenstand. »Sieh nur, was diese Mädchen hier tragen: so viele Ketten vor der Brust, Reifen am Arm, Bänder an den Schenkeln. Welchem Zweck soll das dienen?«

»Das sind Talismane, zum Schutz vor den Dämonen«, antwortete er, »und ja, Judith, just in diesem Augenblick, da scheinst du mir glücklich und befreit. Warum nur … Warum bist du es nicht mit Balduin?«

»Wären wir hier in Rom, wäre ich es nicht?«, gab sie zurück. Sie versuchte, leichtfertig zu klingen, aber sie wich seinem Blick aus. Oft deuchte sie Wunibald als Schwätzer, dessen Leben ausschließlich um sich und seine eigenen Gelüste – nach Essen, nach Wärme, nach schöner Kunst – kreiste. Doch es gab Augenblicke, da sie ihn für einen ebenso guten Menschenkenner hielt wie sich selbst.

»Das zählt nicht«, sagte er da schon und setzte nachdenklich hinzu: »Kann es sein, dass du ihn zu viel büßen lässt?«

Rasch ging Judith ein paar Schritte, kämpfte mit sich, ob sie auf seine Worte eingehen sollte oder nicht. »Wofür sollte er denn büßen?«, fragte sie schließlich. »Was hat er denn getan?«

»Eben. Das ist es ja. Er hat dir nichts getan. Und doch, wann immer dein Wille und der seine auseinandergehen, ganz gleich, in welcher Sache, bekämpfst du ihn mit Grimm und Verachtung, als sähest du ihn am liebsten tot.«

Trotz der Hitze erbleichte sie. »Das stimmt nicht!«

»Natürlich stimmt es nicht. Du weißt doch, Königin, dass ich zur Übertreibung neige. Doch ein Körnchen Wahrheit ist schon dran. Du bist nicht sonderlich geübt darin, auf Menschen zuzugehen und ihnen ihr Herz zu öffnen, vor allem dann nicht, wenn sie anders handeln, als du es für richtig hältst. Ich bin nicht der, der dich zu etwas drängen will. Aber nun, da die Reise vorbei ist und ihr gemeinsam vor dem Papst euer Anliegen durchkämpfen müsst – denkst du nicht, dass es an der Zeit wäre, ihm die Hand zu reichen, ganz gleich, wie sehr er dir jüngst missfallen hat?«

Wieder musste sich Judith zwingen, seine Worte nicht einfach rüde zurückzuweisen. »Ich wünschte«, brach es schließlich aus ihr heraus, »ich wünschte, er könnte endlich hinnehmen, wer ich bin – und dass mein Wesen ihm nicht fortwährend Kränkung verheißt.«

»Das ist dein gutes Recht, Königin«, sagte Wunibald. »Aber du solltest ihm zugestehen, dass diese Reise nicht minder an seinen Kräften gezehrt hat als an den deinen. Manches würde er nicht sagen oder tun – wäre er nicht restlos erschöpft.«

Judith schwieg nachdenklich.

»Also«, bedrängte er sie. »Wirst du auf ihn zugehen? Wirst du bereit sein, dich mit ihm zu versöhnen?«

»Ja«, meinte sie schließlich nicht ohne Widerwillen. »Ja, vielleicht sollte ich das tun.«

Der Weg zurück verlief still. Judith fühlte, wie Wunibald sie mehrmals von der Seite anstarrte, doch er enthielt sich weiterer Worte, entweder aus Anstrengung oder weil er ihr die Zeit der Besinnung gönnen wollte. Obwohl der Lärm um sie herum wieder zunahm – in den menschenreicheren Vierteln hallten nun die Laute quengelnder Kinder, schreiender Händler, kläffender Hunde –, hatte sie in der letzten Zeit selten mit einer derartigen Muße darüber nachdenken können, wie sie vor den Papst treten sollten oder was geschehen würde, wenn er sich auf die Seite des Königs stellte – und schließlich galten ihre Gedanken auch Balduin.

Auf sein oft trotziges Schweigen hatte sie stolz und ausdauernd reagiert, ja, sie hatte fast Freude an diesem stummen Kräftemessen gefunden, überzeugt davon, dass sie die Geübtere darin war und er ihr letztlich Recht geben würde. Doch nun, da sie den vorwurfsvollen Blick, den er ihr gegenüber stets aufgesetzt hatte, nicht vor sich sah, dachte sie an einen anderen Balduin – an jenen, der nicht gezögert hatte, ihr zur Flucht zu verhelfen, und der auch dann an diesem Entschluss festgehalten hatte, als er alles verlor.

Als sie in die Nähe des Hospiz kamen, sagte Wunibald immer noch nichts. Sie selbst unterbrach das Schweigen.

»Ich werde mich mit ihm aussprechen«, entschied sie.

Im Inneren des Gebäudes, das nach dem hellen Tag finster und trübe wirkte, schwappten ihr die Gerüche des Abendessens entgegen. Es schien nicht sonderlich appetitanregender zu sein als das erste Mahl.

Doch sie war ohnehin vor allem durstig, ging in den Hof, wo gerade einer der Knechte Wasser aus dem Brunnen schöpfte, und bat ihn, ihr mit der hölzernen Schöpfkelle davon zu geben. Beim Anblick des Wassers schien ihr die eigene Kehle noch trockener zu werden. Sie trank in gierigen Schlucken. Als sie die Kelle senkte, fühlte sie einen Schatten auf sich fallen, dachte zuerst, es wäre Bruder Wunibald, der ihr gefolgt sei, und gewahrte dann umso überraschter, dass es Johanna war.

Sie schien ihre Ankunft nahezu begierig erwartet zu haben, wiewohl sie doch ansonsten nie von sich aus ihre Nähe suchte.

»Was ist?«, fragte Judith knapp.

Der Mund der alten Frau war ausdruckslos, aber in ihren Augen glitzerte es triumphierend.

»Wo ist Balduin?«, fragte Judith, als Johanna ihr nicht antwortete.

Das Glitzern in den starren Augen verstärkte sich.

»Nicht hier«, sagte sie. »Brauchst ihn gar nicht erst zu suchen.«

»Hat er die Pferde...?«

»Die Pferde stehen wohlbehalten im Stall.«

»Aber wo ist er dann?« Judith wurde zunehmend ungeduldig.

»Wo denkst du denn, dass er sein könnte?«

Da begriff sie und erstarrte. »Das hat er nicht getan!«, rief sie und konnte die Beherrschung nicht wahren. Aller Ärger, alle Verachtung, derer sie eben noch entschlossen abgeschworen hatte, entstellten ihr erhitztes Gesicht. Die Schöpfkelle fiel laut krachend zu Boden.

Ein seltenes Lächeln erschien auf Johannas Lippen. »Du scheinst nicht begriffen zu haben, dass er ein Mann von Ehre ist«, bemerkte sie kühl. »Glaub mir, er braucht kein Weib, um für diese einzutreten.«

XXXI. Kapitel

Balduin hatte erwartet, dass ihn im Lateran auf dem Caelius eine andächtige Stille erwarten würde – eine, die der Heimstatt des Papstes und solcherart einem heiligen Ort angemessen wäre. Doch während viele Straßen Roms wie ausgestorben waren, erwartete ihn hier mehr Leben, als die gnadenlos überfüllten Räume zu beherbergen taugten, ein stetes Summen und Lachen und Singen und Gezeter.

Der stadtrömische Adel, so wusste er, ließ seine Söhne für kirchliche Karrieren im Lateranpalast ausbilden, und bereits im Hof erwarteten ihn eine Menge aufgeweckter Kinder, die einen tobend, andere balgend, und verzweifelte Lehrer, die sie zu mäßigen suchten.

Hinzu kam das geschäftige Treiben all jener, die ihres Amts wegen etwas zu sagen hatten oder auf dieses Amt begehrlich hinarbeiteten: Notare, Kassenverwalter und Zeremonienmeister, Bibliothekare und schließlich junge Sänger der Schola Cantorum, die sich lärmend und ränkesüchtig in zu engen Gängen drängten. Nur einige Mönche und Priester legten jene stille, ehrfürchtige, für die Welt blinde Haltung an den Tag, wie Balduin sie von frommen Menschen wie Alpais kannte. Sie übersahen den Trubel, indem sie ungerührt hindurchschritten oder sich in Kirchen zurückzogen – entweder in die Kathedrale San Salvatore oder die Taufkapelle San Giovanni gleich neben dem Lateranpalast.

Finster schien dieser Palast, als Balduin ihn betrat. Seine Augen brauchten eine Weile, ehe sie sich an die dunstige Atmosphäre gewöhnt hatten. Staunend nahm er die Pracht wahr, für die die anderen Menschen hier längst blind geworden waren. Papst Leo III. – einer der Vorgänger des jetzigen Nikolaus – hatte kostspielige Prunksäle errichten lassen, mit mächtigen Marmorsäulen, die korinthische Kapitelle trugen, mit Balustraden aus massiver Bronze und Kronleuchtern, funkelnd von Edelsteinen und schimmernd von Gold. Bei den Vorhängen war nicht an den edelsten Stoffen wie Samt, Damast und Seide gespart worden. Zahlreich waren außerdem die Purpurteppiche, die die lauten Schritte auffingen. An den Wänden hingen kunstvolle Reliquienbehälter aus Edelmetall und mit Schmucksteinen besetzt.

Am kostbarsten ausgestattet war das *Triclinium*, der eigentliche Versammlungsort, mit seinen aufwändigen Mosaiken. In der Apsis war auf der einen Seite Christus zu sehen, wie er dem heiligen Petrus das *Pallium* – das Zeichen der apostolischen Würde – und Kaiser Konstantin wiederum das *Labarum*, die Kaiserstandarte, verleiht. Das zweite Mosaik, das den heiligen Petrus zwischen dem Papst und Karl dem Großen darstellte, verkündete eine ähnliche Botschaft: Der König war der Repräsentant der weltlichen Macht und als solcher Beschützer, nicht Beherrscher der römischen Kirche. *Heiliger Petrus*, so lautete die Inschrift, *gib Papst Leo das Leben und König Karl den Sieg.*

Indessen Balduin noch ehrfürchtig staunte, zupfte jemand an seinem Ärmel – jener Mann, der ihn zuvor unerwartet im Hospiz aufgesucht hatte. Er hatte seinen Namen nicht genannt, einzig seine Tonsur verriet, dass er zum Klerus gehörte. Das Ansinnen, das er hervorgebracht hatte, bekundete, dass er zum engsten Kreis des päpstlichen Hofstaates gehörte. Er könnte nämlich ihn, Balduin, gerne unauffällig zum Heiligen Vater bringen zwecks einer privaten Unterredung – wenn, ja wenn er sich dieses Entgegenkommen denn leisten könnte.

Die verkniffene Miene, in der sich Geldgier spiegelte, war Balduin unangenehm. Nicht minder verwirrt war er auch darüber, dass sich Judiths und seine Ankunft offenbar schon bis in die höchsten Kreise herumgesprochen hatte. Doch zugleich schien ihm das Angebot nicht wenig verheißungsvoll. Den Papst unter vier Augen zu treffen schien ihm ratsamer als vor aller Welt. Die Frage war nur, ob es auch ratsam war, es ohne Judith zu tun. Es hatte etwas ebenso Einschüchterndes wie Verlockendes, es allein zu versuchen und nicht wie ein stummer Schatten neben einer vermeintlichen Meisterin der Diplomatie zu stehen, die ihn für einen schlichten, unerfahrenen Krieger hielt.

Die Bitterkeit, die er seit Pavia schmeckte, hatte sich verstärkt, als schließlich Johanna zu ihm getreten war, gefragt hatte, was der Mann wollte, und ihm zugeredet hatte, als er dessen Ansinnen erklärte.

»Soll ich nicht doch auf Judith warten?«, fragte er.

»Gibt es dich nicht mehr ohne sie?«, fragte Johanna zurück.

So war er hierhergekommen und erfuhr nun, dass der Papst ihn in seinem Arbeitszimmer, dem *Tablinium*, empfangen würde. »Und … ich treffe ihn wirklich allein?«, fragte Balduin; seit er hier war, war ihm mulmig zumute.

»So war es doch abgemacht«, erklärte der andere und zog ihn mit sich.

Beim Papst war es auffallend nüchtern. Entweder lag ihm nichts an Schönheit oder Pracht, oder aber beides hatte so großen Wert für ihn, dass es ihn nur unnötig von seiner Arbeit ablenken würde, wenn er sich damit umgab. Der Raum, in den der Kleriker ihn geleitete, erinnerte Balduin an die Schreibstube von Graf Robert: Ein Tisch war darin, jedoch nur aus Holz, nicht aus Marmor, desgleichen mehrere Stühle, von denen der eine, auf dem Nikolaus I. saß, immerhin bronzene Beine hatte und mit glänzendem Leder und einem weichen Kissen ausgestattet war. Es roch nach Wachs, nach Pergament, nach Tinte, die in kunstvoll geschnitzten Hörnern aufbewahrt wurde. Das Lesepult auf dem Tisch schien denn auch überzuquellen vor Schriften und Briefrollen. In welcher der Papst gerade gelesen hatte, war nicht ersichtlich; es sah vielmehr so aus, als hätte er einen wahllosen Haufen daraus geformt, den er als Grenze zwischen sich und dem jeweils Eintretenden ziehen konnte. Offenbar war Balduin nicht der erste heimliche Besuch an diesem Tag. An seiner gelangweilten Miene erahnte Balduin, dass es zur Tagesordnung gehörte, wenn Besucher abseits der offiziellen Audienzen und Empfänge von einem Vertrauten des Papstes zu ihm gebracht wurden – vorausgesetzt, dass sie dafür zahlten.

Der Priester an Balduins Seite verbeugte sich tief, trat dann aber selbstbewusst zu Nikolaus, um ihm etwas ins Ohr zu raunen, offenbar, wen er da gebracht hatte. Noch ehe der Papst mit einem Nicken reagierte, zog der Mann sich zurück und ließ die beiden allein. Balduin war nicht sicher, ob sie tatsächlich unbeobachtet waren. Trotz der Schlichtheit war auch dieser Raum mit vielerlei Vorhängen und Wandbehängen ausgestattet. Er konnte sich gut vorstellen, dass sich hinter dem ein oder anderen ein Guckloch befand, durch das der Papst belauert wurde – und sei es nur zu dessen eigenem Schutz.

Abwartend blieb Balduin zunächst stehen, fühlte sich dem Pontifex ausgeliefert, umso mehr, als Nikolaus auf die Nennung seines Namens nicht reagiert hatte und unbeirrt in seinen Schriften wühlte.

Da nichts geschah, kam Balduin in den Sinn, dass er bislang versäumt hatte, seine Ehrfurcht zu bekunden. Er sank zuerst auf die Knie, begnügte sich mit dieser Geste jedoch nicht, sondern legte sich danach flach auf den Boden, ähnlich wie es Priester taten, wenn sie ihre Weihen empfingen.

Solcherart konnte er die Reaktion des Papstes nicht sehen, doch sein Verhalten hatte die erwünschte Wirkung. Nach einer Weile klang Nikolaus' Stimme durch den Raum, leise, aber fest genug, um zu verraten, dass sie zu befehlen gewohnt war.

»Steht auf, mein Sohn!«

Balduin gehorchte, erhob sich und musterte nun das Gesicht von Nikolaus eingehender. Schwer war es, etwas über das Alter dieses Mannes zu sagen. Der Blick schien müde, die Ringe darunter glänzten bläulich und wirkten etwas geschwollen, ansonsten aber war das Antlitz frisch und frei von Falten oder Flecken. Diese Haut hatte weder viel Sonne noch Kälte ertragen müssen, ebenso wenig wie die Hände an harte Arbeit gewohnt waren. Wie sie da stetig über das Pergament strichen, wirkten sie gelblich, als hätte man sie mit Wachs überzogen wie mit Handschuhen, um sie vom Irdischen reinzuhalten.

»Ihr zeigt großen Mut, mein Sohn, hierherzukommen«, begann Nikolaus schließlich zu reden. »Es überrascht mich nicht. Man sagte mir über Euch, dass Ihr ein Krieger ohne Todesfurcht seid.«

Balduin atmete tief durch. Was immer an Gutem oder Schlechtem aus diesem Zusammentreffen erwachsen würde, er durfte sein Unbehagen nicht zeigen, nicht das schlechte Gewissen, das da an ihm nagte, ihm vorhielt, dass er wahnsinnig sein musste, ohne Judith zu kommen, sich ausgerechnet jetzt zu beweisen, dass er sich ohne sie nicht minder vollständig fühlte.

»Habe ich hier Schlimmeres zu befürchten als im Krieg?«, fragte er zurück.

»Ihr seid unbewaffnet gekommen«, stellte der Papst fest.

»Weil ich hier bin, um Euch das Heil meiner Seele anzuvertrauen«, sagte Balduin, und seine Stimme klang – zu seiner eigenen Erleichterung – deutlich fester als zuvor. »Muss ich dafür ein Schwert tragen?«

Falls Papst Nikolaus jemals lächelte, so tat er es jetzt, vorausgesetzt, man konnte das unruhige Zucken der Mundwinkel dafür halten. »Aber wer sagt Euch«, fragte er zurück, »dass nicht hinter einer dieser Mauern ein Scherge von König Karl lauert, um das Problem eines ungeliebten Schwiegersohns auf ebenso unauffällige wie wirksame Weise aus dem Weg zu schaffen?«

Balduin verkrampfte unwillkürlich die Hände. »Würdet Ihr solch eine Schandtat an einem Ort wie diesem gestatten?«

Die Mundwinkel zuckten wieder.

»Das ist eine gute Frage«, sagte der Papst, dann schwieg er. Seine Augen schwenkten über Balduins Gestalt, weder neugierig noch freundlich, doch auch nicht abgestoßen von dem, was sie sahen.

Balduin versuchte sich daran zu erinnern, was er von Nikolaus I.

wusste. Demzufolge war er ein Mann aus edlem Geschlecht – der Sohn des Regionars Theodor. Kaiser Ludwig, König von Italien, war bei seiner Papstwahl anwesend gewesen und hatte nach der Weihe den Papst persönlich am Zügel des Pferdes geführt – eine Geste der Erniedrigung, die Kaiser Ludwig sicher mit Bedacht gewählt hatte. Ob der unruhigen Lage im Süden und der Bedrohung durch die Sarazenen war der Papst ein wichtiger Bündnispartner – und nach allem, was Balduin gehört hatte, auch ein fähiger.

Unter ihm gab es kaum Unruhen in Rom, die Ernten waren reich, und für die Armen, die es dennoch gab, ließ der Papst Speisemarken ausgeben, die mit seinem Namen gezeichnet waren. Sehr baufreudig war er, hatte zwei Wasserleitungen errichten lassen und den Porticus an der Santa Maria in Cosmedin. Allerdings – und dies bekrittelten einige der Mönche – gab es keine großen Schulen in Rom, deswegen auch keine Gelehrten, die den christlichen Glauben mit den Methoden der Wissenschaft ergründeten.

»Das ist eine gute Frage«, wiederholte der Papst. »Würden Wir gestatten, dass man Euch meuchelt? Vor allem dann, wenn der westfränkische König Karl es persönlich von Uns erbäte?«

Nikolaus schien nachzusinnen, obwohl Balduin sich nicht vorstellen konnte, dass er ernsthaft darüber nachdachte und dass das, was er schließlich sagte, der Laune dieses Augenblicks entsprach. Wenn sich die Nachricht, dass sie in Rom eingetroffen waren, im Lateranpalast herumgesprochen hatte, dann hatte sich gewiss auch Nikolaus auf eine Begegnung vorbereitet.

»Eine Bluttat wird zu keinem geringeren Verbrechen, nur weil sie ein König fordert und kein gewöhnlicher Mensch«, meinte Balduin.

»Da habt Ihr Recht«, erwiderte der Papst friedfertig. »Allerdings …«

Wieder wartete er. Balduin fühlte sich an jene Augenblicke eines Kampfes erinnert, da man zu sehr im Schlamm feststeckte, um endlich zuzuschlagen, da das Warten zermürbender war als die Furcht vor dem feindlichen Schwert.

»Allerdings... auch wenn der König Uns natürlich nicht um einen Meuchelmord gebeten hat – was er von Uns wünscht, steht außer Zweifel. Ihr müsst bedenken, Graf Balduin: Es kommt nicht selten vor, dass ein König Uns oder Unsere Vorgänger um etwas bittet. Wenn die fränkischen Bischöfe untereinander zerstritten sind, so richtet man die komplizierten Fragen des Kirchenrechts an Uns, sodass wir mit Unserem Urteilsspruch entscheiden. Freilich gab es auch manchen König, der glaubte, er könne in dieser Hinsicht auf Uns verzichten. Der Urgroßvater Eurer... Ja, ist sie denn Eure Gattin? Der Urgroßvater von Königin Judith also, Karl der Große, wähnte sich gebildet genug, um manches Mal selbst zu beschließen, welches Recht in der Kirche zu gelten habe und welches nicht.«

Er setzte eine lange Pause. Balduin war nicht sicher, ob der Papst erwartete, dass er das Gesagte kommentieren würde, denn sein Blick war abgeschweift.

»Mein Vorgänger war auf Kaiser Karl angewiesen – zumindest in jener Stunde, als ihm die Langobarden immer gefährlicher wurden. Es war ihm damals lieb, den König in Rom zu wissen – nicht allzu lange, wohlgemerkt.«

Wieder atmete Balduin tief durch, verbot sich, an Judith zu denken, die all diese Worte gewiss besser einzuordnen imstande war als er. »Was wollt Ihr mir sagen?«

Der Blick des Papstes streifte ihn wieder, flüchtig nur, aber deutlich amüsiert. »Ihr seid also nicht nur mutig, sondern auch offenherzig. Vielleicht gefällt Uns das. Aber kommen Wir zu den Bitten zurück, die fränkische Könige an Uns richten. Manchmal bedurften sie Unser mehr als wir ihrer, dann nämlich, wenn sie in Kriegen gegen Söhne oder Vettern oder Brüder eine Stimme hören wollten, die laut verkünden sollte: ›Dieses hier ist der einzig wahre, gottgewollte Herrscher, alle anderen aber sind des Teufels!‹ Freilich darf diese Unsere Stimme nicht zu laut sein. Denn was wäre, wenn plötzlich Wir allein bestimmten, wer König sein soll und wer nicht – womöglich gar anstelle dessen, der vermeint, er wäre der einzig wahre? Kaiser Ludwig, der Sohn vom großen Karl und Judiths Großvater, hat sich dereinst die Krone selbst aufgesetzt, um zu beweisen, dass er nicht unter Uns steht, sondern neben, ja vielleicht über Uns. Und das ist die entscheidende Frage.«

Er nickte bedächtig. Balduin fühlte, wie seine Hände schweißnass wurden.

»Ja, die entscheidende Frage«, setzte der Papst hinzu. »Wer ist es, der die Entscheidung über Eure Ehe treffen darf? Wer ist es, der Gottes Willen zuerst zu ergründen und dann zu verkünden hat?«

»Wir haben die lange, beschwerliche Reise auf uns genommen, weil wir der festen Überzeugung sind, dass Ihr es seid«, erklärte Balduin.

»Dies nun ist nicht nur mutig und offenherzig, sondern obendrein klug gesprochen. Es ist für Unsereins doch immer schmeichelhaft zu hören, dass Wir mehr Macht haben sollten als jeder König dieser Welt. Freilich, so klug diese Schmeichelei sein mag, so dumm ist es vielleicht für Uns, sich von ihr verlocken zu lassen. Wenn Ihr tatsächlich die Alpen überquert habt, Graf Balduin, so wisst Ihr, dass die Wege dort nicht nur schmal und steinig sind, sondern sehr dicht am Abgrund entlangführen. Jeder Schritt mag wohl überlegt sein – und ebenso ergeht es Uns Päpsten, wenn Wir entscheiden müssen, worin Wir den Königen zu Willen sein sollten und worin nicht. Ein falscher Schritt – und Wir drohen zu stürzen.«

»Ich dachte stets«, Balduin räusperte sich, er hatte zu kindlich trotzig angesetzt. »Ich dachte stets«, versuchte er es erneut, »Ihr trefft Eure Entscheidungen nicht mit Rücksicht auf die Mächtigen dieser Welt, sondern auf das Wort Gottes. Und jenes besagt, dass der Mensch nicht trennen soll, was der Allmächtige verbunden hat.«

Der Blick des Papstes verdüsterte sich merklich. Die Lust, dieses Gespräch zu führen, schien sich langsam zu erschöpfen. »Aber hat der Allmächtige denn Eure Ehe gesegnet, Graf Balduin?«, bemerkte er nun, nicht ärgerlich oder vorwurfsvoll, eher gelangweilt. »Ist Er nicht ebenso empört über Eure Anmaßung, einen solchen Bund ohne jeglichen Respekt vor Stand und Sitte zu schließen, wie der König?«

»Seid Ihr für oder gegen uns?«

»Soll ich diese Entscheidung etwa mit Hast treffen?«

Die vielen Fragen zermürbten Balduin. »Es würde uns, nachdem uns die fränkischen Bischöfe wegen der Eheschließung exkommuniziert haben, davor bewahren, in einem Zustand der Sünde zu leben.«

»Den Ihr so gewählt habt«, stellte der Papst fest.

»Und von dem Ihr uns befreien könnt. Ihr allein.«

Nikolaus zuckte die Schultern, indessen Balduin schwer atmete. Kein Kampf der Welt hatte ihm so zugesetzt wie dieser. Er wusste nicht, ob er im Laufe des Gesprächs einen Schritt weitergekommen war oder vielleicht sogar einen zurückgeworfen wurde.

»Wo ist Königin Judith, Graf Balduin?«, setzte der Papst an, und diesmal schien die Frage ehrlich gemeint, nicht Teil jener Floskeln.

Balduin zuckte zusammen, fühlte sich ertappt.

»Ich bin ihr Mann«, erklärte er fest. »Ich spreche für sie. So ist es Sitte in unserem Land.«

»Graf Balduin …«, begann Nikolaus gedehnt, und sämtliche Anerkennung, die der andere mit seinem forschen, direkten Auftreten ihm hatte abringen können, war erloschen. »Graf Balduin, Ihr seid also mutig und offenherzig und manchmal klug. Nicht minder gut stünde Euch die Bereitschaft an, stets dazuzulernen. Sie ist die Tochter von König Karl, sie ist selbst zur Königin gekrönt worden. Ihr Wort zählt viel.«

»Mehr als meines?«, fragte Balduin ungläubig.

»Wie ich vorhin schon sagte«, Nikolaus' Stimme klang angeödeter als je zuvor, »Ihr habt das Los zu erdulden, wofür Ihr Euch aus freien Stücken entschieden habt. Bringt Judith hierher!«

Balduin fühlte sich wie ein gemaßregeltes Kind, wusste auch

nicht recht, was er tun sollte, wirklich schon nachgeben, sich verbeugen, entschwinden? Aber wie konnte er sich eingestehen, dass dieses Gespräch so… missraten war – vor sich selbst und, was noch schwerer wog, vor Judith? Grauenvoll war die Vorstellung, jetzt zu ihr zu gehen und ihr auszurichten, was der Papst ihm gesagt hatte.

Er rang mit sich und zugleich nach Worten, wie er diesen schroffen Rauswurf verzögern könnte, indes der Papst nun stur auf die Papyrusrollen blickte. Noch ehe er etwas sagen konnte, zupfte eine Hand an seinem Ärmel. Er fuhr herum und sah in ein fremdes Gesicht – es war nicht das des Priesters, der ihn hierher begleitet hatte, aber das eines Mannes, der offenbar Teil des päpstlichen Hofes und darin geübt war, den Papst möglichst unauffällig von unwillkommenen Gästen zu erlösen.

Eben war dessen Griff noch vorsichtig gewesen. Doch als Balduin nicht augenblicklich folgte, schloss sich die Hand schmerzhaft um seinen Arm. Balduin wollte sich nicht offenkundig wehren. Erst als sie den Raum verlassen hatten, riss er sich wütend los.

»Was fällt Euch ein!«, fuhr er ihn an. »Wie könnt Ihr es wagen?«

Der Mann musterte ihn schweigend und irgendwie verschlagen. Nach einer Weile senkte sich ein Lächeln auf sein Gesicht, das Balduin zunächst nicht zu deuten wusste. Und als er endlich gewahr wurde, dass es mit den beiden Männern zu tun hatte, die sich plötzlich von hinten näherten und ihn festhielten, war es schon zu spät.

»Was zum…«

Er sah die silberne Klinge eines Dolchs aufblitzen und wie sie sich bedrohlich auf seine Kehle senkte. Kurz befürchtete er, dass das geschähe, worüber er eben noch mit dem Papst geredet hatte: ein gemeiner Meuchelmord mit dessen Duldung.

Doch die Männer hatten es nicht auf sein Leben abgesehen.

»Ein Laut, und du stirbst!«, sagte der eine und presste die Klinge an seine Kehle, aber ritzte die Haut nicht ein.

»Und es wäre schade, wenn du stürbest«, murmelte der andere, »wo du uns doch ein nettes Sümmchen einbringen wirst.«

Dann zerrten sie ihn mit sich.

Die Miene von Bruder Wunibald war sorgenvoll, als er vom Lateranpalast zurück zum Hospiz kam. Seit drei Tagen versuchte er nun schon, alles zu tun, um etwas über Balduins Verbleib herauszufinden, doch er war jedes Mal auf taube Ohren gestoßen.

»Wieder nichts?«, fragte Judith, die ihm entgegengelaufen war.

Zunächst hatte sie sich solcher Eile enthalten, wollte sich keine ernsthaften Sorgen machen. Als er am ersten Abend nicht wiederkehrte, war sie sich sicher, dass Balduin freiwillig verschwunden war, entweder aus Trotz oder aus Scham. Wahrscheinlich, so schloss sie, hatte er beim Papst nichts erreicht, hatte ihre Lage womöglich sogar verschlimmert und vermied es darum, ihr unter die Augen zu treten.

Geschieht ihm recht, dachte sie – am ersten Tag verärgert, am zweiten Tag gekränkt, am dritten Tage ängstlich. Balduin mochte zu mancher Untat fähig sein, feige aber war er nicht. Er war als Krieger dafür gerühmt geworden, keiner Schlacht auszuweichen. Warum sollte er die Begegnung mit ihr scheuen?

Das gab auch Wunibald zu bedenken, der seit dem Verschwinden alles daran setzte, Neuigkeiten zu erfahren. Eben trat er auf sie zu, die Stirne mehr gerunzelt als sonst, und ergriff vorsichtig ihren Arm.

»Du … du hast doch etwas erfahren?«, fragte sie, und ihre Furcht verbarg sich nicht hinter einer Maske aus Hochmut und Gleichgültigkeit, wie sie sie gegenüber den anderen bewahrte, vor allem vor Johanna, die sich viel eher um Balduin zu ängstigen begonnen hatte als sie.

»Ich weiß nichts Genaues«, sagte Wunibald. »Keiner wollte es mir bestätigen … aber es gibt Getuschel, dass man ihn in irgendeinem Kerker gefangen hält.«

»Lieber Himmel, warum? Wie kann der Papst …?«

»So wie es aussieht, hat der Papst damit nichts zu tun. Ich

nehme zwar an, dass er davon weiß und es duldet, aber er hat es nicht befohlen.«

»Aber wer denn dann?«

Er zuckte nur die Schultern und überließ es schließlich ihr, die Ahnung auszusprechen.

»Irgendein Geistlicher vom Hofe meines Vaters …«, setzte sie an.

»Das wäre eine Möglichkeit«, meinte Wunibald mit einem düsteren Nicken. »Es gibt genügend Westfranken hier in der Stadt, treue Diener von Hinkmar von Reims zum Beispiel, die mit aller Macht verhindern möchten, dass der Papst eine Ehe anerkennt, die Hinkmar als Auflehnung gegen Gott und König verstanden haben will. Auf der anderen Seite könnte es auch ein Mittelsmann von König Lothar gewesen sein. Du weißt, Königin, wenn deine Ehe mit Balduin gültig ist, wird alle Welt darauf pochen, dass es auch die zwischen Lothar und seiner ungeliebten Theuteberga ist.«

Judith rieb unruhig ihre Hände aneinander. »Lothar hat mich schon einmal verraten!«, stieß sie bitter hervor.

»Vielleicht«, gab Wunibald zu bedenken, »ist jener, der Balduin verschleppt hat, aber gar nicht von politischem Interesse getrieben, sondern von Geldgier. Ich könnte mir durchaus vorstellen, dass König Karl, dein Vater, bereit wäre, eine Art Lösegeld für ihn zu zahlen – so man ihn denn an ihn ausliefert!«

»Das darf nicht passieren!«

»Gewiss nicht«, setzte Wunibald traurig hinzu, »aber mir fällt nichts ein, womit du es verhindern …«

»Oh, mir schon!«, fiel Judith ihm entschlossen ins Wort. »Ich denke, ich habe lange genug abgewartet. Bring mich augenblicklich in den Lateran.«

»Aber was willst du …«

»Die Kirche ist seit jeher der Ort, wo Menschen Asyl suchen und finden. Ich will nicht hinnehmen, dass man sie entweiht, indem dort neuerdings Menschen überfallen und verschleppt werden. Der Papst selbst soll mir in die Augen sehen und mir versprechen, dass er alles daran setzen wird, um Balduins Verschwinden aufzuklären. Also, worauf warten wir?«

Wunibald zuckte unbehaglich die Schultern. Er warf einen Blick auf Johanna, die lautlos hinter Judith getreten war und sämtliche Worte belauscht hatte. Obwohl der Mönch es vielleicht gehofft hatte, widersprach sie nicht.

»Ja«, sagte sie kaum hörbar. »Ja, es ist richtig, wenn... du zum Papst gehst.«

Judith fuhr herum, bemerkte sie erst jetzt. Einen Augenblick starrten sich die Frauen an, zum ersten Mal in ihrem Trachten geeint.

»Es könnte schwierig werden«, warf Wunibald ein.

»Der Papst wird nicht wagen, mich abzuweisen«, sagte Judith fest, um sich selbst Mut zu machen, ehe sie mit Wunibald das Hospiz verließ.

Bruder Wunibald sollte Recht behalten. Der Papst war gar nicht erst bereit, Judith zu empfangen.

Wer sie war, hatte sich schnell herumgesprochen, desgleichen, wie sich die Geschichte von Balduins Verschwinden verbreitet und mit einigen schauerlichen Gerüchten verknüpft hatte. So tuschelten die einen, er würde längst Richtung Gallien gebracht, andere, dass der Geldbetrag noch nicht ausgehandelt wäre, den verschiedenste Parteien – ob jene von Hinkmar oder jene von Lothar – zu zahlen bereit wären. Wieder andere meinten, er würde in einem der unterirdischen Verliese hocken. Kaum erhob Judith freilich die Stimme, erstarb das Getuschel. Sobald sie um eine Audienz bat, stieß sie nur auf höfliches Schweigen, das mit jeder weiteren Stunde, da sie sich nicht abweisen ließ, frostiger wurde.

Lange gelang es ihr, die Fassung zu bewahren, doch schließlich brach es aus ihr hervor: »Wie kann man es wagen, so mit mir umzugehen! Ich bin eine geweihte Königin!«

Wunibald, der bis dahin treu an ihrer Seite verharrt hatte, zuckte unsicher die Schultern.

»Ich fürchte, die Menschen hier sehen das, was du getan hast, als weitaus größeren Verrat gegen diese Würde an als ihr eigenes Verhalten.«

Sie musste sich beherrschen, um ihn nicht grimmig anzufahren.

»Sollen wir zurückgehen?«, fragte er vorsichtig.

»Nein«, bekundete sie knapp.

Es wurde Abend. Im rötlichen Licht warfen die Säulen des Hofs lange Schatten. Im Inneren wurden die Lampen und Kronleuchter entzündet. Judith schien das Getuschel um sie nicht länger neugierig und aufdringlich, sondern zunehmend hämisch.

Eine Gruppe junger Männer – die Tonsur verriet, dass sie zum Klerus gehörten – nahm wie durch Zufall in der Nähe von ihr Aufstellung und beredete lautstark die Geschichte von Engeltrude, der Tochter des Grafen Mactifried, die mit Graf Boso vermählt war, jedoch für einen anderen Gemahl den Gatten verließ und nun schon jahrelang in der Welt umherschweifte, nachdem sie der Bannfluch des Papstes getroffen hatte.

Judith wusste davon, hatte es einst sogar mit ihrem Vetter Lothar beredet, aber tat nun, als würde sie sie nicht beachten. Dennoch rieb sie unmerklich ihre Zähne aufeinander.

»Und jetzt?«, fragte Bruder Wunibald, als die jungen Männer ihrer Sache überdrüssig geworden und endlich wieder ihres Weges gezogen waren.

»Mag der Papst sich vor mir verstecken wie die Ratte vor dem Sonnenlicht, und mögen seine Höflinge über mich schwatzen wie über eine Ehebrecherin – er wird mir nicht entgehen können!«, erklärte sie entschieden.

Wunibald zog unbehaglich seinen Schädel ein, weil er wohl ahnte, was in ihr vorging, aber er versuchte nicht, es ihr auszureden, da ihre Möglichkeiten zu handeln nicht sonderlich reich ausfielen.

»Die Vesperzeit bricht bald an«, sagte sie. »Wo denkst du, wird der Papst beten: in San Salvatore oder in San Giovanni?«

»Wenn ich mich recht erinnere, so hat er sich zu Beginn seiner

Amtszeit ein neues Wohngebäude neben dem Palast errichten lassen. Vielleicht sollten wir einfach dort warten, bis er von der Feier der Vesper zurückkehrt.«

Judith nickte.

Im Freien hatte es merklich abgekühlt. Mochte die Sonne am Tag stechend sein, sobald sie sich zurückzog, streichelte auch hier der eben erst zu Ende gehende Winter mit seinen Klauen über die Welt. Judith zitterte, je länger sie tatenlos dastanden, aber sie rührte sich nicht von der Stelle, auch dann nicht, als ihre Zähne laut hörbar aufeinanderschlugen.

Endlich erschien der Tross des Papstes – an die zwei Dutzend Menschen, die auch in privateren Stunden in seiner Nähe verblieben. Nikolaus I. war leicht zu erkennen, trug er doch als Einziger königliches Purpur, eine Farbe, die innerhalb des Klerus allein ihm vorbehalten war. Kaiser Konstantin hatte einst den greisen Papst Silvester mit der roten *Chlamys* der Kaiser und Senatoren Roms bekleidet, und dabei war es – zum Zeichen ihrer höchsten Würde – geblieben.

Judith versuchte gar nicht erst, auf ihn zuzugehen. Wahrscheinlich hätte man sie doch nur allzu rasch zurückgedrängt. Sie verließ sich allein auf die Macht ihrer Stimme, und jene war trotz der Kälte und des Zitterns klar und entschlossen.

»Ich bin hier«, rief sie. »Ich bin hier, um vor Euch, Heiliger Vater, der Ihr der wichtigste Zeuge seid, zu bekennen, dass ich Balduin, den Grafen von Flandern, den man ›Eisenarm‹ nennt, über alles liebe und dass er mich nicht entführt hat, sondern ich ihm freiwillig gefolgt bin. Ebenso aus freien Stücken habe ich den Bund der Ehe mit ihm geschlossen, und ich bin bereit, diesen Schwur zu wiederholen, so es denn sein soll.«

XXXII. Kapitel

»Fass dich kurz, Judith«, sagte der Papst, als sie das *Tablinium* erreichten, obgleich er selbst viele Worte machte: »Wir sind müde. Wir haben heute viele Besucher empfangen. Selten wurden so viele Anfragen aus verschiedenen Provinzen an Uns gerichtet wie in diesem Jahr. Und dein Vetter, Kaiser Ludwig, liegt Uns fortwährend im Ohr, dass Wir die Truppen zur Sarazenenabwehr verstärken sollten. Womit er natürlich Recht hat. Doch manchmal fragen Wir Uns, ob jene Zeit, da Wir Päpste noch Untertanen des römischen Kaisers in Byzanz waren – von Unsereinem zu Recht beklagt –, nicht wenigstens den Vorteil hatte, dass Wir uns um derlei Angelegenheiten nicht zu kümmern hatten.«

Judith blickte sich um. Der Papst hatte sie nicht in sein Wohngebäude gebeten, sondern war mit ihr in den Lateranpalast zurückgekehrt. In seinem *Tablinium* waren hastig Kerzen entzündet worden, und indessen deren flackernder Schein unruhige Schatten auf die rötlichen Wände warf, nahm er hinter seinem Lesepult Platz und begann über eine der Papyrusrollen zu streicheln, als hätte er den Kopf eines Kindes unter den Händen, das zu loben wäre.

»Ich werde Eure kostbare Zeit nicht verschwenden«, sagte sie. »Ich habe dem, was ich eben bekannte, nichts hinzuzufügen. Ich liebe Balduin über alles …«

»Ja, ja«, unterbrach der Papst sie vermeintlich gelangweilt. »Du musst es nicht wiederholen. Wir haben es wohl vernommen. Alle haben es vernommen.«

»Warum auch nicht? Es ist nichts, was ich geheim halten will.«

Sie hatte ihre Genugtuung nicht gezeigt, aber es war ganz nach ihrem Geschmack gewesen, als zuvor sämtliche Höflinge und Kleriker auseinandergestoben waren, kaum dass sie zu reden angesetzt hatte. Dass sie den Papst ohne dessen ausdrückliche Erlaubnis einfach anrief, hatte die Gefolgsleute derart schockiert, dass keiner den Versuch unternommen hatte, sie zum Schweigen zu bringen. Schließlich war Papst Nikolaus selbst zu ihr getreten und hatte die Hand gehoben – freilich zu spät. Das, was sie der Welt hatte verkünden wollen, war gesagt.

»Es ist nicht so, dass Wir die Regungen deines Herzens missachten«, setzte Nikolaus gedehnt an. »Aber zugleich wollen Wir deinen Vater nicht vor den Kopf stoßen.«

»Das Frankenreich ist zersplittert, es gibt der Könige viele«, gab Judith zurück. »Der fränkische Christ kann seinem Ortsbischof darum nicht länger trauen, denn jener mag die Interessen seines Königs oft mehr im Sinn haben als die der Kirche. Ihr allein, Heiliger Vater, der Ihr hier in Rom residiert, seid frei von jedwedem Vorurteil. Ihr müsst Euch keinem König unterwerfen – und auch nicht der Meinung eines Hinkmar von Reims folgen.«

Ihre Worte kamen immer schneller, wirkten jedoch nackt, weil sie von keiner mitreißenden Geste begleitet wurden. Papst Nikolaus schien diese nicht zu fehlen, auch er regte sich kaum. »Ich habe keinen Grund, an Hinkmars Urteil zu zweifeln«, sagte er. Es entging ihr nicht, dass er erstmals auf den Pluralis majestatis verzichtete.

»Und warum nicht?«, gab Judith forsch zurück. »Euer Vorgänger, Leo IV., hat immer klar betont, dass die Bischöfe nicht ohne Rückfragen in Rom tätig werden sollten. Doch ich kann mich daran erinnern, dass Hinkmar einst, als er Bischof wurde, eigenmächtig Geistliche abgesetzt hat, weil jene Günstlinge seines verhassten Vorgängers Ebbo waren. Dafür wurde er nicht zuletzt von Eurem Vorgänger scharf gemaßregelt.«

»Was allerdings nichts mit deiner Ehe zu tun hat.«

»Das mag sein. Ich denke jedoch, Ihr tut gut daran, Euch dann und wann zu vergewissern, dass Hinkmar sich Euch nicht minder bereitwillig beugt als zuvor Papst Leo. Gilt nicht auch für Euch der Grundsatz: Der Papst hat das Recht, die Angelegenheiten aller Kirchen zu regeln, alle Synoden dürfen nur auf seine Anordnung hin einberufen werden, die Metropoliten unterstehen seiner Autorität; wo das Kirchenrecht schweigt, kann er neues Recht einsetzen?«

Ihre Worte klangen wie auswendig gelernt – was dem Papst nicht entging. »Ich sehe, du zitierst mich.«

»Ein König muss zum Wohle der Kirche handeln, nicht der Papst zum Wohle des Königs«, sagte sie. »Ihr seid meinem Vater nichts schuldig, Eurem Amt hingegen schon. Und Ihr seid auch keinem Bischof wie Hinkmar von Reims etwas schuldig. Unter Bonifaz III. wurde doch festgehalten, dass der römische Bischof das Haupt aller Kirchen ist. Hinkmar darf als Erzbischof Anteil an Eurer Machtfülle nehmen, doch er ist ein Untergebener des Papstes, Euch nicht ebenbürtig.«

Nikolaus beugte sich etwas nach vorne, hob dann ein Buch in die Höhe, das sich auf seinem Schreibtisch befand. »Weißt du, was das ist, Judith?«

»Solange ich es nicht gelesen habe... nein.«

»Nun, vielleicht kennst du diese Schriften«, sagte der Papst mit jenem eigentümlichen Zucken der Mundwinkel, das auf ein Lächeln schließen lassen konnte. »Es ist die Vita einer großen Frau, aufgeschrieben von einer Nonne, die die letzten Lebensjahre von ihr bezeugt hat. Einer frommen, gottgefälligen Frau, im Übrigen auch einer Königin.«

Judith erwiderte sein Lächeln, das ebenso wenig ihre Augen erreichte wie seins. »Wenn Ihr darauf zu sprechen kommt, so wollt Ihr mir gewiss sagen, dass ein solch tugendhafter Mensch mir zum Vorbild gereichen sollte.«

»Nicht nur dir, liebste Judith, sondern der ganzen Christenheit. Die Menschen deiner Heimat verehren sie als Heilige – und ich werde mich diesem Urteil anschließen, auf dass viele ihrem Beispiel folgen. Dem Beispiel, stets auf das Wort Gottes zu hören, bescheiden und demütig seine Pflichten zu tun, sämtlichen Lastern abzuschwören und Kraft allein aus dem Gebet zu sammeln.«

Salbungsvoll klang er, als spräche er nicht länger zu ihr allein, sondern zu seiner ganzen Kirche. Judith ließ sich davon nicht einschüchtern.

»Ich würde nicht hier stehen und Euch in Gewissensnöte stürzen, würde ich mich ebenfalls so verhalten – das wollt Ihr mir doch sagen, nicht wahr? Wer ist sie … diese Heilige?«

»Bathildis ist ihr Name«, antwortete der Papst, »eine Königin aus dem Geschlecht der Merowinger. Chlodwig II. angetraut und nach dessen Tod Regentin für ihre Söhne.«

Judith lachte auf, und es klang befreiter als sämtliche Worte, die sie bisher gemacht hatte. »Glaubt mir, mit all den Eigenschaften, die Ihr ihr zusprecht, wär's ihr wohl nicht gelungen, eine derart tatkräftige, eigenwillige Regentin zu sein und so häufig jenem Major Domus entgegenzuhandeln, der an ihrer Seite stand – Ebroin, den mancher Bischof als den Antichristen erlebte.«

»So haltet Ihr sie nicht für würdig, dass sie als Heilige verehrt wird?«, fragte er mit lauerndem Blick.

»Im Gegenteil: Ihr allein habt darüber zu bestimmen, nicht ich. Und Ihr allein habt über meine Ehe zu richten, nicht ich. Ich sage nur noch einmal, dass ich Balduin von Herzen …«

Er winkte wieder ab. »Es genügt, Judith, es genügt.«

»Genügt es, Euch barmherzig zu stimmen?«

»Ich werde Euch meine Entscheidung kundtun. Und bis dahin … Nun, es ist üblich, dass die Könige mitsamt ihrem Gefolge in den Nebengebäuden der Sankt-Peter-Basilika untergebracht werden. Doch Ihr«, er konnte sich einer letzten Spitze nicht enthalten, »doch Ihr seid sicher ohne großen Hofstaat gekommen. So seid denn bis dahin Unsere Gäste hier im Lateran.«

»Und Balduin«, setzte sie an, »Ihr wisst bestimmt, dass Balduin … verschwunden ist. Darf man so mit dem Gatten einer Königin, einer Königstochter, umgehen?«

Der Papst streichelte über das Buch, das er eben hochgehalten hatte.

»Falls er denn Euer Gatte ist.« Er sah, dass sie zur Widerrede ansetzen wollte, und fuhr rasch fort: »Doch seid beruhigt. Wir werden tun, was in Unserer Macht steht, auf dass auch er sich im Lateran als Gast fühlen kann.«

Mit diesen Worten war sie entlassen.

Balduin versuchte, seine Hand zu bewegen, hatte aber das Gefühl, dass kaum noch Blut durch sie flösse. Von Stunde zu Stunde wurde sie tauber.

Zuvor hatte er noch gemeint, der Kerkermeister täte ihm einen Gefallen, als er ihn kurz von den Hanfstricken losband und ihm die Möglichkeit gab, sich weit genug entfernt von jener Stätte, wo er nun schon seit Tagen hockte, zu erleichtern. Ebenso dankbar war er über das Wasser gewesen, das er ihm zu trinken gab, auch wenn es nach Fäulnis stank, und für den steinharten Brotlaib. Doch kaum hatte der Mann ihn wieder gefesselt, hatte er die Stricke mit Absicht so fest gezogen, dass Balduin ein Schmerzenslaut entfuhr. Es war das erste Mal, dass er sich seine Schwäche eingestand und sie auch zeigte, dass er nicht stoisch über sich ergehen ließ, was ihm widerfuhr, sondern dass er daran verzweifelte – an den wundgescheuerten Handgelenken ebenso wie an dem Loch, in dem er hockte. Tagsüber war es so schwül, dass sein ganzer Leib im Schweiß stand, nachts wurde es eiskalt, sodass er durch das andauernde Zittern wach gehalten wurde. Am schlimmsten von allem waren die Ratten, die auf der Suche nach etwas Essbarem in Scharen kamen. Er trat nach ihnen und konnte sie solcherart in Schach halten, war sich jedoch sicher, dass sie an ihm zu nagen begännen, sobald er die Augen schloss. Allerdings konnte er nicht ewig wach bleiben. Irgendwann würde die Müdigkeit ihn übermannen, ihn nicht nur dann und wann einnicken lassen wie bisher, sondern in tiefen Schlaf versinken lassen. Mochte Gott allein wissen, ob er heil an Leib und Seele wieder erwachen würde, ob dann nicht sämtliche Glieder abgestorben oder von den Ratten angebissen waren.

In Gegenwart des Wärters beließ er es bei dem Schmerzenslaut. Doch kaum war jener gegangen, schrie er mit aller Kraft gegen die Wände an: »Verflucht! Verflucht! Verflucht!«

Er wusste nicht recht, was ihn mehr erzürnte – das Unrecht, das ihm widerfahren war, als man ihn heimtückisch angegriffen und hierher verschleppt hatte, oder dass er selbst daran nicht unschuldig war, weil er eigenmächtig in den Lateran gegangen war.

Ich habe es für Judith getan, hatte er sich noch gesagt, ehe er zu ahnen begann, dass sie ihm seine vermeintliche Heldenhaftigkeit als Dummheit auslegen würde. Nun gut, dachte er, ich hab's für mich getan – auf dass sie mich achtet.

In diesem Zustand freilich, stinkend und verdreckt, hungernd und frierend, würde er kaum Achtung von ihr erfahren. Aber hatte er das alles nicht nur ihretwegen auszustehen? War es, nach König Lothars Verrat, nicht schon das zweite Mal, dass er von einer Horde Männer überwältigt wurde – er, der Krieger, der gewohnt war, Normannen scharenweise niederzumetzeln?

Wäre ich ihr nur nie begegnet.

Er ahnte, dass seine Verzweiflung noch tiefer und dunkler wuchern würde, gäbe er jenem Grübeln nach. Doch diese Gedanken bedrängten ihn, gleich den Ratten: Sie ließen sich zwar kurz verjagen, kehrten aber beharrlich immer wieder zurück.

Balduin zuckte zusammen. Ein Geräusch war ertönt, das er ebenso fürchtete wie herbeisehnte, seit er hier eingesperrt war – schlurfende Schritte auf dem erdigen, schmutzigen Boden. Oft brachten sie Wohltat, oft aber nur neue Schläge. Zumindest an den ersten beiden Tagen hatten sich seine Wächter einen Spaß daraus gemacht, ihn zu schinden, ihm die Nase blutig zu schlagen und in den Bauch zu treten, bis er sich erbrach. Dann war ihnen gottlob langweilig geworden. Aber vielleicht waren sie nun auf eine neuerliche Abwechslung dieser Art aus?

Balduins Hand pochte schmerzhaft, als er unwillkürlich an den Fesseln zog – zu dem Preis, dass sie nur tiefer in seine wunde Haut drangen.

Doch was immer diese beiden Männer vorhatten, deren dünne Schatten nun in seine Zelle fielen, vorerst betraten sie sie nicht.

»Sie hat es also geschafft.«

»Ich weiß nicht, wie sie's angestellt hat.«

»Oh, sie scheint ein ausgefuchstes Frauenzimmer zu sein. Was immer sie ihm sagte, hat ihn wohl gnädig gestimmt.«

»Ich würde mich schämen, ein Hohlkopf zu sein, für den mein Weib reden muss.«

»Pah! Was ist von einem Mann wie ihm schon zu erwarten? Ehre? Dass ich nicht lache!«

»Und deswegen müssen wir ihn freilassen?«

»Das ist der Wille des Papstes höchstselbst. Tja, ich würde lieber hier verfaulen, als in der Schuld einer Frau mit derart spitzer Zunge zu stehen. Sie hat das Wort an den Heiligen Vater gerichtet, bevor er's ihr erlaubte – nicht auszudenken, wenn mein Weib sich so aufführen würde!«

Judiths Gesicht stieg jäh vor Balduin auf. Wie herrisch und zugleich beherrscht sie wohl vor dem Papst aufgetreten war?

Nun endlich trat einer der Männer in die Zelle und versetzte ihm einen schmerzhaften Tritt. »Raus mit dir! Dein Weib hat laut durch den Lateranpalast gerufen, dass sie dich liebt!« Er lachte spöttisch; übler Geruch strömte aus seinem Maul.

Kurz fühlte Balduin nur Erleichterung, als seine Fesseln durchschnitten wurden und sämtliches Blut wieder ungehindert durch die Adern rauschte. Doch dann ging ihm das spöttische Lachen durch Mark und Bein. Wie das vorhergehende Zwiegespräch diente es wohl keinem anderen Zweck, als ihn bloßzustellen,

… dass sie dich liebt, echote es dumpf in seinem Kopf.

Niemals hatte Judith ihre Liebe zu ihm bekannt. Zumindest nicht mit Worten, höchstens mit Gesten, und auch jene waren immer ein wenig verhalten ausgefallen. Und nun, da sie es tat, hatte er den Eindruck, von diesem Bekenntnis zutiefst gedemütigt zu werden.

»Bitte …«, sagte er heiser und schämte sich für seine flehende Stimme, »habt Ihr einen Eimer Wasser für mich, damit ich mich waschen kann?«

Wieder ertönte ein Lachen, wenngleich ein gutmütigeres. Die

Pranke des Wärters krachte auf seine Schultern, und Balduin fühlte sich so geschwächt, dass er darob beinahe zu Boden ging.

»Schämst du dich etwa, stinkend vor dein liebes Weib zu treten?«, höhnte er.

Ohne Zweifel war dies der Fall, aber Balduin presste die Lippen aufeinander und wollte es, da der andere kein Bestreben zeigte, seinen Wunsch zu erfüllen, nicht auch noch eingestehen.

Judith hatte ihm den Rücken zugewandt und machte keine Anstalten, sich zu ihm umzudrehen. Dennoch hielt er den Blick starr auf ihre Gestalt gerichtet – zum einen, um sich von den vielen gaffenden Menschen abzulenken, die ein Spalier gebildet hatten und ihn mal spöttisch, mal verächtlich, mal angewidert musterten, zum anderen, weil ihr Anblick viel größeres Labsal bot, als er erwartet hatte.

Eben noch hatte er sich befleckt gefühlt, mit seinen zerrissenen, klammen Gewändern, seinem verdreckten, an manchen Stellen blutverkrusteten Gesicht, seinem klebrigen Haar. Doch nun, da er sie sah, ihre schmalen Schultern, die stolz gestrafft waren, war ihm, als reichte ein Blick von ihr, ein freundliches Lächeln, und die jämmerliche Erfahrung der letzten Tage wäre wie fortgewischt.

Das Lächeln blieb aus, als sie sich nun endlich zu ihm wandte, und dennoch war ihr Anblick verheißungsvoll genug, dass die Angst und die Ungewissheit von ihm abfielen und die Sehnsucht in ihm erwachte, sie zu berühren. Er durfte es nicht, er war viel zu schmutzig, deshalb blieb er auch in ausreichendem Abstand stehen, doch wenn sie nur …

Wenigstens kein verächtliches Wort, dachte er, da sie keinerlei Regung zeigte. Sie wirkte übermüdet, aber nicht so eiskalt und erstarrt, wie er sie so oft erlebt hatte. Während er noch diesem Umstand dankte, erkannte er freilich, was ihre vermeintliche Gefasstheit bedingte: nicht etwa Rücksicht auf ihn, sondern auf die vielen Gaffer. Vor jenen wollte sie sich offenbar keine Blöße erlauben, weswegen sie ihn wortlos mit sich winkte.

Ihm blieb nichts anderes übrig, als ihr zu folgen. Sie achtete nicht darauf, ob er ihr nachkam, als sie das prachtvolle *Triclinium* durchschritten und in einen Säulengang gelangten. Erst jetzt erahnte er, dass sein Gefängnis sich wohl unmittelbar unter dem Papstpalast befunden hatte. Zuletzt folgte er ihr in einen kleinen Raum, dessen genauen Zweck er nicht erkannte – wahrscheinlich war er nichts weiter als ein Verbindungsgang, denn bis auf eine kleine Statue beherbergte er keinerlei Mobiliar. Erneut winkte Judith, allerdings nicht nach ihm, sondern um fünf sogleich errötende Mönche zu vertreiben. Indes ihr forscher Blick sie sichtlich verlegen stimmte, stießen sich die jungen Kleriker bei seinem Anblick verschwörerisch an und kicherten obendrein. Gewiss hatte sich sein erbärmliches Geschick schon herumgesprochen – dass man ihn heimtückisch zusammengeschlagen und nur die Fürsprache eines Weibs ihn hatte retten können.

Kleinlaut und schwach hatte sich Balduin eben gefühlt, doch nun ballte er unwillkürlich eine Hand zur Faust. Dreinschlagen, ging es ihm durch den Kopf, diesem intriganten, hämischen Getue einfach gewaltsam ein Ende machen …

In seinem Groll bemerkte er kaum, wie die Mönche weghuschten und an ihrer Statt Judith ihn betrachtete – mit jenem abweisenden, kalten Blick, von dem er nicht wusste, wie er ihn ertragen sollte.

»Gefällt es dir eigentlich, dass du mich zum Gespött des ganzen päpstlichen Hofstaats gemacht hast?«, brach es aus ihm hervor.

Ihr Blick gefror noch mehr. »Erklär mir, wie mir das gelungen sein sollte, wo du es doch ganz alleine fertiggebracht hast, in diese erbärmliche Lage zu geraten.«

Er folgte ihren Augen, blickte auf sich herab. Er war so oft in seinem Leben mit Schlamm und Blut verdreckt gewesen, doch nie hatte er sich derart schäbig gefühlt. »Was hast du aus mir gemacht, Judith?«, fragte er tonlos.

»Ich aus dir?«, zischte sie. »Wie konntest du es wagen, hinter meinem Rücken den Papst aufzusuchen? Wie konntest du nur einen Augenblick lang ernsthaft annehmen, dass dies genüge, um ihn für uns einzunehmen? Das war dreist gegen ihn – und ein Verrat gegen mich.«

»Erwartest du das von unserem künftigen Leben? Dass ich ohne deine Zustimmung nicht mehr handeln darf?«

»Sofern du zu handeln trachtest, ohne dabei zu denken – dann ja! Oh Balduin, dein verfluchter Stolz …«

»Wirf mir bloß keinen Stolz vor! Wer gibt mir denn seit Wochen das Gefühl, ich sei nichts weiter als ein tumber Krieger?«

»Balduin, du bist als Krieger erzogen worden«, gab sie zurück. »Was verstehst du schon von Politik und Diplomatie?«

»Du misstraust mir also. Du denkst, dass ich nichts anderes kann außer zu töten!«, rief er.

Erneut wanderten ihre Augen über seine Gestalt, diesmal langsam, unerträglich langsam.

»Die letzten Tage haben doch bewiesen, dass es für mein Misstrauen einen guten Grund gibt«, sagte sie kalt.

Nie hatte er sich ernsthaft vorstellen können, dass Männer ihre Fäuste gegen Frauen richteten. Er wusste, dass es viele taten, nicht nur Bauern, auch Adelige, und es wurde für Recht befunden, wenn das Weib sich nicht als gehorsam erwies. Er selbst hielt es für unsinnig – wo doch so viele andere Dinge des Lebens körperliche Kraft erforderten. Jetzt aber konnte er sich kaum bezähmen, sie nicht zu packen und zu schütteln, Sprünge hineinzuhauen in diesen unerträglichen Hochmut, diese Verachtung, diese eisige Selbstbeherrschung.

»Ohne mich«, sprach er, nicht laut, vielmehr fast flüsternd. »Ohne mich würdest du immer noch bei dem gefräßigen, geizigen Bischof in Senlis hocken und Spielball deines Vaters und deines stotternden, hässlichen Bruders sein.«

»Und ohne mich«, gab sie zurück, ohne zu zeigen, wie sehr seine Worte sie getroffen hatten, »würden dich demnächst die Ratten fressen.«

Er schüttelte langsam den Kopf. »Ich frage mich, warum du ausgerechnet mich erwählt hast, dein unwürdiger Mann zu werden. Aber ich weiß es: Sonst war ja niemand da, der dir hätte helfen können. Du hast mich benutzt, du hast gedacht, mit einem Tölpel wie mir kannst du tun, was du willst. Und jetzt brauchst du mich nicht länger und kannst mir darum zeigen, was du wirklich von mir denkst.«

»Ich habe dich nicht erwählt, weil ich dich für einen Tölpel hielt«, gab sie zurück, und in ihrer Stimme klang ein Ausmaß an Kränkung durch, das mit dem seinen mithielt. »Ich habe dich gewählt«, fuhr sie fort, »weil ich mir dachte, du würdest mich erkennen, du als einziger. Ich dachte, du sähest so viel mehr in mir als nur die schöne, traurige Frau. Doch von wegen! Auf meine Klugheit könntest du gern verzichten, vorausgesetzt, ich falte meine Hände, und deine Ehre ist wiederhergestellt! So ist es doch, nicht wahr?«

»Ich habe in meinem Leben zu oft getan, wozu man mich drängte. Ich will dein Mann sein, nicht dein Sklave!«

Sie rang die Hände, wütend und irgendwie – hilflos. »Ich verstehe es einfach nicht, Balduin. Du hast dich zu einem grausamen Mord hinreißen lassen für einen Vater, der dich nie wollte und liebte. Du hast dich von meinem ehrgeizigen und zugleich unfähigen Bruder jahrelang gängeln lassen. Für beide hast du dich verleugnet, hast Dinge getan, für die du dich schämst und die dich in deinen Träumen verfolgen. Und wenn es um nichts anderes geht als anzuerkennen, dass ich dir in manchem überlegen bin, aufgrund meiner Geburt, meiner Erfahrung, meiner Erziehung – dann, ausgerechnet dann stellst du dich bockig wie ein kleines, trotziges Kind! Wessen klagst du mich eigentlich an, Balduin? Dass ich dich aus dem Kerker gerettet habe? Dass ich darum kämpfte, deinen Fehler gutzumachen, und beim Papst für unsere Ehe eingetreten bin? Dass ich mich für dich vor dem päpstlichen Hofstaat erniedrigt habe? Dass ich laut gerufen habe, dass ich dich liebe und dass ich dich frei erwählt habe? Immerhin habe ich dich nie dazu getrieben, Unschuldige hinzumetzeln.«

»Und ich habe dir nicht meine Seele anvertraut, damit du dieses Wissen gegen mich ausspielst!«, schrie er zurück und ballte seine Hände wieder zu Fäusten.

»Warum denkt ihr Männer stets, dass euer Recht auf Stolz und Ehre so viel größer sei als unseres?«

»Wenn du die Männer derart hasst, dann glaube ich nicht, dass du sonderlich viel Wert auf meine Gesellschaft legst«, knurrte er.

Seine Fäuste lockerten sich, seine Lust, auf sie loszugehen, sie zu schütteln, vielleicht sogar zu schlagen, schwand – nicht, weil er zur Besinnung kam, sondern weil er dachte, in ihrer Gegenwart keinen Augenblick mehr frei atmen zu können. Er wusste nicht, wohin in dieser Schlangengrube, und stürmte doch an ihr vorbei. Kurz hoffte er, sie möge ihm ein besänftigendes Wort nachrufen, doch sie hielt ihn nicht auf.

XXXIII. Kapitel

Johanna war blind für den Prunk des Lateranpalastes. Seit Balduin einen Boten mit der Nachricht in das Hospiz geschickt hatte, dass sie allesamt die Gäste des Papstes wären, war ihre Erleichterung, dass es Balduin gut ging, größer als ihre Neugierde. Dort angekommen, prüfte sie nicht, ob jener Ort so erlesen war, wie Bruder Wunibald sie stets hatte glauben gemacht, umso mehr da der Mönch, als er nun auf sie zuschritt, nicht auf die prächtigen Säulen und Kapitelle verwies, sondern mit sorgenvoller Miene von dem Zerwürfnis zwischen Balduin und Judith berichtete, das längst die Runde gemacht hatte.

Irgendjemand hatte die beiden belauscht oder gab zumindest vor, das getan zu haben. Nicht alles davon mochte wahr sein, jedoch war offensichtlich, dass die beiden sich schlimmste Kränkungen an den Kopf geworfen hatten.

Anders als seinerzeit in Pavia gelang es Johanna nicht, sich im Schweigen zu üben und all ihren Triumph, ihre Schadenfreude unausgesprochen zu lassen.

Kaum dass Wunibald sie zu Balduin gebracht hatte – er stand noch mit dem Rücken zu ihr gewandt –, brach es bereits aus ihr heraus. »Ich habe gehört, was geschehen ist. Das hätte sie nicht tun dürfen. Das nicht.«

Balduin drehte sich nicht zu ihr um.

Ein einziges Wort trat über seine Lippen, ebenso heiser wie verbittert. »Verschwinde!«

Johanna war sich nicht sicher, ob sie ihn richtig verstanden hatte, wollte es auch gar nicht ergründen.

»Du… du darfst es ihr nicht durchgehen lassen«, forderte sie. »Du bist ihr Mann… Und als Mann musst du sie dir…«

»Hau ab!« Diesmal waren seine Worte unmissverständlich. Nun drehte er sich endlich zu ihr um und ließ sie die Kränkung sehen, die offen in seiner Miene stand. »Hau ab! Ich habe euch Weiber so satt!«

Johanna zuckte zusammen, ihr Triumphgefühl schwand. Keine Worte, die er je zu ihr gesprochen hatte, auch nicht im schlimmsten Streit, waren so verächtlich gewesen. Mochte die Wut auch frisch klingen, irgendetwas daran schmeckte vergärt, verhieß kein aufrechtes, klares Gefühl, sondern ein schleichendes, ähnlich wie Ungeziefer heimlich durch sämtliche Lücken krabbelt: Missmut war es, der mickrige Bruder vom verletzten Stolz, viel weniger kampfbereit als dieser, lag seine Macht doch nicht im Aufbegehren, sondern im langsamen Vergiften der Seele.

»Wie kannst du so etwas nur sagen?«, entfuhr es Johanna.

»Du hast doch bekommen, was du wolltest«, entgegnete er mürrisch. »Du hast stets gesagt, Judith wäre nicht das rechte Weib für mich… und so ist es wohl. Muss ich jetzt auch noch freundlich zu dir sein?«

Wieder zuckte sie zurück. Obgleich nichts in seiner Haltung von der damaligen Schwäche zeugte, fühlte sie sich an jene Zeit erinnert, da er von seiner ersten Schlacht zurückgekehrt war und Audacers Tod betrauert hatte. Damals schien sein lebendiges, frohes Wesen zusammengeschrumpft zu sein wie ein alter Weinschlauch, aus dem auch noch der letzte Tropfen geronnen war, und was Graf Robert sorgenvoll für Trauer und Schmerz gehalten hatte, war für sie selbst ein gefährlicher Abgrund gewesen. Sie hatte nicht gewagt, sich neben ihn zu stellen und hineinzulugen – nicht nur, um sich selbst zu schützen, sondern ein wenig auch aus Verachtung, dass er nicht genug Standfestigkeit aufbrachte, um sich diesem Abgrund zu verschließen.

Damals mochten die Erinnerungen an Krieg und Tod auf dessen Grund gelauert haben. Heute war es etwas, was ihr nicht minder erbärmlich deuchte: ein Unvermögen, mit Kränkung fertig zu werden, kindlich, so wie damals, als er meinte, es reiche, sich in ihre Arme zu verkriechen, und er sei prompt davon befreit, die Kriegskunst zu lernen.

Zum eigenen Entsetzen fiel es ihr schwer, Verständnis aufzubringen, obwohl sie doch immer vermeint hatte, es müsse an jenem Tag, an dem Judith nicht länger zwischen ihnen stünde, überreich vorhanden sein.

»Wenn du meiner wirklich überdrüssig bist«, murrte sie ärgerlich, »nun, dann gehe ich…«

Noch blieb sie stehen, hoffte, er würde erkennen, dass er seine schlechte Laune zu Unrecht an ihr ausgelassen hatte. Doch er hatte sich längst wieder abgewandt. Eilig stürzte sie aus dem Raum und bemerkte kaum, dass dort draußen jemand stand. Fast stieß sie mit der Gestalt zusammen, die keinen Schritt beiseitegetreten war.

»Was willst du hier?«, fragte Johanna unwirsch.

»Nun«, ward ihr gedehnt geantwortet, »hab's wohl vernommen. Er hat die Weiber satt. Denkst du«, und nun grinste die Frau, »denkst du, mich auch?«

Madalgis ging nicht durch den Raum, sondern schlich, wie so oft, einer Katze gleich. Ihre Schultern hingen tief, der Rücken schien wie von einem Buckel verbogen, als wagte sie nicht, ihm aufrecht entgegenzutreten. Nur die gelben Augen waren fordernd. Sie waren nicht sittsam gesenkt, sondern starrten ihn an, selbstbewusst, gierig und ein wenig traurig.

Balduin betrachtete sie wie eine Fremde. Nie war sie ihm von sich aus zu nahe gekommen, und auf der Reise nach Rom war sie ihm lediglich wie ein stummer Schatten gefolgt, dessen Regungen zu flüchtig ausfielen, um Erinnerungen zu zeugen. Die Kleidung war unauffällig wie stets: Sie trug zwei leinene Untertuniken übereinander, die eine weiß, die andere grau, darunter baumwollene Strümpfe, die wohl bis zu ihren Knien reichten und dort mit Riemenzungen festgehalten wurden. Doch anders als sonst waren ihre Haare nicht von einem Schleier verborgen, sondern fielen offen über ihre Schultern, einzig von einer Perlenschnur aus dem Gesicht gehalten.

Balduin runzelte die Stirne, doch es hielt sie nicht davon ab, noch näher zu ihm zu treten, einem Plan folgend, den sie offenbar schon lange vor dieser Stunde ausgeheckt hatte.

»Mein Herr«, setzte sie an, »mein Herr, du scheinst von deinen Sorgen nahezu erdrückt. Das war nicht immer so. Erinnerst du dich … erinnerst du dich an die Zeit, da ich dich davon befreien konnte? Du hast bei mir Ruhe, Entspannung und Frieden gefunden.«

Ihr Anblick hatte ihn irgendwie erstarren lassen, ihre Stimme hingegen wühlte ihn auf. Etwas daran klang unangenehm, weil verbittert und so uneins wie die Gefühle, die ihre Miene beherrschten. Da war Triumph dabei, als fühlte sie sich als Siegerin – und so viel Trauer, weil sie ja doch vor langer Zeit verloren hatte.

»Was willst du, Madalgis?«, fuhr er sie rüde an.

Sie reagierte nicht auf seine ungehaltenen Worte, ließ plötzlich ihre Hand über seine Schultern gleiten und stieß ein helles Lachen aus, bezeugend, dass ihr seine Ablehnung nichts ausmachte, sondern sie eher bestärkte. Mit Sanftheit hätte er ihr wohl mehr zugesetzt und den Plan geschädigt, dem ihr Handeln folgte.

»Ich will dir sagen, Herr, dass ich … dass ich für dich da bin. Ich war es immer, nur hast du mich nicht gesehen. Du hast nur … sie gesehen. Und ich verstehe das. Denn sie ist eine schöne Frau, so vornehm, so beherrscht. Auch ich bin in ihren Anblick versunken, als ich ihr das erste Mal gegenüberstand. Ich habe ihr so viel zu verdanken … Alles habe ich ihr zu verdanken. Ich hätte nicht weiterleben können … ohne sie.«

Während sie redete, streichelte ihre Hand weiter über seine Schulter, über seinen Rücken, berührte schließlich die nackte Haut seines Nackens. Balduin zuckte zusammen und stieß ihre Hand zurück.

»Wenn du ihr so ergeben bist, warum bist du dann hier und reizt mich so? Glaubst du, das würde ihr gefallen?«

»Und glaubst du, sie hätte etwas dagegen?«, gab Madalgis zurück.

Sie versuchte nicht wieder, nach ihm zu fassen, trat vielmehr zurück in die Mitte des Zimmers, wo auf einem kleinen Tischchen mit einer Platte aus Elfenbein und Füßen aus Bronze ein Zinnkrug mit Wein stand. Er hatte nicht gesehen, ob sie ihn selbst mitgebracht oder ob er bereits hier gestanden hatte. Randvoll schenkte sie einen Kelch voll. Als sie ihn zu ihm trug, schwappte der Wein über, und einige der roten Tropfen rannen ihr über ihre Finger. Sie sahen schmal aus, viel feiner als einst. Er konnte sich an ihre Hände erinnern – erst jetzt ging ihm auf, wie gut –, an die etwas harte, schwielige Haut und wie ihre Finger ihn entkleidet hatten, wie sie fordernd über seine Brust und seinen Bauch gewandert waren. Nicht ihre Augen, nicht ihre Stimme, sondern ihre Hände hatten ihn aus dem Tal der Toten hervorgeholt, hatten die Reste seines Lebenswillens aufgestöbert und ihn aus dem Elend gestreichelt.

Und Wein. Die Erinnerung an Madalgis schmeckte nach Wein, säuerlich und kräftig. Wie sie selbst schmeckte, wie sie roch, wusste er hingegen nicht mehr.

Sie überreichte ihm den Kelch nicht, sondern hob ihn selbst, um ihn an seine Lippen zu setzen. Er beugte sich nicht zu ihr, um es ihr zu erleichtern, aber er wehrte sich auch nicht dagegen, als sie ihm den Trank einflößte, schluckte brav, wenngleich einige Tropfen über sein Kinn perlten wie zuvor über ihre Hand.

»Warum … warum tust du das?«, fragte er.

»Du brauchst es doch«, murmelte sie und zog den Kelch zurück, genau in jenem Moment, da seine Lust auf Wein geweckt war, er noch mehr trinken wollte, gieriger, in größeren Schlucken. »Du brauchst es doch, dass eine Frau sich um dich kümmert, dich umsorgt, dir schmeichelt. Judith kann dir das nicht geben. Es ist nicht ihre Art. Doch warum solltest du darauf verzichten?«

Wieder lachte sie, nicht leichtfertig wie zuvor, sondern höhnisch und zugleich verzweifelt.

»Du hast mich gemieden, Madalgis!«, rief Balduin. »Dir war es doch unangenehm, in meiner Nähe zu sein. Warum suchst du sie jetzt? Ich habe oft gedacht, du würdest mich … hassen.«

Ihre Augen wurden schmal, und das, was darin stand, ließ ihn frösteln, zurückweichen, kündete von einem Gefühl, das noch viel bodenloser war, noch viel giftiger als alles, was er sich vorstellen konnte.

Noch weiter wich Balduin zurück, doch diesmal überbrückte sie den Abstand, presste ihm wieder den Kelch an die Lippen und flößte ihm noch mehr von dem Wein ein.

»Sie hat dich verletzt«, stellte sie fest. »Sie hat dich gedemütigt. Ich weiß, wie sich das anfühlt, ich weiß es genau. Du hast mir nicht minder bitteren Schmerz zugefügt – und eben deswegen verstehe ich dich so gut.«

»Madalgis …«, er verschluckte sich beinahe an dem Wein. Der Wein ging zur Neige, heiß strömte es durch seinen Körper. Sein Kopf schmerzte von den vielen Gedanken, die darin kreisten, von seinem Hader gegen Judith und auch von dem Unbehagen, das Madalgis' Gegenwart ihm aufzwang. Doch dann, nach weiteren Schlucken, war sein Kopf plötzlich leer, unheimlich leer, so als befände er sich im Leib eines anderen Menschen, dessen Erinnerungen er nicht teilte, dessen Hoffnungen er nicht kannte, dessen Gefühle ihm einzig in diesem einen Augenblick vertraut waren.

»Madalgis …«, setzte er wieder an, es klang lallend.

»Ich habe darauf gewartet«, murmelte sie. »Ich habe darauf gewartet, dass du mich wieder brauchst. Und jetzt brauchst du mich, um … sie zu vergessen. Du brauchst mich, um die Beschämung hinter dir zu lassen, die du durch sie erfahren hast.«

Sie stellte den Kelch nicht zurück, sondern ließ ihn einfach fallen. Der klirrende Ton ließ ihn zusammenfahren. Doch dann waren ihre Hände da, diesmal beide, die sich beschwichtigend auf ihn legten, von allen Seiten zu kommen schienen, behutsam und fast unerträglich leicht. Er hatte nicht das Gefühl, von einem Menschlein umarmt zu werden, vielmehr, als würde eine Horde

Ameisen über ihn krabbeln. Vielleicht war das aber auch der Wein, der da unter seiner Haut brannte. Er wusste nicht mehr, ob sein eigener Körper diese Empfindungen bedingte oder der ihre, der sich an ihn schmiegte.

»Du kannst mich haben, Herr«, murmelte sie – und da kehrte erneut eine Erinnerung zurück. Sie hatte geweint. Damals, als sie sich einfach auf ihn gesetzt und ihm Lust bereitet hatte, da hatte sie geweint.

Er suchte den Blick ihrer gelblichen Augen, indes sich ihr Unterleib an seinen presste und sein Geschlecht darauf reagierte, ob er es wollte oder nicht. Ihre Augen waren trocken, heute weinte sie nicht.

Judith war hungrig.

Dieses Gefühl hatte sie selten – oft musste sie sich zum Essen zwingen –, besonders unerwartet traf es sie an einem Tag wie heute, da Empörung und Verbitterung ihr die Kehle derart zuschnürten. Und doch, es lagen aufregende Tage hinter ihr, und ihr Körper pochte auf sein Recht. Widerwillig verließ sie darum das Gemach, das ihr zugeteilt worden war und in das sie sich verkrochen hatte, in der Hoffnung, sie müsste niemanden mehr sehen. Nun, vielleicht gelang es ihr, im Gang irgendeinen Dienstboten zu erwischen, der ihr etwas Brot und Wein bringen konnte, ohne dass sie dabei Balduin oder Madalgis begegnete.

Kaum streckte sie freilich den Kopf nach draußen, kam es sogar noch schlimmer. Sie wich zurück, aber da war es schon zu spät.

Als hätte sie auf mich gelauert, dachte sie mürrisch.

Sie hoffte, dass es ein ausreichendes Signal war, der anderen den Rücken zuzuwenden. Doch entweder war das missverständlich, oder die bösartige Alte wollte die Geste gar nicht verstehen, weil sie nur darauf gewartet hatte, ihr endlich zuzusetzen. Prompt folgte sie ihr sogar ins Zimmer.

»Habe ich dir Einlass gewährt?«, fauchte Judith. Die eigene Stimme war ihr fremd, so zänkisch und aufgeregt, wie sie klang.

Doch der anderen schien es zu gefallen, sie derart außer Fassung zu sehen.

Johanna blieb dreist mitten im Raum stehen und stemmte ihre Hände in die Hüften. »Bist du nun zufrieden?«, gab sie zurück.

Judith ahnte, dass es ein Fehler war, darauf einzugehen, sich nicht einfach so lange in Schweigen zu üben, bis die Alte sie in Ruhe lassen würde. Doch sie konnte den Mund nicht halten, konnte es ebenso wenig wie zuvor, als sie wusste, dass jedes Wort, das sie zu Balduin sagte, die Kluft noch tiefer schlagen würde. War die Macht des Wortes nicht oft die einzige gewesen, über die sie verfügte? Welches andere Werkzeug hatte sich jemals als tauglich erwiesen, anderen ernsthaft zuzusetzen? Und ja – das ging ihr jetzt auf –, sie wollte Johanna gerne verletzen, jetzt, wo sie anstelle der üblichen Verächtlichkeit dieses dreiste, triumphierende Gesicht einer Siegerin aufsetzte, als gäbe es an diesem Tag irgendetwas zu gewinnen.

»Nein«, sagte Judith, und noch zögerte sie den eigentlichen Angriff hinaus, von dem sie wusste, dass er gewaltsam ausfallen würde, »nein, ich bin nicht zufrieden. Warum sollte ich es sein?«

»Weil du meinen Sohn nun endgültig unglücklich gemacht hast«, sagte Johanna, und in der Art, wie sie näherkam, lag etwas Klebriges. Joveta war so gewesen und Madalgis manchmal auch, obgleich es angenehmer war, das Mädchen zu ertragen – Johannas Nähe aber wollte sie keinesfalls aushalten.

Judith verschränkte unbehaglich die Arme vor der Brust, rieb sich die Schultern und bemerkte spitz: »Er ist nicht dein Sohn.«

Sie sah nicht in Johannas Gesicht, um zu überprüfen, ob sie nun Sprünge in ihre Dreistigkeit gehauen hatte. Zumindest die Stimme der anderen war aber nicht länger satt, sondern begehrte auf.

»Keiner könnte es mehr sein! Ich habe immer über ihn gewacht, ich bin immer für ihn da gewesen, ich habe ihn mit meinen Brüsten genährt. Und er … er hat mich gerettet.«

Judith drehte sich langsam um, ließ ihre Hände wieder sinken. Jetzt musste sie sich nicht mehr schützen. Jetzt sollte die Alte selbst zusehen, wie sie mit dem fertig wurde, was sie mit ihrem billigen Triumph heraufbeschworen hatte. »Ja, ich weiß, er hat dich gerettet«, sagte Judith ganz ruhig, ganz freundlich. »Denn er hat dich vor der Erinnerung an dein eigenes Kind bewahrt. Madalgis hat es mir erzählt. Dass du einen Sohn hattest, aber du seiner nicht gedenken wolltest. Deswegen hast du dich an Balduin geklammert. Deswegen kannst du ihn bis heute nicht loslassen. Damit du dich nicht … umdrehen musst.«

Johanna erblasste. An ihren Wangen sah Judith, wie sie ihre Zähne aufeinanderrieb. »Wag es nicht!«, zischte sie.

»Was? Die Wahrheit zu benennen?« Diesmal war es Judith, die langsam nähertrat, die andere umkreiste. »Hast du Balduin jemals ins Herz geblickt, hast du erkannt, wer er ist und was er will? Oder war er dir nur nützlich, weil seine Gestalt etwas ganz anderes verstellte?«

»Du hast Balduin kaltherzig benutzt – nicht ich.«

Mit einem verächtlichen Ton wandte sich Johanna ab, wollte gehen. Kurz überlegte Judith, es ihr zu gestatten, sich damit zu begnügen, die andere vertrieben zu haben. Doch das reichte ihr plötzlich nicht mehr. Sie wartete, bis Johanna die Türe erreicht hatte, dann rief sie ihr nach: »Es hat mit dem Feuer zu tun, nicht wahr?«

Johanna blieb stehen, erstarrte.

»Du bist eine starke, furchtlose Frau«, fuhr Judith unbarmherzig fort, »du bist in keinerlei Weise verweichlicht. Herausforderungen wie die Überquerung der Alpen meisterst du trotz deines Alters, trotz deiner wehen Knochen. Du hast im schlimmsten Schneesturm nicht mit der Wimper gezuckt. Doch allein der Anblick von Feuer stimmt dich panisch.«

»Das geht dich nichts an!« Langsam drehte sich Johanna wieder um.

Ja, dachte Judith, es geht mich nichts an. So wie dich so vieles nichts angeht.

Laut sprach sie: »Sie haben dein Dorf angezündet, die Normannen, nicht wahr? Sie haben alles niedergebrannt, was dir einst Heimat war. Aber … aber ich frage mich, ob es allein das ist, was dich so furchtsam stimmt und was dir bis heute keine Ruhe lässt. Ist es wirklich nur der Anblick der brennenden Häuser? Oder ist nicht noch viel mehr geschehen als das?«

»Halt dein Maul!«, schrie Johanna.

Judith lachte auf. Sie sprach von Feuer, aber in ihrer Brust war es kalt, eiskalt, so sehr, dass es schmerzte. Kein Mitleid war da für Johanna, kein Verständnis, keine Gnade – nur tiefer Überdruss an der eigenen Gabe, in die vor Furcht flackernden Augen der anderen blicken zu können und darin eine Wahrheit zu lesen, die sie lange erahnt hatte. »Du bist aus freien Stücken in meine Nähe gekommen, du wolltest mich verhöhnen«, sagte Judith, »also musst du nun ertragen, was ich zu sagen habe. Ich glaube, dass sie dein Kind verbrannt haben. Vor deinen Augen haben sie dein Kind verbrannt.«

Ein schrecklicher Laut entfuhr Johannas Kehle, ein Aufschrei, ein Schluchzen. Es klang nicht menschlich; viel zu laut war es, viel zu durchdringend, hatte es sich doch in all den Jahren zusammengehäuft.

Judith erschauderte, aber sie ließ nicht locker. »Sie haben dein Kind einfach ins Feuer fallen lassen«, sagte sie.

Mit einem neuerlichen Aufschrei stürzte Johanna auf Judith zu, umkrallte ihre Schultern, rüttelte sie. Kurz ließ Judith sie gewähren, vom Angriff überrascht. Dann packte sie diese dünnen, faltigen Handgelenke, wollte sie wegzerren. Ekel überkam sie; sie konnte sich nicht erinnern, jemals einen so alten Menschen berührt zu haben. »Wie?«, lachte sie sich diesen Ekel weg. »Derart gewalttätig antwortest du? Ich dachte, diese Erinnerung würde schmerzen... nicht derart wütend und besinnungslos machen. Ist es womöglich etwas anderes, was dir zu schaffen macht?«

»Du hast keine Ahnung...«

Judith starrte sie an, fühlte, wie die Kälte aus ihrer Brust wich. Was immer da zwischen ihr und Johanna geschah, fühlte sich so lebendig an, so klärend – so unerträglich. »Ich verstehe«, sagte sie, und nun klang ihre Stimme weich. »Es ist nicht der Schmerz, der dich erdrückt, sondern die Schuld, nicht wahr? Den Schmerz könntest du ertragen, aber nicht die Schuld. Davor bist du all die Jahre davongelaufen.«

»Sprich es nicht aus!«

»Was könnte schlimmer sein, als zu erleben, wie der eigene Säugling in die Flammen geworfen wird? Was?«

»Sprich es nicht aus!«, kreischte Johanna

»Das Einzige, was noch schlimmer sein könnte, als zusehen zu müssen, ist … es selbst getan zu haben.«

Wieder ging Johanna auf sie los, hieb ihre Hände in die Schultern der anderen. Judith konnte die spitzen Nägel fühlen; sie glichen den Klauen von Vögeln, drangen durch ihr Kleid, vielleicht sogar durch ihre Haut und ließen sie bluten. Doch der Schmerz war nicht unangenehm, er vergrößerte nur diese unerwartete, berauschende Lebendigkeit.

»Du verdammte, verdammte Lügnerin!«, schrie Johanna und schüttelte sie.

Judiths Kopf schlug vor und zurück. »Ich bin keine Lügnerin. Ich spreche die Wahrheit aus. Und du weißt das.«

»Du verstehst es nicht, du verstehst es einfach nicht. Du denkst, ich bin grausam, noch grausamer als die wilden Tiere, aber ich musste es tun! Es blieb mir doch keine Wahl! Hörst du? Ich musste es tun!«

»Du bist mir keine Rechenschaft schuldig! Ich werde ganz gewiss nicht über dich urteilen. Ich habe nichts anderes getan als … es ausgesprochen.«

Kurz lockerte sich der Griff der Klauen, und Judith entzog sich ihnen rasch, wandte sich ab.

»Hör mir zu!«, rief Johanna, und es klang nicht mehr wütend, sondern jämmerlich. »Ach, hör mir doch zu! Ich habe mein Kind nicht getötet, nein, das habe ich nicht getan! Nie, nie, nie wäre ich dazu imstande gewesen. Aber sie haben es einfach fallen lassen. Diese Männer … die rohen Tiere … sie haben es an seinen Füßchen aus dem Bettchen gerissen, haben es geschüttelt, als wollten sie sehen, wie laut es schreien könnte. Aber es konnte nicht schreien. Es hat nur gequäkt, und dann haben sie es einfach zur Feuerstelle hingeschleudert, wie ein Stück Fleisch, das man zu braten gedenkt. Ich… ich habe es gesehen, ich habe mich als Einzige verstecken können. Alle anderen sind am helllichten Tag von dieser Horde einfach überrannt worden, es blieb keine Zeit, um sich in Sicherheit zu bringen. Aber ich, ich war noch zu schwach, um zu schuften, ich lag noch im Wochenbett. Und als ich es hörte, den Lärm, das Töten, das Feuer, da habe ich mich verkrochen… in einer dieser Mulden, wo wir Gemüse und Obst verwahrt haben. Durch eine Ritze habe ich es gesehen… wie sie mein neugeborenes Kind einfach zur Feuerstelle geschleudert haben.«

Ihre Wangen waren nass, aber das Schluchzen erreichte nicht ihre Stimme. Immer noch jämmerlich klang sie, immer noch gequält, aber nicht mehr besinnungslos.

»Es hat noch gelebt«, stellte Judith ruhig fest; die Hände der Alten, die jene nun hilflos rang, ekelten sie nicht mehr. »Als sie weg waren und du aus deinem Versteck gekrochen bist, da hat dein Kind noch gelebt.«

Johannas Blick schien in Tränen zu zerlaufen. »Sie haben das Haus über meinem Kopf angezündet. Es hat gebrannt, es war alles voller Rauch. Er trieb mir Tränen in die Augen, ich konnte kaum etwas sehen. Aber hören… ich habe mein Kind gehört. Es hat gewimmert, als die Flammen an ihm leckten. Sie haben es fast getötet, aber es hat noch gewimmert… Es hat sich noch bewegt… Ich bin hingestürzt, ich habe es hochgehoben – und als ich es ansah, wusste ich, dass es nicht überleben würde, dass die Verletzungen zu schlimm waren. Es wird in meinen Armen sterben, dachte ich. Aber wenn ich zu lange warte, dann werde ich mit ihm sterben. Solange es lebt, werde ich keinen Schritt tun können. Ich werde wie erstarrt stehen, bis das Haus über mir zusammenbricht. Und selbst wenn ich es gemeinsam mit dem Kindlein ins Freie schaffen könnte… Ich würde ja doch nicht fliehen können, mich in Sicherheit bringen. Nicht, solange es lebte. Nein, nicht, solange es lebte. Aber es würde nicht lange leben. Es war viel zu schwach dazu, viel zu verletzt!«

»Da hast du es einfach fallen lassen.«

»Ich habe es nicht fallen lassen … Es ist mir … einfach entglitten. Es war schon nicht mehr von dieser Welt. Ich dachte, es wäre nur gnädig, wenn es so rasch wie möglich stürbe. Ich dachte, es wäre meine einzige Rettung. Nur auf diese Weise konnte ich … davonlaufen. Immer weiter. Immer weiter.«

»Und so hast du es bis nach Laon geschafft.«

Johanna erstarrte, alles in ihr schien zu erstarren. Nun versiegten ihre Tränen, ihr Blick wurde nicht nur hart, sondern dunkel, fast schwarz. Wieder entrang sich ihr jener schreckliche Laut, schmerzlich und klagend. Dann fühlte Judith, wie Johanna erneut nach ihr packte, sich ihr Griff verstärkte, als sie sie schüttelte wie zuvor, nur viel kräftiger. Judiths Kinn rammte sich schmerzhaft in ihre Brust. Und dann plötzlich … plötzlich waren Johannas Klauen an ihrem Hals, umschlossen ihn, ganz fest, immer fester, drückten zu. Judith fühlte, wie ihr die Luft knapp wurde, wie sie verzweifelt nach Atem japste, aber sie wehrte sich nicht, konnte sich nicht wehren. Jene Lebendigkeit, die sie eben noch berauscht hatte, schien nun allein Johanna zu gehören, während für sie nichts davon übrig blieb.

Es tut gar nicht weh, dachte sie, indessen sich die ganze Welt rot färbte. Es tut gar nicht weh …

Was dann geschah, nahm Judith wie in einem Nebel wahr. Auf einmal war Balduin im Raum, er hatte Johanna an den mageren Schultern gepackt. Doch auch als es ihm schließlich gelang, Johannas kräftige Hände von ihrem Hals zu lösen, hatte sie immer noch das Gefühl, sie würden sich enger und enger um ihre Kehle schließen und sämtliche Luft daraus pressen.

Kurz versank alles in Schwärze, und das Einzige, was in deren Tiefe vordrang, war ihr eigener keuchender Atem. Als sie wieder zu sich kam, stand sie gebeugt und gewahrte, dass Balduin Johanna immer noch an beiden Händen gepackt hielt, gleichwohl sich jene bereits ergeben hatte, keinerlei Widerstand zeigte und nichts mehr mit der kräftigen, mordenden Frau von eben gemein hatte. Sie schrumpfte zu einem Häufchen Elend. Nie war sie Judith so klein und mager vorgekommen – und nie hatte sie sie so weinen sehen, auf jene heisere, tränenlose, zitternde Art.

Judith senkte bestürzt den Blick, und auch Balduin schien befremdet. Er ließ Johanna los, trat zurück, um dann jedoch verärgert zu rufen: »Bist du wahnsinnig geworden?«

Seine Stimme erreichte Johanna nicht. Sie sackte in sich zusammen, vergrub den Kopf in ihre Hände, war gefangen und gebeutelt von einer Welt, der sie sich seit Jahrzehnten verwehrt hatte. Das Grauen, das sich auf ihrer Miene ausgebreitet hatte, paarte sich nicht länger mit Ungläubigkeit und Zorn, sondern mit tiefster Verzweiflung.

»Bist du wahnsinnig geworden?«, schrie Balduin erneut.

Judith wagte nicht, zu dicht an Johanna heranzutreten, sie gar zu berühren. Doch das Mitleid, das in ihr aufstieg, war frei von Furcht oder Anklage. »Lass sie in Ruhe«, sprach sie ruhig, »sie ist doch von Sinnen...«

Erst als sie diese Worte an ihn richtete, nahm sie Balduins sonderbares Erscheinungsbild wahr. Sein Gesicht war ungesund gerötet – das konnte nicht nur von der Anstrengung rühren, Johanna von ihr losgerissen zu haben. Selbst der Hals war von vielen Flecken übersät, und seine Kleidung sah aus, als wäre er eben erst hineingeschlüpft und hätte noch keine Zeit gefunden, sie zuzubinden, die Fibeln zu schließen.

Verständnislos starrte Judith ihn an; wie eben folgte ihre Wahrnehmung der Wirklichkeit nur langsam. Gleichwohl ihre Augen sofort seinen Zustand erfassten, brauchten ihre Gedanken viel länger, um festzustellen, dass er nach Wein roch, dass er betrunken war. Und die Gestalt in der Türe – sie musste dort die ganze Zeit gestanden und zugesehen haben, ehe Judith herumfuhr und das Mädchen erblickte.

Sie sah Madalgis an wie eine Fremde – und registrierte doch die verräterischen Spuren: Ihr Hemd war nur lose geschnürt, ihre Augen glänzten fiebrig, ihr Gesicht war von ähnlichen glühenden Flecken übersät wie das von ihm. Judith blickte wieder zu Balduin, der – kaum dass auch er Madalgis' gewahrte – beschämt die Augen senkte.

»Madalgis…«, stammelte Judith. Ihre Stimme verlor sämtliche Festigkeit. »Madalgis.«

Immer schmaler wurden Madalgis' Katzenaugen, und sie mochten den Triumph dennoch nicht verbergen, der sich darin ausbreitete.

»Was hast du getan?«, fragte Judith. Es war nicht gewiss, an wen sie sich richtete. Balduin rang hilflos die Hände, schwankte – entweder dem Rausch erlegen oder von der Wucht der Anklage getroffen, die hinter ihrer Frage steckte. Madalgis hingegen trat ihr aufrecht entgegen.

»Ich habe es für dich getan, meine Königin«, erklärte sie ebenso ernsthaft wie stolz, »nur für dich. Er war mir widerwärtig, so schrecklich widerwärtig. Seit ich damals meine Haare verloren habe und sie wieder gewachsen sind, habe ich keinen Mann mehr berührt. Aber ihn… Ich musste es tun, meine Königin, ich musste es tun…«

Ein klagender Ton durchschnitt den Raum. Johanna, die ihn ausgestoßen hatte, war immer noch in sich versunken, sodass sie gar nicht zu bemerken schien, was rund um sie geschah. Ihr Körper bebte nun nicht mehr, sondern schaukelte sanft hin und her, als würde sie ein Kind in den Schlaf wiegen wollen.

»Was hast du getan?«, wiederholte Judith heiser.

Madalgis' schmale Katzenaugen weiteten sich. »Er ist deiner nicht würdig, meine Königin!«, rief sie eindringlich. »Kein Mann ist das! Und das wollte ich dir beweisen. Die Männer sind schlecht, sie scheren sich nicht um uns Frauen, sie nutzen uns aus, und danach lassen sie uns fallen – und er ist genauso. Du darfst ihm nicht vertrauen, meine Königin. Es war so leicht, ihn zu verführen. Keinen Augenblick hat er gezögert, weil er doch meinte, du hättest seinen Stolz verletzt und er habe jedes Recht, es dir heimzuzahlen. Und das zeigt doch, was er wirklich ist, ein…«

»Halt dein Maul!«

Balduin stürzte sich ähnlich entschlossen auf Madalgis wie zuvor auf Johanna, packte sie an den Händen und zerrte sie zurück.

»Halt dein Maul!«, forderte er wieder und zwang sie in die Knie. »Eben noch hast du mir schöne Worte gemacht – und jetzt das?«

»Es war so leicht, dir etwas vorzumachen. Wann hättest du jemals darüber nachgedacht, aus welchem Grunde Frauen sich dir an den Hals warfen?« Madalgis' Stimme troff vor Verachtung, während Balduin nur noch fester an ihren Haaren riss. »Siehst du, meine Königin, wie er in Wahrheit ist? Wie roh, wie tumb und wie herzlos?«, schrie Madalgis. »Siehst du es? Kein Mann ist deiner würdig! Und er schon gar nicht!«

Dann begann sie zu lachen, ebenso außer sich und trocken, wie Johanna schluchzte.

Die Welt ist verrückt geworden, urteilte Judith, um irgendwelche Gedanken zwischen sich und die schrecklichen Laute zu schieben. Doch sie minderten nicht deren Wirkung – genauso wenig, wie sie sie vor Balduins Anblick bewahrten, der sie beschämt und trotzig ansah, um Verständnis heischend und zugleich verstockt.

Unwillkürlich dachte Judith an den Sturm in den Alpen, als viele kleine Schneenadeln in ihr Gesicht gestochen hatten und der Atem in ihrer Brust zu gefrieren schien. In diesem Augenblick fühlte sie sich ähnlich.

»Judith ...«, setzte Balduin an.

Der Wein schien ihn nicht länger zu berauschen, sondern zu schmerzen. Er kniff seine Augen zusammen. Madalgis nutzte den Moment seiner Schwäche, riss sich von ihm los und stürzte auf Judith zu, um sich vor ihr auf den Boden zu kauern.

»Du verstehst doch, warum ich es tun musste, Königin?«, fragte sie. Es klang nicht mehr triumphierend, nur mehr ängstlich. »Du verstehst mich doch?«

»Es ist gut, Madalgis«, murmelte Judith kraftlos, beugte sich nieder und bedeutete dem Mädchen aufzustehen. Sie zögerte nicht, sie zu berühren, doch als Madalgis ihrem Befehl folgte, wich sie augenblicklich vor ihr zurück.

»Judith ...«, stammelte Balduin wieder.

Sie sah ihn an. Sie konnte ihre Verachtung bezähmen, die Kälte nicht. Sie schien sie von innen her auszuhöhlen, ließ sie erstarren und den Blick gefrieren.

»Geh mir aus den Augen!« Ihre Worte glichen einem giftigen Hauch. »Geh mir aus den Augen, du verfluchter Hurensohn!«

Am Sonntag nach der morgendlichen Messe ließ der Papst Judith und Balduin zu sich bitten. Diesmal begegneten sie Nikolaus nicht in seinen persönlichen Räumen, sondern im *Triclinium*. Er thronte in der Mitte, war umgeben von seinem Klerus, und er blickte sie beim Reden kaum an.

Knapp erklärte er, dass ihre Ehe gültig sei, weil sie aufgrund von freiem Willen, nicht von gewaltsamem Brautraub zustande gekommen sei. Diese Überzeugung werde er Judiths Vater, König Karl, in einem offiziellen Schreiben mitteilen, Gleiches gelte für Bischof Hinkmar von Reims. Damit waren sie entlassen.

Balduin reagierte nicht sogleich. Das Treffen mit dem Papst war derart kurz, beschränkte sich auf so wenige Sätze, dass er glaubte, es müsse doch noch etwas Wesentliches passieren. Er verbeugte sich erst, als ihm einer der Kleriker ungeduldig zuwinkte – wie einem Dienstboten, den man schnellstmöglich verscheuchen will, auf dass er dem gestrengen Herrn nicht lästig fällt.

Diesmal begleitete sie kein Getuschel. Schweigen breitete sich im Prunksaal aus – so wie es fortan zwischen Judith und Balduin herrschte.

XXXIV. Kapitel

Judith war erleichtert, zwei Wochen später der Ewigen Stadt entfliehen zu können. Der Papst gewährte ihnen keine neuerliche Audienz, und die Heerscharen an Priestern und Mönchen verfolgten das Paar mit Spott und Missgunst, wo immer sie auftauchten. Anfangs war Judiths Trotz groß genug, um gemeinsam mit Balduin die tägliche Messe zu besuchen. Doch der Triumph, nach außen hin nicht klein beizugeben, sondern die übliche stolze, königliche Haltung an den Tag zu legen, schmeckte alsbald schal – nicht zuletzt, weil Balduin zwar widerstandslos ihrem Wunsch folgte, jedoch auf eine ebenso unwillige wie zerknirschte Art, dass es ihr oft schwerfiel, ihrer Verachtung nicht nachzugeben. Jene schien in einer Atmosphäre des Ränkespiels und des Neids immer höher zu wachsen, und wenn sie des Nachts davon wachgehalten wurde, so wusste sie oft nicht mehr, womit sie haderte: mit Balduins Betrug oder mit der eigenen, stetig weiter wuchernden Verbitterung, die langsam auch die noch lichten Räume ihrer Seele verdunkelte.

Als Papst Nikolaus ihnen ausrichten ließ, sie könnten einen Legaten, den er demnächst in das westliche Frankenreich zu schicken gedenke, auf dessen Schifffahrt von Ostia nach Arles begleiten – solcherart bliebe ihnen auch die neuerliche mühevolle Alpenüberquerung erspart –, war sie ehrlich dankbar.

Rom verließ sie gerne. Der Einzige, von dem sie nicht ohne Wehmut schied, war Bruder Wunibald.

Am Tag des Abschieds berichtete er stolz, dass er in einem der vielen Klöster Roms fortan die Stellung eines *Cellerars* einnehmen werde, wo er, da ihm die Verwaltung derselben unterliege, uneingeschränkten Zugang zu den Vorratskammern habe.

»Gib nur Acht, Bruder Wunibald«, spöttelte Judith, »die Wärme macht träge, und wenn du obendrein ständig deinem Appetit folgst, wird man dich bald durch die Straßen rollen können.«

»Lieber platze ich vor Gier als vor Wut oder Hader oder Verzweiflung über diese Welt«, gab er leichthin zurück. Dann wurde seine Miene ernst. »Denkst du noch an meine Worte, die ich dir gesagt habe?«

»Dass ich Balduin nicht zu viel büßen lassen soll?«, gab sie zurück. »Nun… diesmal gilt nicht, dass er mir nichts angetan hätte.«

Sie war sich nicht sicher, wie viel Wunibald wusste. Tatsächlich gab er sich nicht erstaunt, sondern sagte schlicht: »Gerade deswegen würdest du vielleicht leichter leben können, wenn du ihm vergibst. Ihm und dem Rest der Welt.«

»Wie nah hast du die Menschen je an dich herangelassen, dass du Vergebung lehren könntest?«

Er deutete mit einem schwachen Lächeln auf seinen Leib. »Und wenn ich's wollte – es stünde doch ein viel zu fetter Wanst zwischen mir und dem Rest. Doch eben weil ich mich darin auskenne, kann ich dir nur sagen, Königin: An einem dicken Fell hat man oft schwer zu tragen – gleich, wie viel Schutz es auch verspricht.«

Sie zuckte die Schultern, rang damit, etwas dazu zu sagen, aber unterließ es dann. »Leb wohl, Bruder Wunibald«, sagte sie schlicht.

Er nickte. »Leb wohl, meine Königin. Gott begleite euch alle auf der Heimreise – und auch danach.«

Sie erreichten Ostia über den Flussweg. Am Hafen war es lauter, schmutziger und enger als in Rom. Zwar gab es viele edle Waren, die man auf Schiffe trug oder von dort holte – Stoffe, Gewürze und Waffen –, doch ebenso viel, was grässlich stank: Sklaven aus den Ländern der Sarazenen, Schafe, Ziegen und Kühe, bereits verdorbene Nahrungsmittel.

Der Hafen lag weit entfernt von der einstigen Stadt, die in den letzten Jahrhunderten ihren Niedergang erlebt hatte und mehrfach von den Sarazenen verwüstet worden war. Vor zwei Jahrzehnten hatte Papst Gregor IV., der ihr den Namen Gregoriopolis verlieh, zwar einen neuen Mauerring errichten lassen – und Papst Nikolaus folgte dessen Bemühen, Ostia zum Blühen zu bringen, indem er nach einem neuerlichen Überfall der Sarazenen viele Gebäude wieder hatte aufbauen lassen –, doch aus Angst vor den Meerpiraten blieb die Stadt, bis auf den Hafen, großteils unbewohnt.

Der Lärm und die Gerüche des Hafens verebbten rasch, nachdem sie den Anker gelichtet hatten und sich immer weiter von der Küste entfernten. Judith stand am Heck, blickte zurück, sah Ostia zu einem kleinen, bunten Fleckchen werden, das schließlich endgültig aus ihrem Horizont schwand. Obwohl die See vermeintlich ruhig wirkte, fühlte sie ein sanftes Schaukeln. Sie blieb zwar von Übelkeit verschont, doch Schwindel setzte sich in ihrem Kopf fest. Als nichts anderes mehr um sie herum zu sehen war als das Meer, fühlte sie zwar keine Angst vor den Abgründen, die in der Tiefe der blauen Wasser lauern mochten, jedoch tiefe Traurigkeit.

Vielleicht hatte Bruder Wunibald Recht, überlegte sie, vielleicht ließ es sich unter einer hellen, warmen Sonne leichter leben als in jenem oft so kalten Land, das ihre Heimat war – eine Heimat, die sich jetzt mit keinen Bildern verband, keinen Erinnerungen, zumindest nicht mit solchen, derer man sich gern besinnt. Die Zeit in Senlis schien wie ein graues Loch in ihrer Vergangenheit, und die Flucht, die dann erfolgt war, beschwor keine Bilder von Wäldern, Wiesen und Straßen herauf, sondern einzig das von Balduins Gesicht – jedoch nicht mit seinem damaligen Ausdruck, vielmehr so, wie er ihr zuletzt vor die Augen getreten war.

Judith zuckte zusammen. Sie hatte nicht gemerkt, dass Johanna zu ihr getreten war, mit schleppenderen Schritten als früher, gekrümmt, obwohl sie ihren oftmals steifen Gliedern doch ansonsten stets die aufrechte Haltung befahl.

Sie begann mit dem Eigentlichen – ganz ohne Einleitung, ganz ohne vorfühlende Worte. »Es ist nicht nur seine Schuld«, sagte sie. »Auch Madalgis hat das ihrige dazu beigetragen … Ich weiß, dass du sie magst … aber ihre Seele scheint nicht gesund zu sein.«

Judith starrte auf das Wasser. Dort, wo es vom Schiffsbauch durchschnitten wurde, schäumte es weiß. »Du redest mit mir?«, fragte sie kühl. »Ich dachte, dir steht der Sinn danach, mich zu töten.«

Johanna schwieg, und kurz hoffte Judith, es möge gleich wieder die alte Johanna zum Vorschein kommen, ohne Entgegenkommen und Freundlichkeit, verbissen und stur, gefestigt in Verachtung gegen sie. Nicht, dass es immer angenehm gewesen wäre, diese Johanna zu ertragen. Doch in einer oft so fremden, undurchschaubaren Welt deuchte sie Johannas Hass als das einzig Zuverlässige – wenn sie doch sonst auf nichts setzen konnte, vor allem nicht auf Balduins Treue.

Aber Johanna überraschte – und verwirrte – sie.

»Vergib mir«, sagte sie schlicht. Es klang weder nach Unterwerfung noch nach Hohn. Knapp und bündig und ehrlich schien es. Judith fuhr herum, blickte der alten Frau erstaunt ins Gesicht, konnte kaum glauben, dass dieser harte Blick sich nicht mehr in sie bohrte, vielmehr verloschen schien, die Augen irgendwie sogar mitfühlend glänzten. Johanna spürte wohl ihre Verwirrung. »Ich war nicht bei mir«, setzte sie hinzu. »Ich war es vielleicht all die Jahre nicht.«

Judith merkte, wie ihre Lippen erzitterten, presste sie aber augenblicklich fest aneinander. Hastig wandte sie sich wieder ab. »Wie merkwürdig«, stieß sie hervor, »dass du ausgerechnet jetzt den Frieden mit mir suchst. Wo es doch zu spät ist.«

»Es ist nicht zu spät. Du hast mich dazu gebracht, endlich die Wahrheit zu bekennen. Jetzt verschließ du dich nicht vor ihr.«

»Vor welcher Wahrheit?«, begehrte Judith auf, heftiger, als sie wollte. Fast kleinlaut setzte sie hinzu: »Ich bin zu … stark, zu eigensinnig für Balduin. Er erträgt mich nicht.«

Johanna zuckte die Schultern. »Wer die Menschen eingehend betrachtet, wird immer auch auf das Schlechte in ihnen stoßen. Und wer es so lange und so ausdauernd tut wie du, wird besonders viel von diesem Schlechten ans Tageslicht zerren. Aber in ihm steckt so viel mehr als das, was dich mit ihm hadern lässt. Auch das musst du sehen.«

Judith hörte nicht, wie Johannas Schritte sich entfernten, und glaubte, sie stünde noch neben ihr. Doch als sie sich nach einer Weile umdrehte, erneut einen Blick auf ihr Gesicht werfen wollte, da war sie fort, und ihre Worte waren schon lange verklungen, sodass Judith kurz daran zweifelte, ob es dieses Gespräch jemals gegeben hatte.

Als sie nach Laon kamen, erwartete sie jene zögerliche Stille, die sich seinerzeit auch über die Stadt gesenkt hatte, als Judith und Balduin nach ihrer Flucht dort eingetroffen, aber vom Grafen nicht empfangen worden waren. Nun waren es nicht Misstrauen und Scheu ihnen gegenüber, die diese bedingten, sondern Trauer.

Alpais war gestorben. Es hieß, auf jene stumme Weise, wie sie gelebt hatte. Sie hatte Schmerzen in den Beinen verspürt und war irgendwann nicht mehr aufgestanden. Weil sie immer so still war, hatte es Wochen gedauert, bis man überhaupt bemerkte, dass sie nicht mehr ihre Runden im Hof machte, um dort zu beten. Niemand vermisste sie, und doch gab man jede Neuigkeit über ihr Wohlbefinden eilig weiter. Die Nachrichten blieben lange Zeit gleich: Sie fühle sich schwach, sie könne sich nicht erheben und nichts essen, aber ansonsten werde sie von keinen Schmerzen gequält – zumindest, solange sie nicht versuchte, aufzustehen oder zu knien.

Als Balduin davon berichtet wurde, fragte er sich unwillkürlich, ob sie in jenen Tagen das Gebet ganz unterlassen oder aber es liegend im Bette gesprochen hatte.

In jedem Falle sprach sie mit dem Grafen. Er weilte oft bei ihr, viel öfter als in den vergangenen Jahren; so häufig hatte er sie nur gesehen, bevor er sich mit ihrer Unfruchtbarkeit abgefunden und nicht mehr bei ihr gelegen hatte.

Der Graf war es schließlich auch, der ihr die Augen schloss, als sie sanft entschlafen war. Schon zu Lebzeiten hatte sich Alpais einen Marmorsarkophag anfertigen und ihn sich in ihr Gemach stellen lassen, auf dass er sie an ihre Vergänglichkeit erinnere. Zweimal täglich hatte sie ihn mit Brot, Käse und Met gefüllt, was dann an die Armen verteilt wurde. Der Graf persönlich bettete sie nun in diesen Sarg, wusste aber nicht, was er ihr ins Totenreich mitgeben sollte – Schmuck oder Kämme, Gefäße oder Kleider. Schließlich hatte sie an derlei Vergänglichem nie gehangen. So beließ er es dabei, dass der Toten, wie es Sitte war, die Eingeweide entnommen, ihr Leichnam balsamiert und der Sarg mit Salz gefüllt wurde.

Robert selbst brachte den Sarkophag in ihr Hauskloster, dessen Mönche er seit langem für das Gebet für sein Seelenheil bezahlte. Nach dem Begräbnis zog er sich dorthin zurück.

»Er ließ es offen, ob er wiederkäme«, sagte Gerold, sein Nachfolger, zu Balduin. »Ich glaube es eher nicht …«

Wie immer klang er zu nüchtern, um herauszuhören, ob er dies nun erhoffte oder nicht. Vielleicht verschwendete er schlichtweg keinen Gedanken daran, sondern beschränkte sein Trachten auf das, was ihm der Graf vorgelebt hatte: die Pflicht zu tun und Gott zu ehren, ohne die eigenen, meist befremdenden Gefühle zu wichtig zu nehmen.

Nicht ganz so abgestumpft wie Gerold war die junge Ovida, die er ihnen als seine Frau vorstellte. Der Graf selbst hatte sie auserwählt. Sie stammte aus dem nahen Noyon, die Hochzeit war noch zu Alpais' Lebzeiten gefeiert worden. Anders als ihr gleichgültiger Gemahl warf Ovida neugierige Blicke auf Judith – gewiss der ranghöchste Mensch, dem sie jemals begegnet war, und obendrein von so vielen Gerüchten umrankt.

Nur ihr zuliebe stellte Gerold die Frage, die er sich selbst wohl verkniffen hätte – was in Rom geschehen sei und was er, Balduin, nun plane.

Zu Ovidas Leidwesen verschob Balduin das Gespräch auf einen späteren Zeitpunkt, als er mit Gerold alleine in der Amtsstube war – und hielt es auch dann kurz: Ja, der Papst habe sie empfangen, ja, der Papst habe sich auf ihre Seite gestellt. Doch ob und wie der König darauf reagiere, wüsste er noch nicht.

Balduin saß zusammengesunken in jenem Stuhl, auf dem er den Grafen bei ihrem letzten Zusammentreffen vorgefunden hatte. Eben hatte die Erschöpfung der Reise noch überwogen, doch nun überkam ihn tiefe Trauer, Robert von Laon nicht hier zu wissen. Er war zwar keiner gewesen, dem man das Herz ausschütten konnte, ohne den zweifelnden Blick zu ernten, der sagen sollte, dass die Probleme womöglich von eigener Schwäche bedingt waren. Und dennoch – er hätte Anteilnahme gezeigt, hätte nicht nüchtern genickt wie Gerold, gleichwohl jener immerhin die Kameradschaftlichkeit aufbot, ihn zum Bleiben zu bewegen. Balduin sei sein Gast, solange er es nötig habe. Dabei hatte er ihm fest in die Augen geblickt – etwas, was Balduin in den letzten Tagen fremd geworden war. Judith blickte immer noch starr durch ihn hindurch, und Madalgis schloss sich der Missachtung ihrer Herrin an, auch wenn sie mal verächtlicher war und mal triumphierender. Nie machte sie Anstalten, ihm noch einmal so nahe zu kommen wie in Rom, und gleichwohl Balduin sie ohnehin zurückgestoßen hätte, fühlte er sich doch von ihr bloßgestellt und wie ein Aussätziger behandelt.

Und Johanna… Johanna war zwar ein Trost, wirkte ruhiger, milder als früher, schien zugleich aber sichtlich geschwächt. Sofort nach ihrer Rückkehr war sie in den Kräutergarten verschwunden, um sich dort an einem Fleckchen vertrauter Erde zu laben, in dem sie nicht minder verwurzelt war als die Blumen, Kräuter und Pflanzen.

Er gönnte es ihr, ein wenig Frieden zu finden. Doch als er nun schweigend bei Gerold saß, sich die kommende Zeit vorstellte und wie viel ohnmächtiges Warten sie von ihm fordern würde, so zweifelte er, dass er einen derartigen Frieden jemals wieder selbst erleben könnte.

Johannas Hände waren schwarz, als sie – es war etwa einen Monat nach ihrer Rückkehr nach Laon – Balduins Gemach betrat. Dunkle Halbmonde verunstalteten die Fingernägel, und kleine Erdklumpen klebten bis hoch zu ihren Ellbogen und rieselten nach und nach zu Boden. Der Dreck schien sie nicht zu bekümmern. Gedankenlos strich sie sich eine graue Haarsträhne aus dem faltigen, sonnengegerbten Gesicht und hinterließ dort dunkle Spuren.

»Wie siehst du denn aus?«, entfuhr es Balduin.

Zuerst hatte er sie nicht angeschaut, sondern in die Flammen des Kamins gestarrt, die vor ihm züngelten und offenbar seinen aufgewühlten Geist beschwichtigen sollten. Erst nach einer Weile, da sie nichts sagte, suchte er ihren Blick.

»Ich war im Garten«, erklärte sie schlicht. Damit war nur die Hälfte gesagt. Der Garten war ihr stets einer der liebsten Orte gewesen, und die meisten Menschen kannten sie kaum anders als mit ihren Kräutern und Pflanzen beschäftigt. Doch seit ihrer Rückkehr nach Laon hatte sich ihr Verhältnis zur Natur gewandelt. Ziel- und nutzlos wühlte sie nun stundenlang in der Erde, nicht länger, um zu säen oder zu ernten, sondern einfach nur, um zu fühlen – den Boden unter sich und irgendwie sich selbst. Sie war sich so fremd geworden seit Rom und nicht sicher, ob sie erleichtert darüber sein sollte oder besorgt. Manchmal reute es sie, dass sie womöglich nie wieder etwas finden würde, was sie beschwichtigte, wie es bislang ihre Pflanzen getan hatten. Und manchmal dachte sie, dass sie nun vielleicht nichts mehr brauchte, was sie beschwichtigen müsste.

»Gibt es … gibt es denn Neuigkeiten vom König?«, fragte sie. Selbst ihre Stimme klang anders. Kraftvoll durchdringend oder bedrohlich heiser war sie einst gewesen. Nun war sie dünn und weibisch.

Balduin schüttelte den Kopf. »Bischof Hinkmar von Reims

tut alles, um eine Versöhnung zwischen König Karl und Judith hinauszuzögern. Er weiß genau: Beugt jener sich der Bitte des Papstes, die Tochter wieder mit offenen Armen zu empfangen, dann sieht er wohl seinen eigenen Einfluss schwinden. Also muss er sich gegen Rom behaupten… Gott, wenn Gerold uns nicht beherbergen würde, wir würden noch des Hungers sterben!«

»Du bist hier kein Gast, Balduin, du bist hier zu Hause.«

»So?«, er richtete sich unwirsch auf und neigte sich dichter zu dem Feuer, die Flammen spiegelten sich in seinem blassen Gesicht. »Die Wahrheit ist doch: Ich bin ein Niemand, Johanna. Ich habe mein Lehen nicht zurückbekommen, und Judith verfügt weder über ihren einstigen Brautschatz noch hat sie eine Brautausstattung für die dritte Ehe erhalten.«

Behutsam trat sie zu ihm, suchte Abstand zum Feuer zu halten, aber kam ihm doch nahe wie nie zuvor, als sie ihre Hand auf Balduins Schulter legte.

»Du klingst gekränkt wie ein Kind, nicht entschlossen wie ein Mann. Lass nicht zu, dass dich falscher Stolz erneut fehlleitet.«

»Falscher Stolz? Fehlleitet? Wovon sprichst du?«

»Davon, dass dich am meisten schmerzt, Judith verloren zu haben. So muss es nicht bleiben. Nutze diese Zeit des Wartens, um dich mit ihr zu versöhnen.«

»Aber Madalgis…«

»Madalgis sollte nicht zwischen euch stehen!«, sprach Johanna eindringlich, und ihre Stimme wurde ein wenig fester. »Sie ist eine verirrte Seele! Wenn es sein muss, dann schiebe alles auf sie. Sag ihr, dass Madalgis dich verführen wollte an jenem Tag in Rom.«

»Das weiß Judith doch längst. Aber das macht mein Verhalten nicht besser.«

Er seufzte, und Johanna tat es ihm gleich.

»Dennoch«, sagte sie nach einer Weile und rückte noch ein wenig näher zu ihm. Der Geruch nach nasser Erde war stärker als jener des brennenden Holzes. »Dennoch – du solltest nicht hier hocken und darauf warten, dass sich die Dinge zu deinen Gunsten ändern. Du musst etwas tun, Balduin!«

»Warum rätst du mir das? Ich dachte, du hasst Judith.«

Sie ließ ihn los und hockte sich nun vor ihm nieder, um ihm besser ins Gesicht blicken zu können. Sie sah die Flammen nicht mehr, spürte lediglich deren Hitze an ihrem Rücken – spürte sie, aber hielt ihr stand.

»Ja, ich habe sie gehasst«, sagte sie entschlossen. »Aber jetzt denke ich mir: Sie ist eine Frau, die nicht nur wie ich dein Lächeln sieht, sondern auch die Schatten deiner Seele. Vielleicht ist das ein größeres Gut, als ich gedacht habe.«

Balduin mied ihren Blick, ließ sich tiefer in seinen Stuhl sinken, deutete schließlich auf ein Tischchen und die Rolle Pergament, die dort lag.

»Ich habe vorhin eine Nachricht erhalten«, sagte er.

»Von wem? Ich dachte, der König…«

»Sie ist nicht vom König. Ach Johanna, es kann Jahre dauern, bis der König uns empfängt und mir mein Lehen zurückgibt. Und wenn ich nicht darauf warten will, dann gibt es nur eine Möglichkeit, ihn milde zu stimmen – oder zumindest, Mittel und Wege zu finden, auch unabhängig von seiner Gunst ein gutes Leben zu führen und eigenes Land zu besitzen.«

Er zuckte die Schultern, schwieg; er kam Johanna fast verlegen vor.

»Wer hat dir die Nachricht geschickt?«, fragte sie wieder.

»Es wird dir nicht gefallen«, setzte er gedehnt an, »und ich will auch nicht, dass Judith davon erfährt.«

Wieder machte er eine Pause, doch dann erzählte er, was in dem Brief stand und wie er darauf zu antworten gedachte. Schon bei den ersten Worten versteifte sich Johanna, aber sie unterbrach ihn nicht, sondern hörte aufmerksam zu. Als er endlich geendigt hatte, war sie trotz der Hitze, die in ihrem Rücken lauerte, ganz blass geworden.

»Was sagst du dazu?«, fragte er.

Sie erhob sich und strich ihm mit der erdigen Hand über das Gesicht. Krümelchen fielen ihm auf die Brust.

»Ich werde dich begleiten.«

Sie konnte das Zittern in ihrer Stimme nicht verbergen, obwohl sie tapfer klingen wollte.

»Bist du sicher?«, fragte er zweifelnd.

Brügge A.D. 864

»Judith weiß es«, wiederholte Johanna.

Sie war erstaunt darüber, dass sie noch reden konnte. Stetig waren ihre Kräfte geschwunden, hatten sich stückweise dem ewigen Schlaf ergeben, doch nun spürte sie, wie sich die verbleibenden Fähigkeiten – zu reden, zu denken, zu fühlen – festkrallten.

Was ist, wenn ich zu wenig von dem Gift genommen habe?, dachte sie beunruhigt, und ihr Herz begann zu hämmern; es fühlte sich an, als ob schmerzhafte Stöße ihre Brust träfen.

Ich muss doch sterben, ich muss doch…

»Was weiß Judith?«, fragte Balduin bekümmert. »Weiß sie von deinem Kind? Weiß sie, was damals geschehen ist?«

»Sie hat es dir also nicht gesagt«, stellte Johanna fest. »Ja, sie ist eine Frau, die die Wahrheit ausspricht, aber ebenso gut Geheimnisse bewahren kann.«

»Ich habe immer gedacht, dass etwas zwischen euch geschehen sein müsse, damals in Rom. Danach hast du nie wieder schlecht über sie gesprochen, sie nicht länger bekämpft. Aber ich wusste nicht, dass es mit deinem Kind zu tun hatte.«

Anfangs, als er sie gefunden hatte, hatte er nur kurze, ängstliche Fragen gestellt. Dass jetzt Satz um Satz aus seinem Mund floss, setzte ihr nicht minder zu als das eigene Aufbäumen gegen die Ohnmacht. Dachte er etwa, sie hätte noch Zeit, genug Zeit? Sie wollte sie nicht haben… Und er, er sollte endlich zu Judith gehen, sie brauchte ihn, und wer wusste… ja, wer wusste, ob Gott auf ihren Handel einging? Dass sie immer noch atmete, im-

mer noch ihr Herz pochte – war das womöglich ein Zeichen dafür, dass er ihr Opfer nicht annahm?

Sie stöhnte auf.

»Johanna!«, schrie Balduin entsetzt auf. »Ich … ich wollte dir nicht wehtun! Ich wollte doch keine bösen Erinnerungen heraufbeschwören! Ich wollte doch nur wissen, ob … Aber … aber wir müssen nicht über dein Kind reden, es genügt, wenn Judith weiß, was geschehen ist.«

Seine Sorge nahm ihr ein wenig von der ihren. Dass er die Ursache ihres gequälten Stöhnens nicht richtig deutete, rang ihr ein Lächeln ab. Er hatte nie in ihre Seele geblickt, nie so tief wie Judith … oder Madalgis. Er hatte das Schwarze, das Zerstörte vielleicht gewittert und gefürchtet, aber er hatte sich, im Gegensatz zu Judith, nie darin gespiegelt.

Vielleicht war das gut so. Was sonst hatte ihr lange Zeit Kraft gegeben als die Tatsache, dass er einst – in kindlichem Unverständnis – vorausgesetzt hatte, sie hätte welche?

»Geh zu Judith«, forderte sie erneut. »Nun geh endlich!«

»Wenn sie weiß, was du getan hast … es weiß und dich trotzdem nicht verachtet: Warum denkst du dann, der Herr im Himmel täte es? Warum glaubst du, sterben zu müssen?«

»Ach Balduin! Geh endlich!«

Sie wurde ratlos, ihr fiel nichts mehr ein, wie sie ihn endlich von sich lösen konnte.

»Es ist auch so«, setzte sie schließlich hinzu, »Judith weiß vieles … und gewiss ahnt sie darüber hinaus manches … aber eben nicht alles … nicht alles. Es gibt etwas, was ich vor ihr verborgen habe. Noch mehr Schuld. Noch mehr Vergehen. Aber jetzt geh! Bitte, Balduin, geh zu ihr!«

Wieder kämpfte er mit seiner Zerrissenheit, aber dann erhob er sich – freilich nicht, ohne ihren Körper behutsam auf den Boden zu betten und seinen Umhang unter ihren Kopf zu legen.

»Geh!«, murrte sie wieder. »Geh …«

»Ich … ich komme gleich zurück.«

Sie hörte, sehr leise, fast wie das Tapsen einer Maus, die Schritte, die sich entfernten. Dann war sie wieder alleine mit sich und dem Gast, den sie geladen hatte und den sie als einzigen nicht fortschickte: den Tod.

Siebter Teil

Das Opfer

A.D. 863–864

»König Karl hielt am 25. October
eine Synode in der Pfalz Verberie.
Seine Tochter Judith nahm er auf die Bitte des
apostolischen Herrn in Frieden wieder auf.«

Aus den Annalen von Saint-Bertin

XXXV. Kapitel

Als sie dem Ziel ihrer Reise näherkamen, wappnete sich Johanna gegen die Feindseligkeit, die sie hier erwarten würde. Immer verkrampfter wurde der Griff um die Zügel des Pferdes, immer fester der Druck, mit dem sie sämtliche Glieder aneinanderpresste, als könnte sie sich solcherart möglichst klein und unsichtbar machen. Mit ähnlicher Todesverachtung wie Balduin, als er einst seinen Ruhm als Krieger begründet hatte, war sie von Laon weggeritten, und auch jetzt geriet ihre Entschlossenheit nicht ins Zaudern. Aber sie konnte sich keinen Augenblick lang des Eindrucks erwehren, dass sie dem Höllenschlund entgegenritt, ja, rechnete jeden Moment damit, dass das Antlitz der Welt bald von ihm künden würde. Unmöglich, dass dieses Land auch nur einen Hauch jener Lieblichkeit atmete, in der der weiche Frühsommer die Wiesen, Wälder und Weinberge rund um Laon tauchte. Die Farben würden vielmehr verlöschen, die warme Erde würde zu Kratern aufgerissen, der Himmel gewittern und dunkle Wolken jagen, und der Geruch nach Blumen und Kräutern würde vom Gestank verschluckt, den die Feinde verströmten.

Ja, dagegen wappnete sie sich, das erwartete sie auch – ganz gleich, ob sie nun Balduins Plan duldete oder nicht. Doch irgendwann, als Stunde um Stunde, Tag um Tag vergingen und sie längst ins gefährliche Grenzland gekommen waren, gewahrte sie, dass nur sie selbst sich immer mehr verkrampfte, nicht aber die Natur. Sie merkte, dass zwar sie die eigenen Sinne zügelte, das Leben um sie herum sich jedoch als leichtfertig und verschwenderisch erwies. Weder sparte die Sonne an ihren reichen Gaben noch der Wind an seinem zügellosen Tanz. Mochte sie auch das Gefühl haben, am Ende dieser Reise stünde Leben oder Tod, aber nichts dazwischen – die Schöpfung rüstete sich zum Sonnwendfest.

»Woher weißt du«, fragte sie einmal in Balduins Richtung, weil sie ihm – gleichwohl er in Gedanken versunken war – die Unbefangenheit nicht recht glauben wollte, die er nach außen hin an den Tag legte, »woher weißt du, dass Rorik dir nicht eine Falle stellt? Was ist, wenn wir seinen Hof gar nicht erst erreichen und schon früher … ermordet werden?«

Sie ließ keine Furcht erkennen, eher Trotz, als würde, wenn dieser schlimmste Fall einträfe und hinter dem Gebüsch die Feinde lauerten, um sie zu zerfleischen, ihr neben all dem Grauen auch die Befriedigung geschenkt, dass sie mit ihren Erwartungen Recht behielte.

»Rorik nützt mein Tod nichts«, gab Balduin zurück. »Solange ich lebe, kann ich ihm aber dienlich sein.«

Er zuckte die Schultern, als wäre die Sache damit erledigt. Hilfesuchend blickte sich Johanna zu ihren Begleitern um, einem Knaben, der mitreiste, um die Pferde zu versorgen, und einem Sohn von Gerolds Verwandten, der in Laon die Kriegskunst lernte, so wie es einst Balduin unter Arbogast getan hatte. Wenigstens diese beiden, dachte Johanna, hassen und verfluchen dieses Land wie ich, wenigstens diese beiden …

Doch als sie in die Miene der Burschen blickte, stieß sie auf nichts dergleichen. Der eine war froh, für einige Tage der harten Stallarbeit entkommen zu sein und endlich selbst reiten zu dürfen. Der andere hingegen strahlte über das ganze Gesicht, weil er noch nie so weit in die Fremde geritten war und sich gewiss schon ausmalte, wie er bald davon prahlen dürfte.

Sie war die Einzige, die verkniffen auf das Schlimmste wartete und schließlich selbst von der Landschaft verspottet wurde, die ihr Misstrauen für zu lächerlich befand, um ihr etwas entgegenzusetzen: Als sie am dritten Tag ihrer Reise in die Nähe des Meeres kamen, erwarteten sie dort weder Berge noch Hügel noch die dichten Wälder. Nichts legte dem Blick Grenzen auf; geschmeidig war das dünne, bläuliche Band, das in der Ferne den Übergang vom Land zum Himmel markierte. Die Melodie des Himmels war schlicht – frei von Spott oder furchterregendem Grollen. Eigentlich bestand sie nur aus zwei Lauten: dem sehnsuchtsvollen Gekreisch der Möwen und dem Wind, der an Stärke zunahm und atemlos über die weite Fläche hetzte.

Selbst als sie in der Ferne das Meer schimmern sahen, eigentlich bedrohlich, weil hinter seinen Rändern die teuflische Brut heranwuchs, fiel es ihr immer noch schwer zu verstehen, dass sie auf feindlichem Gebiet waren. Ein Niemandsland schien es vielmehr zu sein, bar der Menschen – und bar all jenem, was Johanna mit sich geschleppt hatte: ihre Erinnerungen, ihre Qualen, ihre Entschlossenheit, Balduin diesen Weg nicht allein gehen zu lassen. All das, es schien vom Wind davongetragen und stieß auf keine Wände, die ein Echo auf sie zurückwerfen konnten.

Als sie den Strand erreichten, erschlafften ihre Glieder wie ihr Geist. Die Sonne badete bereits im flachen Wasser, silbrig sangen Wellen das Abendlob der Schöpfung. Wasser und Land standen sich nicht kämpferisch gegenüber, sondern vereinten sich zu einem fein gesponnenen, faltenlosen Kleid.

Sie zuckte zusammen, als Balduin sein Pferd dicht an ihres heranlenkte.

»Dort hinten«, murmelte er und deutete mit der Hand in eine Richtung. Sie erblickte eine Rauchsäule, die von einem kreisrunden Dorf gen Himmel stieg. Johanna schrak zusammen. Es schien unglaublich, dass es hier überhaupt etwas von Menschenhand Geschaffenes gab.

»Bist du dir sicher?«, fragte sie leise.

»Ich muss es tun.«

Schweigen empfing sie. Rechts und links des Weges, auf dem sie ins Dorf ritten, hatten sich Menschen zu einem Spalier gebildet, so eng, dass sie nur einzeln hindurchreiten konnten. Sämtliche Blicke hefteten sich auf sie – die der Erwachsenen ebenso wie die der Kinder, die dicht gedrängt an ihre Mütter standen – doch sie alle waren ausdruckslos.

Umgeben von Holzpalisaden standen Wohnhäuser und Werkstätten, Lagerhäuser und Geräteschuppen, Ställe und Scheunen eng beisammen. Viele Handwerker hatten ihre Werkstätten im Freien, und auch wenn sie im Augenblick nicht dort arbeiteten, so ließ sich das Werk ihrer Hände doch erahnen: Es mussten Töpfer und Weber sein, Goldschmiede und Ledergerber, Zimmerleute und Schmiede. An einem der Pfähle hing ein geschlachtetes Tier.

Balduin blickte sich neugierig um, prägte sich die Einzelheiten ein. Manches rührte an Erinnerungen, glich jenem kleinen Dorf, in dem ihn Eyvindr einst gepflegt hatte. Manches jedoch war anders. Die Häuser schienen um vieles stabiler. Ihre Dächer bestanden aus Torfsoden oder Reetmaterial, die Wände aus Flechtwerk von Hasel-, Ulmen- oder Eschenzweigen und aus Holzpfosten, die mit Lehm beschichtet waren, um sie wasserfest zu machen. Die Kleidung der Menschen war ihm vertraut – die Art, wie sie ihre Fibeln auf der Brust schlossen oder wie sie sich ihre Felle vom Marder, Biber und Eichhörnchen über die Schultern warfen.

In der Mitte des Dorfes standen die Häuser immer dichter, manche von ihnen waren aus Stein gebaut.

In einem von diesen Häusern musste sich Rorik aufhalten. Der Mann, der in seiner Muttersprache Hrörek genannt wurde, stammte aus dem Haus der Haithabu und war der Bruder des dänischen Königs Harald. Seit dem Jahr 850 war er Herrscher über weite Teile Frieslands. Einst war er damit von König Lothar I. belehnt worden, als Schutzwall gegen noch unberechenbarere Krieger aus dem Norden und weil Rorik sich bereit erklärt hatte, sich wie sein Bruder taufen zu lassen.

Balduin war überrascht, als sich schließlich als Erster ein Mönch aus der Menge löste und ihm entgegentrat. Er wusste wenig über das Zeremoniell, das hier im Norden herrschte, doch hatte er erwartet, dass einer wie er von Männern gleichen Ranges empfangen würde. Die ersten Worte des Mönchs erklärten freilich dessen Rolle.

»Rorik ist Eurer Sprache nicht kundig«, setzte er grußlos an. »Ich werde für ihn und für Euch sprechen.« Er machte eine kurze Pause, um etwas lauter hinzuzusetzen: »Ihr seid Graf Balduin, den man den Eisenarmigen nennt?«

Es war eher eine Feststellung als eine Frage. Erstmals regte sich etwas in der Menge – ein Raunen wurde weitergetragen, entweder von Respekt oder von Grauen gezeugt. Balduin vermochte nicht zu sagen, ob er jemals gegen Roriks Stamm gekämpft hatte, doch er war sich gewiss, dass auch hier Geschichten über seine Schlachten im nahen Flandern erzählt worden waren. Rorik hatte sich sicher über ihn kundig gemacht, ehe er ihn hierher eingeladen hatte.

»Der bin ich!«, erklärte er fest.

»König Rorik hat Euch und Eurem Gefolge ein Mahl bereiten lassen«, gab der Mönch zurück. »Er wird Euch nach Sonnenuntergang empfangen.«

Er schien damit zu rechnen, dass Balduin dies schweigend aufnehmen würde, denn er wandte sich ab. Doch Balduin rief ihm hinterher: »Es wundert mich, dass Rorik mich in diesem Dorf empfängt und nicht auf der Insel Wieringen, wo er doch ansonsten residiert.«

Der Mönch drehte sich um. »Für den Fall, dass Ihr als Feind und nicht als Verbündeter von ihm geht«, bekundete er schlicht, »solltet Ihr nichts kennengelernt haben, was ihm vertraut und lieb ist.«

»Wenn Ihr für mich sprecht, darf ich dann auch Euren Namen erfahren?«, fragte Balduin.

Dass er nicht einfach wortlos vom Pferd stieg, sorgte unter den Menschen für Verwirrung. Diesmal brandete nicht Raunen, sondern ein Gemurmel auf, das nicht mehr abriss. Einzelne Worte schienen ihm vertraut, doch er konnte nicht vollends verstehen, was man über ihn sagte.

»Ich bin Bruder Augustinus«, erklärte der Mönch, um dann

zu Balduins Überraschung in Latein fortzufahren. Balduin hatte bereits zuvor der Behauptung, Rorik und seine Leute verstünden seine Sprache nicht, misstraut und es für ein Mittel gehalten, ihn später heimlich auszuhorchen, wenn er mit seinen Begleitern sprach. Dass Bruder Augustinus nun ins Lateinische wechselte, um vertraulich mit ihm zu sprechen, schien ihm Recht zu geben – denn anders als das Fränkische war dies die Sprache, die selbst in der *Gallia* nur die wenigsten beherrschten. Auch er tat sich schwer, dem Mönch zu folgen, war aber – dank Alpais' einstigem Unterricht – geschult genug, um den Sinn grob zu verstehen. »Ihr könnt mir trauen. Ich stamme aus einem Kloster bei Utrecht, der Stadt, in der der große Willibrord einst einen Bischofssitz errichtet und die Rorik später erobert hat. Der Bischof konnte damals nach Deventer fliehen, ich hingegen geriet in Gefangenschaft. Im Zweifelsfall werde ich immer auf der Seite eines guten Christenmenschen stehen, nicht auf der eines Barbaren. Und Barbaren sind sie … so wie der Rest des verfluchten Normannenpacks. Mögen sie sich auch haben taufen lassen.«

Jedes Wort, das er sagte, klang verächtlich. Doch weil sein grimmiger Blick allein auf Balduin gerichtet war, konnte man meinen, er beschimpfe ihn und nicht das Volk, bei dem er lebte.

Balduin nickte, um anzudeuten, dass er ihn verstanden hatte, und stieg schwungvoll vom Pferd, um dann Johanna von ihrem herunterzuhelfen.

»Rorik lässt dich warten?«, raunte sie misstrauisch. »Wie kann er es wagen!«

Balduin zuckte die Schultern. »Sogleich klarzustellen, wessen Rang der höhere ist, gehört zu seinem Plan. Mich gleichmütig darein zu fügen zu meinem.«

Schwer stand der Geruch von ranzigem Fett. Balduin war nicht sicher, was ihn verströmte: die ledernen Umhänge der Männer, die man mit Talg einrieb, um sie wasserdicht zu machen, oder fremdländische Gerichte, die nahrhaft sein mussten, um dem Leib in einer kalten Welt genügend Kraft zu verleihen.

Seine Augen gewöhnten sich nur schwer an das Dunkel. Es fehlten Kerzen und Fackeln an den Wänden; die Feuerstelle in der Mitte des Raumes – direkt unter der Dachluke – war die einzige, freilich ziemlich schwache Lichtquelle, denn darüber hing schwarzer Rauch. An die zwei Dutzend Männer standen oder hockten hier, und in der Menge vermochte Balduin nicht auszumachen, wer Rorik war. Auch das Verhalten von Bruder Augustinus half nicht weiter, denn jener blieb abwartend neben ihm stehen und senkte dann den Kopf, ohne sich irgendeinem der Männer im Besonderen zuzuwenden.

Balduin ließ sich die Unruhe, die ihn zunehmend erfasste, nicht anmerken. Wollte man seine Geduld auf die Probe stellen, wollte er sich in dieser Prüfung gern als standhaft beweisen.

Kaum merklich schweifte sein Blick durch den Raum. Schon beim Hereinkommen hatte er festgestellt, dass die Türe über Holzschwellen und schwere, genutete Türpfosten aus Eichenholz verfügte. Aus dem gleichen Holz bestand auch der Fußboden, der mit Binsen ausgelegt war. An den Wänden hingen Teppiche und an Eisenhaken befestigte Hängeregale mit Küchengeräten, Pferdegeschirr und Holzeimern. Der Herd war wie das Fundament des Hauses aus Stein errichtet. Darum herum standen niedrige Erdbänke. Die wenigen Möbel – ein großer Tisch und einige Stühle – waren mit Ornamentschmuck und Schnitzereien versehen, desgleichen der Webstuhl, die Truhen, Kisten und Betten.

Ob König Rorik in seiner eigentlichen Residenz ähnlich lebte? Es wirkte nicht ärmlich, doch auch keinesfalls königlich, obwohl das Gebiet, über das er herrschte, riesig war: Es reichte von der Eider im Süden bis zum Flüsschen Wiedau im Norden. Allerdings, das hatte Balduin in den letzten Tagen bestätigt gefunden, war das Gebiet fast menschenleer, da im letzten halben Jahrhundert viele der Eingeborenen geflohen waren, nachdem die Dänen Friesland erobert hatten.

Träge verrann Augenblick um Augenblick, bis sich schließlich im hinteren Winkel des langen Hauses etwas regte. Balduin bezwang sich, um nicht sogleich neugierig hinzusehen. Er wartete, bis der Schatten des Mannes unmittelbar auf ihn fiel, ehe er dessen Blick suchte. Es fiel ihm schwer, etwas darin zu lesen, denn auch das Gesicht war von der dicken Luft im Raum verschleiert. Weder die Farbe der Augen noch die des Haares, das unter einem runden Helm hervorquoll, vermochte er genau zu erkennen, nur die tiefen Furchen, die sich rechts und links des harten Mundes eingegraben hatten. Rorik war ohne Zweifel ein alter Mann, auch wenn er das mit entschlossenen Schritten und aufrechter Haltung zu verbergen suchte. Seine Stimme klang nicht frisch und lebendig, sondern rau – aber vielleicht war das auch der fremdländischen Sprache zuzuschreiben. Während er sprach, berührten seine Hände eine Kette aus Bernstein, die er um den Hals trug.

Balduin erwartete, dass der erste Teil des Gesprächs dem Zwecke dienen würde, sich förmlich vorzustellen. Doch als Bruder Augustinus mit gleichmütiger Stimme übersetzte, gewahrte Balduin, dass Rorik darauf verzichtete.

»Was ist Euch über mich bekannt?«, wollte er lediglich wissen.

Balduin zögerte, wusste nicht, ob er schlicht die Wahrheit sagen sollte oder die Frage dazu gedacht war, ihn zur Ruhmesrede anzuspornen. Schließlich entschied er sich für Ersteres.

»Ich weiß, dass Ihr mit dem Geschlecht der Karolinger nicht nur einmal einen Pakt geschlossen habt, um ihn dann zu brechen, sobald Euch dies nützlich erschien.«

Nachdem Bruder Augustinus mit seiner Übersetzung geendigt hatte, ertönte ein raues Lachen. Es klang freudlos und müde.

»Wie oft wirft man uns von Eurer Seite vor, dass Treue nicht zu unseren Tugenden gehört«, übersetzte Augustinus alsbald die Antwort. »Die Wahrheit ist, dass wir dem eigenen Stamm – wenngleich auch nicht dem eigenen Volk – niemals untreu werden würden. Bei Euch hingegen geraten Familien auch untereinander in Streit. Es ist richtig, ich wurde einst von Lothar I. – gleichwohl ich sein Feind war – belehnt, damit ich Friesland gegen weitere Eindringlinge aus dem Norden schützen würde. Doch er war's, der es mir wieder entzog, kaum dass er sich erstarkt genug wähnte, sein Land selbst zu vereinigen. Ist es tatsächlich Verrat, dass ich mich dann an seinen Bruder Ludovicus Germanicus gewandt habe, der Friesland lieber in meinen Händen wusste als in denen seines Verwandten?«

»Trotz des Bündnisses mit Ludovicus habt Ihr Hamburg überfallen«, stellte Balduin fest.

»Das war nicht ich, sondern ein anderer Stamm.«

»In jedem Fall geschah's zu Euren Gunsten, oder nicht? Denn danach hat Lothar seine Lektion verstanden und Euch wieder ein paar Grafschaften überlassen.«

Roriks Hände lösten sich erstmals von der Bernsteinkette. Sein Blick, der bislang starr auf Balduins Gesicht geruht hatte, wanderte über dessen Gestalt. »Ihr sagt dies, als wäre es eine Gnade«, antwortete er durch Augustinus' Mund. »Aber das ist es nicht. Mein Bruder Harald und ich hatten nach der Eroberung Frieslands den festen Willen, mit unseren fränkischen… Nachbarn in Frieden zu leben – und ich denke, dass diese fränkischen Nachbarn dafür hätten dankbar sein sollen.«

Balduin ließ sich von Roriks Musterung nicht verunsichern, gleichwohl er immer angespannter wurde. »Etwa dankbar dafür, dass Ihr vor wenigen Jahren auch noch Bremen ausgeräuchert habt?«

Rorik blickte wieder hoch, diesmal noch müder als zuvor. Als er antwortete, war seine Stimme kaum lauter als ein Krächzen. »Für wen, Graf Balduin, tretet Ihr eigentlich ein?«, fragte er zurück, ohne auf den Vorwurf einzugehen.

»Für mich selbst.«

»Nicht etwa für Euren König? Schließlich seid Ihr mit seiner Tochter verheiratet.«

»Ihr wisst genau, dass dies der Grund dafür ist, warum ich hier bin«, entgegnete Balduin fest.

Dass er ihn nicht leicht zermürben konnte, schien Rorik zu gefallen. Seine Gesichtszüge wirkten wie eingeschlafen, doch in seinen Augen blitzte es erstmals auf. Vielleicht kam das aber auch nur davon, weil die Luft klarer zu werden schien.

»Richtig«, übersetzte Augustinus die Worte seines Königs. »Ihr seid in derselben Lage wie ich. Auch Euch hat man das Lehen entzogen – wie schon des Öfteren mir. Mit dem Unterschied, dass meine Macht und mein Besitz nicht davon erschüttert werden, dass irgendein ferner Karolinger glaubt, mir den Kampf ansagen zu müssen. Ihr hingegen scheint alles verloren zu haben.«

Die restlichen Männer waren bisher ebenso erstarrt gestanden wie ihr König. Nun fühlte Balduin, wie sie sich gegenseitig angespannte Blicke zuwarfen – wohl zum Zeichen, dass nun das Gespräch auf seinen Höhepunkt zusteuerte.

»Nicht meinen Mut und nicht meinen Kampfgeist«, entgegnete Balduin.

»Werdet Ihr beides in meine Dienste stellen?«, fragte Rorik.

»Was soll ich für Euch tun?«, fragte Balduin zurück.

Seine Stimme zitterte, doch Rorik schien es nicht bemerkt zu haben. Der König wandte sich langsam von ihm ab.

»Dorestad«, warf er ihm über den Rücken zu. Balduin verstand den Namen der Stadt auch ohne Augustinus' Übersetzung. »Ich möchte, dass Ihr Dorestad für mich einnehmt. Die dortigen fränkischen Kaufleute haben doch tatsächlich geglaubt, sie könnten den Kampf gegen mich aufnehmen und die Steuer, die sie mir schulden, unterschlagen.«

Balduin nickte. Er wusste, dass Dorestad eine bedeutende Münzprägestätte war, die seit langem Widerstand gegen die dänischen Besatzer leistete.

»Sie ist in diesem Jahr vom Rhein überflutet worden«, fuhr Rorik fort. »Doch auch danach – ich bot sogar meine Unterstützung an – unterwarfen sich die aufrührerischen Kaufleute nicht. Sie haben sich in der Stadt verschanzt, eine kleine Festung errichtet. Ich habe keine Lust, sie zu belagern. Tut Ihr es für mich, führt eine Truppe meiner Männer an, die ich Euch zu diesem Zwecke überlasse … und Dorestad sei fortan Euer.«

»Und wenn nicht?«

Rorik zuckte die Schultern. »Dann wird es mich zwar etwas Anstrengung kosten, die ich eigentlich nicht verschwenden will, aber dann werde ich Dorestad eben selbst erobern. Mit dem Unterschied, dass ich die Stadt danach ausräuchern, dem Erdboden gleichmachen und nie wieder neu erbauen lasse. Verräter werden doch auch in Eurem Lande streng bestraft, oder nicht?«

Balduin schwieg.

»Ihr müsst erst darüber nachdenken?«, fragte Rorik, und seine Stimme klang ungeduldig. »Ich dachte, dass Ihr meiner Einladung gefolgt seid, sei ein Zeichen dafür, dass Ihr Euch längst entschieden habt...«

»Ihr habt bis Sonnenuntergang gewartet, mich vorzuladen«, gab Balduin kühl zurück und blickte nicht Rorik an, sondern Bruder Augustinus, der sichtlich Freude daran fand, diese Worte zu übersetzen. »Nun müsst Ihr bis Sonnenaufgang warten, bis ich Euch meine Entscheidung kundtue.«

Seit ihrer Ankunft war Johanna keinen Augenblick stillgestanden. Nachdem den fremden Ankömmlingen anfangs sämtliche Blicke gegolten hatten, verloren die Menschen ihr Interesse, kaum war Balduin in Roriks Haus verschwunden. Man bot Johanna und den beiden Begleitern nichts zu essen an, ebenso wenig einen Platz, um sich auszuruhen, aber man belästigte sie auch nicht. Der Pferdeknecht konnte sich ungestört um die Tiere kümmern, und der andere trat unbehelligt an die Seite eines Schmieds, der auch nach Sonnenuntergang nicht von seinem Tagwerk lassen wollte, um ihn zu beobachten. Er war gerade damit beschäftigt, in einem Tiegel aus gebranntem Lehm Bronze zu schmelzen und später feine kleine Platten davon in einen kostbaren Helm einzuarbeiten. Die rötlich braune Masse leuchtete im Dunkeln, und auch Johanna konnte nicht umhin, einen faszinierten Blick zu wagen.

Sie verharrte freilich nicht lange genug, um zu sehen, wie der Mann seine Arbeit zu Ende brachte. Ähnlich wie auf der Reise hierher, da sie sich von dem fremden Land bedroht gefühlt und angenommen hatte, bald der Hölle anheimzufallen, wartete sie auch jetzt nur darauf, dass diese Menschen schließlich ihr wahres, grausames Gesicht zeigten und sich im friedlichen Dorf ein Abgrund aus Gewalt und Grausamkeit auftun würde. Dass nichts dergleichen geschah, verstärkte nur ihr Misstrauen. Nun, sie würde hellwach und aufmerksam bleiben, würde versuchen, nirgendwo zu lange zu verweilen, nirgendwo zu lange den Blick verharren zu lassen.

So strafte sie den eifrigen Schmied alsbald ebenso mit Missachtung wie die Frauen, die um ein Feuer saßen und dort viele kleine Leinenflicken aneinandernähten – offenbar zum Zwecke, daraus ein grün kariertes Segel zu machen. Nicht minder stur bemühte sie sich auch, jener Frau keine Beachtung zu schenken, die damit beschäftigt war, Kämme aus Knochen und Geweih zu polieren, oder jenen Holzarbeiter, der auf einer Drehbank Näpfe und Teller fertigte. Stolz ging sie an ihnen vorbei, den etwa einen Meter breiten Fußsteg nutzend, der die einzelnen Häuser verband und der an manchen Stellen mit Steinen und an anderen mit Holzplanken ausgelegt war. Da ihr nicht nur daran gelegen war, sich in Bewegung zu halten, sondern sich obendrein nicht zu weit von Roriks Haus zu entfernen, musste sie die Runde, die sie gedreht hatte, bald wiederholen. Nachdem sie diesen Weg erst einmal gewählt hatte, blieb sie ihm treu und ging immer wieder dieselben Schritte: am Schmied vorbei, an den Frauen, die das Segel fertigten, an jener, die die Kämme polierte, am Holzarbeiter.

Nach dem dritten Mal zog sie jene neugierigen und zugleich unverständlichen Blicke auf sich, die bislang ausgeblieben waren und denen sie eigentlich hatte entgehen wollen. Nach dem sechsten Mal ließ fast jeder seine Arbeit ruhen, um sie befremdet anzugaffen, wie sie da ging und ging, als folgte sie einem geheimen Ritual.

Zuerst setzten ihr die Blicke zu, dann straffte sie umso trotziger die Schultern. Schaut ihr nur!, schimpfte sie im Stillen. Glaubt nicht, ich wüsste nicht, wer ihr seid! Mögt ihr euch hinter harmlosen Masken verbergen, ihr seid doch allesamt wilde Tiere, die in unser Land einfallen, uns ausrauben, uns ermorden, uns…

Ihre Gedanken gerieten ins Stocken. Auch wenn sie die Blicke mied und sich nichts wirklich anschauen wollte, stellte sie doch fest, dass es vor allem Frauen waren, denen sie hier begegnete, mit schlichten Wolltüchern bekleidet, die an den Schultern von einer glanzlosen Schildpattbrosche festgehalten wurden. Die wenigen Männer sahen allesamt nicht nach Kriegern aus – jene waren schließlich um Rorik versammelt –, sondern nach Handwerkern, Bauern oder Fischern.

Trotzdem!, dachte sie grimmig. Jener Schmied, der da den kostbaren Helm fertigte – war er es nicht, der auch die grausamen zweischneidigen Schwerter herstellte, ihren Knauf, ihren Griff?

Wieder hielt Johanna inne. In den Blicken, die auf ihr ruhten, stand neben Verwunderung auch etwas, was sie am wenigsten erwartet hatte: Achtung. Noch meinte sie, sich zu irren. Doch neben der ehrfurchtsvollen Stille, die sich ausgebreitet hatte, gewahrte sie, dass die Menschen höflich ihre Blicke vor ihr senkten. Kein spöttisches Grinsen zeigte sich ihr, keine Furcht und kein Hass. Johanna zögerte, weitere Schritte zu machen. Vielleicht verhielt man sich höflich, weil sie ein Gast war, überlegte sie, um sich alsbald in Erinnerung zu rufen, dass die Blicke viel abschätzender gewesen waren, als Balduin in das Dorf geritten kam. Es musste etwas anderes sein, was diesen Respekt zeugte, es musste …

Da ging ihr auf, dass kaum alte Menschen zu sehen waren. Kaum einer hatte schütteres oder weißes Haar, bei den meisten saßen die Zähne fest im Mund, die Gesichter waren glatt. Die Alten hielten sich wohl im Innern der Häuser auf und schliefen dort bereits. Wach blieb nur, wer zu viel Kraft, zu viel Lebenshunger hatte, um sich bei Dunkelheit zurückzuziehen. Das wiederum bedeutete, dass sie um diese Tageszeit die einzige alte Frau hier war und darum ganz allein mit dieser stillen Hochachtung bedacht wurde, die die hiesigen Sitten im Umgang mit der vorausgehenden Generation offenbar verlangten.

Sie verehren die Alten genau wie bei uns, überlegte Johanna. Und noch ein anderer Gedanke kam ihr: Sie sind so viel jünger als ich.

Allein durch den späteren Zeitpunkt ihrer Geburt lebten diese Menschen hier in einer völlig anderen Welt als jene, die ihr einst Heimat und Familie geraubt hatten.

Dennoch, dachte sie entschlossen und setzte ihren Weg fort, sie sind *ein* Volk, ganz gleich, woher genau sie kommen, ob von den nördlichen Küsten oder vom Meer. Ganz gleich auch, von welchem König oder Fürsten sie regiert werden … Ein Volk, das unser Land heimgesucht hat, obwohl es dort nichts zu suchen hatte, danach trachtend, es uns wegzunehmen, es sich zu unterwerfen und …

Diesmal waren es weder Blicke noch Gesten, die sie innehalten ließen. Inmitten des respektvollen Schweigens erklang ein Ton, ebenso zart wie traurig, sanft wie gleichmäßig. Er traf Johanna unvorbereitet, drang in ihre Seele, noch ehe sie ihn überhaupt erfasste, und breitete dort seinen Zauber aus.

Sie drehte sich um, spürte, wie sich die Anspannung, die sie seit Tagen nicht mehr losgelassen hatte, in ein Zittern auflöste, und wie ihre Augen mit Tränen auf den Ton antworteten.

Es war ein Knabe, der die Flöte spielte. Sein Haar war so hell, dass es fast weiß glänzte, seine Finger waren so zart wie die eines Mädchens. Er schien für sein Alter nicht sonderlich groß gewachsen, und seine Schultern waren schmaler als die der anderen Kinder. Die Panflöte, die er spielte, war aus einem einzigen Holzblock geschnitzt, in den fünf Löcher gebohrt waren, und ebenso viele Töne konnte das Kind erzeugen, indem es seine Finger flink darübergleiten ließ und mal das eine, mal das andere Loch abdeckte.

Als Johanna nähertrat, gewahrte sie, dass die Löcher eigentlich viel zu weit auseinanderstanden für die kleine Kinderhand. Doch der Knabe spreizte seine Finger so gekonnt, dass immer mehr von diesen Tönen erzeugt wurden. Manche glichen einem gequälten Stöhnen, andere einem hoffnungsvollen Seufzen; manche waren tief und flüsternd, andere wiederum wie ein weibisches Schluchzen.

Johannas Augen waren wieder trocken, keine einzige Träne war über ihre Lider geglitten, und auch das Zittern, das von der traurigen Melodie entfacht worden war, legte sich nun, da sie die Quelle kannte. Aber mochte dieser Zauber auch schwinden, so blieb doch ein Gedanke – nicht stärker als die Musik, aber doch vereinnahmend wie diese: Die Kinder gleichen den unseren.

Mein Mann, dachte Johanna unwillkürlich, und die Erinnerungen kamen zögerlich, aber klar. Mein Mann hat auch Flöte gespielt, als er noch ein Kind war. Ich kannte ihn von klein auf, noch lange bevor wir füreinander bestimmt wurden. Er war ein kräftiger Junge, und er arbeitete auf dem Feld wie ein Großer, aber am meisten mochte er es, die Flöte zu spielen, die ihm sein Großvater geschnitzt hatte. Mein Mann hieß Bertulf. Und wir haben mein Kind, meinen Sohn, Bertin genannt. Am Tag seiner Geburt hat Bertulf ihm ein Lied gespielt, und dann hat er sich über seine Wiege gebeugt und gesagt: »Wenn du groß bist, lehre ich dich, die Flöte zu spielen.«

Wie konnte ich das vergessen? Wie konnte ich das nur vergessen?

Mein Mann hieß Bertulf. Mein Sohn hieß Bertin.

Ehe die Erinnerung sie überwältigen konnte, hörte der Knabe zu flöten auf und blickte sie an. Zum ersten Mal erwartete sie nicht, einer Fratze zu begegnen. Er fragte sie etwas, jedoch in einer Sprache, die Johanna nicht verstand. Vielleicht hatte er ihren Namen wissen wollen, vielleicht nur fragen, wie ihr sein Spiel gefiel.

Als sie nichts sagte, nur schweigend nickte, setzte er die Panflöte wieder an den Mund und fuhr mit dem Spiel fort. Diesmal nahmen die Töne sie nicht restlos gefangen; sie betrachtete den Knaben genauer, sah, dass von seiner Wange über die Kehle bis zur Brust ein Schnitt verlief, nicht mehr blutig, aber von ungesundem Rot, so, als wäre er an einem Zweig oder Haken hängen geblieben und hätte sich daran verletzt.

»Du solltest das reinigen«, murmelte Johanna selbstvergessen, »und etwas Myrrhe darauf tupfen.«

Der Knabe hörte sie nicht, und selbst wenn, so hätte er sie nicht verstanden. Doch hinter ihr erhob sich ein Mann, ebenso blond wie der Knabe, doch um vieles kräftiger und muskulöser. Seine Bewegungen fielen fast lautlos aus.

»Mein Weib hat bereits Wermutwasser genommen«, sagte er – zu Johannas Erstaunen in einem zwar schlecht verständlichen, aber doch halbwegs flüssigen Fränkisch.

»Dann versteht sie offenbar etwas von der Heilkunst, denn das war eine ebenso gute Wahl«, murmelte sie.

Sie zögerte, dem Mann ins Gesicht zu schauen, zumal er etwas größer war als sie. Doch sie war nicht mehr von Furcht und Scheu zerrieben.

Johanna nickte, wandte sich zu gehen.

»Frau«, rief ihr der Mann da hinterher. »Frau – ist es wahr, dass es Balduin Eisenarm ist, der beim König zu Besuch weilt?«

Johanna blieb stehen. In der letzten Zeit hatte sie selten erlebt, dass Balduin so genannt wurde, und sie hatte nicht gewusst, dass dieser Name auch jenseits der Grenzen von König Karls Reich bekannt war.

»So ist es«, bestätigte sie.

»Ich habe von ihm gehört«, sagte der Mann, und es war nicht recht herauszuhören, ob in seiner Stimme Respekt oder Verachtung durchklang. »Er ist ein mutiger Krieger … und hat vielen meines Volkes den Tod gebracht.«

Johanna zögerte. Wieder wusste sie nicht, ob dies als Anerkennung gemeint war, weil Balduin solcherart ein würdiger Gegner war, oder als Ausdruck lang schwelenden Hasses. Sie entspannte sich erst, als der Mann zu seinem Sohn trat, ihm die schweren Hände auf das blonde Köpfchen legte, halb schützend, halb streichelnd.

»Er ist … er ist nicht als Feind hierhergekommen«, erklärte sie.

Dann wandte sie sich ab. Eben trat Balduin aus Roriks Haus.

Nachdem sie den Ort verlassen hatten, ritten sie lange schweigend. Auch als sie die Rauchsäulen, die von den vielen Häusern hochstiegen, nicht mehr sehen konnten, fühlte Johanna immer noch die neugierigen Blicke der Menschen auf sich ruhen, die bei ihrer Abreise ein ähnlich stilles Spalier gebildet hatten wie bei ihrer Ankunft. Gleichwohl sie hier niemand belauschen konnte, deuchte es Johanna noch gefährlich, Balduin zu drängen, ihr mehr von seinem Gespräch mit Rorik zu verraten.

Der Himmel war farblos wie am Tag zuvor, die Luft ein wenig salziger und schwüler, weil der Wind nachgelassen hatte. Johanna musste sich mehrmals den Schweiß von der Stirne wischen und verbiss sich mühsam ein Ächzen. Noch am Tag zuvor, als sie es betreten hatten, hatte sie gehofft, dieses Dorf so schnell wie möglich zu verlassen – jetzt freilich bedauerte sie es, dass sie sich dort nicht länger hatte ausruhen und wieder zu Kräften kommen können, ehe sie sich auf den anstrengenden Rückweg machten.

Ihre beiden jungen Begleiter schienen unruhig. Auch sie wagten nicht, die Stille zu durchbrechen, warfen Balduin aber neugierige Blicke zu. Balduin schien es nicht zu bemerken. Als Johanna versuchte, seine Miene zu deuten, musste sie erkennen, dass sie nicht nur verschlossen, sondern regelrecht verdrossen wirkte.

Indes sie ihre Neugierde beherrschen konnte, wollte sie ihm zumindest ihr Verständnis bekunden – für das, was er getan hatte, auch wenn sie über den genauen Umfang seines Bündnisses mit Rorik nichts wusste.

»Es sind keine Tiere«, sagte sie, »ich habe das immer geglaubt, aber… vielleicht sind es Menschen wie wir. Vielleicht ist es darum richtig, dass du dich in Roriks Dienst stellst. Ich meine, König Karl lässt dir doch keine andere Wahl, als ein Bündnis mit den Normannen zu schließen.«

Balduin blickte verwirrt auf und sah sie an, als wüsste er nicht, wovon sie redete, und als wäre es das Unsinnigste, was er jemals vernommen hatte.

»Das hast du doch, oder?«, fragte sie. »Du hast dich doch mit Rorik verbündet?«

»Ja«, erklärte er gedehnt und machte dabei einen hilflosen Eindruck. »Ja, das habe ich getan. Ich habe zugesagt, fortan an seiner Seite gegen die Truppen des Königs zu kämpfen und ihm alles über deren Taktik zu verraten. Im Gegenzug soll ich die Stadt Dorestad bekommen, was wiederum heißt, dass ich die aufrührerischen Kaufleute von dort verjagen soll.«

Johanna legte ihre Stirn in Falten. »Du klingst … du klingst, als hätte das alles nichts mit dir zu tun.«

Er zuckte die Schultern, rang eine Weile mit sich und stieß dann hervor: »Ich werde mich an dieses Bündnis nicht halten. Ich habe Rorik einen Schwur geleistet, aber ich werde ihn brechen.«

Die beiden Burschen, die hinter ihnen ritten, begannen aufgeregt zu tuscheln.

»Aber … aber du bist doch hierhergekommen …«, setzte Johanna an.

»Ja, ich bin hierhergekommen, um aller Welt zu zeigen, dass ich durchaus bereit wäre, Rorik als Lehnsherr zu dienen. Und ich habe auch dich das glauben lassen, auf dass du mich nicht durch ein unbedachtes Wort oder eine Geste verraten würdest. Aber … aber es hat von Anfang an dem Zwecke gedient, König Karl unter Druck zu setzen. Er weiß nun, dass ich es ernst meine. Und ich glaube nicht, dass er es zulassen wird, dass ich mit dem Feind gemeinsame Sache mache.«

Johanna wusste nicht, was sie mehr beunruhigte: dass er ihr seine Absichten verschwiegen hatte oder dass sie zu sehr mit sich, ihren Ängsten und Erinnerungen beschäftigt gewesen war, um zu erahnen, was in ihm vorging.

»Wenn du König Rorik dein Wort gegeben hast, darfst du es nicht einfach brechen!«, entfuhr es ihr unwillkürlich.

Balduin lachte auf, bitter und trostlos. »Das sagst du mir? Obwohl du die Normannen hasst? Denkst du wirklich, wir sollten uns ihnen gegenüber ehrenvoll verhalten, ausgerechnet du?«

»Ich klage dich doch nicht an, Balduin, ich will doch nur …«

Er hob abwehrend die Hand. »Glaub mir, es ist mir nicht leichtgefallen, Rorik etwas vorzumachen und ihn anzulügen. Ich wünschte, ich hätte es nicht tun müssen. Ich wünschte, es wäre einfach zu entscheiden, was gut ist und was böse, wer unser Feind ist und wer nicht. Du… du hast es doch auch gespürt, nicht wahr?«

Er sprach es nicht aus, aber sie wusste, was er meinte. Sie hatte das fremde Volk aus der Nähe gesehen. Sie hatte nicht nur grimmige Krieger kennengelernt, sondern Kinder und Alte. Sie hatte in das menschliche Antlitz des Feindes gestarrt.

Nie hatte sie ihn danach gefragt, was sich in jenen Tagen zugetragen hatte, da er von den Normannen gefangen gewesen war und nicht wusste, ob jemand käme, ihn zu retten. Sie hatte geahnt, dass etwas geschehen sein musste, etwas, was danach seine Seele so sehr verdunkelt hatte. Doch erst jetzt konnte sie sich vorstellen, dass der damalige Schrecken nicht von der Begegnung mit dem grausamen Feind gezeugt hatte, sondern von der Begegnung mit Menschen.

»Balduin…«, setzte sie an.

Er unterbrach sie wieder, indem er rüde die Hand hob, doch diesmal war es keine Geste des Unwillens, sondern der Vorsicht. Derart mit seinen Worten beschäftigt, hatte sie kaum bemerkt, dass sie die weite Ebene verlassen hatten und der Weg nun durch einen Wald führte, lichter zwar als jene Wälder ihrer Heimat, aber doch dunkle Schatten werfend.

Balduin lauschte gebannt, schien etwas gehört zu haben. Auch sie vermeinte, ein Rascheln zu vernehmen, dachte aber, es wären nur Tiere.

»Balduin, du musst dir denken…«

Ein Schwert blitzte auf, durchschnitt die schweren, hängenden Äste der Laubbäume wie einen Vorhang. Fast lautlos war der Sprung des Pferdes vom moosbedeckten Wald auf den schmalen Weg. Nicht wuchtig, eher tänzelnd setzte es auf und drehte sich mehrmals im Kreise.

Balduins Hengst wieherte unruhig ob des unerwarteten Hindernisses, das sich ihnen da in den Weg stellte. Johanna packte ihre Zügel fester.

Doch dann, nach dem ersten Schrecken, erkannte sie den Mann, der sie vom Weiterreiten abhielt.

»Du bist uns gefolgt?«, fragte sie überrascht.

Die Miene des Mannes war ausdruckslos. Balduin jedoch erbleichte. Offenbar war ihm das Antlitz des Angreifers so vertraut wie ihr.

Die Männer musterten sich schweigend und wie erstarrt, nur Johannas Blick ging aufgeregt hin und her, suchte zu deuten, was da vor sich ging.

»Du bist uns gefolgt?«, fragte sie erneut, aber sie bekam keine Antwort.

Dann fiel ihr ein, weshalb der Mann ihnen nachgeritten sein könnte, wenngleich das nicht erklärte, warum Balduin ihn erkannte. »Geht es deinem Sohn gut?«, fragte sie. »Hat sich seine Wunde womöglich verschlimmert? Ich könnte…«

Sie brach ab, als der blonde Mann kurz seine Augen von Balduin löste, sie überhaupt erst wahrnahm, dann aber sofort wieder auf Balduin blickte, nachdenklich – und entschlossen. Da wusste sie, dass er ihnen nicht ihretwegen gefolgt war.

»Was willst du?«, fragte Balduin und versuchte, forsch zu klingen. Johanna war sich nicht sicher, ob er dem anderen vormachen konnte, unerschrocken zu sein – sie selbst hörte das Zittern in der Stimme ganz genau.

Sie wissen es, durchfuhr es sie, und die Furcht legte sich kalt um sie. Sie wissen, dass Balduin seinen Schwur nicht ernst meint, dass er Rorik verraten wird, nicht König Karl.

Doch was der blonde Mann bekundete, war schließlich noch viel beängstigender als dieser Verdacht.

»Ich stamme aus der Familie des Brynolff«, sprach er. »Mein Bruder hieß Eyvindr, und du hast ihn getötet. Wir sind Dänen, und er ist lange vor mir und meinen Geschwistern in die Fremde aufgebrochen. Jahrelang war ich auf der Suche nach dir, und eines Tages, vor vielen Jahren, habe ich dich beinahe gefunden. Damals hat dich ein Knabe gerettet. Doch heute werde ich Eyvindrs Tod rächen. Heute werde ich dich umbringen.«

XXXVI. Kapitel

In den letzten Wochen war Judith in die Angewohnheit verfallen, stundenlang auf- und abzuschreiten. Früher in Senlis hatte sie das nur getan, wenn sie unbeobachtet war und ihre Gedanken klären wollte. Nun zeigte sie ihre Unruhe auch in Gesellschaft – meist der von Gerolds Frau Ovida, die ihrerseits nicht müde wurde, den neuesten Tratsch zu erzählen: Für große Aufregung sorgte dieser Tage der Streit, den der Bischof von Laon mit jenem von Soissons ausfocht, weil der Reliquien vom heiligen Sebastian besaß. Hinkmar von Laon jedoch meinte, dass diese vielmehr in seinen Besitz fallen müssten. Da der Bischof von Soissons sich nicht als nachgiebig erwies, sondern auf sein Besitzrecht pochte, war Hinkmar von Laon dazu übergegangen, öffentlich an ihrer Echtheit zu zweifeln.

»Doch wisst Ihr, was dann geschehen ist?«, hatte Ovida gestern noch sensationslüstern gerufen. Judith musste gar nicht erst verneinen – sie fuhr von selbst fort: »Der Heilige ist dem Bischof im Traum erschienen und hat ihn schwer getadelt!«

Ovidas Gespräche waren für Judith ebenso hilfreich wie zermürbend. Sie war dankbar für die vorbehaltlose Freundlichkeit, mit der ihr jene entgegentrat, und manchmal fand sie den vielen Klatsch, den Ovida zu berichten hatte, auch zerstreuend. Doch sie ertrug es schlecht, dass die junge Frau davon ausging, ihre Unruhe wäre allein durch die Sorge um Balduin bedingt und ihre Liebe zu ihm ebenso grenzenlos wie unbeschwert.

Judith wusste nicht, wie glücklich Ovida über ihres Vaters Wahl gewesen war, Gerold zu ihrem Mann zu machen. Sie begegnete dem Gatten mit aufrichtiger, jedoch oberflächlicher Höflichkeit und ganz gewiss nicht mit echter Zuneigung. Doch gerade darum war sie wohl von der Vorstellung angetan, dass sich zwei Menschen fanden, die nicht dem Kalkül anderer folgten, sondern sich frei gewählt hatten. Immer wieder fragte sie nach, um mehr zu erfahren als jene Geschichten, die sich längst herumgesprochen hatten. Von der geheimen Flucht aus Senlis wusste man, desgleichen von der gefahrvollen Reise über die Alpen – aber wie genau war es geschehen, dass sie ihr Herz an Balduin verloren hatte?

In solchen Augenblicken hätte Judith Ovida am liebsten zur Hölle geschickt. Doch sie verbiss sich unflätige Worte ebenso wie die Wahrheit.

Dass Balduin in Richtung Friesland aufgebrochen war, ohne seine Pläne mit ihr zu besprechen oder Abschied von ihr zu nehmen, traf sie tiefer, als sie zugeben wollte. Gerade darum konnte sie nicht aussprechen, dass von der vielfach besungenen Liebe kaum mehr etwas übrig geblieben war, ja, es vielleicht nie genug gegeben hatte, um zwei unterschiedliche Menschen wie Balduin und sie dauerhaft zu vereinen. Lieber log sie Ovida an – etwas versöhnlich gestimmt, weil sie wusste, dass Ovida nur deshalb so neugierig war, weil sie dadurch ihren eigenen Sorgen zu entfliehen hoffte. Vor kurzem hatte sie herausgefunden, schwanger zu sein, und trotz Gerolds offensichtlichem Stolz, dass er seit Jahrzehnten der erste Graf von Laon war, der für einen Erben sorgte, ja trotz des Zuspruchs des mittlerweile greisen Bruders Ambrosius, wonach sie besonders gesegnet sein müsse, wenn Gott ihr so bald nach der Hochzeit diese Gnade erwies, verging sie doch heimlich vor Angst, das Kind könnte sie das Leben kosten.

Judith witterte diese Ängste, wenn Ovida nervös vor sich hin plapperte, und es fiel ihr dann leichter, selbst die Fassade zu wahren.

Vor einer konnte sie das jedoch nicht. Madalgis hatte seit Rom ihre Nähe gemieden. Weniger aus schlechtem Gewissen, sondern, wie es Judith schien, voller Verständnis, dass ihr Anblick die Königin schmerzen könnte. Jene Zeit der Schonung war nun freilich vorbei. Eines Tages setzte sie sich in Judiths Gemach und fing ungezwungen zu reden an.

»Hier in Laon gibt es viele gelehrte Mönche. Ich dachte stets, du interessierst dich für Bücher und beschäftigst dich gerne mit der Wissenschaft. Warum tust du es nicht auch jetzt? Du hast alle Zeit der Welt dazu!«

Judith starrte sie an. Es gelang ihr nicht, Madalgis ohne Misstrauen zu mustern. Zwar war sie dem Mädchen nicht ernsthaft gram; sie wusste, dass Madalgis ihr ergeben war, dass sie Balduin vor allem ihretwillen verführt hatte. Doch es ängstigte sie, dass ihr das Mädchen in seiner Verblendung womöglich noch mehr zusetzen würde.

»Du musst mir nicht sagen, was ich zu tun habe«, entfuhr es ihr schroff. Die Worte taten ihr leid, kaum waren sie ihr über die Lippen getreten. Doch sie schienen Madalgis nicht zuzusetzen, im Gegenteil. Sie trat ganz dicht zu ihr.

»Du kannst dein Leben führen, wie du es willst, Königin. Du musst dich nicht rechtfertigen, schon gar nicht… vor ihm. Also triff dich mit Gelehrten. Oder kümmere dich um Arme und Kranke. Er wird es dir gestatten, weil er… sich schuldig fühlt. Nur vertrau ihm nicht, denn er ist wie alle anderen Männer.«

Unbehaglich verkreuzte Judith die Hände über dem Leib. Es wäre ein Leichtes gewesen, Madalgis von sich zu weisen, aber irgendwie schaffte sie es nicht. Etwas Lähmendes ging von ihr aus. Ob Balduin sich ähnlich ohnmächtig gefühlt hatte in ihrer Gegenwart?

»Er hat dich nicht verdient«, murmelte Madalgis. »Das habe ich von Anfang an gewusst.«

»Und nun? Reicht es dir, Recht behalten zu haben, um glücklich zu sein?«, gab Judith zurück.

Reichte es ihr?, fragte sie sich im Stillen.

Ehe Madalgis ihr eine Antwort gab, trat Judith an das Fenster, das nun, im Sommer, weit geöffnet stand und ihr den Blick auf den Hof gewährte. Eben ritten Pferde in dessen Mitte, und während Judith anfangs noch glaubte, es sei Gerold, der von einem

Ausritt zurückkäme, erkannte sie schließlich eine vertraute Gestalt. Sie weitete die Augen. Mit jedem hätte sie gerechnet, nur nicht mit … ihm.

»Mein Gott!«, entfuhr es ihr.

»Wer ist es?«, fragte Madalgis. »Ist es Balduin?«

Judith schüttelte kaum merklich den Kopf. Der unerwartete Gast war nicht allein gekommen. Eben fuhr auch ein Wagen in den Hof, begleitet von weiteren Reitern.

»Es ist nicht Balduin, es ist …«

Sie brachte den Satz nicht zu Ende, ließ Madalgis einfach stehen und stürmte nach unten. Ihr Herz pochte aufgeregt, sie wusste nicht, warum – allein ob der Überraschung? Oder weil sie sich freute? Doch gab es einen Grund, sich über ihn zu freuen?

Als sie den Hof erreichte, waren Gerold und Ovida bereits hinausgetreten. Tiefrot vor Aufregung war Ovida in eine Verbeugung versunken, indessen Gerold nicht wusste, wie er dem Gast gegenübertreten sollte. Als er Judith erblickte, schien er sichtbar erleichtert.

»Judith … meine Königin«, begann er, »sieh nur, wer …«

»Ich weiß«, unterbrach sie ihn. Dann trat sie auf den Gast zu. Er streckte ihr beide Hände entgegen, schien sie vorbehaltlos begrüßen zu wollen. Nur sein Lächeln schien ihr nicht ehrlich, sondern verbittert.

»Ich freue mich, dich zu sehen … Ludwig … liebster Bruder«, brachte sie mühsam hervor.

Aus dem Augenwinkel nahm sie wahr, wie die hässliche Ansgar dem Gefährt entstieg.

»Ist es nicht l-l-l-lustig?«, stammelte Ludwig wie gewohnt, doch der vermeintliche Frohsinn, den er da benannte, erreichte seine Augen nicht. »Ist es nicht l-l-l-lustig, dass der K-K-König ausgerechnet mi-mi-mich mit einer Botschaft zu d-dir schickt.«

»Welcher Botschaft?«

»Be-be-begrüße Ansgar und meinen k-k-kleinen Sohn. Dann richte ich sie d-d-dir aus …«

Eyvindrs Verwandter stürzte nicht einfach auf ihn los; er blieb abwartend stehen und gönnte Balduin die Zeit, seine Worte zu verstehen. Fast tonlos hatte er seinen Racheschwur bekundet, und in dem Schweigen, das folgte, blieb seine Miene ausdruckslos, auch als Johanna schließlich einen entsetzten Schrei ausstieß.

Balduin regte sich nicht.

Eyvindrs Bruder.

Ehe er sich ihm vorgestellt hatte, hatte er vermeint, einen Geist vor sich zu sehen – einen gealterten Geist. Mit den blauen Augen, der hohen Stirne, der geraden Nase glich er Eyvindr bis aufs Haar. Doch die Haut des Bruders war viel dunkler, gegerbter, seine Hände waren nahezu Pranken. Mochte in ihren Adern auch das gleiche Blut fließen – in seinen war es kräftig und lebendig, während Eyvindr immer den Eindruck vermittelt hatte, er besäße zu wenig davon. Nie hatte ihn das als Schwächling ausgewiesen – jedoch als Menschen, dessen Leib nicht ausreichend Ballast war, um ihn gänzlich auf Erden zu bannen.

»Du bist mir also gefolgt, um mich zu töten«, stellte Balduin ruhig fest. Vor jeder Schlacht gab es einen Moment, da sämtliche Gedanken und Gefühle wie weggefegt waren. »Die große Stille« hatten er und seine Kameraden diesen Zeitpunkt genannt, da sich sämtliche Sinne auf den Kampf einstellten, auf die Entscheidung zwischen Leben und Tod. Nie hatte sich Balduin ähnlich befreit gefühlt von allen Kümmernissen und Sorgen wie in diesen Augenblicken, aber zugleich auch nie so betäubt.

Sein Blick löste sich von dem blonden Mann und suchte hinter ihm nach weiteren Männern. Er vermutete, dass sie sich noch im Schatten der Bäume versteckten, jedoch auf ein Zeichen ihres Anführers hin hervorstürzen würden, um ihn mit Pfeilen zu durchbohren.

»Nein«, sagte da Eyvindrs Bruder, »du musst keinen Hinterhalt fürchten. Ich bin allein gekommen. Es hätte keinen Wert, wenn nicht ich selbst dich tötete.«

»Du hättest es bereits tun können«, gab Balduin zurück. »Du

hättest mir einen Pfeil oder eine Lanze in den Rücken jagen können.«

»Auch dann hätte es keinen Wert.«

Zum Zeichen, dass er meinte, was er sagte, schwang er das eine Bein über den Pferderücken, sprang behände herab. Obwohl bewaffnet und mit einem Schild ausgestattet, war er nun in der unterlegenen Position. Würde Balduin jetzt das Schwert ziehen und auf den Kopf einschlagen, so hätte er Chancen, ihn zu töten.

»Du hast großes Vertrauen in meine Ehre«, meinte Balduin. »Und das, obwohl du mich für den Mörder deines Bruders hältst... Nun, ich bin es.«

»Eyvindr war wehrlos«, gab der blonde Krieger zurück. »Auch wenn du dich überlegen fühlst, solange du auf dem Pferd sitzt – ich bin das nicht.«

Er schnalzte mit der Zunge, woraufhin das Pferd zurück in den Schatten des Waldes trabte.

Wie lange war es her, da er diesem Mann zuletzt begegnet war? Als dieser nachts das Lager überfiel und ihn beinahe getötet hätte – wenn Suidger, der rothaarige Knabe, ihn nicht davor bewahrt hätte, ebenjener, der ihn später ein zweites Mal errettet hatte, aus den Händen von König Karls Männern. Es schien in einem anderen Leben passiert zu sein. Nur Eyvindrs Gesicht, seine sanfte Stimme, die Zeichnungen, die er in die Erde geritzt und die seine Familie in der Heimat gezeigt hatten – auch diesen Bruder –, waren ihm so gegenwärtig, als wäre er erst gestern mit ihm zusammen gewesen.

»Eyvindr hat meinen Vater getötet«, sagte Balduin heiser.

»Er hat nur seine Heimat verteidigt.«

»Es war zuerst unsere Heimat.«

»Das behauptest du.«

»Willst du schwatzen oder kämpfen?«

Balduin hörte ein Rauschen in seinem Kopf, sämtliches Blut schien zusammenzuströmen. Ohne zu überlegen, schwang auch er sich vom Pferd.

»Nein, Balduin!«, es war Johanna, die da kreischte. »Tu das nicht! Du bist ihm nichts schuldig! Er ... er hat mir gestern etwas vorgemacht, er hat gesagt ...«

»Ich habe nichts gesagt, was eine Lüge war«, unterbrach sie der blonde Mann. »Ich habe nur Fragen gestellt.«

»Balduin, du darfst nicht ...!«, schrie sie wieder.

»Lass es gut sein, Johanna.«

Das Rauschen in seinem Kopf versiegte. Sämtliches Blut schien in seine Hände, seine Beine zu rasen, verbreitete dort ein Kribbeln. Vielleicht verschleierte es auch seinen Blick. Als er seine Augen gen Himmel hob und sich nicht sicher sein konnte, ob er jenen Anblick jemals wieder erleben würde, da wähnte er das Dach der Welt blutrot, obgleich die Abendsonne noch fern war.

Der Kampf ist ein Tanz, er ist ein Spiel, vergiss das nie.

Balduin hatte Arbogast immer gehasst, aber in diesem Augenblick war es ausgerechnet die Erinnerung an dessen Stimme, die sich als Einzige aus der großen Stille löste. Damals, als jener diese Worte sprach, hatte er sie nicht wirklich begriffen.

Es war zu einem Zeitpunkt gewesen, als seine Muskeln nicht mehr schmerzten wie am Anfang und er viel weniger blaue Flecken abbekam – dort, wo Gerolds Holzschwert ihn getroffen hatte oder die Hiebe von dessen Brüdern. Er war bald stark genug geworden, um sich dagegen zur Wehr zu setzen, es ihnen heimzuzahlen, grimmig und verbissen. Da hatte ihn Arbogast eines Tages zur Seite genommen, durchaus mit Anerkennung in der Stimme, aber zugleich mit Tadel: »Du machst dich gut, Junge, du hast den Willen zu siegen. Doch du bist zu verkrampft, du denkst ständig darüber nach, wie du deine Feinde bezwingen kannst. Aber der Kampf ist ein Tanz, er ist ein Spiel, vergiss das nie. Erst wenn du kämpfst ohne zu denken, wenn du mit listiger Taktik deinen Gegner zermürbst ohne ihn dabei zu hassen, einfach nur, weil es dir in Fleisch und Blut übergegangen ist – dann erst wirst du wahre Siege erringen.«

Sie umrundeten sich mit lautlosen Schritten, weich und geschmeidig wie die einer Katze. Fest umklammert hielt Balduin den Schild in der einen, das Langschwert in der anderen Hand, aber er hob weder das eine noch das andere, machte weder Anzeichen anzugreifen noch, sich zu verteidigen.

»Du kennst meinen Namen«, sagte Balduin. »und ich habe den von Eyvindr gekannt. Wie heißt du?«

Seine Stimme klang gepresst, aber noch war er entspannt genug, klar zu reden.

»Wird es dir den Kampf leichter oder schwerer machen?«, fragte der andere. Seine Augen nahmen sämtliche Bewegungen wahr.

»Ich möchte wissen, durch wessen Hand ich falle. Oder wer durch meine stirbt.«

»Eysteinn. Mein Name ist Eysteinn.«

»Hört auf, ich bitte euch, hört auf!« Wieder schrie Johanna dazwischen, auch wenn einer der Knaben sie längst zurückgezerrt und von der Kampfesstätte entfernt hatte.

Das war das Letzte, was Balduin hörte, dann wurde es wieder still um ihn, so totenstill, dass er nicht einmal den Klang des Eisens vernahm, als ihre Schwerter schließlich aufeinanderprallten. Beim ersten Mal war es ganz schwach, als würde der Lehrer dem Schüler nur zeigen, wie ein Schlag zu führen sei, ohne es in aller Härte zu exerzieren.

Doch der zweite Zusammenstoß war bereits so stark, dass Balduin die Hand schmerzte, weil er den eigenen Schwertknauf verbissen umklammerte. Kleine Wellen schienen von diesem Stoß auszugehen, liefen ihm durch die Arme, in seine Brust, erschütterten ihn dort. Er suchte den Blick seines Feindes, suchte darin nach einem Zeichen, ob er Gleiches auch erlebte, dieses Starke, Absolute, Unbedingte. Dieses Entweder-Oder, das den anderen nicht nur zum möglichen Mörder oder Opfer machte, sondern zu einem Seelenbruder. So nah war er noch nie einem Menschen gestanden. So allein war er noch nie mit einem gewesen. Höchstens mit Judith… aber selbst Judith hatte sich ihm in solchen Momenten nicht restlos hingegeben, hatte etwas zurückgehalten, war ihm fremd geblieben.

Eysteinn gab alles von sich. Alle Wut, alle Rachegelüste, alle Todesangst, alle Hingabe.

Der nächste Stoß fiel nicht ganz so stark aus. Balduin entging ihm, indem er sich behände um die eigene Achse drehte, haarscharf an der Schwertspitze vorbei. Er konnte den kalten Windhauch spüren, den sie verursachte, aber sie ritzte seine Haut nicht auf. Er bewegte sich auf Zehenspitzen, tänzelnd, wie Arbogast immer gesagt hatte, suchte dann wieder festen Tritt, um zum Gegenangriff anzusetzen – es war sein erster. Eysteinn parierte gut, nickte irgendwie anerkennend und duckte sich gekonnt.

Balduin hörte seinen eigenen Atem, keuchend und tief – oder war es der seines Feindes? Verschmolzen sie ineinander, atmeten sie aus einer Brust? Immer rasselnder wurde das Geräusch, zunehmend schweißnass sein Griff, und doch fühlte er keine Erschöpfung – nur Lust, seltsame Lust. Nicht am Drauflosschlagen, nicht am Klirren der Schwerter, nicht an der Wucht, die im ganzen Körper nachbebte, sondern an diesem Gleichklang, diesen meisterhaften Figuren, die sie ausführten und die nur gelangen, weil der eine vollkommen auf den anderen einging.

Zurücktreten, abwarten, den anderen messen, zum Sprung ansetzen, das Schwert heben, es niedersausen lassen, auf Gegenwehr stoßen, sich drehen oder ducken, wieder zurückweichen.

Endlos schien sich jener Kreis an Taten aneinanderzureihen, er öffnete und schloss sich immer wieder aufs Neue, als folgte der Lauf der Welt keinem anderen Takt als diesem. Als wäre das der Herzschlag, der die Mutter Erde am Leben hielt.

Und dann plötzlich, fast zu unauffällig, um jenes nachhaltige Gleichmaß zu stören, stolperte Eysteinn. Nicht über Balduin, nicht über die eigenen Füße, sondern über eine Wurzel, die sich ihm in den Weg gelegt hatte. Er suchte mit dem anderen Bein festen Halt, strauchelte jedoch umso mehr und brach schließlich auf die Knie.

Balduins Entsetzen war so tief, als wäre er selbst gefallen. Er blickte auf das Schwert, Eysteinns Schwert, das ihm aus der Hand gerutscht war, über den erdigen Boden schlitterte, nicht weit, aber weit genug, dass er es nicht ergreifen und sich verteidigen konnte.

Wieder trafen sich ihre Blicke, doch diesmal war ihm der von Eysteinn nicht vertraut, sondern fremd. Der Bann war gelöst, Balduin konnte wieder hören, vor allem Johannas Stimme, wie sie verzweifelt schrie: »So töte ihn doch, sonst wird er es tun!«

Balduin lauschte verwirrt, gewahrte nun erst, dass er seine eigene Schwertspitze gegen die Kehle des anderen hielt. Er musste nur zustechen, nicht einmal sonderlich fest, dann würde er sie ihm aufgeschlitzt haben. Er konnte sich nicht erklären, wie sie in jene Lage geraten waren. Jeder Wimpernschlag während des Kampfes war ihm durch und durch gegangen, jede Geste, jedes Muskelspiel, jeder einzelne Stoß. Doch warum der andere nun schutzlos war und er sein Leben in der Hand hielt, deuchte ihn befremdend. Das war kein Tanz mehr. Das war kein Spiel.

»So töte ihn doch!«, schrie Johanna.

Balduin suchte etwas in Eysteinns Blick, suchte nach Zustimmung, nach Aufgabe, nach Todesangst, suchte etwas, das nach Abschied klang, einem würdevollen Lebewohl. Doch sein Blick war bereits tot, war tot wie der von Eyvindr, als er auf ihn eingeschlagen hatte, versagte sich bereits der Welt, ehe Balduin ihm diese Welt nehmen konnte.

Balduin hob sein Schwert, schloss die Augen. Ganz gleich, ob dieser Blick ihm antwortete oder nicht, er würde ihn nicht ertragen können, nicht in diesem Moment, da er zuschlug. Doch die Schwärze, die ihn einhüllte, ließ ihn nicht minder zaudern. Er fühlte Einsamkeit in ihrer schlimmsten, schmerzlichsten, erstickendsten Form.

»Ich kann nicht«, murmelte er, »ich kann nicht.«

Er öffnete die Augen, sah in Eysteinns Gesicht, ließ sein Schwert sinken. Eysteinn blickte nicht länger erloschen, vielmehr erstaunt – und auch entschuldigend. Warum bittet er mich um Verzeihung, dachte Balduin, wenn ich ihm doch das Leben geschenkt habe?

Er hörte Johanna schreien, spitz und lang, dann sah er, wie

Eysteinn sich duckte, den Abstand zwischen sich und seinem Schwert, das ihm entglitten war, überbrückte, es zu fassen bekam. Balduin wusste, dass er zurückspringen musste, sich irgendwie schützen, doch er blieb steif stehen, ließ die eigene Waffe fallen.

Jetzt war er nicht mehr einsam, jetzt waren sie wieder zu zweit in der ansonsten völlig leeren und stillen Welt. Balduin lächelte, als Eysteinn ihm das Schwert mit aller Macht in die Brust rammte.

Das Blut war warm, er lag in dessen Lache, vielleicht hatte sich auch seine Blase entleert. Der Tod ist niemals sauber.

»Balduin ...«, Johanna schluchzte neben ihm, »ach Balduin ...«

Er fühlte ihren Schoß, sein Kopf war daraufgebettet; er hatte immer gedacht, sie wäre hart und sehnig, doch es fühlte sich weich an.

»Balduin ... bitte ... bleib bei mir. Wir werden dich nach Hause schaffen, so lange musst du durchhalten.«

Ich bin zu Hause, dachte Balduin, ich bin doch schon zu Hause.

Er hörte Befehle. Johanna teilte sie aus, sie galten den beiden Jungen, die betroffen auf ihn herabblickten. Eine Trage, sie befahl ihnen, eine Trage zu bauen, aus Ästen und Leder ...

»Ich will nicht mehr kämpfen«, murmelte Balduin, »ich will keine Kriege mehr führen.«

»Ich weiß.«

Johanna beugte sich über ihn, küsste ihn auf die Wange. Er spürte, wie ihre Wimpern flatterten, vielleicht war es auch nicht Johanna, die ihn küsste, sondern Judith, obwohl Judith doch nicht hier war und sie ihn verachtete.

»Judith ...«, stammelte er.

»Ich weiß ...«, murmelte Johanna. Die Wärme kühlte aus, machte dem Schmerz Platz, reißendem Schmerz, als würden die Zähne eines wilden Tiers in seinen Leib schlagen. Er war unerträglich, dieser Schmerz.

Ehe die Schwärze kam, suchte er nach Eysteinn. Doch jener war verschwunden, nachdem er getan hatte, was er tun musste. In einem letzten Anflug von Bedauern dachte Balduin, wie schade es wäre, ohne Eysteinn zu sterben … und ohne Eyvindr.

Drei Tage gelang es Ovida, nur erlesene Speisen aufzutragen und dafür sämtliche Vorräte zu plündern. Am vierten Tag gingen ihr die Ideen aus, was sie dem Königssohn und seiner Familie an Köstlichkeiten vorsetzen konnte. Händeringend besprach sie sich mit dem Koch, um dann einsehen zu müssen, dass sie kein frisches Fleisch mehr hatten, sondern nur mehr getrocknetes, und dass von den Gewürzen lediglich noch Pfeffer, Minze und die Säure von Trauben da waren, jedoch kein Ingwer oder Galganet. Mit hochrotem Kopf – er hatte sich seit Ludwigs Anwesenheit kaum abgekühlt – klagte sie Judith ihr Leid.

»Nun und?«, fragte Judith kühl. »Ich würde dir raten, dich zu schonen, anstatt den ganzen Tag umherzulaufen und dich für jemanden wie Ludwig abzumühen …«

Ovida riss überrascht die Augen auf. »Aber er ist dein Bruder!«, rief sie entsetzt. »Und er ist der Sohn des Königs!«

»Glaub mir«, gab Judith spöttisch zurück, »mein Vater würde dir ganz gewiss nicht zürnen, wenn du seinem Sohn steinhartes Brot vorsetzen würdest. Ach Ovida, jetzt sieh mich doch nicht so erschrocken an! Der König hat meinen Bruder doch nicht zu mir geschickt, weil dies eine Ehre ist. Er tat es, um mich auch noch im Augenblick der angebotenen Versöhnung zu schmähen und zu beleidigen. Seitdem Ludwigs Aufstand missglückt und er von Robert von Anjou geschlagen worden ist, lebt er in Meaux kaum besser als ein Gefangener. Weißt du, dass er jetzt, in diesen Tagen, das erste Mal wieder die Stadt verlassen hat? Mein Vater wird lange überlegt haben, wie er ihn und mich am deutlichsten demütigen kann, und tat es schließlich, indem er uns zusammenführte.«

»Aber … aber du liebst doch deinen Bruder. Und sein kleiner Sohn Ludwig ist bezaubernd!«

Gereizt verdrehte Judith die Augen, wenngleich sie zumindest

Zweiteres nicht abstreiten konnte. Der kleine Ludwig – nicht nach seinem Großvater benannt, sondern nach seinem Vater, was allen Sitten des Landes widersprach und wohl das Einzige war, womit Ludwig dem König noch trotzen konnte –, nun, der kleine Ludwig hatte nichts mit seinen Eltern gemein: Weder verunstalteten große Glupschaugen wie die seines Vaters das Gesicht noch hervorstehende Zähne wie die seiner Mutter. Mit wachem, blauem Blick und kräftigem rotbraunem Haar erforschte er die Welt mit der Neugierde, Dreistigkeit und Furchtlosigkeit eines Einjährigen – und Judith konnte sich der Rührung nicht erwehren, wenn sie ihm dabei zusah. Nicht das Kindliche ergriff sie, jedoch das Unschuldige, Reine. Jene Macht, die Wunden nicht schließt, weil sie sie heilen kann, sondern weil sie sie einfach nicht wahrnimmt.

»Nun komm in den Saal«, forderte Judith Ovida auf. »Setz dich an den Tisch und lass die Mägde die Arbeit tun. Sieh dir doch Ludwigs verhärmtes Gesicht an! Er wird nicht merken, was er isst. Und achte darauf, wie oft Ansgard ihren Blick hebt! Nämlich so gut wie nie! Sie hat in den Jahren ihrer Ehe nichts von ihrer Schüchternheit abgelegt, und magst du auch glauben, sie sei von höherem Rang als du – nun, das kann sich schnell ändern.«

»Du meinst, Ludwig könnte sie auf Wunsch des Königs verstoßen?«

Trotz des geschäftigen Tagwerks war Ovida offenbar nichts von dem Klatsch entgangen, der sich am Prinzenpaar entzündet hatte.

»Ludwig hat Ansgard gegen König Karls Willen geheiratet«, erklärte Judith resigniert. »Der König hat das immer als Akt der Auflehnung verstanden. Noch mag sich Ludwig dagegen wehren. Doch über kurz oder lang wird der König ihm eine Braut zuführen, die einer ihm treuen Familie entstammt.«

»Aber er kann doch nicht einfach über Ludwigs Kopf hinweg …«, setzte Ovida betroffen an.

»Er wird ihn nicht ewig in Meaux halten. Vielleicht wird er ihn zurück nach Neustrien holen, vielleicht wird er ihn sogar zum König von Aquitanien machen. Doch ob er ihn auch tatsächlich regieren lässt, ihm gar den Königstitel verleiht, das bezweifle ich.«

Noch redend hatte Judith sich von Ovida abgewandt. Nun kehrte sie zurück an die Tafel, wo sie wieder den Platz neben Ludwig einnahm. Wenn sie nicht zugegen war, sprach Ludwig kaum ein Wort. Immer noch schien er Ansgard aufrichtig zugetan zu sein, und er war auch der Einzige, dem sie dann und wann ein Lächeln schenkte. Doch Worte machten sie nicht viel. Gerold wiederum hatte er von Anfang an mit Missachtung gestraft, vielleicht, weil jener viel zu unwichtig war, um Höflichkeit an ihn zu verschwenden. Vielleicht auch, weil er vor Fremden sein Stottern verbergen wollte, das eher schlimmer als besser geworden war. Nur mit Bruder Ambrosius hatte er gesprochen – über die neuesten Schriften des Philosophen Johannes Eriugena, der hier in Laon eine Schule begründet hatte.

Als Judith neben ihm Platz nahm, blickte Ludwig kurz auf.

»I-i-i-immer noch keine Na-Na-Nachricht von deinem lieben G-G-G-Gatten?«, stichelte er. »Mich w-w-w-wundert, dass Ba-Ba-Balduin sich von Laon fernhält, nun, w-w-wo er es endlich geschafft hat, sich den König gefügig zu stimmen. Hast du ihm dazu ge-ge-geraten?«

»Nein«, sagte Judith schnell, »offenbar hat König Rorik ihm von sich aus ein Angebot gemacht. Aber ich hätte Balduin darin bestärkt, ihn aufzusuchen und dies möglichst laut vor aller Welt zu bekunden. Noch schlimmer als eine aufrührerische Tochter, die eine unstandesgemäße Ehe schließt, ist ein normannischer König, der sich mit einem Franken verbündet und ihn für sich seine Kriege führen lässt.«

»Nun, das ist jetzt w-w-w-wohl nichtig, da der K-K-König euch doch beide als seine lieben K-K-Kinder an den Hof bittet.«

Ludwig umkrampfte seinen Weinkelch. Wann immer seine Bitterkeit Judith traf, verstand sie ihn, war manchmal sogar geneigt, ihm ihren Trost auszusprechen. Doch stets unterließ sie es, tiefer in ihn zu dringen, wollte nicht in der Ohnmacht eines Mannes wühlen, dem nie die rechten Mittel zur Verfügung gestanden hatten, sich einen würdigen Platz zu erobern. Genau genommen hatte er nie geglaubt, dass jener Platz ihm zustünde, und das war wohl das Bitterste für ihn: nicht nur, gescheitert zu sein, sondern zu ahnen, dass er das verdient hatte.

»W-w-wie auch immer«, fügte er hinzu. »Dann steht euch nichts mehr im W-W-Wege, um g-g-glücklich zu sein.«

Judith blickte ihn an. »Sag, Ludwig«, bemerkte sie trotzig, »wem gönnst du dieses Glück, von dem du sprichst, eigentlich weniger? Deiner Schwester oder deinem Freund Balduin?«

Das Lachen, mit dem er antwortete, klang ausnahmsweise echt und leicht. »Ich ho-ho-hoffe, du w-w-w-wirst deine scharfe Zunge auch in Anwesenheit des K-K-Königs nicht bändigen. Vielleicht ge-ge-gelingt es dir sogar, ihm mehr zu-zu-zuzusetzen als Roriks Werben um Balduin.«

Auch Judith wollte lachen, aber es erstarb ihr im Mund. Ovida, von der sie eigentlich gedacht hatte, sie würde sich endlich an die Tafel setzen und sich ausruhen, war zu ihr getreten, und in ihrem Gesicht stand noch mehr Aufregung als zuvor. Der rote Kopf schien ihr zu platzen.

»Meine Königin …«, setzte sie an.

»Ach Ovida, mein Bruder verträgt Trockenfleisch und …«

Judith hielt inne, als sie gewahrte, dass Ovidas Lippen zitterten und ihre Augen sich mit Tränen füllten.

»Meine Königin …«, setzte sie noch einmal an.

Judiths Brust verkrampfte sich.

»Hast du Nachricht von Balduin?«

Ovida schluchzte auf, aber brachte kein Wort mehr hervor. Gerold war an ihre Seite getreten, stützte die schwangere Frau. Auch seine Miene war voller Gram, wenngleich jenes Gefühl wohl nicht sonderlich tief reichte.

»Es tut mir leid«, murmelte er und deutete auf den Eingang des Saals. Ein Raunen ging durch den Saal, indessen Judith mit einem Aufschrei zu ihrem blutüberströmten Mann stürzte, der reglos auf einer Bahre liegend hereingeschleppt worden war.

Eyvindr war zurückgekehrt. Balduin konnte ihn in jedem mühseligen Atemzug spüren. Mal war seine Berührung weich und liebevoll, mal eisig, mal heiß wie Feuer. Er war nicht sicher, ob sein Kommen bedeutete, dass er ihm helfen wollte, so wie einst, als er seine Wunde gepflegt hatte, oder ob er sich zu rächen und ihn zu vernichten suchte wie sein Bruder, wenngleich auf qualvollere, langsamere Weise.

Lange war er sicher, dass er sterben würde. Er fühlte seinen Körper nicht mehr, wähnte seine träge Seele dahinschaukeln auf jenem endlosen Meer hinter den Grenzen der Welt. Bald würden die Engel kommen, um seine guten Taten aufzulisten, und auch die Dämonen würden herbeistürzen, um seine Sünden zu benennen. Welche von beiden Eyvindrs Antlitz tragen würden, das war ihm noch ein Rätsel. Er konnte es nicht lösen, ging ganz in den Schmerzen auf. Sein Körper, gleichwohl doch keiner eigenständigen Regung fähig, musste noch genügend Kraft haben, seine Seele gefangen zu halten – ein Kerker, der bald unerträglich eng wurde.

Mein Kopf wird vom Fieber zerplatzen, dachte er, um im nächsten Augenblick erbärmlich zu frieren. Er fühlte, wie Pfeile ihn trafen, unendlich viele, alle an der gleichen Stelle. Die Wunde in seinem Leib wurde größer, riss immer weiter auf, das Blut sickerte nicht nur, sondern stürzte daraus hervor. Er wähnte sich haltlos.

Einzig die Stimmen hielten ihn zurück. Nicht immer verstand er sie, warum auch, auch Eyvindr hatte er so oft nicht verstanden – nur dessen Bilder, die von seiner Herkunft erzählten, seiner fernen Familie. Ob Eyvindr seinem Bruder dankbar war, dass er ihn, Balduin, getötet hatte? Er versuchte, die Augen zu öffnen und die Spuren zu erhaschen, die Eyvindr in den erdigen Boden gemalt hatte. Doch dann sah er ganz andere Gesichter, das von Johanna, das von den Burschen, die ihn begleiteten.

»Es ist mir vorerst gelungen, den Blutfluss zu unterbinden«, sagte jemand. »Aber ich kann dich hier nicht ausreichend behandeln. Wir müssen dich nach Laon schaffen. Du musst bis dahin durchhalten.«

Laon … Er wusste nicht, wo Laon war. Aber er fühlte, wie er hochgehoben wurde. Sein Herz verkrampfte sich, vielleicht war es auch die Wunde. Sie schien nicht mehr zu bluten, sondern versteinert zu sein, lag so schwer auf seiner Brust, dass er nicht mehr atmen konnte. Er schrie auf, und in dem schrecklichen Laut versiegten alle Stimmen.

Erst später, viel später kamen sie zurück, kräftige und flüsternd leise, säuselnde, lachende, weinende.

War es Judith, die weinte? Er konnte sie nicht spüren, und gewiss weinte sie nicht, sie weinte nie … bis auf jenes eine Mal, und das lag lange zurück. Zu viel war seitdem geschehen, was sie ihm nicht verzeihen konnte.

»Ich habe ihm eine Salbe gemacht«, sprach Johanna müde und ausgelaugt. »Aus Weihrauch und Harz, durchmischt mit Ringelblume, Arnika und Hopfen. Wir müssen sie so lange auf seiner Wunde belassen, bis sie ausgehärtet ist. Und wenn es immer noch nicht hilft … nun, dann könnten wir eine Paste aus Schafdung, Käseschimmel und Honig machen. Ich habe gehört, sie soll Wunder wirken. Ich habe desgleichen gehört, dass manche Mönche Pilze kennen, die den Eiter besiegen. Aber ich weiß zu wenig darüber.« Johanna machte eine Pause. »Mehr fällt mir nicht ein. Sein Leben liegt in Gottes Hand.«

Eine Hand lag plötzlich auf seiner Stirne, kalt und dünn. War es Bruder Ambrosius, der für ihn betete? Oder Graf Robert? War jener aus dem Kloster zurückgekehrt, um an seinem Krankenbett zu wachen?

Nein, es war kein Bett, sondern ein Floß, das unruhig auf der See umhertrieb, und jene See roch nach Schwefel und war heiß wie Feuersglut.

»Ich will nicht, dass du ihn siehst, Ovida. Das ist schlecht für dein Kind. Du darfst dich nicht aufregen.« Es war Gerold, der sprach, von allen am nüchternsten. Sein Schatten fiel auf ihn. »Gib nicht auf, Balduin«, sagte er, nicht sonderlich erschüttert, nicht sonderlich ermutigend.

Im Hintergrund hörte er wieder die Frau weinen, das musste Ovida sein, Gerolds Gattin. Judith klang nicht im Mindesten aufgewühlt, sondern sprach ruhig zu Johanna: »Ich habe Ludwig weggeschickt. Es würde Balduin keine Kraft geben, ihn ausgerechnet jetzt zu sehen.«

»Das ist gut«, erwiderte Johanna, »hat er... hat er...?«

»Ob er noch etwas gesagt hat?« Judith klang bitter. »Er hat gesagt, dass unser Vater offenbar wieder reichlich Glück habe und sich eines seiner größten Probleme von allein lösen würde.«

»Er meinte Balduin?«

»Ja«, gab Judith zu, und ihre Stimme wurde erstickend leise. »Ludwig hat all sein Mitleid an sich selbst verbraucht. Es ist keins mehr da für den Rest der Menschen. Er hat gefragt, ob es tatsächlich ein Normanne gewesen sei, der auf Balduin losgegangen ist. ›Bist du dir sicher‹, so hat er gefragt, ›dass dieser Mann nicht von unserem Vater beauftragt wurde?‹«

»Unmöglich«, gab Johanna zurück.

Unmöglich, dachte Balduin. Er wälzte sich stöhnend, fühlte Hände, die ihn beruhigend streichelten, die ihn festhielten, damit er seine Wunde nicht aufkratzen konnte. Judiths Hände waren nicht dabei.

Unmöglich. Es war kein Mann des Königs, der ihm nach dem Leben trachtete. Es war Eyvindr, der zurückgekehrt war.

Nach einigen Tagen stand das schaukelnde Boot plötzlich still. Es war auf Grund gelaufen, doch er fühlte nicht das glühende Wasser über sich zusammenschlagen, sondern nur Nebel, grauen, düsteren Nebel. Er hüllte ihn ein, kroch über seine Haut, nicht heiß wie das Fieber, nicht eisig wie das Frösteln, das jenem folgte, nur betäubend. Er fühlte keine Schmerzen mehr, doch mit ihnen war auch alles andere gegangen, Furcht und Sehnsucht, Hoffnung und Trauer, Dankbarkeit und Aufbegehren.

»Wo bin ich?«, fragte er.

Er lallte, als hätte er zu viel Wein getrunken. Sein Kopf fühlte sich auch so an.

»Balduin…«, erstmals hörte er nicht nur Johannas Stimme, sondern konnte auch ihr Gesicht sehen. Sie war viel bleicher, als er sie in Erinnerung hatte, weißer und runzeliger. Sie war nicht nur eine ältere Frau, sondern eine Greisin geworden. »Balduin… siehst du mich?«

»Wo bin ich?«, fragte er wieder, obwohl er es wusste. Er war in Laon. Er hatte überlebt.

Der Nebel wurde dichter. Selten hatte ihn etwas so gleichgültig gestimmt. Was zählte es schon, was nutzte es ihm?

»Du bist zu uns zurückgekehrt«, stammelte Johanna, »ich dachte schon, wir hätten dich verloren. Dein… dein Herz hatte aufgehört zu schlagen.«

Überrascht hörte er in sich hinein, versuchte, auf das Pochen zu lauschen. Er fühlte es nicht, nichts fühlte er. Vielleicht irrte sich Johanna, und er lebte gar nicht, hatte nur eine Hülle hinterlassen, und andere mussten entscheiden, was damit zu tun sei.

»Ich bin… ich bin so dankbar!«

Sie sprang auf, und ihre Regungen wirkten jünger und frischer, als es ihr uraltes Antlitz vorhieß.

»Wohin gehst du?«

»Ich… ich muss Judith sagen, dass du wieder zu dir gekommen bist.«

»Warte!« Er hustete, spürte tief hinein in seinen Leib, dort, wo der Schmerz lauerte, auch wenn dieser Schmerz sich für den Moment zusammengeringelt hatte wie eine schlafende Katze.

»Was hast du, Balduin?«

Der Nebel verhüllte ihre Gestalt. Fast dankbar schloss er die Augen.

»Lass mich schlafen«, raunte er als Letztes, »lass mich schlafen.« Die Dunkelheit, in die er eindrang, kannte weder Flammen noch Eis, weder Stimmen noch Schatten. Die Dunkelheit war schwarz… und leer.

Judith sah Johanna zu, wie sie Wertmutwein zubereitete. Er war ein Heilmittel gegen innere Schmerzen und Entzündungen.

Johanna sprach laut das Rezept, um nichts zu vergessen: »Ein halber Karat Wermut, sechs Skrupel Kostwurz, fünf Skrupel Mastix, sieben Skrupel Lärchenschlamm, zwölf Skrupel Aloe, zwei Schoppen Honig, zehn Schoppen Wein ... Eigentlich«, sie blickte auf, »eigentlich müsste man die Zutaten nun zwanzig Tage ziehen lassen, aber so viel Zeit bleibt nicht. Balduin muss ihn lauwarm trinken.«

»Er will mich nicht sehen«, sagte Judith.

Judith wandte Johanna den Rücken zu. Sie sahen sich selten in die Augen, als würde ein verräterischer Blick womöglich das Bündnis zerstören, das sie geschlossen hatten, und alte Feindseligkeit aufflackern lassen. Zwar war von jener nichts zu spüren, seit dem Tag in Rom nicht mehr und schon gar nicht in der bangen Zeit, da sie gemeinsam um Balduins Leben gefürchtet hatten. Doch sie vermochten es nicht, einander ohne Scheu zu begegnen.

»Gib ihm Zeit, sein Geist ist wie gelähmt. Wenn er erst wieder genesen ist, dann wird er begreifen, was du für ihn getan hast.«

Judith zuckte die Schultern. Sie war schmal geworden. Spitz standen die Knochen hervor, auch ihr Brustbein. »Du hast ihn geheilt ... nicht ich. Ich ... ich habe es doch fast nicht ertragen, ihn auch nur anzusehen.«

Johanna machte einen vorsichtigen Schritt in ihre Richtung, als wollte sie zu ihr treten, schien es sich aber dann doch anders zu überlegen. »Du hast Tag und Nacht bei ihm gewacht. Und ich bin sicher, es hat dazu beigetragen, dass ...« Sie sprach es nicht aus. Solange sie vollkommen darin aufgegangen war, Balduin zu retten, hatte sie niemals angedeutet, dass er sterben könnte, und nun, da das Schlimmste ausgestanden schien, wollte sie es ebenso wenig. »Bring das zu ihm!« Sie deutete auf den Becher mit dem stark riechenden Gesöff. »Und gib ihm später auch ein wenig Brühe. Er muss zu Kräften kommen.«

Judith folgte ihrer Aufforderung stillschweigend, aber kraftlos. Zögernd gerieten die Schritte, die sie zur Krankenstube führten. Es war das eine, bei Balduin zu wachen, während er noch im Fieber gefangen lag. Etwas anderes war es, nun seine Gegenwart zu suchen, da sein Blick stets gleichgültig auf ihr ruhte. Sie wusste nicht, ob er sich ihr mit Absicht verschloss, oder ob die Verwundung einfach nur sämtliche Erinnerung ausgelöscht hatte – an ihr Zerwürfnis ebenso wie an die Zeit, da er noch liebevoll zu ihr gewesen war.

Weder grüßte er sie, wenn sie eintrat, noch hob er den Kopf. Beinahe erleichtert stellte Judith fest, dass sie nicht allein mit ihm war, sondern Ovida am Krankenbett hockte.

Solange es nicht sicher gewesen war, ob Balduin durchkommen würde, und seine Wunde ständig geblutet hatte, hatte Gerold seiner Gattin die Anwesenheit im Krankenzimmer untersagt. Nun fühlte sich die junge Frau offenbar verpflichtet, das Versäumnis nachzuholen.

Doch als sie Judith sah, sprang sie auf. »Ich lass euch allein«, erklärte sie schnell, ehe Judith sie zum Bleiben auffordern konnte.

Seufzend trat Judith an das Bett. Die Luft stand stickig und schweißerfüllt. Obwohl die Laken regelmäßig ausgetauscht wurden, waren sie feucht und fleckig. Johanna hatte irgendwelche Kräuter und Samen in die Flammen des Feuers geworfen, damit die Luft erträglicher wurde, aber den Gestank nach Krankheit und Tod konnten sie nicht vertreiben.

»Hier…«, murmelte Judith, »von Johanna.«

Balduin machte keine Anstalten, den Becher entgegenzunehmen, und Judith scheute davor zurück, ihm diesen einfach an die Lippen zu setzen. Immerhin schienen seine Augen ein wenig lebendiger als zuletzt, auch wenn er an ihr vorbeiblickte. Sie stellte fest, dass es ihr wehtat – ein schlichter, nackter Schmerz. Keine Kränkung mischte sich darunter, keine Verachtung, nur jene Traurigkeit, die kaum tiefer hätte ausfallen können, wäre er gestorben. Zugleich fühlte sie Ohnmacht. So unfähig er war, ihr ins Gesicht zu sehen, so wenig konnte sie sich einfach an seine Bettkante setzen und seine Hand ergreifen. Sie mied seinen Körper, ohne zu wissen, was sie von einer Berührung abhielt: schlichter Ekel vor dem Kranken, die Erinnerung an sein Zusammensein mit Madalgis oder die eigene Steifheit.

»Ich habe ein Bündnis mit Rorik geschlossen«, setzte er unwillkürlich an.

Überrascht hob sie die Brauen. In den letzten Tagen, da er das Bewusstsein wiedererlangt hatte, hatte er kaum ein Wort zu ihr gesprochen.

»Ich weiß«, gab sie nach einer Weile zurück, da sie sich wieder gefangen hatte. »Mein Vater weiß es auch. Als du … als du fort warst, hat er ausgerechnet meinen Bruder Ludwig geschickt, um dir ein Angebot zu machen. Er will dir dein Lehen zurückgeben … und er will endlich unsere Ehe akzeptieren, vorausgesetzt, du verpflichtest dich, das Bündnis mit Rorik zu brechen und gegen ihn zu kämpfen.«

Sein Blick verhärtete sich. »Ich dachte, du würdest mich mit Vorwürfen überhäufen, weil ich diese Reise unternommen habe, ohne mit dir darüber zu sprechen. Aber ich sehe, du kämpfst um deine Zukunft wie ich um die meine. Was wärst du schon an meiner Seite, wäre ich ein Vasall der Normannen? Beuge ich mich hingegen deinem Vater, bist du in allen Ehren wieder aufgenommen.«

Sie schüttelte bestürzt den Kopf. »Balduin, glaub mir, ich suche nicht den Frieden mit meinem Vater.«

»Bist du dir sicher? Nur in seinem Bannkreis kannst du auf mich herabsehen, weil ich nichts weiter bin als ein Graf. Ich bin es so leid, so überdrüssig …«

Er wandte seinen Kopf immer weiter von ihr ab.

»Bist du meiner auch … überdrüssig?«, fragte sie leise.

Sein Atem war schwer, schien ihm immer noch große Schmerzen zu bereiten. »Du hast mich zuerst verflucht, Judith. Vergiss das nicht.«

Er schloss die Augen.

»Was willst du tun?«, fragte sie hilflos, aber er gab keine Antwort mehr.

XXXVII. Kapitel

Lass die Sonne nicht scheinen, dachte Judith, ich will nicht, dass die Sonne scheint…

Damals, als sie sich das letzte Mal in Verberie aufgehalten hatte, war es heiß gewesen. Sie hatte in jener Pfalz des Königs Ethelwulf geheiratet, und sie war sich sicher, dass ihr Vater nicht zufällig genau diesen Ort für die Zusammenkunft auserwählt hatte. Er wollte sie an eine Zeit gemahnen, da sie noch eine gehorsame Tochter gewesen war und einen Ehemann genommen hatte, den er ihr vorgeschrieben hatte.

Das Wetter stand auf ihrer Seite. Nichts erinnerte an diesem Tag Ende Oktober an ihre damalige Hochzeit: Der Himmel war bedeckt, die Luft nicht trocken, sondern feucht. Trotzdem bestürmten sie Erinnerungen, gar nicht so sehr an die Hochzeit mit Ethelwulf, sondern an ihr Leben am Königshof, als sie noch ein kleines Mädchen gewesen war.

Sie hatte gemeinsam mit der Mutter und den Geschwistern nicht so häufig reisen müssen wie der Vater. Oft waren sie über Monate in der gleichen Pfalz geblieben, auf dass ihre Erziehung vom vielen Unterwegssein keinen Schaden nähme. Und doch gab es immer Momente wie diesen – Momente der Ankunft an einem Ort, an dem man sich erst zurechtfinden musste. Freilich, im Grunde sah es überall gleich aus. Mal war es sauberer, mal schmutziger, mal prächtiger, mal stinkender, aber die Aufteilung der Räumlichkeiten war stets dieselbe: Da gab es das Wohnhaus des Königs, aus Stein errichtet wie ansonsten meist nur die Kapelle. Diverse Hallen befanden sich darin, die größte davon war der Saal des Königs, wo er Audienz hielt. In Verberie, so hatte sie es noch im Kopf, zeigten die dortigen Wandgemälde die Helden der Antike. Dann gab es noch den Empfangsraum, in dem der König ausschließlich die engsten Vertrauten traf, und den Esssaal, wo die Feste gefeiert wurden. Die vielen kleinen Räume im ersten Stock dienten als Schlafgemächer. Und Thermen gab es, wenngleich hier kleiner als anderswo, eine Hofkapelle, wo damals auch ihre Trauung stattgefunden hatte, und die Wirtschaftsgebäude: Küche und Getreidespeicher, Scheunen, Bäckerei und die Stallungen.

Ebenjene hatten sie erreicht, doch keiner der Stallknechte kam ihnen entgegen, um den Damen vom Pferd zu helfen. Judith erkannte alsbald, warum es so war. Einer der Männer, dessen prächtige Kleidung – seine Tunika war mit Seidenstreifen umgeben, sein gefibelter Umhang blau – ihn als *Comes stabuli* auswies und der sich persönlich um die Pferde des Königs kümmern musste, hatte offenbar den Befehl ausgegeben, der eintreffenden Königstochter samt ihrem Gefolge keine Beachtung zu schenken.

»Großartig!«, murrte Judith unwillkürlich. »Mein Vater bezweckt offenbar, uns von Beginn an bloßzustellen.«

Es waren die ersten Worte seit ihrer Abreise, die sie an Balduin richtete. Jener zuckte nur mit den Schultern, war selbst schon vom Pferd gestiegen und reichte ihr nun die Hand. Sie nahm sie, aber suchte vergebens nach seinem Blick.

»Ich kümmere mich um die Pferde«, war das Einzige, was er schließlich kundtat.

Judith seufzte, als sie ihm nachblickte. In der Zeit vor seiner Verwundung war das Schweigen zwischen ihnen zwar nicht minder schneidend gewesen, aber damals hätte er genügend Zorn gezeigt, um sich zu verbitten, wie ein Stallknecht behandelt zu werden. Nun schien ihm alles gleich zu sein.

Judith hatte große Mühe, sich ihre triste Laune nicht anmerken zu lassen, sondern ein gleichgültiges Gesicht aufzusetzen und forsch in Richtung des Hofs zu schreiten. Sie gewahrte, dass

Madalgis ihr folgte, und auch wenn es ihr schwerfiel, die Gesellschaft des Mädchens zu ertragen, war sie froh darüber, den vielen Blicken, die sie nun trafen, nicht alleine ausgeliefert zu sein.

Viele waren ihr fremd, manche kannte sie – so auch den Seneschall, der für die Tafel des Königs zuständig war und der nun an ihr vorbeihuschte, als hätte er sie nicht bemerkt, desgleichen den *Camerarius*, den Kämmerer, der für die Unterbringung des Königsschatzes verantwortlich war. Judith hatte ihn als ebenso ernsthaften wie geschwätzigen Mann in Erinnerung, der sie als Kind stets darüber belehrt hatte, welche Pflichten die Inhaber der Hofämter zu übernehmen hatten und welche nicht. Er selbst wurde von ihrer Mutter, der Königin, beaufsichtigt – regelmäßig musste er ihr einen Überblick über den Schatz verschaffen, der von Residenz zu Residenz transportiert wurde. Für die Tafel hingegen war der Seneschall allein verantwortlich, und die Königin wiederum hatte dafür zu sorgen, dass sich beim Mahle alle Versammelten ruhig und gesittet benahmen. Die Erziehung der Kinder lag ausschließlich in ihrer Zuständigkeit – zumal der Vater so oft in einer anderen Pfalz weilte.

Nun, heute zeigte der *Camerarius* keine Bereitschaft, mit ihr zu reden, sondern zog rasch den Kopf ein und flüchtete.

Nicht anders verhielt sich ein Grüppchen Männer, auf die Judith zuschritt – ihrer Kleidung nach zu schließen einige Adelige, die eben tuschelnd und argwöhnisch Balduin gemustert hatten, als er die Pferde in den Stall geführt hatte. Ein wenig Neid stand darin, versprach doch die Ehe mit einer Königstochter Glanz und Gloria – und ebenso viel Spott, weil es in diesem Fall ganz anders lag: Jene Königstochter wurde selbst nicht in Ehren und Würden empfangen, sondern mit eisigem Schweigen.

Zunächst antwortete Judith mit einem ebensolchen Schweigen und einem starren Blick. Doch als sie schließlich die Eingangshalle betrat und sich immer noch fühlte, als wäre sie unsichtbar, riss ihr die Geduld.

»Welches Gemach habt Ihr mir und meinem Gemahl zugeteilt?«, fuhr sie eine der erstbesten Mägde an, die sich dort blicken ließ.

Das arme Mädchen errötete, schien sich weder im Klaren zu sein, wer diese fremde, hoheitsvolle Frau war, noch was es falsch gemacht hatte. Verschreckt sprang es zur Seite und lief fort, sodass Judith schon dachte, sie hätte es vertrieben. Doch wenig später kehrte das Mädchen mit einem Mann an ihrer Seite wieder, der Erste, der Judith nicht nur schweigend musterte, sondern sogar eine Verbeugung andeutete und mit ihr zu reden bereit war.

»Wie kann ich Euch zu Diensten sein?«

Judith wiederholte ihre Frage, und diesmal hatte sie sich an den Richtigen gewandt. Offenbar hatte sie den *Mansionarius* vor sich, jenen Mann bei Hof also, der im Wissen um die Verweildauer der Gäste die Zimmer zuwies.

Judiths Anspannung löste sich ein wenig, als sie ihm nach oben folgte, auch wenn ihr immer noch aufdringliche Blicke folgten und der Mann zu keinem Austausch von Höflichkeiten bereit war. Alles mochte sie ertragen, bekam sie nur endlich einen Raum für sich, wo sie durchatmen und neue Kräfte sammeln konnte, um Balduin aus dieser lähmenden Gleichgültigkeit zu reißen – so wie sie es nun schon seit vielen Tagen versuchte. Vergebens bislang. Aber sie war fest entschlossen, nicht aufzugeben.

Sie hatten eine der Türen erreicht, als der *Mansionarius* sich mit einem Nicken verabschiedete, sich umdrehte und verschwand, ohne diese zu öffnen. Nun gut, diesen Affront mochte sie verwinden, wenn nur …

Judith riss die Augen auf. Madalgis hatte die Tür für sie geöffnet, war vor ihr eingetreten und zurückgewichen, ebenso wie Judith es nun tat.

Grässlicher Gestank schlug ihr entgegen, nach Schweiß und anderen Körpersäften, nach altem, abgestandenem Essen und nach Wein. Fliegen surrten in dem Raum, hockten nicht nur auf halbleeren Schüsseln, Tellern und Kelchen, sondern auch auf nicht gemachten Betten. Der Kamin war kalt, offenbar schon seit Tagen nicht mehr beheizt. Und niemand hatte daran gedacht, den Raum nach den letzten Gästen zu reinigen. Eigentlich war es eine der wesentlichen Pflichten des *Mansionarius*, darüber zu wachen.

Es war zu viel.

Wütend fuhr Judith herum, rannte viel eiligeren Schrittes, als sie üblicherweise lief, den Weg zurück, den sie gekommen war, bereit, diesen verfluchten, erbärmlichen gemeinen... ja was er auch immer sein mochte, diesen Mann also zur Rede zu stellen. Gewiss handelte er nicht aus freien Stücken, sondern auf Befehl ihres Vaters, und doch schien er derjenige, der nun am besten dazu taugte, ihre Vorwürfe zu ertragen. So viele erboste Worte lagen ihr auf den Lippen, dass sie nicht auf die Gaffer achtete, die Zeugen ihres Zorns wurden.

Der *Mansionarius* war nirgends zu finden, doch sie konnte ahnen, wo er sich versteckte – und dankte Gott, dass sie hier keine Fremde war, sondern sich an einem Ort befand, an dem sie sich halbwegs zu orientieren wusste.

Im Lagerraum, gewiss war er im Lagerraum.

Dort wurden Matratzen und federgefüllte Kopfkissen aufbewahrt, Rollen und Decken, Tierfelle, Bettlinnen und Bankpolster, desgleichen das Geschirr.

»Wo seid Ihr?«, rief Judith herrisch, als sie den Raum erreicht hatte. »Wo versteckt Ihr Euch?«

Sie stieß auf Leere. Kaum, dass sie ihrer ansichtig wurden, waren sämtliche Bedienstete fortgestoben. Auch Madalgis hatte sie nicht begleitet.

Judith schluckte schwer, fühlte sich nicht nur allein in diesem Raum, sondern unendlich verlassen, nicht nur vom Vater verstoßen, sondern von der ganzen Welt. Sie hätte damit leben können, dass er sie mit Absicht demütigte und sich die Versöhnung solcherart teuer bezahlen ließ, vor allem wenn dadurch Balduins Ehre, sein Ansehen, sein Lehen wiedergewonnen waren. Aber das Schlimmste war, dass Balduin es ihr nicht danken würde, dass sein Widerwille, hier zu sein, noch größer war als ihrer.

Zum ersten Mal, seit sie Senlis entflohen war, fragte sie sich, ob sie das damalige Gefängnis mit einem noch engeren Kerker getauscht hatte, nicht aus Stein errichtet, sondern aus Balduins Ablehnung, den Beleidigungen des Vaters – und aus dem eigenen Ärger über ihren Gatten, der trotz seiner lebensbedrohlichen Verwundung noch immer in ihr wucherte. Hatte er nicht mindestens so viel falsch gemacht wie sie? Und warum musste sie das alles nun ohne ihn ertragen?

Sie drehte sich um, nicht länger mit dem Willen, den *Mansionarius* zur Rede zu stellen, sondern um Balduin zu finden und mit ihm zu sprechen.

Schon beim ersten Schritt hielt sie inne. Eine Gestalt verstellte das Tor, fremd, so fremd – und zugleich vertraut.

»Was machst du hier?«, entfuhr es Judith. Ihr Herz schien sich zu verknoten. Mit einem Mal wurde ihr eiskalt.

Obwohl niemand mit ihm zu reden bereit war, entnahm Balduin dem Tuscheln im Stall vieles, was bisher hier in Verberie geschehen war. Die Synode, zu der der König und die Bischöfe gerufen hatten, diente bei weitem nicht nur dem Zwecke, die Eheangelegenheiten der ungehorsamen Tochter zu klären.

Zuvor war die Sache eines gewissen Rotbert ausgetragen worden, eines Bischofs, der sich im Besitz der Abtei des heiligen Carilephus wähnte und behauptete, dass dieselbe kraft päpstlicher Zuweisung zum Eigentum seines Bistums gehöre. Der König pochte jedoch selbst auf jene Abtei – und konnte sich durchsetzen.

Außerdem hatte König Karl in feierlicher Weise den Gesandten des Mahomet, König der Sarazenen, empfangen, der viele Geschenke und Briefe überbrachte, die von Frieden und einem freundschaftlichen Bündnis handelten. Letzteres schloss König Karl, um seinem Neffen, Kaiser Ludwig, der in Italien gegen die Sarazenen kämpfen musste, eins auszuwischen. Mit allen Ehren und unter gebührendem Schutz war der Gesandte nun nach Senlis aufgebrochen, wo er den nächsten Winter verbringen würde, ehe er zu seinem König zurückkehrte.

Das war nicht alles, was Lärm und Aufregung bedingte. Die waffenfähigen Männer beredeten vor allem den Krieg, der vorbereitet wurde. Denn König Karl wollte eine starke Heeresmacht nach Aquitanien schicken, um dort seinen aufrührerischen Sohn Karl mit Waffengewalt zur Unterwerfung zu zwingen.

Balduin lauschte gespannt. Die Reise hierher, die vielen Eindrücke, die sie brachte – auch wenn dazu der frostige Empfang gehörte –, hatten in ihm ein gewisses Maß an Erregung gezeugt. Doch als er nichts Neues mehr hörte und nun darauf warten musste, dass ein Gemach für Judith und ihn bereitet wurde, kehrte die Erschöpfung zurück, noch besitzergreifender als zuvor. Denn sie brachte nicht nur jene Dumpfheit, die sämtliches Trachten wertlos erscheinen ließ, sondern auch Niedergeschlagenheit.

Er setzte sich auf eine der Truhen, in denen Judiths und sein Gepäck verstaut war, weil ihm das lange Stehen zu viel Kraft abforderte.

»Es wird gut«, sprach plötzlich eine Stimme zu ihm. »Du wirst sehen, es wird gut.«

Er hatte nicht gehört, dass Johanna sich ihm genähert hatte und sich nun vorsichtig neben ihm niederließ. Seit seiner Verwundung hatte er stets das Gefühl gehabt, dass sie nicht von seiner Seite wich, aber er konnte sich nicht erinnern, in den letzten Tagen mit ihr geredet zu haben.

»Wie kommst du darauf, dass es so einfach ist?«, fragte er verwirrt.

»Du lebst«, murmelte sie, »und das ist das Wichtigste. Der König wird dich empfangen, sodass ...«

Er ging nicht darauf ein. »Sie hasst mich, weil ich ein Krieger bin«, unterbrach er sie. »Und gerade ihretwegen muss ich nun einer sein. Wenn ... wenn es sie nicht gäbe, dann wäre ich der Einladung des Königs nicht gefolgt.«

»Hättest du lieber für Rorik gekämpft?«

»Nein, das auch nicht. Ich hätte mich zurückgezogen, und sei's in ein Kloster, um nichts mehr mit diesem steten Krieg zu tun zu haben. Aber … aber wenn ich mich Karl nicht beuge, bringe ich Schande über sie.«

»Wie merkwürdig«, sagte Johanna leise. »Du bringst ein Opfer für sie – und schenkst ihr doch seit deiner Genesung keinen freundlichen Blick. Was immer du für sie tust, hat keinen Wert, wenn sie nicht davon weiß.«

Er blickte auf. »Sie kann mir nicht verzeihen, was ich mit Madalgis …« Er brach ab.

»Sie muss dir verzeihen … aber du ihr offenbar auch.«

Schweigend ergriff Johanna Balduins Hand. Sie hielt sie nicht lange. Kaum hatte sie sie bekräftigend gedrückt, hörten sie Schritte, die sich näherten. Balduin rechnete damit, dass Judith zurückkehrte, an der Seite des *Mansionarius*. Doch es war ein fremdes Gesicht, das sich ihnen mit deutlichem Widerwillen näherte.

»Balduin?«, fragte der Mann herablassend, wiewohl es den Anschein hatte, dass er durchaus wusste, wen er vor sich hatte. Nicht zufällig verzichtete er wohl auf jede Anrede.

»Der bin ich«, entgegnete Balduin und erhob sich schwer.

»Kommt mit mir«, erklärte der Mann sichtlich ungeduldig. »Der König erwartet Euch.«

Judith musterte die Frau, die den Lagerraum betreten hatte. Sie war sich nicht sicher, wann sie sie zum letzten Mal gesehen hatte, nur, dass deren Blick auch damals nicht unbedingt freundlich ausgefallen war. Ihre Augen waren von verwaschenem Grau, ihre Wangen spitz und eingefallen und ihre Gesten von unerträglicher Langsamkeit. Darin war sie Judith immer ein Vorbild gewesen – in dieser Würde, mit der sie über die Unbill des Lebens hinwegblickte, in dieser kühlen Verächtlichkeit, mit der sie die Nase rümpfte, in diesem Willen, sich notfalls zwar zu beugen, aber sich niemals brechen zu lassen. Doch als Judith ihr nun Auge in Auge gegenüberstand, vermeinte sie sich selbst in ihrer hässlichsten, unerträglichsten, abstoßendsten Weise zu erkennen. Sie setzte alles daran, nicht zu erschaudern.

»Guten Tag, Mutter«, sagte sie ruhig.

Königin Irmintrud trat näher. Sie war eine Frau von etwa vierzig Jahren, geboren in Orléans, früh mit dem Kaisersohn verlobt. Es war eine passende Verbindung, wenngleich sich ihr Vater zeitweise nicht sicher gewesen war, ob sich diese Ehe tatsächlich für die Tochter lohnen würde und es Karl gelänge, sich gegen die Übermacht der älteren Brüder durchzusetzen.

Irmintrud musterte ihre Tochter regungslos. Nur leicht, ganz leicht hob sich ihre Augenbraue. »Du besitzt tatsächlich die Dreistigkeit, hier zu erscheinen«, sagte sie schließlich. »Ich hatte gehofft, du besäßest genügend Schamgefühl, deinen… Mann allein kommen zu lassen.«

Judith lag es auf der Zunge aufzubegehren. Dass der Vater sie ebenso an den Hof gebeten hatte wie Balduin. Dass sie vieles gelernt hatte – nur nie, dass eine ihres Ranges kneifen durfte. Doch dann dachte sie, dass ihre Mutter es gewiss darauf angelegt hatte, ihr mit den Worten zuzusetzen. Darum ging sie nicht darauf ein, sondern antwortete mit einer Gegenfrage: »Welches deiner Kinder enttäuscht dich eigentlich am meisten, Mutter?«

Irmintrud kniff ihren Mund zusammen, rümpfte kaum merklich die Nase und wandte sich zu gehen.

»Ich meine«, rief Judith ihr nach, »jedes Einzelne hat dir doch Kummer und Sorgen bereitet. Karl ist verschlagen und gewalttätig, lässt sich von Pippin beeinflussen und rebelliert gegen den Vater. Lothar und Karlmann sind nicht ganz richtig im Kopf…«

»Lothar ist ein frommer Mann!«, fiel Irmintrud ihr scharf ins Wort.

»Er wurde zwangstonsuriert!«, gab Judith zurück. »Weil Ihr Angst hattet vor einem weiteren Sohn, der sich auflehnen und nach Vaters Macht greifen könnte!«

Langsam, wieder unerträglich langsam trat Irmintrud zurück zu ihr. Gleichwohl sie nicht die Absicht zu haben schien, sich mit der Tochter auszusprechen, sah sie sich nun offenbar gezwungen, länger zu verweilen und mehr Worte zu machen, als es ihr ursprünglich notwendig erschienen war. »Es war das Richtige für ihn«, stellte sie schließlich fest.

Diesmal unterdrückte Judith ihr Schaudern nicht. »Ja! Eben weil er schwachsinnig ist und jegliche Revolte niemals die seine gewesen wäre, sondern immer nur die falscher Einflüsterer. Und da du so großen Wert auf Haltung und Selbstbeherrschung, ja, auf Verstellung legst, muss es dich doch bitter stimmen, einen Sohn in die Welt geworfen zu haben, der nicht genügend Geistesgaben hat, um solche Selbstbeherrschung von sich aus aufzubringen, den man wegsperren muss, damit er nicht peinlich wird. So wie ich dir offenbar auch peinlich bin, weil ich es wage, hierherzukommen.«

Ihre Stimme überschlug sich, nahm den aufgeregten Klang eines kleinen Kindes an, das so viel zu sagen hat und doch der Zunge nicht mächtig ist, um alles geordnet hervorzubringen.

Irmintruds Mund kräuselte sich in jener Weise, wie es auch Judith zu eigen war, wenn sie Spott bekunden wollte. »Was wirfst du mir eigentlich vor?«, fragte sie.

»Ich dir, Mutter? Du bist es doch, die mir zürnt! In deinem Gesicht steht es doch allzu deutlich geschrieben! Wie unmöglich es von mir war, Balduin zu heiraten, und das zur gleichen Zeit, da Ludwig sich gegen Vater erhob!«

»Deine Brüder sind Männer, es ist bedauerlich, dass sie sich gegen deinen Vater aufgelehnt haben, aber das liegt in ihrer Natur. Du hingegen bist eine Frau.«

Jedes Wort klang langsam und gesetzt. Irmintrud sprach leise, fast nuschelnd, und richtete die Spitze ihrer Worte doch treffsicher auf jene Wunde, die Judith am meisten schmerzte.

Nie war ihr aufgefallen, dass sie so viel mit der Mutter gemein hatte. Genau betrachtet hatte sie sich in den letzten Jahren nicht einmal an ihr Gesicht erinnern können, nur an diesen dunklen, irgendwie immer bedrohlich wirkenden Schatten der Kindheit, der niemals laut wurde und dessen Worte doch eine so vernichtende Macht entfalten konnten.

»Hast du immer noch nicht verwunden, dass das erste Kind,

das du deinem Gatten geschenkt hast, nur eine Tochter war?«, fragte sie.

»Rede keinen Unsinn!«, gab Irmintrud zurück. »Es war Gottes Wille – und ich, ich bin keine, die sich dagegen auflehnt.«

»Du hast Recht. Dass ich eine Frau bin, war nie das, was dich störte. Ich kann mich erinnern, dass du mich sogar sehr gerne in die Pflichten einer solchen eingewiesen hast, mich darüber belehrt hast, wie man einen königlichen Hof zu führen hat. Erstaunlich nur, dass du diese Pflichten heute selbst nicht beachtet hast und es in deinem Sinne scheint, dass Balduin und ich auf dem nackten Boden schlafen. Sei's drum. Das, was du mir nicht verzeihen konntest, war, dass ich vor der Hochzeit mit Ethelwulf drei Tage geweint habe. Welch unerträgliche Schwäche einer Königstochter! Und welch Schande, die da auf dich abgefärbt hat!«

»Weil es damals schon zeigte, wie aufmüpfig und unbeherrscht du bist!«

Judith war nicht bewusst gewesen, wie übermächtig damals ihr Schmerz gewesen war, die Enttäuschung über die Kälte der Mutter. Erst jetzt, da sie das erste Mal seit Jahren in Irmintruds verhärmtes, missgünstiges Gesicht blickte, verkrampfte es ihr Brust und Kehle. Sie wusste nicht, was sie sich damals von der Mutter erhofft hatte, gewiss nicht Protest gegen die bevorstehende Eheschließung. Jene war beschlossene Sache, es wäre ihr auch nicht in den Sinn gekommen, ungehorsam zu sein. Aber da war etwas, was sie nicht nur verletzt, sondern zutiefst entsetzt hatte, das bis jetzt weiterwucherte und nur mit Hohn und Kälte und Erstarrung im Zaum zu halten war. Später, viel später hatte sie gelernt, den Menschen in die Herzen zu schauen, und es war nicht mehr befremdend, ihre Abgründe zu erforschen, sondern eine Möglichkeit, sich deren schäbiger Seiten zu bemächtigen und sie mit steifem Lächeln vorzuführen – meist zu des anderen Scham oder Ärger. Aber die Gefühlsregung der Mutter hatte sie damals unvorbereitet getroffen. »Warum?«, hatte Irmintrud damals mit einer feinen, leisen Stimme gefragt, in der fast ein Hauch von Vergnügen mitschwang, »warum glaubst du, sollte es dir besser ergehen als unsereinem? Warum maßt du dir an, über dein Geschick zu weinen?«

Judith schluchzte auf, und es war ihr gleich, dass es die andere hörte. Noch ehe sie darüber spotten konnte, schluckte Judith und fuhr sie schroff an: »Du warst immer stolz darauf, dass an dir nichts zu tadeln war, dass du meinem Vater stets gehorcht hast – ganz anders als deine Kinder. Vielleicht hat es dir sogar gefallen, dass wir uns aufgelehnt haben, so konntest du den Lorbeerkranz für Demut und Unterwerfung ganz allein für dich beanspruchen!«

»Halt deinen Mund!« Erstmals schwankte Irmintruds Beherrschung – und Judith fand inmitten ihres Schmerzes diebische Freude daran, jene Schwäche auszukosten.

»Aber all das hat dich nicht glücklich gemacht!«, rief sie. »Du bist verbittert, und wenn du mir irgendetwas nicht verzeihen kannst, dann, dass ich es womöglich nicht bin. Manchmal fühle ich mich zerstört, aber ich bin nicht … nicht so erloschen wie du! Ich habe nicht nur alles mit mir geschehen lassen, ich habe selbst über mein Leben bestimmt.«

Irmintrud schüttelte langsam den Kopf und fand darob die starre Haltung wieder. »Dass du es wagst, dich dessen auch noch zu rühmen«, sprach sie. »Papst Nikolaus bat den König, Balduin zu verzeihen und ihn in Gnaden wieder aufzunehmen, und auch mir hat er geschrieben! Dass es Balduins alleinige Schuld wäre, stand in seinem Brief, dass er sich jedoch reumütig gezeigt habe. Ha!«

»Wenn es tatsächlich nur Balduins Schuld gewesen wäre und ich daran verzweifeln würde, ja, wenn er mich zu etwas gezwungen hätte, was ich nicht wollte – oh, du würdest mich in den Arm nehmen und mich an dich pressen! Wäre ich nur unglücklich und würde es duldsam und still ertragen, so wärst du stolz auf mich. Aber als glückliche, befreite Tochter bin ich nichts weiter als ein Stachel in deiner Seele.«

Nie hatte Irmintrud sie zuvor berührt, aber als Judiths herzerweichendes Schluchzen sich am Tag vor der Hochzeit beruhigt hatte, hatte sie zuerst ihre knöchrigen Hände ausgestreckt, um ihr die Tränen von den Wangen zu wischen, und dann hatte sie Judiths Kopf an ihre Brust gepresst. Von diesem Tag an war sich Judith sicher gewesen, dass sie selbst nie wieder würde weinen können. Von jener vertraulichen Stunde mit Balduin abgesehen, hatte sie es auch nie wieder getan – bis jetzt. Heiß und salzig flossen ihr die Tränen aus den Augen; zuerst schämte sie sich dafür, weil sie sie verräterisch und entblößend deuchten. Zuletzt erfreute sie sich trotzig an dem endlosen Fluss. Dass Irmintrud verächtlich und irgendwie verwirrt darauf blickte, schien ihn nur noch mehr zu speisen.

»Dein Vater mag sich mit euch versöhnen, weil er nicht anders kann«, sagte Irmintrud. »Ich weiß, dass Balduin gedroht hat, sich ansonsten mit den Normannen zu verbünden, was das schäbigste von all seinen Vergehen ist. Aber ich, ich werde euren Bund ganz gewiss nicht segnen.«

Judiths Tränen versiegten. Sie wischte sie nicht weg, aber sie fühlte sich erstarkt genug, um wieder aufzublicken. Einen Moment kämpfte sie mit sich, irgendetwas zu sagen, was die Mutter trotz allem versöhnlich stimmen konnte, doch dann gab sie es auf.

»Ich brauche deinen Segen nicht, Mutter«, sagte sie leise.

Irmintrud wandte sich endgültig ab. »Du bist eine Schande für dein Geschlecht«, sagte sie anstelle eines Abschiedswortes.

Ebenso wie zuvor, da er in Judiths Begleitung in der Pfalz eingetroffen war, schienen alle Menschen zu erstarren, kaum dass Balduin in ihre Nähe kam. Doch sobald er ihnen den Rücken zugekehrt hatte, hörte er das Raunen hinter sich. Er wusste nicht, ob es von Verachtung oder Missgunst genährt war, von Hohn oder Hass, aber seine Wunde begann schmerzhaft zu pochen, als sie das Hauptgebäude erreichten und eine Treppe zum Saal hochstiegen, der sich hier – anders, als er es kannte – im ersten Stock befand. An jeder Ecke standen kleine Grüppchen, einige von ihnen waren wohl die *Consiliarii,* die engsten Berater des Königs; andere wurden durch ihre Kleidung und ihre Tonsur als Geistliche ausgewiesen. Von ihnen allen blickten die Kapläne der Hofkapelle am gelangweiltesten, waren ihnen doch kaum andere Dienste zugewiesen als die Berechnung des Ostertermins und die Vorbereitung kirchlicher Feiertage.

Ehe sie den Saal erreichten, musste Balduin innehalten, um den Schmerz in seiner Wunde zu beschwichtigen. Widerwillig blieb auch der Mann, der ihn hierhergebracht hatte, stehen. Balduins Blick fiel auf dessen tintenbefleckte Fingerkuppen. Offenbar war der Mann einer der Notare, die Briefe und Urkunden des Königs schrieben oder aber kurze Notizen in Form der »Tironischen Noten« machten – jener Schrift, die viel schneller geschrieben werden konnte als die üblichen Minuskeln, jedoch nur für einen kleinen Kreis von Eingeweihten lesbar war.

»Wenn… wenn der König mich sehen will«, setzte Balduin störrisch an, »dann sollte mich doch meine Frau begleiten, oder nicht?«

Der Mann runzelte verächtlich die Stirne und lachte leise auf. Erst jetzt ging Balduin auf, dass es wohl kein Zufall gewesen war, dass er ausgerechnet dann zu König Karl geholt wurde, als Judith sich auf die Suche nach dem *Mansionarius* begeben hatte. Was immer ihr Vater damit bezweckte, wenn er nur ihn, nicht aber seine Tochter empfing, war wohl als Affront gedacht.

»Den König lässt man nicht warten«, zischte der Mann. »Er empfängt unzählige Besucher – oft bis spät in die Nacht. Also, kommt!«

Er sprach es, wandte ihm naserümpfend den Rücken zu und betrat den Saal. Balduin folgte ihm mit schlimmen Schmerzen und nicht minder quälendem Unbehagen. Hatte er eben schon gemeint, er könne sich nicht bloßgestellter fühlen, merkte er nun, dass die größte Prüfung noch bevorstand. Im Hof und in den Gängen waren die Grüppchen zufällig beisammengestanden, um ihn zu belauern. Hier jedoch bildeten die Versammelten ein Spalier, einzig zum Zweck, jede seiner Gesten zu beobachten. Der Weg zum Thron, der an der Stirnseite des Saales stand, schien ihm ewig, und nachdem er die ersten Schritte in diese Richtung gemacht hatte, gewahrte er, dass ihm – von der Galerie aus – noch mehr Leute zusahen.

Er musste seine Zähne zusammenbeißen, auf dass in seiner Miene kein Zeichen von Schmerz oder Schwäche abzulesen war. Diesen Triumph mochte er ihnen nicht gönnen – jenen »Großen« des Reichs, den Adeligen mit dem meisten Besitz und Einfluss, die viele Monate des Jahres am Königshof weilten, um sich ebenso argwöhnisch zu beäugen wie den Herrscher selbst. Wer sich hier einen Moment der Unaufmerksamkeit erlaubte, musste nicht selten erleben, wie aus vermeintlicher Treue erbitterte Gegnerschaft wurde, und wer immer dem König seine Gunst bewies, tat es selten aus Liebe zu ihm, sondern nur, um sich vor seinen Nachbarn oder Verwandten als einer auszuweisen, der einflussreich war.

»Eine Schlangengrube«, hatte Judith einmal über den Königshof geurteilt, und jetzt, da die Anwesenden dicht an ihn herantraten, den Weg bis zum Thron wohl absichtlich verengten – er konnte nicht nur ihre Blicke, sondern auch ihren heißen Atem spüren –, musste Balduin an jenes harsche Urteil denken und ihr Recht geben.

Die Erinnerung daran, wie er einst vor vielen Jahren schon einmal vor dem König gestanden und aus seiner Hand ein Lehen erhalten hatte, verblasste. Was immer sich damals zugetragen hatte, es war gewiss nicht so quälend und menschenreich vonstatten gegangen wie heute.

Balduin hoffte, dass ihm inmitten all der angespannten Leiber nicht der Schweiß ausbrechen würde. Er kämpfte darum, seinen Atem ruhig zu halten. Endlich wurde die Menge lichter; er hatte des Königs Thron erreicht und führte den obligatorischen Fußfall aus, erleichtert, nicht länger gehen zu müssen. Dann erst hob er vorsichtig den Blick.

König Karl saß mit gespreizten Knien und leicht zurückgesetzten Beinen, die eng mit roten Bändern – den *Fasciolae* – umwickelt waren. Die Schuhe hatten – wie die eines jeden Herrschers – eine aufwändige Goldverzierung und ein purpurn scheinendes Innenfutter. In der rechten Hand hielt er das lange Zepter, in der linken ein weiteres Insignium seiner Herrschaft: die Heilige Lanze, in der Teile eines Nagels vom Kreuz Christi eingeschlossen waren. Über einer blauen Tunika mit goldenen Mustern trug er einen violetten Mantel mit edelsteinbesetztem Goldrand. An den Schultern hing lose befestigt ein Zobelpelz. Sein rötlicher Bart war unter dem Kinn sorgfältig zurechtgestutzt, während er links und rechts herabhing, kaum dichter als das schüttere Haupthaar, auf dem eine goldene Krone saß, die ebenfalls mit Edelsteinen verziert war.

Balduin erwartete von ihm den gleichen Blick wie von den anderen – abschätzend, misstrauisch, verächtlich. Doch König Karls Augen waren so ausdruckslos, als wüsste er nicht, wen er vor sich hatte und dass dieser sich gegen ihn aufgelehnt hatte. Balduin hatte nicht den Eindruck, dass sich irgendetwas in der Miene des Königs verändert hatte, als er vor ihn getreten war. So gelangweilt, wie der König verharrte, war es ungewiss, ob er ihn mit deutlicher Missachtung zu strafen suchte oder ob er einfach abgestumpft war vom Zeremoniell des Tages. Lange und ermüdend musste dieses oft sein, vor allem, wenn er nicht im kleinsten Kreis heimliche Entscheidungen traf, sondern Vasallen empfing oder Männer dazu machte – einige von ihnen zu *Vassi casati*, nämlich zu jenen Vasallen, die für ihre Treue ein Lehen erhielten, andere zu *Vassi non casati*, die keinen eigenen Besitz hatten und für ihren Kriegsdienst direkt vom Herrscher versorgt werden mussten.

Balduin zögerte, den Blick vom König zu wenden, versuchte aber aus den Augenwinkeln heraus zu erkennen, wer sich in seiner unmittelbaren Nähe befand. Da waren weitere Geistliche und Notare und ein Bischof, der als Einziger saß, obendrein an der rechten – bevorzugten – Seite des Königs: Hinkmar von Reims, mit seiner schnabelförmigen Nase, der einst Judiths ersten Fluchtversuch aus Senlis vereitelt und sie beide nach dem zweiten exkommuniziert hatte. Auch er blickte Balduin gleichgültig an wie einen Fremden.

Balduin konnte sich trotz seiner Schmerzen eines kurzen Triumphes nicht erwehren. Noch mehr als König Karl hatte Hinkmar wohl damit zu hadern, dass er – sich dem Willen des Papstes unterordnend – das verirrte Paar wieder in den Schoß der Kirche aufnehmen musste. Balduins Triumph verlosch freilich augenblicklich, als er begriff, dass Hinkmar alles tun würde, um diesen Akt so erniedrigend wie nur irgend möglich ausfallen zu lassen. Er wurde in dieser Erwartung nicht getrogen, denn nun begann einer der Notare zu sprechen oder vielmehr: zu befehlen.

Balduin möge dem König die Hände reichen, hieß es, ehe auch nur ein einziges erklärendes Wort fiel, zu welchem Zweck er hier war. Und das bedeutete wiederum, dass König Karl ihm zwar sein Lehen zurückgeben würde, aber nicht bereit war, ihn mit einem Grußwort willkommen zu heißen.

Zögernd rutschte Balduin auf seinen Knien zum Thron hin und verbiss sich ein Stöhnen, als sich die Wunde wieder unangenehm zusammenzog. Hoffentlich blutete er nicht. Kalt waren seine Hände, als er sie dem König reichte – als Zeichen, dass er sich vollends in seine Verfügungsgewalt gab, ähnlich so, wie die Heiligen im Himmelreich Gott dienten. Die Finger des Königs legten sich auf seine, aber drückten nicht zu. Balduin spürte seine Haut nicht, denn er trug weiße Handschuhe. Bis auf jene Regung blieb Karl starr, sein Blick ausdruckslos. Nur ein klein wenig hoben sich seine Augen, um über Balduin hinwegzublicken. Noch erwartete Balduin, dass der König nun selbst das Wort an ihn richtete, doch als hinter ihm die gleichgültige Stimme des Notars fortfuhr, wurde ihm klar, dass Judiths Vater nicht zu ihm sprechen würde.

Das Gebiet wurde genannt, das künftig sein Lehen ausmachen würde, und mit den Namen jedes Ortes, der dessen Grenzen festlegte, wuchs Balduins Unbehagen. Er hatte damit gerechnet, wieder Graf von Flandern zu werden – ein zwar umkämpfter, aber doch nur schmaler Küstenstreifen. Jetzt freilich erfuhr er, was sich König Karl – oder vielleicht war es auch Hinkmar von Reims – für ihn ausgedacht hatte: etwas, was nach großer Gnade klang

– und zugleich nach bitterster Strafe. Denn zu dem bisherigen Gebiet um Brügge und Sluis kamen überraschend jenes um die Stadt Gent und viele andere Orte, deren Namen er noch nicht einmal kannte. Zahllos waren die Bedrohungen und Feinde, die ihn dort erwarten würden – vom nördlichen Meer kommend oder von Friesland, wo sich Rorik gewiss etwas einfallen lassen würde, um sich für den Bruch ihres Abkommens zu rächen. Mit Letzterem hatte er erreicht, dass der König einlenkte. Doch der Preis, den er dafür zu zahlen hatte, fühlte sich an wie ein unerträglich schweres Gewicht, das seine Schultern niederdrückte. Er gewahrte nicht, dass einer der Männer ihm zunickte, er möge sich nun erheben. Das tat er erst, als ein Mönch dicht an ihn herantrat, ein Evangeliar in der Hand, auf das er den Lehnseid schwören musste. Unscharf erinnerte er sich daran, dass es beim letzten Mal eine Reliquie gewesen war.

Der Mönch sprach ihm die Worte vor, und er wiederholte sie, ohne dass sie seinen Geist ausfüllten. Jener kreiste um die stetig gleichen Gedanken. Ich wollte nicht mehr gegen die Normannen kämpfen – und jetzt muss ich es mein Leben lang tun. Aber wozu? Wozu? Für wen? Für Judith?

»Durch diesen Eid verspreche ich, meinem Herrn, dem sehr frommen König Karl, Sohn von Kaiser Ludwig und Kaiserin Judith, treu zu sein, wie von Rechts wegen ein Vasall seinem Herrn zur Erhaltung seines Reiches und zur Wahrung seines Rechtes treu sein soll. Und ich werde und will diesen von mir geschworenen Eid halten, so wie ich es weiß und verstehe, künftig von diesem Tage an, wenn mir Gott, der Schöpfer des Himmels und der Erde, helfe.«

Nach seinem Schwur herrschte langes Schweigen. Der Mönch schloss das Evangeliar, der König blickte ausdruckslos, nur Hinkmar von Reims trat schließlich mit verschlagenem Grinsen vor.

»Nun, Graf Balduin von Flandern«, erklärte er höhnisch, »Ihr seid nun in dem Rang, dass Euch der König die Eheschließung mit seiner geliebten Tochter Judith gestattet. Sie wird morgen stattfinden.«

Balduin hörte, wie hinter ihm Raunen aufbrandete, und konnte trotz aller Beherrschung nicht verhindern, dass ihm Röte ins Gesicht schoss. Das also hatte sich Hinkmar als größte Demütigung ausgedacht: dass sie noch einmal heiraten und somit vor aller Welt beweisen mussten, dass sie bislang ohne rechtmäßigen Bund zusammengelebt hatten.

»Ich war der Meinung«, fuhr Hinkmar fort, »dass Ihr zuvor einige Monate Kirchenbuße für Eure Unzucht leisten solltet. Doch die meisten meiner Amtsbrüder waren gnädig gestimmt und haben darauf gepocht, dass die Ehe nun ohne Aufschub zu vollziehen sei. Nur solcherart fände Eure Sünde ein Ende und würde nicht auch noch vermehrt.«

Hinkmars Grinsen schwand von seinen Lippen; er setzte sich wieder.

Balduin wartete darauf, dass nun Judiths Mitgift benannt würde, doch der Notar, der ihn hierhergebracht hatte, trat an seine Seite und winkte ihm zu gehen. Mochte er dem König auch abgerungen haben, ihm Land zu geben – darunter solches, welches er nie gewollt hatte –, offenbar würde er nun mit Judith über lange Jahre gezwungen sein, in Armut dort zu leben.

Wozu?, dachte er wieder, als er durch das Spalier zurückging. Wozu … wenn Judith mich doch verachtet …

Diesmal kämpfte er nicht gegen seinen Schwindel. Er gab ihm nach und stützte sich gegen eine Säule, kaum dass er den Saal verlassen hatte. Immer noch hielt das Raunen hinter ihm an, und er glaubte Gelächter daraus zu hören. Er griff sich an die Wunde, und als er die Hand zurückzog, war sie blutig.

Judith merkte erst, dass sie niedergesunken war, als Johanna sie fand. Sie musste sich wohl an die Mauer gelehnt haben, nachdem ihre Mutter sie alleine gelassen hatte, ihre Knie mussten nachgegeben haben. Sie hielt ihren Kopf darin vergraben und blickte nur kurz auf, als Johanna zu ihr trat.

Sie war sich nicht sicher, ob jene sie belauscht hatte; eigentlich war ihr das auch gleich.

»Ich will nicht so werden wie sie... wie meine Mutter Irmintrud«, murmelte sie. »So verhärmt, so missgünstig, so voller Neid... so unglücklich. Ja, ich will es nicht werden. Aber vielleicht bin ich es schon... bin ich es schon lange.«

Johanna hockte sich neben sie, sehr langsam, sehr umständlich, es tat ihr sichtlich in den Gelenken weh. »Weißt du, dass auch Balduins Vater Audacer seinen Sohn hasste?«, fragte sie. »Dass er ihm nicht vergeben konnte, dass seine Frau bei Balduins Geburt starb?«

»Balduin ist anders als ich... Er ist manchmal trotzig, gekränkt, aber nie so hart. Ich glaube, er kann es viel klarer benennen und zeigen, wenn ihn etwas verletzt.«

»Das stimmt nicht«, sagte Johanna. »Als er vom ersten Kampf mit den Normannen wiederkehrte, da war er wie tot.«

»Ich weiß.«

»Er hat dir erzählt, was damals geschehen ist?«

Judith blickte hoch. Obwohl ihre Feindseligkeit verloschen war, fürchtete sie immer noch, in Johannas Gesicht auf den altbekannten Neid zu stoßen. Bis jetzt war es ihr immer leichtgefallen, ihn an sich abprallen zu lassen, aber heute hatte sie Angst, er wäre zu viel für das überreizte Gemüt. Doch Johanna blickte nicht neidisch, nur erleichtert.

»Das ist gut«, murmelte sie, »dass er sich dir anvertraut hat, meine ich. Dass er es nicht mit sich herumschleppt. Du musst erreichen, dass es wieder so wird zwischen euch.«

»Es ist zu viel geschehen.«

»Nichts, was nicht wiedergutzumachen wäre. Judith...«, sie hatte bislang fast nie ihren Namen gesagt, »Judith... Du musst dich mit Balduin aussöhnen. Ich weiß nicht, ob man es dir gesagt hat. Aber eben schwor er dem Kaiser den Eid. Er wird wieder sein Vasall. Das ist ein großes Opfer für ihn, vielleicht sogar ein zu großes, und er wird es nur ertragen können, wenn du es anerkennst.«

Sie sprach nicht nur eindringlich, sie legte auch ganz vorsichtig ihren Arm um Judiths Schultern. Judith erstarrte, wollte ihn schon wegschütteln. Das letzte Mal, da sie Johannas Hände gefühlt hatte, waren sie ihr wie Klauen erschienen und hatten sich bedrohlich um ihren Hals gelegt. Doch dann blieb sie ruhig hocken, gewährte der anderen diese Berührung.

»Ich wollte nie, dass er Kriege führt«, sagte sie schlicht.

»Ich weiß«, antwortete Johanna, »ich weiß, es widert dich an. Du hast es ihm oft genug zu verstehen gegeben. Aber du brichst ihm sein Herz, wenn du ihn weiterhin dafür verachtest. Du musst ihm die Gewissheit geben, dass er sich richtig entschieden hat. Du musst ihm zeigen, dass sich sein Opfer lohnt!«

»Du redest stets von einem Opfer! Was für ein Opfer denn? Die Normannen abzuschlachten? Soll ich ihm mein Leben lang dabei zusehen, wie er zum Töten aufbricht – und vielleicht nicht wiederkommt? Das ertrage ich nicht!«

Johannas Griff verstärkte sich. »Er doch auch nicht. Aber du solltest nie zugeben, dass du es weißt und dass du wie er empfindest. Du musst ihm deine Dankbarkeit für seine Entscheidung zeigen, nur so kann er damit leben. Was er tut, muss sich lohnen, und der einzige Lohn, der auf Dauer für ihn zählt, ist deine Liebe.«

Judith schwieg lange. Die Haut ihrer Wangen spannte sich unangenehm, erinnerte sie daran, dass ihre Mutter sie zum Weinen gebracht hatte. Nun waren die Tränen verkrustet.

»Soll ich lügen?«, fragte sie schließlich leise.

»Liebst du ihn etwa nicht?«

Judith zuckte ihre Schultern, woraufhin Johanna ihren Arm zurückzog, langsam und ächzend aufstand.

»Ich habe ihn erkannt«, murmelte Judith. »Und du hast Recht – in manchem ist er mir ähnlich, ist er mir ein Ebenbild. Er ist nach außen stark und im Inneren zerstört. Er weiß, was er will, und tritt dafür ein, doch ein Teil seiner Seele ist zu Asche verbrannt. Wie meine. Ja, ich glaube, ich liebe ihn.«

»Dann solltest du lügen, was seine Zukunft als Krieger anbelangt«, riet Johanna. »Um seinet- und um deinetwillen. So wie ich es einst tat, als er ein kleines Kind war und an der Ausbildung fast zerbrochen ist. Er hat Trost bei mir gesucht – und auch gefunden. Aber danach habe ich ihn weggeschickt… zu Arbogast… später in den Krieg. Wäre ich nicht gewesen, er hätte es nicht vermocht. Vielleicht war das ein Fehler. Vielleicht hätte er ein anderes Leben führen müssen. Aber dafür ist es zu spät. Und jetzt, Judith, musst du an meine Stelle treten und ihm Kraft geben, auf dass er an seinen Aufgaben nicht zugrunde geht.«

Sie wartete, bis auch Judith sich erhob, und ging erst dann von ihr. Der Blick, mit dem sie sie zuletzt musterte, war mitleidig, als wüsste sie genau, was in ihr vorging – und als könnte sie ihr doch nicht helfen.

XXXVIII. Kapitel

Als Judith eintrat, drehte sich Balduin nicht nach ihr um, sondern blieb steif stehen, als habe er sie nicht gehört. Er wirkte blasser und ausgezehrt, als ob die Begegnung mit dem König ihm nicht minder zugesetzt hätte als die lebensbedrohende Wunde. Judith ahnte, dass sie ihm Schmerzen bereitete, dass er jedoch zu stolz war, es zuzugeben.

Auch ihr fiel es schwer, Worte zu finden, wenngleich nicht aus Stolz, sondern weil sie nicht wusste, welches von dem vielen Gerümpel, das da zwischen ihnen stand, sie zuerst wegräumen sollte. Sie wusste auch nicht, in welcher Rolle sie zu ihm trat – als Bittstellerin, weil er den Lehnseid geschworen und somit auch ihre Zukunft gesichert hatte, oder als großmütige Vergeberin, weil sein Betrug mit Madalgis nach Krankheit und Todesnähe nicht mehr zu zählen schien. Sie konnte sich nicht entscheiden. Sie wusste auch nicht, was sie erreichen wollte – ihm ein Geständnis abringen, dass er sie liebte und begehrte, oder einfach nur die nüchterne Zustimmung, dass es besser war, ohne Zank und Hader zusammenzuleben. Dass sie eine brauchbare Übereinkunft treffen mussten, wie sich ihre Ehe fortan friedlich gestalten ließe.

Sie zögerte zu lange, denn schließlich ergriff er an ihrer Statt das Wort.

»Willst du mich nach Brügge begleiten … oder nach Gent? Ich weiß nicht, wo genau ich da droben im Norden leben werde«, sagte er gleichgültig. »Du könntest auch in Laon bleiben, am Hofe deines Vaters, oder dich in ein Kloster zurückziehen. Sämtliche Wege stehen dir offen.«

Sie seufzte, und erst als dieser schwache, trostlose Laut verklungen war, da war sie sich einer Sache sicher. Nicht dessen, was sie zu erreichen, aber dessen, was sie zu meiden suchte: Sie wollte nicht, dass er ihr gegenüber so gleichgültig war.

Vorsichtig trat sie zu ihm und lehnte sich an ihn, merkte, wie er versteifte, und spürte zugleich die Wärme seines Körpers. »Ich bleibe an deiner Seite«, erklärte sie ruhig.

Kurz war ihr, als würde er die Luft anhalten und hernach schneller atmen. Doch jener Laut war trügerisch, und ihm folgten keine Worte. Da tat sie es wie einst in ihrer Hochzeitsnacht, mied zwar seinen Blick, aber nicht seine Nähe, indem sie sich hinter ihn stellte, sich dicht an ihn schmiegte, ihr Kinn fest in seinen Rücken bohrte. Im Laufe der Genesungszeit waren seine Muskeln geschwunden, doch sein Rücken war immer noch hart.

Jetzt endlich reagierte er.

»Dein Vater schickt mich an vorderster Front in den Krieg gegen die Normannen«, sagte er mit rauer Stimme. »Und du hasst den Krieg. Es würde dir keine Freude machen, mit mir zu leben.«

Sie schluckte schwer, doch dann sagte sie entschlossen: »Du irrst dich, Balduin. Ich … ich habe meine Meinung geändert … in jenen Tagen, da ich glaubte, du würdest von uns gehen, gefällt vom Schwert eines dieser verfluchten Normannen … Ich weiß nicht, wann die Zeit des Friedens anbricht zwischen ihrem Volk und dem unseren. Aber jetzt ist sie noch nicht gekommen. Ich … ich habe um dein Leben gezittert … und wenn ich dazu fähig gewesen wäre, dann hätte ich dich selbst verteidigt, mit aller Gewalt, selbst wenn es notwendig gewesen wäre zu töten. Warum soll ich dir vorwerfen, dass du dich selbst verteidigst … dass du mein Volk schützt? Du bist … mein Krieger.«

Eine Weile stand er starr, dann drehte er sich abrupt um. Seine Augen waren immer noch ausdruckslos wie zuvor, aber seine Mundwinkel zuckten. »Es ist jetzt nicht die Zeit für Spott und Hohn, Judith«, entfuhr es ihm scharf.

Sie hielt seinem kalten Blick stand. »Ich spotte nicht, Balduin. Du bist mein Krieger. Du wirst für mein … für unser Land kämpfen. Und ich werde an deiner Seite leben. Ich werde hinter dir stehen. So, wie es einer Frau gebührt.«

Kaum merklich verdrehte er die Augen; sie wusste nicht, ob aus Überdruss oder weil er ihren Blick zu meiden suchte. »Das bist du nicht, Judith«, sagte er schließlich. »Nein, das bist du nicht.«

»Und wenn ich's doch wäre… für dich?«

Ein ähnliches Seufzen, wie es eben ihrer Kehle entfahren war, tönte nun über seine Lippen. Bei ihr war es traurig gewesen, bei ihm klang es schmerzvoll.

»Ich werde dich nie wieder verachten, weil du ein Krieger bist«, setzte sie hinzu. »Verachte du mich nicht, weil ich nicht aus der Haut einer Königstochter… einer Königin schlüpfen kann. Dann wird es gut werden zwischen uns.«

Sie war sich nicht sicher, ob sie die Wahrheit sprach oder log. Wenn Zweiteres der Fall war, so hoffte sie, dass der Zauber der Lüge stark genug war, um ihrer niemals überdrüssig zu werden, dass die Scherben der verletzten Wahrheit nicht ausreichend scharf waren, um so tief zu schneiden wie frühere Kränkungen.

Vorsichtig hob sie die Hand, strich ihm über das bleiche Gesicht, spürte eine kleine, kaum merkliche Erhebung – eine Narbe, die ihm das Leben vor langer Zeit geschlagen hatte. Sein Blick erwärmte sich, blieb aber starr. Sorgfältig folgte sie den Konturen seines Gesichts, berührte Nase, Wangen, Lippen, Kinn. Als ihre Hand tiefer rutschte, packte er sie und hielt sie fest.

»Ich habe es schon einmal gesagt: Ich will nicht von dir belohnt werden«, flüsterte er kaum hörbar. »Ich will nicht, dass du mich kaufst.«

Sie stutzte, aber nur kurz. Dann entzog sie ihm sanft ihre Hand, trat zurück, ohne ihn aus den Augen zu lassen, ließ sich am Rand des Bettes nieder.

»Dann bereite du mir Lust«, forderte sie ihn auf, während sie mit schnellen Griffen zuerst den Schleier von ihren Haaren löste, dann die Flechten, die es zusammenhielten. Nun fiel es ihr offen über den Rücken. »Gib du mir, was ich dir nicht geben soll.«

Ihre Worte klangen ebenso lockend wie unsicher. Einen Augenblick lang wusste sie nicht, ob sie ihn ausreichend betören konnte, ob er ihr folgen oder sie womöglich doch von sich weisen würde. Er selbst schien zu zweifeln und das Zögern auch dann noch nicht abzulegen, als er schließlich mit steifen Schritten zu ihr trat und tatenlos stehen blieb, als obläge es allein ihr zu entscheiden, was jetzt anstand. Sie hütete sich davor, ihn noch einmal zu berühren. Stattdessen barg sie den Blick vor ihm und begann langsam, ihren Schmuck abzulegen, die Kette über der Brust, die Armreifen, die glänzende Fibel. Als sie damit fertig war, verfuhr sie ebenso mit der Kleidung – ohne jegliche Hast, mit unendlicher Langsamkeit, die ihn quälen sollte… und zugleich sie selbst entspannte.

Als sie die nackte Haut ihrer Schultern, ihrer Oberarme fühlte, verharrte sie mit ihren Händen dort, streichelte darüber, befremdet, wie kühl und glatt sich ihre Haut anfühlte. Sie hatte Balduins Körper kennengelernt, und vor ihrem Streit war es ihr nicht unangenehm gewesen, bei ihm zu liegen. Doch sie konnte sich nicht erinnern, jemals die eigene Haut gespürt zu haben. Ihre Hände fuhren über ihre Brüste, und sie gewahrte, wie sich ihre Warzen aufrichteten, zu festen kleinen Knoten wurden. Ein fast unangenehmes, zugleich berauschendes Kitzeln stieg in ihr auf und zugleich genügend Wärme, dass sie nicht länger fröstelte.

Dann folgte Balduins Hand der ihren, kräftiger, zupackender, größer, schwieliger. Die Wärme, die ihre eigenen Hände zeugten, war wie ein weiches Rieseln. Der Berührung der seinigen hingegen folgte der Körper mit einem ruckartigen, hektischen Brennen. Ihre Augen folgten seinen Fingern und gewahrten die Röte, die sich überall ausbreitete, wo sie sie berührt hatten.

»Nicht!«, entfuhr es ihr.

»Darf ich dich nicht berühren?«

»Doch… aber nicht gleich. Warte!«

Sie schob seine Hände sanft zurück, folgte selbst der Richtung, die diese eingeschlagen hatten, über die Brüste, die Rippen, die deutlich fühlbar waren, den viel weicheren, runden Bauch um den Nabel. Noch rutschte ihre Tunika nicht vom Leib, sondern wurde um die Taille von einem Gürtel gehalten, doch sie löste ihn schnell, schob den Stoff tiefer, offenbarte ihre Scham, deren Locken rötlichbraun wie das Haupthaar waren, und ihre weißen Oberschenkel.

Zuerst betrachtete sie ihren Körper, nicht ohne leises Staunen, dass es wirklich der ihre war, denn sie hatte ihm noch nie so viel Aufmerksamkeit gezollt. Dann hob sie ihren Blick, sah Balduin in die Augen und nahm dort ein unruhiges, hungriges Lodern wahr. Sie wusste nicht, ob es sich an ihrem Körper erst entzündet hatte oder ob es nicht längst die Hitze nährte, die ihre Hände verbreiteten, immer schneller nun, immer rastloser. Es schien ihr, als würde nicht ihr Wille sie dirigieren, sondern jene fremde Macht, die aus seinem Blick alles Kalte, Abweisende, Traurige sog, die sämtliche Reste ihrer Scheu hinwegpustete, die ein tiefes, großes Schweigen mit sich brachte – nicht eines, das vertuscht, das unbehaglich stimmt, sondern eines, das alle Gedanken unendlich schläfrig macht. Ausruhen würden diese sich, um sich am nächsten Tag, nach einer alles verschluckenden Nacht, wieder neu zu sammeln.

Sie strich über ihre Scham, langsam zuerst, dann schneller. Nie hatte sie sich an dieser Stelle ihres Körpers berührt. Eben noch hatte sie sich von der Hitze wie ausgedörrt gefühlt; nun wähnte sie sich darin zu zerfließen. Jene Wellen, die sie bislang kaum mehr als zu kitzeln vermocht hatten, die viel zu kurz gewesen waren, als dass sie hätte überprüfen können, ob sie heiß und salzig waren oder lau und mild, schwappten höher. Nun aalte sie sich darin, fühlte, wie ihr Leib sich zunächst wohlig verkrampfte und sich dann so selbstverständlich dem Rhythmus ihres Streichelns ergab, als wäre es ihm nie gelungen, jenem Strudel Widerstand zu leisten.

Sie stöhnte auf, als Balduin sich nicht mehr zurückhalten konnte, sie sanft nach hinten bog und zugleich ihre Schenkel mit seinem Leib auseinanderpresste. Ehe er sich auf sie legen konnte, hielt sie ihn zurück und richtete sich wieder auf. Nicht mit Worten, sondern mit Gesten und Blicken deutete sie an, was sie von ihm wollte, und er verstand und folgte ihrem Beispiel, indem er nun seinerseits begann, sich langsam, unerträglich langsam auszuziehen und seinen eigenen Körper zu berühren, seine vernarbten Schultern, seine festen Brustwarzen, den harten Bauch, sein Geschlecht, das sich aufrichtete, unter seinen Fingern wuchs, schließlich unter ihren, nachdem sie der Spur seiner Hände gefolgt war.

Nun endlich ließ sie sich zurückfallen, ließ mit der einen Hand nicht von seinem Körper und streichelte mit der anderen den eigenen.

»Komm zu mir«, flüsterte sie rau, als er sich auf sie legte, als sie nicht mehr wusste, wo sein Leib begann und der eigene endete. »Komm zu mir …«

Wenig später lagen sie erschöpft nebeneinander, die Körper klebrig und langsam erkaltend.

Sein Brusthaar erzitterte dort, wo ihr Atem es traf, weich und gleichmäßig nun, nicht länger so hart und abgehackt wie noch vor wenigen Augenblicken, als dieser Atem – desgleichen wie der unruhige Herzschlag – den Zuckungen ihres Leibes gefolgt war. Sie hatte aufgeschrien, als ihre Lust den Höhepunkt erreicht hatte, ihr Körper sich plötzlich krümmte. Die Starre, die dem folgte, erschreckte ihn kurz; er ängstigte sich, dass er ihr wehgetan hätte. Obwohl all ihr Tun so selbstverständlich, so natürlich erschienen war, hatte er bis zuletzt den Zweifel nicht abstreifen können, ob er ihr wirklich Lust bereitete. Doch dann, als sie die Augen geöffnet hatte – ihre Wangen waren tief gerötet –, stand darin weder Vorwurf noch Unbehagen, nur der satte Friede eines Leibes, der, eben noch von Anspannung und Begehren gejagt, sich nunmehr ausruhen konnte. In diesem Moment, noch in ihren Blick versunken, überkam diese Befriedigung auch ihn selbst, nicht laut und stürmisch wie einst, sondern fast schmerzhaft sanft. Für einige Augenblicke, da er nicht atmen konnte, der Herzschlag aussetzte, auch sein Atem, verharrte er ganz in dieser Lust gefangen, ehe diese sich mit einem leichten Kribbeln zurückzog.

Als er sich von ihr rollte, war Judith bereits eingeschlafen, zumindest schien es so, denn sie atmete regelmäßig und hielt ihre Augen geschlossen.

Er blieb ruhig liegen und widerstand dem Durst, den ihm die trocken gewordene Kehle aufzwang. Das konnte warten, desgleichen wie die Entscheidung, ob dies als Zeichen ihrer Versöhnung genügte.

Als sie erwachte, war er fast eingenickt.

»Balduin«, murmelte sie. Er öffnete die schweren Lider, hoffte, sie würde ihnen noch einige Momente der schläfrigen, gelassenen Ruhe schenken, ehe sie sie mit Worten füllte. Doch sie störte diese Ruhe nicht lange, sondern begnügte sich mit einem Satz, ehe sich ihr Kopf wieder senkte und auf seiner Brust zu liegen kam.

»Balduin … ich glaube, wir werden ein Kind haben.«

Er nickte wortlos, dachte an den Augenblick im Saal, als er dem König den Eid geschworen hatte. Er war voller Angst gewesen vor dem Krieg, der ihn erwartete, und der Armut, weil Judith keine Mitgift bekam. Jene Angst war nicht geschwunden, aber sie ward nicht länger von der Frage begleitet, wozu er dieses Leben auf sich nahm.

Für Judith, dachte er und schloss die Augen. Für unseren Sohn. Für unsere Kindeskinder, die irgendwann in Frieden leben werden.

Der Geruch der Blüte war so stark, dass er in Johannas Nase kitzelte und sie beinahe niesen musste. Dennoch beugte sie sich fasziniert über das Beet, das ihr Rotrude zeigte. Eine Woche währte nun schon der Aufenthalt in Verberie, und Johanna sehnte sich nach dem Augenblick, da sie endlich wieder die Heimreise antreten würden – und doch hatte sie inmitten des Hofstaats einen Menschen gefunden, mit dem sich nicht nur vernünftig reden ließ, sondern von dem sie sogar manches lernen konnte.

Wenig war über diese Rotrude bekannt. Johanna hatte rasch festgestellt, dass im Umfeld des Königs meist über das geschwiegen wurde, was sein Missfallen erregen konnte. So erging es Judith und Balduin, die trotz der Eheschließung und des neuerlichen Lehnseids wie Luft behandelt wurden, und so erging es Rotrude, einer Verwandten des Königs – Johanna glaubte herausgefunden zu haben, dass es die Cousine einer seiner Tanten war –, die in Jugendjahren beschlossen hatte, weder zu heiraten noch ins Kloster zu gehen, sondern den dritten Weg erwählt hatte, der einer Frau offen stand: nämlich ihre Jungfräulichkeit Gott zu weihen, ansonsten aber der Welt verbunden zu bleiben. Anders als andere Frauen dieses Standes nutzte sie die Fülle an Lebenszeit jedoch nicht, um frommen Pflichten nachzugehen – das Gebet, das Erlernen von Psalmen, die mildtätigen Gaben –, sondern ihrer Leidenschaft für die Heilkunde, die jener von Johanna um nichts nachstand.

Nicht nur, weil sie sich über Erfahrungen austauschen und obendrein der jeweils anderen Wissen vermitteln konnten, war Johanna Rotrudes Gegenwart höchst angenehm. Entspannend war vor allem, dass diese nichts von steifem Zeremoniell hielt und schon gar nichts davon, den Blick auf die Wirklichkeit zu verschleiern. Als eine der wenigen sprach sie Balduins Namen offen aus – wenngleich weniger von Zuneigung oder Neugierde getrieben, sondern einzig aus Interesse daran, wie Johanna ihn nach seiner schweren Verletzung hatte heilen können.

Johanna erzählte es freimütig, um im Gegenzug von einem Mittel zu erfahren, das den Menschen während schmerzhafter Behandlungen in einen gnädigen Tiefschlaf versetzen konnte.

»Ich weiß«, sagte Rotrude, »manche Ärzte scheren sich nicht um das Befinden des Patienten, wenn sie eingedrungene Gegenstände aus dem Fleisch schneiden, gebrochene Knochen zusammennageln oder Leistenbrüche flicken. Doch solch ein blutiger Eingriff mag rasch tödlich verlaufen, wenn der Kranke wild um sich schlägt und nicht ruhig liegen bleibt.«

»Und dank dieses … Mittels spürt er dann gar nichts mehr?«

»Wenn es recht dosiert ist, dann nicht. Also, das Mittel besteht aus Schlafmohn, Bilsenkraut und Alraune. Du kannst natürlich noch weitere Kräuter hinzumischen, die Schmerzen lindern, Entzündungen bekämpfen und den Geist ruhig stimmen. Aber diese drei sind am wichtigsten. Damit tränkst du einen Schwamm und presst ihn dem Kranken auf Mund und Nase, bis er in einen gnädigen Schlaf hinüberdämmert.«

»Ich verstehe«, sagte Johanna fasziniert.

»Aber gib Acht! Du darfst nicht zu viel davon nehmen. Und es ist sehr gefährlich, wenn man daran nicht nur riecht, sondern all das isst!«

»Und wenn man es doch tut?«, fragte Johanna.

»Insbesondere das Bilsenkraut ist hochgiftig. Dosierst du es falsch, dann entpuppt sich der Schlaf des Kranken nicht als heilend, sondern als ewiglich«, sprach Rotrude und kicherte, als fände sie nichts dabei, jemanden irrtümlich zu vergiften. Überhaupt glaubte Johanna, dass Rotrudes Liebe zu den Kräutern um vieles größer war als ihre Liebe zu den Menschen und dass sie das Wohlergehen Zweiterer gerne aufs Spiel setzen würde, es vielleicht sogar schon getan hatte, um Erstere zu testen.

»Und das Destillieren«, fuhr Rotrude indes schon fort, »hast du schon einmal etwas darüber gehört, wie man mit Alkoholdämpfen Inhaltsstoffe aus den Pflanzen herauslösen und sie hernach konzentrieren kann?«

»Noch nie«, gab Johanna zu.

»Dann wird es Zeit, dass ich dir davon berichte«, meinte Rotrude und setzte zu einer langen Erklärung an.

Rotrude zögerte nicht, ebenso tief in der Erde zu wühlen wie Johanna. Anders als jener war es Rotrude freilich nicht gegeben, über Stunden am kalten Boden hocken zu bleiben und sich die Schmerzen ihrer morsch gewordenen Glieder zu verbeißen. Vielmehr wusste sie Bequemlichkeit zu schätzen und zog es nach einem knappen Stündlein stets vor, sich ächzend aufzurichten und hernach ein ausgiebiges Bad zu nehmen.

Dies war auch heute der Augenblick, da sich ihre Wege trennten, denn mochte Johanna sich nach der Wohltat des heißen Wassers durchaus sehnen, widerte es sie doch an, zu diesem Zwecke die Gesellschaft anderer Frauen ertragen zu müssen. Da fror sie lieber im kühlen Freien – so sie denn alleine war.

Diesmal währte ihre Einsamkeit nicht lange. Eben hatte sie eine Blüte ausgerissen, hielt sie nun gegen das schwächer werdende Sonnenlicht, um sie genau zu inspizieren, danach daran zu riechen und sie zu schmecken – es fiel ihr leichter, sich die Namen und Heilkräfte der Pflanzen zu merken, wenn mehrere ihrer Sinne sie kennenlernen durften –, als ein Schatten auf sie fiel, schmal und lautlos. Sie gewahrte ihn nicht gleich und fuhr umso heftiger zusammen, als plötzlich eine Gestalt neben ihr stand, so steif und reglos, als wäre sie mit dem Boden verwurzelt.

»Was erschreckst du mich so!«, rief Johanna gereizt. »Kannst du deinen Mund nicht aufmachen!«

Ihr Ärger perlte von der anderen ab. »Wir müssen etwas tun«, hauchte sie fast tonlos, »wir müssen unbedingt etwas tun.«

Johanna stützte sich mit den Händen ab, um aufstehen zu können. Sie hasste es, dass ihr Körper nicht mehr behände war wie einst – vor allem, wenn dieser Körper bei seinen mühseligen Regungen auch noch beobachtet wurde. Freilich war der Blick der anderen derart verschlossen, dass ohnehin nichts in ihn zu dringen schien.

»Was redest du da, Madalgis?«, fragte Johanna. »Was müssen wir tun?«

»Ich habe sie gesehen … Judith und Balduin. Vorhin im Hof, nach der Jagd. Ich weiß nicht, wie er es angestellt hat. Aber … aber sie hat ihm vergeben. Sie hat ihn sogar angelächelt, weich und offen. So hat sie das früher nie getan, und als er etwas zu ihr sagte, hat sie gelacht. Judith lacht nicht, nicht auf diese Weise. Er muss sie verhext haben! Und dann … dann haben sie sich verstohlen die Hände gereicht.«

Obwohl ihre Stimme über ein Wispern nicht hinausging, fühlte Johanna die Macht der Enttäuschung und der Missgunst, die Madalgis' Worte begleitete.

»Ach Madalgis«, sagte sie schließlich seufzend. »Die Geschicke der beiden sind unlösbar miteinander verknüpft. Es ist gut, wenn sie einander endlich glücklich machen können. Oder es zumindest versuchen. Ich habe …«

»Das sagst ausgerechnet du?«, unterbrach Madalgis sie zischend.

»Ich habe lange gebraucht, um es einzusehen«, gab Johanna zu. »Aber Madalgis … Was soll ich sagen: Judith ist die Frau, die zu Balduin gehört, und Balduin wiederum ist ihr Mann. Stör ihren Frieden nicht, Madalgis. Lass es dabei bewenden.«

Madalgis' gelbliche Augen blieben starr. Johanna war nicht sicher, ob ihre Worte sie erreicht hatten, denn weder antwortete ihre Miene darauf, noch sagte sie etwas. Johanna reute es, dass sie Rotrude nicht ins Badehaus gefolgt war.

»Madalgis …«, setzte sie zögernd an.

»Nein!«, brach es da plötzlich aus der jungen Frau heraus. »Nein! Er hat sie nicht verdient! Nicht Balduin! Keine Frau hat er verdient, aber am allerwenigsten Judith. Sie hat mich gerettet, nachdem er …«

»Madalgis!« Ohne es zu bedenken, war Johanna auf sie zugetreten, hatte sie energisch an den Schultern gepackt, drückte sie nun – und gewahrte, wie Madalgis trotz vermeintlicher Starre innerlich bebte. »Madalgis, du musst die Vergangenheit endlich ruhen lassen! Du musst vergeben … Balduin vergeben! Er wollte dir doch nie etwas Schlechtes … Er war einfach jung und … und er wusste auch nichts von dem Kind …«

»Du hast mir diesen grässlichen Sud gegeben, du böse alte Vettel!«, schimpfte Madalgis heiser. »Du hast mich gezwungen, es abzutreiben, obwohl das eine Todsünde ist.«

»Ich habe dich nicht gezwungen, ich habe nur …«

»Du hast mein Kind auf dem Gewissen! Und du hast auch dafür gesorgt, dass Balduin sein Herz nicht an mich verlieren konnte! Du hast ihm andere Frauen zugeführt!«

»Ich dachte …«

»Du dachtest, er würde dir gehören, dir allein! Und nun plötzlich willst du ihn mit Judith teilen, ausgerechnet mit ihr? Mir hast du ihn abspenstig gemacht – damit sie ihn haben soll? Nein, Johanna, nein, das werde ich nicht dulden!«

Sie versuchte, Johannas Griff abzuschütteln, und ihre Bewegungen wurden so widerborstig, dass Johanna sie schließlich losließ. Unsicher blickte sie sich um. Gleichwohl sie allein im Garten standen, war sie nicht sicher, ob nicht irgendjemand das aufgebrachte Mädchen hören konnte.

»Madalgis, hör mir zu …«

»Nein, du hörst mir zu! Ich lasse mich nicht in den Staub treten. Ich lasse mich nicht behandeln, als gäbe es mich nicht. Und ich werde nicht zusehen, wie Balduin Judith unglücklich macht. Sie soll allein leben, ganz allein, nur in Gesellschaft von Frauen. Oh, Frauen sind die besseren Menschen, ich weiß es genau. Niemals können sie so grausam sein wie Männer. Sie schänden nicht, sie quälen nicht, sie …«

»Madalgis, komm zu Sinnen!«

»Du wirst mir dabei helfen, Johanna! Du hast immer danach getrachtet, sie auseinanderzubringen, und mehr als einmal ist es dir fast gelungen. Du wirst hier und jetzt mit mir einen Plan entwerfen, um sie zu entzweien.«

Johanna seufzte. Das Gekeife des Mädchens setzte ihr zu, machte sie müde, unendlich müde. Sie schmeckte deren Verbitterung, sie war ihr vertraut, aber sie wollte nicht wieder davon kosten. Sie wollte nicht sämtlichen Bodensatz aufwirbeln lassen, der nun endlich, nach so vielen Jahren, auf den Grund ihrer Seele gesunken war und dort ruhte.

»Madalgis«, versuchte sie ein letztes Mal die andere zu beschwichtigen. »Madalgis, ich bin zu alt, um Kämpfe zu führen. Und ich will es auch gar nicht, ich sehe keinen Sinn darin. Ich sagte doch schon, Judith ist die Frau, die zu Balduin …«

Diesmal war es Madalgis, die auf sie zutrat, sie an den Schultern packte, ihre Nägel hineinkrallte. Sie begann sie zu schütteln.

»So leicht kommst du mir nicht davon, Johanna, so leicht nicht! Du kannst dich nicht einfach zurücklehnen und deinen

Kampf für beendet erklären. Er ist nicht verloren, nicht für mich. Ich gebe Judith nicht auf!«

Lange war Johannas Verständnis für die andere echt gewesen, ihr Bemühen, sie zu trösten, sie zu beschwichtigen. Nun, da sich deren Hände immer tiefer in ihr Fleisch krallten, begann sie sie zu ärgern. »Judith nicht aufgeben! Pah! Du hast ja den Verstand verloren, Madalgis!«, gab sie rüde zurück. »Du bist nicht richtig im Kopf!«

»Willst du mir nun auch noch sagen, dass ich zu nichts tauge? So wie mein Vater es mir vorgeworfen hat?«

»Lass mich los, Madalgis, oder ...«

»Oder was?«

»Wer von uns beiden, denkst du, ist die Stärkere?«

Johanna war nicht so weit, um den Beweis anzutreten, dass sie es wäre. Madalgis jedoch zögerte nicht, ihre Kraft zu zeigen. Mit einer heftigen Bewegung stieß sie Johanna von sich, sodass jene strauchelte und auf den Boden fiel. Ihre Knochen knackten schmerzhaft.

»Wie ich schon sagte«, schimpfte Johanna erbost. »Du bist krank im Kopf! Das warst du schon immer!«

Mit einem Aufschrei stürzte sich Madalgis auf sie. »Wag nicht, so etwas zu sagen! Du bist die Kranke, die Verrückte! Du ... du warst es, die Joveta ermordet hat! Ja, du hast sie ermordet, du hast sie mit Absicht über die Felswand gestürzt, ich habe es genau gesehen, ich kann es bezeugen, und das werde ich auch tun.«

Diesmal war Johanna auf Madalgis' Attacke vorbereitet. Sie rollte zur Seite, noch ehe sich die junge Frau auf sie stürzen konnte, erhob sich – zwar unter Schmerzen, aber doch schnell genug – und packte sie von hinten. Madalgis schrie vor Schmerzen auf, als Johanna ihr den Arm verbog, aber ihre Tirade ließ nicht nach.

»Ich habe einst nur für dich gelogen, weil du meine Verbündete warst. Aber ich werde nicht weiter lügen. Ich werde der ganzen Welt die Wahrheit sagen! Was glaubst du, wird Balduin von dir halten, wenn er erfährt, dass du eine eiskalte Mörderin bist? Und Judith erst! Mörderin, Mörderin!«

Johanna verstärkte ihren Griff. »Hör auf, so zu brüllen!«

»Habe ich etwa Unrecht? Du Mörderin, Mörderin!«

Johanna merkte, wie ihre Kräfte nachließen. Nicht mehr lange würde sie die junge Frau im Zaum halten können. Nicht nur der sich windende Körper setzte ihr zu, auch ihre Worte. Nicht Jovetas Gesicht stieg vor ihr auf, sondern das ihres Kindleins… und wie es in die Flammen rollte.

»Mörderin, Mörderin!«

»Sag das nicht…«

»Mörderin, Mörderin!«

Da wusste Johanna, dass ihre Worte nicht reichten, dass sie mit ihren Bitten die Tobende nicht zum Schweigen bringen konnte.

»Ach, Madalgis…«, seufzte sie, nicht länger erbost, sondern einfach nur hilflos.

Sie bog Madalgis' Arm noch weiter nach hinten, doch die Schmerzen schienen das Mädchen nicht zu erreichen. Fortwährend kreischte es dasselbe: »Mörderin, Mörderin!«

Du nicht, dachte Johanna, und sämtliche Gedanken wurden nüchtern, du nicht. Du stellst dich nicht zwischen Judith und Balduin. Und nicht zwischen Balduin und mich. Du nicht. Du nicht…

»Ach Madalgis«, seufzte sie, und diesmal klang es nicht traurig, sondern einfach nur entschlossen.

Dann atmete sie kräftig ein, sammelte alle verbliebenen Kräfte, änderte blitzschnell ihren Griff – und rammte Madalgis' Kopf mit aller Macht gegen die kleine Mauer, die den Garten umgab.

Das Mädchen war ohnmächtig, so viel stand fest. Sie schrie nicht mehr, sie regte sich nicht mehr, aber sie atmete noch, tief und regelmäßig. Über ihre Stirne floss eine schmale Blutspur, ihre Augen waren halb geöffnet. Sie glänzten nicht gelblich wie sonst, sondern waren von sattem Braun.

Johanna, die neben Madalgis auf den Boden gesunken war, erhob sich nicht sofort. Sie blieb neben dem erschlafften Körper hocken, zog ihn schließlich auf den Schoß und begann ihn sanft zu wiegen wie ein kleines Kind, das sie beruhigen wollte.

»Ich verstehe dich doch«, sagte sie leise. Sie klang nicht länger nüchtern, sondern jammervoll. »Ich verstehe dich doch so gut ... Du wolltest hinaus aus deinem kleinen, erbärmlichen Leben ... genauso wie ich. Aber ich darf es dir doch nicht gestatten, Balduins Leben zu zerstören, ich darf es nicht!«

Sie unterdrückte ein Schluchzen, aber ihre Kehle wurde so eng, dass sie nicht weiterreden konnte.

»Vergib mir, Madalgis«, murmelte sie. »Vergib mir. Ich stünde so gern auf deiner Seite, aber ich kann es nicht ...«

Sie ließ ihren Blick nicht von dem Gesicht der jungen Frau weichen, als wäre sie es ihr schuldig, sie anzusehen, sie wahrzunehmen, wo doch so viele sie nicht beachtet hatten. Genau genommen hatte nur Judith sie gesehen – Judith, die nie erfahren durfte, was sie Madalgis angetan hatte, was sie noch tun würde.

»Glaub mir«, flüsterte sie dem ohnmächtigen Mädchen zu, »du wirst nicht einfach vom Erdboden verschwinden. Judith wird um dich trauern, sie wird ehrlich um dich trauern ...«

Sie saß mit Madalgis auf dem Boden, bis die Sonne nur mehr glühte, aber keine warmen Strahlen mehr auf die Erde senkte. Dann erhob sie sich, um aus Schlafmohn, Bilsenkraut und Alraune einen tödlichen Saft zu brauen.

XXXIX. Kapitel

Mehrere Monate später

Judith war sehr tapfer. Sie kämpfte darum, ihre Beherrschung zu wahren, auch wenn das zunehmend aussichtsloser wurde. Ihr verzerrtes Gesicht, ihre zusammengekniffenen Augen bekundeten immer unverhohlener die Schmerzen, die in ihrem Leib tobten. Als schließlich die Hoffnung schwand, sie könnten nach einigen Stunden, höchstens einem Tag ausgestanden sein, wurde ihre Willenskraft brüchig. Ein Wimmern trat über ihre Lippen, und kaum hatte dieses vermocht, sich Bahn zu brechen, folgten ihm andere, viel gequältere Laute: ein heiseres Schreien, ein ächzendes Stöhnen. Irgendwann rissen sie nicht mehr ab – desgleichen wie die Wehen, die anfangs in sehr großen Abständen den schmalen Leib geschüttelt hatten, nun nicht mehr aufzuhören schienen und fortwährend das Kindlein in der warmen, roten Höhle beschworen, es möge nun endlich seinen Gang in die Welt antreten. Doch Judith gab das Kindlein nicht her, verkrampfte sich immer mehr und presste einzig Blut, rotes, kräftiges zu Beginn, schwarzes, klebriges zuletzt.

Balduin, den man von der Gebärenden getrennt hatte, schien auch durch die verschlossene Tür hindurch vom Zustand seiner Frau zu ahnen.

Als Johanna einmal kurz nach draußen trat, um ein Gebräu aus Haselwurz, Sadebaum und Raute herzustellen, das die Wehen verstärken und die Geburt beschleunigen sollte, stürmte er auf sie zu. »Es ist … es ist etwas nicht in Ordnung, nicht wahr? Ich sehe es an deinem Gesicht. Sie ist zu schwach … zu ausgezehrt.«

Fast traumwandlerisch langsam wandte sich Johanna zu ihm,

in ihrem Gesicht lag ein Ausdruck tiefster Furcht. Seit Judith nicht länger um Beherrschung rang, sondern in einem fort schrie, verging sie geradezu vor Angst.

»Es ist das erste Kind«, stammelte sie, »da dauert's oft am längsten.«

Sie konnte Balduin ebenso wenig beschwichtigen wie sich selbst. In den langen Monaten von Judiths Schwangerschaft hatte sie sich von ihr ferngehalten – nicht mehr wie früher aus Missachtung oder aus Verbitterung über deren Glück, sondern schlichtweg aus Argwohn, dass der Dämon, der ihr stets auf den Schultern hockte und sich aus ihren Sünden nährte, auf die junge Frau aufmerksam werden könnte. Womöglich würde er ein Mittel finden, Johanna noch mehr zuzusetzen als nur mit einem schlechten Gewissen.

Jenes verfolgte sie seit Madalgis' Tod – viel hartnäckiger als die Schuld, nachdem sie Joveta in die Tiefe gestürzt hatte, und viel nackter als der Schrecken, nachdem sie ihr Kind verloren hatte. Irgendwie hatte sie damals weitermachen können, hatte Pflichten gefunden, mit denen sich die Tage ausfüllen ließen, hatte sich Ziele gesteckt. Nun lahmten ihre Gedanken wie ihre Kräfte. Stunden brachte sie damit zu, sich auszurechnen, was alles geschehen müsste, damit sie ausreichend Sühne geleistet hätte. Bis dahin war ihr dieser Gedanke, den die Priester so gerne den Menschen einimpften, immer fremd gewesen; nie hatte sie recht verstanden, wie jemand jahrelang fasten konnte oder stundenlang auf harten Steinen kniend beten, um Buße zu tun. Jetzt nahm sie jede Widrigkeit des Lebens nur allzu gern in Kauf, um sie gegen die Verbrechen aufzuwiegen, die sie begangen hatte.

Den steten Regen auf ihrer Reise von Laon nach Brügge, wo Balduin fortan residieren sollte, nahm sie fast dankbar hin. Die ob der Feuchtigkeit ständig schmerzenden Gelenke ebenso. Und der Anblick jener grauenhaften Pfalz in Brügge, die großteils verfallen und ansonsten verschimmelt und raucherfüllt war, deuchte sie nur als weiterer Teil ihrer gerechten Strafe. Nun gut, sie war nicht die Einzige, die darunter zu leiden hatte – auch Judith stieß damals ein seltenes Seufzen aus. Aber bei Judith war das fortan harte, nicht selten entbehrungsreiche und stets vom Feind bedrohte Leben Preis für ihr Glück. Und für sie, Johanna, war's Sühne.

Indessen Monat um Monat verging und Judiths Leib sich wölbte, war Balduin fast immer unterwegs. Er ritt von Stadt zu Stadt, von Dorf zu Dorf und an der Küste zwischen Brügge und dem Fluss Ijzer vorbei, um die Verteidigungsanlage seines Reichs auszubauen, den Bau einer Flotte zu überwachen und ein System von Wachtürmen entlang der See zu errichten – unterstützt von den Stadtherren aus Waas, Thérouanne, Aardenburg und Mempisc.

Obwohl er von seinen Pflichten aufgerieben wurde, nutzte er jede Gelegenheit, um zu Judith zurückzukehren. Wenn Johanna sie beobachtete – meist aus der Ferne, um keinen Schatten auf sie zu werfen –, stellte sie zufrieden fest, dass das alte Zerwürfnis endgültig beigelegt schien und ihre Schandtaten das Leben des jungen Paares nicht beeinträchtigt hatten. Erst mit dem heutigen Tag ging ihr auf, dass das Glück der beiden ebenso trügerisch war wie die eigene Hoffnung, die beiden mögen nicht Opfer des rachsüchtigen Gottes werden.

Als sie zurück in die Kammer der Gebärenden trat – die Luft war schwer vom Blutdunst –, ahnte sie, dass dieser rachsüchtige Gott mit aller Härte zuschlug. Beinahe entglitt ihr der Becher mit dem Kräutersud, als ihr Blick auf Judith fiel. In der kurzen Zeit ihrer Abwesenheit waren aus deren Augen leere Löcher geworden, die bleichen Wangen waren eingefallen und die heiseren, zerhackten Laute, die ihr über die wundgebissenen Lippen traten, schienen nicht mehr von ihr zu kommen, sondern von einem fremden Geist, der sich ihrer bemächtigt hatte. Die Blutlache hatte sich über das halbe Bett ausgebreitet und sickerte immer tiefer, indessen die Wehen nachließen. Mochte dies für kurze Zeit auch Schonung verheißen, war es in Wahrheit doch ein Todesurteil für die Mutter und das Kindlein, das in der Höhle ihres Leibes zu ersticken drohte.

»Gütiger Himmel!«, stieß Johanna hervor.

»Kannst du … kannst du denn gar nichts tun?«, fragte eine von Judiths Frauen mit angstgeweiteten Augen. »O heilige Dorothea! Heilige Margarethe! Steht der armen Königin bei!«

Eine andere blickte viel kühler, abschätzender auf die Herrin und schlug dann hastig ein Kreuzzeichen über ihre Brust. »Es hat keinen Sinn, die Heiligen anzurufen, wenn der Allmächtige sie doch straft …«

»Was für ein Unsinn!«, entfuhr es Johanna. »Für was soll er Königin Judith denn strafen?«

Er will doch mich treffen, setzte sie im Stillen hinzu, mich allein …

»Dafür, dass sie sich gegen ihren Vater, den König, aufgelehnt hat«, erklärte die andere ernsthaft.

Johanna fühlte sich zu erschöpft, um ihr mit schnippischen Worten zu widersprechen. Beißend stieg ihr der Blutgeruch in die Nase, als sie zu Judiths Bett trat. Sie zögerte, deren Hand zu ergreifen, tat es erst, als sie sah, wie in den toten Blick etwas Leben zurückkehrte.

»Johanna …«, stammelte sie, und dann setzte sie entkräftet hinzu: »Balduin …«

Offenbar wollte sie mehr sagen, aber konnte es nicht. Johanna begriff es ohnehin – dass Judith mit dem Schlimmsten rechnete und ihr Balduins Wohl anvertraute, im Wissen, dass es keinen andern Menschen gab außer ihr, der ihm Trost spenden konnte.

Anstelle von Trauer überkam Johanna eine Woge der Wut. Wie konnte es sein, dass die Geburt derart schwierig verlief! Das Kind lag richtig, sie hatte es mehrfach überprüft! Judith hatte ihre Schwangerschaft doch gut überstanden, ohne quälende Übelkeit, ohne Erschöpfung!

»Judith«, sagte sie da laut und fest. »Judith! Du bist eine starke Frau! Gib nicht auf!«

Sie wusste nicht, ob ihre Worte die andere erreichten. Die Wehen kehrten zurück, unbarmherziger als zuvor, aber immerhin als Hoffnungsschimmer, dass es nun weiter und irgendwann zu Ende ging.

»Hör mir zu«, sprach Johanna auf eine der Frauen ein. »Du stützt ihren Kopf und ihre Schultern. Und du …«, sie wandte sich der anderen zu, »du schmierst ihre Scham mit Schweinefett ein, damit sie geschmeidig wird. Und wenn du das Köpflein siehst, so musst du es ein wenig drehen. Du darfst nicht vergessen, dabei das Gesicht des Kindleins zu schützen, und dann ziehst du es vorsichtig heraus. In dem Augenblick darf Judith nicht mehr pressen. Gebt ihr noch ein wenig von der Kräuterbrühe, oder besser noch: lasst deren Dampf auf ihre Scham strömen – und dann bindet ihr Ackermennig um die Oberschenkel.«

»Warum sagst du das mir?«, fragte die Frau verwirrt. »Du bist doch hier, und du verstehst es als Einzige …«

»Ich kann mich jetzt nicht um sie kümmern«, sagte Johanna. »Wenn wir den Blutfluss nicht stoppen, wird sie sterben – gleich, ob sie das Kind zuvor auf die Welt bringt oder nicht. Ich muss zusehen, dass ich ein Kraut dagegen finde, ich …«

Sie hatte sich abgewandt und drehte sich nicht noch einmal um, als sie den Raum verließ, weder um sich zu vergewissern, dass ihren Anweisungen Folge geleistet wurde, noch um sich von Judith zu verabschieden. Und es war ein Abschied.

Wieder stürzte ihr Balduin entgegen. »Und?«, bedrängte er sie. »Wie geht es ihr? Wird sie …«

Johanna hob beschwichtigend die Hände. »Wenn Gott gerecht ist, wird sie es schaffen …«

Hastig ging sie an ihm vorbei, und er hielt sie nicht auf, denn er dachte, sie würde neue Medizin holen. Doch als sie schließlich in der kleinen Kammer stand, in der sie ihre Kräuter trocknete – lange war es ihr hier nicht gelungen, denn vermodert wie der Garten waren die Wände, und in der feuchten Luft waren viele ihrer Wurzeln und Kräuter verschimmelt –, suchte sie nichts, was Judiths Elend lindern könnte. Sie durchstöberte ihre kleinen Ledersäckchen und fand jene, die Schlafmohn, Bilsenkraut und Alraune bewahrten.

Sie blickte auf die Pflanzen.

»Ach Madalgis«, seufzte sie, und es war ihr, als würden die

gelblichen Katzenaugen in diesem Augenblick auf sie gerichtet sein. »Ach Madalgis, es tut mir so leid…«

Damals, in Verberie, hatte alle Welt ihrer Erklärung geglaubt. Dass Madalgis gestürzt wäre, hatte sie berichtet, dass sie so unglücklich gefallen wäre, dass es in ihrem Kopf zu bluten begonnen hätte… Alles, alles hätte sie versucht, sie zu retten, doch manchmal käme der kleine Mensch gegen den Willen des Allmächtigen nicht an.

Auch nun erwies sich der Wille des Allmächtigen als stärker – aber sie wollte ihn nicht hinnehmen, wollte nicht aufgeben, mit Ihm zu handeln, auch wenn sie das Teuerste als Einsatz zu erbringen hatte.

Sie murmelte vor sich hin, als wäre das, was sie sagte, ein geheimnisvoller Zauberspruch.

»Ich habe mein Kind getötet«, begann sie. »Ich habe es zwar nicht gewollt, habe in diesem Augenblick nicht bedacht, was ich tue. Aber ich habe es getötet. Ob mit Zutun der Normannen oder nicht, es ist meine Schuld. Ja, ich habe es getötet, damit ich leben konnte. Jetzt aber will ich, dass das Kindlein lebt. Ja, es soll leben.«

Sie braute den Schlaftrunk, kniff die Augen zusammen, als sie davon nahm – und als sie sie wieder öffnete, war sie frei von Angst, Trauer und Hader.

Epilog

Brügge, A.D. 864

Es wurde kalt, immer kälter, obwohl ihre Haut glühte und ihre Pupillen – dies war eine Wirkung des Bilsenkrauts – erweitert waren. Balduin war zurückgekehrt, hatte sie aus der kleinen Kammer getragen, in die Nähe des wärmenden Feuers. Doch sie spürte weder seinen Griff noch den hitzigen Schein der Flammen. Sämtliche Muskeln wurden so steif wie ihre Knochen.

»Es lebt«, hörte sie Balduin sagen. »Das Kind lebt – und Judith auch. Wir haben einen Sohn bekommen, er wird meinen Namen tragen.«

Sie konnte nichts mehr sagen, seufzte nur erleichtert.

Als das Bild vor ihren Augen zu flackern begann, nicht wegen der unruhigen Flammen, sondern der eigenen zuckenden Lider, hörte sie in der Ferne das kieksende Geschrei eines Neugeborenen. War es Balduins Sohn, der da schrie? Oder ihr eigener? War es der Klang der Engel?

Das eben noch dunkelrote Feuer, vor dem sie lag, wurde zum gleißenden Licht, alle Schmerzen klangen ab, alle Schwere. Ohne jegliche Fessel ihres Leibes konnte sie sich erheben, zum Feuer treten. Sie mied die rote Glut nicht mehr, sie griff hinein, hob ihr Kind heraus, legte es an ihre Brust. So unglaublich warm und wohlig wurde ihr, so unglaublich …

»Johanna …«

Jetzt war es plötzlich Balduins Kopf, der auf ihrer Brust lag. Sie presste ihn an sich, stammelte seinen Namen, weich und zärtlich. All das Herrische und Harte war von ihr abgefallen, das Traurige und Sehnsuchtsvolle. Die Ahnung eines tiefen Friedens überkam sie – überkam wohl auch Balduin. Sie sah, wie Tränen in seine Augen stiegen. Nicht nur aus Kummer, weil sie starb, und aus Erleichterung, weil Judith lebte und er einen Sohn bekommen hatte, sondern weil jenes friedvolle Reich, in das sie schritt, so nah war, dass er dessen Trost schon fühlte – und zugleich so unendlich fern, dass er davon noch ausgesperrt blieb.

Ihr Körper bäumte sich ein letztes Mal auf, sacht, nicht kämpferisch, eher wie ein wohliges Seufzen, das alle Glieder durchrieselt.

»Weine nicht«, waren ihre letzten Worte – und ohne dass sie es wusste oder wollte, starb sie, die ihn stets hatte lächeln sehen wollen, mit dem altbekannten Befehl. »Weine nicht!«

Personenverzeichnis

(Die historischen Persönlichkeiten sind in Abgrenzung zu den fiktiven Romanfiguren kursiv geschrieben)

In Laon:
Robert, Graf von Laon
Alpais, seine Frau
Audacer, Waldhüter von Laon
Balduin, Audacers Sohn, später Graf von Flandern, genannt »Eisenarm«
Johanna, seine Amme
Gerold, Neffe und Nachfolger des Grafen
Ovida, Gerolds Frau
Arbogast, Ausbilder der Knaben
Adallinda und Gudula, Dienstmägde
Madalgis, die Tochter eines Unfreien

Am Hof der Karolinger
Karl, König vom Westfrankenreich, genannt »der Kahle«
Irmintrud von Orléans, seine Frau
Ludwig, Sohn von König Karl, genannt »der Stammler«
Guntfrid und Gozfrid, Gefolgsleute von Ludwig
Suidger, ein junger fränkischer Krieger in Ludwigs Gefolge
Judith, Tochter von König Karl, Königin von Wessex
Joveta, Adelheid, Gisla und Aubirge, Judiths Damen
Rotrude, eine Verwandte des Königs
Lothar II., König von Lothringen
Waltrada, seine zweite Frau
Hugo, sein Sohn

Landina, eine Gefolgsfrau von *Theuteberga (Lothars erste Frau)*
Ludwig II., Kaiser, König von Italien
Angilberga, seine Frau
Gisla und Ermengarda, seine Töchter

Bei den Normannen
Eyvindr, ein Knabe
Groa, eine junge Frau
Rorik, König von Friesland
Eysteinn, Bruder von Eyvindr

Geistlichkeit
Hinkmar, Erzbischof von Reims
Hinkmar, Bischof von Laon
Erpuinus, Bischof von Senlis
Papst Nikolaus I.
Bruder Ambrosius, ein Mönch in Laon
Bruder Godhard, ein Mönch in Senlis
Bruder Wunibald, ein Mönch aus Luzern
Bruder Augustinus, ein Mönch in König Roriks Gefolge

Zeittafel

748	Karl der Große wird als Sohn des *Major Domus* Pippin der Jüngere geboren.
751	Nach der Absetzung des letzten Merowingerkönigs Childerich III. erlangt Pippin die Königskrone.
768	Karl der Große tritt die Herrschaft an, ab 771 als Alleinherrscher.
800	Karl der Große wird zum Kaiser gekrönt.
814–40	Nach Karls Tod wird sein Sohn Ludwig (»der Fromme«) Kaiser.
823	Karl (»der Kahle«) wird als Sohn von Ludwig und Judith von Bayern geboren.
838	Karl (»der Kahle«), der ein Jahr zuvor ein ausgedehntes Herrschaftsgebiet aus zentralen Regionen des Frankenreichs erhalten hat, wird feierlich gekrönt.
840	Ludwig der Fromme stirbt, das Reich wird unter seinen Söhnen Ludwig (»Ludovicus Germanicus«), der das Ostfrankenreich erhält, Lothar I., der das Mittelreich erhält, und Karl II. (»der Kahle«), der das Westfrankenreich erhält, aufgeteilt.
ab 841	Es beginnen massive Normanneneinfälle im westfränkischen Gebiet, die über Jahrzehnte anhalten werden.
841	Lothar I. will die Macht über das ganze Reich erlangen, scheitert jedoch an einer Koalition der beiden Brüder Karl und Ludwig. Die Entscheidungsschlacht von Fontenoy wird zum schrecklichen Blutbad mit vielen Opfern auf beiden Seiten.

843	Lothar, Ludwig und Karl schließen den Friedensvertrag von Verdun. Die Dreiteilung des Reichs wird bekräftigt.
ca. 843	Judith wird als Tochter von Karl dem Kahlen und Irmintrud von Orléans geboren.
ca. 845	Ludwig (»der Stammler«) wird als Sohn von Karl dem Kahlen und Irmintrud von Orléans geboren.
850–88	Rorik, der Bruder des Dänenkönigs Harald, ist König von Friesland.
855	Lothar I. stirbt. Das Mittelreich wird unter seinen Söhnen dreigeteilt: Italien und die Kaiserkrone gehen an Ludwig II., Lothringen an Lothar II., die Provence und Burgund an Karl.
856	Judith heiratet Ethelwulf von Wessex.
858	Nach Ethelwulfs Tod heiratet Judith dessen Sohn Ethelbald. Nach dessen Tod 860 kehrt sie ins Frankenreich zurück und lebt fortan in Senlis.
858	Ludovicus Germanicus dringt ins Reich von Karl dem Kahlen ein, gelangt bis Orléans und erhält beträchtlichen Zuspruch des Adels. Erzbischof Hinkmar von Reims gelingt es jedoch, eine Widerstandsbewegung ins Leben zu rufen. Nicht zuletzt dank des Zusammenschlusses der Bischöfe wird das westfränkische Königtum Karls gerettet und Ludovicus zurückgeschlagen.
858–867	Nikolaus I. ist Papst.
859	Eine Gruppe von Wikingern überfällt unter der Führung von Völundr Noyon; sie bleiben – mit der Duldung von Karl dem Kahlen – längere Zeit im Frankenreich und brennen 863 die Grafschaft Meaux nieder.
860	Karl der Kahle, Ludovicus Germanicus und Lothar II. schließen den Frieden von Koblenz.
862–63	Ludwig der Stammler verbündet sich mit Salomon von der Bretagne und erhebt sich gegen seinen Vater.

Robert von Anjou bezwingt ihn; Ludwig wird in der Grafschaft Meaux gefangen gehalten. Im gleichen Zeitraum lässt sich Judith von Graf Balduin von Flandern entführen. Nach ihrer Exkommunikation und dem Verlust seiner Lehen finden die beiden zunächst Unterschlupf bei Lothar II. und flüchten dann nach Rom, wo Papst Nikolaus ihre Ehe anerkennt. Bei der Synode in Verberie (25. Oktober 863) nimmt Karl der Kahle seine Tochter wieder auf.

869 Lothar II. stirbt.

870 Karl der Kahle und Ludovicus Germanicus schließen den Vertrag von Meerssen, in dem Lothars II. Reich zwischen ihnen aufgeteilt wird.

875 Ludwig II. von Italien stirbt, Karl der Kahle erbt die Kaiserkrone.

Glossar

Auctoritas: Macht, die in den Händen der Geistlichen liegt (im Unterschied zur Potestas)

Bajulus: Vormund

Camerarius: der Kämmerer oder Kammerdiener; Amt am Königshof

Castrum: ein befestigter Ort

Cellerar: Bezeichnung für ein Klosteramt, dessen Inhaber für die wirtschaftlichen Belange zuständig ist

Chlamys: ursprünglich kurzer Reit- und Reisemantel der alten Griechen; später Gewand der Päpste

Comes Stabuli: der Stallmeister; Amt am Königshof

Dux: ursprünglich ein römischer Militärrang; später ein Adelstitel vom Rang eines Herzogs

Familia: neben dem eigentlichen Sinn der »Familie« auch ein Oberbegriff für den ganzen Hof eines weltlichen oder kirchlichen Herrschers

Fasciolae: Bänder, mit denen die Beine bis zum Knie umwickelt wurden

Francia: gebräuchlicher Name für das Westfrankenreich

Gallia: siehe Francia

Germania: gebräuchlicher Name für das Ostfrankenreich

Hospiz (oder Hospitium): klösterliche Herbergen für Pilger bzw. Gästezimmer im Kloster

Itinerariae: schon in der Antike gebräuchliche Straßenkarten

Joculatores: Spielleute, Gaukler

Labarum: die Hauptheeresfahne bei den Römern seit Konstantin dem Großen

Lingua romana: frühes Romanisch, das in der Francia gesprochen wurde

Lingua rustica: romanischer Dialekt

Lingua theotisca: frühes Germanisch, das im Ostfrankenreich gesprochen wurde

Mansionarius: Verantwortlicher für die Gemächer (Reinigung, Einrichtung); Amt am Königshof

Marruci: Alpenbewohner, die angeheuert wurden, Gepäck und Zelte zu transportieren bzw. den richtigen Weg zu nehmen

Metze: Maßeinheit; der genaue Wert kann heute nicht mehr bestimmt werden, zumal er von Region zu Region schwankte

Ministri rei publicae: Beamte, die einem Grafen (Comes) unterstanden

Minuskel: eine Schriftart, die am Ende des 8. Jahrhunderts im Umfeld Karls des Großen entwickelt wurde

Mons Cenis: Gebirgsstock der Grajischen Alpen an der Grenze von Frankreich und Italien, zwischen Turin und Chambéry in Savoyen gelegen

Mons Jovis: Großer St. Bernhard

Nutrix: Amme

Oratorium: Gebetssaal

Ordinatio Imperii: eine königliche Anordnung, die in 18 Kapiteln überliefert ist; sie stammt von Ludwig dem Frommen, der damit versuchte, dem fränkischen Reich eine neue Gesetzesordnung zu geben, und wurde bei einem Reichstag in Aachen (817) unter Zustimmung der führenden Adelsschicht erlassen

Palla: ein langes, bis über die Füße hinabgehendes, viereckig zugeschnittenes Gewand

Pallium: das Amtsabzeichen der Metropoliten der Lateinischen Kirche; ein ringförmiges, ca. 5–15 cm breites Band (eine Art Stola), das über dem Messgewand getragen wird

Peplum: weites Obergewand

Plaustrae: von Pferden gezogener Wagen

Portikus: ein meist von Säulen umgebener Eingangsbereich

Potestas: Macht, die in den Händen weltlicher Herrscher liegt (im Unterschied zur Auctoritas)

Sagum: Mantel aus einem rechteckigen Stück Wollstoff

Scholae: Schulen

Scutum: großer, meist ovaler, gewölbter Schild

See von Saint-Maurice: Genfer See

Soccoli: Holzsandalen mit Lederriemen

Scriptorium: meist in Klöstern befindliche Schreibstuben

Spata: zweischneidiges Langschwert

Speculae: belehrende Abhandlungen, die für Laien die gleiche Rolle spielen sollen wie für Mönche die Ordensregel

Tablinium: Empfangsraum

Thorax: Brustschutz

Triclinium: Esszimmer

Urbs regia: »Stadt der Könige«, Begriff für eine Hauptstadt

Vassi casati: Vasallen, die für ihre Treue ein Lehen erhalten

Vassi non casati: Vasallen, die kein eigenes Lehen besitzen

Vicarius Christi: Stellvertreter Christi auf Erden; als solchen sah man den Papst an, aber auch die karolingischen Könige

Vicecomites: Vizegrafen

Vitta: ein gewebtes Band, um die Haare zurückzubinden

Xenodochien: Unterkünfte für Fremde

Historische Anmerkung von Julia Kröhn

Mindestens sieben gemeinsame Jahre waren Balduin und Judith, den Begründern des »Hauses Flandern«, gegönnt: Ab 870 wird Judith in den Quellen nicht mehr erwähnt, was bedeuten könnte, dass sie in diesem Jahr gestorben ist. Sicher ist das jedoch nicht. Balduin Eisenarm zeigte sich der Aufgabe, die ihm König Karl übertragen hatte, gewachsen und konnte bis zu seinem Tod jeden normannischen Angriff zurückschlagen. 866 wurde sein Lehen um das Ternois erweitert. In seinem letzten Lebensjahr zog er sich in die Abtei Sankt Peter in Gent zurück, wo er 879 starb.

Nach dem ersten Sohn – dem späteren Balduin II., der von 879 bis 918 Graf von Flandern war – bekam das Paar noch einen weiteren: Rudolph, der ein Graf von Cambrai wurde und bis 896 lebte. Balduin II. heiratete übrigens eine Tochter von König Alfred von Wessex, der wiederum ein Sohn von Judiths erstem Mann Ethelwulf war.

Um das »Was wurde aus…?« zu vervollständigen:

- *Karl der Kahle* erbte 875 nach dem Tod seines Neffen Ludwig II. von Italien dessen italienisches Königreich und wurde am 25. Dezember 875 in Rom zum Kaiser gekrönt. Nach dem Tod seiner ersten Frau Irmintrud heiratete er ein zweites Mal – Richilde von Metz, die am Hof eine einflussreiche Stellung erlangte. 877 brach Karl zu einem Kriegszug nach Italien auf, weil er vom Papst dringend gegen die Plünderungszüge der nordafrikanischen Sarazenen zu Hilfe gerufen wurde. Bei der Überquerung der Alpen starb er unweit des Mont Cenis.

- *Ludwig »der Stammler«* verstieß auf Wunsch seines Vaters seine erste Frau Ansgard und heiratete Adelheid, die Tochter des Pfalzgrafen Adalhard. 867 vertraute ihm der Vater das Königreich Aquitanien an. Nach dem Tod von Lothar II. wollte Ludwig sich beweisen, indem er Lothringen besetzte, musste sich aber seinem Onkel Ludwig dem Deutschen – von seinen Zeitgenossen und in meinem Roman Ludovicus Germanicus genannt – geschlagen geben. Nach dem Tod von König Karl wurde er zum König gekrönt – und hatte fortan gegen mächtige Feinde bei Hof zu kämpfen: seine Stiefmutter Richilde und den Erzkanzler Gauzlin. Seine Regierungszeit währte ohnehin nicht lange, starb er doch bereits im Frühjahr 879 in Compiègne, wo er auch begraben wurde. Sein ältester Sohn Ludwig, den er mit Ansgard hatte, teilte sich mit seinem Bruder Karlmann das Reich, starb jedoch früh und kinderlos.
- *Lothar II.* kämpfte bis zu seinem Tod um seine Ehe mit Waltrada – obwohl er zwischenzeitlich Theuteberga wieder aufnahm. Nach langen vergeblichen Bemühungen erlaubte ihm Papst Hadrian II., seine Angelegenheit persönlich in Rom vorzutragen. Auf dem Rückweg dieser Reise starb Lothar jedoch, sodass eine endgültige Entscheidung überflüssig wurde. Ludovicus Germanicus überging die Ansprüche von Lothars Sohn Hugo, dem der Vater bereits das Herzogtum Elsass übertragen hatte. Die Versuche, die Hugo unternahm, um sich sein Erbe zu erkämpfen, blieben – trotz Unterstützung durch den lothringischen Adel – erfolglos. Schließlich geriet er in Gefangenschaft, wurde geblendet und in der Abtei Prüm weggesperrt.
- *Ludwig II.* von Italien starb nach seiner Rückkehr von einem Rachefeldzug gegen das Benevent. Da aus seiner Ehe mit Angilberga nur zwei Töchter hervorgingen, erlosch mit ihm der italienische Zweig der Karolinger, das Kaisertum ging auf Karl den Kahlen über. Die eine Tochter – Gisla – wurde Äbtissin von San Salvatore in Brescia. Die andere – Ermengarda – heiratete König Boso von Niederburgund.
- *König Rorik* schloss diverse Bündnisse mit Karl und Ludwig

vom Ostfrankenreich. Er war an den Verhandlungen beteiligt, die zum Vertrag von Meerssen führten, worin das Erbe Lothars II. zwischen Karl dem Kahlen und Ludovicus Germanicus aufgeteilt wurde, und wurde der Vasall von beiden. Er starb nach 880.

Vieles in diesem Roman orientiert sich an historischen Tatsachen. Ebenso vieles ist aber auch erfunden, was nicht zuletzt daran liegt, dass Quellen aus dieser Zeit ein nur ungenaues Bild zeichnen und vieles nicht erwähnen. Manches liegt im Dunkeln – über anderes gibt es widersprüchliche Aussagen.

Das betrifft zum Beispiel Balduin Eisenarms Herkunft. Aus den ersten Quellen, die über die Geschichte von Balduin und Judith berichten – den Annalen von Saint-Bertin, die der Mönch Witger zwischen 951 und 959 aufschrieb –, lässt sich so gut wie nichts über seine Familie erfahren. Generell rückt diese Quelle Judith deutlich in den Vordergrund; sie erscheint als die Aktive, die selbst für ihre Flucht sorgte. Der Mönch Witger dürfte hier in erster Linie der Intention gefolgt sein, die königliche Herkunft der Grafen von Flandern zu belegen. Der Beginn eines als ruhmreich benannten Geschlechts lag folglich ganz klar bei dieser »Stammmutter«, die als ausgesprochen klug und wunderschön bezeichnet wird.

In einer Quelle vom Beginn des 12. Jahrhunderts hingegen – der zweiten flämischen Genealogie – beginnt die Familie plötzlich nicht mehr mit Judith und Balduin, sondern zwei Generationen früher: mit einem gewissen Lidricus, seinerseits Vater von Ingelram, der wiederum Vater von Audacer ist. Allen dreien werden große Verdienste als Krieger nachgesagt. Ob diese Männer freilich historische Persönlichkeiten oder doch eher mythische Heldenfiguren waren, lässt sich nicht genau feststellen.

In jedem Fall folgt das Liber floridus des Lambert von Saint-Omer (um 1120 entstanden), dem eine Genealogie der Grafen von Flandern eingefügt wurde, dieser Tendenz. Die Entführung Judiths wird hier zwar noch erwähnt – aber es ist nur mehr eine von mehreren Einheiraten flandrischer Grafen in königliche Familien. Die eigentliche »Heldentat« ist nicht so sehr Balduins gemeinsame Flucht mit Judith, sondern die Inbesitznahme Flanderns durch dessen Urgroßvater Graf Lidricus, der dieses Gebiet Kaiser Karl dem Großen vor der Nase weggeschnappt haben soll.

Im 1160 verfassten genealogischen Bericht in der »Flandria generosa« schwindet Judiths Rolle bei der Entführung dann völlig; sie geht allein auf Balduins Initiative zurück – als eine von vielen großen Taten, die die Männer des Geschlechts verzeichnen können.

Betrachtet man diese Entwicklung, so zeigt sich, dass Judith zunächst als eine tatkräftige Frau wahrgenommen wird, die am Beginn einer – später einflussreichen – Dynastie steht, dann aber zunehmend zum Spielball eines der heroischen Männer Flanderns degradiert wird. Diese Marginalisierung lässt sich wohl vor dem Hintergrund erklären, dass man im 12. Jahrhundert diverse einflussreiche und machtbewusste flandrische Gräfinnen »zurechtstutzen« wollte. Eine Frau, die ihnen zum Vorbild gereichen würde, passte da nicht in die Familiengeschichte.

Diesem Trend einer durchwegs männlichen Geschichtsschreibung wollte ich bewusst entgegenwirken, und ich tat dies, indem ich Judith ganz klar an den Beginn der Dynastie gesetzt und Balduins Geschichte nicht von Anfang an mit Flandern verknüpft habe.

Seine Verbindung zur Grafschaft Laon wiederum ist nicht willkürlich gewählt. Damit beziehe ich mich auf eine Theorie in der Balduin-Forschung, die von mehreren Wissenschaftlern geteilt, jedoch von keiner Quelle bestätigt wurde: Der Historiker François L. Ganshof versuchte nachzuweisen, dass Balduin möglicherweise einer Familie in Lothringen entstammte und jene wiederum eng mit den Grafen von Laon verbunden war. Zu einem ähnlichen Ergebnis kommt David Nicholas.

Wie es nun wirklich gewesen sein mag, wird sich wohl niemals genau klären lassen – und diesen Anspruch erhebt mein Buch auch nicht, das vorrangig Roman, nicht Biographie ist.

Zuletzt möchte ich auf die Wahl einiger Begrifflichkeiten eingehen. Um die Orientierung zu erleichtern, habe ich – wie schon in anderen Romanen – Städte und Ortschaften jeweils so genannt, wie sie im heutigen (meist französischen) Sprachgebrauch bekannt sind. Damals wurde meist die lateinische Namensform benutzt, z.B. Silvanectis für Senlis, Andegavum für Anjou etc.

Obwohl in Quellen des 9. Jahrhunderts Balduin nie als »Graf von Flandern« bezeichnet wird, sondern sich dieser Titel wohl erst unter Balduin II. eingebürgert hat – eine Zeit, in der die territoriale Macht in Flandern mittlerweile fest in den Händen dieser Familie lag –, habe ich ihn dennoch benutzt, weil er in der Sekundärliteratur unter diesem Rang bekannt ist.

Die »Normannen« sind bei uns vor allem als Wikinger bekannt – ein Begriff freilich, der außerhalb von Skandinavien kaum benutzt wurde. Dort wurden die nordischen Völker, die Europa zunehmend auf den Kopf stellten, als »Heiden«, »Dänen« oder – wie in vielen fränkischen Quellen – als »Nordmanni« bezeichnet, woraus dann später der Name »Normannen« abgeleitet wurde.

Die Bedrohung des Frankenreichs durch diese Normannen währte noch viele Jahrzehnte. Zur entscheidenden Wende kam es erst im Jahr 911, als Ludwig der Einfältige ein Friedensabkommen mit dem Normannenführer Rollo schloss und ihm das Gebiet der heutigen Normandie als Lehen anvertraute. Zur Bekräftigung dieses Bündnisses heiratete Rollo die Tochter des Königs – aber das ist eine andere Geschichte. Wenn die Leser Geduld haben, dann werde ich sie ihnen noch ausführlicher erzählen …